Über dieses Buch

Meist verhält es sich in Romanen so, daß die Liebe zwischen Arm und Reich am Standesunterschied scheitert. George Sand (1804–1876) entwirft im ›Müller von Angibault‹ (1845) eine andere, originellere Lösung: Die junge Gräfin Marcelle de Blanchemont liebt den gebildeten Handwerker Henri Lémor, der jedoch aus Gesinnungsgründen keine vermögende Frau heiraten will. So beschließt Marcelle, ihren Besitz zu verkaufen – nicht nur für Henri, sondern auch um ihrer Utopie von der Gleichheit ein Stück näher zu kommen. Der reiche und habgierige Bauer Bricolin, Pächter von Blanchemont, riecht bereits die Chance auf ein gutes Geschäft. Da tritt der grundvernünftige Müller von Angibault auf den Plan, um Marcelle und Henri zu Hilfe zu kommen und ihre Ideen von der Entsagung ein wenig zurechtzurücken. Denn auch der Müller liebt eine »zu reiche« Frau . . .
Jede dieser sehr verschiedenen Personen will auf ihre Weise mit den althergebrachten Klassenunterschieden aufräumen, und so wurde der Roman einst zum Skandalon. Seine deutliche politische Aussage, beeinflußt von den Sozialisten Louis Blanc und Pierre Leroux, gibt ihm eine Sonderstellung nicht nur innerhalb des Sandschen Werks, sondern auch in der Romanliteratur des 19. Jahrhunderts. Gleichzeitig aber ist ›Der Müller von Angibault‹ ein Lesevergnügen wie alle Romane George Sands, spannend, voll menschlicher Wärme und zauberhafter Landschaftsbilder. Schloß Blanchemont wie auch die Mühle von Angibault sind noch heute zu besichtigen.

Literatur · Philosophie · Wissenschaft

George Sand

Der Müller von Angibault

Roman

Aus dem Französischen neu übersetzt von
Heidrun Hemje-Oltmanns

Mit einem Nachwort von
Gisela Schlientz

Deutscher Taschenbuch Verlag

Vollständige Ausgabe.

Titel der Originalausgabe:
›Le Meunier d'Angibault‹ (1845)

Von George Sand
sind im Deutschen Taschenbuch Verlag erschienen:
Ein Winter auf Mallorca (2157)
Sie sind ja eine Fee, Madame! (2197)
Nimm Deinen Mut in beide Hände. Briefe (2238)
Nanon (2282)
Sie und Er (2295)
Mauprat. Geschichte einer Liebe (2300)
Lelia (2311)
Jeanne (2319)
Flavie (2327)
Pauline (8324)
François das Findelkind (24037)

Neuübersetzung
August 1996
Deutscher Taschenbuch Verlag GmbH & Co. KG,
München

Umschlagtypographie: Celestino Piatti
Umschlagbild: Jindra Čapek
Gesamtherstellung: C.H. Beck'sche Buchdruckerei,
Nördlingen
Printed in Germany · ISBN 3-423-02379-1

Vorbemerkung

Dieser Roman ist, wie so viele andere, das Ergebnis eines Spaziergangs, einer Begegnung, eines freien Tages, einer Mußestunde. Alle, die jemals, ob gut oder schlecht, Werke der Imagination oder der Wissenschaft verfaßt haben, wissen, daß die Vision der geistigen Dinge sehr häufig von einer Vision materieller Dinge ausgeht. Der Apfel, der vom Baum fiel, ließ Newton eines der großen Gesetze des Universums entdecken. Mit um so mehr Recht kann der Plan eines Romans aus der Begegnung mit irgendeinem Faktum oder Objekt entstehen. In Werken wissenschaftlicher Art ist es die Reflexion, die aus dem Faktum selbst den Sinn einer Sache ableitet. In den Phantasiestücken der Kunst, selbst noch in den bescheidensten, ist es die Träumerei, die der bloßen Tatsache ihre Hülle und Vollendung gibt. Reichtum oder aber Dürftigkeit eines Werks sind dabei ohne Bedeutung. Das geistige Vorgehen ist für alle dasselbe.

Nun, in unserem Tal gibt es eine schöne Mühle, Angibault genannt, deren Müller ich zwar nicht kenne, doch kannte ich den Besitzer. Er war ein alter Herr, der, seit er sich in Paris *Monsieur de Robespierre* (so pflegte er ihn zu nennen) angeschlossen hatte, rings um seine Schleusen alles wachsen ließ, was da wachsen wollte: die Erle und den Brombeerstrauch, die Eiche und das Schilfrohr. Der seinen Launen überlassene Fluß hatte sich in Sand und Grün ein Geflecht kleiner Bäche gegraben, welches an Sommertagen, bei niedrigem Wasserstand, die an den Gewässern sprießenden Pflanzen mit ihren kräftigen Büscheln bedeckte. Aber der alte Herr ist tot; die Axt hat ihr Werk getan; in diesem Miniaturwald gab es allerlei Reisig herauszuschneiden und Bretter zuzusägen. Ein paar schöne Bäume sind noch da, einige Wasserläufe, ein kleiner, recht kühler Teich und einige dieser riesigen Brombeerbüsche, die die Lianen unserer Klimazonen sind. Aber dieses kleine, wilde Paradies, das meine Kinder und ich im Jahre 1844 mit einem Aufschrei der Überraschung und Freude entdeckten, ist nur noch ein hübscher Ort wie viele andere auch.

Das Schloß Blanchemont mit seiner Landschaft, seinen Kaninchengehegen und dem Gutshof existiert noch so, wie ich es wahrheitsgetreu geschildert habe; es heißt nur anders, und die Bricolins sind fiktive Personen. Die Verrückte, die in dieser Geschichte eine Rolle spielt, ist mir andernorts begegnet; auch sie war aus Liebe verrückt geworden. Sie machte auf meine Reisegefährten und mich einen so gepeinigten Eindruck, daß wir, obwohl wir zwanzig Meilen über Land gefahren waren, um die Ruinen einer großartigen Abtei aus der Renaissance zu erforschen, nicht länger als eine Stunde zu bleiben vermochten. Diese Unglückliche hatte sich den melancholischen Ort für ihren mechanischen, beharrlichen, endlosen Spaziergang angeeignet. Unter ihren ausdauernden Füßen war das Gras von ihrem Fieber verbrannt, vom Fieber der Verzweiflung!

Nohant, den 5. September 1852 GEORGE SAND

Erster Tag

I

Einleitung

Von Saint-Thomas-d'Aquin schlug es ein Uhr morgens, als eine schwarze Gestalt, klein und behende, an der großen Mauer entlanghuschte – einer Mauer im Schatten eines dieser schönen Gärten, welche man noch auf dem linken Seineufer in Paris findet und die mitten in einer Hauptstadt von so großem Wert sind. Die Nacht war warm und wolkenlos. Die blühenden Stechapfelbäume verströmten süße Düfte und reckten sich unter dem strahlenden Blick des Vollmonds wie große weiße Gespenster. Der Stil der breiten Freitreppe des Hôtel de Blanchemont zeugte noch von der alten Pracht, und der weitläufige, gut gepflegte Garten brachte den scheinbaren Reichtum dieses stillen Wohnsitzes zur Geltung, wo kein einziges Licht in den Fenstern schimmerte.

Der Umstand, daß der Mond so herrlich schien, bereitete der jungen Frau in Trauerkleidung, die der dunkelsten Allee folgte und ihre Schritte zu einer kleinen Pforte am Ende der Mauer lenkte, einige Sorgen. Doch nichtsdestotrotz eilte sie entschlossen weiter, denn nicht zum ersten Mal setzte sie ihren guten Ruf wegen einer reinen und von nun an legitimen Liebe aufs Spiel; sie war seit einem Monat Witwe.

Sie nutzte den Schutz einer Akaziengruppe, um geräuschlos zur Ausgangspforte zu gelangen, die auf eine enge und wenig belebte Straße führte. Fast im selben Augenblick öffnete sich diese Pforte, und die zum Stelldichein geladene Person trat verstohlen ein und folgte, ohne ein

Wort zu sagen, der Geliebten bis zu einer kleinen Orangerie, wo beide sich einschlossen. Aus einem unbegründeten Schamgefühl heraus zog die junge Baronin de Blanchemont eine kleine, hübsche Schachtel aus Russischleder aus ihrer Tasche, ließ ihr einen Funken entspringen, zündete eine Kerze an, die wie vorsorglich versteckt in einer Ecke stand, und der junge Mann, ängstlich und ehrerbietig, half ihr unschuldsvoll, das Innere des Pavillons zu erleuchten. Er war so glücklich, sie anschauen zu können!

Das Gewächshaus war mit hölzernen Fensterläden verschlossen. Eine Gartenbank, ein paar leere Kisten, Gartengerät und die kleine Kerze, die als Leuchter nur einen zerbrochenen Blumentopf hatte, das waren Ausstattung und Beleuchtung dieses verwahrlosten Boudoirs, das in vergangenen Zeiten irgendeiner Marquise als Lustschlößchen gedient hatte.

Ihre Nachfahrin, die blonde Marcelle, war so keusch und schlicht gekleidet, wie es sich für eine sittsame Witwe geziemt. Ihr schönes, goldenes, auf ein Halstuch aus schwarzem Crêpe herabfallendes Haar war ihr einziger Schmuck. Allein die Feinheit ihrer Alabasterhände und ihres mit Satin bekleideten Fußes gaben Aufschluß über ihre aristokratische Lebensweise. Im übrigen hätte man sie für die natürliche Gefährtin des jungen, vor ihr auf den Knien liegenden Mannes halten können, für eine Pariser Grisette; denn es gibt welche, deren Stirn von der Würde einer Königin und der Reinheit einer Heiligen zeugt.

Henri Lémor war von angenehmem Äußeren, eher intelligent und vornehm als schön. Sein volles schwarzes Haar verdunkelte die Gesichtszüge, die schon gebräunt, nun aber sehr fahl waren. Daran erkannte man sehr gut, daß er ein Kind der Stadt Paris war, von starkem Willen und zarter Konstitution. Seine saubere, einfache Kleidung wies auf bescheidene Verhältnisse hin; seine ziemlich schlecht geknotete Krawatte offenbarte, daß es ihm ganz und gar an Eitelkeit mangelte oder aber, daß er gewöhnlich andere Sorgen hatte; seine braunen Handschuhe bewiesen hinlänglich, daß er, wie die Lakaien des Hôtel de Blanchemont sich ausgedrückt hätten, nicht der Mann war, der sich zum Gatten oder Geliebten von Madame eignete.

Diese beiden jungen Leute, der eine kaum älter als die andere, hatten mehr als einmal im Laufe geheimnisvoller Nachtstunden im Pavillon süße Augenblicke verbracht; aber seit einem Monat, da sie sich nicht gesehen, verdüsterte eine große Bangigkeit den Roman ihrer Liebe. Henri Lémor zitterte und wirkte bestürzt. Marcelle de Blanchemont schien vor Furcht wie erstarrt. Er kniete vor ihr nieder, als wolle er ihr dafür danken, daß sie ihm ein letztes Stelldichein gewährt hatte; bald aber erhob er sich, ohne etwas zu sagen, und seine Haltung war gezwungen, fast kalt.

– Endlich! . . . sagte sie unter Anstrengung und streckte ihm die Hand entgegen, die er in einer fast krampfhaften Bewegung an die Lippen führte, ohne daß auch nur ein kleiner Abglanz von Freude seine Züge erhellte.

– Er liebt mich nicht mehr, dachte sie und bedeckte die Augen mit beiden Händen. Und sie wartete stumm und starr vor Schrecken.

– Endlich? wiederholte Lémor. Wollten Sie nicht *jetzt schon* sagen? Ich hätte die Kraft aufbringen müssen, länger zu warten; ich hatte sie nicht, vergeben Sie mir.

– Ich verstehe Sie nicht! sagte die junge Witwe und ließ niedergeschlagen die Hände sinken.

Lémor sah ihre feuchten Augen, und er irrte sich, was den Grund ihrer Erregung anging.

– O ja, fuhr er fort, ich bin schuldig; an Ihrem Schmerz erkenne ich, welche Gewissensbisse ich Ihnen bereite. Mir kamen diese vier Wochen so lang vor, daß ich nicht den Mut fand, mir zu sagen, er wäre zu wenig! Aber kaum hatte ich Ihnen heute morgen geschrieben, um Sie um die Erlaubnis zu bitten, Sie zu sehen, da habe ich es schon bereut. Ich schämte mich meiner Feigheit, ich hielt mir vor, welche Skrupel Ihr Gewissen wegen mir zu ersticken hätte; und als ich Ihre Antwort erhielt, so ernsthaft und gütig, da begriff ich, daß nur Ihr Mitleid mich zu Ihnen rief.

– O Henri, wie weh Sie mir tun, wenn Sie so sprechen! Ist es ein Spiel, ist es ein Vorwand? Warum haben Sie darum gebeten, mich zu sehen, wenn Sie mir mit so wenig Freude und Vertrauen begegnen?

Der junge Mann erschauerte, dann sank er zu Füßen seiner Geliebten nieder:

– Mir wären Hochmut und Vorwürfe lieber, sagte er; Ihre Güte bringt mich um!

– Henri! Henri! rief Marcelle, Sie haben mir gegenüber also gefehlt? Oh! Sie sehen aus wie ein Frevler! Sie haben mich vergessen oder verleugnet, das bemerke ich wohl!

– Weder das eine noch das andere; zu meinem ewigen Unglück achte ich Sie, bete Sie an, ich glaube an Sie wie an Gott, nur Sie auf Erden kann ich lieben!

– Nun denn! sagte die junge Frau und schlang ihre Arme um den dunklen Kopf des armen Henri; es ist kein so großes Unglück, mich derart zu lieben, da ich Sie ebenfalls liebe. Hören Sie, Henri, ich bin frei, ich habe mir nichts vorzuwerfen. Ich habe den Tod meines Gatten so wenig gewünscht, daß ich mir nie erlaubt habe, daran zu denken, was ich mit meiner Freiheit anfangen würde, wenn ich sie einmal zurückerhielte. Sie wissen es, wir haben nie davon gesprochen; es war Ihnen nicht unbekannt, daß ich Sie leidenschaftlich liebte, und doch sage ich es Ihnen heute zum ersten Mal so unerschrocken! Aber mein Freund, wie blaß Sie sind! Ihre Hände sind eisig, es geht Ihnen wohl gar nicht gut! Sie erschrecken mich!

– Nein, nein, sprechen Sie, sprechen Sie weiter, antwortete Lémor, und die köstlichsten und zugleich schmerzlichsten Gefühle überwältigten ihn.

– Nun denn, fuhr Madame de Blanchemont fort, ich vermag diese Zweifel und diese Unruhe des Gewissens, die Sie bei mir befürchten, nicht zu empfinden. Als man mir den blutigen Leichnam meines Gatten brachte, der wegen einer anderen Frau im Duell getötet wurde, da war ich vor Bestürzung und Entsetzen außer mir, das gebe ich zu; als ich Ihnen diese schreckliche Neuigkeit mitteilte und Ihnen befahl, sich eine gewisse Zeit von mir fernzuhalten, da glaubte ich, eine Pflicht zu erfüllen. Oh, wenn es ein Verbrechen ist, diese Zeit recht lang gefunden zu haben, dann bin ich durch Ihren übertriebenen Gehorsam genug bestraft. Aber seit einem Monat, da ich zurückgezogen lebe, nur darauf bedacht, meinen Sohn zu erziehen und, so gut ich es vermag, die Eltern von Monsieur de Blanchemont zu trösten, prüfe ich mein Herz, und ich finde es nicht mehr so schuldig. Ich konnte diesen Mann nicht lieben, der mich selbst nie geliebt hat, und alles, was ich tun konnte, war, seine Ehre zu achten. Und gegenwärtig, Henri, schulde ich, um der Schicklichkeit willen, seinem Andenken nur mehr äußere Achtung. Ich werde Sie heimlich sehen, und zwar selten, das muß sein! . . . bis zum Ende der Trauerzeit; und in einem Jahr, wenn es sein muß in zwei Jahren . . .

– Und dann, Marcelle, in zwei Jahren?

– Sie fragen mich, was wir füreinander sein werden, Henri? Sie lieben mich nicht mehr, ich habe es Ihnen ja gesagt.

Dieser Vorwurf erschütterte Henri überhaupt nicht. Er verdiente ihn so wenig! Bis zur Ängstlichkeit aufmerksam lauschte er jedem Wort seiner Geliebten und flehte sie an fortzufahren.

– Nun! erwiderte sie und errötete schamhaft wie ein junges Mädchen, wollen Sie mich denn nicht heiraten, Henri?

Henri ließ den Kopf auf Marcelles Knie sinken und verharrte so einige Minuten, fassungslos vor Freude und Dankbarkeit; aber plötzlich erhob er sich, und seine Züge drückten tiefste Verzweiflung aus.

– Haben Sie nicht mit der Ehe recht traurige Erfahrungen gemacht? fragte er mit einer gewissen Härte. Wollen Sie denn noch einmal das Joch auf sich nehmen?

– Sie machen mir angst, sagte Madame de Blanchemont nach einem Augenblick stillen Entsetzens. Verspüren Sie denn tyrannische Neigungen, oder fürchten Sie gar um Ihretwegen das Joch der ewigen Treue?

– Nein, nein, nichts von alledem, antwortete Lémor niedergeschlagen; was ich fürchte und was ich unmöglich Ihnen und mir selbst auferlegen kann, das wissen Sie; aber Sie wollen, Sie können es nicht verstehen. Indessen haben wir so oft darüber gesprochen – wobei wir damals nicht glaubten, daß solche Erörterungen uns eines Tages selbst betreffen und für mich eine Entscheidung über Leben oder Tod werden könnten!

– Ist es möglich, Henri, daß Sie so strikt auf Ihren Utopien beharren? Was! Nicht einmal die Liebe vermöchte sie zu überwinden? Ach! Wie wenig ihr liebt, ihr Männer! fügte sie mit einem tiefen Seufzer hinzu. Wenn nicht das Laster euch die Seele verdörrt, dann ist es die Tugend, und ob ihr nun feige seid oder stark, ihr liebt allemal nur euch selbst.

– Hören Sie, Marcelle, wenn ich Sie vor einem Monat gebeten hätte, Ihre eigenen Grundsätze zu vergessen, wenn meine Liebe erfleht hätte, was Sie in Ihrer Frömmigkeit und Ihrem Glauben als ungeheuren, nicht wiedergutzumachenden Fehler angesehen hätten . . .

– Sie haben mich nicht darum gebeten, sagte Marcelle und errötete.

– Ich liebte Sie zu sehr, um Sie zu bitten, meinetwegen zu leiden und zu weinen. Aber wenn ich es getan hätte . . . Antworten Sie doch, Marcelle!

– Die Frage ist taktlos und unangebracht, sagte sie und versuchte, liebenswürdig und kokett zu sein, um einer Antwort auszuweichen.

Ihre Anmut und Schönheit ließen Lémor erbeben. Leidenschaftlich drückte er sie an sein Herz. Aber sogleich kam er über diesen Augenblick der Trunkenheit hinweg, wich ein paar Schritte zurück, und während er erregt hinter der Bank, auf der sie saß, hin und her ging, fuhr er mit veränderter Stimme fort:

– Und wenn ich Sie gegenwärtig um dieses Opfer bäte, welches durch den Tod Ihres Gatten ganz gewiß weniger furchtbar wäre . . . weniger erschreckend . . .

Madame de Blanchemont wurde erneut blaß und ernst.

– Henri, antwortete sie, ich fühlte mich bis in die Tiefe meines Herzens von einem solchen Gedanken beleidigt und verletzt, da ich Ihnen soeben meine Hand angeboten habe und Sie sie zu verweigern scheinen.

– Ich bin sehr unglücklich, mich nicht verständlich machen zu können und für einen Schurken gehalten zu werden, indes ich in mir den Heldenmut der Liebe spüre! . . ., erwiderte er bitter. Dies Wort scheint Ihnen hochfliegend und muß ein mitleidiges Lächeln auf Ihre Lippen rufen. Und doch ist es wahr, und Gott wird mich für mein Leiden entschädigen . . . es ist grausam, es übersteigt vielleicht meinen Mut.

Und Henri zerfloß in Tränen.

Der Schmerz des jungen Mannes war so tief und aufrichtig, daß Madame de Blanchemont erschrak. In diesen brennenden Tränen war so etwas wie eine unbesiegbare Weigerung, glücklich zu sein, ein ewiges Adieu an alle Illusionen der Liebe und der Jugend.

– O mein lieber Henri! rief Marcelle, welchen Schmerz wollen Sie uns beiden bloß zufügen? Warum diese Verzweiflung, da Sie doch Herr sind über mein Leben, da uns nichts mehr daran hindert, einander vor Gott und den Menschen anzugehören? Ist denn mein Sohn ein Hindernis zwischen uns? Erscheint Ihnen Ihre Seele nicht groß genug, um einen Teil Ihrer Zuneigung zu mir auf ihn zu übertragen? Befürchten Sie, sich eines Tages das Unglück und die Vernachlässigung dieses Kindes von meinem Fleisch und Blut vorwerfen zu müssen?

– Ihr Sohn! sagte Henri schluchzend, ich hegte eine ernsthaftere Befürchtung als die, ihn nicht zu lieben. Ich befürchtete eher, ihn allzusehr zu lieben und mich nicht damit abfinden zu können, daß im Laufe der Zeiten sein Leben eine Richtung einschlägt, die der des meinen entgegengesetzt ist. Sitte und öffentliche Meinung würden mir befehlen, ihn in der großen Welt leben zu lassen, und ich möchte ihn ihr entreißen, sollte ich ihn dabei auch mit mir unglücklich, arm und traurig machen ... Nein, ich wäre ihm gegenüber nicht gleichgültig und egoistisch genug, um damit einverstanden zu sein, daß aus ihm ein Mann gemacht wird, der den Männern seiner Klasse ähnlich ist. Nein, nein! ... Dies und andere Dinge und alles an Ihrer und an meiner Position stellt ein unüberwindliches Hindernis dar. Unter welchem Blickwinkel ich auch eine solche Zukunft ins Auge fasse, ich sehe nichts als sinnlosen Kampf, Ihr Unglück und für mich den Bannstrahl! ... Es ist unmöglich, Marcelle, für immer unmöglich! Ich liebe Sie zu sehr, um Opfer anzunehmen, deren Ergebnisse Sie nicht vorhersehen, deren Tragweite Sie nicht ermessen können. Sie kennen mich nicht, das ist mir klar. Sie halten mich für einen unentschlossenen, schwachen Träumer. Ich bin ein hartnäckiger und unverbesserlicher Träumer. Vielleicht haben Sie mich zuweilen der Geltungssucht angeklagt; Sie glaubten, ein Wort von Ihnen könne mich zu dem zurückführen, was Sie für Vernunft und Wahrheit halten! Oh! Ich bin unglücklicher, als Sie glauben, und ich liebe Sie mehr, als Sie augenblicklich verstehen können. Später ... ja, später werden Sie mir tief im Innersten danken, daß ich es verstanden habe, allein unglücklich zu sein.

– Später? Und warum? Und wann? Was wollen Sie sagen?

– Später, sage ich Ihnen, wenn Sie aus diesem dunklen und verfluchten Traum erwachen, in den ich Sie hineingezogen habe, wenn Sie in die Gesellschaft zurückkehren und an ihrem leichtfertigen, süßen Rausch teilhaben werden, wenn Sie schließlich kein Engel mehr sind und wieder auf die Erde herabsteigen.

– Ja, ja, wenn ich kalt vor Egoismus und von den Schmeicheleien verdorben sein werde! Das wollen Sie doch sagen, das sagen Sie mir doch voraus! In Ihrem wilden Stolz halten Sie mich nicht für fähig, Ihre Gedanken zu erfassen und Ihr Herz zu verstehen. Lassen Sie es uns kurz machen, Sie finden, ich sei Ihrer nicht würdig, Henri!

– Was Sie da sagen, ist abscheulich, Madame, und diese Auseinandersetzung ist nicht länger zu ertragen. Lassen Sie mich gehen, denn wir können einander jetzt nicht verstehen.

– Auf diese Weise verlassen Sie mich?

– Nein, ich verlasse Sie nicht; ich werde zwar Ihre Gegenwart meiden, doch in mir selbst betrachte ich Sie und verehre Sie insgeheim in meinem Herzen. Ich werde immer leiden, aber in der Hoffnung, daß Sie mich vergessen, mit dem Gewissensbiß, Ihre Zuneigung ersehnt und erstrebt und zumindest mit dem Trost, sie nicht feige mißbraucht zu haben.

Madame de Blanchemont hatte sich erhoben, um Henri zurückzuhalten. Gebrochen sank sie auf die Bank zurück.

– Warum nur wünschten Sie, mich zu sehen? frage sie kalt und gekränkt, als sie sah, daß er zurückwich.

– Ja, ja, sagte er, Sie haben recht, es mir vorzuwerfen. Das war eine letzte Feigheit meinerseits; ich spürte das Bedürfnis, Sie noch einmal zu sehen, und gab ihm nach ... Ich hoffte, Sie mir gegenüber verändert anzutreffen; Ihr Schweigen hatte mich dies annehmen lassen; der Kummer nagte an mir, und ich glaubte, in Ihrer Kälte die Kraft für meine Heilung zu finden. Warum bin ich gekommen? Warum lieben Sie mich? Bin ich nicht der rohste, undankbarste, gefühlloseste und der hassenswerteste unter den Menschen? Aber es ist besser, daß Sie mich so sehen und erfahren, daß es an mir nichts zu betrauern gibt ... Es ist besser so, und ich habe gut daran getan zu kommen, nicht wahr?

Henri sprach mit einer Art von Verwirrung; seine ernsten, reinen Züge waren verstört; seine Stimme, gewöhnlich sympathisch und sanft, klang dumpf und hart, und es schmerzte, sie zu hören. Marcelle sah sein Leiden, aber ihr eigenes war so herzzerreißend, daß sie zu ihrer beider

Trost nichts zu tun oder zu sagen vermochte. Sie saß bleich und stumm, die Hände waren ineinander verkrampft und der Körper starr wie eine Statue. Beim Hinausgehen drehte Henri sich um, und als er sie so sah, ging er zu ihr und sank zu ihren Füßen nieder, die er mit Tränen und Küssen bedeckte. – Adieu, sagte er, schönste und reinste unter den Frauen, beste unter den Freundinnen, größte unter den Geliebten! Mögest du ein Herz finden, das deiner würdig ist, einen Mann, der dich liebt, wie ich dich liebe, und der dir als Mitgift nicht Mutlosigkeit und Lebensekel mitbringt! Mögest du glücklich und wohltätig sein, ohne die Kämpfe einer Existenz wie der meinen! Wenn es denn in der Welt, in der du lebst, einen Rest von Redlichkeit und menschlichem Erbarmen gibt, so mögest du ihn mit deinem göttlichen Atem beleben und vor Gott Gnade finden für deine Kaste und für dein Jahrhundert, die du allein würdig bist zu erlösen!

Als Henri derart gesprochen hatte, stürzte er hinaus und vergaß, daß er Marcelle verzweifelt zurückließ. Furien schienen hinter ihm her zu sein.

Madame de Blanchemont verharrte lange Zeit wie versteinert. Zurück in ihren Räumen, ging sie bis zum Morgengrauen langsam im Zimmer auf und ab, ohne eine Träne zu vergießen, ohne mit einem Seufzer die Stille der Nacht zu stören.

Es wäre vermessen zu behaupten, daß diese zweiundzwanzigjährige schöne und reiche Witwe, die wegen ihrer Anmut, ihrer Talente und ihres Geistes aufmerksam von der Gesellschaft beobachtet wurde, nicht bis zu einem gewissen Punkt gedemütigt und aufgebracht gewesen wäre, da ihre Hand von einem Mann ohne Herkunft, ohne Vermögen und Namen abgelehnt wurde. Vermutlich trat der gekränkte Stolz dieser jungen Frau in den ersten Augenblicken an die Stelle des Mutes. Aber bald legte ihr die wahre Hoheit ihrer Gefühle ernsthaftere Überlegungen nahe, und zum ersten Mal senkte sie einen tiefen Blick in ihr eigenes Leben und allgemein in dasjenige der

Menschen, die sie umgaben. Sie erinnerte sich an alles, was Henri ihr in früheren Zeiten gesagt hatte, als zwischen ihnen nur die Rede von einer Liebe ohne Hoffnung sein konnte. Sie wunderte sich, daß sie zuvor bei diesem wirklich strengen jungen Mann nur romantische Ideen vermutet und ihn nicht ernst genug genommen hatte. Sie beurteilte ihn nunmehr mit der Ruhe, die durch einen großmütigen und starken Willen ins Zentrum der heftigsten Herzensgefühle zurückkehren kann. In dem Maße, wie die Stunden der Nacht dahingingen und die fernen Uhrtürme dies einander mit silberner, heller Stimme mitteilten, im Schweigen der großen, schlafenden Stadt, gelangte Marcelle zu der geistigen Klarheit, die die Konzentration langen Wachens dem Schmerz beigesellt. Auch wenn sie in anderen als Lémors Grundsätzen erzogen worden war, so war sie dennoch in gewisser Weise vorherbestimmt, die Liebe dieses Plebejers zu teilen und, gegen alle Mattigkeit und Trübsal des aristokratischen Lebens, bei ihr Zuflucht zu suchen. Sie gehörte zu diesen empfindsamen und zugleich starken Seelen, die der Hingabe bedürfen und die sich kein anderes Glück vorstellen als das, welches sie anderen geben. Unglücklich in der Ehe und in der Gesellschaft gelangweilt, hatte sie sich mit dem romantischen Vertrauen eines jungen Mädchens diesem Gefühl überlassen, aus dem sie bald eine Religion gemacht hatte. In ihrer Jugend war sie aufrichtig fromm gewesen und hatte sich somit unabwendbar für einen Geliebten begeistert, der ihre Bedenken achtete und ihre Keuschheit bewunderte. Die Frömmigkeit selbst hatte sie dahin gedrängt, sich in diese Liebe hineinzusteigern und sie durch unauflösliche Bande weihen zu wollen, sobald sie frei war. Mit Freude hatte sie daran gedacht, die materiellen Interessen, die der Gesellschaft so viel bedeuten, zu opfern, desgleichen die engen Vorurteile ihrer Herkunft, die ihre Urteilskraft nie in die Irre geführt hatten. Sie glaubte, dies sei schon viel, das arme Kind, und in der Tat war es viel, denn die Welt hätte sie beschimpft oder verspottet. Sie hatte nicht vorhergesehen, daß es noch nicht genug war und daß der Stolz des jungen Plebejers ihr Opfer fast wie eine Beleidigung zurückweisen würde.

Als das Erschrecken, der Schmerz und Widerstand Lémors ihr plötzlich Klarheit brachten, überprüfte Marcelle in ihrem bestürzten Geist alles, was sie von der sozialen Krise, die das Jahrhundert bewegte, erfahren hatte. In den höheren Regionen des Denkens ist heutigentags den Frauen nichts mehr fremd. Alle können, ihrem geistigen Horizont entsprechend, von nun an, ohne sich zu verstellen oder lächerlich zu wirken, jeden Tag in jeglicher Form, sei es durch Zeitung oder Roman, Philosophie, Politik oder Poesie, öffentliche Rede oder vertrautes Gespräch, im traurigen, verworrenen, widersprüchlichen und dennoch tiefen und bedeutungsvollen großen Buch des heutigen Lebens lesen. Sie wußte also recht gut, wie wir alle, daß diese erstarrte und kranke Gegenwart mit einer Vergangenheit ringt, die sie zurückhält, und mit einer Zukunft, die sie ruft. Sie sah, wie sich über ihrem Kopf große Blitze kreuzten, sie konnte einen großen, mehr oder weniger fernen Kampf vorhersehen. Sie war nicht zaghaft; sie hatte keine Angst und verschloß die Augen nicht. Durch das Klagen, die Vorhaltungen, die Befürchtungen und Beschwerden ihrer Großeltern war sie der Angst so sehr überdrüssig und empfand Abscheu vor ihr! Die Jugend will die Zeit ihrer Blüte nicht verdammen, und ihre bezaubernden Jahre sind ihr teuer, auch wenn noch so viele Gewitterstürme sie verdunkeln. Die empfindsame und mutige Marcelle sagte sich, daß man auch bei Donner und Hagel im Schutz des erstbesten Busches mit dem geliebten Menschen lächeln kann. Der drohende Kampf der materiellen Interessen kam ihr also vor wie ein Spiel. Was macht es schon, wenn man ruiniert, im Exil oder im Gefängnis ist, sagte sie sich, während um sie herum der Schrecken drohend über den angeblich Glücklichen dieses Jahrhunderts hing. Die Liebe wird man niemals ins Exil schicken; und außerdem liebe ich, dem Himmel sei Dank, einen hergelaufenen Menschen, den man verschonen wird.

Nur hatte sie noch nie bedacht, daß sie bis in ihre Zuneigungen hinein von diesem dumpfen und geheimnisvollen Kampf betroffen sein könnte, der stattfand trotz all der öffentlichen Zwangsmittel und offensichtlichen Entmutigungen. Dieser Kampf der Gefühle und Ideen ist von nun an unwiderruflich eingeleitet, und Marcelle sah sich inmitten all ihrer Illusionen plötzlich hineingeworfen, so als erwache sie aus einem Traum. Der geistige und moralische Krieg war erklärt zwischen den verschiedenen Klassen, die von widersprüchlichen Glaubenssätzen und Leidenschaften jeweils tief beeinflußt waren, und Marcelle fand in dem Mann, der sie liebte, so etwas wie einen unversöhnlichen Feind. Zunächst war sie über diese Entdeckung entsetzt, dann machte sie sich allmählich mit dem Gedanken vertraut, der ihr neue, noch großzügigere und romantischere Pläne nahelegte als die, an denen sie sich seit einem Monat genährt, und am Ende ihres langen Spazierganges durch die stillen und verlassenen Räume fand sie die Ruhe einer Entscheidung, die vielleicht sie allein ins Auge fassen konnte, ohne vor Bewunderung oder Mitleid lächeln.

Dies geschah ganz kürzlich erst, vielleicht im letzten Jahr.

II

Die Reise

Marcelle hatte ihren Vetter zweiten Grades geheiratet und trug nach ihrer Ehe genauso wie zuvor den Namen Blanchemont. Die Ländereien und auch das Schloß von Blanchemont bildeten einen Teil ihres Erbes. Die Ländereien waren bedeutend, aber das Schloß, seit mehr als hundert Jahren den Pächtern zur Benutzung überlassen, wurde nicht einmal mehr von diesen bewohnt, weil sein Zerfall drohte und für die Reparatur zu große Ausgaben nötig gewesen wären. Mademoiselle de Blanchemont wurde frühzeitig Waise, sie war in einem Kloster in Paris erzogen worden, wurde sehr jung verheiratet, und da sie von ihrem Gatten nicht in die Verwaltung der Geschäfte eingeweiht worden war, hatte sie das Landgut ihrer Vorfahren nie gesehen. Sie war entschlossen, Paris zu verlassen und auf dem Lande eine Lebensform zu suchen, die den soeben entworfenen Plänen gemäß war; sie wollte ihre Pilgerfahrt mit einem Besuch von Blanchemont beginnen, um sich später dort niederzulassen, sofern dieser Wohnsitz ihren Absichten entsprach. Sie wußte sehr wohl vom Zerfallszustand ihres Schlosses, und dies war ein Grund, warum sie zunächst einmal einen Blick auf diesen Wohnsitz werfen wollte. Die geschäftlichen Schwierigkeiten, die ihr Gatte ihr hinterlassen, und die Unordnung, in der er die Seinen zurückgelassen zu haben schien, waren ihr Vorwand, eine Reise zu unternehmen, die, wie sie verkündete, nur wenige Wochen dauern sollte, für die sie jedoch in ihren geheimen Gedanken weder ein genaues Ziel noch ein Ende festsetzte, da es ihr wirkliches Ziel war, sich von Paris und der Lebensart, der sie sich dort unterworfen hatte, zu trennen.

Für ihre Absichten war es ein Glück, daß es in ihrer Familie keinen einzigen Menschen gab, der ohne weiteres die Pflicht übernommen hätte, sie zu begleiten. Als einzige Tochter brauchte sie sich weder des Schutzes einer Schwester noch eines älteren Bruders zu erwehren. Die Eltern ihres Gatten waren sehr alt, und da sie über die Schulden des Verstorbenen, die nur noch eine weise Geschäftsführung auszugleichen vermochte, ziemlich erschreckt waren, versetzte es sie gleichermaßen in Erstaunen und Entzücken, als sie sahen, wie eine zweiundzwanzigjährige Frau, deren Neigungen oder Fähigkeiten niemals auf dem Gebiet der Geschäfte gelegen hatten, den Entschluß faßte, die ihren selbst zu verwalten und sich mit eigenen Augen den Zustand ihrer Besitztümer anzusehen. Indessen gab es einige Einwände dagegen, sie einfach so allein mit ihrem Kind abreisen zu lassen. Man wollte, daß sie sich von ihrem Geschäftsführer begleiten ließe. Man befürchtete, daß das Kind unter einer Reise während der Hitzeperiode zu leiden habe. Marcelle machte gegenüber den alten Blanchemonts, ihrem Schwiegervater und ihrer Schwiegermutter, geltend, daß ein ausgedehntes enges Beisammensein mit einem alten Rechtskundigen nicht unbedingt ein Trost sei bei all dem Verdruß, dem sie sich ausgesetzt sehen würde; daß sie bei den Notaren und Anwälten in der Provinz direktere Auskünfte und den örtlichen Bedingungen angemessenere Ratschläge bekäme; schließlich, daß es nicht so schwierig sei, mit den Bauersleuten gemeinsam zu rechnen und die Pacht zu erneuern. Was das Kind anbetraf, so schwächte die Pariser Luft es immer mehr. Land, Bewegung und Sonne konnten ihm nur guttun. Marcelle, die auf einmal bei der Überwindung der Hindernisse, welche sie vorhergesehen und während ihrer im letzten Kapitel geschilderten durchwachten Nacht bedacht hatte, großes Geschick bewies, warf die Verpflichtungen in die Waagschale, die ihr die Rolle als Vormund ihres Sohnes auferlegte. Teilweise wußte sie nicht, in welchem Zustand sich der Nachlaß von Monsieur de Blanchemont befand, ob er beträchtliche Vorauszahlungen von den Pächtern hatte leisten lassen, ob er große Hypotheken auf die Ländereien aufgenommen hatte und so weiter. Es war ihre Pflicht, all diese Dinge zu prüfen und sie ganz allein in Ordnung zu bringen, um herauszufinden, auf welchem Fuße sie anschließend leben konnte, ohne die Zukunft ihres Sohnes zu gefährden. Sie sprach so umsichtig von ihren Interessen, die sie im Grunde recht wenig beschäftigten, daß sie nach zwölf Stunden den Sieg davongetragen und die ganze Familie dazu gebracht hatte, ihren Entschluß zu billigen und zu loben. Ihre Liebe zu Henri blieb so gut verborgen, daß kein Verdacht das Vertrauen der Großeltern trübte.

Durch ihre ungewohnte Regsamkeit und schwärmerische Hoffnung gestärkt, schlief Marcelle auch in der Nacht nach dem Treffen mit Lémor kaum besser. Sie hatte die seltsamsten, bald heiteren, bald schmerzlichen Träume. Endlich wurde sie mit dem Morgengrauen vollends wach und warf einen träumerischen Blick auf das Innere ihrer Räume, und zum ersten Mal war sie über den unnützen und kostspieligen Luxus bestürzt, der sich um sie herum ausbreitete. Satintapeten, breite, weich gepolsterte Sitzmöbel, tausenderlei verschwenderischer Zierat, tausend prächtige Kleinigkeiten, schließlich das ganze Gepränge von Vergoldungen, Porzellan, geschnitztem Holz und Modeartikeln, mit dem heutzutage die Wohnung einer eleganten Frau vollgepfropft ist. – Ich möchte gerne wissen, dachte sie, warum wir die ausgehaltenen Mädchen so sehr verachten. Sie lassen sich schenken, was wir uns selbst geben können. Sie opfern ihre Sittsamkeit dem Besitz dieser Dinge, die in den Augen ernsthafter, kluger Frauen keinerlei Wert haben dürften und die wir dennoch als unerläßlich ansehen. Sie haben denselben Geschmack wie wir, und um ebenso reich und glücklich zu erscheinen wie wir, werfen sie sich weg. Wir sollten ihnen mit einem einfachen und strengen Leben ein Beispiel geben, bevor wir sie verdammen! Und wenn man einmal unsere unauflöslichen Ehen mit ihren flüchtigen Beziehungen vergleichen wollte, sähe man dann bei den jungen Mädchen unserer Klasse sehr viel mehr Uneigennützigkeit? Würde man bei uns nicht ebensooft wie bei den Prostituierten sehen, wie ein Kind einem Greis gegeben, wie Schönheit durch die Häßlichkeit des Lasters geschändet, der Geist der Dummheit unterworfen wird, und alles wegen der Liebe zu einem Diamantschmuck, einer Karosse und einer Loge im Théâtre des Italiens? Arme Mädchen! Man sagt, daß ihr eurerseits uns verachtet; und ihr habt recht damit!

Indessen ließ der blaßblaue, reine Tag, der durch die Vorhänge hindurchschien, das Heiligtum entzückend aussehen, welches Madame de Blanchemont in früheren Zeiten so gern selbst mit erlesenem Geschmack ausgestattet hatte. Sie hatte beinahe immer fern ihres Gatten gelebt, und dieses hübsche, so sittsame, frische Zimmer, in welches einzudringen Henri sich nie getraut hatte, rief in ihr nur melancholische, süße Erinnerungen wach. Dort hatte sie, wenn sie die Gesellschaft floh, im Duft dieser unvergleichlich schönen Blumen, die man nur in Paris findet und die heute zum Leben wohlhabender Frauen gehören, gelesen und geträumt. Sie hatte ihren Zufluchtsort so poetisch gestaltet, wie es ihr möglich war; für sich selbst hatte sie ihn ausgeschmückt und schön gemacht; sie klammerte sich daran wie an ein geheimnisvolles Asyl, wo die Schmerzen ihres Lebens und die Stürme ihrer Seele stets in Sammlung und Gebet gelindert wurden. Sie ließ einen langen, liebevollen Blick umherschweifen, dann sagte sie ganz für sich diesen stummen Zeugen ihres intimsten Lebens auf ewig Lebewohl . . . diesem Leben, das so versteckt war wie das der Blume, die der Sonne keinen Makel zu zeigen hat, die jedoch aus Liebe zum Schatten und zur Kühle ihren Kopf unter dem Laub verbirgt.

– Fluchtort meiner Wahl, Schmuck nach meinem Geschmack, ich habe euch geliebt, dachte sie; aber ich kann euch nicht mehr lieben, denn ihr seid die Gefährten und die Bestätigung des Reichtums und des Müßiggangs. Von nun an stellt ihr in meinen Augen all das dar, was mich von Henri trennt. Ich könnte euch also nicht mehr ohne Ekel und Bitterkeit betrachten. Verlassen wir einander, bevor wir uns hassen. Du schlichte Madonna, du würdest aufhören, mich zu beschützen; ihr klaren, tiefen Spiegel, ihr würdet mich dazu bringen, mein eigenes Bild zu verabscheuen; ihr schönen Blumenvasen, ihr hättet weder Grazie noch Düfte mehr für mich!

Dann ging sie, bevor sie, wie sie es beschlossen, an Henri schrieb, auf Zehenspitzen zu ihrem Sohn, betrachtete und segnete seinen Schlaf. Der Anblick dieses blassen Kindes, dessen frühreife Intelligenz sich auf Kosten seiner körperlichen Kräfte entwickelt hatte, bewirkte in ihr eine leidenschaftliche Rührung. In ihrem Herzen sprach sie mit ihm, als ob er im Schlaf ihre mütterlichen Gefühle hätte hören und verstehen können.

– Sei beruhigt, sagte sie zu ihm, ich liebe ihn nicht mehr als dich. Sei nicht eifersüchtig auf ihn. Wäre er nicht der beste und würdigste unter den Männern, so würde ich ihn dir nicht zum Vater geben. Ach, kleiner Engel, du wirst glühend und treu geliebt. Schlafe gut, wir werden einander niemals verlassen!

Unter Strömen köstlicher Tränen kehrte Marcelle in ihr Zimmer zurück und schrieb diese wenigen Zeilen an Lémor: »Sie haben recht, und ich verstehe Sie. Ich bin Ihrer nicht würdig, aber ich werde es sein, weil ich es will. Ich breche auf zu einer langen Reise. Machen Sie sich keine Sorgen um mich und fahren Sie fort, mich zu lieben. In einem Jahr, am selben Tag, werden Sie von mir einen Brief erhalten. Richten Sie Ihr Leben so ein, daß Sie frei sind, mich an einem Ort zu treffen, zu dem ich Sie rufe. Wenn Sie meinen, ich hätte mich noch nicht genügend verändert, dann geben Sie mir noch ein weiteres Jahr ... ein Jahr, zwei Jahre in Hoffnung, das ist beinahe schon das Glück für zwei Menschen, die sich seit langem lieben, ohne zu hoffen.«

Sie ließ diesen Brief frühmorgens zustellen. Aber Monsieur Lémor war nicht zu finden. Er war am Vorabend abgereist, und man wußte weder wohin noch für wie lange. Er hatte seine bescheidene Wohnung gekündigt. Indessen wurde versichert, daß der Brief ihn erreichen werde, denn einer seiner Freunde war beauftragt, täglich seine Post abzuholen und sie ihm zukommen zu lassen.

Zwei Tage später durchquerte Madame de Blanchemont mit ihrem Sohn, einer Kammerzofe und einem Diener in einer Postkutsche die Wildnis der Sologne.

Achtzig Meilen von Paris entfernt war die Reisende ungefähr im Zentrum Frankreichs, und sie schlief in der Blanchemont nächstgelegenen Stadt. Blanchemont war noch etwa fünf oder sechs Meilen entfernt, doch da im

Zentrum Frankreichs, trotz der neuen Straßen, die vor einigen Jahren dem Verkehr übergeben wurden, die Landstriche untereinander so wenig Verbindungen haben, ist es schwierig, selbst bei einer kurzen Entfernung, von den Bewohnern eine gesicherte Auskunft über das Landesinnere zu erhalten. Alle kennen recht gut den Weg in die Stadt oder zu dem Marktflecken, wohin die Geschäfte sie von Zeit zu Zeit rufen. Aber fragen Sie in einem Weiler nach einem eine Meile entfernten Bauernhof, so haben Sie Glück, wenn man Ihnen Auskunft geben kann. Es gibt so viele Wege! . . . und alle sind sich ähnlich. Die Bediensteten von Madame de Blanchemont, die frühmorgens aufgestanden waren, um den Aufbruch ihrer Herrin vorzubereiten, konnten indessen weder vom Herbergsbesitzer noch von seinen Dienstboten noch von den ländlichen Reisenden dort, die noch halb schliefen, irgendeine Aufklärung über das Gut Blanchemont erlangen. Niemand wußte genau, wo es lag. Der eine kam von Montluçon, der andere kannte Chateau-Meillant; alle waren hundertmal durch Ardentes und La Châtre gekommen, aber Blanchemont kannte man nur dem Namen nach.

– Es ist ein ertragreiches Landgut, sagte der eine, ich kenne den Pächter, aber ich war nie da. Es ist sehr weit von uns entfernt, wenigstens vier große Meilen.

–Verdammt! sagte ein anderer, ich habe auf dem Markt von La Berthenoux die Rinder von Blanchemont gesehen, erst letztes Jahr, und ich habe mit Monsieur Bricolin, dem Pächter, gesprochen, so wie ich gerade mit Ihnen spreche. Ja, ja, ich kenne Blanchemont! Aber ich weiß nicht, in welcher Richtung es liegt.

Die Magd, wie alle Herbergsmägde, wußte nichts von der Umgebung. Wie alle Herbergsmägde war sie erst seit kurzem da.

Die Kammerzofe und der Diener, die daran gewöhnt waren, ihrer Herrin in prachtvolle Residenzen zu folgen, bekannt im Umkreis von mehr als zwanzig Meilen und in zivilisierten Gegenden gelegen, glaubten allmählich, sie seien mitten in der Sahara. Ihre Gesichter wurden immer länger, und ihre Selbstachtung litt außerordentlich darunter, erfolglos nach dem Weg zum Schloß fragen zu müssen, das sie mit ihrer Anwesenheit beehren würden.

– Ist das denn eine Bruchbude oder ein armseliges Loch? fragte Suzette mit verächtlicher Miene Lapierre.

– Das ist der Palast der *Corybantes*, antwortete Lapierre, der in seiner Jugend ein sehr erfolgreiches Melodrama mit dem Titel ›Das Schloß von Corisande‹ heiß geliebt hatte und diesen Namen in verstümmelter Form auf alle Ruinen anwandte, die er traf.

Endlich hatte der Stalljunge eine Erleuchtung.

– Da oben im Heuschober, sagte er, habe ich einen Mann, der es euch sagen wird, denn es ist sein Beruf, Tag und Nacht durch die Gegend zu laufen. Der Grand-Louis ist's, oder vielmehr der große Müllersmann.

– Geh und hol deinen großen Müllersmann, sagte Lapierre würdevoll; es sieht so aus, als hätte er sein Schlafzimmer am Ende der Leiter?

Der große Müller kam von seinem Speicher herab und dehnte seine langen Arme und Beine und ließ sie knakken. Als Lapierre die athletische Gestalt und die entschlossene Miene sah, gab er den gönnerhaften Ton eines großen Herrn auf und befragte ihn höflich. Der Müller war tatsächlich einer der Bestinformierten; aber bei den Erklärungen, die er gab, hielt Suzette es für angebracht, ihn Madame de Blanchemont vorzustellen, die gemeinsam mit dem kleinen Edouard in der Wirtsstube ihre Schokolade nahm und die, weit davon entfernt, die Bestürzung ihrer Leute zu teilen, sich freute, von ihnen zu erfahren, daß Blanchemont ein verlorener Ort und nachgerade unauffindbar sei.

Das Musterexemplar dieses Landstrichs, das sich in diesem Moment Marcelle vorstellte, war fünf Fuß und acht Zoll groß und in einer Gegend, wo die Männer im allgemeinen eher klein als groß sind, von bemerkenswerter Gestalt. Er war kräftig gebaut, wohlgestaltet, schlank und hatte ein interessantes Gesicht. Die Mädchen in seinem Ort nannten ihn den schönen Müllersmann, und dieser Beiname war ebenso verdient wie der andere. Als er mit der Rückseite seines Ärmels das Mehl abwischte, das gewöhnlich seine Wangen bedeckte, legte er eine braune, von der schönsten Tönung belebte Haut frei. Seine Gesichtszüge waren regelmäßig und großzügig geschnitten wie seine Glieder, seine Augen blau und schön geformt, die Zähne strahlend, und sein langes, kastanienfarbenes Haar, lockig und kraus wie bei einem sehr starken Mann, umgab wie ein Rahmen die breite, runde Stirn, die eher von Scharfsinn und gesundem Menschenverstand kündete als von poetischen Idealen. Er war in einen derben blauen Kittel und eine graue Stoffhose gekleidet. Er trug keine Strümpfe, grobe Nagelschuhe und einen schweren Stock aus Eberesche mit einem Astknoten am Ende, der dadurch wie eine Keule aussah.

Er kam mit einer Sicherheit herein, die man für Unverschämtheit hätte halten können, wenn seine sanften hellblauen Augen und das Lächeln seines breiten roten Mundes nicht von Freimütigkeit, Güte und einer Art philosophischer Sorglosigkeit als Grundzug seines Charakters gezeugt hätten.

– Seien Sie gegrüßt, Madame, sagte er und zog seinen breitkrempigen grauen Filzhut, ohne ihn allerdings so richtig vom Kopf zu nehmen; denn wie übertrieben höflich und bereitwillig auch der alte Bauer alles grüßt, was besser gekleidet ist als er, so bemerkenswert ist bei dem Bauern der nachrevolutionären Zeit die Haftung seiner Kopfbedeckung an seinem Haupt. – Ich habe gehört, daß Sie von mir den Weg nach Blanchemont wissen wollen?

Die laute und tiefe Stimme des großen Müllers ließ Marcelle, die ihn nicht hatte eintreten sehen, zusammenfahren. Sie drehte sich lebhaft um und war ein wenig über seine Frechheit erstaunt. Aber es gehört zu den Vorzügen der Schönheit, daß der junge Müller und die junge Dame, als sie sich gegenseitig geprüft hatten, sogleich dieses gewisse Mißtrauen verloren, welches der Standesunterschied immer im ersten Augenblick einflößt. Nur als Marcelle sah, daß er zu Vertraulichkeiten neigte, glaubte sie ihn mit großer Höflichkeit an die Rücksicht erinnern zu müssen, die er ihrem Geschlecht schuldete . . .

– Ich danke Ihnen sehr für Ihre Gefälligkeit, sagte sie und begrüßte ihn, und ich bitte Sie, Monsieur, mir sagen zu wollen, ob es einen Weg nach Blanchemont gibt, der für Wagen befahrbar ist. Der Große Müller hatte schon unaufgefordert einen Stuhl genommen, um sich zu setzen; aber als er hörte, wie er *Monsieur* genannt wurde, begriff er mit dem ihm eigenen seltenen Scharfblick, daß er es mit einer Persönlichkeit zu tun hatte, die an sich gütig und verehrenswert war. Ganz sachte und ohne aus der Fassung zu geraten nahm er seinen Hut ab und stützte sich mit den Händen auf die Stuhllehne, wie um sich Haltung zu verleihen:

– Es gibt eine etwas holperige Landstraße, sagte er, wo man aber nicht umkippt, wenn man achtgibt; es kommt vor allem darauf an, dieser zu folgen und keine andere zu nehmen. Ich werde es Ihrem Postillon erklären. Aber am sichersten wäre es, hier eine Patache* zu nehmen, denn die letzten Gewitterregen haben in der Vallée-Noire allzuviel Schaden angerichtet; ich kann nicht sagen, ob die kleinen Räder Ihres Wagens in der Fahrrinne vorwärts kommen. Es könnte sein, aber ich verbürge mich nicht dafür.

– Ich sehe, daß mit Ihren Fahrrinnen nicht zu spaßen ist, und es wäre sicher klug, Ihren Rat zu befolgen. Sie sind sicher, daß ich mit einer Patache nicht umkippe?

– Oh, haben Sie keine Angst, Madame.

– Meinetwegen habe ich keine Angst, aber wegen dieses kleinen Kindes. Das macht mich vorsichtig.

– Es wäre tatsächlich schade, wenn dieser Kleine da unter die Räder käme, sagte der große Müllersmann und näherte sich dem kleinen Edouard mit aufrichtigem

* Einfache Mietkutsche für eine kleine Anzahl Reisender; vgl. S. 30f.

Wohlwollen. Wie niedlich und allerliebst er ist, dieser kleine Mann!

– Er ist recht zart, nicht wahr, sagte Marcelle lächelnd.

– Hm, er ist nicht stark, aber er ist hübsch wie ein Mädchen. Sie werden also in unsere Gegend kommen, Monsieur?

– Hör mal, du Großer da! rief Edouard und klammerte sich an den Müller, der sich zu ihm hinabgebeugt hatte. Mach', laß mich an die Decke fassen!

Der Müller nahm das Kind, hob es über seinen Kopf und führte es an den verräucherten Kranzgesimsen der Wirtsstube entlang.

– Passen Sie auf! sagte Madame de Blanchemont etwas erschreckt darüber, wie ungezwungen der bäuerliche Herkules mit ihrem Kind umging.

– Oh! Seien Sie nur ruhig, antwortete Grand-Louis; lieber würde ich alle Zahnkränze an meinem Mühlrad zerbrechen als diesem Monsieur einen Finger.

Das Wort *Zahnkranz* machte dem Kind Vergnügen, und es wiederholte es lachend und ohne es zu verstehen.

– Das kennen Sie nicht? fragte der Müller; das sind die kleinen Flügel, die Holzstückchen, die auf dem Rad reiten und die das Wasser antreibt, um das Rad zum Drehen zu bringen. Ich werde es Ihnen zeigen, wenn Sie einmal bei uns vorbeikommen.

– Ja, ja, *Zahnkranz*, sagte das Kind, lachte schallend und ließ sich in den Armen des Müllers nach hinten fallen.

– Wie spottlustig er ist, der kleine Spitzbube! sagte Grand-Louis und setzte ihn wieder auf seinen Stuhl. Nun, Madame, ich wende mich wieder meinen Geschäften zu. Ist das alles, womit ich Ihnen dienen kann?

– Ja, mein Freund, antwortete Marcelle, die aus Wohlwollen ihre Zurückhaltung vergaß.

– Oh, ich wäre nichts lieber als Ihr Freund! antwortete der Müller vergnügt und mit einem Blick, der hinlänglich zum Ausdruck brachte, daß seitens einer weniger jungen und schönen Person diese Vertraulichkeit nicht nach seinem Geschmack gewesen wäre.

– Gut, dachte Marcelle errötend und lächelnd; das sei mir eine Warnung.

Und sie fügte hinzu:

– Leben Sie wohl, Monsieur, und zweifellos auf Wiedersehen, denn Sie wohnen doch in Blanchemont?

– In nächster Nachbarschaft. Ich bin der Müller von Angibault; das liegt eine Meile von Ihrem Schloß entfernt. Ich nehme doch an, daß Sie die Herrin von Blanchemont sind?

Marcelle hatte ihren Leuten verboten, ihr Inkognito zu lüften. Sie wünschte, unbemerkt durchs Land zu reisen; aber am Benehmen des Müllers sah sie, daß sie in ihrer Eigenschaft als Besitzerin nicht so großes Aufsehen erregte, wie sie befürchtet hatte. Eine Eigentümerin, die nicht auf ihren Ländereien wohnt, ist eine Fremde, mit der man sich nicht befaßt. Da ist der Pächter, der sie vertritt und mit dem man ständig zu tun hat, eine ganz andere Persönlichkeit.

Obwohl sie geplant hatte, frühzeitig aufzubrechen und vor der Mittagshitze in Blanchemont zu sein, war Marcelle gezwungen, den größten Teil des Tages in der Herberge zu verbringen.

Alle Mietkutschen der Stadt waren wegen eines großen Marktes in der Umgebung über Land unterwegs, und man mußte auf die Rückkehr der erstbesten warten. Erst um drei Uhr nachmittags kam Suzette und teilte ihrer Herrin in kläglichem Ton mit, daß eine Art schändlicher, häßlicher Weidenkorb das einzige Fahrzeug war, das zu ihrer Verfügung stand.

Zum großen Erstaunen ihrer köstlichen Kammerzofe zögerte Madame de Blanchemont nicht, sich damit zufriedenzugeben. Sie nahm einige unentbehrliche Pakete, übergab dem Herbergswirt die Schlüssel für ihre Kalesche und ihre Koffer und fuhr in der klassischen Patache davon, diesem ehrenwerten Zeugnis der Einfachheit unserer Väter, das von Tag zu Tag seltener wird, selbst auf den Wegen der Vallée-Noire. Diejenige, auf die Marcelle zu ihrem

Unglück gestoßen war, war reinster eingeborener Machart, und ein Antiquitätenhändler hätte sie mit Achtung betrachtet. Sie war lang und niedrig wie ein Sarg; keinerlei Federung störte ihr Vorwärtskommen; die Räder, so hoch wie das Verdeck, waren imstande, den Schlammgräben zu trotzen, die unsere Straßen kreuz und quer zerfurchen und die der Müller als Wagenspuren hatte ausgeben wollen, zweifellos, um die nationale Ehre zu retten; das Verdeck selbst war schließlich nichts als ein Weidengeflecht, von innen behaglich mit Flockwolle und angerührtem Lehm verputzt, wovon sich bei jedem etwas stärkeren Stoß Teile ablösten und den Reisenden auf die Köpfe fielen. Ein eigensinniges kleines Pferd, dürr und feurig, zog recht ungezwungen die ländliche Karosse, und der Patachon, der mit hängenden Beinen quer über der Deichsel saß – in Anbetracht dessen, daß unsere Vorväter es bequemer fanden, einen Stuhl herbeizuholen, um in den Wagen zu steigen, als sich die Beine auf einem Trittbrett zu verrenken –, war derjenige, der sich in der Reisegesellschaft am wenigsten beengt und in Verlegenheit fühlte. In unserer Gegend gibt es vielleicht noch zwei oder drei derartige Pataches bei reichen, alten Landbewohnern, die nicht von ihren Gewohnheiten ablassen wollen und behaupten, daß gefederte Wagen Kribbeln verursachen, daß heißt ein Einschlafen der Waden.

Indessen war die Reise beinahe erträglich, solange man der großen Landstraße folgen konnte. Der Patachon war ein fünfzehnjähriger Bursche, rothaarig, plattnasig und frech, der blindlings drauflosfuhr, sich nicht genierte, sein Pferd mit allen Flüchen aus seinem reichhaltigen Wörterbuch anzufeuern, ohne Rücksicht auf die Anwesenheit der Damen, und dem es Spaß machte, des mutigen Ponys Ungestüm zu erschöpfen, welches in seinem Leben noch keinen Hafer gekostet hatte und dem der Anblick der saftigen Weiden genügte, um in gute Stimmung zu geraten. Aber sobald es in eine dürre Heidelandschaft kam, fing es an, eher unzufrieden als entmutigt den Kopf hängen zu lassen und seine Last mit einer Art Wut hinter sich herzuziehen und nicht auf die Unebenheiten des Weges zu achten, wodurch der Wagen grausam ins Schlingern geriet.

III

Der Bettler

Es wurde noch schlimmer, als man den Heidesand verließ und in das fette, schwere Land der Vallée-Noire hinabrollte. Vom Rand der unfruchtbaren Ebene aus hatte Madame de Blanchemont die endlose, prachtvolle Landschaft bewundert, die sich zu ihren Füßen ausbreitete und sodann am Horizont in mehreren bewaldeten Streifen von blassem Violett bis zum Himmel anstieg, unterbrochen nur von den goldenen Bändern der untergehenden Sonne. In Frankreich gibt es kaum eine schönere Gegend. Im einzelnen betrachtet ist die Pflanzenwelt indes nicht sehr ausgeprägt. Kein großer Fluß durchzieht die Gefilde, wo die Sonne sich in keinem Schieferdach spiegelt. Keine malerischen Berge, nichts Überraschendes, nichts Außergewöhnliches in dieser friedlichen Natur; aber das bebaute Land dehnt sich prachtvoll vor den Augen, und das unendlich kleinteilige Muster der Felder und Weiden, der Dickichte und breiten Gemeindewege bietet einen Reichtum an Formen und Farbnuancen, der stets im Einklang ist mit einem Grundton von dunklem, ins Blaue spielenden Grün; dazu ein Wirrwarr von großzügigen Gehegen, von in Obstgärten versteckten Bauernhütten, von Pappelwänden und baumbestandenen Viehweiden in der Ferne; von Feldern und Hecken, die auf den Ebenen blasser und heller erscheinen und die benachbarten Baumgruppen hervortreten lassen; kurz, eine Eintracht, ein Zusammenspiel bemerkenswerter Art über eine Ausdehnung von fünfzig Quadratmeilen, die man von oben, von den Hütten von Labreuil und Corlay aus, mit einem einzigen Blick umfängt.

Aber unsere Reisenden hatten dieses herrliche Panorama bald aus den Augen verloren. Hat man einmal den Weg an den Hängen der Vallée-Noire eingeschlagen, ändert sich das Schauspiel. Abwechselnd fährt man mit hohen Büschen eingefaßte Wege hinauf und hinab, aber niemals an Abgründen entlang – die Wege selbst sind Abgründe. Wenn die Sonne hinter den Bäumen versinkt, verleiht sie ihnen ein eigenartiges Aussehen, sonderbar anmutig und wild. Da sind unter dichtem Laub geheimnisvolle Fluchtlinien, Streifen in Smaragdgrün, die zu Sackgassen oder stehenden Pfuhlen führen, steile Biegungen, die man, ist man erst einmal im Wagen unten angelangt, nicht wieder hinauffahren kann, kurz, ein ständiger Reiz für die Phantasie mit sehr reellen Gefahren für die, die sich aufs Geratewohl – also nicht zu Fuß oder bestenfalls zu Pferd – in diese verführerischen, unberechenbaren und heimtückischen Windungen stürzen.
Solange die Sonne überm Horizont stand, wußte sich der rotmähnige Wagenlenker recht gut zu helfen. Er folgte dem ausgefahrensten Weg, folglich dem holprigsten, aber auch sichersten. Er überquerte zwei oder drei Bäche, wobei er sich an die Spuren der Karrenräder heftete, die diese auf den Ufern hinterlassen hatten. Aber als die Sonne untergegangen war, wurde es in den Hohlwegen sehr rasch dunkel, und der letzte Bauer, an den man sich wandte, antwortete mit sorgloser Miene: – Immer geradeaus! Immer geradeaus! Nur noch eine kleine Meile, und der Weg ist immer gut.

Nun, dies war der sechste Bauer, der seit etwa zwei Stunden verkündete, man habe nur noch eine kleine Meile zurückzulegen, und dieser Weg, stets gleich gut, war so, daß das Pferd entkräftet und die Reisenden am Ende ihrer Geduld waren. Marcelle selbst fing an zu befürchten, daß man umstürzen werde; denn wenn auch der Patachon und sein Klepper am hellen Tag mit viel Geschick ihren Weg fanden, so war es doch mitten in der Nacht unmöglich, die falschen Pfade zu meiden, welche durch die Unregelmäßigkeit des Geländes ebenso gefährlich wie malerisch sind und die einen, wenn sie plötzlich unterbrochen sind, zu jähen Sätzen von zehn oder zwölf Fuß nötigen. Der Bengel war niemals so tief in die Vallée-Noire vorgedrungen; er wurde ungeduldig, und jedesmal, wenn er zu wenden gezwungen war, um den Weg wiederzufinden, fluchte er wie ein Verrückter; er klagte über Hunger und Durst, jammerte, daß sein Pferd müde sei, wobei er es halbtot schlug, und gebärdete sich wie ein Städter, damit er dieses wilde Land und seine beschränkten Bewohner zum Teufel wünschen konnte.

Mehr als einmal waren Marcelle und ihre Leute ausgestiegen, wenn sie sahen, daß der Weg steil, aber trocken war; doch man konnte keine fünf Minuten lang gehen, ohne auf eine dieser Stellen zu treffen, wo der Weg sich verengt und völlig von einer oberirdischen Quelle eingenommen wird, die nicht abfließen kann und einen Pfuhl bildet, den eine zarte Frau unmöglich zu Fuß überqueren kann. Die Pariserin Suzette wollte lieber mit dem Wagen umstürzen, so sagte sie, als ihr Schuhwerk in diesen Schlammlöchern zu lassen, und Lapierre, der sein Leben in leichten Schuhen auf spiegelnden Böden verbracht hatte, war so unbeholfen und demoralisiert, daß Madame de Blanchemont es nicht mehr wagte, ihn ihren Sohn tragen zu lassen.

Wenn man einen Bauern nach gleich welchem Weg fragt, so ist seine gewöhnliche Antwort: *Gehen Sie geradeaus, immer geradeaus*. Das ist ganz einfach eine Schnurre, eine Art Kalauer, der bedeutet, daß man aufrecht auf seinen Beinen laufen soll, denn in der ganzen Vallée-Noire gibt es keinen einzigen Weg, der geradeaus führt. Die zahlreichen Schluchten der Indre, der Vauvre und Couarde, des Gourdon und hundert anderer kleiner Bäche, die in ihrem Verlauf den Namen ändern und nie durchs Joch irgendeiner Brücke oder Fahrbahn entwürdigt wurden, nötigen Sie zu tausend Umwegen, um eine Furt zu suchen, so daß

Sie gezwungen sind, dem Ort, zu dem Sie wollen, den Rücken zu kehren.

Als unsere verwirrten Reisenden an einen Scheideweg kamen, an dem ein Kreuz aufragte, ein unheimlicher, in der Einbildungskraft der Bauern stets mit Dämonen, Hexenmeistern und phantastischen Tieren bevölkerter Ort, da wandten sie sich an einen Bettler, der auf einem Totenstein saß und ihnen mit eintöniger Stimme zurief: – Oh, ihr barmherzigen Seelen, habt Mitleid mit einem armen Unglücklichen!

Die große, gebeugte Gestalt dieses sehr alten, jedoch noch kräftigen, mit einem riesigen Stock bewaffneten Mannes stellte, im Falle eines Angriffs Mann gegen Mann, einen wenig beruhigenden Anblick dar. Man konnte seine einfachen Gesichtszüge nicht gut erkennen, aber im Ton seiner rauhen Stimme lag eher etwas Herrisches als demütig Bittendes. Seine traurige Haltung und die schmutzigen Lumpen standen im Widerspruch zu der offensichtlich spaßhaften Laune, am Hut einen alten Blumenstrauß und ein verblichenes Band zu tragen.

– Mein Freund, sagte Marcelle und reichte ihm eine Silbermünze, sagen Sie uns den Weg nach Blanchemont, falls Sie ihn kennen.

Statt Antwort zu geben, fuhr der Bettler fort, ernst und mit lauter Stimme auf lateinisch ein Ave Maria aufzusagen, welches er zu ihren Ehren angestimmt hatte.

– Antworten Sie doch, sagte Lapierre, und sagen Sie Ihr Paternoster nachher auf.

Mit verächtlichem Ausdruck drehte der Bettler sich nach dem Lakaien um und fuhr fort in seinem Gebet.

– Reden Sie nicht mit diesem Mann, sagte der Patachon, das ist ein alter Landstreicher, der herumstreift und nie weiß, wohin er geht; man begegnet ihm überall, und nirgendwo ist er bei Verstand.

– Der Weg nach Blanchemont? sagte schließlich der Bettler, als er sein Gebet beendet hatte; ihr seid ganz woanders, meine Kinder; ihr müßt umkehren und den ersten Weg nehmen, der rechter Hand hinabführt.

– Sind Sie sicher? fragte Marcelle.

– Mehr als sechshundertmal bin ich da entlanggegangen. Wenn ihr mir nicht glaubt, dann macht, was ihr wollt; mir soll's egal sein.

– Er scheint seiner Sache sicher zu sein, sagte Marcelle zum Kutscher. Hören wir auf ihn; welches Interesse sollte er haben, uns zu täuschen?

– Pah! Das Vergnügen, etwas Schlechtes zu tun, antwortete der Patachon sorgenvoll. Ich mißtraue dem Mann.

Marcelle bestand darauf, dem Rat des Bettlers zu folgen, und bald war man auf einem schmalen, verschlungenen und sonderbar steilen Treidelpfad.

– Und ich sage, ergriff der Patachon, dessen Pferd bei jedem Schritt strauchelte, fluchend wieder das Wort, daß dieser alte, hinterhältige Kerl uns in die Irre führt.

– Vorwärts, sagte Marcelle, denn zurück geht es nicht mehr. Je weiter sie vorankamen, desto unmöglicher wurde der Weg; aber er war zu schmal, um den Wagen zu wenden, zwei prächtige Hecken engten ihn ein. Nachdem das kleine Pferd wahre Wunder an Kraftaufwand und Aufopferung vollbracht hatte, gelangte es unten zu einer Gruppe alter Eichen, die den Rand eines Wäldchens zu bilden schienen. Plötzlich wurde der Weg breiter, und man sah sich vor einer großen Wasserlache, die nur wenig einer Furt ähnelte. Der Patachon begab sich dennoch hinein; aber mittendrin sank der Wagen tief ein, so daß er ihn seitwärts herausziehen wollte; dies war die letzte Heldentat seines mageren Paradepferds. Die Patache neigte sich bis zur Radnabe, und das Tier streckte alle Viere von sich, wobei es sein Zugseil zerriß. Es mußte ausgespannt werden. Lapierre begab sich bis zu den Knien ins Wasser und stöhnte wie ein Mensch im Todeskampf; und als er dem Patachon aus der Verlegenheit geholfen hatte, blieben alle ihre Bemühungen, den Wagen anzuheben, vergeblich (sie waren beide nicht kräftig). Da sprang der Patachon auf sein Tier, und dieweil er auf den Hexenmeister von Bettler schimpfte und bei allen Teufeln der Hölle fluchte, ritt er eiligst davon und versprach noch, Hilfe zu holen, jedoch in einem Ton, der die Mutmaßung nahelegte, daß er sich nur geringe Vorwürfe machen würde, wenn er seine Reisenden bis zum Tagesanbruch im Schlammloch ließe.

Die Patache war nicht umgestürzt. Sie hing lässig im Sumpf und war noch recht wohnlich, und Marcelle machte es sich auf der Rückbank gemütlich, ihren Sohn auf dem Schoß, damit er bequemer schliefe, denn seit langem schon verlangte Edouard nach Essen und Bett, und als ein paar Leckereien, die sich als Reserve in Suzettes Tasche befanden, seinen Hunger gestillt hatten, ließ er sich nicht lange bitten und machte ein Nickerchen. Madame de Blanchemont war der Ansicht, daß der Patachon es mit der Rückkehr nicht eilig habe, sofern er eine gute Bleibe fände, und forderte Lapierre auf, in der Umgebung nachzuschauen, ob er nicht irgendeine im Laubwerk versteckte Strohhütte entdeckte – eine von denen, die nach Sonnenuntergang so abgeschlossen und still sind, daß man sie anfassen muß, um sie zu sehen, und im Handstreich erobern, um zu dieser ungewohnten Stunde Gastfreundschaft zu finden. Der alte Lapierre hatte nur eine Sorge, nämlich ein Herdfeuer zu finden, um sich die Füße zu trocknen und sich vor Rheumatismus zu schützen. Also ließ er sich nicht groß bitten und verließ das Moor, nachdem er sich gleichwohl vergewissert hatte, daß die auf dem umgekippten Stamm einer alten Weide ruhende Patache nicht Gefahr lief, noch tiefer zu versinken.

Am verzweifeltsten war Suzette, die vor Dieben, Wölfen und Schlangen große Angst hatte, drei Geißeln, die in der Vallée-Noire unbekannt sind, die jedoch den Kopf eines reisenden Zimmermädchens nicht so ohne weiteres verlassen. Die heitere Gelassenheit ihrer Herrin indessen hinderte sie daran, sich lauthals ihrem Schrecken hinzugeben, und als sie sich, so gut es ging, auf der Rückbank verbarrikadiert hatte, beschloß sie, still vor sich hin zu weinen.

– Nun, nun, was haben Sie denn, Suzette? fragte Marcelle sie, als sie es merkte.

– Ach, Madame! antwortete sie schluchzend, hören Sie nicht, wie die Frösche quaken? Sie werden zu uns kommen und sich im Wagen breitmachen . . .

– Und uns sicherlich verschlingen? erwiderte Madame de Blanchemont und lachte laut.

Tatsächlich hatten die grünen Bewohner der Sümpfe, die einen Augenblick lang vom Sturz des Pferdes und des Phaeton verwirrt waren, ihre eintönige Psalmodie wieder aufgenommen. Auch hörte man Hunde bellen und heulen, aber so weit entfernt, daß es kaum einen Grund gab, mit ihrem schnellen Beistand zu rechnen. Der Mond war noch nicht aufgegangen, doch die Sterne leuchteten im ruhigen, wieder klar gewordenen Wasser des Moores. Ein lauer Wind säuselte im hohen Schilf, das in dichten Büscheln am Ufer aufragte.

– Hören Sie, Suzette, sagte Marcelle, die sich bereits einer poetischen Träumerei hingab, in einem Sumpfloch ist es längst nicht so übel, wie ich geglaubt hatte, und wenn Sie wollen, so schlafen Sie hier wie in Ihrem eigenen Bett.

– Madame muß den Verstand verloren haben, daß sie sich in einer solchen Situation wohlfühlt, dachte Suzette.

– Beim Himmel, Madame, rief sie nach kurzem Schweigen, mir scheint, ich höre einen Wolf heulen! Sind wir nicht mitten in einem Wald?

– Der Wald ist nur ein Weidengebüsch, antwortete Marcelle, und was den heulenden Wolf angeht, so ist der ein singender Mensch. Sollte er seine Schritte zu uns hin lenken, so könnte er uns helfen, festen Boden unter die Füße zu kriegen.

– Und wenn es ein Dieb wäre?

– In diesem Fall ist es ein freundlicher Dieb, der singt und uns ermahnt, auf uns aufzupassen. Hören Sie, Suzette, Scherz beiseite, er kommt hierher, die Stimme kommt näher.

Und tatsächlich schwebte eine volle, wohlklingende männliche Stimme, wenn auch rauh und kunstlos, über die stillen Felder, und der langsame, regelmäßige Schritt eines Pferdes begleitete sie, als ob er den Takt angäbe; aber diese Stimme war noch weit weg, und nichts wies darauf hin, daß der Sänger in Richtung Moor marschierte, welches eine Sackgasse sein mochte. Als das Lied beendet war, entweder weil das Pferd auf Gras lief oder der Dorfbewohner sich abgewandt hatte, hörte man nichts mehr.

In diesem Moment sah die ihrem Schrecken erneut ausgelieferte Suzette einen stillen Schatten, der am Moor entlangschlich und der, durchs Wasser gespiegelt, riesig wirkte. Sie schrie auf, der Schatten drang ins Moor vor und kam geradewegs auf die Patache zu, wenn auch langsam und vorsichtig.

– Haben Sie keine Angst, Suzette, sagte Madame de Blanchemont, die in diesem Augenblick ebenfalls nicht sonderlich ruhig war; das ist unser alter Bettler von eben; vielleicht weist er uns auf ein Haus hin, von wo man uns zu Hilfe kommen kann.

– Mein Freund, sagte sie sehr geistesgegenwärtig, mein Diener, *der mit uns ist*, wird sich zu Ihnen begeben, damit Sie ihm den Weg zu irgendeiner Behausung weisen.

– Dein Diener, meine Kleine? antwortete vertraulich der Bettler, ist nicht hier; er ist schon weit weg . . . im übrigen ist er so alt, so dumm und schwach, daß er dir hier nichts nützen würde.

Mit einem Mal bekam Marcelle Angst.

IV

Das Moor

Diese Antwort ähnelte der wilden Prahlerei eines Menschen mit bösen Absichten. Marcelle umfing Edouard mit den Armen, entschlossen, ihn, wenn es nötig sein sollte, unter Einsatz ihres Lebens zu verteidigen: und sie wollte eben auf der dem Bettler abgewandten Seite ins Wasser springen, als die zweite Strophe des schlichten Liedes angestimmt wurde, welches zuvor schon zu hören war, und dieses Mal ganz in der Nähe.

Der Bettler hielt inne.

– Wir sind verloren, flüsterte Suzette, da kommt der Rest der Bande.

– Im Gegenteil, wir sind gerettet, antwortete ihr Marcelle, das ist die Stimme eines braven Bauern.

In der Tat versprach die Stimme Sicherheit, und das ruhige, reine Lied kündete von einem friedfertigen guten Gewissen. Auch der Schritt des Pferdes näherte sich. Offenbar kam der Dörfler den Weg zum Moor hinab.

Der Bettler wich zurück bis zum Rand und bewegte sich nicht mehr; sein Verhalten schien eher von Vorsicht als von Schrecken zu zeugen.

Marcelle beugte sich aus der Patache, um den Reisenden herbeizurufen; der aber sang zu laut, als daß er sie hören konnte, und wäre sein Pferd, erschreckt vom Anblick der schwarzen Masse der Patache auf seinem Weg, nicht heftig schnaubend stehengeblieben, so wäre sein Herr, ohne aufmerksam zu werden, vorbeigeritten.

– Was zum Teufel ist das? rief er schließlich mit einer Stentorstimme, die keinerlei Furcht ausdrückte und die Madame de Blanchemont sogleich als die des großen Müllers erkannte. – Heda! Freunde! Eure Karosse rollt nicht mehr so recht. Seid ihr tot da drinnen, daß ihr nichts sagt?

Als Suzette den Müller erkannte, dessen schöne, stattliche Erscheinung sie schon morgens, trotz ihrer bescheidenen Aufmachung, angenehm überrascht hatte, gab sie sich wieder sehr liebenswürdig. Sie legte den jämmerlichen Zustand dar, in dem ihre Herrin und sie sich befanden, und nachdem der Grand-Louis ungeniert über ihr Mißgeschick gelacht hatte, versicherte er, nichts sei einfacher als sie zu befreien. Zunächst entledigte er sich eines großen Getreidesackes, den er vor sich auf seinem Pferd beförderte, und als er den Bettler bemerkte, der nicht die Absicht zu haben schien, sich zu verstecken, sagte er freundlich zu ihm:

– Sieh einmal an, Vater Cadoche, Ihr hier? Geht zur Seite, damit ich meinen Sack abwerfen kann!

– Ich stand da, um diesen armen Kindern zu helfen! antwortete der Bettler; aber da ist so viel Wasser, daß ich mich nicht vorwärtsbewegen konnte.

– Bleibt ruhig da stehen, mein Alter, und macht Euch nicht unnütz naß. In Eurem Alter ist das gefährlich. Ich ziehe die beiden Frauen auch ohne Euch raus. Und er kehrte zurück zu Madame de Blanchemont, um sie zu holen, wobei er bis zur Brust seines Tieres in den Schlick vordrang:

– Nun, Madame, sagte er fröhlich, rücken Sie auf der Deichsel ein wenig nach vorn und sitzen Sie dann hinter mir auf; nichts ist leichter als das. Sie machen nicht einmal Ihre Fußspitzen naß, denn Ihre Beine sind nicht so lang wie die Ihres Dieners. Ihr Patachon muß ganz schön dumm sein, daß er Sie da hineinkutschiert hat, wo zwei Schritte weiter links der Schlamm nicht einmal sechs Daumen breit ist!

– Ich bin untröstlich, daß Sie meinetwegen ein so scheußliches Beinbad nehmen, sagte Marcelle, aber mein Kind . . .

– Ach, der kleine Herr? Richtig! Er zuerst. Reichen Sie ihn mir . . . so . . . da sitzt er vor mir. Seien Sie beruhigt, da ist kein Sattel, der ihm weh tut, mein Pferd braucht keinen und ich auch nicht. Los, setzen Sie sich hinter mich, meine kleine Dame, und haben Sie keine Angst. Die Sophie hat ein kräftiges Kreuz und sichere Beine.

Sanft setzte der Müller Mutter und Kind aufs Gras.

– Und mich, rief Suzette, mich lassen Sie wohl da drin?

– Nein, nein, Mademoiselle, sagte der Grand-Louis und ging zurück, um sie zu holen. – Geben Sie mir auch Ihre Pakete, wir holen alles heraus, beruhigen Sie sich.

– Nunmehr, sagte er, als das Ausladen beendet war, kann dieser Unglückspatachon sein Wagenwrack holen, wann er will. Um die Sophie vorzuspannen, fehlen mir die Zugseile; aber ich bringe Sie, wohin Sie wollen, meine Damen.

– Sind wir weit weg von Blanchemont? fragte Marcelle.

– Ja, zum Teufel! Ihr Patachon hat einen merkwürdigen Weg genommen, um Sie dorthin zu bringen! Von hier aus sind es zwei Landmeilen, und wenn wir ankommen, werden alle schlafen; es wird nicht einfach sein, sie zum Öffnen zu bewegen. Aber wenn Sie wollen, wir sind nur eine kleine Meile von meiner Mühle von Angibault entfernt; es ist nicht vornehm, aber sauber, und meine Mutter ist eine gute Frau, die keine Umstände macht und die auch aufsteht, die Betten mit weißen Laken bezieht und zwei Hühnern den Hals umdreht. Ist es Ihnen recht? Kommen Sie, meine Damen, ganz formlos! Krieg ist Krieg, Mühle ist Mühle. Morgen früh holen wir die Patache, die sich in dieser Nacht unter freiem Himmel schon nicht erkälten wird, machen sie sauber und bringen Sie nach Blanchemont, wann immer Sie wollen.

Diese unvorhergesehene Einladung des Müllers war mit Herzlichkeit und einer gewissen Feinfühligkeit vorgetragen. Marcelle, überzeugt von seinem guten Herzen und von der Art, wie er von seiner Mutter gesprochen hatte, nahm dankbar an.

– Das ist gut, Sie machen mir eine Freude, sagte der Müllersmann; ich kenne Sie nicht, vielleicht sind Sie die Dame von Blanchemont, aber es ist mir egal; und wenn Sie der Teufel wären (man sagt, daß der Teufel sich schön und nett gibt, wenn er will), so wäre ich allemal froh, Sie daran zu hindern, eine schlechte Nacht zu verbringen. Halt, ich kann meinen Getreidesack nicht hierlassen; ich will ihn auf die Sophie laden, der Kleine setzt sich obendrauf, die Mama dahinter; das wird Sie nicht stören, im Gegenteil, es hilft, sich abzustützen. Das Fräulein geht mit mir zu Fuß, dieweil wir mit Vater Cadoche plaudern, der zwar nicht gut ausstaffiert ist, jedoch viel Verstand hat. Wo ist er denn bloß hin, der alte Faulpelz? sagte er und suchte mit Blicken den Bettler, der verschwunden war. Heda, Vater Cadoche! Kommt Ihr und schlaft im Haus? ... Er antwortet nicht; heute abend hat er was anderes vor. Gehen wir, meine Damen.

– Dieser Mann hat uns sehr erschreckt, sagte Marcelle. Sie kennen ihn also?

– Seit ich auf der Welt bin. Er ist kein schlechter Mensch, und Sie hatten unrecht, ihn zu fürchten.

– Mir kommt es indessen so vor, als ob er uns bedroht hätte, und seine Art, uns zu duzen, schien mir kein Ausdruck von Freundschaft.

– Er hat Sie geduzt? Der alte Spaßvogel! Der da geniert sich nicht! Aber das ist seine Art; machen Sie sich nichts daraus. Er ist ein argloser Mensch, ein Original! Er ist halt der Vater Cadoche, *aller Welts Onkel*, wie man ihn nennt, der allen, denen er begegnet, seinen Nachlaß verspricht, obgleich er ebenso bettelarm ist wie sein Stock.

Auf dem Rücken der kräftigen und friedfertigen Sophie legte Marcelle ihren Weg auf sehr bequeme Weise zurück. Sie hielt den kleinen Edouard vor sich gut fest, und dieser »fand viel Geschmack an dieser Art zu reisen«, wie der gute La Fontaine es ausdrückt. Mit seinen kleinen Füßen gab er dem Hals des Tieres die Sporen, was dieses nicht spürte und darum auch nicht schneller ging. Es marschierte wie ein echtes Müllerpferd, das man nicht zu führen braucht, weil es seinen Weg auswendig kennt und ihn in der Dunkelheit, durchs Wasser und über Stock und Stein findet, ohne sich je zu verlaufen oder einen falschen Tritt zu tun. Auf Marcelles Bitte hin, die fürchtete, ihr alter Diener müsse eine Nacht unter dem Sternenhimmel verbringen, ließ der Müller seine dröhnende Stimme mehrfach erschallen, und Lapierre, der sich in einem nahegelegenen Dickicht verirrt hatte und sich seit einer halben Stunde auf einer Fläche von einem Morgen im Kreis drehte, gesellte sich bald zu der kleinen Karawane.

Nach einer Stunde vernahm man das Geräusch einer Schleuse, und das erste Mondlicht erhellte das mit Weinranken bedeckte Dach der Mühle und die silbrigen, mit Minze und Seifenkraut bestreuten Bachufer.

Leichtfüßig sprang Marcelle auf diesen duftenden Teppich, nachdem sie ihr ob der Reise zu Pferd rundum fröhliches und stolzes Kind dem Müller in die Arme gelegt hatte, dem es seine kleinen Arme um den Hals warf und dabei sagte:

– Guten Tag, *Zahnkranz*.

Genauso, wie Grand-Louis es vorausgesagt hatte, erhob sich die Mutter unverdrossen, und mit der Hilfe einer vierzehn oder fünfzehn Jahre alten Magd waren bald die Betten bereitet. Mehr noch als ein Abendessen brauchte Madame de Blanchemont Ruhe; sie hielt die alte Müllerin davon ab, ihr etwas anderes als eine Tasse Milch vorzusetzen, und vor Müdigkeit völlig kraftlos, ihr Kind fest an der mütterlichen Seite, schlief sie in einem *Couette* genannten Federbett von beträchtlicher Höhe und erlesener Weichheit ein. Diese Betten, deren einziger Fehler es ist, zu warm und zu weich zu sein, stellen, zusammen mit einem dicken Strohsack, in einer Gegend, wo es Gänse im Überfluß gibt und wo die Winter sehr kalt sind, bei Arm und Reich das ganze Nachtlager dar.

Von einer achtzig Meilen langen, sehr rasch zurückgelegten Reise ermüdet, insbesondere aber von einer Fahrt in der Patache, die sozusagen allem die Krone aufsetzte, hätte die schöne Pariserin gerne in den Tag hinein geschlafen; aber kaum dämmerte der Morgen, da zwangen sie das Krähen der Hähne, das Tick-Tack der Mühle, die laute Stimme des Müllers und sämtliche Geräusche ländlicher Arbeit, auf eine längere Ruhe zu verzichten. Im übrigen begann Edouard, der kein bißchen müde war und den die ländliche Luft bereits belebte, auf dem Bett Luftsprünge zu machen. Trotz des ganzen Spektakels draußen schlief Suzette, die mit ihnen das Zimmer teilte, so tief, daß Marcelle Gewissensbisse hatte, sie zu wecken. Also fing sie gleich mit dem neuen Leben, das sie sich vorgenommen, an, erhob sich, kleidete sich ohne die Hilfe ihrer Kammerfrau an, machte mit dem größten Vergnügen selbst ihren Sohn fertig und ging hinaus, um den Gastgebern einen guten Tag zu wünschen. Sie traf nur auf den Müllerjungen und die kleine Magd, die ihr sagten, daß der

Meister und die Meisterin soeben ans andere Ende der Weide gegangen seien, um sich um das Frühstück zu kümmern. Marcelle war neugierig, worin diese Vorbereitungen bestehen mochten; sie ging über die grobe Brücke, die dem Wasserbecken der Mühle gleichzeitig als Schleuse diente, ließ rechts eine schöne Pappelschonung hinter sich und überquerte die Wiese, wobei sie am Flußlauf oder vielmehr am Bachlauf entlangging, der, stets voll bis zum Rand, das blühende Gras streift und an dieser Stelle kaum mehr als zehn Fuß breit ist. Dieser winzige Wasserlauf ist dennoch von großer Kraft und bildet in der Nähe der Mühle ein beträchtliches Becken, das so unbeweglich, tief und glatt ist wie ein Spiegel, der die alten Weiden und bemoosten Dächer der Wohngebäude reflektiert. Marcelle betrachtete diesen friedlichen, bezaubernden Platz, der ihr Herz ansprach, ohne daß sie wußte, warum. Sie hatte schönere gesehen; aber es gibt Orte, die in uns eine unwiderstehliche Rührung auslösen, zu denen das Schicksal uns zieht, damit wir uns dort Freuden, Trauer oder bestimmten Pflichten hingeben.

V

Die Mühle

Als Marcelle zu den gewaltigen Baumgruppen gelangte, wo sie ihre Gastgeber zu finden hoffte, da glaubte sie einen Urwald zu betreten. Vom Wasser ausgehöhlte und eingebrochene Erde war mit der dichtesten Pflanzenwelt bedeckt. Man sah, daß der kleine Bach dort in Regenzeiten große Verwüstungen anrichtete. Prachtvolle Erlen, Buchen und Espen, die halb umgestürzt waren und ihre riesigen Wurzeln auf dem feuchten Sand entblößten, gewundenen Schlangen und Hydren ähnlich, beugten sich in stolzer Unordnung übereinander. Das Flüßchen, in zahlreiche Wasserläufe verzweigt, schnitt nach Lust und Laune grüne Inseln aus, wo sich auf taubedecktem Rasen kräftige Brombeergewinde und Hunderte Arten von Gras, wie Büsche so hoch, ineinanderflochten und der unvergleichlichen Anmut freien Wachsens überlassen waren. Nie könnte ein englischer Garten diesen Aufwand der Natur nachahmen, diese auf so glückliche Weise angeordneten Baumgruppen, die zahlreichen Becken, die das Flüßchen sich selbst im Sand und zwischen Blumen ausgegraben hat, die Laubengänge, die sich über den Wasserläufen zusammenfinden, diese hübsch gefügten Unebenheiten des Bodens, die gebrochenen Dämme, die vereinzelten, vom Moos überwucherten Pfähle, die man dorthin geworfen zu haben scheint, damit sie die Schönheit der Landschaft vervollkommnen. Marcelle war in Entzücken versunken, und ohne den kleinen Edouard, der wie ein entflohener Pfau umherlief und begierig war, als erster mit seinen niedlichen Füßen in den frisch am Ufer angeschwemmten Sand seine Spur zu drücken, hätte sie alles um sich her vergessen. Aber die Angst, ihn ins Wasser fallen zu sehen, weckte ihre Fürsorglichkeit; sie heftete sich an seine Fersen, lief hinter ihm her, und je tiefer sie in diese verzauberte Wildnis eindrang, desto mehr glaubte sie, es sei einer dieser Träume, in denen uns die Natur so vollkommen schön erscheint, daß man sagen kann, zumindest im Traum das irdische Paradies gesehen zu haben.

Endlich ließen sich der Müller und seine Mutter auf dem anderen Ufer blicken; der eine warf ein Netz aus und fischte Forellen, die andere molk ihre Kuh.

– Ach, die kleine Dame, schon aufgestanden! sagte der Müllersmann. Sie sehen, wir kümmern uns um Sie. Meine alte Mutter da quält sich damit herum, daß sie Ihnen nichts Gutes vorsetzen kann; aber ich behaupte, daß Sie sich mit unserem guten Herzen zufriedengeben. Wir sind weder Köche noch Herbergswirte, aber wenn man einerseits guten Appetit und andererseits einen guten Willen hat . . .

– Ihr behandelt mich viel zu gut, ihr lieben Leute, antwortete Marcelle, und um zu ihnen zu kommen, wagte sie sich mit Edouard in den Armen auf die als Brücke dienende Planke; nie zuvor habe ich eine so gute Nacht verbracht, nie einen so schönen Morgen erlebt wie bei Ihnen. Und die schönen Forellen, die Sie da fangen, Herr Müller! Und Sie, die Frau Mama, die schöne, weiße, sahnige Milch! Sie verwöhnen mich, und ich weiß nicht, wie ich Ihnen danken soll.

– Unser schönstes Dankeschön ist, wenn Ihr zufrieden seid, sagte lächelnd die Alte. Wir sehen nie so feine Leute wie Euch, und Artigkeiten kennen wir nicht so recht; aber wir sehen, daß Ihr eine anständige Person seid und nicht anspruchsvoll. Also dann, ins Haus, der Pfannkuchen ist bald fertig, und gewiß mag der Kleine Erdbeeren. Wir haben einen kleinen Garten, wo er sie bestimmt gerne selber pflückt.

– Sie sind so gut, und Ihre Gegend ist so schön, daß ich mein Leben hier verbringen möchte, sagte Marcelle hingebungsvoll.

– Wirklich? sagte der Müller und lächelte gutmütig; nun, wenn so Ihr Herz spricht . . . Ihr seht wohl, Mutter, daß unsere Gegend nicht so häßlich ist, wie Ihr meint. Ich sage Euch doch, daß eine reiche Person sich hier wohlfühlen kann!

– Ja, sagte die Müllerin, unter der Bedingung, daß sie sich hier ein Schloß baut, und für ein Schloß wäre es immer noch eine schlechte Lage.

– Ist es möglich, daß es Ihnen hier nicht gefällt? entgegnete Marcelle verwundert.

– Ach, es ist nicht so, daß es mir nicht gefällt, antwortete die Alte. Hier habe ich mein Leben verbracht, und hier sterbe ich, so Gott will. Ich hatte Zeit genug, mich in den fünfundsiebzig Jahren, die ich hier lebe, daran zu gewöhnen, und außerdem bleibt einem nichts anderes übrig als mit dem Land, das man hat, zufrieden zu sein. Aber wenn Ihr, Madame, den Winter hier verbringen müßtet, dann würdet Ihr nicht sagen, daß die Gegend schön ist. Wenn die große Überschwemmung all unsere Weiden bedeckt und wir nicht einmal mehr in unseren Hof hinaus können, nein, nein, das ist nicht schön!

– Ach was! Die Frauen sind immer so schreckhaft, sagte Grand-Louis. Ihr wißt doch, daß das Wasser das Haus nicht davonträgt und daß die Mühle gesichert ist. Und wenn das schlechte Wetter kommt, dann muß man es so nehmen. Den ganzen Winter über wartet Ihr auf den Sommer, Mutter, und den ganzen Sommer über habt Ihr nichts anderes im Kopf als die Sorgen um den kommenden Winter. Ich behaupte, daß man hier glücklich und sorgenfrei leben kann.

– Und warum tust du nicht, was du sagst? entgegnete die Mutter. Bist denn du sorgenfrei? Bist denn du glücklich, daß du Müller bist und dein Haus so oft im Wasser steht? Ach, wenn ich all das wiederholen würde, was du manchmal sagst über das Unglück, nicht gut untergebracht zu sein und nicht reich werden zu können!

– Es ist ziemlich sinnlos, alle Dummheiten zu wiederholen, die ich zuweilen sage, Mutter, die Mühe könnt Ihr euch sparen. Und alldieweil der große Müller derart vorwurfsvoll redete, blickte er seine Mutter sanft und liebevoll, ja fast flehend an. Ihr Gespräch fand Madame de Blanchemont nicht so banal, wie es dem Leser bislang vorgekommen sein mag. In ihrer geistigen Verfassung wünschte sie zu erfahren, wie dieses bäuerliche Leben, das für arme Leute noch am wenigsten hart war, von diesen selbst, die es zu führen gezwungen, empfunden und beurteilt wird. Die Vorstellungen, mit denen sie kam, um es zu prüfen und auszuprobieren, waren nicht allzu romantisch. Henri, der an ihrer Fähigkeit zweifelte, es auf sich zu nehmen, hatte sie für seine Entbehrungen und tatsächlichen Leiden empfänglich gemacht. Aber sie glaubte, daß diese Leiden nicht über ihren Mut hinausgingen, und an der Auffassung ihrer Gastgeber aus der Mühle interessierte sie das Maß an Philosophie oder Gefühllosigkeit, mit dem die Natur sie ausgestattet hatte, verglichen mit dem, was ihr Gefühl für Poesie und ihre Liebe – ein noch gottesfürchtigeres und mächtigeres Gefühl – ihr selbst verleihen mochten. Sobald der Müller fortgegangen war, um seine

Forellen, wie er sagte, in die Bratpfanne zu bringen, da zeigte sie ein wenig Neugierde.

– Also, sagte sie zu der alten Müllerin, sind Sie nicht glücklich, und Ihr Sohn seinerseits quält sich zuweilen, auch wenn er fröhlich wirkt?

– Nun, Madame, was mich angeht, antwortete die gute Frau, ich fühlte mich reich und mit meinem Los hinreichend zufrieden, wenn ich meinen Sohn glücklich sähe. Mein armer verstorbener Mann war wohlhabend; sein Handel ging gut, aber er starb, bevor er seine Familie großziehen konnte, und ich mußte, so weit ich dazu imstande war, alle meine Kinder gut erziehen und unterbringen. Gegenwärtig ist der Anteil eines jeden nicht groß; die Mühle ist meinem Louis geblieben, den man den Grand-Louis nennt, so wie man seinen Vater den Grand-Jean nannte und mich die Grand'Marie. Denn mit Gottes Hilfe gedeihen wir gut in unserer Familie, und alle meine Kinder sind wohlgewachsen. Das ist das Beste an unserem Vermögen; der Rest, das ist so wenig, daß es keinen Grund gibt, sich falsche Hoffnungen zu machen.

– Aber warum möchten Sie denn reicher sein? Leiden Sie unter der Armut? Mich dünkt, Sie wohnen gut, haben schönes Brot, und Ihre Gesundheit ist hervorragend.

– Ja, ja, dem lieben Gott sei Dank, wir haben das Nötigste, und viele Leute, die vielleicht mehr wert sind als wir, haben nicht alles, was sie brauchen; aber sehen Sie, Madame, man ist glücklich oder unglücklich, je nachdem, welche Vorstellungen man sich macht . . .

– Das ist die eigentliche Frage, sagte Marcelle, die im Gesichtsausdruck und in der Rede der Müllerin naive Feinsinnigkeit und gesundes Urteilsvermögen bemerkte. – Da Sie die Dinge so richtig bewerten, wie kommt es da, daß Sie sich beklagen?

– Nicht ich beklage mich, sondern mein Grand-Louis! Oder besser gesagt, ich beklage mich, weil ich sehe, wie unzufrieden er ist, und er selbst beklagt sich nicht, weil er tapfer ist und befürchtet, mir weh zu tun. Aber wenn es ihm selbst zu viel wird, dann entschlüpft es ihm, dem armen Jungen! Er sagt nur ein Wort, aber das zerreißt mir das Herz. Er sagt: »*Nie, niemals,* meine Mutter«, und das Wort bedeutet, daß er sich nichts mehr erhofft. Aber dann, denn er ist ja von Natur aus fröhlich (wie sein armer, lieber, verstorbener Vater), sieht er aus, als ob er sich besinne, und er erzählt mir allerlei Geschichten – mag sein, um mich zu trösten, mag sein, er stellt sich vor, daß schließlich doch geschieht, was er sich in den Kopf gesetzt hat.

– Aber was hat er im Kopf? Einen Ehrgeiz?

– Ach ja, einen großen Ehrgeiz, eine wahre Verrücktheit! Es geht nicht um die Liebe zum Geld, denn habgierig ist er nicht, weit entfernt! Bei der Erbteilung hat er seinen Brüdern und Schwestern alles, was sie wollten, überlassen, und sobald er ein bißchen was verdient hat, ist er bereit, es dem ersten, der es braucht, zu geben. Es geht auch nicht um Eitelkeit, denn er trägt stets seine Bauerntracht, obwohl er eine gute Erziehung hat und die Möglichkeit, sich ebenso gut zu kleiden wie ein Bürgersmann. Letztendlich geht es weder um schlechte Verhaltensweisen noch um einen Hang zu großen Ausgaben, denn er ist mit allem zufrieden, und wo er nichts zu schaffen hat, da will er auch nicht hinlaufen.

– Nun gut, nur, worum geht es? sagte Marcelle, deren sanfter Ausdruck und herzlicher Ton unmerklich das Vertrauen der alten Frau weckten.

– Nun, worum soll's schon gehen, wenn nicht um die Liebe! sagte die Müllerin mit einem geheimnisvollen Lächeln und dieser gewissen Feinheit und Zartheit, die, wenn es um Gefühle geht, im Handumdrehen zwischen Frauen Offenherzigkeit und Interesse entstehen läßt, trotz aller Alters- und Rangunterschiede.

– Sie haben recht, sagte Marcelle und ging auf die Grand'Marie zu, die Liebe, das ist der große Störenfried der Jugend! Und ist denn diese Frau, die er liebt, reicher als er?

– Oh, das ist keine Frau! Mein armer Louis ist zu ehrenhaft, um zu einer verheirateten Frau von Liebe zu sprechen! Sie ist ein Mädchen, ein junges Mädchen, ein sehr hübsches Mädchen, meiner Treu, und ein gutes Mädchen, das muß man sagen. Aber sie ist sehr reich, und wir können denken, was wir wollen, ihre Eltern würden sie nie einem Müller geben.

Marcelle, überrascht von der Ähnlichkeit zwischen der Geschichte des Müllers und der ihres eigenen Lebens, verspürte eine mit Neugier gemischte Erregung.

– Wenn sie Ihren Sohn liebt, sagte sie, dieses schöne und gute Mädchen, dann wird sie ihn schließlich heiraten.

– Das sage ich mir auch manchmal; denn sie liebt ihn, dessen bin ich mir sicher, Madame, obwohl mein Grand-Louis es nicht ist. Sie ist ein braves Mädchen, die nie zu einem Mann sagen würde, daß sie ihn gegen den Willen ihrer Eltern heiraten will. Und außerdem ist sie ein bißchen lachlustig, ein bißchen kokett; das ist ihr Alter, sie ist erst achtzehn! Ihr listiges Gesichtchen bringt meinen armen Jungen zur Verzweiflung; und deshalb, um ihn zu trösten, wenn ich merke, daß er nichts ißt und so laut mit der Sophie redet (das ist, mit Verlaub, unsere Stute), da kann ich nicht anders und sage ihm, was ich davon halte. Und ein wenig glaubt er mir, denn er sieht ja, daß ich mehr über das Herz der Frauen weiß als er. Ich sehe wohl, daß die Schöne rot wird, wenn sie ihm begegnet, und ihn mit Blicken sucht, wenn sie hier herumspaziert; aber es ist unrecht, daß ich es dem Jungen sage, denn so nähre ich seine Verrücktheit, und es wäre besser, ihm zu sagen, er solle nicht mehr daran denken.

– Warum? sagte Marcelle; die Liebe macht alles möglich. Seien Sie versichert, meine gute Mutter, daß eine liebende Frau stärker ist als alle Hindernisse.

– Ja, das habe ich auch gedacht, als ich jung war. Ich stellte mir vor, die Liebe einer Frau ist wie ein Bach, der, wenn er fließen will, alles zerstört, dem Dämme und Schaufelräder völlig egal sind. Ich selbst war reicher als mein armer Grand-Jean, und doch habe ich ihn geheiratet. Aber der Unterschied war nicht so groß wie jetzt zwischen uns und Mademoiselle . . .

An dieser Stelle unterbrach der kleine Edouard die Müllerin und sagte zu seiner Mutter: – Sieh mal, ist Henri denn hier?

VI

Auf einem Baum ein Name

Madame de Blanchemont erbebte und hätte beinahe aus des Herzens Tiefe aufgeschrien, indes sie mit den Augen suchte, was den Ausruf des Kindes verursacht haben mochte.

Als sie in die Richtung von Edouards Blicken und Gesten sah, bemerkte sie, daß mit einem Messerchen ein Name in die Rinde eines Baumes geritzt war. Das Kind fing gerade an, lesen zu lernen, insbesondere einige ihm vertraute Worte, gewisse Namen, die man es vielleicht vorzugsweise hatte buchstabieren lassen. Denjenigen Henris, der auf den glatten Stamm einer Silberpappel geschrieben war, hatte es völlig richtig erkannt und stellte sich vor, sein Freund habe ihn eingeritzt. Von der Phantasie ihres Sohnes mitgerissen, war Marcelle ebenso einige Augenblicke lang überzeugt, sie werde Henri aus der Erlen- und Espengruppe hervortreten sehen. Aber sie brauchte nicht lange nachzudenken, um über die Leichtigkeit, mit der sie sich Täuschungen hingab, traurig zu lächeln. Da man indessen nicht gerne auf eine Hoffnung, so verrückt sie auch sein mag, verzichtet, konnte sie nicht anders und fragte die Müllerin, wer aus ihrer Familie oder Nachbarschaft den Namen Henri trage.

– Keiner, den ich wüßte, antwortete die Mutter Marie. Den kenne ich nicht. Im Weiler Nohant gibt es eine Familie Henri, aber das sind Leute wie ich, die weder auf Papier noch auf Bäume schreiben können . . . Es sei denn der Sohn, der aus der Armee zurück ist . . . aber gut! Es ist mehr als zwei Jahre her, daß er hier vorbeigekommen ist.

– Sie wissen also nicht, wer diesen Namen geschrieben haben mag?

– Ich wußte nicht einmal, daß dort etwas geschrieben steht. Ich habe nie darauf geachtet. Und selbst wenn ich es gesehen hätte, ich kann ja nicht lesen. Ich hatte zwar die Möglichkeiten zu einer guten Erziehung, aber zu meiner Zeit war das nicht modern. Auf Urkunden machte man statt einer Unterschrift ein Kreuz, und vor dem Gesetz war das ebensoviel wert.

Der Müller war zurückgekommen und verkündete, das Frühstück sei fertig. Als er sah, welche Aufmerksamkeit Marcelle diesem Namen entgegenbrachte, versuchte er, der sehr gut lesen und schreiben konnte, aber bisher nichts wahrgenommen hatte, den Tatbestand zu erklären.

– Für mich kann es nur der Mann von neulich gewesen sein, der sich damit vergnügt haben mag, sagte er, denn sonst kommen kaum Leute aus der Stadt hierher.

– Und was war das neulich für ein Mann? fragte Marcelle und bemühte sich um den Anschein von Gleichgültigkeit.

– Dieser Herr hat uns seinen Namen nicht genannt, antwortete die Alte. Wir wissen nicht viel, und doch wissen wir, daß Neugierde nicht ehrenhaft ist. Louis ist da ganz wie ich, und anders als die Leute in unserer Gegend, die ohne nachzudenken alle Fremden, denen sie begegnen, ausfragen, wünschen wir nur das zu erfahren, was man uns mitzuteilen wünscht. Dieser Herr sah so aus, als wolle er seinen Namen und seine Absichten für sich behalten.

– Und trotzdem hatte er viele Fragen, dieser junge Mann, stellte der Grand-Louis fest, und es wäre unser Recht gewesen, ihn unsererseits zu befragen. Ich weiß nicht, warum ich mich nicht getraut habe. Er sah doch nicht böse aus, und ich bin von Natur aus nicht sonderlich schüchtern; aber er hatte einen merkwürdigen Ausdruck, der mir weh tat.

– Welchen Ausdruck hatte er denn? fragte Marcelle, deren Neugier und Interesse bei jedem Wort des Müllers stiegen.

– Das wüßte ich nicht zu sagen, antwortete der; ich habe, solange er hier war, nicht so sehr darauf geachtet, aber als er fort war, habe ich angefangen, darüber nachzudenken. Erinnert Ihr Euch, meine Mutter?

– Ja, du hast gesagt: »Seht einmal, Mutter, da ist einer, dem geht es wie mir, der hat nicht alles, was er sich wünscht.«

– Ach was, das habe ich nicht gesagt, erwiderte der Grand-Louis, der befürchtete, seine Mutter werde sein Geheimnis verraten, und der keine Ahnung hatte, daß es bereits enthüllt war. – Ich habe einfach nur gesagt: »Da ist ein sonderbarer Mensch, der nicht so aussieht, als sei er froh, auf der Welt zu sein.«

– War er denn sehr traurig? fragte Marcelle bewegt.

– Er wirkte so, als ob er viel nachdenke. Wenigstens drei Stunden blieb er dort ganz allein, saß auf der Erde, da, wo Sie jetzt stehen, und betrachtete den Fluß, so als ob er alle Wassertropfen zählen wolle. Ich glaubte, er sei krank, und zweimal war ich kurz davor, ihn ins Haus einzuladen, damit er sich dort stärke. Als ich mich ihm näherte, sprang er auf wie ein Mensch, den man geweckt hat, und sein Ausdruck wurde ärgerlich. Dann, sofort danach, hatte er ein sehr sanftes und liebenswürdiges Gesicht und dankte mir. Schließlich nahm er ein Stück Brot und ein Glas Wasser an, mehr nicht.

– Das ist Henri! rief der kleine Edouard, der am Rock seiner Mutter hängend aufmerksam zuhörte. Du weißt doch, Mama, daß Henri niemals Wein trinkt.

Madame de Blanchemont wurde rot, blaß und wieder rot, und mit einer Stimme, der sie vergeblich Festigkeit zu verleihen suchte, fragte sie, was dieser Fremde hierzulande treibe.

– Darüber weiß ich nichts, antwortete der Müllersmann, der seinen durchdringenden Blick auf das erregte, schöne Gesicht der jungen Dame richtete und dabei zu sich selbst sagte:

– Das ist noch eine, die sich, wie ich, etwas in den Kopf gesetzt hat!

Und da er so weit wie möglich Marcelles Neugier hinsichtlich des Fremden und seine eigene hinsichtlich der Gefühle seines Gastes befriedigen wollte, begann er bereitwillig, auf alle Einzelheiten einzugehen, denen sie ängstlich entgegenblickte.

Der Fremde war vor etwa vierzehn Tagen zu Fuß angekommen. Zwei Tage lang war er durch die Vallée-Noire geirrt, und man hatte ihn nicht wiedergesehen. Man wußte nicht, wo er die Nacht verbrachte; der Müller vermutete, unter freiem Himmel. Er schien nicht sehr viel Geld zu haben. Dennoch hatte er angeboten, sein mageres Mahl in der Mühle zu bezahlen; aber auf die Ablehnung des Müllers hin hatte er sich mit der Schlichtheit eines Menschen bedankt, der sich nicht schämt, die Gastfreundschaft eines ihm gleichgestellten Menschen anzunehmen. Er war wie ein sauberer Arbeiter oder ein Bürger vom Lande mit Kittel und Strohhut bekleidet. Auf dem Rücken trug er eine kleine Gerätetasche, und von Zeit zu Zeit kniete er nieder, holte Papier heraus und schien zu schreiben, als ob er sich Notizen mache. Er war, wie er sagte, in Blanchemont gewesen, aber dort hatte ihn niemand gesehen. Indessen sprach er vom alten Schloß und vom Pachthof wie einer, der sich alles genau angesehen hat. Während er sein Brot aß und sein Wasser trank, hatte er dem Müller viele Fragen gestellt: über die Größe der Ländereien, ihren Ertrag, über die Hypotheken, die darauf lasteten, über Ruf und Charakter des Pächters, über die Ausgaben des verblichenen Monsieur de Blanchemont, über seine anderen Ländereien und so weiter; zuletzt hatte man ihn in der Mühle für einen Geschäftsmann gehalten, den irgendein Käufer geschickt, damit er Auskünfte einhole und die Beschaffenheit des Bodens einschätze.

– Denn es sieht so aus, als solle das Land von Blanchemont verkauft werden, wenn es das nicht bereits ist, fügte der Müller hinzu, der nicht, wie seine Mutter behauptete, ganz frei war von dieser besonderen fieberhaften Neugier der ortsansässigen Bauern.

Marcelle, durch eine ganz andere Sorge bewegt, hörte kaum auf die Überlegung, die seinen Bericht beendete.

– Wie alt mag der Fremde gewesen sein? fragte sie.

– Wenn sein Aussehen nicht lügt, sagte die Müllerin, so mag er Louis' Alter haben, also ungefähr vier- oder fünfundzwanzig.

– Und wie sieht er aus? Ist er dunkelhaarig und mittelgroß?

– Er ist nicht groß und er ist nicht blond, sagte der Müller. Er ist auch nicht häßlich, aber er ist blaß wie ein Mensch, der nicht sehr gesund ist.

– Das könnte Henri sein, dachte Marcelle, obgleich dieses grob gezeichnete Porträt nicht ganz dem idealen Bild in ihrem Herzen entsprach.

– Er ist ein Mann, der bei Geschäften vielleicht nicht sehr kulant sein wird, meinte der Grand-Louis; denn um Monsieur Bricolin, den Pachtbauern von Blanchemont, der als Käufer auftreten will, zu verpflichten und dem anderen ein wenig den Appetit zu verderben, fand ich es vergnüglich, den Besitz ein bißchen herunterzumachen, aber dieser Bursche ließ sich nicht einlullen. Das Land kostet soundso viel, sagte er, und er zählte die Einkünfte, die Belastungen, die Ausgaben an den Fingerspitzen zusammen, wie einer, der sich auskennt und der, mit dem Glas in der Hand, so wie es hier üblich ist, keine langen Worte braucht, um das Gute oder Schlechte an einem Geschäft zu sehen.

– Nun, ich bin verrückt, dachte Madame de Blanchemont; dieser Fremde ist der erste beste, ein Gutsverwalter, der den Auftrag hat, in der Gegend zu investieren, und sein trauriges Aussehen, seine Träumereien am Wasser, die sind ganz einfach der Hitze und Erschöpfung geschuldet. Und was den Namen Henri angeht, so trägt er ihn zufällig, falls er es ist, der ihn dorthin geschrieben hat. Nie hat Henri sich mit Geschäften befaßt; nie hat er den Preis von irgendeinem Besitz gekannt oder die Herkunft und den Wert irgendeines Vermögens auf dieser Welt. Nein, nein, er ist es nicht. Und war er übrigens nicht vor vierzehn Tagen noch in Paris? Vor dreien habe ich ihn gesehen, und er hat mir nicht gesagt, daß er kürzlich abwesend war. Was sollte er in der Vallée-Noire gemacht haben? Wußte er denn überhaupt, daß die Ländereien Blanchemonts, von denen ich mich nicht erinnere jemals gesprochen zu haben, in dieser Provinz liegen?

Nachdem sie, nicht ohne Anstrengung, ihre Blicke von der geheimnisvollen Inschrift, die ihre Gedanken so sehr beschäftigte, gelöst hatte, folgte sie ihren Gastgebern zum Haus und fand eine exzellente Mahlzeit vor, die auf einem massiven, mit einem weißen Tischtuch gedeckten Tisch aufgetragen war. Die Weizengrütze (das Lieblingsgericht der Gegend), eine feste Getreidemasse, in Wasser gequollen und mit Milch zubereitet, den Birnenkuchen mit Pfeffercreme, die Forellen aus der Vauvre, die mageren, zarten Hähnchen, die noch zuckend auf den Grill kommen, der Salat mit heißem Nußöl, der Ziegenkäse und die noch leicht grünen Früchte, all das fand der kleine Edouard ganz köstlich. Die Gedecke der beiden Bediensteten und der beiden Gastgeber hatte man auf denselben Tisch gestellt wie das von Madame de Blanchemont, und die Müllerin wunderte sich sehr über die Weigerung von Lapierre und Suzette, sich neben ihre Herrin zu setzen. Aber Marcelle verlangte, daß sie sich den Gepflogenheiten auf dem Land anpaßten, und heiter begann sie dieses Leben in Gleichheit, dessen Bild ihr lächelnd vor Augen stand.

Die Verhaltensweisen des Müllers waren schroff, offen und niemals grob. Die seiner Mutter waren etwas unterwürfiger, und trotz der Vorhaltungen von Grand-Louis, bei dem der gesunde Menschenverstand die Manieren ersetzte, belästigte sie ihre Tischgenossen ein wenig, indem sie sie nötigte, mehr zu essen, als ihr Appetit zuließ; aber in ihrem Eifer lag soviel Aufrichtigkeit, daß Marcelle nicht auf die Idee kam, sie lästig zu finden. Diese Alte besaß Herz und Verstand, und ihr Sohn war ihr in jeder Hinsicht ähnlich. Mehr als sie, verfügte er über einen guten Grundstock an Elementarbildung. Er war zur Grundschule gegangen; er konnte lesen und noch viel mehr verstehen – was zu zeigen er aber keine Eile hatte. Marcelle entdeckte an ihm mehr richtige Ideen, gesunde Vorstellungen und natürlichen guten Geschmack, als sie am Vortag, bei der Begegnung in der Herberge, von dem großen Müllersmann erwartet hätte. All das war um so kostbarer, da er weit davon entfernt war, dies unter Beweis zu stellen und sich etwas darauf einzubilden, sondern vielmehr gröbere bäuerliche Verhaltensweisen zur Schau stellte, als er eigentlich nötig hatte. Man hätte meinen können, er fürchte vor allem anderen, für den Schöngeist vom Dorf gehalten zu werden, und er hege eine tiefe Verachtung für diejenigen, die ihre gute Rasse und ihren ehrbaren Stand leugnen, indem sie ein lächerliches Verhalten annehmen. Seine Sprache war gewöhnlich ziemlich frei von Dialekt, ohne daß er allerdings die naiven und pittoresken ländlichen Redewendungen verschmähte. Wenn er sich vergaß, nahm man wahr, daß er sehr gut sprach und daß man ihm nicht im geringsten den Müller anmerkte. Aber als ob er sich schäme, sich von seiner Welt abzugrenzen, kam er bald auf seine Späße, die nicht gehässig waren, und auf seine indes nicht dreiste Vertraulichkeit zurück.

Dennoch war Marcelle etwas verlegen, als sie – denn der Patachon war gegen sieben Uhr zurückgekehrt und stand zu ihrer Verfügung – beim Abschied von ihren Gastgebern die Kosten, die sie ihnen verursacht, zahlen wollte. Sie weigerten sich, irgend etwas entgegenzunehmen.

– Nein, meine liebe Dame, nein, sagte der Müller ohne Nachdruck, jedoch mit Festigkeit; wir sind keine Herbergsleute. Wir könnten welche sein, es wäre nicht unter unserer Würde. Aber letztendlich sind wir keine, also nehmen wir nichts.

– Wie denn! sagte Marcelle, ich sollte diese ganze Verwirrung und diese ganzen Kosten verursacht haben, ohne daß Sie mir gestatten, Sie zu entschädigen? Denn ich weiß doch, daß Ihre Mutter mir ihre Kammer gegeben, daß sie Ihr Bett benutzt und daß Sie endlich im Heu Ihrer Scheune geschlafen haben. Sie haben sich heute von Ihren Beschäftigungen abhalten lassen, um zu fischen. Ihre Mutter hat den Ofen angeheizt, sie hat sich große Mühe gemacht, und wir haben einiges bei Ihnen verzehrt.

– Oh! Meine Mutter hat sehr gut geschlafen, und ich noch besser, antwortete der Grand-Louis. Die Forellen aus der Vauvre kosten mich nichts; heute ist Sonntag, und an solchen Tagen fische ich den ganzen Morgen über. Wegen ein bißchen Milch, Brot und Mehl, welches Ihnen als Essen gedient hat, und ein wenig mageren Geflügels sind wir nicht ruiniert. Somit also sind die Gefälligkeiten nicht groß, und Sie können sie ohne Reue annehmen. Wir werden es Ihnen nicht vorwerfen, um so weniger, als wir uns vielleicht niemals wiedersehen.

– Ich hoffe doch, antwortete Marcelle, denn ich gehe davon aus, zumindest ein paar Tage in Blanchemont zu bleiben; ich will wiederkommen und Ihrer Mutter und Ihnen für eine so herzliche Gastfreundschaft danken, die ich indessen nur mit einer gewissen Beschämung annehme.

– Und warum beschämt es Sie, einen kleinen Dienst von ehrbaren Leuten anzunehmen? Wenn man über ihr gutes Herz froh ist, so ist man mit ihnen quitt. Ich weiß wohl, daß man in den großen Städten für alles bezahlt, bis hin zu einem Glas Wasser. Das ist eine unschöne Angewohnheit, und bei uns auf dem Land wäre man unglücklich, wenn man einander nicht verpflichtet wäre. Nun also, reden wir nicht mehr davon.

– Aber wollen Sie denn nicht, daß ich zurückkomme und Sie um ein Essen bitte? Sie zwingen mich, mir dieses Vergnügen zu versagen oder aber unbescheiden zu werden.

– Das ist etwas anderes. Wir haben nur unsere Pflicht getan, als wir Ihnen, wie Sie sagen, die Gastfreundschaft gewährten; denn uns hat man schließlich so erzogen, daß wir dies als eine Pflicht betrachten; und auch wenn die gute Sitte ein wenig verschwindet, auch wenn heute die armen Leute, ohne darum zu bitten, daß ihnen ihre kleinen Dienste bezahlt werden, fast alles annehmen, was ihnen bei der Abreise angeboten wird, so haben wir, meine Mutter und ich, nicht vor, die alten Bräuche zu ändern, wenn sie doch gut sind. Gäbe es in der Umgebung eine gute Herberge, so hätte ich Sie gestern abend dort hingeführt, weil ich denke, daß es Ihnen dort besser ergeht als bei uns, und sehe, daß Sie die Mittel haben, Ihre Unterkunft zu bezahlen. Aber es gibt keine, weder eine gute noch eine schlechte, und ich konnte Sie die Nacht nicht draußen verbringen lassen – es sei denn, ich wäre ein herzloser Mensch. Glauben Sie, ich hätte Sie eingeladen, zu uns zu kommen, wenn ich beabsichtigt hätte, Sie dafür bezahlen zu lassen? Nein, denn ich bin ja, wie ich Ihnen sage, kein Herbergswirt. Sehen Sie, wir haben weder Stechpalme noch Ginster vor unserer Tür.

– Beim Eintreten, sagte Marcelle, hätte ich das bemerken und meinem Verhalten mehr Zurückhaltung auferlegen müssen. Aber wie beantworten Sie meine Frage? Sie wollen demzufolge nicht, daß ich wiederkomme?

– Das ist etwas anderes. Ich lade Sie ein, wiederzukommen, so oft Sie wollen. Sie finden den Platz schön, Ihr Kleiner liebt Pfannkuchen. Das gibt mir den Mut, Ihnen zu sagen, daß Sie uns jedes Mal, wenn Sie wiederkommen, eine Freude machen.

– Und Sie werden mich nötigen, wie heute alles gratis anzunehmen?

– Wenn ich Sie doch einlade? Habe ich mich nicht richtig ausgedrückt?

– Und Sie sehen nicht, daß dies für mich bedeuten würde, Ihr gutes Herz auszunutzen?

– Nein, das sehe ich nicht. Wenn man eingeladen ist, nutzt man sein Recht, indem man die Einladung annimmt.

– Nun, sagte Madame de Blanchemont, das ist die wahre Höflichkeit, das begreife ich, und in unserer Welt kennt man sie nicht. Sie lehren mich, daß die Zurückhaltung, diese so gerühmte und unglücklicherweise bei uns so notwendige Eigenschaft erst zu einer solchen geworden ist, seit die Freundlichkeit sich in artige Komplimente verwandelt hat und seit Lebensart nicht mehr aufrechter Gefälligkeit entspringt.

– Sie sprechen gut, sagte der Müller, und seine lebhafte Klugheit erhellte sein Gesicht, ich freue mich, Gelegenheit gehabt zu haben, Ihnen gefällig zu sein, meiner Treu!

– In diesem Falle werden Sie mir gestatten, Sie meinerseits zu empfangen, wenn Sie einmal in Blanchemont sind.

– Ah! Da muß ich Sie um Verzeihung bitten. Ich werde Sie nicht besuchen. Ich werde zu den Pächtern gehen, wie ich es häufig tue, und ihnen Getreide bringen; und mit Vergnügen werde ich Ihnen meinen Gruß entbieten, das ist alles.

– Ach, ach, Monsieur Louis, wollen Sie denn nicht bei mir essen?

– Ja und nein. Bei Ihren Pächtersleuten esse ich oft; aber wenn Sie dort sind, wird das anders sein. Sie sind eine adlige Dame, punktum.

– Drücken Sie sich klarer aus, ich verstehe Sie nicht.

– Nun also, haben Sie nicht die Sitten der alten Grundherrn beibehalten? Würden Sie Ihren Müller nicht in die Küche schicken, damit er mit Ihren Knechten ißt, jedenfalls ohne Sie? Ich wäre nicht böse darüber, mit ihnen zu essen, da ich es ja auch heute bei mir zu Hause getan habe; aber es käme mir komisch vor, Sie bei mir daheim neben mich gesetzt zu haben und mich bei Ihnen nicht neben Sie setzen zu können, in die Ecke am Herd, Ihr Stuhl neben dem meinen. So ist es, ich bin etwas stolz. Ich würde Sie deswegen nicht tadeln, jeder nach seinen Sitten und Gewohnheiten; aber darum brauche ich mich noch lange nicht denen der anderen zu unterwerfen, sofern ich nicht dazu gezwungen bin.

Marcelle war über den gesunden Menschenverstand und die aufrichtige Kühnheit des Müllers verblüfft. Sie spürte, daß er ihr eine ausgezeichnete Lektion erteilte, und sie freute sich über ihre Pläne, die es ihr erlaubten, diese Lektion ohne beschämt zu sein annehmen zu können.

– Monsieur Louis, sagte sie, was mich angeht, so täuschen Sie sich. Es ist nicht meine Schuld, daß ich dem Adel angehöre; aber wie das Glück oder der Zufall es will, habe ich nicht mehr vor, mich an seine Sitten zu halten.

Wenn Sie zu mir kommen, wird nicht vergessen sein, daß Sie mich wie Ihresgleichen behandelt, mir wie Ihrem Nächsten gedient haben, und um Ihnen zu beweisen, daß ich nicht undankbar bin, werde ich Ihr Gedeck und das Ihrer Mutter persönlich auf meinen Tisch legen, so wie Sie meines auf den Ihren gelegt haben.

– Wirklich, das werden Sie tun? sagte der Müller und betrachtete Marcelle mit einer Mischung aus Überraschung, respektvollem Zweifel und offener Sympathie. Wenn dem so ist, komme ich ... oder vielmehr ich komme nicht, denn ich sehe, daß Sie eine ehrliche Person sind.

– Ich verstehe auch nicht, wozu diese Überlegung gut sein soll.

– Ach, herrje, wenn Sie nicht begreifen ... es macht mir Mühe, mich besser auszudrücken.

– Also, Louis, ich glaube, daß du verrückt bist, sagte die alte Marie, die mit ernstem Gesicht strickte, dieweil sie dem Gespräch lauschte. Ich weiß nicht, wo du all das, was du zu unserer Dame sagst, hernimmst. Verzeihen Sie, Madame, dieser Bursche ist ein unbedachter Mensch, der stets zu allen Leuten, ob groß, ob klein, alles gesagt hat, was ihm durch den Kopf ging. Sie dürfen ihm nicht böse sein, er hat ein gutes Herz, glauben Sie mir, und ich sehe ihm an, daß er in dieser Sekunde für Sie durchs Feuer gehen würde.

– Durchs Feuer nicht unbedingt, sagte der Müller lachend; aber ins Wasser, das ist mein Element. Ihr seht, Mutter, daß Madame eine Frau von Verstand ist und daß man ihr alles sagen kann, was man denkt. Das sage ich Monsieur Bricolin, ihrem Pächter, vor dem man hier gewiß mehr Angst haben muß als vor ihr!

– Sagen Sie es doch, Meister Louis, reden Sie! Ich bin gerne bereit, mich zu unterrichten. Wo ich doch eine ehrliche Person bin, wieso sollten Sie da nicht zu mir kommen?

– Weil es unrecht von uns wäre, uns Ihnen vertraulich zu nähern, und unrecht von Ihnen, uns als Gleichgestellte zu behandeln. Das brächte Ihnen Unannehmlichkeiten ein. Leute Ihresgleichen würden Ihnen einen Verweis erteilen; sie würden sagen, daß Sie Ihren Stand vergessen, und ich weiß, daß das in deren Augen etwas Schlechtes ist. Und außerdem müßten Sie die Güte, die Sie uns entgegenbringen, auch allen anderen bezeugen, oder es käme zu Eifersüchteleien und würde uns Feindschaften eintragen. Jeder muß auf seinem Weg bleiben. Man sagt, die Welt habe sich seit fünfzig Jahren in hohem Maße geändert; ich behaupte, daß nichts sich geändert hat, außer unseren, des Volkes, Vorstellungen. Wir wollen uns nicht mehr unterwerfen, und meine Mutter hier, die ich gewiß sehr liebe, die brave Frau, sieht die Dinge der Welt ganz anders als ich. Aber die Sicht der Reichen und Adligen ist so, wie sie immer war. Wenn Sie sie nicht teilen, diese Ideen, wenn Sie die armen Leute nicht mißachten, wenn Sie ihnen ebensoviel Ehre erweisen wie Ihresgleichen, dann ist das vielleicht um so schlimmer für Sie. Ihrem Gemahl, dem verstorbenen Monsieur de Blanchemont, den einige immer noch den Herrn von Blanchemont nennen, dem bin ich oft begegnet. Er kam jedes Jahr in die Gegend und blieb zwei oder drei Tage. Er duzte uns. Wenn es aus Freundschaft gewesen wäre, vergessen! Aber es geschah aus Mißachtung; man mußte im Stehen und mit gezogenem Hut mit ihm sprechen. Mir paßte das nicht. Eines Tages, auf dem Weg, da begegnete er mir und befahl mir, sein Pferd zu halten. Ich stellte mich taub, er hieß mich einen Tölpel, ich sah ihn scheel an; wäre er nicht so schwach, so schmächtig gewesen, dann hätte ich ihm etwas erzählt. Aber das wäre feige von mir gewesen, und singend ging ich meines Weges. Wenn dieser Mann noch am Leben wäre und hörte, wie Sie mit mir reden, dann wäre er wohl kaum einverstanden. Sehen Sie, allein am Gesicht Ihrer Bediensteten habe ich heute gesehen, daß diese Sie zu freisinnig fanden, uns und ihnen selbst gegenüber. Nun, Madame, so wird es an Ihnen sein, wiederzukommen und bei der Mühle spazierenzugehen, und an uns, die wir Sie lieben, nicht zum Schloß zu gehen und uns an Ihren Tisch zu setzen.

– Für dieses offene Wort, das Sie mir da sagen, verzeihe ich Ihnen alles andere, und ich gelobe, Sie zu überzeugen, sagte Marcelle und reichte ihm die Hand mit einem Ausdruck edler Sittsamkeit, welcher Hochachtung gebot, während die Art, wie sie dies sagte, nur Zuneigung erweckte. Der Müller errötete, als er ihre zarte Hand in seine riesige Pranke nahm, und zum ersten Mal war er Marcelle gegenüber schüchtern wie ein keckes, liebes Kind, dessen Stolz ganz plötzlich vom Gefühl besiegt wird.

– Ich werde mich auf Sophie setzen und Ihnen bis Blanchemont als Führer zu Diensten sein, sagte er nach kurzem, verlegenem Schweigen; dieser Unglückspatachon führt Sie noch einmal in die Irre, obgleich es nicht weit ist bis dorthin.

– Nun gut, angenommen, sagte Marcelle; werden Sie wieder sagen, daß ich stolz bin?

– Ich werde sagen, werde sagen, rief der Grand-Louis und ritt überhastet davon, daß, wenn alle reichen Frauen wie Sie wären . . .

Das Ende seines Satzes war nicht zu hören, und seine Mutter übernahm es, ihn zu beenden.

– Er denkt, sagte sie, daß, wenn das Mädchen, welches er liebt, ebenso wenig stolz wäre wie Sie, er nicht so viel Kummer hätte.

– Könnte ich ihm denn nicht von Nutzen sein? fragte Marcelle und dachte mit Freude daran, daß sie reich und auf fromme Weise freigebig war.

–Vielleicht, indem Sie vor dem Fräulein Gutes über ihn sagen, denn Sie werden sie sehr rasch kennenlernen . . . Aber ach, sie ist zu reich!

– Darüber sprechen wir noch, sagte Marcelle, als sie sah, daß ihre Bediensteten, die ihr Gepäck geholt hatten, zurückkamen. Ich werde eigens deshalb wiederkommen, bald, morgen vielleicht.

Der hitzköpfige rothaarige Patachon hatte, da er in der Dunkelheit kein Haus in der Vallée-Noire entdecken konnte, die Nacht unter einem Baum verbracht. Bei Tagesanbruch hatte er die Mühle bemerkt und war dort mit seinem Pferd beherbergt und bewirtet worden. In seiner schlechten Laune war er aufgelegt, auf die Vorhaltungen, mit denen er rechnete, mit Frechheit zu antworten. Aber einerseits machte Marcelle ihm keine, und andererseits überhäufte ihn der Müllersmann mit so viel Spott und Hohn, daß er es nicht darauf ankommen ließ und ganz beschämt auf seine Deichsel kletterte. Der kleine Edouard flehte seine Mutter an, ihn vor dem Müller aufsitzen zu lassen, der ihn liebevoll in die Arme nahm und ganz leise zur alten Marie sagte:

– Wenn wir so einen, der uns Freude macht, zu Hause hätten? Was, Mutter? Aber so wird es nie sein!

Und seine Mutter begriff, daß er nur die heiraten wollte, um deren Hand er vernünftigerweise nicht anhalten konnte.

VII

Blanchemont

Nachdem Marcelle die Müllerin umarmt und heimlich die Bediensteten der Mühle großzügig entlohnt hatte, kletterte sie fröhlich in die Teufelspatache. Ihr erster Versuch in Sachen Gleichheit hatte ihre Seele erquickt, und die Fortsetzung des Romans, den sie verwirklichen wollte, stellte sich ihren Augen in den poetischsten Farben dar. Aber der bloße Anblick von Blanchemont verdüsterte seltsamerweise ihre Gedanken, und sobald sie das Tor ihres Gutes passiert hatte, wurde ihr das Herz schwer.

Wenn man den Lauf der Vauvre hinaufgeht und einen ziemlich steilen Hügel erklommen hat, befindet man sich auf der Anhöhe von Blanchemont. Es ist ein schöner, von alten Bäumen beschatteter Weideplatz, der eine bezaubernde Landschaft überragt, zwar nicht die weiteste der Vallée-Noire, aber von frischem, melancholischem und recht wildem Anblick, denn es gibt nur wenige Behausungen, deren Dächer aus Stroh oder braunen Ziegeln man inmitten der Bäume kaum erkennt.

Eine ärmliche Kirche und die Häuschen des Weilers umgeben die Anhöhe, die sich zum Fluß hin neigt, welcher an dieser Stelle anmutige Schleifen bildet. Von da führt ein breiter, holpriger Weg zum Schloß, das weiter zurück liegt, unterhalb der Anhöhe, inmitten von Weizenfeldern. Man gelangt zu einer ebenen Fläche und verliert die schönen blauen Horizonte des Berry und des Pays Marchois aus den Augen. Will man sie wiederfinden, muß man ins zweite Stockwerk des Schlosses hinaufsteigen.

Dieses Schloß war nie eine bedeutende Verteidigungsanlage: die Mauern sind unten nicht mehr als fünf bis sechs Fuß dick, die schlanken Türme mit Mauervorsprüngen versehen. Es wurde gegen Ende der Feudalkriege errichtet. Indessen künden die kleinen Türen, die wenigen Fenster und die zahlreichen Trümmer von Festungsmauern und Geschütztürmen, die ihm als Schutzwall dienten, von einer Zeit, als man sich noch in den Schutz von Kanonen begab. Es ist ein recht elegantes Schloß, ein langes Viereck, das in allen Stockwerken aus einem einzigen Raum besteht, mit vier Türmen, in deren Ecken sich kleinere Kammern befinden, und einem weiteren Turm an der Rückseite, der der einzigen Treppe als Treppenhaus dient. Durch die Zerstörung der alten Wirtschaftsräume liegt die Kapelle abseits; die Gräben sind teilweise aufgeschüttet, die Geschütztürme halb verstümmelt, und der Weiher, der einst das Schloß auf seiner Rückseite benetzte, ist zu einer hübschen, länglichen Weide geworden, mit einer kleinen Quelle in der Mitte.

Aber der immer noch malerische Anblick des alten Schlosses beeindruckte erst an zweiter Stelle die Erbin von Blanchemont. Der Müller half ihr beim Verlassen des Wagens und führte sie zu dem, was er das neue Schloß nannte, und zu den weitläufigen Nebengebäuden des

Pachthofs, die am Fuße des alten Herrensitzes gelegen sind und einen sehr großen Hof begrenzen, der auf der einen Seite von einer gezackten Mauer umschlossen wird, auf der anderen von einer Hecke und einem Graben mit morastigem Wasser. Nichts ist trauriger und unerfreulicher als diese Wohnstatt reicher Pächter. Das neue Schloß ist nichts als ein großes Bauernhaus, vor vielleicht fünfzig Jahren aus den Trümmern der Festung gebaut. Allerdings kündeten die frisch verputzten, soliden Mauern und das Dach aus neuen Ziegeln in grellem Rot von kürzlicher Instandsetzung. Diese äußere Verjüngung vertrug sich nicht mit der Baufälligkeit der anderen Wirtschaftsgebäude und mit der schlimmen Unsauberkeit des Hofraumes in der Mitte. Die düsteren, Spuren einer alten Architektur tragenden, jedoch soliden und gut instandgehaltenen Gebäude zeigten, wie Scheunen und Ställe in einem Stück gewachsen waren, was den Stolz des Pächters ausmachte und die Bewunderung aller Landwirte der Umgebung erregte. Aber diese für das landwirtschaftliche Gewerbe so nützliche und für die Unterbringung von Vieh und Ernten so bequeme Umfriedung sperrte die Blicke und Gedanken ein in einen traurigen, prosaischen, abstoßend schmutzigen Raum. Riesige Misthaufen, in viereckige Gruben aus Quadersteinen gestopft und diese noch um zehn oder zwölf Fuß überragend, ließen ekelhafte Rinnsale entweichen, die man mit Absicht in aller Freiheit zu den tiefer gelegenen Böden abfließen ließ, damit sie das Gemüse im Garten belebten. Diese Düngervorräte, der Lieblingsreichtum des Landmanns, entzücken seine Augen und lassen sein zufriedenes Herz höher schlagen, wenn ein Kollege kommt und sie mit neidvoller Bewunderung betrachtet. Bei kleinen bäuerlichen Wirtschaften beleidigen diese Einzelheiten auch weder das Auge noch den Sinn des Künstlers. Ihre Unordnung, die Anhäufung von landwirtschaftlichem Gerät, das alles umrahmende Grün, verstecken oder verschönern sie; aber im großen Maßstab und auf einem weitläufigen Gelände gibt es nichts Unangenehmeres als diese Ausblicke auf den Schmutz. Unmassen von Truthähnen, Gänsen und Enten sorgen dafür, daß man seinen Fuß mit Sicherheit nicht auf eine der vom Abfluß der Misthaufen verschont gebliebenen Stellen setzen kann. Durch das unebene, nackte Gelände führt ein gepflasterter Weg, der in diesem Moment ebenso unzugänglich war wie der Rest. Die Trümmer der alten Dachbedeckung des neuen Schlosses waren über die Erde verstreut, und man ging buchstäblich über ein Feld zerbrochener Dachziegel. Indes war es beinahe sechs Monate her, daß die Dachdecker ihre Arbeit beendet hatten; aber diese Reparaturen gingen auf Kosten des Eigentümers, wohingegen der Pachtbauer sich um die Beseitigung der Abfälle und die Reinigung des Hofes kümmern mußte. Er nahm sich also vor, dem nachzukommen, sobald die Tätigkeiten des Sommers vorbei wären und seine Bediensteten diese Arbeit übernehmen könnten. Einerseits war da die Absicht, ein paar Arbeitstage zu sparen; andererseits diese tiefe Teilnahmslosigkeit des Berrichoners, der stets etwas unvollendet läßt, so als ob nach einer Anstrengung der erschöpfte Tatendrang unabdingbar nach der Ruhe und den Freuden der Saumseligkeit verlange, bevor die Arbeit abgeschlossen ist.

Marcelle verglich diesen rohen und abstoßenden bäuerlichen Reichtum mit dem poetischen Wohlstand des Müllers; und dies betreffend hätte sie ihm gern einige Überlegungen mitgeteilt, sofern sie bei all dem Verzweiflungsgeschrei der aufgescheuchten, jedoch vor Entsetzen starren Truthähne, beim Pfeifen der Gänsefamilienmütter und Bellen der vier oder fünf ausgemergelten gelben Hunde auch nur ein Wort hätte anbringen können. Da Sonntag war, befanden sich die Rinder im Stall und die Arbeiter in ihren Festtagskleidern – nämlich von Kopf bis Fuß in grobem Tuch in Preußischblau – auf der Türschwelle. Sehr verwundert sahen sie die Patache hereinrollen, aber keiner ließ sich stören, um sie in Empfang zu nehmen und den Pächter von der Ankunft eines Besuchs in Kenntnis zu setzen. Grand-Louis mußte Madame de Blanchemont vorstellen; er machte nicht viele Umstände, trat ohne anzuklopfen ein und sagte:

– Kommen Sie mal, Madame Bricolin! Madame de Blanchemont kommt Sie besuchen.

Diese unerwartete Nachricht verursachte bei den drei Damen Bricolin, die eben von der Messe zurückkamen und dabei waren, im Stehen eine leichte Mahlzeit zu verzehren, einen so heftigen Schrecken, daß sie völlig bestürzt dastanden und einander ansahen, als wollten sie sich fragen, was unter derartigen Umständen zu sagen und zu tun sei; und als Marcelle eintrat, hatten sie sich noch nicht von der Stelle gerührt. Die Gruppe, die sich ihr vorstellte, setzte sich aus drei Generationen zusammen: Mutter Bricolin, die nicht lesen und schreiben konnte und als Bäuerin gekleidet war; Madame Bricolin, die Frau des Pächters, etwas eleganter als ihre Schwiegermutter und etwa mit dem Auftreten einer Pfarrköchin; diese wußte ihren Namen leserlich zu schreiben und im Lütticher Almanach die Zeiten des Sonnenaufgangs und die Mondphasen zu finden; schließlich Mademoiselle Rose Bricolin, in der Tat schön und frisch wie eine Mairose, die sehr gut Romane lesen, die Ausgaben des Haushalts aufschreiben und den Kontertanz tanzen konnte. Sie hatte keine Haube auf dem Kopf und trug ein hübsches, rosafarbenes Musselinkleid, das eine bezaubernde Taille vortrefflich betonte, die durch ein übertrieben stark geschnürtes Mieder und enganliegende Ärmel, der augenblicklichen Mode entsprechend, ein wenig zu sehr modelliert erschien. Diese entzückende Gestalt von feinem und gleichzeitig unschuldigem Ausdruck ließ Marcelle die unangenehme Wirkung des mürrischen, harten Gesichtes ihrer Mutter vergessen. Die Großmutter, wettergegerbt und faltig wie eine schicksalsgeprüfte Landfrau, hatte einen freimütigen und unerschrockenen Gesichtsausdruck. Diese drei Frauen standen mit offenem Mund da; die Mutter Bricolin fragte sich guten Glaubens, ob diese schöne, junge Dame dieselbe sei, die sie vor dreißig Jahren manchmal hatte zum Schloß kommen sehen, Marcelles Mutter also, von der sie jedoch wußte, daß sie seit langem tot war; Madame Bricolin, die Pächterin, stellte fest, daß sie, von der Messe kommend, zu schnell eine Schürze vor ihr braunes Merinokleid gebunden hatte; und Mademoiselle Rose dachte, daß sie untadelig gekleidet und beschuht sei und sehr wohl, dem Sonntag sei Dank, von einer eleganten Pariserin überrascht werden konnte, ohne wegen einer allzu gewöhnlichen häuslichen Arbeit erröten zu müssen.

Madame de Blanchemont war in den Augen der Familie Bricolin immer schon ein zweifelhaftes Wesen, welches es vielleicht gab, das man jedoch noch nie gesehen hatte und gewiß nie sehen würde. Man hatte Monsieur, ihren Gatten, gekannt, den man nicht liebte, weil er hochmütig war, den man nicht schätzte, weil er verschwenderisch war, und den man nicht fürchtete, weil er immer Geld brauchte, das er sich, koste es was es wolle, vorstrecken ließ. Seit seinem Tod dachte man niemals mehr mit anderen als mit Geschäftsleuten verhandeln zu müssen – angesichts der Tatsache, daß der Verblichene mehrfach, alldieweil er die gefällige Unterschrift seiner Frau produzierte, behauptet hatte: Madame de Blanchemont ist ein Kind, sie wird sich nie mit all dem befassen und kümmert sich wenig darum, woher das Geld kommt, vorausgesetzt ich bringe ihr welches. Selbstverständlich hatte der Gemahl die Angewohnheit, auf dem Konto des vorgeblich kostspieligen Geschmacks seiner Frau die verschwenderischen Ausgaben für seine Geliebten zu verbuchen. Man hatte also keine Ahnung vom wahren Charakter der jungen Witwe, und Madame Bricolin glaubte zu träumen, als sie sah, wie sie nun höchstpersönlich mitten in den Pachthof von Blanchemont hereinplatzte. Sollte sie sich darüber freuen oder grämen? War diese seltsame Erscheinung ein gutes oder schlechtes Vorzeichen für den Wohlstand der Bricolins? Kam man, um Ansprüche zu stellen oder etwas zu erbitten?

Während die Pächterin, ihrer plötzlichen Ratlosigkeit ausgeliefert, Marcelle beobachtete, einer Ziege ähnlich, die beim Anblick eines der Herde fremden Hundes in Verteidigungsstellung geht, hatte Rose Bricolin, sogleich gewonnen vom liebenswürdigen Aussehen und der einfachen Art der Fremden, sich zu kleiden, den Mut besessen, zwei Schritte auf sie zuzugehen. Die Großmutter war von den dreien am wenigsten befangen. Als die erste Überraschung vorbei war und ihr schwach gewordener Kopf eine Anstrengung unternommen hatte, um zu begreifen, mit wem sie es zu tun hatte, näherte sie sich Marcelle mit plötzlicher Ungezwungenheit und empfing sie mit beinahe denselben Worten, obgleich mit weniger Vornehmheit und Anmut, wie die Müllerin von Angibault. Die anderen beiden, beruhigt durch die sanfte und freundliche Art, mit der Marcelle sie für zwei bis drei Tage um ihre Gastfreundschaft bat, da sie sich, wie sie sagte, mit Monsieur Bricolin über ihre Geschäfte zu unterhalten habe, beeilten sich, ihr ein Mittagessen anzubieten.

Marcelles Ablehnung war in der hervorragenden Mahlzeit begründet, die sie eine Stunde zuvor in der Mühle von Angibault eingenommen hatte, und da erst richteten sich die Blicke der drei Damen Bricolin auf Grand-Louis, der sich in der Nähe der Tür aufhielt und sich mit der Magd über Mehl unterhielt, so als ob er einen Vorwand brauche, um noch ein wenig zu bleiben. Die drei Blicke waren sehr unterschiedlich. Derjenige der Großmutter war freundschaftlich, der der Schwiegertochter verächtlich und der von Rose unschlüssig und undefinierbar, als mischten sich darin solche und solche Gefühle.

– Wie! rief Madame Bricolin jammernd und spöttisch, als Marcelle in wenigen Worten ihre nächtlichen Abenteuer erzählt hatte, Sie waren gezwungen, in dieser Mühle zu schlafen? Und wir wußten nichts davon! Ach! Warum hat dieser dumme Müller Sie nicht sofort hierher gebracht? Oh, mein Gott! Was für eine schlechte Nacht Sie dort verbracht haben müssen, Madame!

– Im Gegenteil, eine herrliche Nacht. Ich wurde behandelt wie eine Königin, und ich schulde Monsieur Louis und seiner Mutter hundertfachen Dank.

– Das wundert mich auch gar nicht, sagte die Mutter Bricolin; die Grand'Marie ist eine so gute Frau, und sie hält ihr Haus so sauber! Sie ist meine Jugendfreundin; wir haben zusammen Schafe gehütet, mit Verlaub; damals waren wir zwei hübsche Mädchen, wie man sagte, auch wenn man es heute nicht mehr sieht, nicht wahr, Madame? Wir wußten beide nichts weiter als spinnen, stricken, Käse zubereiten, und das war's; sie hat einen ärmeren Mann geheiratet, und ich habe reicher geheiratet. Die Liebe hat diese beiden Ehen gemacht! Zu unserer Zeit sah man das so; jetzt heiratet man nur noch aus Eigennutz, und die Taler zählen mehr als die Gefühle. Davon wird es nicht besser, nicht wahr, Madame de Blanchemont?

– Ich bin ganz und gar Ihrer Meinung, sagte Marcelle.

– Ach, mein Gott, Mutter, was erzählt Ihr Madame da für Geschichten? erwiderte Madame Bricolin scharf. Glaubt Ihr, Eure alten Sachen interessieren sie? He, Müller, fügte sie herrisch hinzu, geht und seht nach, ob Monsieur Bricolin im Wildgehege ist oder auf dem Haferacker hinterm Haus. Sagt ihm, er soll Madame begrüßen kommen.

– Monsieur Bricolin, antwortete der Müller mit glänzenden Augen und munterem Trotz, ist weder auf seinem Haferacker noch im Gehege; ich habe unterwegs gesehen, wie er mit dem Herrn Pfarrer im Pfarrhaus ein Schöppchen nahm.

– Ach ja, sagte die Mutter Bricolin, im Pfarrhaus muß er sein. Der Herr Pfarrer hat nach dem Hochamt großen Hunger und Durst und liebt es, wenn man ihm Gesellschaft leistet. Sag mal, Louis, mein Junge, willst du ihn holen, du bist doch so gefällig?

– Ich gehe sofort hin, sagte der Müller, der sich beim Befehl der Pächterin nicht gerührt hatte.

Und im Laufschritt machte er sich davon.

– Wenn Ihr den da gefällig findet, brummte Madame Bricolin und sah ihre Schwiegermutter mißmutig an, dann seid Ihr nicht gerade wählerisch.

– Ach, Mama, das dürft Ihr nicht sagen, meinte mit sanfter Stimme die schöne Rose Bricolin. Grand-Louis hat ein gutes Herz.

– Und was wollt ihr mit seinem guten Herzen anfangen? entgegnete die Bricolin mit zunehmendem Ärger. Was habt ihr zwei bloß seit einiger Zeit mit ihm?

– Aber Mama, du bist es, die seit einiger Zeit ihm gegenüber ungerecht ist, antwortete Rose, die ihre Mutter nicht sehr zu fürchten schien, da sie gewöhnlich den Schutz ihrer Großmutter genoß. Du fährst ihn immer an, und doch weißt du, daß Papa ihn sehr schätzt.

– Du würdest besser daran tun, sagte die Pächterin, anstatt mir zu widersprechen dein Zimmer für Madame in Ordnung zu bringen, da es im ganzen Haus am besten eingerichtet ist, denn sie hat vielleicht Lust, sich vor dem Abendessen auszuruhen. Madame wird uns entschuldigen, wenn sie hier nicht sehr gut untergebracht ist. Erst im letzten Jahr war der verstorbene Monsieur de Blanchemont damit einverstanden, das neue Schloß, das fast so baufällig war wie das alte, ein bißchen in Ordnung zu bringen, und da erst konnten wir anfangen, uns der Renovierung unseres Pachtgutes angemessen einzurichten. Nichts ist fertig, die Tapeten sind noch nicht in allen Zimmern an den Wänden, und wir warten auf die Kommoden und Betten, die noch nicht in Bourges angekommen sind. Einige sind auch noch nicht ausgepackt. Bei uns geht wirklich alles drunter und drüber, seit die Arbeiter hier alles auf den Kopf gestellt haben.

Die häuslichen Verlegenheiten, auf die Madame Bricolin in ihrer strengen Rede hinwies, lagen in durchaus denselben Umständen begründet wie diejenigen, die Marcelle draußen bemerkt hatte. Sparsamkeit, gemischt mit Gleichgültigkeit, hatte zur Folge, daß die Ausgaben sich hinzogen und der Augenblick, in dem man den neuen Luxus genießen konnte, sich unendlich hinauszögerte – weil man sich diesen Luxus noch nicht erlauben wollte, konnte, oder dazu nicht den Mut hatte. Der trostlose, verqualmte Raum, in dem die Schloßherrin sie überrascht hatte, war der häßlichste und unsauberste im neuen Schloß. Er war Küche, Eßzimmer und Besuchszimmer zugleich. Wegen der ständig offenen ebenerdigen Tür hatten die Hühner Zugang, und die Pächterin machte sich unablässig die Mühe, sie hinauszujagen, so als ob der Zustand von Wut und Unerbittlichkeit, in den das andauernde Wiederauftauchen des Geflügels sie brachte, ihrem Bedürfnis zu handeln und zu züchtigen entgegenkäme. Hier empfing man die Bauern, mit denen man alle Augenblicke zu tun hatte; und da ihre schmutzigen Füße und ungezwungenen Verhaltensweisen Parkett und Möbel unvermeidlich verdorben hätten, benutzte man nur grobe Stühle aus Stroh und Holzbänke auf den nackten Steinplatten, die unnützerweise zehnmal täglich gefegt wurden. Die Fliegen hielten dort ihre Vollversammlungen ab, und das Feuer, das zu jeder Stunde und Jahreszeit im gewaltigen, mit Kesselhaken jeglichen Ausmaßes verzierten Kamin brannte, machten diesen Raum im Sommer äußerst unangenehm. Und dennoch hielt die Familie sich ständig dort auf, und als man Marcelle in den angrenzenden Raum führte, bemerkte sie sogleich, daß dieses salonartige Gebilde noch jungfräulich war, obgleich seit einem Jahr eingerichtet. Es war mit dem ungeschlachten Luxus von Herbergszimmern ausgestattet. Das neue Parkett war noch nicht gewachst und gebohnert. Die Vorhänge aus grellbedrucktem Kattun, aufgehängt an Zierat aus geprägtem Kupfer, waren von abscheulichem Geschmack. Der Kaminschmuck entsprach in seiner Pracht und Häßlichkeit jenem vorgeblichen Renaissancezierat. Die vergoldeten Bronzeaufsätze des prachtvollen runden Tisches, an dem man irgendwann einmal Kaffee trinken würde, waren noch in Papier und Schnur verpackt. Auf den Möbeln lagen rot-weiß karierte Schoner, und dem Wolldamast darunter war das Schicksal bestimmt, sich abzunutzen, ohne jemals das Tageslicht erblickt zu haben; und da man in diesen Pachthöfen den Unterschied zwischen Salon und Schlafzimmer noch nicht kannte, waren zwei noch nicht mit Vorhängen versehene Mahagonibetten längsseits, mit dem Fußteil zum Fenster, rechts und links neben der Eingangstür aufgestellt. In der Familie wurde getuschelt, dies solle einmal das Hochzeitszimmer von Rose werden.

Marcelle fand das Haus so unangenehm, daß sie beschloß, nicht darin zu wohnen. Sie erklärte, daß sie ihre Gastgeber nicht im geringsten stören wolle und im Weiler ein Bauernhaus suchen werde, wo sie unterkommen könne, es sei denn, im alten Schloß gebe es eine bewohnbare Kammer. Diese Vorstellung schien Madame Bricolin einige Sorge zu bereiten, und sie scheute vor nichts zurück, um ihren Gast davon abzubringen.

– Es ist wahr, sagte sie, daß es im alten Schloß immer noch die sogenannte Kammer des Herrn gibt. Wenn der Herr Baron, Ihr verschiedener Gatte, uns die Ehre erwies, hier vorbeizukommen, und da er uns immer im voraus schrieb und uns von seiner Ankunft in Kenntnis setzte, kümmerten wir uns darum, alles sauberzumachen, damit es ihm dort nicht allzu schlecht gefiel. Aber dieses unselige Schloß ist so traurig, so baufällig! ... Ratten und Nachtvögel veranstalten darin einen entsetzlichen Lärm, und außerdem ist das Dach in einem so schlechten Zustand und die Mauern sind so wacklig, daß man dort wirklich nicht sicher schlafen kann. Ich begreife nicht, welchen Gefallen der Herr Baron an dieser Kammer finden mochte. Bei uns wohnen wollte er nicht, und man hätte meinen können, er fühle sich herabgesetzt, hätte er hier eine Nacht anderswo als unter dem Dach seines alten Schlosses verbracht.

– Ich werde mir diese Kammer ansehen, sagte Marcelle, und sofern ich dort nur ein Dach über dem Kopf habe, so habe ich alles, was ich brauche. Bis dahin bitte ich Sie inständig, sich in Ihrem Haus nicht stören zu lassen. Ich möchte Ihnen in keiner Hinsicht zur Last fallen.

Rose brachte in so liebenswürdigen Worten und mit so zuvorkommender Miene den gegenteiligen Wunsch zum Ausdruck, nämlich ihren Wohnraum an Madame de Blanchemont abzutreten, daß Marcelle, um ihr zu danken, sanft ihre Hand nahm, doch ohne ihren Beschluß zu ändern. Der Anblick des neuen Schlosses, zusammen mit ihrer instinktiven Abneigung gegenüber Madame Bricolin, ließen sie hartnäckig eine Gastfreundschaft ablehnen, die sie schließlich in der Mühle von Herzen gern angenommen hatte.

Sie schlug sich noch mit den förmlichen Zudringlichkeiten der Pächterin herum, als Monsieur Bricolin eintraf.

VIII

Der arrivierte Bauer

Monsieur Bricolin war ein Mann von fünfzig Jahren, kräftig und mit regelmäßigen Gesichtszügen. Mittlerweile war er von wohlbeleibter Statur, wie es der Fall ist bei allen gut betuchten Landbewohnern, die ihre Tage in der frischen Luft verbringen, meistens zu Pferd; die ein tätiges, aber nicht mühevolles Leben führen und gerade beansprucht genug sind, um ihre strotzende Gesundheit und ihre bereitwillige Eßlust zu hegen und zu pflegen. Dank der anregenden frischen Luft und ständiger körperlicher Bewegung ertragen sie eine Zeitlang ohne Unwohlsein das tägliche ausschweifende Tafeln, und obwohl sie bei ihren Arbeiten auf dem Feld kaum anders als die Bauern gekleidet sind, ist es unmöglich, sie mit diesen zu verwechseln, auch nicht im ersten Moment. Während der Bauer stets hager ist, gut proportioniert und sonnengebräunt, was durchaus nicht häßlich aussieht, ist der Bourgeois vom Lande, wenn er einmal die Vierzig überschritten hat, mit einem dicken Bauch geschlagen, mit schwerfälligem Gang und rotgesichtig vom Wein, wodurch das schönste Aussehen gewöhnlich und häßlich wird.

Unter denen, die ihr Vermögen selbst gemacht und ihr Leben zwangsläufig in bäuerlicher Kargheit begonnen haben, gibt es kaum eine Ausnahme, was dieses Schwerfälligwerden der Figur und die Veränderung der Haut betrifft. Denn, und das ist sprichwörtlich, wenn der Bauer anfängt, sich von Fleisch zu ernähren und nach Belieben Wein zu trinken, dann wird er unfähig zu arbeiten, und eine Rückkehr zu seinen ursprünglichen Gewohnheiten würde unweigerlich zu einem schnellen Tod führen. Folglich kann man sagen, daß das Geld ihnen ins Blut geht, daß sie mit Körper und Seele daran haften und daß ihr Leben oder ihr Verstand unwiderruflich mit dem Verlust ihres Vermögens untergehen müssen. Jede Vorstellung von aufopfernder Humanität, jeder Begriff von Religion sind nachgerade unvereinbar mit dieser Verwandlung, die das Wohlleben in ihrem körperlichen und moralischen Sein bewirkt. Es wäre völlig sinnlos, sich über sie zu entrüsten. Sie können nicht anders sein. Sie fressen sich voll, um einen Schlaganfall zu bekommen oder blöde zu werden. Ihre Befähigung zum Erwerb und Erhalt von Reichtum, die anfangs sehr entwickelt ist, verschwindet auf dem Höhepunkt ihrer Laufbahn, und nachdem sie mit bemerkenswerter Geschwindigkeit und Geschicklichkeit ein Vermögen gemacht haben, versinken sie frühzeitig in Apathie, Chaos und Unfähigkeit. Keine soziale Idee, kein Gefühl für den Fortschritt hält sie aufrecht. Die Verdauung wird zur Hauptbeschäftigung ihres Lebens, und ihr so kraftvoll erworbener Reichtum ist noch vor seiner Konsolidierung in tausend Schwierigkeiten verwickelt und durch tausend Ungeschicklichkeiten gefährdet ... ganz zu schweigen von der Eitelkeit, die sie in Spekulationen stürzt, welche ihr Kredit nicht abdeckt. So kommt es, daß diese Reichen fast immer in dem Augenblick ruiniert sind, wo sie die meisten Neider haben.

So weit war Monsieur Bricolin noch nicht. Er war in dem Alter, da die Tatkraft und der Wille mit aller Macht noch gegen den zweifachen Rausch von Hochmut und

Maßlosigkeit anzukämpfen vermögen. Aber es genügte, seine etwas zu kleinen Äuglein zu sehen, den gewaltigen Leibesumfang, die leuchtende Nase und das nervöse Zittern, das die Gewohnheit des morgendlichen Griffs zur Flasche (das heißt, anstatt Kaffee zwei Flaschen Weißwein auf nüchternen Magen) seiner kräftigen Hand verlieh, um vorherzusagen, daß dieser muntere Mann, der stets früh auf den Beinen, vorausschauend und in geschäftlichen Angelegenheiten so unerbittlich war, in nächster Zeit Gesundheit, Erinnerungsvermögen, Urteilskraft, ja sogar die Härte seiner Seele einbüßen würde, um ein erschöpfter Trunkenbold, ein schwerzüngiger Schwätzer und ein leicht zu betrügender Gutsherr zu werden.

Sein Gesicht war einst schön, wenn ihm auch jede Vornehmheit fehlte. Seine breitflächigen und stark betonten Züge kündeten von recht ungewöhnlicher Tatkraft und Gier. Er hatte lebhafte, schwarze, harte Augen, einen sinnlichen Mund, eine schmale, niedrige Stirn, krauses Haar, und sein Reden war rasch und knapp. Sein Blick war ohne Falsch, sein Verhalten ohne Heuchelei. Er war kein Schurke, und seine große Achtung gegenüber dem Dein und Mein, nach den Begriffen der heutigen Gesellschaft, machte ihn für Gaunereien ungeeignet. Im übrigen hinderte ihn der Zynismus der Habsucht, seine Absichten zu beschönigen, und wenn er zu seinesgleichen sagte: *Mein Interesse steht deinem entgegen*, dann glaubte er, ihm bewiesen zu haben, daß er kraft des geheiligtsten Rechtes und höchst loyal handle, indem er es ihm ankündigte.

Halb Bourgeois, halb Bauernlümmel, trug er sonntags einen Anzug, der eine Mischung war zwischen Landmann und Monsieur. Sein Hut war niedriger in der Form als bei den einen, die Ränder waren weniger breit als bei den anderen. Er trug einen grauen Kittel mit Gürtel und Falten, die auf seiner kurzen Taille befestigt waren, was ihn wie ein bereiftes Faß aussehen ließ. Seine Gamaschen verbreiteten einen unauslöschlichen Stallgeruch, und seine schwarze Seidenkrawatte glänzte fettig. Diese kurze, grobe

Persönlichkeit machte auf Marcelle einen unangenehmen Eindruck, und seine weitschweifige Art der Unterhaltung, die sich dauernd ums Geld drehte, war ihr noch weniger sympathisch als die ungefällige Aufmerksamkeit seiner besseren Hälfte.

Und hier ist in etwa das Ergebnis des zweistündigen Geschwätzes, das sie seitens Monsieur Bricolin ertragen mußte. Zu gut einem Drittel seines Wertes war der Besitz von Blanchemont mit Hypotheken belastet. Der selige Herr Baron hatte darüber hinaus beträchtliche Vorschüsse auf den Pachtzins verlangt, und das mit enormen Zinsen, die Monsieur Bricolin, angesichts der Schwierigkeiten bei der Geldbeschaffung sowie des Wucherzinssatzes, der in der Gegend verlangt wurde, *zu fordern gezwungen gewesen war.* Madame de Blanchemont würde sich noch härteren Bedingungen unterwerfen müssen, wenn sie die Methode fortsetzen wollte, zu der ihr Gatte durch sie bevollmächtigt gewesen war; oder aber sie mußte, bevor sie die Erträge einfordern konnte, die Rückstände bezahlen, Kapital und Zinsen und Zinseszinsen, eine Summe, die mehr als hunderttausend Francs betrug. Was die anderen Gläubiger anging, so wollten sie ihr Geld voll und ganz zurückhaben oder aber ihre Außenstände als Beteiligungen behalten. Man mußte also das Land verkaufen oder sofort Kapital auftreiben; kurz gesagt, das Land war achthunderttausend Francs wert, und es war mit vierhunderttausend Francs Schulden belastet, diejenigen bei Monsieur Bricolin nicht mitgerechnet. Es blieben noch dreihunderttausend Francs, von nun an das einzige Vermögen von Madame de Blanchemont, einmal abgesehen von dem, was ihr Gatte ihrem Sohn hinterlassen hatte oder auch nicht, denn noch kannte sie die Verhältnisse nicht.

Marcelle war auf alles andere gefaßt als auf derartige Katastrophen; sie hatte nicht die Hälfte davon vorhergesehen. Die Gläubiger hatten ihre Forderungen noch nicht gestellt, und da ihre Ansprüche verbrieft waren, warteten sie ab, an erster Stelle Monsieur Bricolin selbst, daß die

Witwe sich nach den Ansprüchen erkundigte, um dann vollständige Zahlung zu verlangen oder die Verlängerung des Zinseinkommens, welches die Anleihen ihnen sicherten. Als sie Monsieur Bricolin fragte, warum er ihr nicht, wo sie doch seit einem Monat Witwe sei, den Zustand ihrer Angelegenheiten bekanntgegeben habe, da antwortete er mit brutaler Offenheit, daß es für Eile keinen Anlaß gegeben habe, seine Schuldscheine seien in Ordnung, und jeder Tag, an dem der Eigentümer sich gleichgültig zeige, sei für den Pachtbauern ein Tag des Profits, an dem er die Zinsen für sein Geld mehre, ohne etwas aufs Spiel zu setzen. Diese unwiderlegbare Argumentation gab Marcelle sogleich Aufschluß, von welcher Art die Moral des Monsieur Bricolin war.

– Das ist richtig, antwortete sie ihm lächelnd und mit einer Ironie, die zu verstehen der Pächter sich nicht herablassen wollte. Ich sehe, daß es meine Schuld ist, wenn jeder Tag, den ich verstreichen lasse, mehr verschlingt als die Einkünfte, auf die ich einen Anspruch zu haben glaubte. Aber im Interesse meines Sohnes muß ich diesem Debakel ein Ende bereiten, und von Ihnen, Monsieur Bricolin, erwarte ich in dieser Hinsicht einen guten Rat.

Monsieur Bricolin war sehr überrascht von der Ruhe, mit der die Dame von Blanchemont die Nachricht, daß sie fast ruiniert war, aufnahm, und noch mehr von dem Vertrauen, mit dem sie ihn um Rat fragte, und starr blickte er sie an. In ihrem Gesicht las er eine Art schalkhafter Herausforderung, mit der sie in vollkommener Offenherzigkeit seine Habgier beantwortete.

– Ich verstehe, daß Sie mich in Versuchung führen wollen, sagte er, aber ich will mich nicht den Vorwürfen Ihrer Familie aussetzen. Es schadet einem Mann, wenn er angeklagt wird, in gewinnsüchtiger Weise jemandem mit Wucherdarlehen entgegengekommen zu sein. Madame de Blanchemont, ich muß ernsthaft mit Ihnen reden; aber hier sind die Mauern zu dünn, und was ich Ihnen zu sagen habe, braucht nicht ruchbar zu werden. Wenn Sie so tun wollten, als möchten Sie mit mir das Schloß besichtigen, dann werde ich Ihnen erstens sagen, was ich Ihnen raten würde, wenn ich mit Ihnen verwandt wäre, zweitens, was ich mir als Ihr Gläubiger von Ihnen wünsche; Sie werden sehen, ob es einen dritten Rat zu prüfen gibt. Ich glaube nicht.

Wäre das alte Schloß nicht von Brennesseln, stinkenden Tümpeln und tausend Trümmerstücken umgeben gewesen, die einfach nur nach barbarischer Unordnung aussahen, dann wäre es ein recht malerisches Überbleibsel aus der Vergangenheit gewesen. Es gab noch einen Rest von Graben mit hohem Schilfrohr, eine Seite des Gebäudes war ganz mit herrlichem Efeu bedeckt, und auf einem Trümmerhaufen hatten wilde Kirschen sich prächtig entwickelt. Hier fehlte es nicht an Poesie. Monsieur Bricolin zeigte Marcelle die Kammer, wo ihr Gatte zu wohnen pflegte, wenn er vorbeikam. Es gab noch restliches Mobiliar aus der Zeit Ludwigs des XVI., sehr unsauber und verschossen. Dieser Raum war indessen bewohnbar, und Madame de Blanchemont beschloß, dort die Nacht zu verbringen.

– Das wird meine Frau, die es sich zur Ehre gereichen lassen wollte, Sie in ihrer Wohnung zu empfangen, ein wenig ärgern, sagte Monsieur Bricolin, aber ich fände nichts unangebrachter, als Menschen zuzusetzen. Wenn das alte Schloß Ihnen gefällt, so ist über Geschmack nicht zu streiten, wie man so schön sagt, und ich lasse Ihre Sachen hierher bringen. Für Ihr Kammermädchen lassen wir in dieses Kämmerchen ein Gurtbett bringen. Bis dahin will ich mit Ihnen ernsthaft über Ihre Angelegenheiten reden, Madame de Blanchemont, das ist am dringendsten.

Bricolin zog sich einen Sessel heran, ließ sich darin nieder und fing folgendermaßen an:

– Gestatten Sie mir zunächst, Sie zu fragen, ob Sie insgeheim noch etwas anderes besitzen als die Ländereien von Blanchemont? Ich glaube nicht, soweit ich unterrichtet bin.

– Ich selbst besitze nichts anderes, antwortete Marcelle ruhig.

– Und denken Sie, daß Ihr Sohn über seinen Vater noch ein großes Vermögen zu erben hat?

– Darüber weiß ich nichts. Wenn die Besitztümer von Monsieur de Blanchemont ebenso belastet sein sollten wie meine . . .

– Ach, Sie wissen es nicht? Kümmern Sie sich denn nicht um Ihre Angelegenheiten? Das ist seltsam! Aber alle Adligen sind so. Ich bin dazu verpflichtet, Ihre Lage zu kennen. Das ist mein Beruf und dient meinem Vorteil. Nun also, als ich bemerkte, daß der verstorbene Herr Baron auf großem Fuß lebte, und da ich nicht vorhersah, daß er so jung sterben würde, da mußte ich mir über die Breschen, die er in sein Vermögen geschlagen haben mochte, Gewißheit verschaffen, um vor Anleihen auf der Hut zu sein, die eines Tages den Wert der Ländereien hier hätten übersteigen und mich ohne Sicherheiten hätten lassen können. Ich habe also Leute vom Fach zum Schnüffeln ausgeschickt, und ich weiß, auf den Sou genau, was *heutigentags* für Ihr kleines Kerlchen übrig ist.

– Machen Sie mir die Freude und teilen Sie es mir mit, Monsieur Bricolin.

– Das ist ganz einfach, und Sie können es nachprüfen. Wenn ich mich um zehntausend Francs vertue, so ist das schon hoch gerechnet. Ihr Gatte hatte ein Vermögen von etwa einer Million, alles Grundbesitz, nur daß neunhundertachtzig- oder neunhundertneunzigtausend Francs Schulden zu bezahlen sind.

– Also hat mein Sohn nichts mehr? fragte Marcelle, verwirrt von dieser neuen Enthüllung.

– Wie Sie bereits sagen. Mit dem, was Sie haben, bleiben ihm eines Tages noch dreihunderttausend Francs. Das ist ein hübsches Sümmchen, wenn Sie alles zusammennehmen und verkaufen wollen. In Grund und Boden bedeutet das sechs- oder siebentausend Livres Rente. Wenn Sie es aufessen wollen, ist es noch hübscher.

– Ich habe nicht die Absicht, die einzige Zukunft meines Sohnes zu zerstören. Es ist meine Pflicht, mich soweit wie möglich aus der Notlage, in der ich mich befinde, zu befreien.

– Wenn es so ist, hören Sie mir gut zu: Ihre und seine Ländereien bringen zwei Prozent. Die Zinsen für Ihre Schulden betragen fünfzehn bis zwanzig Prozent; mit den wachsenden Zinsen kommen Sie schnell dahin, endlos das Schuldenkapital zu erhöhen. Was wollen Sie tun?

– Ich muß verkaufen, nicht wahr?

– Wie Sie wollen. Ich glaube, daß dies in Ihrem wohlverstandenen Interesse ist, es sei denn, Sie ziehen es derweil vor, aus der Unordnung Profit zu schlagen und ihren Teil herauszuholen, da Sie ja noch lange den Nießnutz aus dem Gut Ihres Sohnes haben.

– Nein, Monsieur Bricolin, das ist nicht meine Absicht.

– Aber Sie könnten mit diesem Vermögen noch Geld machen, und da der Kleine noch Großeltern hat, von denen er erben wird, könnte es sein, daß er zum Zeitpunkt seiner Volljährigkeit nicht bankrott ist.

– Sehr gut argumentiert, sagte Marcelle kalt; aber ich will ganz anders vorgehen. Ich will alles verkaufen, damit die ererbten Schulden nicht höher sind als das Kapital; und was mein Vermögen angeht, so will ich es liquidieren, damit ich über die Mittel verfüge, meinen Sohn angemessen zu erziehen.

– Wollen Sie in dem Fall Blanchemont verkaufen?

– Ja, Monsieur Bricolin, sofort.

– Sofort? Ach, das glaube ich gern; wenn man in Ihrer Lage ist und unbedingt herauskommen möchte, dann gibt es keinen Tag zu verlieren, weil jeder Tag ein Loch mehr in der Börse bedeutet. Aber glauben Sie, es ist leicht, ein Landgut von dieser Größe sofort zu verkaufen, sei es nun als Ganzes oder in einzelnen Teilen? Ebensogut könnte man behaupten, daß man von einem Tag auf den andern ein Schloß wie das hier baut, solide genug, damit es fünf- oder sechshundert Jahre überdauert. Nehmen Sie zur

Kenntnis, daß man *heutigentags* nur in der Industrie, bei der Eisenbahn oder anderen großen Geschäften, wo man zu hundert Prozent gewinnt oder verliert, Kapitalien bewegt. Beim Grundbesitz ist es, als wolle man den Teufel austreiben. In unserer Gegend möchte ein jeder verkaufen, und niemand will kaufen, so sehr hat man es satt, große Kapitalien in Ackerfurchen zu begraben – für so geringe Erträge. Für den, der da wohnt, der davon lebt und spart, ist Grund und Boden gut; so leben die Landleute, wie ich einer bin. Aber für euch Stadtleute ist es ein kümmerliches Einkommen. So findet also ein Gut von fünfzig- oder hunderttausend Francs eifrige Erwerber. Ein Gut von achthunderttausend Francs übersteigt normalerweise unsere Mittel, und in der Kanzlei Ihres Notars in Paris werden Sie nach einem Kapitalisten suchen müssen, einem, der nicht weiß, was er mit seinem Kapital machen soll. Glauben Sie, daß es *heutigentags* viele von ihnen gibt, wo man doch Roulette spielen kann, oder an der Börse, in den Kohlegruben oder bei der Eisenbahn, auf den Märkten oder bei tausend anderen fetten Spielen! Sie müssen also auf einen ängstlichen alten Adligen treffen, der aus Furcht vor einer Revolution lieber sein Geld zu zwei Prozent anlegt, als daß er sich in hübsche Spekulationen stürzt, die *heutigentags* alle in Versuchung führen. Doch dann müßte es auch ein schönes Wohnhaus geben, wo ein alter Privatier bis zum Ende seiner Tage leben kann. Aber sehen Sie Ihr Schloß? Ich möchte es nicht einmal um des Materials willen haben. Die morschen Balken und rissigen Bruchsteine würden nicht die Mühe des Abrisses lohnen. Es mag also sein, daß Sie, wenn Sie Ihr Land per Anschlag zum Verkauf anbieten, es an einem dieser Tage en bloc verkaufen; aber genausogut können Sie auch zehn Jahre warten, denn Ihr Notar mag, wie üblich, auf seinen Anschlägen soviel erzählen und drucken wie er will, zum Beispiel, daß es drei oder dreieinhalb einbringt; wenn man meine Pacht sieht, weiß man, daß es, nach Abzug der Steuern, nicht mal zwei bringt.

–Vielleicht wurde Ihre Pacht wegen der Vorschüsse an Monsieur de Blanchemont so abgemacht? sagte Marcelle lächelnd.

–Wie es sich gehört! antwortete Bricolin dreist, und meine Pacht gilt für zwanzig Jahre; eines davon ist vorbei, bleiben neunzehn. Das wissen Sie doch, Sie haben es unterschrieben. Sie haben es bei alldem vielleicht nicht gelesen . . . Verdammt! Das ist Ihre Schuld.

– Ich mache auch niemanden verantwortlich. Folglich kann ich nicht en bloc, sondern nur en détail verkaufen?

– En détail würden Sie's gut verkaufen, auch teuer, aber man würde Ihnen Ihr Geld nicht geben.

–Warum nicht?

–Weil Sie gezwungen wären, an viele Leute zu verkaufen, von denen die meisten nicht flüssig sind, an Bauern, die, jedenfalls die besten unter ihnen, ihre Schulden auf lange Sicht Sou für Sou abtragen würden; und die ärmsten unter ihnen, die so gerne ein bißchen Land besäßen, wie alle *heutigentags*, die wird man nach zehn Jahren enteignen müssen, ohne Geld gesehen zu haben. Sie, Madame, werden es satt haben, ihnen zuzusetzen!

– Und ich könnte mich nie dazu entschließen. Somit, Monsieur Bricolin, kann ich den Besitz weder verkaufen noch behalten?

–Wenn Sie vernünftig sind, nicht teuer verkaufen und Bargeld kassieren wollen, so können Sie an jemanden verkaufen, den ich kenne.

–An wen denn?

–An mich.

–An Sie, Monsieur Bricolin?

–An mich, Nicolas-Etienne Bricolin.

–Tatsächlich, sagte Marcelle, die sich in diesem Augenblick einiger Worte entsann, die der Müller von Angibault hatte fallen lassen; ich habe davon gehört. Was genau schlagen Sie vor?

– Ich verständige mich mit Ihren Hypothekengläubigern, ich zerstückele das Land, ich verkaufe an die einen, kaufe von den anderen, behalte, was meinen Vorstellungen entspricht, und den Rest bezahle ich Ihnen aus.

– Und die Gläubiger, die bezahlen Sie auch in bar? Sie sind ungeheuer reich, Monsieur Bricolin!

– Nein, ich lasse sie warten, aber so oder so schaffe ich sie Ihnen vom Hals.

– Ich dachte, sie wollten alle sofort ausbezahlt werden; hatten Sie mir das nicht gesagt?

– Ihnen gegenüber würden sie drängen; mir geben sie Kredit.

– Richtig. Vielleicht gelte ich als zahlungsunfähig?

– Möglich! *Heutigentags* ist man sehr mißtrauisch. Sehen Sie, Madame de Blanchemont! Sie schulden mir hunderttausend Francs, ich gebe Ihnen zweihundertfünfzigtausend, und wir sind quitt.

– Das heißt, Sie wollen zweihundertfünfzigtausend Francs für etwas bezahlen, was dreihunderttausend wert ist?

– Das ist eine kleine Prämie, die Sie mir gerechterweise zugestehen: ich zahle in bar. Sie werden sagen, es sei mein Vorteil, keine Zinsen bezahlen zu müssen, da ich das Geld habe. Ihr Vorteil ist es, Ihr Vermögen ausbezahlt zu bekommen, von dem Ihnen, sollten Sie zögern, auch nicht ein Sou bleibt.

– So wollen Sie also von der Notlage, in der ich mich befinde, profitieren und den Preis für das wenige, das mir bleibt, um ein Sechstel drücken?

– Das ist mein gutes Recht, und jeder andere würde noch mehr verlangen. Seien Sie gewiß, daß ich so weit als möglich Ihre Interessen vertrete. Nun, mein erstes Wort ist auch mein letztes. Sie werden darüber nachdenken.

– Ja, Monsieur Bricolin, mir scheint auch, daß ich darüber nachdenken muß.

– Zum Teufel, das will ich meinen! Erst einmal müssen Sie sich vergewissern, daß ich Sie nicht betrüge und mich hinsichtlich Ihrer Lage und des Wertes Ihrer Güter nicht irre. Sie sind nun hier; Sie werden sich kundig machen, alles mit eigenen Augen sehen, Sie können sogar die Ländereien Ihres Gatten bei Blanc besuchen, und sobald Sie auf dem laufenden sind, ungefähr in einem Monat, geben Sie mir Ihre Antwort. Und prüfen Sie mein Angebot, soviel Sie wollen, damit Sie Ihre eigene Rechnung auf eine Grundlage stellen, deren Überprüfung ich nicht fürchte: Sie können erstens das, was Ihnen netto bleibt, zum doppelten Preis dessen verkaufen, was ich Ihnen biete – aber Sie werden nicht einmal die Hälfte erhalten; oder aber Sie warten zehn Jahre, in denen Sie so viele Zinsen zu bezahlen haben, daß Ihnen nichts mehr bleibt. Zweitens können Sie mit einem Sechstel Verlust an mich verkaufen und in genau drei Monaten zweihundertfünfzigtausend Francs in gutem Gold oder gutem Silber oder in hübschen Banknoten, ganz nach Wahl, bekommen. Nun, ich habe alles gesagt! Kommen Sie doch in etwa einer halben Stunde ins Haus und speisen Sie mit uns zu Abend. Fühlen Sie sich ganz wie zu Hause, einverstanden, Frau Baronin? Geschäft ist Geschäft, und wenn Sie keine Extrawurst wollen, ist alles in Ordnung.

Die Lage, in der Marcelle sich den Bricolins gegenüber von nun an befand, nahm ihr alle Bedenken und machte im übrigen die Annahme dieses Angebots notwendig. Sie versprach also, es wahrzunehmen; aber sie bat darum, bis zur Essenszeit im alten Schloß bleiben zu können, um einen Brief zu schreiben. Monsieur Bricolin verließ sie und schickte ihr ihre Bediensteten und ihre Pakete.

IX

Ein unvermuteter Freund

Während der wenigen Augenblicke, in denen Marcelle allein war, stellte sie rasch einige Überlegungen an, und bald fühlte sie, daß die Liebe ihr eine Kraft gab, zu der sie vielleicht ohne diese mächtige Inspiration nicht fähig gewesen wäre. Beim ersten Anblick war sie über diesen traurigen Landsitz, der einzigen eigenen Bleibe, die es für sie noch gab, ein wenig erschrocken. Aber als sie erfuhr, daß ihr selbst diese Ruine bald nicht mehr gehören würde, begann sie zu lächeln, während sie sie mit völlig uneigennütziger Neugier betrachtete. Das herrschaftliche Wappenschild ihrer Familie auf den Kaminsimsen war unversehrt geblieben.

– Somit wird zwischen mir und der Vergangenheit alles abgebrochen. *Heutigentags*, wie dieser Bricolin sagt, erlöschen Reichtum und Adel gemeinsam. O mein Gott! Wie gut du bist, daß du die Liebe für alle Zeiten unsterblich, wie du selbst es bist, geschaffen hast!

Suzette trat ein und brachte das Reisenecessaire, um das ihre Herrin wegen des Briefes gebeten hatte. Aber während Marcelle es öffnete, warf sie zufällig einen Blick auf ihre Kammerzofe und fand, dieweil diese die nackten Mauern des alten Schlosses ansah, an ihr einen so seltsamen Ausdruck, daß sie lachen mußte. Suzettes Gesicht verfinsterte sich noch mehr, und ihre Stimme nahm recht deutlich eine rebellische Tonlage an.

– Also ist Madame entschlossen, hier zu schlafen?

– Das sehen Sie doch, antwortete Marcelle, und dort haben Sie eine Kammer für sich, mit herrlichem Ausblick und viel frischer Luft.

– Ich bin Madame sehr verbunden, aber Madame mögen versichert sein, daß ich nicht dort schlafen werde. Ich habe dort am hellichten Tag Angst, und wie wird das erst in der Nacht sein? Man sagt, er kehre dorthin zurück, und das glaube ich ohne weiteres.

– Suzette, Sie sind verrückt. Ich werde Sie gegen die Gespenster verteidigen.

– Madame möge die Güte haben, irgendeine Magd vom Pachthof hier schlafen zu lassen, denn lieber möchte ich sofort zu Fuß diese entsetzliche Gegend verlassen . . .

– Sie nehmen es allzu tragisch, Suzette. Ich will Sie zu nichts zwingen, Sie schlafen, wo Sie wollen; indessen mache ich Sie darauf aufmerksam, daß, sollten Sie sich angewöhnen, mir Ihre Dienste zu verweigern, ich mich gezwungen sehen werde, mich von Ihnen zu trennen.

– Wenn Madame vorhat, lange in dieser Gegend zu bleiben und in diesem baufälligen Schloß zu wohnen . . .

– Ich sehe mich gezwungen, einen Monat, länger vielleicht, hier zu bleiben; was schlußfolgern Sie daraus?

– Daß ich Madame bitten werde, mich nach Paris zurückzuschicken oder zu irgendeinem anderen Landgut von Madame, denn ich schwöre, daß ich hier innerhalb von drei Tagen tot sein werde.

– Meine liebe Suzette, antwortete sehr sanft Marcelle, ich habe kein anderes Landgut mehr, und wahrscheinlich werde ich niemals nach Paris zurückkehren und dort wohnen. Ich habe kein Vermögen mehr, mein Kind, und es steht zu vermuten, daß ich Sie nicht mehr lange in meinem Dienst behalten kann. Da dieser Aufenthalt Ihnen so verhaßt ist, ist es sinnlos, Sie etliche Tage lang dazu zu zwingen. Ich zahle Ihnen Ihren Lohn und Ihre Reise. Die Patache, die uns hierher gebracht, ist noch nicht abgefahren. Ich gebe Ihnen gute Empfehlungen, und meine Verwandten werden behilflich sein, Sie unterzubringen.

– Aber wie, Madame, wollen Sie, daß ich einfach so allein fortgehe? Wirklich, das hat sich gelohnt, mich so weit weg in eine verlorene Gegend zu bringen!

– Ich wußte nicht, daß ich ruiniert bin, ich habe es eben erst erfahren, antwortete Marcelle ruhig; machen Sie mir also keine Vorwürfe, diese Unannehmlichkeit habe ich Ihnen ungewollt zugefügt. Sie werden übrigens nicht alleine abreisen, Lapierre wird mit Ihnen nach Paris zurückkehren.

– Madame schickt auch Lapierre fort? erwiderte Suzette bestürzt.

– Ich schicke Lapierre nicht fort. Ich schicke ihn zurück zu meiner Schwiegermutter, die ihn mir überlassen hatte und die mit Freuden diesen alten, guten Diener wieder zu sich nehmen wird. Gehen Sie essen, Suzette, und bereiten Sie sich auf die Abreise vor.

Ganz verwirrt durch die Gelassenheit und sanfte Ruhe ihrer Herrin, brach Suzette in Tränen aus, und mit neuer Zuneigung, unbedacht vielleicht, flehte sie sie an, ihr zu vergeben und sie bei sich zu behalten.

– Nein, mein liebes Mädchen, antwortete Marcelle, Ihr Lohn übersteigt von nun an meine Möglichkeiten. Trotz Ihrer Fehler lasse ich Sie ungern ziehen, und vielleicht werden Sie mich trotz meiner Mängel ebenfalls vermissen. Aber das Opfer ist unvermeidlich, und dies ist nicht der richtige Augenblick für Schwäche.

– Und was soll aus Madame werden? Ohne Vermögen, ohne Dienerschaft, mit einem kleinen Kind belastet, in einer solchen Einöde? Der arme kleine Edouard!

– Grämen Sie sich nicht, Suzette; gewiß werden Sie bei jemandem aus meinem Bekanntenkreis eine Stellung finden. Wir sehen uns wieder. Und Sie werden Edouard wiedersehen. Weinen Sie nicht vor ihm, darum bitte ich Sie inständig!

Suzette ging hinaus; aber Marcelle hatte noch immer nicht die Feder in die Tinte getaucht, um zu schreiben, als der große Müller vor ihr erschien, auf dem einen Arm Edouard, auf dem anderen einen Schlafsack.

– Ach! sagte Marcelle zu ihm, als sie das Kind entgegennahm, das er auf ihre Knie setzte, Sie tun also immer noch alles, damit ich Ihnen verpflichtet bin, Monsieur Louis? Ich freue mich, daß Sie noch nicht fort sind. Ich hatte Ihnen kaum gedankt, und ich hätte bedauert, Ihnen nicht Adieu sagen zu können.

– Nein, ich bin noch nicht fort, sagte der Müller, und um die Wahrheit zu sagen, habe ich es auch nicht sehr eilig zu gehen. Aber sehen Sie mal, Madame, wenn es Ihnen nichts ausmacht, dann nennen Sie mich nicht mehr *Monsieur*. Ich bin kein Monsieur, und diese Zeremonie Ihrerseits geht mir mittlerweile gegen den Strich! Nennen Sie mich ganz einfach Louis oder Grand-Louis, wie alle anderen auch.

– Aber ich mache Sie darauf aufmerksam, daß dies gegen die Gleichheit ist, und nach Ihren Überlegungen von heute morgen . . .

– Heute morgen war ich ein Vieh, ein Pferd, ein Mühlenpferd, was noch schlimmer ist. Ich war voreingenommen . . . wegen des Adels und Ihres Gemahls . . . was weiß ich? Hätten Sie mich Louis genannt, dann hätte ich Sie, glaube ich . . . Wie heißen Sie?

– Marcelle.

– Ich mag diesen Namen, Madame Marcelle! Nun gut, so werde ich Sie nennen, das wird mich nicht mehr an den Herrn Baron erinnern.

– Aber wenn ich Sie nicht mehr Monsieur nenne, dann nennen Sie mich doch ganz einfach Marcelle, sagte Madame de Blanchemont lachend.

– Nein, nein, Sie sind eine Frau . . . und eine Frau, wie es nicht viele gibt, hol' mich der Teufel! . . . Sehen Sie, ich will es Ihnen nicht verhehlen, ich habe Sie ins Herz geschlossen, insbesondere gerade eben.

– Warum gerade eben, Grand-Louis? fragte Marcelle; sie begann zu schreiben und hörte den Müller nur noch mit halbem Ohr.

– Als Sie mit Ihrem Zimmermädchen sprachen, gerade eben, da war ich dort auf der Treppe mit diesem Spitzbuben von einem Kind, das allerlei Schabernack mit mir trieb, damit ich nicht weiter kam, und so habe ich wider Willen alles gehört, was Sie gesagt haben. Verzeihen Sie mir bitte.

– Daran ist nichts Schlimmes, meine Situation ist kein Geheimnis, da ich ja Suzette davon unterrichtet habe, und im übrigen bin ich mir sicher, daß ein Geheimnis in Ihren Händen gut aufgehoben ist.

– Ein Geheimnis von Ihnen wird in meinem Herzen aufgehoben, erwiderte der Müller gerührt. Und Sie wußten also nicht, bevor Sie hierher kamen, daß Sie ruiniert sind?

– Nein, ich wußte es nicht. Monsieur Bricolin hat es mir gerade beigebracht. Ich war auf zu behebende Verluste gefaßt, das ist alles.

– Und mehr Kummer als diesen haben Sie nicht?

Marcelle schrieb und dachte nicht daran zu antworten, nach einem Augenblick jedoch blickte sie zu Grand-Louis auf und sah, wie er mit gekreuzten Armen vor ihr stand und sie mit einer Art unschuldsvoller Begeisterung und tiefem Erstaunen betrachtete.

– Es ist also sehr überraschend, sagte sie, einen Menschen zu sehen, der sein Vermögen, jedoch nicht seinen Verstand verliert. Und außerdem, bleibt mir denn zum Leben nichts übrig?

– Was Ihnen bleibt, das weiß ich so ungefähr. Ihre Angelegenheiten kenne ich vielleicht besser als Sie; denn wenn der alte Bricolin einen Schluck getrunken hat, dann schwatzt er gern, und er ist mir mit all dem genug auf die Nerven gefallen, auch wenn mich das kaum interessierte; jemand, der ohne mit der Wimper zu zucken eine Million nach rechts, die andere nach links verschwinden sieht . . . Krach! Im Handumdrehen! . . . Ich habe das noch nie gesehen und begreif's noch nicht!

– Noch weniger werden Sie begreifen, wenn ich Ihnen sage, daß mir persönlich das alles außerordentliche Freude bereitet.

– Ach, aber wenn Sie an Ihren Sohn denken! sagte der Müller und flüsterte, damit der im Nebenraum spielende Edouard seine Worte nicht verstand.

– Im ersten Moment war ich ein wenig erschrocken, antwortete Marcelle, aber schon bald fühlte ich mich getröstet. Schon lange sage ich mir, daß es ein Unglück ist, reich geboren und zum Müßiggang, zum Haß auf die Armen, zu Egoismus und Straffreiheit, die einem der Reichtum verschafft, bestimmt zu sein. Ich habe oft bedauert, nicht Tochter und Mutter eines Arbeiters zu sein. Jetzt, Louis, werde ich zum Volk gehören, und Menschen wie Sie werden mir nicht mehr mißtrauen.

– Sie werden nicht zum Volk gehören, sagte der Müller; Ihnen bleibt ein Vermögen, welches ein Mann aus dem Volk als unermeßlich betrachten würde, auch wenn es für

Sie nicht viel ist. Außerdem hat dieses kleine Kind reiche Verwandte, die nicht zulassen werden, daß es wie ein Armer erzogen wird. Was Sie sich da vorstellen, ähnelt einem Roman; wo, zum Teufel, haben Sie diese Ideen her? Sie müssen eine Heilige sein, der Teufel soll mich holen! Es macht einen merkwürdigen Eindruck auf mich, Sie solche Sachen sagen zu hören, während alle anderen Reichen nur daran denken, noch reicher zu werden. Sie sind die erste Ihrer Art, die ich sehe. Gibt es in Paris andere Reiche und Adlige, die so denken wie Sie?

– Es gibt kaum welche, das muß ich zugeben. Aber schreiben Sie mir kein so großes Verdienst zu, Grand-Louis. Der Tag wird kommen, wo ich Ihnen vielleicht verständlich machen kann, warum ich so bin.

– Verzeihen Sie mir, aber das bezweifle ich.

– Nein.

– Doch, aber den Beweis, den kann ich Ihnen nicht liefern. Es handelt sich um eine heikle Angelegenheit, und Sie würden mir sagen, ich sei zu dreist, Sie darüber auszufragen. Wenn Sie nur wüßten, wie kleinlaut ich bin, was dieses Kapitel angeht, und gut imstande, die Nöte anderer zu verstehen! Ich werde Ihnen von meinen Sorgen erzählen! Der Donner soll mich treffen! Ich sag es Ihnen. Nur Sie und meine Mutter werden es wissen. Sie werden mir ein paar gute Worte sagen, die mir vielleicht den Kopf wieder zurechtrücken.

– Und wenn ich Ihnen nun selbst sagte, daß ich da meine Zweifel habe?

– Sie müssen Ihre Zweifel haben! Es beweist, daß in all diesen Angelegenheiten Liebe und Geld eine Rolle spielen.

– Ich will, daß Sie mir Ihr Herz ausschütten, Grand-Louis; aber da kommt der alte Lapierre. Wir sehen uns bald wieder, nicht wahr?

– Das muß sein, sagte der Müller und sprach leiser, denn was Ihre Geschäfte mit dem Bricolin angeht, da muß ich Sie einiges fragen. Ich habe Angst, daß dieser Kerl Ihnen das Leben etwas zu sauer macht, und wer weiß! Ich als Bauer könnte Ihnen vielleicht einen Dienst erweisen. Wollen Sie mich als Freund behandeln?

– Gewiß.

– Und Sie tun nichts, ohne es mir vorher zu sagen?

– Ich verspreche es Ihnen, mein Freund. Da ist Lapierre.

– Soll ich gehen?

– Gehen Sie nach nebenan, mit Edouard. Vielleicht muß ich Sie um Rat fragen, sofern Sie Zeit haben, noch ein paar Minuten zu warten.

– Es ist Sonntag . . . Übrigens könnte es auch jeder andere Tag sein . . .!

X

Briefe

Lapierre trat ein. Suzette hatte ihm alles gesagt. Er war blaß und zitterte. Da er alt war und zu anstrengendem Dienst nicht in der Lage, war er für Marcelle nur ein achtunggebietender Reisebegleiter. Aber ohne es ihr gegenüber jemals zum Ausdruck gebracht zu haben, hing er aufrichtig an ihr, und trotz der Abneigung, die er, ebenso wie Suzette, gegen die Vallée-Noire und das alte Schloß empfand, lehnte er es ab, seine Herrin zu verlassen, und erklärte, er wäre bereit, ihr für so wenig Lohn zu dienen, wie sie für angemessen hielt.

Marcelle, gerührt von seiner edlen Ergebenheit, drückte ihm voller Zuneigung die Hände, sie besiegte seinen Widerstand und bewies ihm, daß er ihr nützlicher sei, wenn er nach Paris zurückkehre, als wenn er in Blanchemont bleibe. Sie wollte ihr kostbares Mobiliar loswerden, und Lapierre war sehr geeignet, den Verkauf zu überwachen, den Preis zu kassieren und ihn zur Bezahlung der kleinen laufenden Schulden zu verwenden, die Madame de Blanchemont noch in Paris haben mochte. Als rechtschaffener

Mensch fühlte Lapierre sich geschmeichelt und war einverstanden, die Rolle einer Art von Geschäftsmann, mit Sicherheit jedoch die eines Vertrauensmannes zu spielen und derjenigen einen Dienst zu erweisen, von der er sich unter Bedauern trennte. Man traf also die Reisevorbereitungen. Marcelle, die mit bemerkenswerter Gelassenheit alle Einzelheiten ihrer Lage bedachte, rief den Grand-Louis zurück und fragte ihn, ob er meine, man könne in der Gegend die Kalesche verkaufen, die sie in *** zurückgelassen hatte.

– So brechen Sie die Brücken hinter sich ab? gab der Müller zur Antwort. Um so besser für uns! Vielleicht bleiben Sie, und ich wünsche mir nur, Sie hierzubehalten. Ich gehe wegen meiner Geschäfte oft nach ***, auch, um eine meiner Schwestern zu sehen, die dort verheiratet ist. Ich weiß so ungefähr alles, was in der dortigen Gegend geschieht, und außerdem bemerke ich auch, daß alle unsere Bürger seit einigen Jahren süchtig sind nach schönen Wagen und anderen Luxusartikeln. Ich kenne einen, der einen Wagen aus Paris kommen lassen will; Ihrer ist genau richtig, das wird ihm die Transportkosten ersparen, und auch wenn man große Dummheiten begeht, so achtet man in unserer Gegend doch auf die kleinen Einsparungen. Dieser Wagen schien mir schön und gut zu sein. Wieviel kostet das, eine solche Sache?

– Zweitausend Francs.

– Wollen Sie, daß ich mit Lapierre nach *** gehe? Ich bringe ihn mit den Käufern zusammen, und er kassiert das Geld, denn bei uns bezahlt man nur Fremde in bar.

– Wenn ich damit nicht Ihre Zeit und Ihre Gefälligkeit mißbrauche, dann sollen Sie die Angelegenheit allein regeln.

– Mit Freuden gehe ich hin; aber reden Sie nicht mit Monsieur Bricolin davon, er wäre imstande, sie kaufen zu wollen, die Kalesche.

– Na gut, warum nicht?

– Ach ja, das würde noch fehlen, um . . . den Mitgliedern seiner Familie den Kopf zu verdrehen! Außerdem fände Bricolin einen Weg, um Ihnen nur die Hälfte des Wertes zu zahlen. Ich sage Ihnen doch, daß ich die Sache übernehme.

– Werden Sie mir in dem Fall das Geld mit zurückbringen? Denn ich glaubte, hier welches bekommen zu können, statt dessen muß ich zweifellos welches auszahlen.

– Nun, heute abend brechen wir auf; es ist Sonntag, und darum stört es mich nicht; und wenn ich morgen abend oder übermorgen früh nicht mit zweitausend Francs zurückkomme, dürfen Sie mich für einen Prahlhans halten.

– Wie gut Sie doch sind! sagte Marcelle und dachte dabei an die Raffgier ihres reichen Pachtbauern.

– Soll ich Ihnen auch die Koffer mitbringen, die Sie dort gelassen haben? fragte der Grand-Louis.

– Wenn Sie einen Karren mieten und sie mir schicken lassen wollen . . .

– Das doch nicht! Wozu sollte es gut sein, einen Mann und ein Pferd zu verdingen? Ich spanne Sophie vor den Kippkarren, und ich möchte wetten, daß Mademoiselle Suzette lieber mit einem guten Kutscher wie mir im Freien auf einem Strohbündel reist als mit diesem wildgewordenen Patachon in seinem Salatkorb. Ach so, es ist noch nicht alles gesagt. Sie brauchen eine Magd – Monsieur Bricolins Mägde haben zu viel zu tun, um Ihren Spitzbuben von einem Kind von morgens bis abends zu unterhalten. Ach, wenn ich nur Zeit hätte! Wir würden uns ein schönes Leben machen, noch dazu, wo ich Kinder liebe und der da mehr Verstand besitzt als ich! Ich leihe Ihnen die kleine Fanchon, die Magd meiner Mutter. Wir können gerne einige Zeit auf sie verzichten. Das ist ein Mädchen, die sich um den Kleinen wie um ihren Augapfel kümmern und alles tun wird, was Sie ihr befehlen. Sie hat nur einen Fehler, nämlich daß sie bei jedem Wort, das man an sie richtet, dreimal *bitte?* sagt. Aber was wollen Sie, sie bildet sich ein, dies sei höflich und man würde mit ihr schimpfen, wenn sie nicht so tut, als ob sie taub sei.

– Die Vorsehung hat Sie mir geschickt, sagte Marcelle, und es verwundert mich, daß sich in einer Situation, die mir tausend Ungelegenheiten bereiten müßte, auf meinem Weg ein vortreffliches Herz findet und mir zu Hilfe kommt.

– Ach was! Das sind kleine Freundschaftsdienste, die Sie auf die eine oder andere Weise wiedergutmachen werden. Sie haben mir, seit Sie hier sind, schon einen so großen Dienst erwiesen!

– Und wie das? . . .

– Ach, verflixt! Darüber reden wir später, sagte der Müller geheimnisvoll und mit einem Lächeln, in dem die Ernsthaftigkeit seiner Leidenschaft in einem seltsamen Widerspruch zu seinem heiteren Charakter stand.

Nachdem der Aufbruch des Müllers und der Bediensteten in gegenseitigem Einvernehmen für denselben Abend beschlossen worden war, auf die Schnelle, wie Grand-Louis es nannte, blieb Marcelle vor dem Abendessen auf dem Pachthof nur noch wenig Zeit, und sie schrieb rasch die beiden folgenden Mitteilungen:

Marcelle, Baronin von Blanchemont,
an ihre Schwiegermutter, die Comtesse von Blanchemont.

»Liebe Mama,
Ich wende mich an Sie, die mutigste Frau und den besten Kopf der Familie, um Ihnen eine Neuigkeit zu verkünden und Sie zu beauftragen, sie auch dem ehrenwerten Comte und unseren geliebten Verwandten mitzuteilen – eine Neuigkeit, die Sie, dessen bin ich mir gewiß, mehr betrüben wird als mich. Sie haben mir oft von Ihren Befürchtungen erzählt, und wir haben allzuoft von dem Thema gesprochen, welches mich in diesem Augenblick beschäftigt, so daß Sie mich ohne viele Worte verstehen werden. *Von Edouards Vermögen ist nichts mehr da* (aber auch gar

nichts mehr). Von meinem sind noch zweihundertfünfzig- oder dreihunderttausend Francs übrig. Ich kenne meine Situation bislang nur durch einen Mann, der selbst großes Interesse hat, die Katastrophe zu übertreiben, soweit dies möglich ist, der aber zuviel gesunden Menschenverstand besitzt, um den Versuch zu unternehmen, mich zu täuschen, weil ich mich ja morgen oder übermorgen selbst erkundigen kann. Ich schicke Ihnen den guten Lapierre zurück und brauche Sie nicht aufzufordern, ihn wieder bei sich aufzunehmen. Sie hatten ihn mir gegeben, damit er ein wenig Ordnung und Sparsamkeit in die Haushaltsführung bringe. Er hat getan, was möglich war; aber was sollen die Einsparungen im Hause, wenn draußen unkontrollierte, grenzenlose Verschwendung herrscht. Verschiedene kleine Gründe, die er Ihnen selbst erklären wird, zwingen mich, seine Abreise zu beschleunigen; darum schreibe ich Ihnen in Eile und ohne in die Einzelheiten zu gehen, über die ich selbst nicht verfüge und die später folgen werden. Es ist mir wichtig, daß Lapierre Sie spricht, wenn Sie allein sind, und Ihnen dieses übermittelt, damit Sie je nach Bedarf einige Stunden oder Tage haben, um den Comte auf die Enthüllung vorzubereiten. Sie mildern es ab, indem Sie ihm alles, was Sie von mir wissen, tausendmal wiederholen: wie gleichgültig mir die Freuden des Reichtums sind und wie unfähig ich bin, wen und was auch immer aus der Vergangenheit zu verfluchen. Wie sollte ich demjenigen nicht vergeben, der das Unglück hatte, nicht lange genug zu leben, um alles wiedergutzumachen! Liebe Mama, sein Andenken sei in Ihrem und meinem Herzen ohne Groll und vollständig freigesprochen!

Nun zwei Worte über Edouard und mich, die wir bei dieser Prüfung des Schicksals eine Einheit sind. Mir bleibt, so hoffe ich, genug, um für alle seine Bedürfnisse und für seine Erziehung aufzukommen. Er ist noch nicht in dem Alter, wo er sich über ihm unbekannte Verluste grämen würde, und man sollte sie ihm möglichst lange verschweigen, bis er einmal fähig ist, sie zu verstehen. Ist es nicht ein Glück für ihn, daß sich diese Veränderung in seiner Lage vollzieht, bevor es ihm ein Bedürfnis geworden ist, im Überfluß zu leben? Wenn es ein Unglück sein sollte, auf das Notwendige beschränkt zu sein (in meinen Augen ist es keins), so wird er es nicht spüren, und da er sich an das bescheidene Leben von nun an gewöhnt, wird er sich für ziemlich reich halten. Da es ihm bestimmt war, in bescheidene Umstände herabzusinken, ist es eine Wohltat der Vorsehung, ihn in einem Alter dorthin gebracht zu haben, in dem die Lektion weit davon entfernt ist, bitter zu sein, und ihm nur nützen kann. Sie werden mir sagen, daß ihm andere Erbschaften vorbehalten sind. Ich habe mit dieser Zukunft nichts zu tun, und ich möchte in keiner Weise im voraus einen Nutzen daraus ziehen. Ich würde die Opfer, die seine Familie sich auferlegen möchte, um mir ein sogenanntes ehrenwertes Leben zu verschaffen, beinahe als eine Art Kränkung ablehnen. In der Furcht vor dem, was ich soeben erfuhr, hatte ich mir schon einen Verhaltensplan gemacht. Ich habe ihn mit meiner Lage in Übereinstimmung gebracht, und nichts auf der Welt wird mich davon abbringen. Ich bin entschlossen, mich auf dem Lande niederzulassen, in der tiefsten Provinz, wo ich meinen Sohn in den ersten Jahren an ein arbeitsames und einfaches Leben gewöhnen werde, wo er das Schauspiel des Reichtums anderer nicht vor Augen hat und nicht mit ihm in Berührung kommt, wo schließlich die gute Wirkung meiner Beispiele und Lektionen nicht zerstört wird. Ich gebe die Hoffnung nicht auf, ihn manchmal zu Ihnen bringen zu dürfen, und mit Freude werden Sie, anstatt des schwächlichen und träumerischen Wesens, um dessen Leben wir ständig zitterten, ein kräftiges, fröhliches Kind erleben. Ich kenne die Rechte, die Sie an ihm haben, und die Achtung, die ich Ihrem Wollen und Ihren Ratschlägen schulde; aber ich hoffe, daß Sie meinen Plan nicht tadeln und mich über diese Kindheit wachen lassen, der die gewissenhafte Sorge einer Mutter und die heilkräftigen Einflüsse des Landes nützlicher sein werden als die oberflächlichen Lektionen eines reichlich bezahlten Lehrers, Übungen auf der Reitbahn und Wagenausflüge in den Bois de Boulogne. Was mich angeht, so brauchen Sie sich keine Sorgen zu machen; ich trauere meinem unbekümmerten Leben und meiner müßiggängerischen Umgebung nicht nach. Leidenschaftlich liebe ich das Land, und die langen Stunden, die die Gesellschaft mir nicht mehr stiehlt, werde ich zu meiner Unterrichtung verwenden, damit ich meinen Sohn unterrichten kann. Bislang hatten Sie einiges Vertrauen zu mir, jetzt ist der Zeitpunkt da, um es voll und ganz zu haben. Ich wage es, davon auszugehen, weil ich weiß, daß Sie nur Ihre kraftvolle Seele und Ihr zutiefst mütterliches Herz befragen müssen, um meine Absichten und Beschlüsse zu verstehen.

All das wird den Vorstellungen der Familie gewiß reichlich entgegenstehen; aber sobald Sie zum Ausdruck gebracht haben, daß ich im Recht bin, werden alle Ihrer Auffassung folgen. Ich lege also unsere Gegenwart und Zukunft in Ihre Hände, und mit Hingabe, Zärtlichkeit und Hochachtung gehöre ich fürs ganze Leben Ihnen.

MARCELLE.«

Es folgte ein Postskriptum, welches sich auf Suzette bezog, und die Bitte, einen Geschäftsbeauftragten der Familie nach Blanc zu schicken, damit er den Untergang dieses Landvermögens feststelle und sich tatkräftig mit der Liquidierung befasse. Was ihre eigenen Angelegenheiten betraf, so wollte und konnte Marcelle sie selbst, mit Hilfe sachverständiger Männer vor Ort, liquidieren.

Der zweite Brief war an Henri Lémor adressiert:

»Henri, welches Glück, welche Freude! Ich bin ruiniert. Sie werden mir meinen Reichtum nicht mehr vorwerfen, werden meine goldenen Ketten nicht mehr hassen. Ich werde eine Frau sein, die Sie ohne Gewissensbisse lieben können und die sich Ihretwegen keine Opfer mehr auferlegen muß. Mein Sohn hat kein reiches Erbe mehr zu erwarten, zumindest nicht unmittelbar. Ich habe von nun an das Recht, ihn so zu erziehen, wie es Ihnen vorschwebt, einen Mann aus ihm zu machen, Ihnen seine Erziehung anzuvertrauen, Ihnen seine ganze Seele zu überlassen. Ich will Sie nicht täuschen, vielleicht werden wir in einem kleinen Kampf der Familie seines Vaters standhalten müssen; ihre blinde Liebe und ihr aristokratischer Stolz werden ihn der Welt zurückgeben wollen, indem sie ihn gegen meinen Willen reich machen. Aber mit Sanftheit, ein wenig Geschick und viel Festigkeit werden wir siegen. Ich werde mich ihrem Einfluß weit genug fernhalten, um ihn lahmzulegen, und wir werden die Entwicklung dieser jungen Seele mit einem sanften Geheimnis umgeben. Es wird die Jugend Jupiters in den heiligen Grotten sein. Und wenn er diese göttliche Einsiedelei verläßt, um seine Kräfte auszuprobieren, wenn der Reichtum ihn verführen will, dann werden wir ihm gegen die Versuchungen der Welt und die Verderbtheit des Goldes eine starke Seele mitgegeben haben. Henri, ich wiege mich in den süßesten Hoffnungen, zerstören Sie sie nicht mit Ihren grausamen Zweifeln und Bedenken, die ich von nun an kleinmütig nennen werde. Sie schulden mir Ihre Unterstützung und Ihren Schutz, jetzt, da ich mich trennen werde von einer Familie, die voller Fürsorge und Güte ist, die ich jedoch verlasse und aus dem einzigen Grund, daß sie Ihre Prinzipien nicht teilt, bekämpfen werde. Was ich Ihnen vor zwei Tagen, als ich Paris verließ, geschrieben habe, wird also durch diesen Brief voll und ganz bestätigt. Ich rufe Sie jetzt nicht an meine Seite, ich darf es nicht, und im übrigen gebietet die Vorsicht, daß ich Sie recht lange nicht sehe, damit man das Exil, das ich mir auferlege, nicht meinen Gefühlen für Sie zuschreibt. Ich nenne Ihnen den Ort nicht, den ich mir als Zuflucht aussuchen werde, ich kenne ihn selbst noch nicht. Aber in einem Jahr, Henri, geliebter Henri, werden Sie mich vom 15. August an dort treffen, wo ich mich dann niedergelassen haben werde und wohin ich Sie rufe. Wenn Sie bis dahin mein Vertrauen in mich selbst nicht teilen, ist es mir lieber, daß Sie mir nicht schreiben . . . Aber werde ich denn die Kraft haben, ohne Nachricht von Ihnen zu leben! Nein, und Sie auch nicht! Schreiben Sie also zwei Worte, allein um mir zu sagen: *Ich lebe und ich liebe*! Wenden Sie sich, wenn Sie mich erreichen wollen, an meinen getreuen alten Lapierre im Hause Blanchemont. Adieu, Henri! Ach, könnten Sie nur in meinem Herzen lesen und sehen, daß ich mehr tauge, als Sie denken! – Edouard geht es gut, er vergißt Sie nicht. Er allein wird mir von nun an von Ihnen erzählen.

M. B.«

Nachdem die beiden Briefe versiegelt waren, machte Marcelle, die auf der Welt nur noch in dieser einen Hinsicht eitel war, die Toilette ihres Sohnes ein wenig frisch und ging quer über den Hof des Gutes. Man wartete mit dem Essen auf sie, und um ihr eine Ehre zu erweisen, hatte man im Salon aufgedeckt – man hatte sonst kein anderes Eßzimmer als die Küche, wo man nicht befürchten mußte, die Möbel zu beschmutzen, und wo Madame Bricolin sich mehr in Reichweite der Speisen befand, die sie mit Hilfe ihrer Schwiegermutter und einer Magd selbst zubereitete; Marcelle wurde dieser Abweichung von den Familiengewohnheiten bald gewahr. Madame Bricolin, deren Beflissenheit unbewußt mit jener schlechten Laune gemischt war, die allein für die schlechte Erziehung in solchen Kreisen verantwortlich ist, trug Sorge, sie diesbezüglich zu belehren, indem sie sie bei jeder Gelegenheit um Verzeihung bat, weil die Bedienung so schlecht sei und ihre Mägde vollkommen verwirrt. Marcelle bat und verlangte infolgedessen, daß am nächsten Tag die Gewohnheiten des Hauses wiederaufgenommen würden und versicherte mit liebenswürdigem Lächeln, daß sie in der Mühle von Angibault essen werde, wenn man ihretwegen Umstände mache.

– Und was die Mühle angeht, sagte Madame Bricolin nach einigen schlecht gelungenen Höflichkeitsformeln, so muß ich Monsieur Bricolin eine Szene machen. Ach, da kommt er ja gerade! Sag mal, Monsieur Bricolin, hast du den Verstand verloren, daß du den Müller eingeladen hast, mit uns zu essen an einem Tag, wo die Frau Baronin uns die Ehre erweist, unser Mahl anzunehmen?

– Ach, zum Teufel, daran habe ich nicht gedacht, antwortete unschuldsvoll der Pächter, oder vielmehr . . . als ich Grand-Louis eingeladen habe, dachte ich, daß Madame uns eine solche Ehre nicht erweisen würde. Der Herr Baron hat es immer abgelehnt, das weißt du . . . er wurde in seiner Kammer bedient, was, nebenbei bemerkt, nicht sehr bequem war . . . Also, Thibaude, wenn es Madame mißfällt, mit diesem Burschen zu essen, dann wirst du es ihm sagen, du nimmst doch sonst kein Blatt vor den Mund; ich belaste mich nicht damit, ich habe die Dummheit begangen, und es würde mich einiges kosten, sie wiedergutzumachen.

– Wie gewöhnlich ist das meine Sache! sagte Madame Bricolin bitter, die, als die älteste der Töchter Thibault, die weibliche Form ihres Familiennamens behielt, dem alten Brauch der Gegend entsprechend. – Nun, ich schicke deinen hübschen Louis zu seinem Mehl zurück.

– Das täte mir sehr leid, und ich glaube, dann würde ich auch gehen, sagte Madame de Blanchemont fest und sogar ein bißchen kalt, was auf die Pächterin Eindruck machte; ich habe heute morgen mit diesem jungen Mann gegessen, bei ihm zu Hause, und ich fand ihn äußerst zuvorkommend, so höflich und liebenswürdig, daß es mich wirklich bekümmern würde, heute abend ohne ihn zu essen.

– Tatsächlich? sagte die schöne Rose, die Marcelle sehr aufmerksam zugehört hatte und deren lebhafte Augen Freude und Überraschung zugleich ausdrückten; aber sie schlug sie nieder und wurde ganz rot, als sie dem forschenden, drohenden Blick ihrer Mutter begegnete.

– Was Madame will, soll geschehen, sagte Madame Bricolin, und an ihre Magd gewandt – die das Privileg genoß, die vertraulichen Anmerkungen ihrer Herrin abzubekommen, wenn diese zornig war –, fügte sie ganz leise hinzu:

– Wie gut es ist, ein schöner Mann zu sein!

Die Chounette (die Koseform von Fanchon) lächelte boshaft, was sie noch häßlicher machte als gewöhnlich. In der Tat fand sie, daß der Müller ein sehr schöner Mann sei, und nahm es ihm übel, daß er ihr nicht den Hof machte.

– So! sagte Monsieur Bricolin, der Müller wird also mit uns essen. Madame hat recht, nicht stolz zu sein. Das ist das Mittel, bei anderen stets auf Gutwilligkeit zu treffen. Rose, rufe du also den Grand-Louis, er ist dort im Hof. Sag ihm, die Suppe ist auf dem Tisch. Es hätte mich einiges gekostet, den Burschen vor den Kopf zu stoßen. Wissen Sie, Frau Baronin, ich habe Grund, an dem Müller zu hängen. Er ist der einzige, der nicht das zweifache Maß einbehält oder das Korn austauscht. Ja, er ist in der Gegend der einzige, der Teufel soll mich widerlegen! Sie sind alle Diebe, der eine wie der andere. Übrigens sagt das auch ein Sprichwort hier bei uns: »Jeder Müller ein Dieb.« Ich habe es mit allen probiert und habe bisher nur den da entdeckt, der keine falschen Rechnungen macht oder üble Mehlmischungen. Davon abgesehen ist er uns gegenüber sehr aufmerksam. Er würde meinen Weizen nie mit Mühlsteinen mahlen, mit denen er gerade Gerste oder Roggen zerquetscht hat. Er weiß, daß so das Mehl verdorben und ihm die Weiße genommen wird. Es ist eine Sache seiner Selbstachtung, mich zufriedenzustellen, weil er weiß, daß es mir wichtig ist, schönes Brot auf dem Tisch zu haben. Das ist meine einzige Grille! Es versetzt mir einen Schlag, wenn jemand zu mir kommt und nicht sagt: »Ach, was für schönes Brot! Nur Ihr, Meister Bricolin, habt solches Getreide! Wie Getreide aus Spanien, mein Lieber, da kann man sich was drauf einbilden!«

– Mit Sicherheit ist Ihr Brot herrlich! sagte Marcelle, um sowohl den Müller hervorzuheben als auch Monsieur Bricolins Eitelkeit zu befriedigen.

– Ach, mein Gott, was für ein Aufhebens wegen eines Loches mehr oder weniger im Brot und eines Scheffels mehr oder weniger in der Woche! sagte Madame Bricolin. Wenn es Müller gibt, die viel näher sind, und eine Mühle gleich hier ums Eck, was braucht man dann einen Mann, der eine halbe Meile weg wohnt!

– Was geht das dich an, sagte Monsieur Bricolin, wo er doch die Säcke holt und zurückbringt, ohne ein Getreidekorn mehr zu nehmen, als er vermahlt? Außerdem hat er eine schöne, gute Mühle, zwei große neue Räder, ein hervorragendes Wasserbecken, und an Wasser fehlt es ihm nie. Es ist angenehm, nie warten zu müssen.

– Und da er zudem von weither kommt, sagte die Pächterin, glauben Sie immer, Sie seien verpflichtet, ihn zum Abendessen oder einem Imbiß einzuladen; das ist Sparsamkeit!

Als der Müller kam, setzte dies der ehelichen Auseinandersetzung ein Ende. Wenn seine Frau mit ihm schimpfte, gab Monsieur Bricolin sich damit zufrieden, ein wenig die Schultern hochzuziehen und etwas schneller als gewöhnlich zu sprechen. Er verzieh ihr die zänkische Laune, weil die Tatkraft und Sparsamkeit seiner Hausfrau ihm sehr nutzbringend waren.

– Los, los, Rose, rief Madame Bricolin ihrer Tochter zu, als sie mit dem Grand-Louis zurückkam, wir warten mit dem Essen auf dich. Du hättest dem Müller auch durch die Chounette Bescheid geben können, statt selbst hinzulaufen.

– Mein Vater hat es mir befohlen, sagte Rose.

– Und sonst wären Sie nicht gekommen, da bin ich mir sicher, sagte der Müller leise zu dem jungen Mädchen.

– Sagen Sie mir das, um mich zu belohnen, weil ich Ihretwegen ausgeschimpft werde? antwortete Rose im selben Ton.

Marcelle hörte nicht, was sie einander sagten, aber das waren die Worte, die sie wechselten; die Röte von Rose und die Erregung des Grand-Louis bestätigten sie in ihren Vermutungen, die bereits Madame Bricolins Abneigung gegen den armen Müller ihr nahegelegt hatte: Die schöne Rose war das Objekt der Gedanken des Müllers von Angibault.

XI

Ein Abendessen auf dem Pachthof

In dem Wunsch, den Herzensbedürfnissen ihres neuen Freundes zu dienen, und weil sie keine Gefahr für Mademoiselle Bricolin sah, da ja ihr Vater und ihre Großmutter den Grand-Louis zu begünstigen schienen, bemühte sich Madame de Blanchemont, während der Mahlzeit viel mit ihm zu sprechen und das Gespräch auf Themen zu lenken, bei denen seine Bildung und Intelligenz bewiesen, daß er der ganzen Familie Bricolin, vielleicht sogar der bezaubernden Rose selbst, weit überlegen war. In der Landwirtschaft, die er mehr als Wissenschaft von der Natur denn als ökonomische Kraftprobe betrachtete, in der Politik, für ihn Suche nach dem Glück und menschlicher Gerechtigkeit, in Religion und Moral hatte der Grand-Louis Grundkenntnisse, die indessen richtig, erhaben und von gesundem Menschenverstand geprägt waren, von Klarsichtigkeit und Seelenadel, Eigenschaften, denen auf dem Pachthof niemals Aufmerksamkeit geschenkt worden war. Die Bricolins hatten immer nur recht gewöhnliche Gesprächsthemen, und der ganze dabei verausgabte Geist kreiste um die verleumderischen und wenig barmherzigen Absichten gegenüber ihrem Nächsten. Grand-Louis, der Gemeinplätze und Boshaftigkeiten nicht mochte, sprach wenig und hatte seine Fähigkeiten nie unter Beweis gestellt. Monsieur Bricolin hatte verfügt, daß er, wie alle schönen Männer, sehr dumm sei, und Rose, die ihn immer ängstlich verliebt oder unzufrieden gefunden hatte, das heißt schalkhaft oder schüchtern, vermochte seinen Mangel an Geist nur zu entschuldigen, indem sie sein ausgezeichnetes Herz rühmte. Zuerst war man also erstaunt zu sehen, wie Madame de Blanchemont bevorzugt mit ihm plauderte, und als sie ihn soweit gebracht hatte, daß er seine Verwirrung, verursacht durch Roses Anwesenheit und den bösen Willen ihrer Mutter, vergaß, war man noch mehr erstaunt, als man ihn so gut reden hörte. Monsieur Bricolin, der von des Müllers Liebe zu seiner Tochter nicht das Geringste ahnte, hörte ihm wohlwollend zu und rief, wobei er auf den Tisch schlug:

– Das weißt du also? Wo zum Teufel hast du das alles aufgefischt?

– Pah! Im Bach, antwortete Grand-Louis fröhlich.

Als Madame Bricolin den Erfolg ihres Feindes bemerkte, verfiel sie allmählich in finsteres Schweigen; sie faßte den Entschluß, am selben Abend noch Monsieur Bricolin von den Gefühlen dieses Bauern gegenüber ihrer *Demoiselle*, die sie entdeckt oder zu entdecken geglaubt, in Kenntnis zu setzen.

Was die alte Mutter Bricolin betraf, so verstand sie von dem Gespräch gar nichts; aber sie fand, daß der Müller redete wie ein Buch, weil er ohne zu zögern oder sich zu verbessern mehrere aufeinanderfolgende Sätze zusammenfügte. Rose erweckte nicht den Anschein zuzuhören, aber sie verlor kein Wort; und unbeabsichtigt ruhten ihre Augen auf Grand-Louis. Es gab auch noch einen fünften, von Marcelle wenig beachteten Bricolin. Das war der alte Vater Bricolin, wie seine Frau bäuerlich gekleidet, der gut aß, kein Wort sagte und ebensowenig zu denken schien. Er war fast taub, beinahe blind und schien völlig verblödet. Seine alte bessere Hälfte hatte ihn an den Tisch gebracht, wobei sie ihn wie ein Kind führte. Sie beschäftigte sich viel mit ihm, füllte seinen Teller und sein Glas, nahm ihm seinen Brotkrumen ab, weil wegen seiner fehlenden Zähne sein Zahnfleisch hart und unempfindlich geworden war und er nur noch die härtesten Krusten zerkleinern konnte, und sie richtete kein Wort an ihn, als ob dies vergebliche Mühe wäre. Als er sich setzte, gab sie ihm indessen zu verstehen, daß er wegen Madame de Blanchemont den Hut abnehmen müsse. Er gehorchte, aber schien nicht zu verstehen, warum, und er setzte ihn sogleich wieder auf, eine Freiheit, die sein Sohn, der Sitte der Gegend entsprechend, sich gleichfalls erlaubte. Der Müller, der dieser Sitte am Morgen in der Mühle nicht zuwidergehandelt hatte, steckte gleichwohl seine Mütze in die Tasche, ohne daß man dies bemerkte, denn er schwankte zwischen einem neuen Gefühl der Achtung gegenüber den Frauen, welches Marcelle ihm einflößte, und der Furcht, sich den Anschein zu geben, er spiele zum ersten Mal in seinem Leben den Gecken.

Obwohl nun Monsieur Bricolin bewunderte, was er die hübsche Zungenfertigkeit des großen Mehlhändlers nannte, war er bald in jeder Hinsicht anderer Meinung als dieser. In der Landwirtschaft, so behauptete er, sei nichts Neues mehr auszuprobieren; die Wissenschaftler hätten nie etwas entdeckt, und indes man Neuerungen durchführen wolle, richte man sich stets zugrunde; und seit die Welt sich drehe, habe man es immer so gemacht und würde es niemals besser machen.

– Gut! sagte der Müller. – Und die ersten, die getan haben, was wir heute tun, die die Ochsen angeschirrt haben, um die Erde zu öffnen und einzusäen, die haben doch etwas Neues getan, und hätte man sie daran hindern können, indem man sich eingeredet hätte, daß Erde, die noch nie angebaut wurde, niemals fruchtbar sein könnte? Es ist wie in der Politik; sagen Sie einmal, Monsieur Bricolin, wenn man Ihnen vor hundert Jahren gesagt hätte, daß Sie keinen Zehnten und keine Abgaben mehr bezahlen müßten, daß die Klöster zerstört sein würden . . .

– Ach was, ach was! Vielleicht hätte ich es nicht geglaubt, das stimmt; aber das ist so gekommen, weil es so kommen mußte. Alles steht heutigentags zum besten; alle haben die Freiheit, ein Vermögen zu machen, und niemals wird man Besseres erfinden.

– Und die Armen, die Faulen, die Tiere, was machen Sie mit denen?

– Mit denen mache ich nichts, weil sie zu nichts taugen. Ihr Pech!

– Und wenn Sie selbst dazugehörten, Monsieur Bricolin, was Gott verhüten möge (Sie sind weit davon entfernt), würden Sie dann sagen: »Mein Pech?« Nein, nein, Sie haben nicht gesagt, was Sie dachten, als Sie »ihr Pech« geantwortet haben! Dafür haben Sie ein zu gutes Herz und sind zu fromm!

– Ich und fromm? Die Religion, die ist mir völlig egal, und dir auch. Ich merke, daß sie wieder aufzukommen versucht, aber das bekümmert mich nicht. Unser Pfarrer ist ein Genießer, und ich widerspreche ihm nicht. Wäre er ein Heuchler, würde ich ihn ganz schön zum Teufel schicken. Wer glaubt denn schon *heutigentags* an all die Dummheiten?

– Und Ihre Frau, Ihre Mutter und Tochter, sagen die auch, daß das Dummheiten sind?

– Ach, das gefällt ihnen, für sie ist es eine Abwechslung. Die Frauen, so scheint es, brauchen das.

– Und wir Bauern, wir sind wie die Frauen, wir brauchen die Religion.

– Nun gut, ihr habt ja eine zur Verfügung; geht zur Messe, ich halte euch nicht davon ab, vorausgesetzt, ihr zwingt mich nicht, auch hinzugehen.

– Das kann allerdings passieren, wenn die Religion, die wir haben, wieder fanatisch wird und Menschen verfolgt, wie sie es ehedem so heftig und oft getan hat.

– Taugt sie denn nichts? So laßt sie fallen. Ich kann darauf verzichten.

– Aber da wir unbedingt eine brauchen, müßten wir also eine andere haben?

– Eine andere! Eine andere! Zum Teufel! Was du da sagst! Mach dir doch eine!

– Ich hätte gerne eine, die die Menschen daran hindert, sich zu hassen, sich zu fürchten und sich gegenseitig zu schaden.

– Oh, das wäre in der Tat neu! Gerne hätte ich so eine, die meine Pächter daran hindert, nachts mein Getreide zu stehlen, und meine Tagelöhner davon abhält, drei Stunden lang täglich ihre Suppe zu essen.

– Das wäre so, wenn Sie eine Religion hätten, die Ihnen befiehlt, sie ebenso glücklich zu machen wie sich selbst.

– Grand-Louis, Sie haben in Ihrem Herzen die wahre Religion, sagte Marcelle.

– Ja, das ist wahr! rief Rose überschwenglich.

Monsieur Bricolin wagte keine Antwort. Es war ihm sehr wichtig, das Vertrauen von Madame de Blanchemont zu erhalten und vor ihr keinen schlechten Eindruck zu machen. Grand-Louis, der bemerkte, wie bewegt Rose war, sah Marcelle mit einem Blick voll Feuer an, so als wolle er sagen: Ich danke Ihnen.

Die Sonne versank, und das reichhaltige Mahl ging seinem Ende entgegen. Monsieur Bricolin, der dank einer reichen Speisung und ausgiebiger Schlucke schwerfällig auf seinem Stuhl hing, hätte sich gern zwei oder drei Abendstündchen lang seinem Lieblingsvergnügen gewidmet, welches darin bestand, sich einen mit Branntwein aufgegossenen und mit Likören gemischten Kaffee zu genehmigen. Aber der Grand-Louis, von dem er sich erhofft hatte, daß er mithalten würde, stand vom Tisch auf und bereitete sich für den Aufbruch vor. Madame de Blanchemont ging, um die Abschiedsgrüße ihrer Bediensteten entgegenzunehmen und ihnen ihren Lohn auszuzahlen. Sie übergab ihnen den Brief für ihre Schwiegermutter, nahm dann den Müller beiseite und vertraute ihm den an Henri gerichteten an, wobei sie ihn bat, ihn persönlich zur Post zu bringen.

– Seien Sie beruhigt, sagte er, denn er begriff, daß ein Geheimnis dabei war; der kommt mir nur aus der Hand, um in den Briefkasten zu fallen, ohne daß ein anderer ihn gesehen hat – nicht einmal Ihre Bediensteten, nicht wahr?

– Danke, mein guter Louis.

– Danke! Sie bedanken sich bei mir, und dabei bin ich es, der Ihnen auf den Knien danken müßte. Nun, Sie wissen nicht, was ich Ihnen schulde! Ich werde bei mir zu Hause vorbeigehen, und in zwei Stunden wird die kleine Fanchon bei Ihnen sein. Sie ist sauberer und sanfter als die dicke Chounette hier.

Als Louis und Lapierre fort waren, fühlte Marcelle sich einen Augenblick lang innerlich verloren, da sie nun allein der Gnade der Familie Bricolin ausgeliefert war. Sie war sehr traurig, nahm Edouard bei der Hand, ging davon und gelangte zu einem kleinen Wald, den sie auf der anderen Seite der Wiese gesehen hatte. Es war noch hell, hinter dem alten Schloß ging die Sonne unter, und die hohen Türme warfen riesige Schatten. Aber sie war noch nicht weit, da gesellte Rose sich zu ihr, die sich sehr von ihr angezogen fühlte und deren liebenswerte Gestalt das einzig Angenehme war, was ihren Augen in diesem Augenblick begegnen konnte.

– Wenn Sie mir die Ehre erweisen, möchte ich Ihnen gern die Wildkaninchengehege zeigen, sagte das junge Mädchen; das ist mein Lieblingsplatz, auch Sie werden ihn lieben, da bin ich mir sicher.

– Wie dem auch sei, Ihre Gesellschaft wird ihn mich angenehm finden lassen, antwortete Marcelle und schob vertraulich den Arm unter den von Rose.

Der ehemalige grundherrschaftliche Park von Blanchemont, den man in der Revolution abgeholzt hatte, war nunmehr von einem tiefen Graben mit fließendem Wasser umgeben und von großen Hecken, in denen Rose, schnell und sorglos, wie eben ein Mädchen, das mit Wäsche gut ausgestattet ist, ein Stückchen vom Besatz ihres Musselinkleides ließ. Die einstigen Baumstümpfe der alten Eichen waren mit Trieben bedeckt, und die Kaninchengehege waren nur noch ein dichtes Unterholz, überragt von einzelnen Individuen, die der Kahlschlag verschont hatte und die nun ehrbaren Ahnen glichen, welche ihre knorrigen, starken Arme über eine zahlreiche junge Nachkommenschaft ausbreiten. Hübsche Pfade führten über natürliche Stufen im Felsen auf und nieder und schlängelten sich unterm schattigen, dichten, wenn auch niedrigen Blätterdach dahin. Dieses Wäldchen schien voller Geheimnisse. Auf den Arm eines Geliebten gestützt, konnte man hier nach Herzenslust umherschlendern. Marcelle verjagte diesen Gedanken, der ihr Herz höher schlagen ließ, und während sie den Liedern der im verlassenen, stillen Gebüsch wohnenden Nachtigallen, Hänflinge und Amseln lauschte, verfiel sie ins Träumen.

Die einzige nicht vom Dickicht überwucherte Allee lag am äußersten Saum des Wäldchens und diente als Wirtschaftsweg. Marcelle und Rose gingen darauf zu, das Kind lief vor ihnen her. Plötzlich blieb es stehen und kehrte sogleich unschlüssig, ernst und blaß zurück.

– Was gibt es da? fragte seine Mutter, die gewöhnlich alles erriet, was ihn beeindruckte, und nun sah, daß Angst und Neugier in ihm stritten.

– Da ist eine gräßliche Frau, antwortete Edouard.

– Man kann gräßlich und zugleich gut sein, antwortete Marcelle. Lapierre ist gut und doch nicht schön.

– Oh! Lapierre ist nicht häßlich! sagte Edouard, der, wie alle Kinder, die Objekte seiner Zuneigung bewunderte.

– Gib mir die Hand, erwiderte Marcelle, wir wollen uns die gräßliche Frau ansehen.

– Nein, nein, gehen Sie nicht hin, das ist sinnlos, sagte Rose traurig und verlegen, jedoch ohne Furcht zu zeigen. Ich dachte nicht, daß sie dort sein könnte.

– Ich will Edouard daran gewöhnen, die Angst zu besiegen, antwortete ihr Marcelle leise.

Und da Rose es nicht wagte, sie zurückzuhalten, beschleunigte sie den Schritt. Aber als sie in der Mitte der Allee angelangt war, blieb sie stehen, nun doch von einem gewissen Schrecken gepackt, als sie jenes seltsame Wesen erblickte, welches langsam auf sie zukam.

XII

Schlösser in Spanien

Unter dem majestätischen, von den alten Eichen längs der Allee gebildeten Laubengang, den die untergehende Sonne in kräftige Schatten und strahlende Reflexe zerteilte, ging in abgezirkelten Schritten eine Frau, oder vielmehr ein unbeschreibliches Wesen, das in finstere Betrachtungen vertieft zu sein schien. Es war eine dieser vom Unglück verstörten und abgestumpften, geschlechts- und alterslosen Gestalten. Indessen waren ihre regelmäßigen Züge einst von gewissem Adel gewesen, der trotz der furchtbaren Verheerungen durch Kummer und Krankheit nicht völlig verschwunden war; ihre langen, wirren schwarzen Haare schauten unter einer weißen Haube hervor; darauf saß ein Männerhut, gewirkt aus geknicktem Stroh und an tausend Stellen durchlöchert, was ihrem schmalen, sonnenverbrannten, teilweise beschatteten Gesicht etwas Unheilvolles gab. In diesem Gesicht, das gelb wie Safran und vom Fieber verwüstet war, sah man nur zwei große schwarze, entsetzlich starre Augen, deren sorgenbeladenem Blick man selten begegnete, eine sehr gerade Nase von recht schöner, wenn auch sehr ausgeprägter Form, und einen fahlen, halb geöffneten Mund. Ihre abstoßend schmutzige Kleidung war bürgerlich; ein schlechtes Kleid aus gelbem Stoff ließ einen formlosen Körper erkennen, dessen hohe und ständig gebeugte Schultern sich in die Breite entwickelt hatten – ein Mißverhältnis zum restlichen Körper, der kümmerlich wirkte und um den das abgerissene und an der einen Seite auf dem Boden schleifende Kleid flatterte. Ihre mageren, schwärzlichen Beine waren nackt, und die sehr schmutzigen, abgetragenen Schuhe schützten ihre Füße nur schlecht gegen Steine und Dornen, gegen die sie im übrigen unempfindlich zu sein schienen. Ihr Gang war schwerfällig, der Kopf nach vorn gebeugt, der Blick auf den Boden geheftet und die Hände damit beschäftigt, ein blutbeflecktes Taschentuch hin und her zu rollen und zu pressen.

Sie kam geradewegs auf Madame de Blanchemont zu, die ihr Erschrecken verhehlte, um es nicht auf Edouard zu übertragen, und angstvoll wartete, daß sie rechts oder links an ihr vorbeigehe. Aber das Gespenst, denn diese Kreatur ähnelte einer unheilvollen Erscheinung, ging immer weiter, ohne auf jemanden achtzugeben, und ihr Gesicht, welches nicht einfältig war, sondern eine finstere, in den Zutand abstrakter Einkehr übergegangene Verzweiflung ausdrückte, schien nichts von der Außenwelt aufzunehmen. Als sie indessen zu dem Schatten kam, den Marcelle zu ihren Füßen warf, blieb sie stehen, als ob sie auf ein unüberwindliches Hindernis gestoßen wäre, und ganz plötzlich kehrte sie ihnen den Rücken und nahm ihren unablässigen, eintönigen Marsch wieder auf.

– Das ist die arme *Bricoline*, sagte Rose, ohne leiser zu sprechen, obwohl sie so nah war, daß sie gehört werden konnte. Sie ist meine ältere Schwester, die *gestört* ist (das bedeutet in der Ausdrucksweise der Gegend verrückt). Sie ist erst dreißig Jahre alt, obgleich sie wie eine alte Frau aussieht, und seit zwölf Jahren sagt sie kein Wort mehr zu uns und scheint auch unsere Stimmen nicht zu hören. Wir wissen nicht, ob sie taub ist. Sie ist nicht stumm, denn wenn sie glaubt, allein zu sein, spricht sie zuweilen, aber es ergibt keinen Sinn. Sie will immer allein sein, und wenn man sie nicht ärgert, ist sie nicht böse. Haben Sie keine Angst vor ihr; wenn Sie so tun, als ob Sie sie nicht bemerkten, dann wird sie Sie nicht einmal ansehen. Bloß wenn wir sie ein wenig saubermachen möchten, dann wird sie wütend und schlägt um sich, als ob wir ihr böse wollten.

– Mama, sagte Edouard, der versuchte, sein Entsetzen zu verbergen, bring mich zum Haus, ich habe Hunger.

–Wie kannst du Hunger haben, du kommst gerade vom Essen, sagte Marcelle, die nicht mehr Lust als ihr Sohn hatte, sich dieses traurige Gespenst noch länger anzusehen. – Du irrst dich bestimmt, komm mit zu einem anderen Weg, vielleicht scheint auf diesem hier die Sonne noch zu sehr, und die Hitze macht dich müde.

–Ja, ja, gehen wir ins Unterholz zurück, sagte Rose; dies ist kein lustiger Anblick. Es besteht keine Gefahr, daß sie uns folgt, und im übrigen, wenn sie einen Weg entlanggeht, dann verläßt sie ihn nur selten; Sie können sehen, daß in der Mitte von diesem hier das Gras verdorrt ist, so viele Male ist sie hin und her gegangen, immer an derselben Stelle. Arme Schwester, wie schade! Sie war so schön und gut! Ich erinnere mich an die Zeit, als sie mich in ihren Armen trug und sich mit mir beschäftigte, so wie Sie sich mit dem schönen Kind hier beschäftigen. Aber seit ihrem Unglück erkennt sie mich nicht mehr und denkt nicht einmal daran, daß es mich gibt.

–Ach, meine liebe Mademoiselle Rose, was für ein schreckliches Unglück, in der Tat! Und was ist der Grund dafür? War es Kummer oder eine Krankheit? Weiß man es?

– Leider ja, man weiß es genau. Aber es wird nicht darüber gesprochen.

– Ich bitte Sie um Vergebung, wenn die Teilnahme, die ich Ihnen entgegenbringe, mich veranlaßt hat, Ihnen eine taktlose Frage zu stellen.

–Ach, Madame, mit Ihnen ist es anders. Mir scheint, Sie sind so gut, daß man sich vor Ihnen nie gedemütigt fühlt. Ich sage Ihnen also, unter uns, daß meine arme Schwester infolge einer unpassenden Liebe verrückt geworden ist. Sie liebte einen guten und ehrlichen jungen Mann, der aber nichts besaß, und unsere Eltern wollten einer Heirat nicht zustimmen. Der junge Mann hat sich freiwillig gemeldet und ist in Algier getötet worden. Die arme Bricoline, die seit seiner Abreise immer so traurig und still war, was man jedoch schlechter Stimmung oder einem Kummer zuschrieb, der mit der Zeit vergehen würde, erfuhr auf eine etwas zu grausame Weise von seinem Tod. Meine Mutter, die glaubte, daß sie sich, aller Hoffnung ledig, endlich mit dem Verlust abfinden werde, warf ihr die schlechte Nachricht mit recht harten Worten an den Kopf, und zwar in einem Augenblick, wo eine derartige Erschütterung tödlich sein konnte. Meine Schwester schien nichts zu hören und gab keine Antwort. Es war beim Essen; und obwohl ich recht jung war, erinnere ich mich daran, als sei es gestern gewesen. Sie ließ die Gabel fallen und sah meine Mutter mehr als eine Viertelstunde lang an, ohne ein Wort zu sprechen, ohne die Augen niederzuschlagen und mit einem so sonderbaren Ausdruck, daß meine Mutter Angst bekam und ausrief: »Man sollte meinen, sie wolle mich verschlingen?« »Sie bereiten ihr so viel Kummer«, sagte meine Großmutter, die eine vortreffliche Frau ist und die gewollt hatte, daß die Bricoline ihren Geliebten heiratet, »und tun alles, um sie noch verrückt zu machen.«

Das Urteil meiner Großmutter war nur allzu richtig. Meine Schwester war verrückt, und von diesem Tag an hat sie nicht mehr mit uns gegessen. Von dem, was man ihr gibt, rührt sie nichts an, sie lebt immer allein und flieht uns alle, sie ernährt sich von Resten, die sie, wenn niemand in der Küche ist, aus der Anrichte zusammensucht. Manchmal stürzt sie sich auf ein Geflügel, tötet es, zerreißt es mit den Fingern und verschlingt es blutig. Das hat sie gerade gemacht, da bin ich mir sicher, denn da ist Blut an ihren Händen und am Taschentuch. Andere Male reißt sie im Garten Gemüse aus und ißt es roh. Nun, sie lebt wie eine Wilde und macht allen Leuten angst. Das also sind die Folgen einer *unpassenden Liebe*, und meine armen Eltern sind reichlich dafür bestraft, daß sie das Herz ihrer Tochter so falsch beurteilt haben. Doch reden sie nie darüber, wie sie sich ihr gegenüber verhielten, wenn alles noch einmal von vorn begänne.

Marcelle glaubte, daß Rose auf sich selbst anspiele, und da sie zu erfahren wünschte, bis zu welchem Punkt Rose die Liebe von Grand-Louis teile, ermutigte sie sie im Ton sanfter Zuneigung, ihr zu vertrauen. Sie waren am Rand des Kaninchengeheges angelangt, das dem gegenüber lag, wo die Verrückte umherlief. Marcelle fühlte sich wohler, und Edouard hatte seinen Schrecken schon vergessen und sein fröhliches Rennen im Blickfeld seiner Mutter wiederaufgenommen.

– Ihre Mutter kommt mir in der Tat etwas hart vor, sagte Madame de Blanchemont zu ihrer Gefährtin; aber Monsieur Bricolin scheint nachsichtiger mit Ihnen zu sein.

– Papa macht weniger Lärm als Mama, sagte Rose und schüttelte den Kopf. Er ist heiterer, zärtlicher; er macht mehr Geschenke, ist voll liebevoller Aufmerksamkeit, und schließlich liebt er seine Kinder sehr, er ist ein guter Vater! . . . Aber wenn es ums Geld geht und um das, was er Anstand nennt, dann ist sein Wille vielleicht noch unerschütterlicher als der meiner Mutter. Ich habe hundertmal gehört, wie er gesagt hat, es sei besser, tot zu sein als arm, und eher werde er mich umbringen als seine Zustimmung zu geben zu . . .

– Zu einer Heirat nach Ihrem eigenen Gutdünken? sagte Marcelle, als sie bemerkte, daß Rose keinen Ausdruck fand, um ihren Gedanken wiederzugeben.

– Ach, so hat er es nicht gesagt, erwiderte Rose etwas spröde. Ich habe nie ans Heiraten gedacht, und noch weiß ich nicht, ob nicht vielleicht mein Gutdünken auch seines ist. Aber letztlich ist er, was mich betrifft, sehr ehrgeizig und quält sich schon mit der Befürchtung herum, keinen Schwiegersohn zu finden, der seiner würdig ist. Darum wird es so sein, daß ich nicht so bald heiraten werde, und das freut mich, denn ich möchte meine Familie nicht verlassen, trotz der kleinen Ärgernisse, die mir Mama bereitet.

Marcelle glaubte zu erkennen, daß Rose sich ein wenig verstellte, und da sie hinsichtlich ihres Vertrauens nichts überstürzen wollte, bemerkte sie, daß Rose, ihre eigene Person betreffend, sicherlich auch sehr ehrgeizig sei.

– Ach, überhaupt nicht! antwortete Rose offenherzig. Ich bin viel zu reich, als daß ich Bedarf oder Sorge haben müßte, es zu sein. Mein Vater mag noch so oft sagen, daß wir fünf Kinder sind (denn ich habe zwei Schwestern und einen Bruder, die versorgt sind) und daß folglich der Anteil für jeden schon nicht so groß sei, aber das ist mir egal. Ich habe einen einfachen Geschmack, und außerdem begreife ich bei allem, was hier bei uns geschieht, daß man je reicher desto ärmer ist.

– Wie das?

– Bei uns Landleuten zumindest ist das die Wahrheit. Bei euch Adligen ist im allgemeinen das Vermögen eine Sache der Ehre; sogar bei uns klagt man euch seiner Verschwendung an; und während man dem Untergang so vieler adliger Familien zuschaut, sagt man sich, man werde klüger sein, und mit viel Sorgfalt – wie soll ich mich ausdrücken? . . . nein, leidenschaftlich strebt man danach, sein Geschlecht im Reichtum fest zu verankern. Was man hat, will man stets verdoppeln und verdreifachen, zumindest haben mir das, seit ich auf der Welt bin, mein Vater, meine Mutter, meine Schwestern, ihre Männer, meine Tanten und Kusinen in allen Tonlagen vorgebetet. Und um in der Tätigkeit des Sich-Bereicherns nicht innezuhalten, erlegt man sich alle möglichen Entbehrungen auf. Vor anderen tätigt man von Zeit zu Zeit eine Ausgabe, und in der Heimlichkeit des Haushaltes streitet man sich um jedes Ei. Man hat Angst, die Möbel oder Kleider zu verderben und sich zu sehr der Bequemlichkeit hinzugeben. Wenigstens ist dies die Methode meiner Mutter, und es ist ein bißchen hart, ein Leben lang zu sparen und sich alle Vergnügungen zu verbieten, sobald man in der Lage ist, sie sich zu gönnen. Und wenn man auf Kosten des Wohlbefindens, des Lohns und Appetits der anderen sparen muß, wenn man gegenüber den Leuten hart sein muß, die für uns arbeiten, dann wird es vollends traurig. Wäre ich meine eigene Herrin, so wie ich es verstehe, würde ich weder den anderen noch mir selbst etwas vorenthalten. Ich würde mein

Einkommen verbrauchen, und vielleicht würde das Kapital dadurch keinen großen Schaden erleiden. Denn schließlich würde man mich lieben und eifrig und treu für mich arbeiten. Ist es nicht das, was Grand-Louis beim Essen gesagt hat? Er hatte recht.

– Mein liebe Rose, theoretisch hatte er recht.

– Theoretisch?

– Das heißt, indem er seine großzügigen Vorstellungen auf eine Gesellschaft bezog, die es noch nicht gibt, die es jedoch eines Tages gewißlich geben wird. Und was die heutige Praxis angeht, das heißt das, was man heute verwirklichen kann, so täuschen Sie sich, wenn Sie meinen, es genüge, daß einige gut sind inmitten all derer, die es nicht sind, um schon in diesem Leben verstanden, geliebt und belohnt zu werden.

– Was Sie da sagen, wundert mich. Ich glaubte, Sie würden denken wie ich. Sie meinen also, man habe recht damit, die zugrunde zu richten, die zu unserem Nutzen tätig sind?

– Ich denke nicht wie Sie, Rose, und doch bin ich weit davon entfernt, so zu denken, wie Sie es vermuten. Ich wünschte mir, daß keiner für mich arbeiten muß, sondern daß, wenn jeder für alle arbeitet, alle für Gott und damit indirekt auch für sich selbst arbeiten.

– Und wie sollte das vor sich gehen?

– Es würde zu lange dauern, es Ihnen zu erklären, mein Kind, und ich hätte Angst, es schlecht zu erklären. Bis die Zukunft, wie ich sie begreife, Wirklichkeit wird, sehe ich es als sehr großes Unglück an, reich zu sein, und ich bin meinerseits sehr erleichtert, es nicht mehr zu sein.

– Das ist merkwürdig, sagte Rose; denn der, der reich ist, kann doch denen Gutes tun, die es nicht sind, und das ist doch das größte Glück!

– Ein einziger Mensch mit guten Absichten kann so wenig Gutes tun, selbst wenn er alles hingibt, was er besitzt, und somit ist er bald zur Ohnmacht verurteilt!

– Wenn aber jeder dasselbe tun würde?

– Ja, wenn jeder! So müßte es sein; aber es ist unmöglich, heute alle Reichen zu einem solchen Opfer zu bringen. Selbst Sie, Rose, wären nicht bereit, es ganz zu erbringen. Mit Ihrem Einkommen würden Sie gern so viel Not wie möglich lindern, das heißt, einige Familien vor dem Elend bewahren; aber dies geschähe immer unter der Bedingung, daß Sie Ihr Kapital behalten, und ich, die ich Ihnen eine Predigt halte, ich klammere mich an die letzten Reste meines Vermögens, um das zu retten, was man die *Ehre* meines Sohnes nennt. Ich will ihm etwas bewahren, womit er die Schulden seines Vaters begleichen kann, ohne selbst in Mittellosigkeit zu versinken, was nämlich zur Folge hätte, daß ihm Erziehung fehlte, daß er zu übermäßiger Arbeit gezwungen wäre: wahrscheinlich wäre es der Tod eines zarten Wesens, das, aus einer Rasse von Müßiggängern hervorgegangen, eine schwächliche Konstitution geerbt hat und in der Hinsicht dem Bauern weit unterlegen ist. Sie sehen also, daß wir nichts vermögen mit unseren guten Absichten, wir, die wir nicht wissen, wie die Gesellschaft solchen Gegensätzen abhelfen könnte, es sei denn, daß wir für unsere eigene Person die Dürftigkeit dem Reichtum, die Arbeit dem Müßiggang vorziehen. Dies ist ein Schritt zur Tugend hin, aber wie gering ist unser Verdienst, und wie wenig Abhilfe wird geschaffen für das unermeßliche Elend, das uns vor Augen steht und unser Herz betrübt!

– Aber die Abhilfe? fragte Rose verblüfft. Gibt es denn keine Abhilfe? Die müßte doch ein König in seinem Kopfe finden, da ein König alles vermag.

– Ein König vermag nichts, oder fast nichts, antwortete Marcelle und lächelte über Roses Naivität. Das Volk müßte sie in seinem Herzen finden.

– Das alles kommt mir vor wie ein Traum, sagte die gute Rose. Ich höre zum ersten Mal von diesen Dingen. Manchmal denke ich ganz alleine nach, aber bei uns sagt niemand, daß es auf der Welt nicht gut geht. Man sagt, daß man sich um sich selbst kümmern muß, weil unser Glück das einzige ist, womit andere sich nicht beschäftigen, und daß jeder jedermanns Feind ist; das macht angst, nicht wahr?

– Und darin liegt ein seltsamer Widerspruch. Der Welt geht es gut, denn sie ist voll von Wesen, die sich gegenseitig verabscheuen und fürchten!

– Aber wie, glauben Sie, soll man da herauskommen? Denn schließlich bemerkt man doch das Schlechte nur, wenn man eine Vorstellung vom Besseren hat.

– Diese Vorstellung kann man sehr klar vor Augen haben, wenn alle sie gemeinsam mit Ihnen entworfen haben und Ihnen bei der Durchführung helfen. Aber wenn nur wenige gegen viele stehen, die einen verspotten, weil man nachdenkt, und die es einem als Verbrechen anrechnen, wenn man darüber redet, dann wird der eigene Blick verwirrt und unsicher. Das widerfährt, ich sage nicht, den größten Geistern unserer Zeit, denn das weiß ich nicht, ich bin nur eine unwissende Frau, aber den wohlmeinendsten Menschen, und das ist unser Stand heute.

– Ja, *heutigentags*, wie mein Papa sagt, meinte Rose lächelnd. Dann fügte sie traurig hinzu: – Was soll ich bloß tun? Was soll ich tun, um gut zu sein, wo ich doch reich bin?

– Meine liebe Rose, in Ihrem Herzen sollen Sie einen Schatz hüten: den Schmerz gegenüber dem Leiden anderer, die Liebe für den Nächsten, die das Evangelium uns lehrt, und den brennenden Wunsch, sich an dem Tag, da das Opfer des einzelnen allen nützt, sich dem Heile anderer zu opfern.

– Dieser Tag wird also kommen?

– Zweifeln Sie nicht daran.

– Sind Sie dessen gewiß?

– Wie ich Gottes Gerechtigkeit und Güte gewiß bin.

– Das ist wahr, eigentlich kann Gott das Übel nicht ewig währen lassen. Gleichviel, Frau Baronin; Sie haben meinen Kopf so tief beeindruckt, daß er schmerzt; doch scheint mir indessen, daß ich jetzt verstehe, warum Sie so leichten Herzens Ihr Vermögen verlieren, und ich stelle mir gelegentlich vor, daß ich selbst mit Vergnügen bedürftig werden würde.

– Und wenn Sie arm würden, leiden und arbeiten müßten?

– Oje, wenn es zu nichts nütze wäre, dann wär's schrecklich.

– Wenn man jedoch sähe, daß es zu etwas nütze wäre? Wenn man durch große Not hindurchgehen müßte, durch ein Martyrium, damit die Menschheit schließlich gerettet werde?

– Nun gut, sagte Rose und betrachtete Marcelle verwundert, dann würde man es geduldig auf sich nehmen.

– Begeistert stürzte man sich hinein! rief Marcelle mit einer Betonung und einem Blick, die Rose erbeben ließen und wie ein elektrischer Schock in sie fuhren, wenn auch zu ihrer größten Überraschung.

Edouard stockte im Spiel, und der Mond ging am Horizont auf. Marcelle hielt es für angebracht, das Kind schlafen zu legen; Rose folgte ihr schweigend und noch ganz betäubt von ihrem gemeinsamen Gespräch; aber als sie sich dem Gutshof näherte und beim Klang der durchdringenden Stimme ihrer Mutter in die Wirklichkeit ihres Lebens zurückkehrte, da sagte sie sich, dieweil sie die junge Dame vor sich betrachtete:

– Sollte sie nicht auch etwas *gestört* sein?

XIII

Rose

Trotz dieser Sorge fühlte Rose sich unbezwingbar von Marcelle angezogen. Sie half ihr, ihren Sohn schlafenzulegen, erwies ihr hundert bezaubernde Aufmerksamkeiten, und als sie sie verließ, nahm sie ihre Hand und küßte sie. Marcelle, die sie bereits liebte wie ein von der Natur wohlbegabtes Kind, hinderte sie daran und küßte sie auf beide Wangen. Ermutigt und entzückt zögerte Rose hinauszugehen.

– Um eines möchte ich Sie bitten, sagte sie endlich. Hat der Grand-Louis wirklich genug Verstand, um Sie zu verstehen?

– Bestimmt, Rose! Aber was geht Sie das an? antwortete Marcelle etwas boshaft.

– Weil es mir etwas merkwürdig vorgekommen ist, als ich heute sah, daß es von uns allen unser Müller war, der die meisten Gedanken vortrug. Er hatte doch keine besonders gute Erziehung, der arme Louis!

– Aber er hat viel Herz und ist sehr intelligent! sagte Marcelle.

– Oh, Herz, das ja. Ich kenne ihn gut, diesen Burschen. Wir sind gemeinsam aufgewachsen. Seine älteste Schwester hat mich gestillt, und meine ersten Jahre habe ich in der Mühle von Angibault verbracht . . . Hat er Ihnen das nicht gesagt?

– Er hat mir nichts von Ihnen erzählt, aber ich glaube bemerkt zu haben, daß er Ihnen sehr zugetan ist.

– Er war immer sehr gut zu mir, sagte Rose errötend. Seine Vortrefflichkeit ist dadurch bewiesen, daß er schon immer Kinder geliebt hat. Als ich bei seiner Schwester zur Pflege war, da war er erst sieben oder acht Jahre alt, und meine Großmutter behauptet, er habe mich gepflegt und mit mir gespielt, als wäre er alt genug, um mein Vater zu sein. Ich soll ihn auch so sehr ins Herz geschlossen haben, daß ich ihn nicht verlassen wollte, und meine Mutter, die ihn damals noch nicht haßte wie heute, ließ ihn, als ich abgestillt wurde, zu uns ins Haus kommen, damit er mir Gesellschaft leistete. Statt der zwei oder drei Wochen, die anfangs vereinbart waren, blieb er zwei oder drei Jahre. Er war so tatkräftig und gefällig, daß man ihn bei uns sehr nützlich fand. Seine Mutter war damals in Schwierigkeiten, und meine Großmutter, ihre Freundin, fand es angebracht, daß man ihr eines ihrer Kinder abnahm. Ich erinnere mich also gut an die Zeit, als Louis, meine Schwester und ich gemeinsam auf der Weide, in den Gehegen und in den Speichern des Schlosses herumliefen und spielten. Aber als er alt genug war, um seiner Mutter zur Hand zu gehen und beim Mahlen mitzuarbeiten, rief sie ihn in die Mühle zurück. Wir waren über die Trennung so betrübt, ich langweilte mich so sehr ohne ihn, und seine Mutter und seine Schwester (meine Amme) hingen so sehr an mir, daß ich jeden Samstagabend nach Angibault gebracht und am Montagmorgen hierher zurückgeholt wurde. Das ging so lange, bis ich alt genug war, um in der Stadt in ein Pensionat zu gehen, und als ich es verließ, da konnte von einer Freundschaft zwischen einem Jungen wie dem Müller und einem jungen Mädchen, das als Fräulein behandelt wurde, keine Rede mehr sein. Indessen haben wir einander immer häufig gesehen, vor allem seit mein Vater ihn, trotz der Entfernung, zu seinem Müller gemacht hat und er drei- oder viermal in der Woche hierher kommt. Mir selbst hat es immer große Freude bereitet, Angibault wiederzusehen und die Müllerin, die so gut ist und die ich so sehr liebe! . . . Nun stellen Sie sich einmal vor, Madame, daß meine Mutter seit einiger Zeit darauf verfallen ist, dies schlecht zu finden und mich daran hindert, dort spazierenzugehen! Sie verabscheut den Grand-Louis, sie tut, was sie kann, um ihn zu kränken, und unter dem Vorwand, daß er zu tief unter mir stehe, hat sie mir verboten, auf den Zusammenkünften mit ihm zu tanzen. Doch wir Landfräulein, wie man uns nennt, wir tanzen immer mit den Bauern, die uns auffordern; und im übrigen kann man nicht einmal sagen, daß der Müller ein Bauer sei. Er hat ein Gut von etwa zwanzigtausend Francs und ist gebildeter als so manch einer. Um die Wahrheit zu sagen, die Rechtschreibung meines Vetters Honoré Bricolin ist nicht so gut wie seine, obgleich für seine Bildung mehr Geld ausgegeben wurde, und ich sehe nicht ein, warum ich auf meine Familie besonders stolz sein soll.

– Das begreife ich auch nicht, sagte Marcelle, die merkte, daß sie gegenüber Mademoiselle Rose ein wenig Feingefühl aufbringen mußte und daß diese ihr Geständnis nicht mit der leidenschaftlichen Mitteilsamkeit eines Grand-Louis ablegen würde. – Haben Sie im Verhalten des guten Müllers nichts bemerkt, was die Unzufriedenheit Ihrer Mutter hervorgerufen haben mag?

– Ach, gar nichts. Er ist hundertmal ehrlicher und anständiger als unsere Landbürger, die sich fast alle betrinken und mitunter sehr rüpelhaft sind. Er hat mir nie ein Wort ins Ohr gesagt, das mir Anlaß gegeben hätte, den Blick zu senken.

– Hat Ihre Mutter vielleicht den Gedanken ausgeheckt, daß er in Sie verliebt sein könnte?

Rose wurde verlegen, zögerte und räumte schließlich ein, daß ihre Mutter sehr wohl davon überzeugt sein mochte.

– Und hätte Ihre Mutter es richtig erraten, hätte sie dann nicht recht, Sie vor ihm zu warnen?

– Das kommt darauf an! Wenn es so wäre und er mir Geständnisse machen würde! . . . Aber außer von Freundschaft hat er nie ein Wort zu mir gesagt.

– Und wenn er sehr verliebt in Sie wäre und niemals wagte, es Ihnen zu sagen?

– Nun, wieso sollte etwas Schlechtes dabei sein? sagte Rose ein wenig kokett.

– Es wäre sehr verwerflich, seine Leidenschaft zu nähren, ohne ihm ernsthaft Mut machen zu wollen, antwortete Marcelle sehr streng. Es hieße, mit dem Leiden eines Freundes zu spielen, und in Ihrer Familie, Rose, darf man mit *unpassenden Lieben* nicht leichtfertig umgehen!

– Ach! sagte Rose verschmitzt, Männer werden von so etwas nicht verrückt! Jedoch, so fügte sie unschuldsvoll hinzu und senkte den Kopf, muß ich zugeben, daß er zuweilen recht traurig ist, der arme Louis, und spricht, als ob er verzweifelt wäre . . . ohne daß ich herausfinden könnte, warum! Das schmerzt mich sehr!

– Doch nicht so sehr, daß Sie die Güte hätten, ihn zu begreifen?

– Aber wenn er mich lieben sollte, könnte ich denn etwas tun, um ihn zu trösten?

– Gewiß. Sie müßten seine Liebe erwidern oder ihm aus dem Weg gehen.

– Weder das eine noch das andere vermag ich. Ihn zu lieben, das ist mir unmöglich, und ihm aus dem Weg gehen . . . dafür mag ich ihn zu sehr, um mich zu entschließen, ihm diesen Schmerz zu bereiten. Wüßten Sie nur, was er für Augen macht, wenn er das Gefühl hat, daß ich ihn nicht beachte! Er wird ganz blaß, und das tut mir weh.

– Warum sagen Sie denn, daß es Ihnen unmöglich wäre, ihn zu lieben?

– Verflixt! Kann man jemanden lieben, den man nicht heiraten darf?

– Aber man darf immer den heiraten, den man liebt.

– Ach! Nicht immer! Sehen Sie nur meine arme Schwester! Ihr Beispiel ängstigt mich zu sehr, als daß ich Gefahr laufen wollte, sie nachzuahmen.

– Sie laufen keine Gefahr, meine liebe Rose, sagte Marcelle etwas bitter; wenn man so einfach über seine Liebe und über seinen Willen verfügen kann, dann liebt man nicht und läuft auch keine Gefahr.

– Sagen Sie das nicht, antwortete Rose lebhaft. Ich bin, ebenso wie jede andere, in der Lage zu lieben und laufe Gefahr, unglücklich zu sein. Würden Sie mir denn raten, diesen Mut aufzubringen?

– Gott bewahre! Ich möchte Ihnen nur helfen, sich über den Zustand Ihres Herzens klar zu werden, damit Sie Louis nicht durch Unbesonnenheit unglücklich machen.

– Der arme Grand-Louis! . . . Aber sehen Sie, Madame, was kann ich denn tun? Ich vermute, daß mein Vater nach etlichen Wutausbrüchen und Drohungen einverstanden sein wird, mich ihm zu geben, daß meine Mutter, erschreckt durch das Beispiel meiner Schwester, lieber ihren Widerwillen opfert, als mich krank werden zu sehen . . . Aber all das ist kaum vorstellbar . . . Und bis dahin, sehen Sie, wie viele Streitigkeiten, wie viele Szenen, was für eine Bedrängnis!

– Sie haben Angst, Sie lieben ihn nicht, sage ich Ihnen; Sie mögen recht haben, und darum muß Grand-Louis ferngehalten werden.

Dieser Rat, auf den Marcelle immer wieder zurückkam, schien ganz und gar nicht nach Roses Geschmack zu sein. Die Liebe des Müllers schmeichelte ihrer Eigenliebe außerordentlich, vor allem, seit Madame de Blanchemont sie ihr offenbart hatte, und vielleicht auch, weil eine solche Sache so selten vorkam. Die Bauern sind für Leidenschaften wenig empfänglich, und im ländlichen Bürgertum, wo Rose lebte, wurde vor lauter materiellen Sorgen die Leidenschaft immer unwahrscheinlicher und unbekannter. Rose hatte ein paar Romane gelesen; sie war stolz darauf, eine übergroße und unmögliche Liebe auszulösen, von der vielleicht früher oder später die ganze Gegend voll Verwunderung reden würde. Schließlich war der Grand-Louis der Schwarm aller Bäuerinnen, und der Abstand zwischen jenen und der frischgebackenen Bourgeoisie à la Bricolin war noch nicht so groß, als daß es nicht berauschend gewesen wäre, über die schönsten Mädchen am Ort zu triumphieren.

– Sie dürfen nicht glauben, ich sei feige, sagte Rose nach kurzem Nachdenken. Ich weiß Mama sehr wohl eine Antwort zu geben, wenn sie diesen armen Burschen ungerechterweise beschuldigt, und sobald ich mir einmal etwas in den Kopf gesetzt habe . . . unterstützt von Ihnen, die Sie soviel Verstand besitzen, und gerade jetzt, da mein Vater Sie sich gewogen machen möchte . . . da könnte ich mich gegen alles durchsetzen. Zuerst muß ich Ihnen sagen, daß ich nicht, wie meine arme Schwester, den Kopf verlieren würde! Ich bin ein Dickschädel, und man hat mich immer zu sehr verwöhnt, um mich heute nicht ein wenig zu fürchten. Aber ich will Ihnen sagen, was für mich am schwersten wäre.

– Nun, Rose, lassen Sie hören.

– Was würde man in der Gegend von mir halten, wenn ich in der Familie einen solchen Skandal verursachen würde? Alle meine Freundinnen, eifersüchtig vielleicht wegen der Liebe, für die ich der Grund bin und die sie in ihren Geldheiraten niemals finden werden, die würden mich mit Steinen bewerfen. Alle meine Vettern und Bewerber wären wütend, weil ich ihnen, die sich für so preiswürdig halten, einen Bauern vorziehe; alle Mütter wären entsetzt über das Beispiel, das ich ihren Töchtern gebe; die Bauern selbst endlich wären neidisch, weil einer von ihnen das macht, was sie eine dicke Heirat nennen; sie alle würden mich mit ihrer Mißbilligung und ihrem Spott verfolgen.

Was für eine Verrückte, würde der eine sagen; das liegt im Blut, und bald ißt sie rohes Fleisch wie ihre Schwester. Ein Dummkopf ist sie, würde ein anderer sagen, sie nimmt einen Bauern, und dabei könnte sie einen Mann ihresgleichen heiraten! Das ist ein schlechtes Mädchen, würden sie alle sagen, die ihren Eltern, die ihr doch alles gegeben haben, Kummer bereitet. Ach! Was für ein freches, zügelloses Ding, die solchen Ärger macht wegen eines Bauernlümmels, nur weil der fünf Fuß acht Zoll mißt! Warum nicht auch wegen des Ackerknechts? Warum nicht wegen des alten Cadoche, der an allen Türen bettelt? Es würde schließlich kein Ende nehmen, und ich glaube, daß es für ein junges Mädchen nicht schön ist, sich all dem auszusetzen, und alles nur wegen der Liebe eines Mannes.

– Meine liebe Rose, sagte Marcelle, Ihre letzten Einwände scheinen mir weniger ernst zu sein als die ersten, und doch sehe ich, daß es Ihnen sehr viel mehr gegen den Strich ginge, der öffentlichen Meinung zu trotzen als Ihren Eltern. Wir werden gemeinsam sorgfältig das Für und Wider abwägen müssen, und da Sie mir Ihre Geschichte erzählt haben, bin ich Ihnen auch meine schuldig. Ich will sie Ihnen erzählen, obgleich sie ein Geheimnis ist, das ganze Geheimnis meines Lebens! Aber sie ist so unschuldig, daß eine junge Dame sie hören kann. In einiger Zeit wird sie für niemanden mehr eins sein, und bis dahin, da bin ich mir sicher, werden Sie sie getreulich für sich behalten.

– Oh, Madame! rief Rose und fiel Marcelle um den Hals, wie gut Sie sind! Nie hat man mir Geheimnisse erzählt, und ich hatte immer solche Lust, eins zu kennen, damit ich es gut hüten kann. Sie werden selbst sehen, daß mir das Ihre heilig ist! Es wird mich über viele Dinge, die ich nicht kenne, belehren; denn mir scheint, daß es in der Liebe, wie in allem, eine Moral geben muß, und unter dem Vorwand, daß es die Liebe nicht gibt oder nicht geben darf, wollte nie jemand mit mir darüber sprechen. Dennoch kommt es mir so vor ... aber reden Sie, reden Sie, liebe Madame Marcelle! Ich bilde mir ein, daß ich, wenn ich einmal Ihr Vertrauen habe, auch Ihre Freundschaft haben werde.

– Warum nicht, wenn ich hoffen darf, mit gleicher Münze bezahlt zu werden? sagte Marcelle und erwiderte ihre Zärtlichkeit.

– Ach, mein Gott! sagte Rose, und ihre Augen füllten sich mit Tränen; merken Sie nicht, daß ich Sie liebe? Daß mein Herz Ihnen vom ersten Augenblick an zuflog und Ihnen ganz gehört nach diesem einen Tag nur, den ich Sie kenne? Wie kann das sein? Ich weiß es nicht. Aber ich habe nie jemanden gesehen, der mir ebensosehr gefiel wie Sie. Nur in Büchern habe ich solche Menschen kennengelernt, und bei Ihnen ist es so, als verkörperten Sie, Sie ganz allein, alle diese schönen Heldinnen der Romane, die ich gelesen habe.

– Und außerdem, mein liebes Kind, hat Ihr edles Herz das Bedürfnis, Liebe zu schenken! Ich werde versuchen, mich der günstigen Gelegenheit würdig zu erweisen.

Die kleine Fanchon war im benachbarten Zimmerchen untergebracht, und schon schnarchte sie so laut, daß sie die Stimmen der Eulen und der Ziegenmelker übertönte, die sich unter den Dächern der alten Türme zu schaffen machten. Marcelle setzte sich ans offene Fenster, von wo aus man die heiter strahlenden Sterne im herrlich klaren Himmel sehen konnte, sie nahm Roses Hand in ihre Hände und sprach folgendermaßen:

XIV

Marcelle

– Meine Geschichte, liebe Rose, gleicht tatsächlich einem Roman; aber es ist ein so einfacher und so wenig origineller Roman, daß er allen Romanen der Welt ähnelt. Hier ist er in möglichst wenigen Worten.

Im Alter von zwei Jahren war mein Sohn von so schlechter Gesundheit, daß ich die Hoffnung verlor, ihn zu retten. Meine Sorgen, meine Traurigkeit, die ständige Pflege, die ich niemandem sonst anvertrauen wollte, gaben mir die ganz selbstverständliche Gelegenheit, mich von der Gesellschaft zurückzuziehen, in der ich nur für kurze Zeit erschienen war und für die ich keinerlei Neigung verspürte. Die Ärzte rieten mir, mein Kind auf dem Land leben zu lassen. Mein Gatte hatte zwanzig Meilen von hier schöne Ländereien, wie Sie wissen; aber das lärmende, ausschweifende Leben, das er mit seinen Freunden, seinen Pferden, Hunden und Geliebten führte, ermunterte mich nicht, mich dorthin zurückzuziehen, auch nicht in den Zeiten, da er in Paris lebte. Die Unordnung des Hauses, die Dreistigkeit der Dienerschaft, deren Diebereien man hinnehmen mußte, da ihnen kein regelmäßiger Lohn gezahlt wurde, die Umgebung von Nachbarn mit schlechtem Umgangston wurden mir von meinem alten Lapierre, der einige Zeit dort verbracht hatte, so gut beschrieben, daß ich auf den Versuch verzichtete, mich dort niederzulassen. Monsieur de Blanchemont, dem es nicht paßte, daß ich mein Leben hier verbringen könnte, so nah, daß mir sein lockerer Lebenswandel bekannt würde, sorgte dafür, daß ich meinte, dieser Ort hier sei schrecklich, das alte Schloß unbewohnbar; und diesbezüglich übertrieb er ja nur ein wenig, das werden Sie zugeben. Er sprach davon, mir in der Umgebung von Paris ein Landhaus zu kaufen;

aber wo hätte er das Geld für den Erwerb hernehmen sollen, da er, ohne mein Wissen, schon so gut wie ruiniert war?

Als ich merkte, daß seine Versprechungen zu nichts führten und mein Sohn dahinsiechte, beeilte ich mich, mir in Montmorency (ein Dorf bei Paris in wundervoller, gesunder Lage, inmitten von Wäldern und Hügeln) ein halbes Haus zu mieten, das erste, welches ich finden konnte, und zu der Zeit das einzige. Solche Wohnungen sind bei Leuten aus Paris, selbst reichen, sehr begehrt, die sich dort in der schönen Jahreszeit für eine Weile mehr als bescheiden niederlassen. Meine Verwandten und Freunde besuchten mich anfangs recht häufig, dann immer seltener, wie es zu sein pflegt, wenn ein Mensch die Zurückgezogenheit liebt und weder durch Luxus noch Koketterie anziehend wirkt. Gegen Ende der ersten Saison vergingen oft vierzehn Tage, ohne daß jemand aus Paris eintraf. Ich hatte mich mit keiner der bedeutenden Persönlichkeiten des Ortes befreundet. Edouard ging es besser, ich war beruhigt und zufrieden; ich las viel, ging allein mit ihm in den Wäldern spazieren, nur mit einer Bäuerin, die seinen Esel führte, und einem großen Hund, einem eifersüchtigen Bewacher der Menschen. Dieses Leben gefiel mir ganz außerordentlich. Monsieur de Blanchemont war entzückt, sich nicht mit mir beschäftigen zu müssen. Er besuchte mich nie. Von Zeit zu Zeit schickte er einen Bediensteten, um Neues von seinem Sohn zu erfahren und sich nach meinem Geldbedarf zu erkundigen, der zu meinem Glück sehr bescheiden war: einen größeren hätte er nicht befriedigen können.

– Ach! rief Rose, er sagte uns, daß er um Ihretwillen seine Einkünfte und die Ihren aufzehre; Sie brauchten Pferde und Wagen, während Sie vermutlich zu Fuß durch die Wälder gingen, um die Miete für den Esel zu sparen!

– Sie haben es erraten, liebe Rose. Wenn ich meinen Gatten um etwas Geld bat, dann erzählte er mir so lange und seltsame Geschichten über die Knappheit seiner

Pächter, über den Frost im Winter, den Hagel im Sommer, wodurch sie ruiniert wären, daß ich, damit ich all die Einzelheiten nicht mehr zu hören bekam und meistens auch weil ich auf sein großherziges Erbarmen mit ihnen hereinfiel, ihm beipflichtete und darauf verzichtete, den Nießbrauch meiner Einkünfte zu verlangen.

Das alte von mir bewohnte Haus war sauber, aber beinahe ärmlich, und ich lenkte niemandes Aufmerksamkeit auf mich. Es bestand aus zwei Stockwerken. Ich belegte das erste. Im Erdgeschoß wohnten zwei junge Leute, von denen der eine krank war. Ein kleiner, sehr schattiger und von hohen Mauern umgebener Garten, wo Edouard unter meinen Augen mit dem Dienstmädchen spielte, während ich an meinem Fenster saß, wurde von beiden Mietern, Monsieur Lémor und mir, gemeinsam genutzt.

Henri war zweiundzwanzig Jahre alt. Sein Bruder war erst fünfzehn. Das arme Kind war schwindsüchtig, und der Ältere pflegte ihn mit bewundernswerter Fürsorglichkeit. Sie waren Waisen. Henri war für das arme sterbende Kind eine wahre Mutter. Er verließ ihn nicht eine Stunde lang, er las ihm vor, führte ihn spazieren, wobei er ihn in seinen Armen trug, legte ihn zu Bett und kleidete ihn an wie ein kleines Kind, und da der unglückliche Ernest nahezu nicht mehr schlief, sah Henri, bleich, entkräftet und vom Wachen ausgezehrt, fast genauso krank aus wie er.

Eine vortreffliche alte Frau, die Besitzerin unseres Hauses, die in einem Teil des Erdgeschosses wohnte, bezeigte den unglücklichen jungen Leuten viel Entgegenkommen und Selbstaufopferung; aber sie vermochte nicht, in allem zu genügen, und ich mußte mich bemühen, sie zu unterstützen. Ich tat dies mit Eifer und ohne mich zu schonen, wie Sie es an meiner Stelle auch getan hätten, Rose; und selbst in Ernests letzten Lebenstagen verließ ich selten sein Lager. Er war mir gegenüber von rührender Zuneigung und Dankbarkeit. Er kannte und spürte die Ernsthaftigkeit seiner Krankheit nicht und starb, ohne dessen gewahr zu werden, fast beim Reden. Er hatte mir gerade gesagt, daß ich ihn geheilt hätte, als er aufhörte zu atmen und seine Hand in meinen Händen erstarrte.

Henris Schmerz war tief, er wurde krank und mußte nun selbst gepflegt und bewacht werden. Die alte Besitzerin, Madame Joly, war am Ende ihrer Kräfte. Und da es Edouard zum Glück gut ging, konnte ich mich um beide kümmern, um ihn und um Henri. Die Aufgabe, dem armen Henri beizustehen und ihm Trost zuzusprechen, fiel mir alleine zu, und als der Herbst zu Ende ging, hatte ich die Freude, ihn dem Leben wiedergegeben zu haben.

Sie verstehen wohl, Rose, daß inmitten all dieser Schmerzen und Gefahren eine tiefe, unverbrüchliche Freundschaft zwischen uns entstand. Als der Winter und die Beharrlichkeit meiner Verwandten mich zwangen, nach Paris zurückzukehren, war es uns zu solch einer lieben Gewohnheit geworden, miteinander zu lesen, zu plaudern und im kleinen Garten spazierenzugehen, daß unsere Trennung uns wahrhaftig das Herz zerriß. Wir wagten dennoch nicht, uns vorzunehmen, einander im folgenden Jahr in Montmorency wiederzusehen. Wir waren noch schüchtern miteinander, und wir wären erbebt, hätten wir dieser Zuneigung den Namen Liebe gegeben.

Henri hatte nicht daran gedacht, sich nach meinen Verhältnissen zu erkundigen, wie ich nicht nach den seinen. Für das Haus hatten wir ungefähr gleich viel ausgegeben. Er hatte mich um die Erlaubnis gebeten, mich in Paris zu treffen; aber als ich ihm die Adresse bei meiner Schwiegermutter im Hôtel Blanchemont angab, schien er überrascht und erschrocken zu sein. Als ich in der wappengeschmückten Karosse, die meine Verwandten geschickt hatten, um mich abzuholen, Montmorency verließ, wirkte er fassungslos, und als er erfuhr, daß ich reich war (ich glaubte es zu sein, und man hielt mich dafür), betrachtete er sich als für immer von mir getrennt. Der Winter verging, ohne daß ich ihn wiedersah oder etwas von ihm hörte.

Doch in Wirklichkeit war Lémor zu der Zeit reicher als ich. Sein ein Jahr zuvor verstorbener Vater war ein Mann aus dem Volk, ein Arbeiter, den ein kleiner Handel und viel Geschick sehr wohlhabend gemacht hatten. Die Kinder dieses Mannes hatten eine sehr gute Erziehung genossen, und Ernests Tod hinterließ Henri ein Einkommen von acht- oder zehntausend Francs. Aber die Gewinnsucht, die Rücksichtslosigkeit, die schreckliche Härte und der tiefe Egoismus dieses Vaters und Kaufmanns hatten frühzeitig die schwärmerische und gütige Seele Henris aufgebracht. In dem Winter, der Ernests Tod folgte, beeilte er sich, sein Handelsgeschäft für fast nichts an einen Mann abzutreten, den Vater Lémor durch die raffgierigsten und ehrlosesten Machenschaften, durch unerbittliche Konkurrenz ruiniert hatte. Henri verteilte an alle Arbeiter, die sein Vater lange Zeit ausgebeutet hatte, den Erlös dieses Verkaufs, entzog sich sodann mit einer Art Widerwillen ihrer Dankbarkeit (denn wie er mir oft erzählt hatte, waren diese unglücklichen Männer ihrerseits durch Beispiel und Vorgehensweisen ihres Herrn verdorben und würdelos), er ließ sich in einem anderen Viertel nieder und begann eine Lehre, um selbst Arbeiter zu werden. Im vorigen Jahr, bevor die Krankheit seines Bruders ihn zwang, auf dem Land zu leben, hatte er angefangen, Mechanik zu studieren.

Alle diese Einzelheiten erfuhr ich von der alten Frau in Montmorency, der ich gegen Ende des Winters ein oder zwei Besuche abstattete, zugegebenermaßen, um Nachricht von Henri zu erhalten, aber auch, um ihr meine Freundschaft zu bezeugen, deren sie in jeder Hinsicht würdig war. Diese Frau verehrte Lémor. Den armen Ernest hatte sie wie ihren eigenen Sohn behandelt; von Henri sprach sie nur mit gefalteten Händen und Tränen in den Augen. Als ich sie fragte, warum er mich nicht besuche, gab sie zur Antwort, daß mein Reichtum und meine Stellung in der Gesellschaft es nicht erlaubten; daß zwischen einer Person wie mir und einem Mann, der sich freiwillig in die Armut gestürzt hatte, keine selbstverständlichen Beziehungen bestehen konnten. Bei dieser Gelegenheit erzählte sie mir alles, was sie von ihm wußte, alles, was ich Ihnen nunmehr berichte.

Sie müssen verstehen, liebe Rose, wie sehr ich verwundert war über das Verhalten dieses jungen Mannes, der mir gegenüber so einfach, so bescheiden gewesen und sich seiner moralischen Größe so wenig bewußt war. Ich konnte an nichts anderes denken; in Gesellschaft, in meinem einsamen Zimmer, im Theater wie in der Kirche waren die Erinnerung an ihn und sein Bild immer in meinem Herzen und in meinen Gedanken. Ich verglich ihn mit allen Männern, die ich traf, und da kam er mir so groß vor!

Als ich Ende März nach Montmorency zurückkehrte, erwartete ich nicht, meinen interessanten Nachbarn vorzufinden. Einen Augenblick lang empfand ich einen wahren Schmerz, als ich mit einer Verwandten, die mich begleitet hatte, um mir, gegen meinen Willen, beim Einrichten auf dem Lande behilflich zu sein, in den Garten hinunterging und erfuhr, daß das Erdgeschoß an eine alte Dame vermietet war. Aber als meine Verwandte sich ein paar Schritte entfernt hatte, flüsterte die gute Madame Joly mir ins Ohr, sie habe diese kleine Lüge erfunden, weil meine Verwandte ihr neugierig und schwatzhaft erscheine; Lémor jedoch sei da, er halte sich verborgen und werde mich treffen, sobald ich allein sei.

Vor Freude glaubte ich in Ohnmacht zu fallen, und ich ertrug die Gefälligkeit und die Aufmerksamkeiten meiner armen Kusine mit einer Geduld, die mich beinahe umgebracht hätte. Endlich brach sie auf, und ich sah Lémor wieder, nicht nur an diesem Tag, sondern an allen Tagen und zu fast allen Stunden des Tages, vom Ende des Winters bis zum äußersten Ende des folgenden Herbstes. Die stets seltenen und recht kurzen Besuche, die man mir machte, meine unerläßlichen Fahrten nach Paris, raubten uns, rechnet man alle Stunden zusammen, mehr oder weniger zwei Wochen unserer köstlichen Vertrautheit.

Ich überlasse es Ihnen, sich vorzustellen, wie glücklich dieses Leben war und wie die Liebe sich zum unumschränkten Herrn über unsere Freundschaft aufschwang. Aber dieses Gefühl war vor den Augen Gottes und meines Sohnes so keusch, wie eine Freundschaft, die am Totenbett von Henris Bruder entstanden war, es nur sein konnte. Vielleicht schwatzten indessen die Einheimischen von Montmorency ein wenig; aber der gute Ruf unserer Wirtin, ihre Rücksicht auf unsere Gefühle, die sie erriet, ihr Eifer, unser Verhalten zu verteidigen, unser verstecktes Leben und die Sorge, die wir trugen, uns niemals miteinander außerhalb des Hauses zu zeigen; schließlich das Fehlen jeglichen Aufsehens hielten die Gehässigkeit davon ab, sich einzumischen: Keine Äußerung kam jemals meinem Gatten oder einem anderen Verwandten zu Ohren.

Nie wurde eine Liebe andächtiger empfunden und war heilsamer für die beiden Seelen, die sie erfüllte. Henris Gedanken, sehr sonderbar in den Augen der Welt, doch in den meinen die einzig wahren und christlichen, trugen meinen Geist in eine neue Sphäre. Ich begeisterte mich für den Glauben und die Tugend und gleichermaßen für meine zärtliche Neigung. Diese beiden Gefühle verbanden sich in meinem Herzen und konnten nicht mehr ohne einander sein. Henri liebte meinen Sohn, meinen Sohn, den sein Vater vergaß, im Stich ließ und kaum kannte! So empfand Edouard für Lémor die Zärtlichkeit, das Vertrauen und die Achtung, die sein Vater in ihm hätte wecken müssen.

Wieder riß der Winter uns aus unserem irdischen Paradies, aber dieses Mal trennte er uns nicht. Lémor traf mich von Zeit zu Zeit heimlich, und wir schrieben einander fast täglich. Er hatte einen Schlüssel zum Garten meines Stadthauses, und wenn wir uns dort des Nachts nicht treffen konnten, so nahm eine Spalte im Sockel einer alten Statue unsere Briefe auf.

Ganz kürzlich erst, wie Sie wissen, hat Monsieur de Blanchemont auf tragische und unerwartete Weise das Leben in einem tödlichen Duell mit einem seiner Freunde verloren, und das wegen einer verrückten Geliebten, die ihn verraten hatte. Einen Monat später habe ich Henri getroffen, und aus dieser Zeit stammt mein Kummer. Ich hielt es für so natürlich, mich fürs Leben an ihn zu binden. Ich wollte ihn für einen Augenblick wiedersehen und mit ihm den Zeitpunkt festsetzen, wo die Pflichten meiner Stellung es mir erlauben würden, ihm meine Hand und meine Person zu schenken, so wie er schon mein Herz und meinen Geist besaß. Aber, Rose, würden Sie es glauben? Seine erste Regung war entsetzte und verzweifelte Ablehnung. Die Angst davor, reich zu sein, ja, das Grauen gegenüber dem Reichtum, siegten über die Liebe, und es war, als fliehe er mich mit Grauen!

Ich war gekränkt und bestürzt, konnte ihn nicht überzeugen und wollte ihn nicht zurückhalten. Und dann habe ich nachgedacht, fand, daß er recht hatte, daß er mit sich selbst folgerichtig und seinen Grundsätzen getreu umging. Darum schätzte, ja, liebte ich ihn um so mehr, und ich beschloß, mein Leben auf eine Weise zu regeln, die ihn fürderhin nicht verletzte, beschloß, die große Welt ganz zu verlassen und mich weit entfernt von Paris mitten auf dem Land zu verstecken, damit alle meine Verbindungen mit den Mächtigen und Reichen zerbrachen, die Lémor bald als wilde, bald als unfreiwillige und blinde Feinde der Menschheit betrachtet.

Aber mit diesem in meinem Denken nur zweitrangigen Vorhaben verband ich ein anderes, welches das Übel für immer an der Wurzel packen und alle Bedenken meines Geliebten, meines künftigen Gatten zerstören sollte. Ich wollte seinem Beispiel folgen und mein persönliches Vermögen hergeben, indem ich es zu etwas verwendete, was wir im Kloster die guten Werke nannten und was Lémor das Werk der Rückvergütung nennt, zu etwas, das gerecht gegenüber den Menschen und Gott in allen Religionen und zu allen Zeiten genehm ist. Ich war frei, dieses Opfer zu erbringen, ohne dem künftigen Glück meines Sohnes, wie die Reichen sagen würden, zu schaden, da ich ja noch annahm, daß ihm ein beträchtliches Erbe bestimmt sei; und außerdem hätte ich meinen eigenen Vorstellungen nach auch an seinem Glück gearbeitet, indem ich seine Einkünfte während der langen Jahre seiner Minderjährigkeit nicht antastete und die Renten anhäufte und anlegte. Das heißt, indem ich ihn in Mäßigkeit und Einfachheit erzog und meine Freude an der Wohltätigkeit an ihn weitergab, hätte ich ihn befähigt, eines Tages denselben guten Werken ein beträchtliches Vermögen zu weihen, vergrößert durch meine Sparsamkeit und durch die Pflicht, die ich mir auferlegte, es in keiner Weise auf eigene Rechnung zu verwenden – trotz der Rechte, die das Gesetz mir diesbezüglich gab. Die unschuldige und zärtliche Seele meines Kindes, so schien es mir, würde sicherlich auf meine Begeisterung Antwort geben, und ich würde die irdischen Reichtümer zu seinem zukünftigen Heil anhäufen. Lachen Sie ruhig, wenn Sie wollen, liebe Rose; aber ich denke nun, daß ich auch unter den eingeschränkteren Bedingungen Erfolg haben werde, meinen Edouard dazu zu bewegen, die Dinge unter diesem Blickwinkel zu sehen. Von seinem Vater hat er nichts mehr zu erben, und das, was mir bleibt, wird ihm von nun an mit dem besagten Ziel gewidmet. Ich glaube, nicht mehr das Recht zu haben, mich des geringen Wohlstands zu berauben, der uns beiden geblieben ist. Ich stelle mir vor, daß mir selbst nichts mehr gehört, da mein Sohn nur noch von mir mit Sicherheit etwas zu erwarten hat. Die Armut, die ich für mich nur hätte geloben können, ist eine neuerliche Taufe, und vielleicht erlaubt Gott mir nicht, sie meinem Kind aufzuerlegen, bevor es nicht das Alter erreicht hat, sie frei anzunehmen oder abzulehnen. Dürfen wir, die wir in diesem Jahrhundert geboren sind und Wesen das Leben geschenkt haben, die eigentlich zu gesellschaftlicher Macht und einem angenehmen Dasein bestimmt sind, diese Kinder gewaltsam und ohne sie zu befragen dessen berauben, was die Gesellschaft als so große Vorzüge und heilige Rechte betrachtet? Bei diesem allgemeinen Rette-sich-wer-kann, das die vom Geld korrumpierten Menschen antreibt, würde ich womöglich die guten, jedoch noch nicht stark genug ausgeprägten Anlagen meines Sohnes irgendeinem Laster, einer Verdorbenheit aussetzen, falls ich stürbe und ihn im Elend ließe, bevor ich Zeit genug hatte, ihn die Liebe zur Arbeit zu lehren? Man spricht von einer Religion der Brüderlichkeit und Gemeinschaft, wo alle Menschen glücklich wären, indem sie sich liebten und durch ihre eigene Enteignung reich würden. Man behauptet, daß dies ein Problem sei, welches zu lösen die größten Heiligen des Christentums und die größten Weisen des Altertums im Begriff waren. Man behauptet auch, daß diese Religion bereit sei, in die Herzen der Menschen einzudringen, obwohl sich in der Wirklichkeit alles gegen sie zu verschwören scheint; denn aus dem furchtbaren Zusammenstoß aller egoistischen Interessen muß die Notwendigkeit einer umfassenden Veränderung, muß der Überdruß am Übel, das Bedürfnis nach dem Wahren und die Liebe zum Guten entstehen. Das alles, Rose, glaube ich fest! Aber wie ich Ihnen eben schon gesagt habe, weiß ich nicht, welchen Tag Gott für die Ausführung seiner Absichten festgesetzt hat. Von Politik verstehe ich nichts, denn in ihr sehe ich keinen hinreichenden Widerschein meines Ideals; und wie der Vogel während der Sintflut warte ich im Schutz der Arche, bete, leide und hoffe, ohne mich um die Spötteleien zu bekümmern, mit denen die Welt diejenigen überschüttet, die ihre Ungerechtigkeiten nicht billigen und sich über die Unglücke der Zeit nicht freuen wollen.

Aber in dieser Unkenntnis des Morgen, in diesem Sturm, da alle menschlichen Kräfte gegeneinander entfesselt sind, muß ich meinen Sohn fest in die Arme schließen und ihm helfen, auf der Woge zu schwimmen, die uns vielleicht von hier unten an die Ufer einer besseren Welt trägt. Ach! Liebe Rose, in einer Zeit, in der das Geld alles ist, wird alles käuflich. Kunst, Wissenschaft, die ganze Philosophie und folglich alle Tugenden, selbst die Religion, sind denen untersagt, die das Privileg, an diesen göttlichen Quellen zu trinken, nicht bezahlen können. Ebenso wie man in der Kirche die Sakramente bezahlt, muß man mit Geld das Recht erwerben, ein Mensch zu sein, lesen und denken, Gut und Böse voneinander unterscheiden zu lernen. Der Arme ist verurteilt zu verkümmern, ohne Weisheit, ohne Bildung – es sei denn, er ist mit ungewöhnlichem Genie begabt. Der Bettler, das arme Kind, welches statt eines Berufs nur lernt, die Hand auszustrecken und kläglich die Stimme zu erheben, mit welch düsteren und falschen Vorstellungen muß sich seine schwache, ohnmächtige Intelligenz herumschlagen! Es ist fürchterlich, daran zu denken, daß der Aberglaube die dem Bauern einzig zugängliche Religion ist, daß der ganze Gottesdienst sich auf ihm unverständliche Praktiken beschränkt, deren Sinn oder Ursprung er nie erfahren wird, und daß Gott für ihn nichts ist als ein Götze, der sich den Ernten und Tieren desjenigen widmet, der ihm eine Kerze oder ein Bild zubilligt. Als ich heute morgen hierher kam, traf ich auf eine Prozession, die sich um einen Brunnen versammelt hatte, um die Trockenheit zu beschwören. Ich habe gefragt, warum man dort bete und nicht anderswo. Eine Frau gab mir zur Antwort, wobei sie auf eine kleine, in einer Nische versteckte und wie die Götter des Heidentums mit einer Girlande geschmückte Statue wies, daß *diese gute Dame* für den Regen die beste von allen sei.

Wenn mein Sohn unbemittelt ist, muß er dann also ein Götzenanbeter sein, im Gegensatz zu den ersten Christen, die sich der wahren Religion in heiliger Armut zuwandten? Mir ist bewußt, daß der Arme das Recht hat zu fragen: Warum kennt dein Sohn besser als meiner Gott und die Wahrheit? Ach, ich weiß keine Antwort, außer daß ich seinen Sohn nur retten kann, indem ich meinen opfere. Was für eine unmenschliche Antwort für ihn! Ach, die Zeiten des Schiffbruchs sind furchtbar! Jeder eilt zu dem, der ihm der liebste ist, und überläßt die anderen sich selbst. Aber, Rose, was vermögen wir, wir armen Frauen, die wir über das alles nur weinen können?

Die uns von der Familie auferlegten Pflichten widersprechen denen, die die Menschheit uns aufträgt. Aber für die Familie können wir noch etwas tun, während wir für die Menschheit, außer wir sind sehr reich, noch nichts bewirken. Denn in der heutigen Zeit, wo die großen Vermögen die kleinen so rasch verschlingen, bedeutet Dürftigkeit Beschwernis und Ohnmacht.

Darum, so fuhr Marcelle fort und trocknete eine Träne, werde ich gezwungen sein, die schönen Träume zu ändern, die ich hatte, als ich vor zwei Tagen Paris verließ. Aber ich will immer noch mein Bestes tun, Rose, um mir nicht auf Kosten anderer tausend unnütze Vergnügungen zu leisten. Ich will mich aufs Nötigste beschränken, ein Bauernhaus kaufen, so enthaltsam leben wie möglich, ohne meine Gesundheit zu verderben (da ich mein Leben Edouard schuldig bin), Ordnung in das kleine Kapital bringen, um es ihm eines Tages zu übergeben, nachdem ich ihn gelehrt habe, es nach Gottes Willen sinnvoll und fromm zu verwenden; bis dahin will ich einen möglichst geringen Teil meines bescheidenen Einkommens meinen eigenen Bedürfnissen und der guten Erziehung meines Sohnes angedeihen lassen, damit ich immer etwas habe, womit ich den Armen, die an meine Tür klopfen, helfen kann. Das, so glaube ich, ist alles, was ich tun kann, sofern sich nicht bald ein wirklich heiliger Bund gründet, eine Art neuer Kirche, in der einige erleuchtete Gläubige ihre Brüder zu sich rufen, damit sie gemeinsam unter den Gesetzen einer Religion und Moral leben, die den edlen Bedürfnissen der Seele und den Gesetzen der wahren Gleichheit entsprechen. Fragen Sie mich nicht, welche Gesetze genau es sein werden. Es ist nicht mein Auftrag, sie in Worte zu fassen, weil Gott mir nicht das Genie gegeben hat, sie zu entdecken. Meine ganze Intelligenz beschränkt sich darauf, sie verstehen zu können, wenn sie einmal offenbart sind, und mein guter Instinkt zwingt mich, alle Lehrgebäude zu verwerfen, die sich heutzutage ein wenig zu hochmütig unter verschiedenen Namen spreizen. Ich kenne noch keines, in dem die moralische Freiheit wirklich geachtet wäre oder wo der Atheismus und die Herrschsucht nicht irgendwo zutage träten. Vielleicht haben Sie von den Saint-Simonisten und den Fourieristen gehört. Das sind noch Lehrgebäude ohne Religion und ohne Liebe, mißlungene, nicht zu Ende gedachte Philosophien, in denen der Geist des Bösen sich unter dem Deckmantel der Menschenfreundlichkeit zu verbergen scheint. Ich verurteile sie nicht ganz und gar, aber ich fühle mich von ihnen abgestoßen, so als ahnte ich eine neue Falle, die man den einfachen Menschen stellt.

Aber es ist schon spät, liebe Rose, und Ihre schönen, noch immer strahlenden Augen kämpfen indes gegen die Erschöpfung vom vielen Zuhören. Aus all dem vermag ich Ihnen keine Schlußfolgerung zu ziehen, außer daß wir beide von armen Männern geliebt werden und daß eine von uns das Ziel hat, sich aus dem Bündnis mit den Reichen zu befreien, während die andere zögert und vor ihrer Meinung Angst hat.

– Ach, Madame, sagte Rose, die Marcelle mit religiöser Aufmerksamkeit gelauscht hatte, wie groß und gut Sie sind! Wie sehr Sie es verstehen zu lieben, und wie gut ich nun begreife, warum ich Sie liebe! Es kommt mir so vor, als sei durch Ihre Geschichte und die Erklärung Ihres Verhaltens mein Kopf um die Hälfte größer geworden! Was für ein trauriges und engherziges Leben wir auf Kosten des von Ihnen erträumten führen! Mein Gott! Mein Gott! Ich glaube, ich werde an dem Tag, da Sie von hier abreisen, sterben!

– Ohne Sie, Rose, hätte ich es sehr eilig, das gestehe ich Ihnen, meine Hütte neben der der ärmsten Leute zu errichten; aber Sie werden der Grund für mich sein, Ihren Pachthof und sogar dieses alte Schloß zu lieben . . . Ah, ich höre, wie Ihre Mutter Sie ruft. Umarmen Sie mich und vergeben Sie mir, daß ich Ihnen ein paar harte Worte gesagt habe. Wenn ich sehe, wie empfindsam und herzlich Sie sind, mache ich mir einen Vorwurf daraus.

Überschwenglich umarmte Rose die junge Baronin und verließ sie. Wie ein trotziges Kind machte sie sich das Vergnügen, ihre Mutter schreien zu lassen und ihrem Rufen nur langsam Folge zu leisten. Dann tat es ihr leid, und sie fing an zu laufen; aber sie konnte sich nicht entschließen, ihr zu antworten, bevor sie nah bei ihr war; nach dem sanften Wohlklang von Marcelles Worten wirkte die kreischende Stimme falsch.

Noch müde von der Reise schlüpfte Madame de Blanchemont in das Bett, in dem ihr Kind schlief, zog die orangefarbenen Stoffvorhänge mit dem Rankenwerk zu und schlief ein, ohne an die in einem alten Schloß unerläßlichen Gespenster zu denken – bis ein undeutliches Geräusch sie zwang, zu horchen und sich etwas nervös zu erheben.

XV

Die Begegnung

Das Geräusch, das den Schlaf unserer Heldin störte, war das irgendeines Körpers, der seltsam beharrlich und unbeholfen immer wieder von außen über ihre Zimmertür strich. Die Berührung war zu schroff und täppisch, um von einer menschlichen Hand herzurühren, welche versuchte, in der Dunkelheit das Schloß zu finden; da jedoch das Geräusch nicht dem einer Ratte glich, konnte Marcelle zu keiner anderen Annahme gelangen. Sie dachte, daß jemand vom Pachthof im alten Schloß schlafe, ein betrunkener Bediensteter vielleicht, der sich im Stockwerk geirrt und tastend sein Quartier suchte. Da sie sich nun erinnerte, daß sie den Zimmerschlüssel nicht abgezogen hatte, erhob sie sich, um diese Vergeßlichkeit wiedergutzumachen, sobald die Person sich entfernt haben würde. Aber das Geräusch hielt an, und Marcelle, in der Befürchtung, von irgendeinem Tölpel beleidigt zu werden, wenn sie sich zeige, wagte es nicht, die Tür zu öffnen und ihr Vorhaben durchzuführen. Diese gewisse Angst wurde langsam sehr unangenehm, als die unsichere Hand ungeduldig wurde und derart an der Tür kratzte, daß Marcelle glaubte, die Krallen einer Katze zu erkennen; und lächelnd über ihre Erregung entschloß sie sich, die Tür zu öffnen, um diesen Gast zu empfangen oder aus ihrem Zimmer zu vertreiben. Aber kaum hatte sie mit einem Rest an Vorsicht geöffnet, da wurde die Tür heftig gegen sie gedrückt, und auf der Schwelle ihres Zimmers bot sich die Verrückte ihren Blicken dar.

Dieser Besuch schien Marcelle von all den vermuteten Möglichkeiten die unerfreulichste zu sein, und sie zögerte, ob sie diese beunruhigende Gestalt nicht gewaltsam zurückdrängen solle, wenn man ihr auch gesagt hatte, daß ihr Irresein gewöhnlich von der ruhigen Art sei. Aber der Ekel, den ihr die Unsauberkeit dieser Unglücklichen einflößte, und mehr noch ein Gefühl des Mitleids hielten sie davon ab, bei diesem Gedanken zu verweilen. Die Verrückte schien ihre Anwesenheit nicht wahrzunehmen, und es war wahrscheinlich, daß sie sich bei ihrer Vorliebe für die Einsamkeit zurückziehen würde, sobald Marcelle sich bemerkbar gemacht hatte. Madame de Blanchemont hielt es also für ratsam abzuwarten und zu beobachten, was ihrem unangenehmen Gast einfallen würde; sie bewegte sich rückwärts und ließ sich auf dem Rand ihres Bettes nieder, dessen Vorhänge sie hinter sich schloß, damit Edouard, falls er aufwache, die *gräßliche Frau* nicht sähe, vor der er im Kaninchengehege Angst gehabt hatte.

Die Bricoline (wir haben bereits gesagt, daß bei uns die erstgeborenen Mädchen in Bauern- und ländlichen Bürgerfamilien die weibliche Form des ererbten Namens als Vornamen tragen) durchquerte hastig das Zimmer und eilte zum Fenster, das sie mit viel unnützem Aufwand öffnete, da sie wegen ihrer dürren Hände und der langen Fingernägel, die sie sich nie schneiden lassen wollte, sehr ungeschickt war. Als sie es geschafft hatte, beugte sie sich hinaus, und mit absichtlich gedämpfter Stimme rief sie *Paul.* Zweifellos war dies der Name ihres Geliebten, auf den sie immer noch wartete und an dessen Tod zu glauben sie sich nicht entschließen konnte.

Da dieser klägliche Ruf in der Stille der Nacht keinen Widerhall fand, setzte sie sich auf die steinerne Bank, die sich in allen alten Gebäuden dieser Art in der tiefen Fensternische befindet, blieb stumm, knetete immer noch das blutbefleckte Taschentuch und schien sich ins Warten zu schicken. Nach ungefähr zehn Minuten stand sie auf und rief noch einmal, immer noch mit leiser Stimme, so als glaube sie, ihr Geliebter habe sich im Buschwerk des Grabens versteckt, und als fürchte sie, die Aufmerksamkeit der Leute auf dem Pachthof zu erregen.

Eine Stunde lang fuhr die Unglückliche fort in diesem Tun, bald rief sie Paul, bald wartete sie mit erstaunlicher Geduld und Hingabe. Der Mond beschien ihr abgezehrtes Gesicht und den unförmigen Körper. Vielleicht empfand sie bei diesem vergeblichen Warten so etwas wie Glück. Vielleicht war sie in einem Wahn befangen und träumte im Wachen, er sei da, sie höre ihn, und er antworte ihr. Und dann, sobald der Traum verschwand, holte sie ihn zurück, indem sie erneut ihren geliebten Toten rief.

Marcelle betrachtete sie, und es zerriß ihr das Herz; in der Hoffnung, ein solches Leid zu mildern, hätte sie alle Geheimnisse dieses Wahnsinns herausfinden mögen; aber derartige Verrückte äußern sich nicht, und es ist unmöglich zu erraten, ob sie in einen Gedanken versunken sind, der ohne Unterlaß an ihnen nagt, oder ob bei ihnen das Denken zeitweise außer Kraft gesetzt ist.

Als das beklagenswerte Mädchen endlich vom Fenster wegging, begann sie mit derselben Langsamkeit und Schwerfälligkeit, die Marcelle schon in der Allee des Geheges überrascht hatte, durchs Zimmer zu gehen. Sie schien nicht mehr an ihren Geliebten zu denken, und ihr stark verzerrtes Gesicht glich dem eines alten Alchimisten, der mit der Suche nach dem Absoluten befaßt ist. Dieses regelmäßige Hin und Her dauerte noch ziemlich lange und ermüdete Madame de Blanchemont stark, die sich weder traute sich hinzulegen noch ihren Sohn zu verlassen, um die kleine Fanchon zu wecken. Endlich faßte die Verrückte einen Entschluß, sie stieg ein Stockwerk höher, ging zu einem anderen Fenster und fing wieder an, in Abständen Paul zu rufen und hin und her gehend auf ihn zu warten.

Marcelle dachte daran, daß sie die Bricolins benachrichtigen müsse. Zweifellos wußten sie nicht, daß ihre Tochter aus dem Haus entkommen war und vielleicht Gefahr lief, sich umzubringen oder ungewollt aus dem Fenster zu fallen. Aber die kleine Fanchon, die sie nicht ohne Mühe weckte, damit sie an Edouards Bett bliebe, während sie zum neuen Schloß ginge, brachte sie von diesem Vorhaben ab.

– Ach nein, Madame, sagte sie; die Bricolins lassen sich dadurch nicht stören. Sie sind daran gewöhnt zuzusehen, wie das arme Fräulein Tag und Nacht umherläuft. Sie tut nichts Böses, und schon seit langem denkt sie nicht mehr daran, sich umzubringen. Es ist nicht verwunderlich, daß sie bei Vollmond noch wacher ist als sonst. Schließen Sie fest Ihre Tür, damit sie Sie nicht noch einmal stört. Sie haben gut daran getan, nichts zu ihr zu sagen; das hätte ihr mißfallen und sie böse machen können. Sie wird, wie die Eulen, bis zum Morgen dort oben ihren Dingen nachgehen; aber da Sie jetzt wissen, was es ist, wird es Sie nicht mehr am Schlafen hindern.

Die kleine Fanchon hatte leicht reden – sie, die dank ihrer fünfzehn Jahre und dank ihrer ruhigen Art auch beim Donnern einer Kanone geschlafen hätte, vorausgesetzt, sie hätte gewußt, um was es sich handelt. Marcelle kostete es etwas Mühe, ihrem Beispiel zu folgen, aber endlich trug die Müdigkeit den Sieg davon, und beim regelmäßigen, anhaltenden Schritt der Verrückten, den sie über ihrem Zimmer hörte und der die morschen Balken des alten Schlosses erzittern ließ, schlief sie ein.

Am nächsten Tag erfuhr Rose mit Bedauern, aber ohne Überraschung, von diesem nächtlichen Vorfall.

– Ach, mein Gott! sagte sie, wir hatten sie doch gut eingesperrt, weil wir wußten, daß sie die Gewohnheit hat, überall herumzuirren, und bei Vollmond insbesondere im alten Schloß. (Darum war es meiner Mutter nicht recht, Sie dort unterzubringen). Aber sie hat wohl wieder eine Möglichkeit gefunden, das Fenster zu öffnen und auf diese Weise hinauszugelangen. Sie ist weder stark, noch hat sie geschickte Hände, aber sie hat so viel Geduld! Sie hat nur einen Gedanken und rastet nie. Der Herr Baron, der nicht so menschlich war wie Sie und über Dinge lachte, die überhaupt nicht lustig sind, behauptete, sie suche ... warten Sie, ob ich mich an sein Wort erinnere! die Quadratur ... Ja, das ist es, die Quadratur des Kreises; und wenn er sie vorbeigehen sah, sagte er zu uns: »Nun, hat Ihr Philosoph sein Problem noch nicht gelöst?«

– Ich bin nicht in der Stimmung, über etwas zu lachen, was mein Herz tief betrübt, antwortete Marcelle, und heute nacht hatte ich traurige Träume. Also, Rose, wir sind gute Freundinnen und werden, so hoffe ich, vielleicht noch bessere, und da Sie mir Ihr Zimmer angeboten haben, bin ich einverstanden, unter der Bedingung, daß Sie es nicht verlassen und wir es teilen. Ein Sofa für Edouard, für mich ein Gurtbett, mehr brauchen wir nicht.

– Ach! Sie machen mir eine riesige Freude, rief Rose und fiel ihr um den Hals. Es stört mich überhaupt nicht. In all unseren Zimmern gibt es zwei Betten, das ist so üblich auf dem Land, wo man stets bereit ist, eine Verwandte oder Freundin aufzunehmen, und ich bin so glücklich, jeden Abend mit Ihnen zu plaudern! ...

Die Freundschaft der beiden jungen Frauen machte tatsächlich an diesem Tag einen großen Fortschritt. Marcelle gab sich dem um so mehr hin, als dies die einzige Annehmlichkeit war, die es bei den Bricolins für sie gab. Der Pächter führte sie durch einen Teil seiner Wirtschaftsgebäude und redete dabei immer nur vom Geld und von Abmachungen. Er verhehlte seinen Wunsch zu kaufen, jedoch umsonst; und Marcelle, die möglichst schnell den Sorgen ein Ende machen wollte, die ihr so widerwärtig waren, und die bereit war, einen Teil der von ihm verlangten Opfer zu bringen, sobald sie sich der Genauigkeit seiner Berechnungen vergewissert hatte, brachte dennoch ihm gegenüber eine gewisse Geschicklichkeit auf, um ihn in Unruhe zu halten. Rose hatte ihr zu verstehen gegeben, daß sie in diesem Fall großen Einfluß auf ihr Schicksal nehmen könne, und im übrigen hatte Grand-Louis ihr das Versprechen abgenommen, nichts zu entscheiden, ohne ihn gefragt zu haben. Madame de

Blanchemont empfand großes Vertrauen in diesen unvorhergesehenen Freund, und sie beschloß, seine Rückkehr abzuwarten, um einem sachkundigen Rat gemäß ihre Entscheidung zu treffen. Er kannte alle Welt und hatte ein so sicheres Urteil, daß sie in guten Händen war.

Wir haben den braven Müller gemeinsam mit Lapierre, Suzette und dem Patachon in die Stadt *** reisen lassen. Gegen zehn Uhr abends kamen sie dort an, und am nächsten Morgen, bei Tagesanbruch, nachdem Grand-Louis die beiden Bediensteten in die Postkutsche nach Paris gesetzt hatte, begab er sich zu dem Bürger, den er dazu bringen wollte, die Kalesche zu kaufen. Aber als er an der Poststelle vorbeikam, wandte er sich zum Eingang der Schreibstube, um dem Posthalter persönlich den Brief zu geben, den er nach Marcelles Auftrag freimachen sollte. Der erste, der ihm vor die Augen kam, war der junge Unbekannte, der vierzehn Tage zuvor durch die Vallée-Noire gewandert war, Blanchemont besucht hatte und den der Zufall zur Mühle von Angibault geführt hatte. Der junge Mann achtete nicht im geringsten auf ihn, er stand am Eingang zur Schreibstube und las gierig und sehr erregt einen soeben erhaltenen Brief. Grand-Louis, der den von Madame de Blanchemont in der Hand hielt, erinnerte sich daran, daß der am Ufer der Vauvre in einen Baum geritzte Name *Henri* die junge Dame stark beschäftigt hatte. Er warf einen flüchtigen Blick auf die Adresse des Briefes, den der junge Mann las und der sich auf natürliche Weise in seinem Blickfeld befand, da der Unbekannte das Papier so vor sich hielt, daß sein Inhalt versteckt und somit sein Äußeres voll und ganz zu sehen war. Mit einem raschen Blick voll wohlwollender Neugier sah der Müller den Namen von Monsieur Henri Lémor, der von derselben Hand geschrieben war wie die Adresse des Briefes, den er bei sich hatte; kein Zweifel, diese beiden Briefe waren von Marcelle, und der Unbekannte war . . . der Müller machte in seinem Denken keine Umstände, der Geliebte der schönen Witwe.

Grand-Louis täuschte sich nicht: Der erste Brief, den Marcelle aus Paris geschrieben und den ein mit diesem Dienst beauftragter Freund Lémors ihm postlagernd nach *** geschickt hatte, war in diesem Augenblick in die Hände des jungen Mannes gelangt, und er war nicht im mindesten auf das Glück gefaßt, sogleich einen zweiten zu erhalten, als Grand-Louis diesen Schatz wie im Spaß zwischen seine Augen und den Brief schob, den er gerade zum dritten Male von vorn las.

Henri zuckte zusammen, stürzte sich auf den Brief und wollte ihn gerade an sich reißen, als der Müller ihn wegzog und zu ihm sagte: »Nein, nein! Nicht so schnell, mein Junge! Vielleicht sieht der Posthalter uns aus dem Augenwinkel zu, und ich habe keine Lust, eine saftige Strafe zu zahlen. Wir plaudern etwas weiter entfernt, denn ich glaube nicht, daß Sie darauf warten wollen, bis dieser hübsche Brief aus Paris zurückkommt, wohin man ihn sicherlich trotz Ihres Einspruchs und Ihres Passes schicken würde, weil er nicht nach hier, postlagernd, adressiert ist. Folgen Sie mir bis zum Ende der Promenade.

Lémor folgte ihm, aber schon hatte der Müller Bedenken.

– Warten Sie! sagte er, als sie einen halbwegs abgelegenen Ort erreicht hatten; sind Sie das Individuum, dessen Name hier auf dem Brief steht?

– Zweifellos zweifeln Sie nicht daran, und offensichtlich kennen Sie mich, da Sie ihn mir ja gezeigt haben?

– Das tut nichts zur Sache, haben Sie einen Paß?

– Gewiß, ich habe ihn ja soeben bei der Post vorgelegt, um meine Briefe zu bekommen.

– Auch das tut nichts zur Sache; und wenn Sie mich für einen verkleideten Gendarmen halten. Lassen Sie mal sehen. So, eine Hand wäscht die andere.

– Sie sind sehr mißtrauisch, sagte Lémor und beeilte sich, ihm seine Papiere zu geben.

– Noch einen kleinen Augenblick, entgegnete der vorsichtige Müller. Ich will einen Schwur ablegen können, falls die Leute von der Post gesehen haben, wie ich Ihnen den Brief gab, daß ich ihn Ihnen geöffnet gegeben habe! Und sehr geschwind erbrach er das Siegel, nahm sich jedoch nicht heraus, den Brief zu öffnen, den er Henri aushändigte, dieweil er dessen Paß entgegennahm.

Während der junge Mann begierig las, nahm der Müller, der nichts dagegen hatte, seine Neugier zu befriedigen, Einsicht in Titel und Stand seines Unbekannten.

Henri Lémor, vierundzwanzig Jahre alt, geboren in Paris, von Beruf Mechaniker, auf dem Weg nach Toulouse, Montpellier, Nîmes, Avignon und vielleicht Toulon und Algier, um dort eine Stelle zu suchen und seinen Beruf auszuüben.

– Zum Teufel! sagte sich der Müller. – Ein Mechaniker, geliebt von einer Baronin! Auf der Suche nach Arbeit, und könnte vielleicht eine Frau heiraten, die noch dreihunderttausend Francs hat! Nur bei uns wird also das Geld der Liebe vorgezogen, nur bei uns sind also die Frauen so stolz! Zwischen der Enkelin des alten Tagelöhners Bricolin und dem Enkel meines Großvaters, des Müllers, ist der Unterschied nicht so groß wie der zwischen dieser Baronin und dem armen Teufel da! Ach, Fräulein Rose, ich möchte so gern, daß Madame Marcelle Sie das Geheimnis der Liebe lehrt. Dann stellte er für sich selbst einen Steckbrief des jungen Mannes aus, ohne sich den im Paß anzusehen, und sprach zu sich, wobei er den in die Lektüre vertieften Henri studierte: – Mittelgroß, blasses Gesicht . . . recht hübsch, wenn man so will, aber dieser schwarze Bart, der ist häßlich. Alle Pariser Arbeiter sehen so aus, als trügen sie ihre ganze Kraft am Kinn. Und der Müller verglich mit stillem Vergnügen seine eigenen athletischen Gliedmaßen mit der zarteren Konstitution Lémors. Bemerkenswerter scheint man nicht sein zu müssen, sagte er sich, um einer geistvollen Frau, einer schönen Dame den Kopf zu verdrehen . . . Fräulein Rose könnte doch eigentlich merken, daß ihr sehr ergebener Diener nicht schlechter gebaut ist als ein anderer. Wie dem auch sei, diese Pariser haben eine gewisse Anmut und Haltung, schwarze Augen, was weiß ich noch, das uns neben ihnen plump aussehen läßt. Und außerdem hat der da bestimmt mehr Verstand, als er dick ist. Wenn er mir nur ein bißchen davon abgeben und mich sein Geheimnis lehren könnte, wie man geliebt wird!

XVI

Diplomatie

Inmitten all seiner Überlegungen wurde Meister Louis gewahr, daß sich der junge Mann, dessen Sorgen weitaus größer waren als die seinen, von ihm entfernte und nicht mehr an ihn dachte.

– Halt, mein Kamerad! sagte Grand-Louis und lief ihm nach; wollen Sie denn Ihren Paß nicht wiederhaben?

– Ach, mein lieber Freund, ich vergaß Sie und bitte Sie um Vergebung! antwortete Lémor. Sie haben mir den Dienst erwiesen, mir diesen Brief zu übermitteln, und ich schulde Ihnen tausendmal Dank . . . Jetzt aber erkenne ich Sie wieder. Ich habe Sie kürzlich schon einmal gesehen. In Ihrer Mühle wurde ich gastfreundlich aufgenommen . . . Ein herrlicher Ort . . . und eine so gute Mutter! Sie, Sie sind ein glücklicher Mensch! Denn Sie sind freimütig und hilfsbereit, das sieht man!

– Ja! Eine schöne Gastfreundschaft! sagte der Müller; reden wir einmal davon! Es ist doch Ihre Schuld, daß Sie nur Brot und Wasser annehmen wollten . . . Darum ist meine Meinung über Sie nicht sehr gut, noch dazu, wo Sie einen Kapuzinerbart haben! Indessen sehen Sie genausowenig wie ein Jesuit aus wie ich, und wenn Sie sich an mich erinnern, so ich mich auch an Sie . . . Und was den glücklichen Menschen angeht . . . ich werde Ihnen helfen, auf andere neidisch zu sein, und gerade auf mich! Wollen Sie sich über mich lustig machen?

– Ich weiß nicht, was Sie sagen wollen. Ist Ihnen, seit wir uns gesehen, ein Unglück widerfahren?

– Ach was! Schon lange widerfährt mir ein Unglück, welches Gott weiß wie endet! Aber ich habe nicht mehr Lust, darüber zu reden, als Sie, mir zuzuhören, denn auch Sie haben ja, wie ich sehe, gewisse Flausen im Kopf. Ach so! Wollen Sie mir keine Antwort für die Person, die Ihnen geschrieben hat, mitgeben? Wenn auch nur um zu bezeugen, daß ich meinen Auftrag erledigt habe?

– Kennen Sie diese Person denn? fragte Lémor zitternd.

– Sieh an! Sie haben noch nicht daran gedacht, mich das zu fragen. Wo haben Sie denn Ihre Gedanken?

Die wohlwollende und etwas spöttische Art des Grand-Louis beunruhigte Lémor allmählich. Er befürchtete, Marcelle bloßzustellen; jedoch war das Gesicht dieses Bauern nicht dazu angetan, Mißtrauen zu wecken. Aber Henri meinte, so etwas wie Gleichgültigkeit vortäuschen zu müssen.

– Ich kenne die Dame, die mir geschrieben hat, selbst nicht genau. Da der Zufall mich letzthin in die Gegend geführt hat, in der sie Güter besitzt, dachte sie, daß ich ihr ein paar Informationen verschaffen könne . . .

– Das können Sie anderen weismachen, unterbrach ihn der Müller, denn sie weiß überhaupt nicht, daß Sie hier sind, und noch weniger, warum, und eben das bitte ich Sie, mir zu sagen, wenn Sie nicht wollen, daß ich es errate.

– Darauf werde ich ein andermal Antwort geben, sagte Lémor etwas ungeduldig und mit ironischem Stolz. Sie sind neugierig, mein Freund, und ich weiß nicht, warum Sie ein Geheimnis in mein Verhalten legen wollen.

– Da gibt's eines, mein Freund! Ich sage Ihnen, da gibt's eines, denn Sie haben ihr nicht mitgeteilt, daß Sie in die Vallée-Noire gereist sind!

Die Hartnäckigkeit des Müllers wurde immer lästiger, und Henri, der Angst hatte, in eine Falle zu tappen oder unvorsichtig zu werden, dachte darüber nach, wie er diesem eigenartigen Verhör entkommen könnte.

– Weder weiß ich, über wen, noch von was Sie mit mir reden wollen, antwortete er und zuckte mit den Schultern. Ich spreche Ihnen noch einmal meinen Dank aus und entrichte Ihnen meinen Gruß. Sollte der Brief, den Sie mir übergeben haben, eine Antwort oder eine Quittung verlangen, werde ich sie mit der Post schicken. In einer Stunde reise ich ab nach Toulouse und habe keine Zeit, länger mit Ihnen zu verweilen.

– Ach, Sie reisen nach Toulouse, sagte der Müller und beschleunigte den Schritt, um ihm zu folgen. Ich hätte angenommen, daß Sie mit mir nach Blanchemont kommen.

– Warum nach Blanchemont?

– Weil, wenn Sie der Dame von Blanchemont hinsichtlich ihrer Geschäfte Ratschläge zu geben haben, wie Sie behaupten, dann wäre es doch zuvorkommender, sich mit ihr auszusprechen, als eilig drei Worte zu schreiben. Sie ist ein Mensch, der die Mühe wert ist, daß man ihretwegen einen Umweg von wenigen Meilen macht, um ihr einen Dienst zu erweisen; ich selbst, ein Müller nur, ginge, wenn nötig, bis ans Ende der Welt.

Lémor, der nun fast wider seinen Willen von dem Ort, den Marcelle als Zuflucht gewählt, Kenntnis hatte, konnte sich nicht entschließen, sich unvermittelt von einem Mann zu trennen, der sie kannte und geneigt schien, ihm von ihr zu erzählen. Der Vorschlag und Rat, nach Blanchemont zu gehen, den man ihm machte, blendete diesen jungen, nach außen betont gleichmütigen, jedoch zutiefst durch die Leidenschaft aufgewühlten Kopf. Von Wünschen und gegensätzlichen Beschlüssen verwirrt, ließ sein Gesicht die ganze Hilflosigkeit erkennen, die er in seiner Seele verschlossen glaubte, und der scharfsinnige Müller täuschte sich nicht. – Wenn ich glaubte, sagte Lémor schließlich, daß eine mündliche Aussprache notwendig wäre . . . aber tatsächlich meine ich es nicht . . . *diese Dame* gibt mir keinen derartigen Hinweis . . .

– Ja, sagte der Müller in spöttischem Ton; *diese Dame* wähnte Sie in Paris, und von so weit her läßt man einen Mann nicht wegen einiger Worte kommen. Aber wenn sie Sie so nah gewußt hätte, dann hätte sie mir vielleicht befohlen, Sie mitzubringen.

– Nein, Monsieur Müller, da irren Sie sich, sagte Henri, erschreckt vom Scharfsinn des Grand-Louis. Die Fragen, die man die Ehre hat mir zu stellen, sind dafür nicht wichtig genug. Ich werde wahrhaftig schriftlich antworten.

Als Henri bei dieser letzten Entscheidung innehielt, spürte er, wie ihm das Herz brach. Denn auch wenn er sich Marcelles Befehl unterwarf, hatte die Vorstellung, sie noch einmal zu sehen, bevor er für ein ganzes Jahr von ihr fortging, sein kraftvolles Blut in Wallungen gebracht. Aber dieser verfluchte Müller mit seinen Kommentaren war imstande, sei es durch Bosheit, sei es durch Leichtfertigkeit, seinen Schritt für die junge Witwe kompromittierend wirken zu lassen, und Lémor mußte sich von ihr fernhalten.

– Machen Sie, was Sie wollen, sagte der Grand-Louis etwas eingeschnappt wegen seiner Zurückhaltung, aber da *sie* mir zweifellos einige Fragen über Sie stellen wird, werde ich gezwungen sein, ihr zu sagen, daß Ihnen die Vorstellung, sie zu besuchen, gar nicht gepaßt hat.

– Was ihr sicherlich großen Schmerz bereiten würde? antwortete Lémor mit einem etwas gezwungenen lauten Lachen.

– Ja, ja! Versuchen Sie nur, mich zu überlisten, mein Kamerad! erwiderte der Müller. Aber Ihrem Lachen fehlt die Herzlichkeit.

– Monsieur Müller, entgegnete Lémor und verlor die Geduld, Ihre Unterstellungen, soweit ich sie zu verstehen vermag, sind allmählich unpassend. Ich weiß nicht, ob Sie der fraglichen Person gegenüber so ergeben sind, wie Sie behaupten; aber mir scheint, daß Sie nicht mit derselben Hochachtung von ihr sprechen wie ich, der ich sie kaum kenne.

– Sie ereifern sich? Das ist ja prachtvoll, es ist aufrichtiger und ärgert mich weniger als Ihre Spötteleien. Jetzt weiß ich, woran ich mit Ihnen bin.

– Das ist zuviel, sagte Lémor, das gleicht einer persönlichen Provokation. Ich weiß nicht, was für verrückte Gedanken Sie mir unterstellen wollen, aber ich erkläre hiermit, daß dieses Spiel mich ermüdet und daß ich Ihre Frechheiten nicht länger hinnehmen werde.

– Sie werden allen Ernstes böse? sagte der Grand-Louis ruhig. Ich bin geneigt, es Ihnen gleichzutun. Ich bin sehr viel stärker als Sie; aber bestimmt sind Sie Genosse in irgendeinem Arbeiterbund, und Sie wissen mit dem Rohr umzugehen. Und außerdem sagt man Euch Parisern nach, daß ihr alle mit dem Stock spielt wie die Professoren. Wir hier, wir kennen die Theorie nicht, wir haben nur die Praxis. Sie sind wahrscheinlich geschickter als ich; und ich schlage etwas härter zu als Sie; somit ist es ausgeglichen. Gehen wir hinter den alten Wall, wenn Sie wollen, oder ins Café vom alten Robichon. Da gibt es einen kleinen Hof, wo man sich ohne Zeugen aussprechen kann, denn es besteht keine Gefahr, daß er die Wache ruft, dafür versteht er zuviel vom Leben.

– Nun also, sagte sich Lémor, ich wollte ja immer ein Arbeiter sein, und die Gesetze der Ehre verteidigt man mit dem Stock genauso streng wie mit der Klinge. Ich kenne mich in der wilden Kunst, meinesgleichen zu töten, nicht aus – mit der einen Waffe ebensowenig wie mit der anderen. Aber wenn dieser gallische Herkules sich die Freude machen will, mich zusammenzuschlagen, werde ich dem nicht ausweichen und von Vernunft reden. Im übrigen wird das die einzige Art sein, mich von seinen Fragen zu befreien, und ich sehe nicht ein, warum ich geduldiger sein sollte als ein Edelmann.

Der großherzige und friedfertige Müller hatte nicht die geringste Lust, mit Henri Händel zu suchen, wie dieser es vermutete – weil Henri nämlich das Interesse nicht begriff, welches der Müller tatsächlich Madame de Blanchemont, und folglich ihm selbst, entgegenbrachte; aber mit diesem Gefühl vermischte sich ein Mißtrauen, von dem der Grand-Louis sich durch eine aufrichtige Aussprache befreien wollte. Da es ihm nicht gelungen war, hielt er sich seinerseits für herausgefordert, und auf dem Weg zum Café Robichon bildete sich jeder der beiden Gegner ein, er sei gezwungen, auf die kriegerische Laune des anderen Antwort zu geben.

Von einem nahegelegenen Kirchturm schlug es sechs, als sie im Café Robichon anlangten. Das war nur ein Häuschen, geschmückt jedoch mit diesem glanzvollen Ehrennamen, den man heutzutage selbst an den bescheidensten Wirtshäusern der zurückgebliebensten Provinzen sieht: *Café de la Renaissance.* Man betrat es durch eine enge, mit jungen Akazien und herrlichen Dahlien bepflanzte Allee. Der kleine Hof für Aussprachen lag unmittelbar hinter der Mauer der gotischen Kirche, die an dieser Stelle mit Efeu und Kletterrosen bewachsen war. Ein Laubengang aus Geißblatt und Klematis hielt den Blick der Nachbarn ab und erfüllte die Morgenluft mit seinem Duft. Dieser blühende Winkel, der noch einsam war und mit sauberem Sand versehen, schien eher für ein Stelldichein von Verliebten als für tragische Szenen bestimmt.

Der Grand-Louis führte Lémor hinein, schloß die Pforte hinter sich und setzte sich sodann an einen kleinen, grün gestrichenen Holztisch.

– Nun also, sagte er, sind wir jetzt hier, um Schläge auszuteilen oder um gemeinsam einen Kaffee zu trinken?

– Wie es Ihnen beliebt, antwortete Lémor. Ich werde mich mit Ihnen schlagen, wenn Sie wollen; aber einen Kaffee trinke ich nicht.

– Sie sind wohl zu stolz! Kein Wunder! sagte der Grand-Louis und zuckte mit den Schultern. Wenn man von einer Baronin Briefe bekommt!

– Fangen Sie schon wieder an? Nun, lassen Sie mich gehen, oder schlagen wir uns sofort.

– Ich kann mich nicht mit Ihnen schlagen, sagte der Müller. Sie brauchen mich nur anzusehen, denke ich, und Sie werden merken, daß ich kein Feigling bin, und dennoch verweigere ich die von Ihnen vorgeschlagene Partie. Madame de Blanchemont würde es mir nie verzeihen, und das würde alle meine Pläne verderben.

– Davon sollte es nicht abhängen! Wenn Sie glauben, Madame de Blanchemont werde Sie einen Wüterich schimpfen, dann sind Sie ja nicht gezwungen, ihr zu sagen, daß Sie mit mir Streit gesucht haben.

– Ach, jetzt bin ich es also, der Streit sucht? Ich habe nur ehrlich mit Ihnen gesprochen, und Sie haben mich als unverschämten Menschen behandelt.

– Ihre Art, meine Worte und Gedanken auszulegen, war sehr unhöflich. Ich habe Ihnen bedeutet, mich in Ruhe zu lassen.

– Ja, genau, Sie haben mir zu schweigen befohlen! Und wenn ich das nicht will, was dann?

– Ich zeige Ihnen den Rücken, und wenn er Ihnen nicht gefällt, dann schlagen wir uns.

– Dieser Kerl ist so stur wie der Satan! rief der Grand-Louis und schlug mit seiner breiten Faust auf den kleinen Tisch, der in zwei Teile zerfiel. Hier, der Herr aus Paris! Sie sehen, was für eine schwere Hand ich habe! Ihr Stolz macht mir Lust herauszufinden, ob Ihr Kopf so hart ist wie dieses Eichenbrett; denn auf der Welt gibt es nichts Anmaßenderes als zu einem Menschen zu sagen: »Ich will Ihnen nicht zuhören.« Und doch darf und kann ich auf diesem Eisenkopf kein Haar krümmen. Hören Sie, wir müssen die Sache beenden. Ich will Ihnen doch nur Gutes, vor allem aber einer Person, für die ich mir die Beine ausreißen würde, und, da bin ich mir sicher, der es in den Sinn gekommen ist, sich für Sie zu interessieren; ich stelle Ihnen keine Fragen mehr, denn das ist verlorene Liebesmühe, aber ich sage Ihnen alles, was ich auf dem Herzen habe, ob für, ob gegen Sie, und wenn ich es Ihnen gesagt habe und es Ihnen nicht gefällt, dann werden wir uns schlagen; und wenn es stimmt, wessen ich Sie verdächtige, dann wird es mir nicht leid tun, Ihnen den Kinnladen zu zerbrechen. Nun, bevor man sich mißt, muß man die Verständigung suchen, denn man muß wissen, warum man es tut. Wir nehmen den Kaffee, denn ich habe seit gestern nichts mehr gegessen, und mein Magen klagt mir seine Not. Sollten Sie ein zu großer Herr sein, um mich Ihren Anteil zahlen zu lassen, so wollen wir uns einigen, daß der, der am wenigsten mitgenommen ist, nach der Angelegenheit die Rechnung bezahlt.

– So soll es sein, sagte Henri, der sich im Kriegszustand mit dem Müller sah und darum nicht befürchtete, aus lauter Wohlwollen ihm gegenüber sich selbst zu vergessen.

Der alte Robichon brachte persönlich den Kaffee und erwies dem Grand-Louis allerlei Freundlichkeiten. – Ist das ein Freund von dir? fragte er ihn und betrachtete Lémor mit der Neugier der wenig beschäftigten Gewerbetreibenden in den kleinen Städten. Ich kenne ihn nicht, doch das ist egal; der muß in Ordnung sein, wenn du ihn mitbringst. Sehen Sie, mein Junge, fügte er hinzu und wandte sich an Lémor, da haben Sie in unserer Gegend gleich eine gute Bekanntschaft gemacht. Besser konnten Sie´s nicht treffen. Der Grand-Louis ist bei allen und jedem hoch angesehen. Ich selbst liebe ihn wie meinen eigenen Sohn. Oh! Weil er so tapfer, ehrlich und sanft ist . . . sanft wie ein Lamm, obwohl er in der Gegend der stärkste Mann ist; aber ich darf wohl sagen, daß er nie, ja, kein einziges Mal irgendwo Ärger verursacht hat, daß er einem Kind auf die Wange geschnipst oder in meinem Haus die Stimme erhoben hätte. Gott weiß, daß er auf allerlei Zänker trifft, aber er hält überall Frieden.

Diese Lobeshymne in einem Augenblick, wo der Grand-Louis einen Fremden ins Café Robichon brachte, um einen Streit mit ihm auszutragen, war so seltsam am Platze, daß die beiden jungen Leute lächeln mußten.

XVII

Die Furt in der Vauvre

Indessen schien die Lobrede so aufrichtig zu sein, daß Lémor, der schon vorher dem Müller gegenüber zu großer Sympathie aufgelegt war, über dessen merkwürdiges Verhalten unter den gegebenen Umständen nachdachte, und er sagte sich, daß dieser Mann starke Gründe haben mußte, ihn auszufragen. Sehr höflich tranken sie miteinander ihren Kaffee, und als der alte Robichon sie von seiner Gegenwart befreit hatte, fing der Müller wie folgt zu reden an:

– *Monsieur* (so muß ich Sie nennen, denn ich weiß nicht, ob wir Freunde oder Feinde sind), Sie sollen zuerst erfahren, ob es Ihnen nun paßt oder nicht, daß ich in ein Mädchen verliebt bin, das zu reich für mich ist und mich gerade soviel liebt, daß sie mich nicht verabscheut. Und so kann ich von ihr sprechen, ohne sie zu kompromittieren; und außerdem kennen Sie sie nicht. Ich rede indessen nicht gern über meine Liebe, für andere ist das langweilig, vor allem, wenn sie selbst von derselben Mücke gestochen wurden und, wie es allgemein bei dieser Krankheit der Fall ist, verteufelte Egoisten sind, die sich nur um sich selbst und um den Nächsten gar nicht kümmern. Aber wenn man sich ganz allein abrackert, um einen Berg zu versetzen, bewegt man nichts nach vorne, und so meine ich, daß man zumindest ein bißchen was bewirken würde, wenn man sich aus Freundschaft ein wenig unterstützen könnte. Darum hätte ich gern Ihr Vertrauen gewonnen, so wie ich das der Ihnen bekannten Dame habe, und deshalb schenke ich Ihnen meines, ohne genau zu wissen, ob es am Platze ist.

Nun also, ich liebe ein Mädchen, dessen Mitgift um dreißigtausend Francs größer sein wird als meine, und allmählich sieht es so aus, als wolle ich die Kaiserin von China heiraten. Ihre dreißigtausend Francs sind mir völlig egal; ich möchte sogar behaupten, daß ich sie am liebsten tief im Meer versenken würde, weil gerade sie uns trennen. Aber noch nie haben Hindernisse die Liebe zur Vernunft gebracht, und ich mag noch so sehr ein Bettler sein, ich bin verliebt; ich habe nichts anderes im Kopf, und wenn die Dame, Sie wissen schon, mir nicht zu Hilfe kommt, wie sie mich hat hoffen lassen ... dann bin ich verloren ... ich bin fähig ... ich weiß nicht, wozu ich fähig bin!

Und während der Müller das sagte, veränderte sich sein gewohnt fröhliches Gesicht so gründlich, daß Lémor von der Kraft und Aufrichtigkeit seiner Leidenschaft betroffen war.

– Nun ja, sagte er herzlich, da Sie den Schutz einer so guten und aufgeklärten Dame genießen ... so nennt man sie jedenfalls ... !

– Ich weiß nicht, wie *man* sie nennt, antwortete Grand-Louis, den die hartnäckige Zurückhaltung des jungen Mannes ungeduldig machte; ich, ich weiß, was ich von ihr halte, und ich sage Ihnen, daß diese Frau ein Engel vom Himmel ist. Um so schlimmer für Sie, wenn Sie es nicht wissen.

– Wenn dem so ist, sagte Lémor, der sich innerlich von dieser so aufrechten Huldigung an Marcelle besiegt fühlte, worauf wollen Sie hinaus, mein lieber Monsieur Grand-Louis?

– Ich will Ihnen erzählen, daß ich in dem Augenblick, als ich diese Frau sah, die so gut, so achtenswert und von so reinem Herzen ist, die mir Hoffnung machte, gerade als ich alles verloren glaubte – daß ich in dem Augenblick sofort und für immer eine Zuneigung zu ihr gefaßt habe. Die Freundschaft kam auf den ersten Blick, so wie man es in den Romanen von der Liebe behauptet; und nunmehr möchte ich dieser Frau im vorhinein all das Gute, das sie mir zu tun beabsichtigt, zurückgeben. Ich möchte, daß sie so glücklich wird, wie sie es verdient, glücklich mit denen, die sie liebt, denn nur die sind ihr wichtig auf Erden, Vermögen schätzt sie gering; glücklich mit der Liebe eines Mannes, der sie um ihrer selbst willen liebt und der sich nicht damit beschäftigt abzuschätzen, was ihr von einem Reichtum bleibt, den sie so freudig verliert, wobei er nur daran denkt herauszufinden, was sie besitzt oder nicht besitzt . . . , um sich sicher zu sein, ob er zu ihr gehen oder weit von ihr fortgehen soll . . . sie vielleicht vergessen und erproben will, ob sein hübsches Gesicht irgendeine andere, einträglichere Eroberung macht . . . denn schließlich . . .

Lémor unterbrach den Müller.

– Welchen Grund haben Sie, sagte er und wurde blaß, zu befürchten, daß diese achtbare Dame ihre Zuneigung einem Unwürdigen schenkt? Wer ist der Feigling, dem Sie unterstellen, in seiner Seele so schändliche Berechnungen anzustellen?

– Darüber weiß ich nichts, sagte der Müller und beobachtete aufmerksam Henris Verwirrung, wobei ihm nicht klar war, ob er sie der Empörung eines guten Gewissens oder der Scham, sich entdeckt zu sehen, zuschreiben sollte. – Ich weiß nur, daß vor etwa zwei Wochen ein junger Mann zu meiner Mühle gekommen ist, dessen Gesicht und Verhalten mir ziemlich ehrlich zu sein schienen, der jedoch Sorgen hatte und der dann plötzlich angefangen hat, von Geld zu reden, Fragen zu stellen, Notizen zu machen und endlich auf einem Fetzen Papier auf Franc und Centime genau berechnete, daß der Dame von Blanchemont noch ein hübscher Rest ihres Vermögens bleibe.

– In Wirklichkeit glaubten Sie, dieser Kerl sei nur in dem Fall bereit, seine Liebe zu erklären, da eine Heirat ihm vorteilhaft erschiene? Nun, das war ein Elender; aber um ihm so genau auf die Schliche zu kommen, muß man selbst . . .

– Beenden Sie Ihren Satz, Stadtmensch! Tun Sie sich keinen Zwang an, sagte der Müller mit blitzenden Augen; wo wir nun schon einmal hier sind, um uns auszusprechen!

– Ich behaupte, erwiderte Lémor nicht weniger verärgert, daß man, um das Verhalten eines Menschen, den man nicht kennt und von dem man nichts weiß, so zu deuten, in die Mitgift seiner Schönen sehr verliebt sein muß.

Die Augen des Müllers erloschen, und seine Stirn umwölkte sich.

– Ach! sagte er mit trauriger Stimme, ich weiß wohl, daß man diesen Eindruck haben kann, und ich wette, daß viele Leute ihn hätten, sofern es mir gelänge, von ihr geliebt zu werden! Aber ihr Vater braucht sie nur zu enterben, was gewiß geschähe, sollte sie mich lieben, und dann würde man schon sehen, ob ich mit allen fünf Fingern ausrechnete, was sie verloren hat!

– Müller! sagte Lémor grob und freimütig, ich klage Sie nicht an. Ich will Sie nicht verdächtigen. Aber wie kommt es, daß Sie mit Ihrem ehrlichen Herzen nicht vermutet haben, was am wahrscheinlichsten und Ihrer am würdigsten ist?

– Was die Gefühle des jungen Mannes am besten aufdecken könnte, das wäre sein weiteres Verhalten. Liefe er mit Leidenschaft zu seiner geliebten Dame! . . . ich würde nichts sagen, aber wenn er zum Teufel geht, ist das etwas anderes!

– Man müßte vermuten, antwortete Lémor, daß er seine Liebe als sinnlos betrachtet und sich einer Ablehnung nicht aussetzen will.

– Ach! Jetzt hab ich Sie! rief der Müller; da fängt er schon wieder zu lügen an! Ich weiß ganz genau, daß die Dame beglückt ist, ihr Vermögen verloren zu haben, daß sie sich sogar mutig mit dem völligen Ruin ihres Sohnes abgefunden hat, und all das, weil sie jemanden liebt, den zu heiraten man ihr vielleicht als Verbrechen vorgeworfen hätte, ohne alle diese Katastrophen.

– Ihr Sohn hat nichts mehr? sagte Henri und fuhr zusammen; überhaupt nichts mehr? Wie ist das möglich? Sind Sie dessen sicher?

– Ganz sicher, mein Junge, antwortete der Müller mit schelmischem Gesicht. – Der mütterliche Vormund, der während einer langen Minderjährigkeit mit dem Geliebten oder Gatten die Zinsen eines großen Kapitals hätte teilen können, wird jetzt nicht mehr haben als zu bezahlende Schulden, so daß es ihre Absicht ist, das hat sie mir gestern abend gesagt, ihr Kind irgendeinen Beruf lernen zu lassen, damit es einen Lebensunterhalt hat.

Henri hatte sich erhoben. Erregt lief er im kleinen Hof hin und her, und sein Gesichtsausdruck war undefinierbar. Grand-Louis verlor ihn nicht aus den Augen und fragte sich, ob nun sein Glück oder aber seine Enttäuschung vollkommen war. – Wir werden sehen, sagte er sich, ob er ein Mensch ist wie *sie* und wie ich, der das Geld haßt, weil es die Liebe zunichte macht, oder aber, ob er ein Ränkeschmied ist, der sie mit weiß der Himmel welchem Zauber dazu gebracht hat, ihn zu lieben, und dessen Ehrgeiz höher zielt als auf den Nießnutz der kleinen ihr verbliebenen Einkünfte.

Grand-Louis, der es sich zur Ehre gereichen ließ, Marcelle entweder eine große Freude zu bereiten oder sie von einem Treulosen zu befreien, indem er ihn entlarvte, überlegte ein paar Augenblicke lang, dann griff er zu einer List.

– Nun, mein Junge, sagte er mit sanfterer Stimme, Sie sind verärgert! Das ist nichts Schlimmes. Nicht jeder ist romantisch, und wenn Sie ans Handfeste denken, dann sind Sie doch nur wie alle heutzutage. Sie sehen also, daß ich Ihnen gar keinen so schlechten Dienst erwiesen habe, als ich mit Ihnen Streit anfing; ich habe Sie darüber aufgeklärt, daß das Wittum trockengelegt ist. Zweifellos rechneten Sie mit der Ausbeute aus der Vormundschaft über den jungen Erben, denn Sie wußten ja, daß die berühmten dreihunderttausend Francs eine letzte und pure Illusion der jungen Witwe waren? . . .

– Was sagen Sie da? schrie Lémor und hielt in seinem erregten Lauf inne. Diese letzte Einnahmequelle wurde ihr genommen?

– Gewiß; tun Sie doch nicht so, als wüßten Sie es nicht; Sie haben sich zu viele Informationen verschafft, um nicht zu wissen, daß die Schulden beim Pächter Bricolin viermal so hoch waren, als man es vermutet hatte, und daß die Dame von Blanchemont gezwungen sein wird, sich um eine Tabakkonzession oder eine Poststelle zu bewerben, wenn sie die Mittel haben will, um ihren Sohn zur Schule zu schicken.

– Wie ist das möglich? wiederholte Lémor verblüfft und wie betäubt von dieser Neuigkeit. Eine so rasche Veränderung in ihrem Geschick! Ein Zeichen des Himmels!

– Ja, ein Blitzschlag! sagte der Müller mit bitterem Lachen.

– Ach, sagen Sie mir, ist sie nicht über all das sehr betrübt?

– Nein, gar nicht. Im Gegenteil, weit davon entfernt, sie stellt sich vor, daß Sie sie dafür um so mehr lieben. Aber Sie? So dumm sind Sie nicht, was?

– Mein lieber Freund, antwortete Lémor, ohne Grand-Louis' Worte zu hören, was haben Sie mir da gesagt? Und ich wollte mich mit Ihnen schlagen! Sie erweisen mir einen großen Dienst! Ich wollte gerade eben . . . Für mich sind Sie ein Abgesandter der Vorsehung.

Grand-Louis führte diesen Gefühlsausbruch auf die Befriedigung zurück, die Lémor empfand, weil er rechtzeitig vor dem Untergang seiner habgierigen Hoffnungen gewarnt worden war, und angeekelt wandte er sich ab und versank in tiefer Traurigkeit.

– Zu sehen, wie eine vertrauensvolle und selbstlose Frau von einem solchen Laffen mißbraucht wird! Sie muß ebensowenig Verstand haben, wie er Herz hat. Ich hätte wissen müssen, daß sie in der Tat sehr unvorsichtig ist, denn an einem einzigen Tag, nämlich dem, als ich sie zum ersten Mal in meinem Leben sah, hat sie mir alle ihre Geheimnisse offengelegt. Sie ist imstande, ihr gutes Herz dem erstbesten zu überlassen. Ach, ich müßte sie schelten, müßte ihr raten, müßte sie in jeder Hinsicht vor sich selbst warnen! Und als erstes muß ich sie von diesem Bürschchen befreien. Man könnte diesem unverschämten Lümmel ein wenig das Ohr zerreißen, seiner Schnauze könnte man einen Kratzer beibringen, der ihn davon abhält, sich alsbald den Schönen zu zeigen ... – Heda, der Herr aus Paris, sagte er, ohne sich umzudrehen, wobei er versuchte, seine Stimme ruhig und klar klingen zu lassen, Sie haben gehört, was ich gesagt habe und wissen nun, was ich von Ihnen halte. Ich weiß, was ich wissen wollte, Sie sind weiter nichts als ein Schuft. Das ist meine Meinung, und ich werde sie Ihnen auch sofort beweisen, wenn Sie gestatten.

Während der Müller dies sagte, krempelte er recht gleichmütig die Ärmel hoch, denn er wollte nur seine Fäuste benutzen; er erhob sich und drehte sich um, erstaunt, wie lange sein Gegner für eine Antwort brauchte. Zu seiner großen Überraschung jedoch war er allein im Hof. Er eilte durch die Dahlienallee, durchsuchte alle Winkel des Café Robichon, rannte durch alle Straßen der Nachbarschaft; Lémor blieb verschwunden. Niemand hatte ihn hinausgehen sehen. Empört und wütend fast suchte Grand-Louis ihn in der ganzen Stadt vergeblich.

Nach einer Stunde unnützer Nachforschungen begann der atemlose Müller, verdrossen und mutlos zu werden.

– Es macht nichts, sagte er sich und setzte sich auf einen Grenzstein, heute wird keine Postkutsche und keine Patache die Stadt verlassen, deren Reisende ich nicht gezählt und genauestens angeschaut hätte! Dieser Herr wird nicht verschwinden, ohne daß ich ... ach was! Ich bin ja verrückt! Reist er denn nicht zu Fuß, und ein Mann, dem es nicht wichtig ist, eine Ehrenschuld zu bezahlen, schleicht der nicht auf Zehenspitzen durchs Land, ohne Pauken und Trompeten? ... Und außerdem, fügte er hinzu und beruhigte sich ein wenig, wäre mir meine geliebte Madame Marcelle nicht gerade dankbar, wenn ich ihren Kavalier verprügeln würde. Auf die Art wird man eine so große Zuneigung nicht los, und die arme Frau würde mir vielleicht nicht glauben, wenn ich ihr sagte, daß ihr Pariser ein wahrer *Marchois** ist. Wie soll ich ihr nur die Augen öffnen? Es ist meine Pflicht, und doch, wenn ich an den Schmerz denke, den ich ihr zufügen werde . . . Heilige Maria! Wie ist es nur möglich, daß man sich so täuscht!

Und während der Müller derart mit sich selber plauderte, erinnerte er sich, daß er eine Kalesche verkaufen mußte, und er ging zu seinem reichgewordenen Ex-Bauern, der lange prüfte und feilschte und schließlich aus Angst, Monsieur Bricolin würde sich dieses Luxusgegenstandes und dieses guten Handels bemächtigen, einen Entschluß faßte. – Kaufen Sie, Monsieur Ravalard! sagte Grand-Louis mit dieser bewundernswerten Geduld, zu der die Berrichoner fähig sind, wenn sie begriffen haben, daß man entschieden ist, mit ihrer Ware vorliebzunehmen, und sich dann aus Höflichkeit dafür hergeben, so zu tun, als fielen sie auf die angebliche Unsicherheit des Kunden herein. – Ich habe es Ihnen schon hundertmal gesagt und wiederhole es noch, sooft Sie wollen. Das ist etwas Gutes, Schönes, Feines und Solides. Das haben die besten Pariser Hersteller gemacht, extrafeiner Fahrkomfort gratis. Sie kennen mich gut genug, um davon auszugehen, daß ich mich nicht einmischte, wenn das Ganze faul wäre. Darüber hinaus verlange ich keine Provision, die Sie einem anderen allerdings bezahlen müßten. Sehen Sie, da liegt Ihr Gewinn.

Die Unentschlossenheit des Käufers währte bis zum Abend. Seine Taler auszugeben, das zerriß ihm das Herz. Als Grand-Louis sah, daß die Sonne untergehen wollte, sagte er: – Also, ich möchte hier nicht die Nacht verbringen, ich mache mich auf den Weg. Ich sehe ein, daß Sie diesen hübschen, so blitzblanken und preiswerten Karren nicht wollen. Ich schirre meine Sophie an und fahre nach

* Die Bewohner der Marche haben, ob zu Recht oder Unrecht, bei ihren Nachbarn im Berry einen so schlechten Ruf, daß *Marchois* synonym ist mit Schwindler. (Anm. der Verf.)

Blanchemont zurück, stolz wie Artaban. Zum ersten Mal in meinem Leben werde ich in einer Karosse reisen; das wird mir Spaß machen, und noch mehr Spaß wird es mir bereiten zu sehen, wie es sich Vater und Mutter Bricolin darin bequem machen und sonntags nach La Châtre fahren! Allerdings meine ich, daß Sie und Ihre Dame eine bessere Figur darin abgegeben hätten.

Endlich, bei Anbruch der Nacht, zählte Monsieur Ravalard das Geld und ließ den schönen Wagen in seinem Schuppen einstellen. Grand-Louis lud die Sachen von Madame de Blanchemont auf seinen Karren, steckte die zweitausend Francs in einen Ledergürtel und trabte langsam mit Sophie davon, wobei er auf einem Koffer saß und trotz des Rumpelns und des Lärms der großen Räder auf dem Pflaster lauthals sang.

Er kam schnell voran, lief keine Gefahr, sich zu verirren wie der Patachon; und der Mond war noch nicht aufgegangen, da hatte er schon den schönen Weiler Mers hinter sich gebracht. Der frische Dunst, der in der Vallée-Noire selbst in heißen Sommernächten über zahlreichen, tief eingeschnittenen Bächen schwebt, schnitt weiße Laken, die man für Seen hätte halten können, in die ausgedehnte, sich weithin ausbreitende Fläche. Das Rufen der Schnitter und das Singen der Schäfer hatte schon aufgehört. Glühwürmchen, in Abständen in den Büschen am Wegesrand verstreut, waren bald die einzigen Lebewesen, denen der Müller begegnete.

Als er indessen eines dieser sumpfigen Heidestücke durchquerte, welche durch die Windungen der Flüßchen in diesem ansonsten so fruchtbaren und gewissenhaft angebauten Land gebildet werden, da schien es ihm, als sähe er undeutlich eine Gestalt vor sich durch die Binsen laufen und vor der Furt der Vauvre innehalten, so als warte sie auf ihn.

Grand-Louis litt gewiß selten unter Angst. Da er jedoch an diesem Abend ein kleines Vermögen zu verteidigen hatte, über das er eifriger wachte, als wenn es sein eigen gewesen wäre, beeilte er sich, zu seinem Karren zurückzugehen. Er hatte sich ein wenig davon entfernt, um ein gutes Stück Wegs zu Fuß zurückzulegen, einmal, weil er seine erstarrten Gliedmaßen lockern wollte, zum anderen, um seine treue Sophie zu entlasten. Den Ledergürtel, der ihm zur Last fiel, hatte er in einen Sack Weizen gesteckt. Als er wieder auf sein Gefährt geklettert war, das er spaßhaft nach Art der Gegend seine *mit Karrenleder gefederte Equipage* nannte – das heißt, es war aus reinem, schlichtem Holz –, versicherte er sich seiner Beine, bewaffnete sich mit der Peitsche, deren schwerer Griff in zweifacher Hinsicht eine Waffe darstellte, und aufrecht wie ein Soldat auf Wache ging er geradewegs auf den nächtlichen Reisenden zu, wobei er fröhlich eine Strophe aus einer alten Opéra-comique schmetterte, die Rose ihm in ihrer Kindheit beigebracht hatte.

Unser geldbeladner Müller
War auf dem Wege in sein Dorf,
Als er plötzlich tief im Blattwerk
Ein Geräusch vernahm.
Unser Müller ist ein beherzter Mann,
Doch wird behauptet, daß er Angst bekam . . .
Nun hört mich an, ihr lieben Freunde,
Und glaubt mir ein für allemal,
Geht nie, nie in die Vallée-Noire.

Ich glaube, daß es im Lied Forêt-Noire heißt; aber Grand-Louis, der sich ebensowenig um das Versmaß kümmerte wie um Diebe und Gespenster, machte sich einen Spaß daraus, die Worte seiner Lage anzupassen; und diese naive, einstmals sehr beliebte Strophe, die außer in der Mühle von Angibault kaum mehr gesungen wurde, entzückte ihn oft auf seinen langweiligen, einsamen Reisen.

Als er in der Nähe des Mannes war, der standhaft seiner harrte, befand er, die Stelle sei für einen Angriff gut gewählt. Die Furt war, wenn auch nicht tief, so doch voller großer Steine, was die Pferde zwang, sie vorsichtig zu durchqueren; und darüber hinaus mußte man sich, um ins Wasser hinabzusteigen, ständig an den Zügeln zu schaffen machen, da der Pfad sehr steil war und das Tier der Gefahr eines Sturzes aussetzte.

– Wir werden sehen, sagte sich Grand-Louis sehr ruhig und bedacht.

XVIII

Henri

Tatsächlich bewegte sich der Reisende auf den Kopf des Pferdes zu; schon hatte Grand-Louis während des Singens unten an der Peitschenschmicke eine zu diesem Zweck durchbohrte Bleikugel befestigt und hob den Arm, um sie auf ihn niedersausen zu lassen, da sagte eine bekannte Stimme freundlich zu ihm:

– Meister Louis, gestatten Sie mir, auf Ihren Wagen zu steigen, um überzusetzen?

– Ja doch, teurer Herr aus Paris! antwortete der Müller; bin entzückt, Sie zu sehen. Ich habe Sie heute morgen genug gesucht! Steigen Sie auf, steigen Sie auf, ich muß Ihnen drei Worte sagen.

– Und ich muß Sie mehr als drei Worte fragen, erwiderte Henri Lémor, sprang in den Karren und setzte sich mit der Vertraulichkeit eines Menschen, der auf nichts Böses gefaßt ist, neben ihn auf den Koffer.

– Das ist ein kecker Bursche, sagte der Müller bei sich, der in einem erneuten Anfall von Groll Mühe hatte, sich bis zum anderen Ufer zusammenzunehmen. – Wissen Sie, Kamerad, sagte er und legte ihm seine schwere Hand auf die Schulter, daß ich nicht weiß, was mich davor zurückhält, eine halbe Drehung nach rechts zu machen und Sie zu einem Kopfsprung auf die andere Seite der Schleuse zu nötigen?

– Die Vorstellung gefällt mir, antwortete Lémor ruhig, und kann bis zu einem gewissen Punkt in die Tat umgesetzt werden. Indessen, mein lieber Freund, glaube ich, daß ich mich kräftig zur Wehr setzen würde, denn zum ersten Mal seit langem hänge ich heute abend verbissen am Leben.

– Augenblick mal! sagte der Müller und blieb, nachdem er den Fluß überquert, auf dem Sand stehen. Hier ist es angenehmer zu plaudern. Zuerst und vor allem, lieber Herr, erweisen Sie mir die Freundlichkeit, mir zu sagen, wohin Sie wollen.

– Ich weiß nicht genau, sagte Lémor lachend. Ich glaube, ich gehe auf gut Glück geradeaus. Ist das Wetter nicht schön zum Spazierengehen?

– Nicht so schön, wie Sie glauben, lieber Meister, und Sie könnten bei schlechtem Wetter gleich wieder heimgehen, wenn es mir so gefiele. Sie wollten auf meinen Karren steigen; mir ist das ziemlich einerlei, aber man klettert nicht immer so hinab, wie man hinaufgelangt.

– Genug der schönen Worte, Grand-Louis, antwortete Lémor, und geben Sie Ihrem Pferd die Peitsche. Ich kann nicht lachen, ich bin zu aufgeregt . . .

– Sie haben Angst, geben Sie es zu.

– Ja, ich habe große Angst, wie der Müller in Ihrem Lied, und sobald ich mit Ihnen gesprochen habe, werden Sie es verstehen . . . wenn ich sprechen kann . . . ich weiß kaum mehr, wo mir der Kopf steht.

– Also, wohin wollen Sie? sagte der Müller, der langsam befürchtete, Lémor falsch beurteilt zu haben, und sich fragte, als seine Vernunft über den Zorn langsam wieder die Oberhand gewann, ob ein Schuldiger sich derart in seine Hände begäbe.

– Wo wollen Sie selbst denn hin? fragte Lémor. Nach Angibault? In die Nähe von Blanchemont! . . . Ich gehe in diese Richtung, ohne zu wissen, ob ich mich traue, bis dorthin zu gehen. Aber Sie haben vom Magneten gehört, der das Eisen anzieht.

– Ich weiß nicht, ob Sie aus Eisen sind, entgegnete der Müller, aber sicher ist, daß es auch für mich dort einen starken Magneten gibt. Ah, mein Junge, wollen Sie denn ...

– Ich will nichts, ich traue mich nicht, etwas zu wollen! Und doch ist sie ruiniert, völlig ruiniert! Warum sollte ich fortgehen?

– Warum wollten Sie denn so weit fortgehen, nach Afrika, zum Teufel?

– Ich nahm an, sie sei noch reich; dreihunderttausend Francs sind, das habe ich Ihnen gesagt, im Vergleich zu meiner Lage ein großes Vermögen.

– Aber wo sie Sie doch ohnehin liebte?

– Meinen Sie denn, ich hätte mit der Liebe das Geld nehmen sollen? Ihnen kann ich ja nichts mehr vormachen, mein Freund. Ich sehe, daß man Ihnen Dinge anvertraut hat, die ich Ihnen nicht gestanden hätte, auch wenn wir uns hätten schlagen müssen. Aber ich habe nachgedacht, nachdem ich Sie, ohne zu wissen, was ich tat, etwas plötzlich verlassen habe und mein Herz vor Freude so voll war, daß ich nicht hätte schweigen können ... Ja, über alles, was Sie mir sagten, habe ich nachgedacht, ich habe bemerkt, daß Sie alles wissen, und ich war so verrückt zu befürchten, daß ein Freund von ... einen Vertrauensbruch begehen könnte.

– Von Marcelle! sagte der Müller etwas eitel, weil er so vertraulich diesen Taufnamen aussprechen durfte, im Gegensatz zum Adelsnamen der Dame von Blanchemont.

Dieser Name ließ Lémor zusammenzucken. Zum ersten Mal erklang er in seinem Ohr. Da er niemals Beziehungen zum Kreis von Madame de Blanchemont gehabt und das Geheimnis seiner Liebe nie jemandem mitgeteilt hatte, vernahm er nie aus fremdem Mund den Klang des geliebten Namens, den er mit so viel Verehrung unter so manchem Brief gelesen und den er allein in Augenblicken der Verzweiflung oder der Trunkenheit auszusprechen gewagt hatte. Hin und hergerissen zwischen dem Wunsch, der

Müller möge ihn wiederholen, und der Angst, ihn zu entweihen, wenn er ihn dem Echo der Einsamkeit überlasse, griff er nach seinem Arm.

– Nun ja! sagte Grand-Louis, von seiner Aufgeregtheit gerührt, haben Sie endlich erkannt, daß Sie mir nicht mißtrauen dürfen, nicht mißtrauen können? Aber soll ich Ihnen einmal die Wahrheit sagen? Ich mißtraue Ihnen noch ein wenig. Gegen meinen Willen zwar, doch es verfolgt mich, verschwindet, packt mich erneut ... Also, wo haben Sie denn den Tag verbracht? Ich glaubte, Sie hätten sich in einem Keller versteckt.

– Ich hätte es getan, glaube ich, wenn ich einen in meiner Nähe entdeckt hätte, sagte Lémor lächelnd, so dringend mußte ich meine Verwirrung und meine Berauschtheit verbergen. Wissen Sie, mein Freund, daß ich auf dem Weg nach Afrika war mit der Absicht, diejenige nie wiederzusehen, die Sie soeben genannt haben? Ja, trotz des Briefes, den Sie mir übermittelten und der mir befahl, in einem Jahr zurückzukehren; ich spürte, daß mein Gewissen mir ein furchtbares Opfer auferlegte. Und auch heute noch war ich erschreckt und verunsichert! Denn wenn ich als Proletarier auch nicht mehr gegen die Schande ankämpfen muß, eine reiche Frau zu heiraten, so bleibt doch die Feindschaft der Klassen, der Kampf des Plebejers gegen die Patrizier, die diese edle Frau wegen einer als unwürdig geltenden Wahl verfolgen werden. Aber vielleicht wäre es feige, dieser Beschwernis auszuweichen. Es ist nicht ihre Schuld, wenn in ihr das Blut der Unterdrücker fließt, und im übrigen ist die Macht des Adels in andere Hände übergegangen. Seine Ideen haben die Kraft verloren, und vielleicht wird diejenige ... die mich zu bevorzugen geruht, nicht allgemein getadelt. Indessen ist es furchtbar, nicht wahr, die Frau, die man liebt, in einen Kampf gegen ihre Familie zu drängen und die Mißbilligung all derer, unter denen sie gelebt, auf sie zu lenken! Durch welche anderen Bindungen kann ich diese zwar zweitrangigen, jedoch zahlreichen und angenehmen

Vertrautheiten ersetzen, auf die ein großzügiges Herz nicht ohne Bedauern verzichten kann? Denn ich bin allein auf der Welt, das ist der Arme immer, und das Volk begreift noch nicht, wie es die aufnehmen müßte, die von so weit her und über so viele Hindernisse zu ihm kommen. Ach! Einen Teil des Tages habe ich in einem Busch verbracht, wo, weiß ich nicht, an einem abgelegenen Ort, an dem ich zufällig war, und erst nach einigen Stunden der Angst und mühsamen Nachdenkens habe ich mich entschlossen, Sie zu suchen und zu bitten, daß Sie mir für eine Stunde ein Treffen mit ihr vermitteln ... Ich habe Sie vergebens gesucht, vielleicht suchten auch Sie mich, denn Sie waren es, der mir das brennende Verlangen in den Kopf gesetzt hat, nach Blanchemont zu gehen. Aber ich glaube, daß Sie unbedacht sind und ich verrückt, denn *sie* hat mir sogar verboten herauszufinden, wohin sie sich zurückgezogen hat, und um der Schicklichkeit ihrer Trauer willen hat sie als Zeitraum ein Jahr festgesetzt.

– So viel? sagte Grand-Louis, etwas erschreckt wegen des sinnreichen Einfalls, den er am Morgen zu haben geglaubt, als er den Geliebten Marcelles in Versuchung führen wollte, sie zu sehen. – Diese Geschichten von Schicklichkeit, von denen Sie reden, sind die nach Ihren Vorstellungen so ernst, und ist es notwendig, daß nach dem Tod eines bösen Ehemannes nicht mehr und nicht weniger als ein Jahr vergeht, ohne daß eine ehrbare Frau das Gesicht eines ehrbaren Mannes erblicken darf, der sie zu heiraten gedenkt? Ist das in Paris so üblich?

– In Paris nicht mehr als anderswo. Das religiöse Gefühl, welches man dem Mysterium des Todes entgegenbringt, ist zweifellos überall ein altbekannter Richter über das Maß an Zeit, das man der Erinnerung an das Leichenbegängnis zubilligt.

– Ich weiß, daß es sich um ein gutes Gefühl handelt, welches hinter der Gewohnheit steht, in seiner Kleidung, in allem, was man sagt, in seinem ganzen Verhalten Trauer zu tragen; aber hat das nicht auch den Nachteil, in Heuchelei zu verfallen, sofern man wenig Grund hat, den Verstorbenen zu betrauern, und wenn die Liebe auf ehrenwerte Weise zugunsten eines anderen spricht? Verlangt es die Schicklichkeit, zu der eine Witwe aufgerufen ist, daß ihr Bewerber die Heimat verlassen muß oder aber niemals an ihrer Tür vorübergehen darf und sie nicht aus dem Augenwinkel ansehen, wenn sie gerade einmal nicht achtzugeben scheint?

– Mein lieber Mann, Sie kennen die Bosheit derer nicht, die sich *Leute von Welt* nennen; eine seltsame Bezeichnung, nicht wahr? Und dennoch richtig, vor allem in ihren eigenen Augen, denn das Volk zählt nicht, da sie sich die Herrschaft über die Welt anmaßen, über die sie immer verfügt haben und noch eine Zeitlang verfügen werden!

– Es fällt mir nicht schwer zu glauben, rief der Müller, daß sie schlechter sind als wir! . . . Und doch, fügte er traurig hinzu, sind wir nicht so gut, wie wir es sein sollten! Auch wir sind oft schwatzhaft, spöttisch und geneigt, den Schwachen zu verurteilen. Ja, Sie haben recht, wir müssen darüber wachen, daß man nicht schlecht über diese liebe Dame spricht. Es wird Zeit kosten, bis man sie anerkennt, so liebt und achtet, wie sie es verdient; und es braucht nur einen Tag, daß man sie anklagt, sich verrückt zu betragen. Ich meine also, daß Sie sich nicht auf Blanchemont zeigen sollten.

– Sie sind ein guter Ratgeber, Grand-Louis, und ich war sicher, daß Sie mich nichts Schlechtes tun lassen würden. Ich werde den Mut haben, auf Ihren vernünftigen Rat zu hören, wie ich auch verrückt genug war, mich bei Ihrer ersten wohlwollenden Regung für Sie zu begeistern. Ich will mit Ihnen plaudern, bis Sie bei Ihrer Mühle angelangt sind, und dann kehre ich nach *** zurück, fahre morgen ab und setze meine Reise fort.

– Nun, nun, Sie fallen von einem Extrem ins andere, sagte der Müller, der, dieweil er mit Lémor sprach, die geduldige Sophie weiterhin im Schritt ihren Weg gehen ließ. Angibault ist eine Meile von Blanchemont entfernt, und Sie können dort die Nacht verbringen, ohne irgend jemanden zu kompromittieren. Heute abend ist keine andere Frau dort als meine alte Mutter, und darüber wird man nicht reden. Von *** nach hier haben Sie einen hübschen Spaziergang gemacht, und ich hätte weder Herz noch Seele, wenn ich Sie nicht veranlassen würde, ein kleines Schläfchen mit einem *frugalen* Nachtmahl anzunehmen, wie der Pfarrer sich ausdrückt, der ein solches nicht mag. Außerdem, müssen Sie nicht ein wenig schreiben? Sie finden bei uns alles, was Sie dafür brauchen . . . vielleicht kein hübsches Schreibpapier, allerdings! Ich bin der stellvertretende Bürgermeister meiner Gemeinde, und ich schreibe meine Akten nicht auf Pergament; aber immerhin werden Sie ihre verliebte Prosa auf Papier niederlegen, das den Stempel der Bürgermeisterei trägt, was nicht daran hindert, daß man sie liest, und zwar eher zweimal als einmal. Los, kommen Sie, ich sehe schon den Rauch meines Abendessens in die Bäume aufsteigen, wir fahren etwas schneller, denn ich wette, meine alte Mutter hat Hunger und will nicht ohne mich essen. Ich habe ihr versprochen, zeitig zurückzukehren.

Henri hatte die größte Lust, das Angebot des Müllers anzunehmen. Der Form halber ließ er sich ein wenig bitten; Liebende sind so unaufrichtig wie Kinder. Zwar hatte er auf die Verrücktheit, nach Blanchemont zu gehen, verzichtet, aber wie durch einen magischen Zauber wurde er in diese Richtung getrieben, und jeder Schritt der Sophie, der ihn diesem anziehenden Haushalt näherbrachte, wühlte sein Herz auf, das erst unlängst von einem Kampf zerbrochen ward, der seine Kräfte überstieg.

Lémor gab indessen nach und segnete in seinem Herzen die gastfreundliche Beharrlichkeit des Müllers.

– Mutter, sagte dieser zur Grand'Marie und sprang von seinem Karren, habe ich mein Wort gebrochen?

Wenn die Uhr des Lieben Gottes nicht falsch geht, zeigen die Sterne des Kreuzes auf dem Weg von Saint-Jacques zehn Uhr an.*

– Es ist wenig später, antwortete die gute Frau, nur eine Stunde später, als du angegeben hast. Aber ich bin dir nicht böse; ich sehe, daß du die Besorgungen für unsere liebe Dame gemacht hast. Willst du das alles heute abend noch nach Blanchemont bringen?

– Meiner Treu, nein! Es ist zu spät. Madame Marcelle hat gesagt, daß ihr ein Tag mehr oder weniger unwichtig sei. Und außerdem, kann man nach zehn Uhr noch das neue Schloß betreten? Haben sie die zinnenbewehrte Mauer nicht wiederherstellen und Eisenstangen am großen Tor befestigen lassen? Sie sind imstande, eine Zugbrücke an ihrem wasserlosen Graben anbringen zu lassen. Hol mich der Teufel! Monsieur hält sich bereits für den Grundherrn von Blanchemont, und bald wird er Waffen über dem Kamin hängen haben. Er wird sich Von Bricolin nennen lassen . . . Aber hört her, Mutter, ich bringe Euch jemanden mit. Erkennt Ihr diesen Burschen da?

– Ach ja, das ist der Herr vom letzten Monat! sagte die Grand'Marie; der, den wir für den Geschäftsführer der Dame von Blanchemont gehalten haben? Aber anscheinend kennt sie ihn nicht.

– Nein, nein, sie kennt ihn überhaupt nicht, sagte Grand-Louis, und er ist kein Geschäftsführer; er ist beim Katasteramt Angestellter für die neue Steuerumlegung. Also, Feldmesser, setzen Sie sich und essen Sie, solange es warm ist.

– Sagen Sie, Monsieur, bemerkte die Müllerin, als der erste Gang, das heißt die Kohlrabisuppe, abgefertigt wurde, haben Sie am Bachufer Ihren Namen auf einen unserer Bäume geschrieben?

* Mit dem Kreuz ist das Sternbild des Schwans, mit dem Weg von Saint-Jacques die Milchstraße gemeint.

– Ja, das war ich, sagte Henri. Ich bitte Sie um Vergebung; vielleicht hat dieser dumme Schülerstreich die junge Weide das Leben gekostet?

– Die Silberpappel, mit Verlaub, sagte der Müller. Sie sind ein echter Städter, und sicherlich können Sie Hanf nicht von einer Kartoffel unterscheiden. Aber gleichviel. Unsere Bäume pfeifen auf Ihre Messerschnitzerei, und meine Mutter fragt Sie danach, um mit Ihnen zu plaudern.

– Ach! Ich würde Ihnen wegen eines Bäumchens keinen Vorwurf machen. Außerdem haben wir hier genug davon, sagte die Müllerin; aber unsere junge Dame, die hat es sehr beschäftigt, sie wollte wissen, wer diesen Namen dorthin geschrieben haben mochte. Und ihr kleines Kind, das ihn von sich aus gelesen hat! Ja, Monsieur, ein vierjähriges Kind, das in den Buchstaben etwas sieht, was ich nie habe sehen können!

– Sie ist also hier gewesen? sagte unbesonnen Lémor, der in diesem Moment nicht recht bei Verstand war.

– Was geht das Sie an, wo Sie sie doch gar nicht kennen? antwortete Grand-Louis und stieß ihn mit dem Knie an, um ihn aufzufordern, sich zu verstellen, besonders vor seinem Müllerjungen.

Lémor bedankte sich mit einem Blick, auch wenn die Warnung etwas grob war, und da er befürchtete, dummes Zeug zu reden, brachte er die Zähne nur noch zum Essen auseinander.

Als man sich für die Nacht trennte, bat Lémor den Grand-Louis, mit dem er das kleine Zimmer im Erdgeschoß, dem Mühlentor gegenüber, teilen sollte, noch nicht abzuschließen und ihn eine Viertelstunde lang am Vauvreufer spazierengehen zu lassen.

– Fürwahr, ich bringe Sie hin, sagte Grand-Louis, den die Geschichte seines neuen Freundes wegen der Ähnlichkeit mit der seinen sehr interessierte. – Ich weiß, wo Sie Ihre Gedanken schweifen lassen können, und ich hab's nicht so eilig, schlafen zu gehen, als daß ich nicht im

Mondschein mit Ihnen einen Rundgang machen könnte, denn sehen Sie, dort geht er auf, und er wird sich im Wasser spiegeln. Schauen Sie, Stadtkind, wie weiß und stolz er im Becken der Vauvre aussieht, und Sie können nicht behaupten, daß Sie in Paris einen ebenso schönen Mond und ein ebenso schönes Flüßchen haben! Sehen Sie, fuhr er fort, als sie bei dem Baum ankamen, dort lehnte *sie* und las Ihren Namen; so stand sie am Gatter und blickte mit Augen . . . ich kann sie nicht nachahmen, selbst wenn ich die meinen zwei Stunden lang aufsperre. Ach so, Sie wußten also, daß sie hierherkommen würde, und hinterließen für sie Ihre Unterschrift.

– Das Seltsame ist, daß ich es nicht wußte, und allein der Zufall . . . eine kindliche Laune mir eingeflüstert hat, meine Durchreise durch diesen schönen Ort, wohin ich niemals glaubte zurückzukehren, derart zu vermerken. In Paris hatte ich gehört, sie sei ruiniert. Ich hoffte es. Ich war gekommen, um herauszufinden, was ich davon halten sollte, und als ich erfuhr, daß sie immer noch zu reich für mich war, dachte ich nur noch daran, ihr Lebewohl zu sagen.

– Sehen Sie, Gott schützt die Liebenden; denn ohne ihn wären Sie in der Tat nicht zurückgekehrt. Genauso war's: Der Gesichtsausdruck von Madame Marcelle, als sie mich über den jungen Reisenden befragte, der diesen Namen geschrieben hat, offenbarte mir mit einem Mal, daß sie liebte und ihr Geliebter sich Henri nannte. Das hat mich so weit aufgeklärt, daß ich den Rest erriet, denn man hat mir nichts erzählt, ich habe alles erraten; dessen muß ich mich sowohl beschuldigen als auch rühmen.

– Was, man hat Ihnen nichts anvertraut, und ich habe alles gestanden? Gottes Wille geschehe! In all dem erkenne ich seine Hand, und gegen das völlige Vertrauen, welches Sie mir einflößen, setze ich mich nicht mehr zur Wehr.

– Dasselbe möchte ich auch zu Ihnen sagen können, antwortete Grand-Louis und nahm seine Hand, der Teufel soll mich einschwärzen, wenn ich Sie nicht mag! Und doch geht mir bei Ihnen immer etwas gegen den Strich.

– Wie können Sie mich weiterhin verdächtigen, wo ich doch in eure Vallée-Noire zurückkehre, nur um die Luft einzuatmen, die sie geatmet hat, und endlich weiß, daß sie arm ist?

– Aber könnten Sie denn nicht heute morgen, als ich Sie in der Stadt gesucht habe, zu den Anwälten und Notaren gelaufen sein? Und wenn Sie erfahren haben sollten, daß sie noch reich ist?

– Was sagen Sie da? Sollte es doch so sein? rief Lémor mit schmerzlichem Ausdruck. Spielen Sie nicht mit mir, Freundchen! Sie klagen mich so lächerlicher Sachen an, daß ich nicht einmal daran denke, mich zu rechtfertigen. Aber zu einem muß ich Ihnen doch zwei Worte sagen. Wenn Madame de Blanchemont noch reich ist, und möge sie noch so sehr die Liebe eines Proletariers, wie ich es bin, gutheißen, dann muß ich sie für immer verlassen! Ach! Wenn dem so ist, wenn ich es erfahren sollte ... nein, noch nicht, in Himmels Namen! Lassen Sie mich bis morgen von meinem Glück träumen, bis ich dieses Land für ein Jahr oder für immer verlasse!

– Also, Sie sind ein bißchen verrückt, mein Freund, rief der Müller. Und im Augenblick finde ich Sie so überspannt, daß ich befürchte, Sie reden so gespreizt daher, um mich in die Irre zu führen.

– Sie sind also anders als ich! Sie hassen also den Reichtum nicht?

– Nein, bei Gott! Weder hasse noch liebe ich ihn um seinetwillen, sondern wegen des Schlechten oder des Guten, das er mir tun kann. Ich verabscheue beispielsweise die Taler vom alten Bricolin, weil sie mich daran hindern, seine Tochter zu heiraten ... Ach, zum Teufel! Ich nenne Namen, die ich besser für mich behalten hätte ... Aber letztlich kenne ich Ihre Angelegenheiten, und Sie können von meinen erfahren ... Ich sage Ihnen also, daß ich diese Taler verabscheue; aber ich hätte nichts dagegen, wenn mir dreißig- oder vierzigtausend Francs vom Himmel herabfielen und mir erlaubten, um Roses Hand anzuhalten.

– Ich denke nicht so wie Sie. Wenn ich eine Million besäße, ich möchte sie nicht behalten.

– Sie würden sie lieber in den Fluß werfen als sich einen Adelstitel zu kaufen und die Gleichheit zwischen Ihnen und *ihr* herzustellen? Sie sind mir ein komischer Kauz.

– Ich glaube, ich würde es an die Armen verteilen, wie die christlichen Kommunisten in früheren Zeiten, und es mir vom Hals schaffen, obgleich ich sehr genau weiß, daß ich damit nicht wirklich ein gutes Werk vollbrächte; denn indem sie ihr Vermögen aufgaben, bildeten diese ersten Schüler der Gleichheit eine Gemeinschaft. Sie brachten den Unglücklichen Gesetze, die zugleich eine Religion waren. Das Geld war Brot für Seele und Leib gleichermaßen. Diese Aufteilung war eine Doktrin und fand ihre Anhänger. Heute gibt es nichts Vergleichbares. Man hat die Vorstellung von einer heiligen, von der Vorsehung gesandten Gemeinschaft, ihre Gesetze kennt man noch nicht. Man kann die kleine Welt der ersten Christen nicht neu beleben, man fühlt, daß die Lehre vonnöten ist; man hat sie nicht, und außerdem sind die Menschen nicht bereit, sie aufzunehmen. Das an eine Handvoll Elende verteilte Geld würde bei diesen nur Egoismus und Faulheit erzeugen, sofern man nicht versuchte, ihnen die Pflicht zur Gemeinschaft begreiflich zu machen. Und einerseits, das wiederhole ich, mein Freund, sind noch nicht genug Menschen gut genug eingeweiht; andererseits gibt es bei den Eingeweihten noch nicht genug Vertrauen, Sympathie und Begeisterung. Als darum Marcelle . . . (auch ich wage es, ihren Namen zu nennen, da Sie den von Rose genannt haben) mir vorschlug, es den Aposteln gleichzutun und ihren Reichtum, der mir angst machte, den Armen zu geben, da bin ich vor dem Opfer zurückgewichen, denn ich verfüge nicht über das Wissen und den Geist, um es in ihren Händen wirklich für den Fortschritt der Menschheit fruchtbar zu machen. Um Reichtum zu besitzen und ihn in meinem Sinne zu nutzen, muß man mehr sein als ein

Mensch mit Herz, man muß ein Mann des Geistes sein. Das bin ich nicht, und wenn ich an die abgrundtiefen Laster denke, an den entsetzlichen Egoismus, den der Reichtum seinen Eigentümern auferlegt, dann fühle ich, wie sich Entsetzen in mir ausbreitet. Ich danke Gott, der mich arm gemacht hat, mich, der ich beinahe viel Geld geerbt hätte, und ich schwöre, nie mehr zu besitzen als meinen Wochenlohn!

– Sie danken also Gott, daß er Ihnen Weisheit geschenkt hat, nur so aus Güte, und der Zufall, der Sie vor Übel bewahrt, kommt Ihnen gerade gelegen? Diese Tugend ist leicht erworben, und ich bin darüber nicht so entzückt, wie Sie glauben. Ich verstehe jetzt, warum Madame Marcelle gestern so glücklich war, ruiniert zu sein. Sie haben ihr all diese schönen Sachen in den Kopf gesetzt! Das ist ganz hübsch, aber ohne Bedeutung. Was sind das nur für Leute, die behaupten: Wenn ich reich wäre, wäre ich schlecht, und ich bin erfreut, es nicht zu sein? Es erinnert mich an die Geschichte meiner Großmutter, die zu sagen pflegte: Ich mag Aal nicht, und darüber bin ich froh, denn wenn ich ihn liebte, würde ich ihn essen. Warum also sollten Sie nicht reich und großzügig sein? Nun, auch wenn Sie nichts anderes tun könnten, als denjenigen in Ihrer Umgebung, denen es an Brot fehlt, welches zu geben, dann wäre das doch schon etwas, und in Ihren Händen wäre der Reichtum mehr am Platz als in denen von Geizigen . . . Oh, ich kenne Ihre Geschichte genau! Ich habe verstanden; ich bin nicht so dumm, wie Sie glauben, und von Zeit zu Zeit habe ich Zeitungen oder Broschüren gelesen, die mich ein wenig über das in Kenntnis gesetzt haben, was außerhalb unserer Gegend geschieht, von der man wahrheitsgemäß behauptet, daß dort nichts weiter los ist. Ich begreife, daß Sie jemand sind, der neue Lehrgebäude entwickelt, ein Ökonom, ein Gelehrter!

– Nein, vielleicht ist es ein Unglück, aber die Wissenschaft der Zahlen kenne ich weniger als jeder andere, und von der politischen Ökonomie, so wie man sie heute begreift, verstehe ich nichts. Es ist ein Circulus vitiosus, in dem man sich gerne mitdreht und es nicht bemerkt.

– Sie haben keine Wissenschaft studiert, die Sie brauchten, um etwas Neues zu machen? In dem Fall sind Sie ein Faulpelz.

– Nein, ein Träumer.

– Ich verstehe, Sie sind das, was man einen Dichter nennt.

– Ich habe niemals Verse geschmiedet, und jetzt bin ich Arbeiter. Nehmen Sie mich nicht allzu ernst. Ich bin ein Kind, und noch dazu verliebt. Mein ganzes Verdienst besteht darin, einen Beruf erlernt zu haben, und ich werde ihn ausüben.

– Das ist gut! Verdienen Sie, wie ich, Ihren Lebensunterhalt, und machen Sie sich keine Sorgen mehr um den Fortgang der Welt, denn Sie vermögen nichts.

– Was für eine Beweisführung, mein Freund! Sie würden zusehen, wie auf diesem Fluß ein Kahn kentert mit einer Familie darin, der Sie, an diesen Baum gefesselt, nicht helfen könnten, und Sie würden gleichgültig ihrem Untergang zusehen?

– Nein, Monsieur, ich würde den Baum abhacken, und sei er auch zehnmal so dick. Mein Wille wäre so stark, daß Gott für mich ein kleines Wunder vollbringen würde!

- Und doch stirbt die menschliche Gemeinschaft, rief Lémor schmerzvoll, und Gott vollbringt keine Wunder mehr!

– Das glaube ich auch! Niemand glaubt mehr an ihn. Aber ich, ich glaube an Gott, und ich erkläre Ihnen, wo wir schon einmal dabei sind, voreinander nichts zu verstecken, daß ich in meinen tiefsten Gedanken niemals die Hoffnung verlor, Rose Bricolin zu heiraten. Ihren Vater dahinzubringen, einen armen Schwiegersohn zu akzeptieren, das ist indessen ein Wunder von gewichtigerer Art als mit meinen Armen, ohne Axt, den dicken Baum zu fällen, den Sie da sehen. Nun, dieses Wunder wird geschehen, ich weiß nicht wie: Ich werde fünfzigtausend Francs bekommen. Ich werde sie beim Anpflanzen meines Kohls in der Erde finden oder im Fluß, wenn ich meine Netze auswerfe; oder aber mir kommt eine Idee . . . gleich welche. Ich werde etwas entdecken, denn ein Gedanke, so sagt man, genügt, um die Welt umzudrehen.

– Sie werden das Mittel entdecken, wie man auf eine Gesellschaft, in der Ungleichheit herrscht, die Gleichheit anwendet, nicht wahr? sagte Henri mit traurigem Lächeln.

– Warum nicht, Monsieur? antwortete der Müller fröhlich und lebhaft. Sobald ich ein Vermögen gemacht habe; und da ich sicher bin, weder geizig noch schlecht zu sein und es auch nie zu werden, ebensowenig wie es meiner Großmutter gelungen ist, den Aal zu mögen, den sie nicht leiden konnte, wird es so kommen, daß ich mit einem Mal weiser bin als Sie und in meinem Kopf das finde, was Sie in Ihren Büchern nicht gefunden haben – nämlich das Geheimnis, mit meiner Macht Gerechtigkeit zu üben und mit meinem Reichtum Menschen glücklich zu machen. Das wundert Sie? Und doch, lieber Herr, sage ich Ihnen, daß ich weniger als Sie von politischer Ökonomie verstehe, ich verstehe rein gar nichts davon. Aber was tut das zur Sache, wo ich den Willen und den Glauben habe? Lesen Sie das Evangelium, Monsieur. Ich meine, daß Sie, der Sie so gut darüber reden, ein wenig vergessen haben, daß die ersten Apostel mittellose Leute waren, die, wie ich, nichts wußten. Des lieben Gottes Atem wehte über ihnen, und so wußten sie zu ihrer Zeit mehr als alle Schulmeister und Pfarrer zusammen.

– O Volk! Deine Weissagungen! rief Lémor und drückte den Müller an sein Herz. Für dich wird Gott wahrhaft Wunder tun, über dir wird der heilige Geist wehen! Du kennst keine Mutlosigkeit; du zweifelst an nichts. Du spürst, daß das Herz mächtiger ist als die Wissenschaft, du spürst deine Kraft, deine Liebe, und du rechnest mit der Erleuchtung! Und darum verbrenne ich meine Bücher, darum wollte ich zum Volk zurückkehren, dem mich meine Eltern haben entreißen wollen. Und darum werde ich bei den Armen und denen, die ein schlichtes Herz haben, den Glauben und den Eifer suchen, die ich, unter Reichen aufwachsend, verlor!

– Ich verstehe! sagte der Müller; Sie sind ein Kranker und suchen die Gesundheit.

– Ach, lebte ich bei Ihnen, würde ich sie finden.

– Ich würde sie Ihnen von Herzen gern geben, wenn Sie mir versprechen wollten, mir nicht Ihre Krankheit zu geben. Und sprechen wir erst einmal vernünftig miteinander; sagen Sie mir, daß Sie Madame Marcelle, egal, in welcher Lage sie sich befinden mag, heiraten werden, sofern sie damit einverstanden ist.

– Sie schüren meine Angst. Sie haben mir gesagt, sie besäße nichts mehr. Dann schienen Sie sich zu besinnen und gaben mir zu verstehen, daß sie noch reich sei.

– Nun, Sie sollen die Wahrheit erfahren, es war eine Prüfung. Die dreihunderttausend Francs gibt es noch, und der alte Bricolin mag tun, was er will; ich werde sie so gut beraten, daß sie sie behält. Mit dreihunderttausend Francs, mein Kamerad, können Sie Gutes tun, so hoffe ich, da ich mit fünfzigtausend Francs, die ich nicht habe, die Welt zu retten behaupte!

– Ich bewundere Ihre Heiterkeit und neide sie Ihnen, sagte Lémor bedrückt; aber Sie haben meiner Seele erneut einen Todesstoß versetzt. Ich liebe diese Frau, diesen Engel, und ich kann nicht der Mann einer reichen Frau sein! Die Gesellschaft hat hinsichtlich der Ehre eine vorgefaßte Meinung, die ich wider Willen übernommen habe und nicht abschütteln kann. Ich könnte dieses Vermögen, das sie zweifellos für ihren Sohn bewahren muß und will, nicht als meines betrachten. Ich könnte also nicht daran denken, mich mit meinem Reichtum nützlich zu machen, ohne gegen etwas zu verstoßen, was man als Redlichkeit bezeichnet. Und außerdem hätte ich gewisse Bedenken, eine Frau zur Armut zu verurteilen, für die ich unendliche Zärtlichkeit empfinde, und ein Kind, dessen künftige Unabhängigkeit ich respektiere. Unter ihren Entbehrungen würde ich leiden, ich zitterte jederzeit davor, daß sie von einem noch härteren Leben geschlagen würde. Ach, diese Frau, dieses Kind gehören nicht zur selben Rasse wie wir, Grand-Louis. Sie sind die alten, entthronten Herren der Welt, die von ihren ehemaligen Sklaven die Sorgfalt und Rücksicht erwarten, an die sie gewöhnt sind. Wir müßten zusehen, wie sie in unserer Hütte dahinsiechen und vergehen. Ihre zu schwachen Hände würde die Arbeit zerbrechen, und unsere Liebe würde sie vielleicht nicht bis zum Ende dieses Kampfes aufrechthalten, der schon uns selbst zerbricht . . .

– Das ist wieder Ihre Krankheit, die Sie packt, und Ihr Glaube läßt Sie im Stich, sagte, ihn unterbrechend, Grand-Louis. Sie glauben nicht einmal mehr an die Liebe; merken Sie nicht, daß sie um Ihretwillen alles auf sich nehmen würde und auf diese Weise glücklich wäre? Sie sind wahrhaftig nicht wert, so sehr geliebt zu werden!

– Ach, mein Freund, möge sie doch arm werden, ganz arm, ohne daß ich mir vorwerfen müßte, dazu beigetragen zu haben, und Sie würden sehen, ob mir der Mut fehlt, für sie zu sorgen!

– Nun gut! Werden Sie arbeiten und ein wenig Geld verdienen, wie wir alle es tun? Warum so sehr das Geld verachten, das sie besitzt und das verdient ist?

– Es wurde nicht durch ehrliche Arbeit verdient; es ist gestohlenes Geld.

– Wieso das?

– Es ist das Erbe der feudalen Ausplünderungen ihrer Väter. Blut und Schweiß der einfachen Leute waren das Baumaterial ihrer Schlösser und der Dünger ihrer Ländereien.

– Das ist wahr! Aber das Geld setzt solcherart Rost nicht an. Es hat die Gabe, sauber oder schmutzig zu werden, je nachdem, welche Hand es anfaßt.

– Nein, sagte Lémor mit Feuer. Es gibt schmutziges Geld, welches die Hand, die es anfaßt, beschmutzt.

– Das ist nur ein Bild! sagte der Müller ruhig. Es ist immer noch das Geld des Armen, weil es ihm durch Raub, durch Gewalt und Tyrannei abgepreßt wurde. Sollte der Arme davon absehen, es wieder an sich zu nehmen, nur weil es sich lange Zeit in den Händen von Räubern befand? Gehen wir schlafen, mein Lieber, Sie reden Unsinn; Sie gehen nicht nach Blanchemont. Dieser Meinung bin ich mehr denn je, denn Sie haben meiner lieben Dame nur Dummheiten zu sagen; beim Leib Christi! Sie gehen mir nicht fort, bis Sie nicht auf . . . warten Sie, ich finde gleich das Wort . . . Ihre Utopien! Richtig? verzichtet haben.

– Vielleicht! sagte Lémor ganz nachdenklich, und seine Liebe veranlaßte ihn, sich dem Einfluß seines neuen Freundes anzuvertrauen.

Dritter Tag

XIX

Porträt

Ich weiß nicht, ob es den Regeln der Kunst entspricht, in allen Einzelheiten Eigenheiten und Kleidung der Leute zu beschreiben, die man in einem Roman auftreten läßt. Vielleicht haben die Erzähler unserer Tage (und wir in erster Linie) mit der Mode der Porträts in ihren Werken Mißbrauch getrieben. Indessen handelt es sich um eine alte Gewohnheit, und in der Hoffnung, daß künftige Meister unsere Genauigkeit verdammen und ihre Figuren großzügiger und klarer darstellen, fühlen wir inzwischen, daß unsere Hand nicht fest genug ist, um dem ausgetretenen Weg nicht zu folgen, und wir werden die bisherige Unterlassung, das Porträt einer unserer Heldinnen vergessen zu haben, wiedergutmachen.

Scheint nicht in der Tat etwas Wesentliches an einer Liebesgeschichte zu fehlen, wie wahrheitsgetreu sie auch sein mag, wenn man nicht weiß, ob die weibliche Hauptperson mit mehr oder weniger Schönheit ausgestattet ist? Es genügt auch nicht, wenn man sagt: *Sie ist schön*; wenn ihre Erlebnisse und ihre außerordentliche Lage uns nur ein ganz klein wenig interessiert haben, wollen wir wissen, ob sie blond oder braun ist, groß oder klein, verträumt oder lebhaft, elegant oder schlicht in ihrer Aufmachung; wenn man uns sagt, sie gehe auf der Straße vorbei, dann eilen wir ans Fenster, um sie zu sehen, und gemäß dem Eindruck, den ihr Äußeres auf uns macht, sind wir geneigt, sie zu lieben oder ihr abzusprechen, die öffentliche Aufmerksamkeit auf sich gezogen zu haben.

Dies war es ohne Zweifel auch, was Rose Bricolin beschäftigte; denn am Tag nach der Nacht, in der sie mit Madame de Blanchemont das Zimmer geteilt und noch matt auf ihrem Kopfkissen lag, während die junge Witwe, tatkräftiger und morgenfrisch, schon mit dem Ankleiden fertig war, betrachtete Rose sie aufmerksam und fragte sich, ob diese Pariser Schönheit die ihre auf dem am folgenden Tag stattfindenden Dorffest überstrahlen werde.

Marcelle de Blanchemont war von kleinerer Statur als es, dank ihrer eleganten Proportionen und ihres vornehmen Betragens, den Anschein erweckte. Sie war von einem sehr klaren Blond, aber nicht von der reizlosen Art, auch nicht aschblond – eine zu hoch gepriesene Farbe, die fast immer das Gesicht blaß erscheinen läßt und oft Kraftlosigkeit anzeigt. Sie war von einem lebhaften, warmen, goldenen Blond, und ihr Haar war wohl das Allerschönste an ihrer Person. In ihrer Kindheit war es von außergewöhnlichem Glanz, und im Kloster nannte man sie den Cherub; mit achtzehn war sie dann nicht mehr als eine sehr angenehme Person, aber mit zweiundzwanzig war sie so, daß sie, ohne es zu bemerken, mehr als eine Leidenschaft geweckt hatte. Ihre Züge waren jedoch nicht von großer Vollkommenheit, und ihre Frische wurde oft durch eine etwas fiebrige Lebhaftigkeit beeinträchtigt. Um ihre Augen von strahlendem Blau lagen dunklere Schattierungen, die vom Wirken einer leidenschaftlichen Seele kündeten und die ein unintelligenter Beobachter den Erregungen einer wollüstigen Natur hätte zuschreiben können; aber es war unmöglich, selbst keusch zu sein und nicht zu begreifen, daß diese Frau mehr aus dem Herzen als aus dem Geist heraus lebte und mehr aus dem Geist heraus als aus den Sinnen. Ihre veränderliche Gesichtsfarbe, ihr aufrichtiger, offener Blick, der leichte blonde Flaum an den Mundwinkeln waren bei ihr die sicheren Anzeichen für einen energischen Willen und einen ergebenen, selbstlosen, mutigen Charakter. Sie gefiel auf den ersten

Blick, ohne zu blenden, anschließend blendete sie um so mehr, ohne daß sie zu gefallen aufhörte, und wer sie auch auf Anhieb nicht für hübsch gehalten haben mochte, konnte doch bald seine Augen und Gedanken nicht mehr von ihr lösen.

Die zweite Verwandlung, die sich in ihr vollzogen hatte, war das Werk der Liebe. Im Kloster fleißig und heiter, war sie niemals verträumt oder melancholisch gewesen, bevor sie Lémor begegnete; und selbst seit sie ihn liebte, war sie doch bis in die kleinsten Dinge tatkräftig und bestimmt geblieben. Aber eine tiefe Liebe, die alle Kräfte ihres Willens auf ein einziges Ziel lenkte, hatte ihre Züge geklärt und verlieh ihrem ganzen Verhalten einen seltsamen und geheimnisvollen Zauber. Niemand wußte, daß sie liebte; alle spürten, daß sie imstande war, voll Leidenschaft zu lieben, und alle Männer, die sich ihr genähert, verspürten den Wunsch, in ihr Liebe oder Freundschaft zu wecken. Wegen dieser großen Anziehungskraft hatte es einen Moment gegeben, wo die Frauen der Gesellschaft – eifersüchtig, jedoch nicht in der Lage, ihre Sitten anzugreifen – sie der Koketterie geziehen hatten. Niemals war ein Vorwurf weniger verdient. Marcelle hatte mit dem kindischen und schamlosen Vergnügen, Sehnsüchte zu wecken, keine Zeit zu verlieren. Sie dachte nicht einmal daran, daß sie imstande war, welche zu wecken, und als sie so unvermittelt die Gesellschaft verließ, brauchte sie sich nicht den Vorwurf zu machen, auf ihrer Reise durch selbige willentlich Spuren hinterlassen zu haben.

Rose Bricolin war unbestreitbar schöner, doch in ihrer kindlichen Gefühlswelt gab es weniger Geheimnisse, denen man folgen oder die man erraten mußte; sie hatte gehört, die junge Baronin von Blanchemont sei eine Schönheit der Pariser Salons, und sie verstand nicht, wieso diese blonde, blasse Person mit ihrer schlichten Kleidung und ihrem natürlichen Benehmen sich einen so großen Ruf erworben hatte. Rose wußte nicht, daß in jenen sehr kultivierten und folglich auch sehr übersättigten Kreisen die innere Lebhaftigkeit dem Äußeren der Frau einen Wert verleiht, der stets die klassische Hoheit kalter Schönheit in den Schatten stellt. Indessen spürte Rose, daß sie schon ganz vernarrt war in Marcelle; sie war sich noch nicht so richtig bewußt, welche Anziehung diese durch ihren festen, lebhaften Blick, den warmen Klang ihrer Stimme, ihr feines, gütiges Lächeln, die entschiedene und großzügige Haltung ihres ganzen Wesens ausübte. Sie ist indes nicht so schön, wie ich glaubte! dachte sie; woher kommt es also, daß ich ihr ähnlich sein möchte? In der Tat überraschte Rose sich dabei, wie sie damit befaßt war, ihr Haar wie sie festzustecken und unwillkürlich ihre Gangart, ihre plötzliche und anmutige Art, den Kopf zu drehen, und sogar die Modulation ihrer Stimme nachahmte. Dies gelang ihr so gut, daß sie in wenigen Tagen den Rest ihrer bäuerlichen Unbeholfenheit verlor, die gleichwohl ihren Zauber hatte; aber man muß auch sagen, daß diese neue Aufgewecktheit nicht nur Anleihe war, sondern genügend ihrer eigenen Verfassung entsprach, um die Gaben der Natur in ihr zu unterstreichen. Rose fehlte es ebenfalls nicht an Mut und Offenheit; Marcelle war somit eher dazu bestimmt, Roses durch die äußeren Gegebenheiten unterdrücktes Wesen zu entwickeln, als aus ihr eine Attrappe zu machen, die lediglich alles nachahmte.

XX

Liebe und Geld

Während Marcelle im Zimmer hin und herging, hörte sie aus dem Raum nebenan eine sonderbare Stimme, die zugleich laut war wie die eines Stiers und heiser wie die einer alten Frau. Diese Stimme, die nur unter Anstrengungen tief aus der Brust zu kommen schien und weder ausströmen noch zurückgehalten werden konnte, wiederholte mehrere Male:

– Wo sie mir alles genommen haben, alles, bis auf meine Kleidung!

Und eine festere Stimme, die als die der Großmutter Bricolin zu erkennen war, antwortete:

– Schweigen Sie doch, Meister! Davon rede ich nicht mit Ihnen.

Als Rose die Verwunderung ihrer Gefährtin bemerkte, nahm sie es auf sich, diesen Dialog zu erklären. – In unserem Haus herrschte schon immer das Unglück, sagte sie, schon vor meiner Geburt und der meiner armen Schwester war das böse Geschick in der Familie. Haben Sie meinen Großvater gesehen, der so schrecklich alt aussieht? Ihn haben Sie gerade gehört. Er spricht nicht oft; aber da er taub ist, schreit er so laut, daß es im ganzen Haus widerhallt. Fast ständig wiederholt er in etwa dasselbe: *Sie haben mir alles genommen, alles geraubt, alles gestohlen.* Er hört selten damit auf, und wenn meine Großmutter, die ihn recht gut in der Gewalt hat, ihn gestern nicht zum Schweigen gebracht hätte, hätte er es auch statt eines Grußes zu Ihnen gesagt.

– Und was bedeutet das? fragte Marcelle.

– Haben Sie denn nichts von dieser Geschichte gehört? fragte Rose. Sie hat doch allerlei Aufsehen erregt; aber es ist ja wahr, Sie sind nie in der Gegend gewesen und haben sich nie mit dem beschäftigt, was sich hier ereignet haben mochte. Ich wette, Sie wußten nicht, daß die Bricolins seit mehr als fünfzig Jahren die Pachtbauern von Blanchemont sind?

– Das wußte ich, und ich weiß sogar, daß Ihr Großvater, bevor er sich hier niederließ, einen Hof mit beträchtlichen Ländereien in der Nähe von Blanc bewirtschaftet hat, der meinem Großvater gehörte.

– Nun gut, dann haben Sie von der Geschichte der »Heizer« gehört?

– Ja, aber das liegt so weit zurück, daß ich mich kaum erinnere, denn das war schon eine alte Geschichte, als ich noch ein Kind war.

Es hat sich vor mehr als vierzig Jahren ereignet, soweit ich selbst es weiß, denn bei uns spricht man nicht gern darüber. Es schmerzt zu sehr und macht zu viel angst. Ihr Herr Großvater hatte zur Zeit der Assignaten* meinem Großvater Bricolin eine Summe von fünfzigtausend Francs in Gold anvertraut, die er ihn bat in einer alten Mauer des Schlosses zu verstecken, während er selbst sich in Paris verborgen hielt, wo er es schaffte, nicht verraten zu werden. Sie wissen das besser als ich. Nun hatte also mein Großvater dieses Gold mit seinem eigenen im alten, mehr als zwanzig Meilen von hier entfernten Schloß von Beaufort versteckt, dessen Pachtbauer er war. Ich bin niemals dort gewesen. Ihrem Großvater eilte es nicht, sein verwahrtes Vermögen zurückzuverlangen, und als er in dieser Sache einen Brief schreiben lassen wollte, zog er zu seinem Unglück einen verbrecherischen Advokaten ins Vertrauen. In der folgenden Nacht kamen die Heizer und folterten meinen Großvater so lange, bis er gesagt hatte, wo das Geld versteckt war. Sie nahmen alles mit, seines und Ihres, bis hin zur Hauswäsche und dem Hochzeitsschmuck meiner Großmutter. Mein Vater, ein Kind noch, wurde gefesselt auf ein Bett geworfen. Er hat alles gesehen und wäre vor Angst fast gestorben. Meine Großmutter war im Keller eingesperrt. Die Knechte wurden geschlagen und gleichfalls gefesselt. Man drückte ihnen Pistolen an die Kehle, um sie am Schreien zu hindern. Als die Räuber sich schließlich alles, was sie mitnehmen konnten, unter den Nagel gerissen hatten, zogen sie sich, ohne ein großes Geheimnis daraus zu machen, zurück und blieben ungestraft; warum, hat man nie erfahren. Und bei dieser Sache wurde mein armer, noch junger Großvater mit einem Mal alt. Er ist nie wieder zu Verstand gekommen, und sein Kopf wurde schwächer; er verlor die Erinnerung an beinahe alles, mit Ausnahme dieses scheußlichen Geschehens, und er kann kaum den Mund aufma-

* Papiergeld der Frz. Revolution, das auf beschlagnahmte Güter angewiesen wurde.

chen, ohne darauf anzuspielen. Das Zittern, das Sie bei ihm sehen, hat seit dieser Nacht nie mehr aufgehört, und seine durch das Feuer verdorrten Beine sind so dünn und schwach geblieben, daß er seither nie mehr arbeiten konnte. Ihr Großvater, der, nach allem, was erzählt wird, ein würdevoller Herr war, hat nie sein Geld von ihm zurückgefordert, und er erließ sogar meiner Großmutter, die wegen ihres klugen Kopfes und ihres Muts von Stund an der Mann im Haus war, alle seit fünf Jahren angefallenen Pachtgelder, die er sich nicht hatte auszahlen lassen. Das brachte unsere Geschäfte in Ordnung, und als mein Vater alt genug war, um den Pachthof von Blanchemont zu übernehmen, hatte er bereits einen gewissen Kredit. Das ist unsere Geschichte; zusammen mit der meiner armen Schwester ist sie, wie Sie sehen, nicht sehr lustig.

Dieser Bericht machte großen Eindruck auf Marcelle, und der Hintergrund der Bricolins kam ihr noch unheilvoller vor als am Vortag. Bei all ihrem Wohlstand schienen diese Leute zu etwas Dunklem und Tragischem verdammt zu sein. Angesichts der Irren und dem Schwachsinnigen fühlte sich Madame de Blanchemont von einer instinktiven Furcht und tiefen Traurigkeit erfaßt. Sie wunderte sich, daß sich die sorglose, blühende Schönheit von Rose in dieser Atmosphäre von Katastrophen und heftigen Kämpfen, in der das Geld eine so verhängnisvolle Rolle spielte, hatte entwickeln können.

Es schlug sieben auf der Kuckucksuhr, die die Mutter Bricolin liebevoll in ihrem Zimmer neben dem von Rose und Marcelle aufbewahrte, das sie mit allen alten, im neuen Schloß ausgemusterten Bauernmöbeln vollgestopft hatte. Da verkündete die kleine Fanchon ganz vergnügt, daß ihr *Meister* soeben angekommen sei.

– Sie spricht von Grand-Louis, sagte Rose. Wieso muß sie uns das als große Neuigkeit bekanntgeben?

Und trotz ihres leicht verächtlichen Tons wurde Rose so rot wie die aufgeblühteste der Blumen, deren Namen sie stolz trug.

– Aber weil er jede Menge Sachen herbeischleppt und Sie zu sprechen verlangt, sagte Fanchon etwas verunsichert.

– Mich? sagte Rose, errötete immer mehr und zuckte mit den Schultern.

– Nein, Madame Marcelle, sagte die Kleine.

Marcelle wandte sich eben zur Tür, die Fanchon weit aufgerissen hatte, als sie zurückzuweichen gezwungen war, um einen mit einem Koffer beladenen Knecht hereinzulassen, dann den Grand-Louis, der selbst einen noch schwereren trug und ihn völlig ungezwungen auf dem Fußboden abstellte.

– Alle Ihre Aufträge sind erledigt! sagte er und stellte auch noch einen Sack Taler auf die Kommode.

Dann, ohne Marcelles Dank abzuwarten, blickte er zum Bett, das sie soeben verlassen hatte und wo Edouard, schön wie ein Engel, noch schlief. Angezogen durch seine Liebe zu Kindern und besonders zu diesem einen, welches von unwiderstehlicher Anmut war, näherte sich Grand-Louis dem Bett, um es aus der Nähe zu betrachten, und Edouard schlug die Augen auf, streckte ihm die Arme entgegen und sagte *Zahnkranz* zu ihm, einen Namen, mit dem er ihn weiterhin hartnäckig bedachte.

– Sehen Sie, wie freundlich er ist, seit er in unserer Gegend weilt! sagte der Müller, nahm eine seiner kleinen Hände und küßte sie ... Aber hinter ihm bewegten sich heftig die Vorhänge, und als er sich umdrehte, sah Grand-Louis den hübschen Arm von Rose, die sich, ganz verschämt und erregt durch diesen Einbruch in ihren Raum, geräuschvoll in den bestickten Bettvorhängen verbarg. Grand-Louis, der nicht wußte, daß Rose ihr Zimmer mit Marcelle teilte, und nicht darauf gefaßt war, sie dort vorzufinden, war völlig verdutzt, reumütig und beschämt und vermochte gleichwohl seine Augen nicht von dieser weißen Hand zu lösen, die ziemlich ungeschickt die Fransen des Vorhanges hielt.

Da wurde Marcelle der Unschicklichkeit gewahr, die sie hatte geschehen lassen, und sie machte sich ihre aristokratischen Gewohnheiten zum Vorwurf, die sie in diesem Augenblick ohne ihr Wissen beherrscht hatten. Da sie es gewohnt war, einen Träger nicht in jeder Hinsicht als Mann zu behandeln, war es ihr nicht in den Sinn gekommen, Roses Zimmer gegen den Knecht des Hofes und den Müller, die ihr ihre Sachen brachten, zu verteidigen. Ihrerseits nun beschämt und reuevoll, wollte sie eben dem wie versteinert an seinem Platz stehenden Grand-Louis raten, sich schnellstmöglich zurückzuziehen, als Madame Bricolin mit zerzaustem Haar auf der Türschwelle erschien, und, als sie den Müller, ihren Todfeind, sah, der verwirrt zwischen den Doppelbetten der jungen Damen verharrte, vor Schrecken erstarrte.

Sie sagte kein Wort und ging kurzerhand hinaus – wie jemand, der in seinem Haus einen Dieb vorfindet und losläuft, um die Wache zu holen. Tatsächlich lief sie, um Monsieur Bricolin zu holen, der in der Küche zum dritten Mal seinen *Morgenschluck*, das heißt seinen dritten Krug Wein zu sich nahm.

– Monsieur Bricolin! preßte sie mit erstickter Stimme hervor; komm schnell, schnell! Hörst du?

– Was ist denn los? fragte der Pächter, der es nicht mochte, wenn man ihn bei dem unterbrach, was er seine *Erfrischung* nannte. Ist im Haus Feuer ausgebrochen?

– Komm, sag ich dir, komm und sieh, was in deinem Haus geschieht! antwortete die Pächterin, der von der Wut fast die Stimme wegblieb.

– Ach, wenn es etwas gibt, worüber man sich ärgern muß, sagte Bricolin, an die stürmischen Ausbrüche seiner besseren Hälfte gewohnt, dann kriegst du es auch ohne mich hin. Da bin ich ganz ruhig.

Als sie sah, daß er sich nicht von der Stelle rührte, ging Madame Bricolin zu ihm, wobei sie mühsam eine Schluckbewegung machte, denn sie fühlte sich wahrhaftig von ihrer Wut wie gewürgt.

– Willst du wohl aufstehen? sagte sie endlich, wobei sie sich hinreichend im Griff hatte, daß die hin und her eilenden Knechte sie nicht hörten; ich sage dir, dein Bauernlümmel von einem Müller ist in Roses Zimmer, während sie noch im Bett ist.

– Ah! das gehört sich nicht, gehört sich ganz und gar nicht, sagte Monsieur Bricolin und stand auf; ich geh hin und erzähl ihm was … Aber kein Krach, Frau, hörst du? Wegen der Kleinen!

– Geh schon und mach selbst keinen Krach! Oh, ich hoffe, du wirst mir jetzt glauben und ihn als den Stoffel und unverschämten Kerl behandeln, der er ist!

In dem Moment, als Monsieur Bricolin die Küche verlassen wollte, fand er sich dem Grand-Louis gegenüber.

– Du liebe Güte, Monsieur Bricolin, sagte der mit dem Ausdruck unwiderstehlicher Treuherzigkeit, hier sehen Sie einen, der über seine gerade gemachte Dummheit sehr erstaunt ist.

Und unschuldsvoll erzählte er den Hergang.

– Da siehst du, daß er es nicht absichtlich gemacht hat! sagte Bricolin und drehte sich zu seiner Frau um.

– So also nimmst du die Sache auf? schrie die Pächterin und ließ ihrem Zorn freien Lauf. Dann lief sie und stieß die beiden Türen auf, kam zurück und stellte sich wieder zwischen den Müller und Monsieur Bricolin, der dem Schuldigen bereits anbot, sich mit ihm zu *erfrischen*. – Nein, Monsieur Bricolin, schrie sie, deine Dummheit begreif ich nicht. Siehst du denn nicht, daß dieser Taugenichts da sich unserer Tochter gegenüber ein Verhalten herausnimmt, das nur Leute von seinem Schlag sich erlauben und das wir nicht länger dulden können? Ich also muß es auf mich nehmen, ihm das zu sagen, ihm klarzumachen …

– Mach noch nichts klar, Madame Bricolin, sagte der Pächter und erhob seinerseits die Stimme, und laß mich ein bißchen meiner Aufgabe als Vater nachkommen. Ach! Wenn man dir glauben wollte, das weiß ich wohl, würde man seinen Hosenbund mit Nadeln befestigen, und du hättest am Unterrock Hosenträger! Also, fall mir nicht schon am frühen Morgen auf die Nerven. Ich weiß, was ich diesem Burschen zu sagen habe, und ich will nicht, daß das jemand an meiner Stelle tut. Los, Frau, sag der Chounette, sie soll einen Krug frischen Wein holen, und geh du zu deinen Hühnern.

Madame Bricolin wollte etwas erwidern. Ihr Gemahl nahm einen großen Stock, der, während er trank, stets an seinem Stuhl lehnte, und fing an, rhythmisch und mit Wucht auf den Tisch zu schlagen. Dieser laute Krach überdeckte so gut Madame Bricolins Stimme, daß sie gezwungen war hinauszugehen, wobei sie geräuschvoll die Tür hinter sich zuwarf.

– Womit kann ich Ihnen dienen, Meister? sagte die Chounette, die bei diesem Lärm herbeieilte.

Monsieur Bricolin nahm hoheitsvoll den leeren Krug und hielt ihn ihr hin, wobei er furchterregend mit den Augen rollte. Die dicke Chounette wurde leicht wie ein Vöglein, um die Befehle des Potentaten von Blanchemont auszuführen.

– Mein armer Grand-Louis, sagte der dicke Mann, als sie allein waren und ein Krug Wein zwischen ihren Gläsern stand, du mußt wissen, daß meine Frau sich über dich schwarz ärgert; sie ist dir spinnefeind, und ohne mich hätte sie dich vor die Tür gesetzt. Aber wir sind alte Freunde, wir brauchen einander und werden uns nicht zerstreiten. Du wirst mir die Wahrheit sagen; ich bin sicher, daß meine Frau sich irrt. Alle Frauen sind dumm oder verrückt, was soll man da machen? Nun, kannst du mir mit der Hand auf dem Herzen antworten?

– Reden Sie! Reden Sie! sagte Grand-Louis in einem Ton, der schon im voraus ein Versprechen zu geben schien, alldieweil er sich Mühe gab, seinem Gesicht einen Ausdruck von Unbesorgtheit und Ruhe zu geben, Gefühle, die einigermaßen im Gegensatz zu dem standen, was er in diesem Augenblick empfand.

– Also gut! Ich will keine Umwege machen! sagte der Pächter. Bist du in meine Tochter verliebt, ja oder nein?

– Was für eine komische Frage! antwortete der Müller dreist. Was soll ich darauf antworten? Sagt man ja, sieht es so aus, als wolle man Ihnen trotzen; sagt man nein, sieht es so aus, als beleidige man Mademoiselle Rose; denn schließlich verdient sie es, daß man in sie verliebt ist, wie Sie es verdienen, daß man Sie achtet.

– Du machst einen Scherz! Das ist ein gutes Zeichen; ich sehe wohl, daß du nicht verliebt bist.

– Warten Sie, warten Sie! entgegnete Grand-Louis, das habe ich nicht gesagt, im Gegenteil, ich sage, daß keiner anders kann, als in sie verliebt zu sein, weil sie schön ist wie der Tag, weil sie ganz Ihr Abbild ist, weil schließlich alle, die sie ansehen, ob alt oder jung, reich oder arm, etwas für sie empfinden, ohne genau zu wissen, ob es die Freude ist, sie zu lieben, oder der Kummer, sie sich nicht leisten zu können.

– Er ist so geistvoll wie dreißigtausend Mann! sagte der Pächter und lehnte sich mit einem Lachen, das seine vorgewölbte Weste aufspringen ließ, in seinem Stuhl zurück. Der Blitz soll mich treffen, wenn ich mir nicht wünschte, daß du hunderttausend Taler reich wärst! Dir gäbe ich meine Tochter lieber als jedem anderen!

– Das will ich glauben! Aber da ich sie nicht habe, werden Sie sie mir kaum geben, nicht wahr?

– Nein, Gottes Donner soll mich zermalmen! Aber letztendlich tut es mir leid, und das ist ein Beweis meiner Freundschaft zu dir.

– Vielen Dank, Sie sind zu gütig!

– Ach, siehst du, und dieses Aas von einer Frau hat sich in den Kopf gesetzt, daß du es auf Rose abgesehen hast!

– Ich? sagte der Müller und sprach dieses Mal im Ton der Wahrhaftigkeit, ich habe nie ein Wort zu ihr gesagt, das Sie nicht hätten hören können.

– Dessen bin ich mir sicher. Du bist zu vernünftig, um nicht zu erkennen, daß du nicht an meine Tochter denken darfst und daß ich sie einem Mann wie dir nicht geben kann. Nicht daß ich dich mißachte, nichts da! Ich bin nicht stolz, und ich weiß, daß vor dem Gesetz alle Menschen gleich sind. Ich habe nicht vergessen, daß ich aus einer Bauernfamilie komme und daß mein Vater, als er mit seinem Vermögen anfing, welches er ja auf so unglückliche Weise verloren hat, kein größerer Herr war als du, weil auch er Müller war. Aber *heutigentags*, mein Alter, ist Geld alles, wie man so sagt, und da ich welches habe und du nicht, können wir miteinander nicht ins Geschäft kommen.

– Das ist schlüssig und duldet keinen Widerspruch, sagte der Müller mit bitterer Heiterkeit. Es ist richtig, vernünftig, wahrhaftig, angemessen und heilsam, wie des Herrn Pfarrers Vorrede besagt.

– Verdammt! Hör mal, Grand-Louis, jeder handelt so. Du selbst, der du reich bist für einen Bauern, würdest doch auch nicht die kleine Fanchon, die Magd, heiraten, wenn sie in dich verliebt wäre?

– Nein, aber wenn ich in sie verliebt wäre, dann wär' das etwas anderes.

– Willst du damit behaupten, du Witzbold, daß meine Tochter sich etwas aus dir machen könnte?

– Ich soll das behauptet haben? Wann denn?

– Ich beschuldige dich nicht, es gesagt zu haben, obwohl meine Frau sich darauf versteift, du seist dazu imstande, leichtfertige Reden zu führen, wenn man zuläßt, daß du dir zu viele Vertraulichkeiten bei uns erlaubst.

– Aha, Monsieur Bricolin, sagte der Grand-Louis, der allmählich die Geduld verlor und fand, daß man ihn recht brutal abkanzelte, auch ohne daß Beleidigungen fielen; sagen Sie mir aus Jux und Tollerei seit fünf Minuten diese Sachen da? Reden Sie im Ernst so? Ich habe Sie nicht um die Hand Ihrer Tochter gebeten, ich sehe also nicht, warum Sie sich die Mühe geben, sie mir zu verweigern. Ich bin nicht der Mann, der respektlos von ihr spräche; also sehe ich auch nicht, warum Sie mir zu meinem Schaden die bösen Reden von Madame Bricolin vortragen. Wenn Sie mir sagen wollen, daß ich gehen soll, so bin ich dazu bereit. Wenn Sie mir den Umgang mit Ihnen verbieten wollen, widersetze ich mich nicht; es gibt auch noch andere. Aber reden Sie offen und verabschieden wir uns als ehrbare Leute voneinander, denn ich muß gestehen, daß das alles auf mich den Eindruck macht, als suche man einen üblen Streit mit mir, so als wolle jemand mich hier ins Unrecht setzen, um sein eigenes zu verbergen.

Und während Grand-Louis so redete, erhob er sich und tat so, als wolle er hinausgehen. Doch mit ihm zu streiten war nicht nach dem Geschmack und im Interesse von Monsieur Bricolin.

– Was sagst du da, du großer Dummkopf? antwortete er ihm in freundschaftlichem Ton und zwang ihn, sich wieder zu setzen. Bist du verrückt? Was hat dich gestochen? Habe ich denn im Ernst mit dir geredet? Achte ich denn auf die Dummheiten meiner Frau? Eine allgemeine Regel lautet: Eine Wespe, die einem am Ohr summt, und eine Frau, die einen ärgert und Widerrede bietet, das ist ungefähr dasselbe Lied. Laß uns unseren Krug austrinken und Freunde bleiben, glaube mir, Grand-Louis. Der Umgang mit mir ist vorteilhaft, und ich lobe mich, ihn dir verschafft zu haben. Wir können uns gegenseitig so manchen kleinen Dienst erweisen, es wäre also sehr albern, uns wegen nichts zu streiten. Ich weiß, daß du ein Bursche mit Verstand und Menschenkenntnis bist und daß du mit meiner Tochter nichts im Schilde führen kannst. Im übrigen habe ich eine zu gute Meinung von ihr, um nicht anzunehmen, daß sie dich abzuweisen wüßte, wenn du es an Achtung fehlen ließest.

– Dann, also . . . ! sagte Grand-Louis und klopfte in einer Regung unverkennbaren Zorns mit seinem Glas auf den Tisch, ist doch all dieses Räsonieren sinnlos und am Ende gar langweilig, Monsieur Bricolin! Zum Teufel mit Ihrem Umgang, Ihren kleinen Diensten und meinen vermeintlichen Interessen, wenn ich hören muß, daß auch nur gemutmaßt wird, ich sei imstande, es Ihrer Tochter gegenüber an Respekt fehlen zu lassen, und daß sie mir früher oder später meinen Platz weisen müsse. Ich bin nur ein Bauer, aber ich bin ebenso stolz wie Sie, Monsieur Bricolin, wenn's recht ist; und wenn Sie sich mir gegenüber nicht rücksichtsvoller ausdrücken können, lassen Sie mich Ihnen einen guten Tag wünschen und meinen Geschäften nachgehen.

Monsieur Bricolin hatte große Mühe, den Grand-Louis zu beruhigen, der sich nicht wegen des Argwohns der Pächterin, von dem er ja wußte, daß er ihn in gewisser Weise verdiente, verärgert fühlte, auch nicht wegen des groben Stils von Bricolin, an den er bestens gewöhnt war, sondern wegen der Grausamkeit, mit der dieser, ohne es zu wissen, die offene Wunde seines Herzens zum Bluten brachte. Schließlich beruhigte er sich, nachdem der Pächter, der seine Gründe hatte, sich friedfertig zu zeigen und – zumindest im Moment – nicht auf die Befürchtungen seiner Frau zu hören, ihm gegenüber Abbitte geleistet hatte.

– Ach ja! sagte der zu ihm und lud ihn ein, nach dem Käse einen neuen Krug seines Rosé anzubrechen, du hältst also dicke Freundschaft mit unserer jungen Dame?

– Dicke Freundschaft! antwortete der Müller mit einem Rest schlechter Laune und sich des Trinkens enthaltend, obwohl sein Gastgeber ihm zusetzte; das ist ein ebenso anständiges Wort wie Liebe, von der mit Ihrer Tochter zu reden Sie mir verbieten!

– Meiner Treu! Wenn das Wort *unschicklich* ist, so kann ich doch nichts dafür, ich hab's nicht erfunden; sie selbst hat gestern mehrfach gesagt (was die Thibaude in Wut versetzt hat!), daß sie große Freundschaft zu dir empfände. Verdammt! Du bist ein schöner Kerl, Grand-Louis, das ist bekannt, und man sagt, die großen Damen . . . Na, wirst du schon wieder böse?

– Ich meine, Sie haben heute morgen einen Krug zuviel im Kopf, Monsieur Bricolin, sagte der Müller, bleich vor Empörung.

Niemals zuvor hatte ihm der Zynismus Bricolins, mit dem er sich bisher abgefunden hatte, so viel Ekel eingeflößt.

– Und du, antwortete der Pächter, du hast, glaube ich, heute morgen das Schaufelrad deiner Mühle in deinen Magen geleert, denn du bist traurig und launisch wie ein Wassertrinker. Kann man denn jetzt nicht mehr mit dir lachen? Das wäre etwas Neues! Nun, reden wir also ernsthaft miteinander, da du es willst. Es ist sicher, daß du auf die eine oder andere Weise die Achtung und das Vertrauen der jungen Dame erobert hast und sie dir Aufträge erteilt, ohne jemandem etwas zu sagen.

– Ich weiß nicht, was Sie sagen wollen.

– Sieh an! Du gehst für sie nach ***, bringst ihr ihre Sachen, ihr Geld! . . . Denn die Chounette hat gesehen, wie du ihr einen großen Sack Taler ausgehändigt hast. Erledigst du jetzt ihre Geschäfte?

– Wenn Sie meinen . . . ; ich weiß, daß ich meine erledige und ihr bei der Gelegenheit ihre Börse und ihre Koffer aus der Herberge mitbringe, wo sie sie zur Aufbewahrung gelassen hat; wenn das bedeutet, ihre Geschäfte zu erledigen, na schön, dann ist das so.

– Was ist mit diesem Sack? Ist es Gold oder Silber?

– Was weiß denn ich? Ich habe nicht nachgesehen.

– Es hätte dich doch nichts gekostet und dir auch nicht geschadet.

– Sie hätten mir sagen müssen, daß es Sie interessiert. Ich bin nicht darauf gekommen!

– Hör mal, Grand-Louis, mein Junge, sei ehrlich! Diese Dame hat doch mit dir über ihre Geschäfte gesprochen?

– Wo nehmen Sie das denn her?

– *Da* nehme ich's her! sagte der Pächter und zeigte mit dem Finger auf seine niedrige, sonnenverbrannte Stirn. Der Geruch von Vertraulichkeiten und Heimlichtuerei liegt in der Luft. Die Dame scheint mir zu mißtrauen und dich um Rat zu fragen!

– Und wenn dem so wäre! antwortete Grand-Louis und sah Bricolin mit der Absicht, ihm zu trotzen, fest in die Augen.

– Wenn dem so wäre, Grand-Louis, dann denke ich nicht, daß du mir schlecht gesonnen wärest?

– Wie soll ich das Ihrer Meinung nach verstehen?

– Wie du selbst es verstehst. Ich habe dir immer Vertrauen entgegengebracht, und das willst du doch nicht mißbrauchen. Du weißt genau, daß ich Lust habe auf das Land und es nicht zu teuer bezahlen will.

– Ich weiß genau, daß Sie ihr nicht den Preis zahlen wollen, den es wert ist.

– Der Preis! Der Preis! Der hängt von der Lage der Leute ab. Was für einen anderen ein schlechter Verkauf wäre, ist für sie ein guter, denn sie muß unbedingt aus der Patsche, in der ihr Gemahl sie gelassen, herauskommen!

– Das weiß ich, Monsieur Bricolin, ich kenne Ihre diesbezüglichen Vorstellungen und Ambitionen auswendig. Sie wollen die Dame Verkäuferin, wie die Juristen sagen, um fünfzigtausend Francs drücken.

– Nein, überhaupt nicht drücken! Ich habe die Karten vor ihr auf den Tisch gelegt. Ich habe ihr gesagt, was ihr Besitz wert ist. Nur habe ich ihr auch gesagt, daß ich ihr den ganzen Wert nicht bezahlen werde, und zehntausend Millionen Donner sollen mich zermalmen, wenn ich auch nur um einen Liard erhöhen wollte oder könnte.

– Vor noch nicht allzu langer Zeit haben Sie anders mit mir gesprochen! Sie haben gesagt, daß Sie ihr ihren Preis bezahlen könnten, wenn es denn unbedingt sein müßte . . .

– Du faselst! Das habe ich nie gesagt!

– Vergebung, Entschuldigung! Erinnern Sie sich doch! Es war auf dem Markt von Cluis, und der Beweis ist, daß Monsieur Grouard, der Bürgermeister, dabei war.

– Er kann es nicht bezeugen, er ist tot!

– Aber ich, ich könnte die Hand heben!

– Das wirst du sein lassen!

– Das kommt darauf an.

– Worauf kommt es an?

– Auf Sie.

– Wie das?

– Das Verhalten, das man mir in Ihrem Haus entgegenbringt, bestimmt das meine, Monsieur Bricolin. Ich habe die Unehrlichkeit Ihrer Frau satt, und ihre Beleidigungen auch; ich weiß, daß man noch andere in der Hinterhand hat, daß es Ihrer Tochter verboten ist, mit mir zu reden, mit mir zu tanzen, ihre Amme in meiner Mühle zu besuchen und noch so manch andere Schikane, über die ich mich nicht beschweren wollte, hätte ich sie verdient; aber da ich sie nicht verdiene, finde ich sie beleidigend.

– Wie, das ist alles, Grand-Louis? Und ein hübsches Geschenk, ein Scheinchen von fünfhundert Francs zum Beispiel, wäre keine größere Freude für dich?

– Nein, Monsieur! sagte der Müller kalt.

– Du bist ein Einfaltspinsel, mein Junge. Fünfhundert Francs in der Tasche eines Ehrenmannes sind mehr wert als ein Tänzchen im Staub. Es ist dir also wichtig, mit meiner Tochter zu tanzen?

– Um meiner Ehre willen ist es mir wichtig, Monsieur Bricolin. Ich habe immer vor allen Leuten die Bourrée mit ihr getanzt. Niemand hat es schlecht gefunden, und wenn sie mich jetzt vor den Kopf stößt und ablehnt, dann würde man ohne weiteres das glauben, was Ihre Frau schon hinaustrompetet, nämlich daß ich unehrenhaft und ungehobelt bin. So will ich nicht behandelt werden. Sie müssen wissen, ob Sie mich wütend machen wollen, ja oder nein.

– Tanz mit Rose, mein Junge, tanze! rief der Pächter vergnügt und zutiefst boshaft, tanze, soviel du willst! Wenn du mehr nicht brauchst, um zufrieden zu sein! . . .

– Nun, wir werden sehen! dachte der Müller und war über seine Rache befriedigt. – Da ist die Dame von Blanchemont, sie kommt hierher, sagte er. Ihre Frau mit ihrem Auftritt ließ mir nicht die Zeit, ihr wegen der Besorgungen Rechenschaft abzulegen. Wenn sie mit mir von ihren Geschäften redet, werde ich Ihnen ihre Absichten sagen.

– Ich laß dich mit ihr allein, sagte Monsieur Bricolin und erhob sich. Vergiß nicht, daß du ihre Absichten beeinflussen kannst! Die Geschäfte langweilen sie, und sie möchte sie rasch hinter sich bringen. Gib ihr zu verstehen, daß ich nicht wanke. Ich gehe die Thibaude suchen und werde ihr in deiner Angelegenheit eine Lehre erteilen!

– Zweifacher Spitzbube! sagte sich Grand-Louis, als er sah, wie der Pächter sich schwerfällig davonmachte; als Helfershelfer willst du auf mich zählen! Ei ja! Allein dafür, daß du glaubtest, ich sei dazu fähig, will ich, daß es dich fünfzigtausend Francs kostet, und zwanzigtausend obendrein.

XXI

Der Müllerbursche

– Meine liebe Dame, sagte in aller Eile der Müller, der hinter Marcelle Rose kommen hörte, ich habe Ihnen eine Unzahl von Dingen zu sagen, aber ich kann das alles nicht in zwei Minuten herunterhaspeln. Die Wände haben hier übrigens sehr große Ohren (ich spreche nicht von Mademoiselle Rose), und wenn ich mit Ihnen allein spazierengehe, dann führt das in gewisser Hinsicht zu Vermutungen . . . Wie dem auch sei, ich muß mit Ihnen reden; wie machen wir das?

– Es gibt eine einfache Möglichkeit, antwortete Madame de Blanchemont. Ich werde heute spazierengehen und den Weg nach Angibault schon finden.

– Wenn im übrigen Mademoiselle Rose ihn Ihnen zeigen wollte . . . sagte Grand-Louis in dem Augenblick, als Rose eintrat und die letzten Worte Marcelles hörte. – Sofern sie, fügte er hinzu, nicht allzu wütend auf mich ist . . .

– Ach! Sie großer Leichtfuß! Sie sorgen dafür, daß meine Mutter mich ganz hübsch ausschimpft! antwortete Rose. Sie hat noch nichts zu mir gesagt, aber bei ihr ist aufgeschoben nicht aufgehoben.

– Nein, Mademoiselle Rose, haben Sie keine Angst. Ihre Mutter wird dieses Mal gottlob kein Wort sagen! Ich habe mich gerechtfertigt, Ihr Papa hat mir verziehen und nimmt es auf sich, Madame Bricolin zu besänftigen, und vorausgesetzt, daß Sie mir wegen meiner Dummheit nichts nachtragen . . .

– Reden wir nicht mehr davon, sagte Rose errötend. Ich bin Ihnen nicht böse, Grand-Louis. Allerdings hätten Sie mir Ihre Entschuldigung im Hinausgehen etwas weniger laut zurufen können; Sie haben mich aus dem Schlaf gerissen.

– Sie schliefen also? Das hätte ich nicht gedacht.

– Ach was, Sie schliefen nicht, Sie kleine Spitzbübin, sagte Marcelle, wo Sie doch wütend Ihre Vorhänge geschlossen haben.

– Ich war im Halbschlaf, sagte Rose und suchte ihre Verlegenheit hinter einem Ausdruck von Mißmut zu verstecken.

– Klar ist jedenfalls, sagte der Müller mit unschuldigem Schmerz, daß sie mir böse ist!

– Nein, Louis, ich verzeihe dir, denn du wußtest ja nicht, daß ich da bin, sagte Rose, die von früher her schon zu sehr daran gewöhnt war, den Grand-Louis, ihren Freund aus Kindertagen, zu duzen, als daß sie nicht, sei es aus Zerstreutheit, sei es mit Absicht, wieder darein verfallen wäre. Sie wußte sehr gut, daß ein einziges Wort aus ihrem Mund, begleitet von diesem köstlichen *du*, alle Traurigkeit des Verliebten in offenherzige Freude verwandeln würde.

– Wollen Sie indessen, sagte der Müller mit vor Vergnügen leuchtenden Augen, nicht mit Madame Marcelle heute zur Mühle spazieren?

– Wie soll ich das machen, Grand-Louis, wo Mama es mir verboten hat – warum, weiß ich nicht?

– Ihr Vater wird es Ihnen erlauben. Ich habe mich bei ihm über die Strenge von Madame Bricolin beklagt; er mißbilligt sie und hat mir versprochen, seine Dame von ihren Vorurteilen, die sie gegen mich hat (ich weiß auch nicht, warum), abzubringen.

– Ach, wenn das so ist, um so besser! rief Rose ungezwungen. Wir reiten, nicht wahr, Madame Marcelle. Sie nehmen meine kleine Stute, und ich das Pferd von Papa; es ist sehr sanft und geht auch sehr schnell.

– Und ich, sagte Edouard, ich will auch reiten.

– Das ist nicht so einfach, antwortete Marcelle. Ich traue mich nicht, dich bei mir aufsitzen zu lassen.

– Ich auch nicht, sagte Rose; unsere Pferde sind etwas zu lebhaft.

– Ach, ich will auch nach Angibault! rief das Kind. Mama, nimm mich mit zur Mühle!

– Das ist zu weit für Ihre kleinen Beine, sagte der Müller; aber ich kümmere mich um Sie, wenn Ihre Mama einverstanden ist. Wir brechen als erste mit meinem Karren auf, und wir werden zusehen, wie die Kühe gemolken werden, damit die Damen, wenn sie ankommen, Sahne vorfinden.

– Sie können ihm ruhig Edouard anvertrauen, sagte Rose zu Marcelle. Er ist so lieb zu Kindern! Davon kann ich ein Lied singen!

– Ach, Sie waren ein so reizendes Kind! sagte der Müller ganz gerührt; Sie hätten immer so bleiben sollen!

– Danke für das Kompliment, Grand-Louis!

– Ich will nicht sagen, daß Sie nicht mehr reizend sind, sondern daß Sie hätten klein bleiben sollen. Sie hatten mich damals so lieb! Sie konnten nicht von mir weggehen und hingen immer an meinem Hals!

– Es wäre spaßig, sagte Rose, teils verwirrt, teils spöttisch, wenn ich diese Gewohnheit beibehalten hätte!

– Nun, fuhr der Müller fort und wandte sich an Marcelle, ich nehme den Kleinen mit, abgemacht?

– Mit aller Gelassenheit vertraue ich Ihnen das Kind an, sagte Madame de Blanchemont und legte ihm ihren Sohn in die Arme.

– Ach, wie schön! rief das Kind. *Zahnkranz*, halte mich hoch, damit ich am Weg entlang von den Bäumen Pflaumen pflücken kann!

– Jawohl, mein Herr, sagte der Müller lachend; unter der Bedingung, daß Sie mir keine auf die Nase fallen lassen.

Grand-Louis fuhr auf seinem Karren dahin und spielte mit dem hübschen Edouard, der sein Herz höher schlagen ließ, weil er ihn an die Anmut, die Zärtlichkeit und Listen des Kindes Rose erinnerte, und als er sich seiner Mühle näherte, entdeckte er auf der Weide Henri Lémor, der ihm entgegenkam, jedoch, als er Edouard neben dem Müller erkannte, sogleich umkehrte und ins Haus stürzte, um sich dort zu verstecken.

– Führe Sophie auf die Wiese, sagte Grand-Louis zu seinem Müllerburschen und hielt in der Nähe des Tores. Und Ihr, Mutter, spielt mit dem Kind. Hütet es wie Euren Augapfel; ich muß in der Mühle etwas klären.

Er eilte davon, um Lémor aufzusuchen, der sich in seiner Kammer eingeschlossen hatte und der, als er behutsam die Tür öffnete, sagte:

– Das Kind kennt mich; ich mußte mich seinen Blikken entziehen.

– Und wer, zum Teufel, sollte ahnen, daß Sie noch da sind! sagte der Müller, der sich nur mühsam von seiner Überraschung erholte. Ich habe mich doch heute morgen von Ihnen verabschiedet und glaubte Sie unter Segel nach Afrika! Was für ein irrender Ritter, oder besser, was für eine Seele in Not sind Sie bloß?

– Ich bin tatsächlich eine Seele in Not, mein Freund. Haben Sie Mitleid mit mir. Ich habe eine Meile zurückgelegt, habe mich an den Rand eines Brunnens gesetzt, habe geträumt, geweint und bin zurückgekommen; ich kann nicht fortgehen!

– Nun gut, so mag ich Sie, rief der Müller und schüttelte ihm kräftig die Hand. So ging es auch mir mehr als hundertmal! Ja, mehr als hundertmal bin ich aus Blanchemont weggegangen und habe mir geschworen, nie mehr den Fuß dorthin zu setzen, und immer war am Wegesrand ein Brunnen, an dessen Rand ich mich setzte, um zu weinen, und der die Güte hatte, mich dorthin zurückzubringen, woher ich kam. Aber hören Sie, mein Junge, Sie müssen auf der Hut sein; mir ist es sehr recht, daß Sie so lange hierbleiben, wie Sie für Ihre Entscheidung brauchen. Das wird lange dauern, das sehe ich voraus. Um so besser, ich mag Sie; ich wollte Sie heute morgen zurückhalten, Sie aber kommen zurück, und ich bin glücklich darüber und danke Ihnen dafür. Aber Sie müssen sich für einige Stunden entfernen. Sie kommen hierher.

– Alle beide! rief Lémor, der den Grand-Louis ohne viel Worte verstand.

– Ja, alle beide. Ich habe Madame de Blanchemont kein Wort von Ihnen sagen können. Sie kommt, damit ich mit ihr über ihre Geschäfte rede. Ich möchte nicht, daß sie Sie hier weiß, bevor ich nicht sicher bin, daß sie mir nicht böse ist, Sie hierhergebracht zu haben ... Im übrigen will ich sie nicht überraschen, vor allem nicht vor Rose, die zweifellos von all dem nichts weiß. Verstecken Sie sich also. Als ich aufbrach, haben sie nach ihren Pferden verlangt. Sie werden gefrühstückt haben, wie die schönen Damen frühstücken, das heißt, wie die Grasmücken; ihre Reitpferde lassen nichts anbrennen, und sie können jeden Augenblick hier sein.

– Ich gehe ... ich fliehe! sagte Lémor ganz bleich und zitternd, ach, mein Freund, sie kommt hierher!

– Ich verstehe Sie gut! Ihnen blutet das Herz, sie nicht zu sehen! Ja, das ist hart, das gebe ich zu! Wenn man Ihnen vertrauen könnte ... wenn Sie schwören könnten, sich nicht zu zeigen, die ganze Zeit über, die sie hier sind, kein Fingerchen zu rühren ... dann würde ich Sie an einem Ort verstecken, von dem aus Sie sie unbemerkt sehen könnten.

– Ach, mein lieber Grand-Louis, mein ausgezeichneter Freund, ich verspreche, ich schwöre es! Verstecken Sie mich, meinetwegen unter dem Mahlstein Ihrer Mühle.

– Zum Teufel, das würde nicht guttun, die *Grande-Louise* hat härtere Knochen als Sie. Ich werde Sie weicher unterbringen. Sie klettern in meinen Heuspeicher hinauf, und durch die Dachfensterluke können Sie die Damen auf und ab gehen sehen. Ich bin nicht böse, daß Sie die Rose Bricolin sehen; Sie werden mir sagen, ob Sie in Paris viele Herzoginnen kennengelernt haben, die schöner sind als sie. Aber warten Sie, bis ich nachgesehen habe, was sich tut!

Und der Grand-Louis stieg ein wenig den Hang von Condé hinauf, von dem aus man die Türme von Blanchemont und fast den ganzen Weg dorthin ausmachte. Als er sich versichert hatte, daß die beiden Amazonen noch nicht auftauchten, kehrte er zu seinem Gefangenen zurück.

– Da, mein Kamerad, sagte er zu ihm, hier ist ein Spiegel zu zwei Sous und ein echtes Müllerrasiermesser, und Sie schneiden mal diesen Ziegenbockbart ab. Der ist in einer Mühle fehl am Platz. Das ist ein Mehlfänger. Und wenn man zufällig das Ende Ihrer Schnauze sähe, wären Sie durch diese Veränderung nicht so leicht zu erkennen.

– Sie haben recht, sagte Lémor, ich gehorche sogleich.

– Wissen Sie, fuhr der Müller fort, ich habe da so eine Idee, wenn ich sehe, wie Sie diese schwarze Behaarung abnehmen.

– Welche?

– Ich habe gerade nachgedacht und folgendes beschlossen: Sie bleiben bei mir, bis Sie sich entschlossen haben, meiner lieben Dame nicht mehr weh zu tun und Ihre verrückten Vorstellungen über das Vermögen zu ändern. Selbst wenn Sie nur wenige Tage bleiben, braucht man doch nicht zu wissen, wer Sie sind, und Ihr Bart gibt Ihnen ein städtisches Aussehen und lenkt die Blicke auf sich. Ich habe gestern abend ins Blaue hinein zu meiner Mutter, der guten Frau, gesagt, Sie seien ein Feldmesser. Das war die erste Lüge, die mir einfiel, und sie ist unsinnig. Ich hätte besser daran getan, sofort Ihren Stand zu nennen. Allerdings wird meine Mutter, die sich über nichts wundert, es ganz selbstverständlich finden, daß aus einem Grundstücksbeamten ein Mechaniker wird. Sie werden also Müller, mein Lieber, das steht Ihnen besser. Sie machen sich in der Mühle zu schaffen oder erwecken zumindest den Anschein; gewiß haben Sie Kenntnisse vom Fach, und man wird annehmen, daß Sie mich bei der Anbringung eines neuen Mahlsteins beraten. Sie sind eine nützliche Bekanntschaft, die ich in der Stadt gemacht habe. Auf die Weise wird Ihre Anwesenheit hier niemanden verwundern. Ich bin stellvertretender Bürgermeister, ich bürge für Sie, und niemand wird Ihren Paß zu sehen begehren. Der Feldhüter ist etwas neugierig und schwatzhaft. Aber mit ein oder zwei Pinten Wein lähmt man ihm die Zunge. Das ist mein Plan. Sie müssen sich danach richten, oder ich überlasse Sie sich selbst.

– Ich unterwerfe mich, ich werde Ihr Müllerbursche sein, mich verstecken, wenn ich nur nicht abreisen muß, ohne sie zu sehen, und wäre es auch nur von hier aus und für einen Augenblick . . .

– Psst! Ich höre Hufeisen auf Steinen . . . *trick trick* . . . das ist die schwarze Stute von Mademoiselle Rose; *track track* . . . das ist der Graue von Monsieur Bricolin. Nun sind Sie gut rasiert, gut gewaschen, und ich versichere Ihnen, daß Sie so hundertmal besser aussehen. Laufen Sie zum Heu und schieben Sie die Klappe der Dachluke über sich. Blicken Sie durch den Spalt. Wenn mein Bursche heraufkommt, geben Sie vor zu schlafen. Ein Mittagsschläfchen im Heu ist eine Wohltat, die sich die Leute hier oft genehmigen, und ist eine Beschäftigung, die ihnen christlicher vorkommt als mit verschränkten Armen und offenen Augen nachzudenken . . . Adieu! Da ist Mademoiselle Rose. Da, die erste da vorne! Sehen Sie, wie sie leicht und mit entschlossener Miene dahintrabt!

– Schön wie ein Engel! sagte Lémor, der nur Marcelle sah.

XXII

Am Bachufer

Grand-Louis, der so zartfühlend war, wie ein arglos verliebtes Herz es nur sein konnte, hatte im Vorbeigehen befohlen, daß die Milch und die Früchte für den Imbiß in der Weinlaube, die die Vorderseite seiner Tür schmückte, aufgetragen wurden, ganz dicht bei der Mühle, genau der Stelle gegenüber, von wo aus der im Speicher hockende Lémor Marcelle sehen und sogar hören konnte.

Der bäuerliche Imbiß verlief sehr munter, dank der schelmischen Vertrautheit zwischen Edouard und dem Müller sowie der bezaubernden Koketterie Roses ihm gegenüber.

– Nehmen Sie sich in acht! sagte Madame de Blanchemont dem jungen Mädchen ins Ohr, Sie geben sich heute anbetungswürdig, und Sie sehen, wie Sie ihm den Kopf verdrehen. Mir scheint, daß Sie meine Predigten in den Wind schlagen oder sich zu sehr binden.

Rose wurde verlegen, wirkte einen Augenblick lang nachdenklich und begann bald erneut mit ihren lebhaften Neckereien, so als ob sie innerlich die Entscheidung getroffen habe, die Liebe, die sie hervorrief, anzunehmen. Tief in ihrem Herzen hatte es immer lebhafte Gefühle für den Grand-Louis gegeben; es war also kaum wahrscheinlich, daß ihre Spötteleien nur ein Spiel waren, wenn sie nicht in sich selbst die Möglichkeit gespürt hätte, diese geschwisterliche Freundschaft einen großen Schritt voranzubringen. Der Müller indessen verspürte, ohne sich etwas einbilden zu wollen, ein instinktives Vertrauen, und seine aufrichtige Seele sagte ihm, daß Rose zu gut und rein sei, um ihn kaltherzig zu quälen.

Er fühlte sich also glücklich, sie in seiner Gegenwart so heiter und lebhaft zu sehen, und es schmerzte ihn, sie mit seiner Mutter am Tisch zurückzulassen. Aber er hatte gesehen, wie Marcelle sich ein wenig entfernte und ihm verstohlen das Zeichen gab, er solle ihr auf die andere Seite des Baches folgen.

– Nun denn, mein lieber Grand-Louis, sagte Madame de Blanchemont, mir scheint, daß Sie nicht mehr so traurig sind wie anderntags und daß ich den Grund erraten habe!

– Ach, Madame Marcelle, Sie wissen alles, das sehe ich, und ich brauche Ihnen nichts zu sagen. Sie könnten mir mehr sagen, als ich selbst weiß; mich dünkt, daß man in Sie großes Vertrauen haben muß und hat.

– Ich will Rose nicht kompromittieren, sagte Marcelle lächelnd. Frauen dürfen einander nicht verraten. Indessen glaube ich, mit Ihnen hoffen zu können, daß es Ihnen nicht unmöglich ist, die Liebe zu wecken.

– Ach! Wenn ich geliebt würde! . . . Wie wäre ich froh, und ich glaube, ich würde nicht mehr verlangen; denn an dem Tag, da sie es mir sagte, würde ich vor Freude sterben.

– Mein Freund, Ihre Liebe ist aufrecht und edel, und darum sollten Sie nicht zu sehr wünschen, entgolten zu werden, bevor Sie nicht nachgedacht haben, wie die aus der Familie kommenden Hindernisse zu beseitigen sind. Ich vermute, daß es das ist, worüber Sie mit mir sprechen wollen, und darum habe ich so eilig Ihrer Einladung Folge geleistet. Nun, die Zeit ist kostbar, denn zweifellos wird man sich bald zu uns gesellen . . . Inwieweit kann ich die Vorstellungen des Vaters beeinflussen, wie Rose es mir zu verstehen gegeben hat?

– Das hat Rose Ihnen zu verstehen gegeben! rief der Müller verzückt. Sie denkt also daran? Sie liebt mich also? Ah, Madame Marcelle, und Sie haben es mir nicht gleich gesagt! . . . Ach, alles andere ist mir egal, wenn sie mich liebt, wenn sie mich heiraten will . . . ?

– Sachte, mein Freund, so weit ist Rose nicht gegangen. Sie empfindet Ihnen gegenüber die Zuneigung einer Schwester, sie wünschte, daß der Urteilsspruch, der ihr untersagt, wie bisher mit Ihnen zu reden, Sie zu besuchen, Sie als Freund zu behandeln, aufgehoben würde. Darum bat sie mich, Sie bei ihren Eltern zu protegieren und Ihre Partei zu ergreifen, aber gleichzeitig soll ich in meinen Geschäften mit ihnen Festigkeit zeigen. Und da habe ich das Folgende begriffen, Grand-Louis: Monsieur Bricolin will billig mein Land, und wenn Rose Sie vielleicht liebte, könnte ich ihr Glück und das Ihre sichern, indem ich als Bedingung für mein Einverständnis Ihre Heirat verlange. Wenn Sie daran glauben, so zweifeln Sie nicht, daß ich sehr glücklich wäre, dieses kleine Opfer zu bringen.

– Dieses kleine Opfer! Daran dürfen Sie nicht denken, Madame Marcelle! Sie glauben, Sie seien noch reich; Sie reden von fünfzigtausend Francs, als wären sie nichts. Sie vergessen, daß sie von nun an einen guten Teil Ihrer Existenz ausmachen. Und Sie meinen, ich würde dieses Opfer annehmen? Ach, lieber will ich auf der Stelle auf Rose verzichten.

– Weil Sie nicht den wahren Wert des Geldes begreifen, mein Freund; es ist nur ein Mittel zum Glück, und das Glück, zu dem man anderen verhelfen kann, ist sicherer und reiner als das, zu dem man sich selbst verhilft.

– Sie sind so gut wie Gott, liebe Dame! Aber für Sie selbst gibt es ein noch gewisseres und reineres Glück. Nämlich das, welches Sie für Ihren Sohn schaffen müssen. Und was würden Sie sagen, großer Gott, wenn eines Tages, mangels der fünfzigtausend Francs, die Sie Ihren Freunden geopfert haben, Ihr geliebter Edouard seinerseits gezwungen wäre, auf eine geliebte Frau zu verzichten, weil Sie ihm nicht mehr helfen könnten?

– Ich nehme mir Ihre gute Beweisführung sehr zu Herzen, aber was die materiellen Interessen betrifft, gibt es für die Zukunft keine verläßlichen Berechnungen. Meine Lage ist nicht so starr vorgezeichnet, wie Sie sie skizzieren; wenn ich es nicht aufgebe, teuer zu verkaufen, verliere ich Zeit, und, das wissen Sie, jeder Tag des Zauderns bringt mich dem Ruin näher. Wenn ich rasch abschließe, befreie ich mich von den Schulden, die mich auffressen, und eines Tages mag es gewiß wieder jedweden Gewinn für mich geben, sofern ich es verstanden habe, mich ohne kindisches Bedauern und ohne unangebrachte Knauserigkeit zu entscheiden. Sie sehen also, daß ich gar nicht so großzügig bin und daß ich in meinem Interesse handle, indem ich Ihrer Liebe diene.

– Wie wenig Ihr Kopf für Geschäfte taugt! rief der Müller mit einem traurigen und zärtlichen Lächeln. Eine Heilige aus dem Paradies könnte nicht vortrefflicher reden. Aber es fehlt der gesunde Menschenverstand, meine liebe Dame, erlauben Sie mir, es Ihnen zu sagen. Innerhalb von vierzehn Tagen finden Sie für Ihr Land Käufer, die mit Freude den angemessenen Preis bezahlen.

– Die jedoch nicht flüssig sind wie Monsieur Bricolin.

– Ach ja, das ist sein ganzer Stolz! Flüssig zu sein. *Flüssig*! Das große Wort! Er glaubt auf der Welt der einzige zu sein, der behaupten kann: Ich bin flüssig! Er weiß genau, daß es auch andere gibt, aber damit blendet er Sie. Hören Sie nicht auf ihn. Er ist ein schlauer Fuchs. Tun Sie so, als wollten Sie mit einem anderen abschließen, auch wenn die einzelnen Schritte und Verträge fingiert sind. An Ihrer Stelle würde ich mich nicht genieren. Krieg ist Krieg. Wollen Sie mich handeln lassen? In vierzehn Tagen, das schwöre ich Ihnen so sicher, wie hier Wasser ist, wird Monsieur Bricolin Ihnen Ihre genau abgezählten dreihunderttausend Francs geben und einen schönen Krug Wein obendrein.

– Ich wäre nie geschickt genug, Ihre Ratschläge zu befolgen, und ich finde, es geht schneller, jeden von uns nach seinen Wünschen glücklich zu machen, Sie, Rose und mich, Monsieur Bricolin und meinen Sohn, der mir eines Tages sagen wird, daß ich es gut gemacht habe.

– Geschichten! Geschichten! sagte der Müller. Sie wissen nicht, was Ihr Sohn in fünfzehn Jahren über Geld und Liebe denkt. Seien Sie nicht so verrückt; ich würde mich nie dazu hergeben, Madame Marcelle . . . nein, nein, rechnen Sie nicht damit, ich bin so stolz wie irgendwer sonst und stur wie ein Schaf . . . aus dem Berry, wo man am stursten ist! Hören Sie, es wäre übrigens ein glatter Verlust. Monsieur Bricolin würde alles versprechen und nichts halten. Angesichts Ihrer Lage muß der Kaufvertrag vor Monatsende unterzeichnet sein, und zweifellos kann ich nicht hoffen, Rose innerhalb eines Monats zu heiraten. Dazu müßte sie verrückt nach mir sein, und das ist sie nicht. Man müßte sie dem Gerede und Skandalen aussetzen! Dazu würde ich mich nie entschließen. Ihre Mutter würde toben vor Wut! Und die Verwunderung und Verunglimpfung seitens ihrer Nachbarn und Bekannten! Was würde man nicht alles behaupten? Wer würde es schon verstehen, daß Sie aus reiner Seelengröße und heiliger Freundschaft Monsieur Bricolin dazu gezwungen haben? Sie kennen die Bosheit der Männer nicht; und nicht die der Frauen; wenn Sie wüßten, wie das ist! Ihre Güte mir gegenüber . . . nein, Sie können es sich nicht vorstellen, und ich würde nicht wagen, Ihnen zu sagen, auf welche Art zuallererst Monsieur Bricolin es zu deuten imstande wäre . . . Oder aber man würde sagen, daß Rose, das arme, fromme Mädchen, einen Fehltritt getan und Sie ins Vertrauen gezogen habe und daß Sie sich geopfert haben, ihre Ehre zu retten und dem Schuldigen eine Mitgift gaben . . . Kurz und gut, es geht nicht, und das sind mehr Gründe als es braucht, so hoffe ich, um Sie zu überzeugen. Ach, auf diese Art will ich Rose nicht gewinnen! Es muß auf natürliche Weise gelingen, und ohne jemandem Anlaß zu geben, hinter ihr herzuschreien. Ich weiß, daß mir ein Wunder widerfahren muß, damit ich reich, oder ihr ein Unglück, damit sie arm werde. Gott wird mir zu Hilfe kommen, wenn sie mich liebt . . . und vielleicht wird sie mich lieben, nicht wahr?

– Aber, mein Freund, wie kann ich etwas tun, um ihr Herz für Sie zu entflammen, wenn Sie mir die Möglichkeiten nehmen, der Habgier ihres Vaters Herr zu werden. Ich hätte es nicht in Angriff genommen, wenn mir dieser

Gedanke nicht gekommen wäre; denn dieses junge, bezaubernde Mädchen in eine unglückliche Leidenschaft zu stürzen, wäre meinerseits ein Verbrechen.

– Ach, das ist wahr! sagte der Grand-Louis plötzlich niedergeschlagen, ich sehe ein, daß ich verrückt bin ... Auch wollte ich mit Ihnen weder von mir noch von Rose sprechen, als ich Sie hierherzukommen bat, Madame Marcelle; hierin haben Sie sich in Ihrer vortrefflichen Güte getäuscht. Allein über Sie wollte ich mit Ihnen reden, als Sie mir zuvorkamen, indem Sie von mir sprachen. Ich ließ mich gehen wie ein großes Kind und lauschte Ihnen, und dann mußte ich Ihnen antworten; aber ich komme auf mein Ziel zurück, nämlich Sie zu zwingen, sich mit Ihren Geschäften zu befassen. Ich kenne die von Monsieur Bricolin, kenne seine Absichten und seine Leidenschaft, Ihr Land kaufen zu wollen; er wird nicht lockerlassen, und wenn man dreihunderttausend Francs dafür haben will, muß man dreihundertfünfzigtausend von ihm verlangen. Wenn Sie hartnäckig sind, werden Sie sie bekommen; keinesfalls darf er das Gut unter Wert bezahlen. Seine Gier ist zu groß, da brauchen Sie keine Angst zu haben.

– Ich wiederhole Ihnen, mein Freund, daß ich diesen Kampf nicht durchstehen werde und daß er schon an den beiden Tagen, die er dauert, über meine Kräfte geht.

– Darum dürfen Sie sich nicht damit befassen. Sie übertragen Ihre Geschäfte einem ehrenwerten und geschickten Notar. Ich kenne einen; ich gehe heute abend zu ihm und spreche mit ihm, und Sie sehen ihn morgen, ohne sich zu ihm bemühen zu müssen. Morgen ist das Patronatsfest von Blanchemont. Auf der Anhöhe vor der Kirche gibt es eine große Versammlung. Der Notar wird dort auf und ab gehen und seiner Gewohnheit gemäß mit seiner dörflichen Klientel plaudern; wie zufällig betreten Sie ein Haus, in dem er auf Sie wartet. Sie unterschreiben eine Vollmacht, reden zwei, drei Worte mit ihm, ich vier, und künftig brauchen Sie Monsieur Bricolin für die ganze

Auseinandersetzung nur noch an ihn zu verweisen. Wenn er sich nicht ergibt, wird Ihr Notar währenddessen einen anderen Käufer gefunden haben. Man wird nur ein wenig Vorsicht walten lassen müssen, damit Monsieur Bricolin nicht ahnt, daß ich Ihnen diesen Unterhändler genannt habe, und nicht den, den er Ihnen zweifellos vorgeschlagen hat und den Sie womöglich irrsinnigerweise akzeptiert haben!

– Nein, ich hatte Ihnen versprochen, ohne Ihren Rat nichts zu unternehmen.

– Ein Glück! Gehen Sie also morgen um Punkt zwei Uhr am Vauvreufer spazieren, so als ob Sie von unten her einen hübschen Blick auf das Fest haben möchten. Ich werde dort sein und Sie in das Haus einer zuverlässigen und verschwiegenen Person führen.

– Aber, mein Freund, wenn Monsieur Bricolin entdeckt, daß Sie mich in dieser Sache gegen seine Interessen lenken, dann jagt er Sie aus seinem Haus, und Sie werden Rose niemals wiedersehen.

– Um es zu entdecken, müßte er sehr schlau sein! Aber sollte dieses Unglück eintreffen, Madame Marcelle . . . das habe ich Ihnen bereits gesagt, würde Gott mir mit einem Wunder zu Hilfe kommen, um so mehr, als ich meine Pflicht getan hätte.

– Sie treuer und mutiger Freund, ich kann mich nicht entschließen, Sie derart der Gefahr auszusetzen.

– Schulde ich es Ihnen denn nicht, wo Sie sich meinetwegen ruinieren wollen? Seien Sie nicht närrisch, meine liebe Dame, wir sind quitt . . .

– Da kommt Rose auf uns zu, sagte Marcelle. Mir bleibt kaum die Zeit, Ihnen zu danken.

– Nein, Mademoiselle Rose geht mit meiner Mutter, die ihr etwas zu sagen und sie aufzuhalten weiß, in Richtung Allee; denn, Madame Marcelle, ich bin noch nicht fertig und muß Ihnen noch etwas anderes sagen! Aber Sie müssen es leid sein, so lange zu laufen. Da der Hof frei und die Mühle ruhig ist, kommen Sie und setzen Sie sich auf die Bank neben der Tür. Mademoiselle Rose glaubt, wir seien auf der anderen Seite, und wird erst hierher zurückkommen, wenn sie einen Rundgang um die Weide gemacht hat. Was ich Ihnen zu sagen habe, ist für Sie von größerem Interesse als Ihre Geschäfte und erfordert noch mehr Geheimhaltung.

Marcelle, erstaunt über diese Einleitung, folgte dem Müller und setzte sich mit ihm auf die Bank, gerade unterhalb des Dachfensters vom Heuspeicher, von wo aus Lémor sie sehen und hören konnte.

– Sagen Sie, Madame Marcelle, stammelte der Müller etwas verlegen, um zur Sache zu kommen, Sie wissen doch, dieser Brief, den Sie mir anvertraut haben?

– Nun ja, mein lieber Grand-Louis! antwortete Madame de Blanchemont, deren ruhiges und etwas blasses Gesicht plötzlich glühte, haben Sie mir heute morgen nicht gesagt, daß Sie ihn auf den Weg gebracht haben?

– Verzeihen Sie, Entschuldigung ... es ist ... ich habe ihn nicht zur Post gebracht.

– Haben Sie ihn vergessen?

– O nein, bestimmt nicht!

– Verloren vielleicht?

– Noch weniger. Ich habe etwas Besseres getan als ihn in den Briefkasten zu werfen, ich habe ihn an die Adresse überbracht.

– Was wollen Sie damit sagen? Er war nach Paris adressiert!

– Ja, aber da sich die Person, für die er bestimmt war, auf meinem Weg einstellte, dachte ich, es sei besser, ihn ihr auszuhändigen.

– Mein Gott! Ich fange an zu zittern, Louis! sagte Marcelle und wurde wieder blaß. Sie müssen sich geirrt haben.

– So dumm bin ich nicht! Ich werde doch noch Monsieur Lémor kennen! ...

– Sie kennen ihn? Ist er denn in der Umgebung? fragte Marcelle mit einer Erregung, die sie nicht zu verheimlichen suchte.

In wenigen Worten erklärte Grand-Louis, wie er Lémor als den Reisenden erkannt hatte, der schon einmal in seine Mühle gekommen war, und als den Adressaten des ihm anvertrauten Briefes.

– Und wo ist er hingegangen? Was macht er in ***? fragte Marcelle beklommen.

– Er war auf dem Weg nach Afrika. Er war auf der Durchreise! antwortete der Müller, der sehen wollte, was nun kam. Der Weg führt über Toulouse. Er hat die Mittagspause der Postkutsche genutzt, um zur Post zu gehen.

– Und wo ist er jetzt?

– Ich sage Ihnen nicht, wo er sein kann; aber er ist nicht mehr in ***.

– Er reist nach Afrika, sagen Sie? Und warum so weit fort?

– Genau darum. Um weit fortzugehen. Das hat er mir auf meine Frage geantwortet.

– Die Antwort ist klarer, als Sie denken! sagte Marcelle, wurde immer aufgeregter und dachte nicht einmal daran, dies nicht offensichtlich werden zu lassen. Mein Freund, Sie sind nicht so unglücklich, wie Sie glauben! Es gibt gebrochenere Herzen als das Ihre.

– Das Ihre zum Beispiel, meine liebe, arme Dame?

– Ja, mein Freund, das meine.

– Aber ist das nicht auch ein wenig Ihre Schuld? Warum befahlen Sie dem armen jungen Mann, Ihnen ein Jahr lang fernzubleiben, ohne etwas von Ihnen zu hören?

– Wie? Hat er Ihnen denn meinen Brief zu lesen gegeben?

– Ach nein, er ist sehr mißtrauisch und ein Geheimniskrämer, nicht wahr! Aber ich habe ihn so sehr ausgefragt und bedrängt, so viel erraten, daß er gezwungen war, mir zu gestehen, daß ich mich nicht täuschte. Wirklich! Sehen Sie, Madame Marcelle, ich bin sehr begierig, die Geheimnisse derer zu erfahren, die ich liebe; wenn man nämlich nicht weiß, was sie denken, weiß man auch nicht, wie man ihnen helfen kann. Bin ich im Unrecht?

– Nein, mein Freund, ich freue mich, daß Sie meine Geheimnisse kennen wie ich die Ihren. Aber ach! Wie gut Ihr Wille auch sein mag und wie groß Ihr Herz, Sie vermögen nichts für mich. Doch antworten Sie mir. Dieser junge Mann, hat er Ihnen denn keine Antwort für mich, schriftlich oder mündlich, mitgeteilt?

– Er hat Ihnen heute morgen einen Haufen ungereimtes Zeug geschrieben, mit dem ich mich nicht belasten wollte.

– Sie haben mir einen schlechten Dienst erwiesen! Somit kann ich nichts über seine Absichten erfahren?

– Er wußte mir nur das Folgende zu sagen: »Ich liebe sie, *aber* ich fasse Mut!«

– Er hat *aber* gesagt?

– Vielleicht hat er *und* gesagt!

– Das wäre ein großer Unterschied! Erinnern Sie sich, Grand-Louis!

– Er hat bald das eine, bald das andere gesagt, denn er hat es oft wiederholt.

– Heute morgen, sagen Sie? Sie haben also die Stadt erst heute morgen verlassen?

– Ich wollte sagen gestern abend. Es war spät, und für uns hier beginnt der Morgen um Mitternacht.

– Mein Gott! Was bedeutet das? Warum kein Brief? Haben Sie den gesehen, den er mir schrieb?

– Ein bißchen! Er hat vier zerrissen.

– Aber was besagten diese Briefe? War er denn sehr unentschlossen?

– Bald schrieb er Ihnen, daß er Sie niemals wiedersehen könne, bald, daß er Sie sofort sehen wolle.

– Und dieser letzten Versuchung hat er widerstanden? In der Tat, er hat Mut!

– Ach, hören Sie, seine Versuchung war größer als die des Heiligen Antonius; aber zum einen habe ich ihn davon abgebracht, zum anderen hatte er Angst, Ihnen gegenüber ungehorsam zu sein.

– Und was halten Sie von einem Liebhaber, der nicht ungehorsam sein kann?

– Ich denke, daß er zu sehr liebt und daß man es ihm nicht danken wird.

– Ich bin ungerecht, nicht wahr, mein lieber Grand-Louis? Ich bin zu aufgeregt und weiß nicht, was ich sage. Aber warum haben Sie, mein Freund, ihn davon abgehalten, Ihnen zu folgen? Denn daran hat er doch gedacht?

– Oh, ich glaube schon! Er hat sogar ein Stück des Weges auf meinem Karren mit mir zurückgelegt. Aber ich, verzeihen Sie mir, ich hatte zu viel Angst, Sie zu verärgern.

– Sie lieben, und Sie halten die anderen für so streng?

– Verdammt, was hätten Sie gesagt, wenn ich ihn in die Vallée-Noire mitgebracht hätte? Jetzt zum Beispiel ... wenn ich Ihnen sagen würde, daß ich ihn aufgefordert habe, sich in meiner Mühle zu verstecken! Ach, Sie würden mich diesmal behandeln, wie ich es verdiente!

– Louis! sagte Marcelle und erhob sich mit dem Ausdruck extremer Entschlossenheit, er ist hier. Geben Sie es zu!

– Nein, Madame, Sie legen es mir in den Mund.

– Mein Freund, erwiderte sie und nahm mit großer Herzlichkeit seine Hand, sagen Sie mir, wo er ist, und ich verzeihe Ihnen.

– Und wenn dem so wäre, sagte der Müller leicht erschrocken über Marcelles Spontaneität, doch von ihrer Freimütigkeit begeistert, Sie befürchten also nicht, daß man auf Ihre Kosten klatscht?

– Als er mich aus eigenem Antrieb verließ und ich niedergeschlagen war, da war ich fähig, an die Leute zu denken, Gefahren vorherzusehen, mir strenge, vielleicht übertriebene Pflichten aufzuerlegen; aber wenn er zu mir zurückkommt, wenn er hier in der Nähe ist, woran sollte ich dann Ihrer Meinung nach denken, was sollte ich befürchten?

– Man müßte doch befürchten, daß irgendeine Unvorsichtigkeit dazu führt, daß Ihre Pläne schwerer auszuführen sind, sagte Grand-Louis und machte eine Handbewegung, um Marcelle auf das Fenster oberhalb ihres Kopfes hinzuweisen.

Marcelle sah nach oben und begegnete dem Blick Lémors, der sich zitternd herunterbeugte und im Begriff war, von der Höhe des Daches herunterzuspringen, um die Entfernung zu verkürzen.

Aber der Müller hustete mit aller Kraft, und mit einer anderen Geste zeigte er den beiden Liebenden Rose, die mit der Müllerin und dem kleinen Edouard näherkam.

– Ja, Madame, sagte er mit lauter Stimme, so eine Mühle bringt wenig ein; aber wenn ich einen so großen Mahlstein, wie er mir vorschwebt, einbauen könnte, dann würde sie mir gut . . . achthundert runde Francs jährlich bescheren! . . .

XXIII

Cadoche

Die beiden Liebenden hatten sich einen raschen, brennenden Blick zugeworfen. Dieser Erschütterung folgte eine gelassene Ruhe. Sie hatten einander mit dem elektrischen Schlag dieses Blickes alles gesagt, alles erklärt, von allem überzeugt. Lémor stürzte zurück in den Speicher, und Marcelle, in voller Selbstbeherrschung, da sie sich glücklich fühlte, empfing Rose ohne Verwirrung oder Bedauern. Sie ließ sich ins unweit gelegene herrliche Dickicht mitnehmen, und nach einem einstündigen Spaziergang bestiegen sie und ihre Begleiterin die Pferde und machten sich auf den Weg nach Blanchemont, nachdem Marcelle ganz leise zum Müller gesagt:

– Verstecken Sie ihn gut, ich komme zurück.

– Nein, nein, nicht so früh, hatte Grand-Louis geantwortet. Ich arrangiere ein Treffen ohne Gefahren; aber lassen Sie mich meine Maßnahmen ergreifen. Ich bringe Ihnen Ihren Sohn heute abend zurück und spreche, wenn ich kann, noch mit Ihnen.

Als Marcelle aufgebrochen war, kam Lémor aus seinem Versteck, wo Freude und Aufregung und obendrein der berauschende Geruch des Heus ihn allmählich hatten schwindlig werden lassen.

– Mein Freund, sagte er heiter zum Müller, ich bin Ihr Müllerbursche, und ich habe nicht vor, Ihnen, ohne zu arbeiten, zur Last zu fallen. Geben Sie mir Arbeit, und Sie werden sehen, daß die Arme des Städters gut genug sind, auch wenn man es ihm nicht ansieht.

– Ja, antwortete Grand-Louis, wenn das Herz froh ist, sind die Arme recht beweglich. Ihre Angelegenheit läuft besser als meine, mein Junge, und wenn wir heute abend plaudern, dann sind Sie an der Reihe, mir Mut zu machen. Aber nunmehr, Sie haben es gesagt, müssen wir uns zu schaffen machen. Ich kann meine Zeit nicht damit verbringen, von der Liebe zu reden, und Sie werden, wenn Sie untätig bleiben, vor Freude verrückt. Die Arbeit ist für alle heilsam, sie erhält die gute Laune läßt den Schmerz vergessen, was bedeutet, daß sie vielleicht nach den Vorstellungen des lieben Gottes für alle gemacht ist. Auf denn, Sie helfen mir, mein Mühlrad zu bewegen und die *Grande-Louise* zum Tanzen zu bringen. Ihr Lied hat die Eigenschaft, mir, wenn ich durcheinander bin, den Kopf zurechtzurücken.

– Ach, mein Gott, das Kind wird mich erkennen! sagte Lémor, als er Edouard bemerkte, der den Armen der Müllerin entflohen war und auf Händen und Füßen rasch die Mühlentreppe hinaufkletterte.

– Er hat Sie schon gesehen, antwortete der Müller; verstecken Sie sich nicht und lassen Sie sich nichts anmerken. Es ist nicht sicher, daß er Sie erkennt, ausstaffiert wie Sie sind.

Tatsächlich blieb Edouard unsicher und verblüfft stehen. Seit einem Monat, als Marcelle plötzlich Montmorency verlassen und sich zu ihrem sterbenden Gatten begeben hatte, hatte ihr Sohn Lémor nicht mehr gesehen, und ein Monat ist im Gedächtnis eines so kleinen Kindes wie ein Jahrhundert. Dieses hier war indessen durch die frühzeitige Entwicklung seiner Fähigkeiten ein ungewöhnliches Kind, aber Lémor ohne Bart, das Gesicht mit Mehl bestäubt und mit einer Bauernbluse verkleidet, war nicht leicht wiederzuerkennen. Edouard blieb wie versteinert eine Minute lang vor ihm stehen; aber als er dem strengen und gleichgültigen Blick des Freundes begegnete, der ihm gewöhnlich mit offenen Armen entgegenlief, schlug er die Augen verstört und sogar angstvoll nieder, Gefühle, die bei Kindern fast immer mit Verwunderung einhergehen; dann ging er auf den Müller zu und sagte mit der ernsten und nachdenklichen Miene, die ihm oft eigen war:

– Was ist das denn für ein Mann da?

– Das ist mein Müllerbursche, das ist Antoine.

– Hast du denn zwei?

– Nun, ich habe sie zu Dutzenden, die Burschen! Der da, das ist *Zahnkranz* Nummer zwei.

– Und Jeannie ist Zahnkranz Nummer drei?

– Ganz recht, mein General!

– Ist er böse, dein Antoine?

– Nein, nein, aber er ist ein bißchen dumm, ein bißchen taub, und er spielt nicht mit Kindern.

– Wenn das so ist, dann gehe ich mit Jeannie spielen, sagte Edouard und ging sorglos davon. Mit vier Jahren weiß man noch nicht, was es bedeutet, getäuscht zu werden, und das Wort derer, die man liebt, hat mehr Macht über den Geist als das Zeugnis der Sinne.

Man trug das Korn zum Mahlstein, das der Müller am selben Abend als Mehl abliefern mußte. Es gehörte Monsieur Bricolin und befand sich in zwei Säcken, die beide mit riesigen Initialen gekennzeichnet waren.

– Sehen Sie, sagte der Grand-Louis und lachte diesmal etwas bitter, *Bricolin de Blanchemont*, wie Bricolin sagen würde, wohnhaft in Blanchemont. Aber sobald er das Land gekauft hat, muß er einen weiteren Buchstaben B zwischen die beiden großen setzen. Es heißt dann: Bricolin, Baron de Blanchemont.

– Wie, sagte Lémor, der an etwas anderes dachte, das da ist das Korn von Blanchemont?

– Ja, antwortete der Müller, der es schon erriet, bevor er es noch ausgesprochen hatte, das ist das Korn, aus dem das Mehl gemacht wird . . . aus dem man das Brot macht . . . welches Madame Marcelle und Mademoiselle Rose essen werden. Es wird behauptet, Rose sei zu reich, um einen Mann wie mich zu heiraten; und doch gebe ich ihr das Brot, das sie ißt!

– So also arbeiten wir für *sie*! erwiderte Lémor.

– Ja, ja, mein Junge. Achten Sie auf meine Anweisungen! Jetzt darf nicht schlecht gearbeitet werden, zum Teufel! Und würde ich gar für den König arbeiten, ich wäre nicht so wie jetzt mit dem Herzen dabei.

Dieser ganz alltägliche Vorgang im Tagesablauf der Mühle war im Geiste des jungen Parisers romantisch getönt und gleichsam poetisch, und er schickte sich an, dem Müller so eifrig und aufmerksam zur Hand zu gehen, daß er nach zwei Stunden vollkommen in diesem Metier bewandert war. Es fiel ihm nicht schwer, sich an den elementaren und beinahe primitiven Mechanismus der Betriebsanlage zu gewöhnen. Er begriff, welche Verbesserungen man mit ein wenig Bargeld (der verbotenen Frucht des Bauern) an der einfachen Maschine hätte anbringen können. Bald hatte er in der Mundart die technischen Begriffe für jeden Teil und dessen Verwendung gelernt. Als Jeannie sah, wie tatkräftig er war und wie gut behandelt vom Meister, war er etwas in Sorge und eifersüchtig. Aber als Grand-Louis sich Mühe gab, ihm zu erklären, daß der Pariser nur vorübergehend da sei und daß seiner, Jeannies, Platz nicht von ihm bedroht wurde, beruhigte er sich und beschloß gar, als guter Berrichoner, der er war, einen Teil seiner Arbeit für ein paar Tage an den halbamtlichen Kollegen abzutreten. Er nutzte die Gelegenheit und brachte Edouard, der sich allmählich langweilte und durch die lange Trennung von seiner Mutter verängstigt war, nach Blanchemont zurück. Der Müllerin wollte es nicht mehr gelingen, ihn zu unterhalten, und als die kleine Fanchon kam, um ihn zu holen, war Jeannie nicht böse, seine junge Gefährtin zum Schloß zu begleiten.

Als Lémor, mit schweißnasser Stirn und lebhaftem Blick, seine Aufgabe beendet hatte, fühlte er sich körperlich geschmeidiger und im Willen stärker, als er es seit langem gewesen war. Die langen, seine Jugend verzehrenden Grübeleien machten diesem körperlichen und moralischen Wohlbefinden Platz, das die Vorsehung an die Arbeit des Menschen geknüpft hat, wenn deren Zweck richtig empfunden und die Erschöpfung den Kräften angemessen ist. – Freund, rief er, die Arbeit ist schön und aus sich selbst heraus heilig; Sie hatten recht, als Sie dies anfänglich gesagt haben! Gott trägt sie uns auf und segnet sie. Mir schien es süß, zu arbeiten und meine Geliebte zu ernähren; ach, und wieviel süßer noch wäre es zu arbeiten und zur selben Zeit das Leben einer Familie von Gleichen und Brüdern zu gewährleisten. Wenn ein jeder für alle arbeitet und alle für einen, wie leicht ist dann die Erschöpfung, wie schön das Leben!

– Ja, mein Beruf wäre in diesem Falle einer der liebenswürdigsten! sagte der Müller mit dem Lächeln lebhaften Einvernehmens. Das Getreide ist die edelste unter den Pflanzen, das Brot das reinste unter den Nahrungsmitteln. Meine Tätigkeit verdiente sehr wohl einiges Ansehen, und an Festtagen sollte man der *Grande-Louise*, die derzeit niemand beachtet, eine Krone aus Ähren und Kornblumen aufsetzen; aber was wollen Sie, *heutigentags*, wie Monsieur Bricolin sagt, bin ich nichts als ein von ihm angestellter Söldner, und wenn er an mich denkt, sagt er sich: »Ein solcher Mann soll meine Tochter im Sinn haben! Ein unglückseliger Mensch, der das Korn mahlt, wo doch ich das Getreide aussäe und das Land besitze!« Beachten Sie indes den Unterschied! Meine Hände sind sauberer als seine, die im Mist herumwühlen; das ist alles. Ach ja, mein Junge, die Arbeit ist getan; eilen wir zur Suppe. Ich wette, daß Sie sie besser finden werden als heute morgen, selbst wenn sie zehnmal mehr versalzen wäre; und dann gehe ich nach Blanchemont und bringe die beiden Säcke hin.

– Ohne mich?

– Sieh an! Zweifellos. Oder haben Sie Lust, sich auf dem Hof sehen zu lassen?

– Niemand dort kennt mich.

– Das stimmt. Aber was werden Sie dort machen?

– Nichts, ich helfe Ihnen, die Säcke abzuladen.

– Und was wollen Sie damit bezwecken?

– Vielleicht zu sehen, wie *jemand* durch den Hof geht.

– Und wenn *jemand* nicht vorbeigeht?

– Ich sehe das Haus, in dem sie wohnt. Vielleicht höre ich, wie man ihren Namen sagt.

– Mich dünkt, dieses Vergnügen können wir uns auch bereiten, ohne so weit zu gehen.

– Es ist nur zwei Schritt von hier!

– Sie haben auf alles eine Antwort. Werden Sie auch vorsichtig sein?

– Glauben Sie denn, ich liebte sie nicht? Würden Sie sich an meiner Stelle nicht genauso verhalten?

– Vielleicht! Wenn man mich liebte! Nun ja! Sehen Sie sie mir nicht so an, wie Sie es vom Dachfenster aus getan haben! Wissen Sie, ich dachte, Sie setzen mit Ihren brennenden Augen mein Heu in Flammen.

– Ich werde sie überhaupt nicht ansehen.

– Und Sie reden auch nicht mit ihr?

– Unter welchem Vorwand sollte ich mit ihr reden?

– Sie suchen auch keinen?

– Ich betrete nicht einmal den Hof, wenn Sie es mir verbieten. Ich betrachte die Mauern aus der Ferne.

– Das wäre am klügsten. Ich erlaube Ihnen, vom Tor aus den Wind zu schnuppern, der über dem Schloß weht. Das ist alles.

Mit der Abenddämmerung machten sich die beiden Freunde auf den Weg; Sophie, mit zwei Säcken beladen, trabte gebieterisch vor ihnen her. Grand-Louis, dessen Herz traurig war, sprach wenig und drückte seine schwarzen Gedanken nur in den Peitschenhieben aus, die er rechts und links den Büschen verpaßte, die überladen waren mit wilden Brombeeren und hellem Geißblatt, das noch stärker duftete als das, welches man in unseren Gärten anpflanzt.

Sie kamen an einem Häuflein Hütten vorbei, *Cortioux* geheißen, als Lémor, der am Graben entlangging, stehenblieb, überrascht, einen der Länge nach ausgestreckten Mann unter der Hecke zu sehen, dessen Kopf auf einem prall gefüllten Bettelsack lag.

– Ach herrje! sagte der Müller ohne sich zu wundern, Sie wären fast auf *meinen Onkel* getreten!

Grand-Louis' tiefe Stimme ließ den Schläfer hochfahren. Er stand geschwind auf, griff mit beiden Händen nach seinem Stock, der neben ihm lag, und stieß einen kräftigen Fluch aus.

– Regen Sie sich nicht auf, mein Onkel! sagte der Müller lachend. Wir sind Freunde und wollen mit Ihrer Erlaubnis weitergehen; denn auch wenn die Wege Ihnen gehören, wie Sie sagen, so verbieten Sie doch keinem, sie zu benutzen, nicht wahr?

– Heda! so antwortete, während er sich ganz erhob, dieser Mann von riesenhafter Größe und abstoßendem Äußeren; ich bin der Beste aller Eigentümer, weißt du das nicht, mein Kleiner? Aber es ist doch ein gewisser Mißbrauch meiner Güte, auf mir herumzutrampeln. Was ist das für ein schlechter Christ, der einen ehrlichen Menschen in seinem Bett nicht sieht? Ich kenne ihn nicht, wo ich doch jedermann hier und anderswo kenne!

Und dieweil er so sprach, musterte er mit verächtlichem Blick Lémor, der ihn seinerseits mit Widerwillen betrachtete. Er war ein hagerer, in schmutzige Lumpen gehüllter Greis, dessen harter, schwarz-weiß melierter Bart dem stachligen Harnisch eines Igels glich. Seinen hohen, in Fetzen herabhängenden Hut überragte, einer lächerlichen Trophäe gleich, ein Gebilde aus weißen Bändern und aus einem Strauß künstlicher und auf scheußliche Weise verschossener Blumen.

– Beruhigen Sie sich, mein Onkel, sagte der Müller, das ist ein guter Christ, glauben Sie´s!

– Und woran erkennt man ihn? erwiderte der Onkel Cadoche, zog seinen Hut und hielt ihn Lémor hin.

– Nun, verstehen Sie nicht? Mein Onkel erwartet einen Sou.

Lémor warf seinen Obolus in den Hut des Onkels, der ihn sofort nahm und mit einer Art von Wollust in seinen langen Fingern hin und her drehte.

– Das ist ein großer Sou! sagte er mit einem niederträchtigen Lächeln. Vielleicht zehn Revolutionsdécimes! Nein! Gott sei Dank! Das ist ein Louis XV., mein König! Ein König, dessen Herrschaft ich erlebt habe! Das bringt mir Glück, und dir auch, mein Neffe, fügte er hinzu und stützte sich mit seiner großen verkrümmten Hand auf Lémors Schulter. Jetzt darfst du sagen, daß du zu meiner Familie gehörst, auch daß ich dich wiedererkennen werde, wenn du von Kopf bis Fuß verkleidet bist.

– Auf denn, guten Abend, mein Onkel, sagte Grand-Louis und fügte sein Almosen dem Lémors hinzu. Sind wir Freunde?

– Für immer! antwortete der Bettler mit feierlicher Stimme. Du warst mir immer ein guter Verwandter, der beste aus meiner ganzen Familie. Und darum will ich dir, Grand-Louis, mein ganzes Hab und Gut hinterlassen. Das habe ich dir schon vor langer Zeit gesagt, und du wirst sehen, daß ich Wort halte.

– Ach ja, weiß Gott, davon gehe ich aus! erwiderte der Müller fröhlich. Gehört der Strauß auch dazu?

– Der Hut, ja! Aber der Strauß und das Band sind für meine letzte Geliebte.

– Zum Teufel! Mir kam es doch auf den Strauß an!

– Das glaube ich dir! sagte der Bettler und schickte sich an, hinter den beiden jungen Leuten herzumarschieren, recht munteren Schrittes, trotz seines hohen Alters. – Der Strauß ist das Kostbarste an meinem Erbe. Es liegt ein Segen darauf, weißt du! Er ist aus der Kapelle der Heiligen Solange.

– Wie kann ein Mann, der den Anschein erweckt, so fromm zu sein wie Sie, von seinen Geliebten reden? sagte Henri, dem diese lächerliche Gestalt einen tiefen Abscheu einflößte.

– Schweige, mein Neffe, antwortete der Onkel Cadoche und blickte ihn finster an; du sprichst wie ein Dummkopf.

– Vergeben Sie ihm, er ist noch ein Kind, sagte der Müller, der sich wie immer über den Großen Onkel amüsierte. – Das hat noch keinen Bart am Kinn und will mitreden! Aber wo wollen Sie denn so spät noch hin, mein Onkel? Haben Sie vor, heute nacht zu Hause zu schlafen? Das ist noch recht weit von hier!

– Ach nein, ich gehe stehenden Fußes nach Blanchemont, wegen des morgigen Festes.

– Ach ja, richtig, das ist ein guter Tag für Sie! Sie schnappen sich mindestens vierzig große Sous.

– Nein, aber allemal genug, um dem guten Heiligen der Gemeinde eine Messe lesen zu lassen.

– Lieben Sie denn die Messen?

– Die Messe und den Branntwein, mein Neffe, und dazu ein bißchen Tabak, das ist ein Segen für Seele und Körper.

– Dazu sage ich nicht nein, aber der Branntwein wärmt nicht genug, als daß man in Ihrem Alter dauernd in den Gräben schlafen könnte, mein Onkel.

– Man schläft da, wo man ist, mein Neffe. Man ist müde und bleibt stehen; man macht ein Nickerchen auf einem Stein oder dem Bettelsack, sofern er nicht zu platt ist.

– Mir kommt es so vor, als sei Ihrer recht rund heute abend.

– Ja; du solltest mich ihn auf dein Pferd legen lassen, mein Neffe, er macht mich ein bißchen müde.

– Nein, Sophie hat genug zu tragen. Aber geben Sie ihn mir, ich trage ihn bis nach Blanchemont!

– Das ist recht! Du bist jung und mußt deinem Onkel zur Seite stehen. Da hast du ihn. Ist dein Kittel auch sauber genug? fügte er angewidert hinzu.

– Ach, das ist bloß Mehl! meinte der Müller und nahm dem Bettler den Sack ab; das erklärt dem Brot nicht den Krieg. Himmeldonnerwetter! Was sind denn da für alte Brotkanten drin?

– Alte Brotkanten? So was kriege ich nicht. Es soll nur einer auf den Gedanken kommen, mir welche anzubieten, die würde ich ihm vor die Füße werfen, wie ich es einmal mit der Bricolin gemacht habe.

– Hat sie seit dem Tage Angst vor Ihnen?

– Ja, sie behauptet, ich könnte ihre Scheunen in Brand stecken, sagte der Bettler mit finsterer Miene. Dann fügte er in honigsüßem Ton hinzu: – Arme liebe Frau Gottes! Als ob ich ein schlechter Mensch wäre! Wem habe ich je etwas Böses getan?

– Niemandem, so viel ich weiß, antwortete der Müller. Wenn Sie etwas gemacht hätten, wären Sie jetzt nicht, wo Sie sind.

– Nie, niemals habe ich jemandem einen Schaden zugefügt, entgegnete der Onkel Cadoche und hob die Hand gen Himmel, denn noch nie hat mich die Gerichtsbarkeit, aus welchem Grund auch immer, erwischt. Habe ich auch nur einen einzigen Tag meines Lebens im Gefängnis verbracht? Ich habe dem lieben Gott immer gedient, und der liebe Gott hat mich in den vierzig Jahren, die ich mich durch mein armseliges Leben mühe, immer beschützt.

– Wie alt sind Sie denn genau, mein Onkel?

– Ich weiß nicht, mein Kind, denn meine Taufurkunde ist seinerzeit, wie so viele andere, abhanden gekommen, aber ich muß über achtzig sein. Ich bin ungefähr zehn

Jahre älter als der alte Bricolin, der indessen älter aussieht als ich.

– Das ist wahr, Sie haben sich ganz gut gehalten, und er . . . aber es stimmt auch, daß ihm Sachen widerfahren sind, wie es nicht bei jedermann üblich ist.

– Ja, sagte der Bettler mit einem tiefen Seufzer der Zerknirschung. Er hat Pech gehabt! . . .

– Hat sich die Geschichte zu Ihrer Zeit ereignet? Sind Sie nicht auch aus der Gegend?

– Ja, ich bin gebürtig aus Ruffec, nahe bei Beaufort, wo das Unglück passiert ist.

– Waren Sie damals dort?

– Ach, das will ich wohl meinen, gute heilige Jungfrau! Ich kann nicht, ohne zu zittern, daran denken! Was hatte man damals für eine Angst!

– Haben Sie denn vor irgend etwas Angst, Sie, der Sie zu jeder Zeit allein unterwegs sind?

– Ach, mein lieber Sohn, was soll ein armer Mann wie ich, der nur die drei Lumpen auf dem Leib hat, gegenwärtig wohl fürchten? Aber damals besaß ich ein bißchen was, und die Räuber waren die Ursache, daß ich es verloren habe.

– Was denn! Waren die Heizer auch bei Ihnen?

– Ach! Nein! Ich hatte nicht genug, um sie in Versuchung zu führen; aber ich besaß ein kleines Haus, das ich an Tagelöhner vermietete. Als sich die Angst vor den Räubern in der Gegend breitgemacht hatte, wollte kein Mensch mehr darin wohnen. Ich konnte es nicht verkaufen; ich hatte nichts mehr, um es instandhalten zu lassen. Es fiel mir über dem Kopf zusammen. Ich mußte Schulden machen und konnte sie nicht zurückzahlen. Da wurden mein Feld, das Haus und ein schöner Hanfacker, den ich hatte, durch Zwangsenteignung verkauft. Ich war gezwungen, den Bettelsack zu nehmen; ich verließ die Gegend, und seit der Zeit bin ich auf Reisen, wie die Kinder des lieben Gottes.

– Aber Sie verlassen das Departement doch fast nie?

– Sicher, man kennt mich dort; ich habe da meine Kundschaft und meine ganze Familie.

– Ich dachte, Sie wären ganz allein?

– Und was ist mit all meinen Neffen!

– Das stimmt, ich vergaß es; ich zum Beispiel, mein Kamerad hier, und alle diejenigen, die Ihnen nie Ihren Sou für den Tabak vorenthalten. Aber sagen Sie einmal, mein Onkel, diese Heizer, von denen wir sprachen, was waren das für Leute?

– Frag das den lieben Gott, mein armes Kind; er allein wird es wissen.

– Man sagt, es habe unter ihnen reiche Leute gegeben, die als vornehm galten?

– Es heißt, einige lebten noch und wären dick und fett, hätten gutes Land, gute Häuser, stellten etwas dar in der Gegend und gäben einem Armen nicht mal zwei Liards. Ach, wenn es Leute wie ich gewesen wären, dann hätte man sie alle gehenkt!

– Das ist wirklich wahr, Vater Cadoche!

– Ich hatte noch Glück, nicht angeklagt zu werden; denn damals wurden alle verdächtigt, und die Gerichtsbarkeit ging nur auf die Armen los. Es wurden welche ins Gefängnis gesteckt, die so unschuldig waren wie Schnee, und als man Hand an die wahren Schuldigen legte, da kamen Befehle von oben, sie wieder freizulassen.

– Und warum?

– Gewiß weil sie reich waren. Wann, mein Neffe, hast du erlebt, daß Reiche nicht begnadigt wurden?

– Auch das ist wahr. Nun, mein Onkel, gleich sind wir in Blanchemont. Wohin soll ich Ihren Brotsack tragen?

– Gib ihn mir her, mein Neffe. Ich werde im Stall des Herrn Pfarrer schlafen; das ist ein frommer Mann, der mich nie fortschickt. Es ist wie bei dir, Grand-Louis, du warst nie abweisend zu mir. Darum wirst du von mir belohnt werden; du wirst mein Erbe sein, das habe ich dir immer versprochen. Außer dem Strauß, den ich der kleinen Borgnotte hinterlassen will, wirst du alles bekommen, mein Haus, meine Kleider, meinen Bettelsack und mein Schwein.

– Das ist gut, das ist gut, sagte der Müller; ich sehe, daß ich schließlich allzu reich sein werde und alle Mädchen mich werden heiraten wollen.

– Ich bewundere Ihr Herz, Grand-Louis, sagte Lémor, als der Bettler hinter den Hecken verschwunden war, die er geradewegs durchquerte, ohne sich um Einfriedungen zu kümmern oder einen Pfad zu suchen. – Sie behandeln diesen Bettler, als sei er wirklich Ihr Onkel.

– Warum nicht, wo es ihm doch ein Vergnügen ist, den Großonkel zu spielen und jedem sein Erbe zu versprechen! Ein schönes Erbe, meiner Treu! Seine Lehmhütte, wo er mit seinem Schwein schläft, genauso wie der Heilige Antonius, und seine alten Lumpen, die einem ins Herz schneiden! Wenn ich nur das habe, um der Sachwalter von Monsieur Bricolin zu sein, dann sind meine Angelegenheiten wirklich in Schwung!

– Sie haben, trotz des Ekels, den seine Person erregt, den Bettelsack auf die Schulter genommen und ihm seine Last abgenommen. Grand-Louis, Sie haben tatsächlich die Seele eines Engels.

– Großartig! Soll man einem armen Teufel, der noch mit achtzig Jahren um sein Brot betteln muß, einen so kleinen Dienst verweigern? Alles in allem ist er ein braver Mann! Jeder ist ihm zugetan, weil er ehrlich ist; vielleicht ein wenig zu scheinheilig und zügellos.

– So kam es mir auch vor.

– Ach was! Welche Tugenden sollen diese Leute Ihrer Meinung nach besitzen? Es ist schon viel, wenn sie nur ein paar Laster haben und keine Verbrechen begehen. Urteilt er, bei all dem, nicht mit gesundem Menschenverstand?

– Zu guter Letzt war ich verblüfft. Aber warum meint er, der Onkel von jedermann zu sein? Hat er einen kleinen Stich?

– Ach nein, das ist sein Gehabe. Viele Leute seines Standes legen sich kleine Schrullen zu, um vergnüglich zu sein, die Aufmerksamkeit auf sich zu lenken und die Leute zu unterhalten, die weder aus Barmherzigkeit noch aus

Umsicht ein Almosen zu geben bereit sind. Unglücklicherweise ist es bei uns üblich, daß die Armen an den Türen der Reichen den Narren machen . . . Aber da sind wir auf dem Hof von Blanchemont angekommen, mein Kamerad. So, gehen Sie nicht hinein, glauben Sie mir. Sie sind fähig, sich zu beherrschen, daran zweifle ich nicht. Aber *sie*, sie weiß von nichts und könnte aufschreien, ein Wort sagen . . . Lassen Sie mich sie wenigstens warnen.

– Aber im Weiler sind noch alle auf; wird die Anwesenheit eines Unbekannten nicht Aufsehen erregen, wenn ich hierbleibe und auf Sie warte?

– Machen Sie mir darum die Freude und gehen Sie ins Kaninchengehege; um diese Zeit spaziert dort niemand mehr herum. Seien Sie vernünftig und setzen Sie sich in eine Ecke. Wenn ich wieder vorbeikomme, pfeife ich, so als riefe ich, mit Verlaub, einen Hund, und Sie gesellen sich zu mir.

Lémor fügte sich, wobei er hoffte, der einfallsreiche Müller werde eine Möglichkeit finden, Marcelle dorthin zu bringen. Er folgte also dem durch das Gehege führenden, nicht einsehbaren Pfad, blieb jeden Augenblick stehen und lauschte, hielt den Atem an und kehrte wieder um, damit eine glückliche Begegnung einfacher wäre.

Es dauerte nicht lange, da hörte er leichte Schritte, die das Gras zu streifen schienen; und ein Rascheln im Blattwerk überzeugte ihn vom Nahen eines Menschen. Er ging ins Dickicht, um sich zu vergewissern, daß er sich nicht irrte, und sah, wie eine undeutliche Gestalt auf ihn zukam, welche die einer ziemlich kleinen Frau sein mußte. Man glaubt leicht an das, was man ersehnt, und Henri, der nicht bezweifelte, daß es Marcelle war, vom Müller geschickt, zeigte sich und ging langsam auf den Schemen zu. Aber er hielt inne, als er hörte, wie eine unbekannte Stimme vorsichtig rief: *Paul! Paul! Bist du da, Paul*?

Da Henri bemerkte, daß er sich getäuscht hatte, und annahm, er werde in das Stelldichein eines anderen geraten, entfernte er sich. Aber beim Gehen über das trockene

Geäst machte er ein Geräusch, und die Verrückte, die ihn in ihrem Liebeswahn bemerkte, schoß geschwind wie ein Pfeil auf ihn zu und rief mit jämmerlicher Stimme: *Paul! Paul! Hier bin ich! Paul! Ich bin es! Paul! Paul! Immer gehst du weg!*

XXIV

Die Verrückte

Lémor war wegen dieses Ereignisses zunächst nicht allzu beunruhigt. Er dachte, daß es, durch die Nacht begünstigt, einfach sein würde, dieser Frau auszuweichen, die er nicht deutlich genug hatte ausmachen können, um vom Zustand ihres Irreseins etwas zu ahnen. Er bildete sich selbstverständlich ein, sehr viel besser zu laufen als sie. Aber bald sah er, daß er sich täuschte und daß die ganze Behendigkeit, derer er fähig war, nicht reichte, um seinen Abstand zu halten. Er war gezwungen, das ganze Gehege zu durchqueren, und befand sich bald tief in der Allee, in der die Bricoline gewöhnlich stundenlang entlanglief und deren Gras an bestimmten Stellen von ihren Füßen niedergetreten war. Der Fliehende, den die oberirdischen Wurzeln und die Unebenheiten des Pfades bis dahin ein wenig gestört hatten, wandte in der Allee all seine Kraft auf, um an Boden zu gewinnen. Aber wenn die Verrückte von einem leidenschaftlichen Gedanken beseelt war, wurde sie leicht wie ein trockenes Blatt, das der Sturm davonträgt. Sie folgte ihm also so schnell, daß Lémor, vor Überraschung verwirrt und sehr bemüht, nicht von nahem gesehen zu werden, damit man ihn nachher nicht erkannte, wiederum ins Dickicht eindrang und versuchte, im Schatten unsichtbar zu werden. Aber die Verrückte kannte alle Bäume, alle Büsche, und, sozusagen, alle Zweige im Gehege. In den zwölf Jahren, seit sie hier ihr Leben verbrachte, gab es keinen Winkel, den ihr Körper nicht automatisch immer wieder durchforstet hätte, auch wenn ihr Geisteszustand sie daran hinderte, sich irgendwelchen vernünftigen Beobachtungen zu widmen. Darüber hinaus machte die Überreizung ihres Wahns sie physischen Schmerzen gegenüber völlig unempfindlich. Ihre Haut war in Fetzen in den Brombeersträuchern hängengeblieben, ohne daß sie es merkte, und dieser gewissermaßen starrsüchtige Zustand gab ihr einen eindeutigen Vorteil gegenüber dem, den sie einholen wollte. Im übrigen war sie so schmächtig, ihr dünner Körper nahm so wenig Raum in Anspruch, daß sie einer Eidechse gleich durch die engstehenden Stämme huschte, wo Lémor gezwungen war, sich gewaltsam einen Weg zu bahnen und, häufiger noch, umkehren mußte.

Indes Henri seine Lage noch mißlicher fand als zuvor, gelangte er zurück zur Allee, noch immer in großer Bedrängnis, und beschloß, den Graben zu überqueren, ohne – wegen des dichten Buschwerks, das ihn bedeckte – seine Tiefe zu ermessen. Er nahm Anlauf und kam in den Dornen auf den Knien zu Fall. Doch er hatte kaum genug Zeit gehabt, wieder auf die Beine zu kommen, da überquerte das Gespenst das Hindernis, ohne zu springen oder sich um die Steine und Brennesseln zu kümmern, und befand sich nun neben ihm und klammerte sich an seine Kleider. Als Lémor sich von diesem wahrhaft gräßlichen Wesen gepackt sah, glaubte er, dessen Vorstellungskraft lebhaft wie die eines Künstlers und Dichters war, sich in der Gewalt eines Traums; und indem er kämpfte, als befände er sich im Widerstreit mit diesem Alptraum, schaffte er es, sich von der Verrückten, die ihrerseits unartikulierte Laute ausstieß, freizumachen und seinen Lauf durch die Felder wieder aufzunehmen.

Aber sie nahm ebenso behende, wie sie es im Dickicht des Parks gewesen, in den mit frisch geschnittenem, hartem und verletzendem Stroh gespickten Furchen die Verfolgung auf. Am Ende des Feldes setzte Lémor über eine neuerliche Einfriedung und befand sich auf einem unübersichtlichen, steil bergab führenden Weg. Er hatte noch keine zehn Schritte getan, da hörte er, wie das Gespenst hinter ihm schon wieder mit erstickter Stimme rief: *Paul! Paul! Warum gehst du weg*?

Dieser Lauf hatte etwas Phantastisches, das sich immer mehr Lémors Vorstellungskraft bemächtigte. Als er sich aus der Umklammerung der Verrückten losmachte, war es ihm gelungen, in der klaren, sternenübersäten Nacht diese seltsame Erscheinung undeutlich wahrzunehmen, dieses leichenblasse Gesicht, die dürren, mit Wunden bedeckten Arme, die langen schwarzen, über blutige Lumpen herabhängenden Haare. Es war ihm nicht in den Sinn gekommen, daß diese unglückliche Kreatur geistesgestört sein könne. Er glaubte sich von einer eifersüchtigen Liebenden verfolgt, die für den Augenblick verrückt war, da sie darauf beharrte, ihn für einen anderen zu halten. Er zögerte, ob er nicht stehenbleiben solle, um sie von ihrem Irrtum zu befreien; aber wie hätte er dann seine Anwesenheit im Gehege erklären sollen? Er, ein Unbekannter, der wie ein Dieb durch das Dunkel schlich, würde er nicht von Anbeginn an auf dem Hof eigenartige Verdächtigungen auf sich ziehen, und mußte er nicht vor allem vermeiden, daß sein Auftauchen in der Gegend durch ein skandalöses oder lächerliches Vorkommnis Aufsehen erregte?

Also beschloß er weiterzulaufen, und diese sonderbare Übung dauerte beinahe eine halbe Stunde, ohne Unterbrechung. Lémor schwirrte gegen seinen Willen der Kopf, und er hatte zwischendurch das Gefühl, selbst verrückt zu werden, als er die unbegreifliche Hartnäckigkeit und übernatürliche Geschwindigkeit des Gespenstes wahrnahm, das ihn erbittert verfolgte. Das Ganze erinnerte ihn daran, was man von den *Willis* und den bösen Feen der Nacht erzählt.

Schließlich entdeckte Lémor tief im Tal die Vauvre, und obgleich schweißgebadet, wollte er sich gerade hineinstürzen, weil er davon ausging, daß dieses Hindernis, das er zwischen sich und das Gespenst brachte, ihn endlich freimachen würde, da hörte er hinter sich einen grauenhaften, die Stille zerreißenden Schrei, der ihn bis ins Mark eiskalt durchfuhr. Er drehte sich um und sah nichts mehr. Die Verrückte war verschwunden.

Henris erste Regung war, die Gunst dieses Augenblicks, der nur eine kurze Atempause bedeuten konnte, zu nutzen, um sich noch weiter zu entfernen, damit sich seine Spuren völlig verloren. Aber dieser schreckliche Schrei hinterließ in ihm einen zu schmerzlichen Eindruck. Ob es wohl eine Frau war, die ihn von sich gegeben hatte? Der Laut hatte fast nichts Menschliches an sich, und doch, welchen Schmerz, welch fürchterliche Verzweiflung er auszudrücken schien! Sollte sie sich beim Fallen schwer verletzt haben? dachte Lémor; oder aber glaubte sie, als sie mich hinter den Weiden aus den Augen verlor, daß ich ertrunken sei? War es ein Schrei des Todeskampfes oder des Schreckens? Oder aber ist es die Wut darüber, mir nicht ins Wasser folgen zu können, in das ich mich ihrer Vermutung nach gestürzt habe?

Wenn sie aber selbst in irgendeinen Graben, in einen Abgrund gefallen sein sollte, den ich beim Laufen nicht gesehen hätte? Wenn diese leidige Begegnung eine Unglückliche das Leben gekostet haben sollte? Nein, was auch immer sich daraus ergeben mag, es ist unmöglich, daß ich sie den Schrecknissen des Todeskampfes überlasse.

Lémor kehrte um und suchte die Unbekannte, fand sie aber nicht. Der steile Weg, den er entlanggeeilt war, befand sich am äußersten Rand des Geheges; es gab dort hohe Büsche, die als Einfriedung dienten, und keinen Graben; da war kein Tümpel, kein Brunnenschacht, in dem sie hätte ertrinken können. Auf dem sandigen Weg waren, soweit Lémor es zu erkennen vermochte, keine Spuren vom Fall eines Körpers. Er suchte immer noch und verlor sich in Mutmaßungen, als er es wiederholte Male pfeifen hörte, so als ob ein Hund gerufen werde. Endlich erinnerte er sich, daß dies das mit dem Müller vereinbarte Zeichen war, und alldieweil er keine Hoffnung mehr hatte, seine

Verfolgerin zu entdecken, antwortete er auf Grand-Louis' Ruf seinerseits mit einem Pfeifen.

– Sie haben den Teufel im Leib, sagte dieser leise zu ihm, als sie im Gehege aufeinandergetroffen waren, so weit spazierenzugehen; ich hatte Ihnen doch empfohlen, sich nicht von der Stelle zu rühren! Seit einer Viertelstunde schon suche ich Sie in diesem Wäldchen und wagte es nicht, Sie zu laut zu rufen; ich war dabei, die Geduld zu verlieren . . . Aber wie sehen Sie denn aus! Nach Luft ringend und die Kleidung zerrissen! Der Teufel soll mich holen, mein Kittel hat auf Ihren Schultern ein schlechtes Viertelstündchen verbracht, soviel ich sehe. Reden Sie doch, Sie sehen aus wie ein vom Donner gerührtes Kaninchen, oder eher noch wie ein vom Kobold gejagter Mann.

– Sie sagen es, mein Freund. Entweder hat das, was Jeannie von den nächtlichen Wichtelmännern der Vallée-Noire erzählt, einen unerklärlichen realen Hintergrund, oder ich hatte eine Halluzination. Aber seit einer Stunde, glaube ich (vielleicht seit einem Jahrhundert, was weiß ich!), ringe ich mit dem Teufel.

– Wäre es nicht so, daß Sie beharrlich zu allen Mahlzeiten klares Wasser trinken, antwortete der Müller, würde ich denken, daß Sie sich in die Stimmung gebracht haben, in der man sein muß, um der *Großen Bestie*, dem *weißen Windspiel* oder *Georgeon, dem Werwolf** zu begegnen. Aber Sie sind ein zu beschlagener und vernünftiger Mann, um an solche Geschichten zu glauben. Also muß Ihnen etwas widerfahren sein. Ein tollwütiger Hund vielleicht?

– Schlimmer noch, sagte Lémor, der nach und nach wieder zu sich kam; eine tollwütige Frau, mein Freund! Eine Hexe, die schneller lief als ich und die in dem Augenblick verschwand, ich weiß nicht wie, als ich mich ins Wasser werfen wollte, um sie loszuwerden.

* Bedrohliche Fabelwesen des ländlichen Frankreich, die George Sand in den *Légendes rustiques* näher beschreibt.

– Eine Frau? Oje! Und was sagte sie?

– Sie hielt mich für einen gewissen Paul, der ihr sehr am Herzen liegt, wie es aussieht.

– Das dachte ich mir, das ist es! Die Verrückte vom Schloß. Bin ich denn dumm, nicht vorhergesehen zu haben, daß Sie ihr hier begegnen mußten?! Wirklich, es war mir ganz entfallen. Wir sind so daran gewöhnt, sie abends wie ein altes Wiesel umherhuschen zu sehen, daß wir nicht mehr auf sie achten. Und doch ist es ein Unglück, das einem das Herz zerreißt, wenn man daran denkt! Aber wie zum Teufel kommt es, daß sie hinter Ihnen her war? Gewöhnlich flieht sie, wenn sie jemanden auf sich zukommen sieht. Ihr Übel muß sich seit kurzem verschlimmert haben; das Maß war doch eigentlich schon voll, armes Mädchen!

– Was ist das für eine unglückliche Kreatur?

– Das wird man Ihnen später erzählen. Beeilen wir uns, wenn es Ihnen recht ist! Sie sehen vor Müdigkeit ganz fertig aus.

– Ich glaube, ich habe mir beim Hinfallen die Knie aufgeschlagen.

– Und nichtsdestotrotz ist am Ende des Pfades *jemand*, der Sie ungeduldig erwartet, sagte der Müller und sprach noch leiser.

– Ach! rief Lémor, ich fühle mich leichter als der Nachtwind!

Und er schickte sich an zu laufen.

– Sachte, sachte! sagte der Müller und hielt ihn zurück. Laufen Sie nur auf dem Gras. Kein Geräusch! Sie ist dort, unter dem großen Baum. Bleiben Sie an der Stelle. Ich drehe eine Runde rundherum, für den Fall einer Überraschung.

– Besteht denn für sie irgendeine Gefahr hierherzukommen? sagte Lémor erschreckt.

– Wenn ich davon ausginge, hätte ich sie am Kommen gehindert! Im neuen Schloß sind sie alle mit dem morgigen Fest beschäftigt. Aber wenn es nur den Zweck hätte, die Verrückte fernzuhalten, falls es ihr einfiele zurückzukommen und Sie zu plagen!

Henri ging ganz in seinem Glück auf und vergaß alles andere; er warf sich Marcelle zu Füßen, die ihn unter einer Eichengruppe, an der einsamsten Stelle des Waldes, erwartete.

In ihrem ersten Überschwang war kein Platz für eine Erklärung. Keusch und zurückhaltend, wie sie es immer gewesen, verspürten sie indessen eine Trunkenheit, die kein menschliches Wort angemessen auszudrücken vermocht hätte. Sie waren völlig verblüfft, sich so bald wiederzusehen, nachdem sie fast schon an eine ewige Trennung geglaubt hatten, und dennoch versuchten sie nicht, einander begreifbar zu machen, was in ihnen geschehen war und sie dahin gebracht hatte, so schnell alle ihre beherzten Pläne und ihre Opferbereitschaft zu widerrufen. Gegenseitig errieten sie sehr wohl, welche unannehmbaren Leiden und welch unwiderstehlicher Drang sie gezwungen hatte, in dem Augenblick zueinander zu eilen, als sie sich eben geschworen hatten, sich zu fliehen.

– Verrückter, du wolltest mich für immer verlassen! sagte Marcelle und überließ Lémor ihre schöne Hand.

– Grausame, du wolltest mich für ein Jahr verbannen! antwortete Henri und bedeckte ihre Hand mit heißen Küssen.

Und Marcelle begriff, daß ihr Entschluß zu einem Jahr des Mutes in ihren eigenen Augen aufrichtiger gewesen war als das ewige Exil, zu dem Lémor sich zu verdammen versucht hatte.

Als sie wieder miteinander reden konnten, eine Anstrengung, zu der sie erst fähig waren, nachdem sie sich lange in entzücktem Schweigen angesehen hatten, da kam Marcelle folglich als erste auf diesen wahrhaft löblichen Plan zurück.

– Lémor, sagte sie, dies ist nur ein Sonnenstrahl zwischen zwei Wolken. Wir müssen dem Gesetz der Pflicht gehorchen. Auch wenn wir hier auf keinerlei Hindernis, kein Risiko für unsere Beziehung stoßen, so läge doch etwas zutiefst Unreligiöses darin, uns so schnell zu vereinen, und zu dieser Stunde müssen wir einander zum letzten Mal sehen, bis meine Trauerzeit vorüber ist. Sagen Sie mir, daß Sie mich lieben und ich Ihre Frau sein werde, und ich werde die nötige Kraft aufbringen, um auf Sie zu warten.

– Sprechen Sie mir jetzt nicht von Trennung! sagte Henri ungestüm. Ach! Lassen Sie mich diesen Augenblick kosten, denn er ist der schönste meines Lebens. Lassen Sie mich vergessen, was gestern war und was morgen sein wird. Sehen Sie, wie süß diese Nacht, wie schön dieser Himmel ist! Wie ruhig und duftend dieser Ort! Sie sind da! Sie sind es, Marcelle, und nicht Ihr Schatten! Wir sind beide da! Durch Zufall und ohne unser Zutun haben wir uns wiedergefunden! Gott wollte es, und wir waren so glücklich, ihm zu gehorchen, alle beide! Auch Sie, Marcelle! So sehr wie ich? Ist es möglich! Nein, ich träume nicht, denn Sie sind hier, bei mir! Mit mir! Allein! Glücklich! Wir lieben uns so sehr! Wir konnten einander nicht verlassen, wir können es nicht, wir werden es niemals können!

– Und doch, mein Freund . . .

– Ich weiß, ich weiß, was Sie sagen wollen. Morgen, an einem anderen Tag werden Sie mir schreiben, Sie werden mir Ihren Willen mitteilen. Ich werde gehorchen, das wissen Sie! Warum wollen Sie heute abend davon sprechen? Warum diesen Augenblick verderben, der in meinem Leben nicht seinesgleichen hat? Erlauben Sie mir, mich davon zu überzeugen, daß er niemals endet. Marcelle, ich sehe Sie! Ach, wie gut ich Sie sehe, trotz der Dunkelheit! Wie schön Sie in diesen drei Tagen geworden sind . . . seit heute morgen, wo Sie schon so schön waren! Ach, sagen Sie mir, daß Sie Ihre Hand nie mehr der meinen entziehen! Es ist so gut, sie zu halten!

– Ach, Lémor, Sie haben recht! Seien wir glücklich, uns wiederzufinden, und denken wir jetzt nicht daran, daß wir einander lassen müssen ... morgen ... an einem anderen Tag.

– Ja, an einem anderen Tag, einem anderen Tag! rief Henri.

– Machen Sie mir doch die Freude, leiser zu sprechen, sagte der Müller und kam heran. Auch wenn ich es nicht will, ich höre alles, was Sie sagen, Monsieur Henri!

Die beiden Liebenden blieben beinahe eine Stunde lang in reiner Ekstase versunken, sie träumten die süßesten Zukunftsträume und sprachen über ihr Glück, nicht, als ob es unterbrochen werden, sondern wie wenn es am nächsten Tag beginnen sollte. Ein sanfter Wind streute die Düfte der Nacht über ihnen aus, und die heiteren Sterne zogen über ihren Köpfen ihre Bahn, ohne daß sie den unvermeidlichen Lauf der Zeit, die nur in den Herzen glücklich Liebender stillsteht, wahrhaben wollten.

Aber der Müller, der aus der Ferne mehr als ein Zeichen seiner Ungeduld von sich gegeben, kam und unterbrach sie, als die Polarsterne tief am Himmel standen und am himmlischen Zifferblatt zehn Uhr anzeigten.

– Meine Freunde, sagte er, es ist mir unmöglich, Sie dort zu lassen, unmöglich auch, noch einen Augenblick länger auf Sie zu warten. Ich höre die Ochsentreiber im Hof nicht mehr singen, und die Lichter erlöschen in den Fenstern des neuen Schlosses. Nur noch das von Mademoiselle Rose leuchtet, sie wartet auf Madame Marcelle, um schlafen zu gehen. Monsieur Bricolin wird gleich mit seinen Hunden die Runde machen, wie er es immer am Vorabend eines Festtages tut. Lassen Sie uns rasch aufbrechen.

Lémor protestierte laut: er sei doch eben erst, so meinte er, gekommen.

– Das mag sein, sagte der Müller, aber ich, wissen Sie, ich muß heute abend noch nach La Châtre gehen!

– Wie? Wegen meiner Angelegenheiten? sagte Marcelle.

– Wenn es Ihnen recht ist! Ich will Ihren Notar besuchen, bevor er schlafen geht, und ich reiße mich nicht darum, morgen, am Tag, mit ihm zu reden, damit Monsieur Bricolin noch merkt, daß ich eine Verschwörung gegen ihn anzettele.

– Aber Grand-Louis, sagte Marcelle, ich will nicht, daß Sie sich meinetwegen in Gefahr begeben . . .

– Genug, genug geplaudert, antwortete der Müller. Ich will tun, was mir gefällt . . . Und da! ich höre die gelben Hunde bellen. Gehen Sie auf die Weide zurück, Madame Marcelle, und wir, mein Stadtmensch, nehmen den oberen Weg, wenn's recht ist. Machen wir uns davon!

Die Liebenden trennten sich, ohne sich noch etwas zu sagen: sie hatten zu große Angst, daran zu erinnern, daß sie diese Begegnung als die letzte betrachten mußten. Marcelle fehlte die Kraft, einen Tag für Henris Abreise festzusetzen, und dieser, der befürchtete, daß sie ihn festsetze, ging eilends davon, nachdem er zehnmal schweigend ihre Hand geküßt hatte.

– Nun also, was haben Sie beschlossen? fragte der Müller ihn, als sie am Rand des Parkes angelangt waren.

– Nichts, mein Freund, sagte Lémor. Wir haben nur von unserem Glück gesprochen . . .

– Dem künftigen; aber die Gegenwart?

– Es gibt weder Gegenwart noch Zukunft. Wenn man liebt, ist alles eins.

– Sie schweifen vom Thema ab. Ich hoffe jedoch, daß Sie sich ruhig verhalten und mich nicht mehr des Nachts in Todesängsten durch die Wälder stromern lassen. So, mein Junge, wir sind jetzt auf Ihrem Weg. Können Sie allein nach Angibault zurückgehen?

– Ohne weiteres. Aber wollen Sie denn nicht, daß ich Sie in die Stadt begleite?

– Nein, das ist zu weit. Einer von uns beiden wäre zu Fuß und würde den anderen aufhalten, es sei denn, wir folgten der hiesigen Mode und ritten beide auf der Sophie; aber das arme Tier ist schon alt, und im übrigen hat es noch nicht zu Abend gegessen. Ich gehe und hole sie bei dem Baum da hinten, wo ich sie angebunden habe, nachdem sie Anstalten gemacht hat, sich zurück zur Mühle zu begeben. Wissen Sie, daß mir das Sorgen bereitet hat, diese arme Sophie einfach so der Obhut vom lieben Gott zu überlassen? Ich habe sie gut unter den Zweigen versteckt; aber wenn irgendein Landstreicher, wie es wegen der Zusammenkunft so manch einen gibt, darauf verfallen wäre, sie mir aufzustöbern! Während Sie da drüben Süßholz raspelten, ging mir die Sophie nicht aus dem Kopf . . .

– Gehen wir sie zusammen holen!

– Nein, auf gar keinen Fall! Sie sind immer auf dem Sprung, in Richtung Schloß zurückzugehen! Das merke ich schon! Gehen Sie und sagen Sie meiner Mutter, sie solle sich unbesorgt schlafen legen; ich komme vielleicht ziemlich spät zurück. Monsieur Tailland, der Notar, möchte mich zum Abendessen dabehalten. Er ist ein Lebemann, ein Feinschmecker und ein liebenswürdiger Mann. Somit werde ich Zeit genug haben, mit ihm über die Angelegenheiten von Blanchemont zu sprechen, und Sophie wird bei ihm ihre Haferration fressen, ohne eine Beratung zu brauchen.

Lémor bestand nicht darauf, seinen Freund zu begleiten. Wieviel Zuneigung und Dankbarkeit der gute Müller auch in ihm wecken mochte, nach den Aufregungen des Abends zog er es vor, allein zu sein. Er brauchte es, in Ruhe an Marcelle zu denken und den süßen Traum, den er soeben zu ihren Füßen geträumt, noch einmal zu träumen, indem er ihn sich noch einmal vor Augen führte. Er nahm also den Weg nach Angibault beinahe so, wie ein Schlafwandler den zu seinem Bett findet. Ich weiß nicht, ob er auf dem Weg blieb, ob er den Bach bei der Brücke überquerte, ob er nicht vielleicht die zweifache Wegstrekke zurücklegte oder so manches Mal am Rand eines Brunnens die Zeit vergaß. Die Nacht war voller Wonne, und angefangen vom Hahn, der dem Echo der Hütten seine Fanfare entgegenschmetterte, bis hin zur Grille, die geheimnisvoll im Gras flüsterte, schien ihm alles siegesgewiß und insgeheim den geliebten Namen Marcelles zu wiederholen.

Aber als er bei der Mühle ankam, fühlte er sich vor Müdigkeit so zerschlagen, daß er, sobald er der guten Müllerin gesagt hatte, daß sie auf ihren Sohn nicht warten solle, sich auf das kleine Bett warf, welches Louis in seinem eigenen Zimmer für ihn hatte aufschlagen lassen. Die Grand'Marie schärfte Jeannie ein, seinen Meister nicht warten zu lassen und mit dem Aufwachen nicht so lange zu brauchen, sobald Sophie in den Stall gebracht werden müsse, dann ging sie gleichfalls schlafen. Aber die mütterliche Zärtlichkeit schläft nur mit einem Auge, und als ein Gewitter aufkam, fuhr die gute Frau bei jedem Donner, der durch das Tal rollte, im Bett auf und glaubte zu hören, wie ihr Sohn an die Tür des in der Mühle schlafenden Jeannie klopfte. Im Morgengrauen stand sie behutsam auf, ging zu ihm und legte ihm ans Herz, nicht zu viel Lärm zu machen, weil Grand-Louis, der zweifellos spät zurückgekommen war, seinen Schlaf etwas nötiger brauche als gewöhnlich. Sie war folglich sehr überrascht und beinahe erschrocken, als Jeannie ihr antwortete, daß sein Meister noch nicht wieder da sei.

– Nicht möglich! sagte sie. Er schläft nie außerhalb, wenn er nur nach Blanchemont geht.

– Ach was! Meisterin, es ist der Vorabend des Festes. Dort schläft niemand. Die Wirtshäuser sind die ganze Nacht über offen. Die Dudelsackspieler kommen und spielen ihre schönsten Märsche. Das bringt das Herz zum Tanzen. Man wünscht sich, es wäre bereits morgen; man denkt nicht daran, schlafen zu gehen, man befürchtet, zu spät wachzuwerden und auch nur das geringste Bißchen von den Vergnüglichkeiten zu versäumen. Unser Meister wird sich vergnügt und nicht geschlafen haben.

– Der Meister verbringt seine Nächte nicht in Wirtshäusern, antwortete die Müllerin und schüttelte den Kopf, nachdem sie die Tür zum Stall geöffnet hatte, um nachzusehen, ob Sophie nicht vielleicht an der Raufe stehe. – Ich dachte, fügte sie hinzu, er sei zurückgekehrt und habe dich nicht wecken wollen, Jeannie. Das fällt ihm schwer; er hilft sich lieber selbst, als daß er ein Kind wie dich weckt, das die Augen voll Schlaf hat. Aber er hat nicht geschlafen! Vorgestern hat er sich auch so angestrengt und war weit fort. In der vorigen Nacht ist er spät schlafen gegangen und in dieser überhaupt nicht! . . .

Mit einem tiefen Seufzer ging die Müllerin ihre Sonntagstoilette machen. Die Liebe, diese Verbrecherin! dachte sie, das ist es, was ihn quält und Tag und Nacht auf den Beinen hält. Welches Ende soll das nur für ihn nehmen?

Vierter Tag

XXV

Sophie

Die gute Müllerin war in traurige Gedanken versunken, und, wie alte Leute es häufig tun, brachte sie sie laut zum Ausdruck, während sie von ihrem Schrank zum Geschirrbord ging und unbewußt damit befaßt war, ihr altmodisches Mieder mit den langen Schößchen zu richten sowie die Schürze aus gewürfeltem Baumwollstoff, die sie seit ihrer Jugend sorgsam aufbewahrte und sehr schätzte, weil der Stoff damals viermal soviel gekostet hatte wie ein schönerer heute kosten würde.

– Macht Euch keinen Kummer, meine Mutter, sagte der Grand-Louis, der ihr von der Türschwelle her zuhörte, wo er gerade angelangt war, ohne daß sie ihn bemerkt hatte; das endet, wie es muß; aber Euer Sohn wird immer versuchen, Euch glücklich zu machen.

– Ach, mein armes Kind, ich habe dich nicht gesehen! sagte die Müllerin und wurde selbst in ihrem Alter noch ein wenig rot, weil sie mit ihren langen, grauen, über die Schultern ausgebreiteten Haaren überrascht worden war, denn die Bäuerinnen der Vallée-Noire waren zu ihrer Zeit schamhaft bemüht, niemals ihr Haar zu zeigen. Aber die Grand'Marie vergaß sehr bald diese veraltete zimperliche Regung, als sie bemerkte, wie unordentlich und blaß der Müller aussah.

– Jesus, mein Gott! sagte sie und rang die Hände, wie müde du bist! Man könnte meinen, du hättest den Regen der ganzen Nacht abbekommen! Du bist ja noch ganz naß. Geh und ziehe dich rasch um. Wieso hast du denn kein Haus gefunden, um dich unterzustellen? Und was für ein finsteres Gesicht du heute morgen machst! Ach, mein armes Kind, man könnte meinen, du wolltest unbedingt krank werden!

– Ach nein, Mutter, quält Euch doch nicht so! sagte der Müller und bemühte sich, so heiter auszusehen wie gewöhnlich. Ich habe die Nacht in der Obhut von Freunden verbracht . . . bei Leuten, mit denen ich zu tun hatte und die mir gut zu essen gegeben haben. Ich bin nur eben erst ein wenig naß geworden, weil ich zu Fuß zurückgekommen bin.

– Zu Fuß? Und was hast du mit der Sophie gemacht?

– Ich habe sie . . . dem Dingsda . . . von da unten . . . geliehen . . .

– Wer ist Dingsda von da unten? . . .

– Ihr wißt doch? Ach was, das sage ich Euch später. Wenn Ihr zur Zusammenkunft wollt, nehme ich die kleine Schwarze und lasse Euch hinten aufsitzen.

– Du hast unrecht, die Sophie zu verleihen, mein Kind. Das ist ein einzigartiges Tier und verdient es, geschont zu werden. Mir wäre es lieber, wenn du die beiden anderen verliehest.

– Mir auch. Aber was soll ich machen? Es hat sich so ergeben. Nun, Mutter, ich kleide mich um, und wenn Ihr los wollt, dann ruft Ihr mich.

– Nein, nein, ich sehe, daß du heute nacht nicht in den Genuß deines Schlafs gekommen bist, und ich will, daß du ein Nickerchen machen gehst. Bis zum Beginn der Messe haben wir außerdem noch Zeit. Ach, Grand-Louis, was du für ein Gesicht machst! Es ist nicht gut, so zu laufen!

– Seid beruhigt, Mutter, ich fühle mich nicht krank, und so etwas kommt doch nicht oft vor. Manchmal muß man sich ein wenig Ablenkung verschaffen.

Den Müller betrübte es noch mehr, daß er seiner Mutter das Herz schwer machte, die ihre Sorge und Unzufriedenheit immer nur mit äußerster Sanftheit und tapferer Zurückhaltung ausdrückte, und er warf sich mit einer wütenden Bewegung auf sein Bett und weckte dadurch Lémor auf.

– Stehen Sie schon auf? fragte dieser und rieb sich die Augen.

– Nein, nein, ich lege mich hin, mit Ihrer Einwilligung, antwortete der Müller und brachte sein Bett mit Fausthieben zum Wackeln.

– Mein Freund, Sie haben Kummer, entgegnete Lémor, der durch die unmißverständlichen Anzeichen inneren Zorns bei Grand-Louis nun ganz wach war.

– Kummer! Ja, Monsieur, das gebe ich zu, vielleicht mehr, als die Sache wert ist; aber schließlich schmerzt es mich mehr, als ich es möchte, ich kann mich nicht daran hindern.

Und dicke Tränen traten in die müden Augen des Müllers.

– Mein Freund! rief Lémor, sprang aus seinem Bett und kleidete sich hastig an, Ihnen ist heute nacht ein Unglück widerfahren, das sehe ich doch! Und ich schlief hier in aller Ruhe! Mein Gott, was kann ich tun? Wohin muß ich eilen?

– Ach, eilen Sie nicht, das ist sinnlos, sagte Grand-Louis und zuckte mit den Schultern, so als ob er aus Schwäche rot geworden wäre, ich bin heute nacht genug umsonst herumgelaufen, und nun bin ich völlig fertig ... wegen einer Dummheit, fürwahr! Aber was soll ich machen, man hängt an den Tieren wie an Menschen, und man betrauert ein altes Pferd wie einen alten Freund. Sie könnten das nicht verstehen, Sie als Städter; aber wir braven Leute vom Land, wir leben mit den Tieren, von denen wir uns kaum unterscheiden!

– Und Sie haben, soweit ich verstehe, die Sophie verloren.

– Verloren, ja; das heißt, man hat sie mir gestohlen.

– Vielleicht gestern, im Kaninchengehege?

– Allerdings. Erinnern Sie sich, daß ich eine Art böser Vorahnung hatte! Als Sie mich verlassen haben, bin ich an den Ort zurückgegangen, wo ich sie gut versteckt hatte und von wo das arme, arglose, lammfromme Tier sich bestimmt nicht losgemacht hätte ... In ihrem ganzen Leben hat sie weder einen Zügel noch einen Halfter zerrissen. Nun ja, Monsieur, Pferd und Zaumzeug, alles war verschwunden. Ich habe gesucht, bin gelaufen, nichts! Bei all dem traute ich mich nicht, zu deutlich nach ihr zu fragen, vor allem auf dem Gutshof, denn das hätte zu denken gegeben! Man hätte mich meinerseits gefragt, da ich doch zu Pferd aufgebrochen war, wie ich mein Tier unterwegs verloren habe. Man hätte angenommen, ich sei betrunken, und Madame Bricolin hätte es nicht versäumt, Rose zu berichten, daß ich irgendein übles Abenteuer erlebt habe, eines Mannes unwürdig, der auf der Welt an nichts anderes denkt als an sie. Zuerst glaubte ich, irgend jemand habe mir einen Streich spielen wollen. Ich bin in alle Häuser gegangen. So ziemlich das ganze Dorf war noch auf den Beinen. Ich bin zum einen, bin zum anderen geschlendert und tat so, als ob nichts wäre. Ich bin unbemerkt in alle Ställe gegangen, selbst in den des Schlosses: keine Sophie! Blanchemont ist um diese Zeit voll mit den unterschiedlichsten Leuten, und gewiß war unter ihnen irgendein durchtriebener Spitzbube, der zu Fuß angekommen und zu Pferd weggeritten ist – er wird sich gesagt haben, daß das Fest für ihn schon recht gut war, bevor es angefangen hat, und er nicht mehr davon sehen mußte. Nun, wir sollten nicht mehr daran denken. Glücklicherweise habe ich bei all dem nicht allzu sehr den Kopf verloren. Ich bin mit meinen schnellen Füßen nach La Châtre gegangen. Ich habe meinen Notar besucht; es war etwas zu spät, er war schon mit dem Essen fertig, und die Verdauung machte ihn ein wenig schwerfällig; aber er wird zeitig auf dem Fest sein, das hat er mir versprochen. Nachdem ich ihn verließ, habe ich noch überall herumgeschnüffelt und wie ein nächtlicher Jäger auf die Büsche geklopft. Bis zum Morgengrauen bin ich durch Regen und Gewitter getrabt und hoffte, meinen versteckten Dieb irgendwo aufzustöbern. Sinnlos! Ich will mein Unglück nicht austrommeln, das würde Aufsehen erregen, und wenn es zu einer Untersuchung käme, dann hätten wir uns ganz schön in die Nesseln gesetzt mit dieser Geschichte von einem im Kaninchengehege versteckten und eine volle Stunde lang sich selbst überlassenen Pferd, wobei ich nicht erklären könnte, warum und wieso. Ich hatte es ziemlich weit von Ihrem Treffpunkt versteckt, damit mögliche Bewegungen nicht die Aufmerksamkeit auf Sie lenkten. Arme Sophie! Ich hätte ihrem Verstand trauen sollen. Sie hätte sich nicht gerührt!

– So bin also ich der Grund für dieses Mißgeschick! Grand-Louis, das bekümmert mich mehr als Sie, und Sie gestatten mir zweifellos, Sie, so gut es mir möglich ist, zu entschädigen.

– Schweigen Sie, Monsieur; das bißchen Geld, welches das arme Tier auf einem Markt hätte bringen können, ist mir egal! Glauben Sie, wegen hundert Francs wäre ich so besorgt? Ach, nicht doch. Ich trauere um sie und nicht um ihren Preis, der bedeutet mir nichts. Sie war so mutig und klug, sie kannte mich so gut! Ich bin sicher, daß sie in diesem Moment an mich denkt und denjenigen, der sie versorgt, böse anguckt. Wenn er sie wenigstens gut versorgt! Wäre ich mir dessen sicher, wäre das sozusagen ein Trost für mich. Aber er wird sie mit Hieben mit dem Peitschenschaft striegeln und ihr Kastanienschalen zu fressen geben! Denn es muß irgendein Gauner aus dem Pays Marchois sein, der sie in seine Berge mitnimmt und sie auf einem steinigen Feld weiden läßt, statt auf ihrer hübschen Weide am Bachufer, wo sie ein so gutes Leben hatte und mit den jungen Fohlen noch die Verrückte spielte, so gut aufgelegt fühlte sie sich beim Anblick des Grüns. Und meine Mutter erst, wie sehr wird sie um sie trauern! Und bei all dem werde ich ihr nie erklären können, wie das Unglück geschehen ist. Ich hatte noch nicht den Mut, es ihr zu sagen. Reden Sie also nicht davon, bis ich eine Geschichte erfunden habe, die ihr die Nachricht weniger bitter macht.

Im naiven Bedauern des Müllers lag etwas Komisches und zugleich auch Anrührendes, und Lémor, der untröstlich war, die Ursache seines Grams zu sein, war selbst so betrübt, daß der gute Louis sich bemühte, ihn zu trösten.

– Nun, nun, sagte er, genug der Albernheiten wegen einer vierfüßigen Kreatur. Ich weiß doch, daß es nicht Ihre Schuld ist, und mir kam keinen Augenblick lang der Gedanke, es Ihnen vorzuwerfen. Es darf die Erinnerung an Ihr Glück nicht verderben, mein Freund! Das ist recht wenig als Preis für den schönen Abend, den Sie in der Zeit verbracht haben! Und sollte ich selbst je ein Stelldichein mit Rose haben, dann würde es mir nichts ausmachen, mein Leben lang auf einem Besenstiel zu reiten! Erzählen Sie es nicht Madame Marcelle; sie wäre imstande, mir ein Pferd zu tausend Francs zu schenken, und wahr ist, daß mir das weh tun würde. Ich will mein Herz nicht mehr an Tiere hängen. Man hat ohnedies im Leben genug Sorgen mit den Menschen, sage ich Ihnen; denken Sie an Ihre Liebe und machen Sie sich schön, aber als Bauer, um zum Fest zu gehen, denn man muß sich in der Gegend ein wenig an Ihr Gesicht gewöhnen. Das ist besser, als sich zu verstecken, was sofort zu Mutmaßungen führen würde. Sie werden Madame Marcelle sehen, allerdings nicht mit ihr sprechen, klar? Übrigens werden Sie auch nicht die Gelegenheit dazu haben, sie tanzt nicht, sie ist in Trauer! ... Nicht aber Rose, juchhei! Und ich gehe davon aus, mit ihr bis in die Nacht zu tanzen, jetzt, wo der allerliebste Papa seine Zustimmung gibt. Das läßt mich daran denken, daß ich ein paar Stündchen schlafen muß, damit ich nicht leichenblaß bin. Bekümmern Sie sich nicht, in fünf Minuten hören Sie mich schnarchen.

Der Müller hielt Wort, und als man ihm gegen zehn Uhr seine schwarze Stute brachte, die viel schöner, doch weniger geliebt war als Sophie, als er seine Sonntagsjacke aus feinem Tuch angelegt hatte, als sein Kinn frisch rasiert, die Haut klar war und die Augen strahlten, da nahm er sein kräftiges Pferd fest zwischen seine langen Beine; die Müllerin saß mit Hilfe eines Stuhls und Lémors Arm hinter ihm auf und verspürte dabei eine stolze Regung, die Mutter des schönen Müllersmanns zu sein.

Auf dem Pachthof hatte man kaum besser geschlafen als in der Mühle, und wir sind gezwungen, ein wenig innezuhalten und den Leser über die Ereignisse zu unterrichten, die in der Nacht vor dem Fest stattfanden.

Lémor, hin- und hergerissen zwischen der schmerzlichen Erregung, die die seltsame Begegnung mit der Verrückten in ihm ausgelöst hatte, und der trunkenen Freude über das Wiedersehen mit Marcelle, hatte im Gehege nicht bemerkt, daß der Müller nicht sehr viel ruhiger war als er. Grand-Louis hatte den Pachthof voller Bewegung und Getümmel vorgefunden. Zwei Patachen und drei Kabrioletts, die in ihrem kräftigen Schoß die ganze Verwandtschaft der Bricolins herangeschafft hatten, ruhten, schief auf ihre müden Schenkel gestützt, längs der Ställe und Misthaufen. Alle armen Nachbarinnen, begierig auf einen mageren Lohn, waren verpflichtet worden, bei den Vorbereitungen der Mahlzeiten für diese Gäste zu helfen, die zahlreicher und hungriger waren, als man es im neuen Schloß erwartet hatte. Monsieur Bricolin, eher stolz, seinen Reichtum zu zeigen, als verärgert über die Kosten, die dies verursachen würde, war bester Laune. Seine Töchter, Söhne, Vettern, Neffen und Schwiegersöhne, sie alle kamen, jeder für sich, und fragten flüsternd, an welchem Tag man Einstand halten werde im alten, restaurierten und neu angemalten Schloß, mit der Gesamtzahl der Bricolins als Wappen über der Tür. – Denn endlich wirst du doch Grundherr und Herr von Blanchemont sein, sagte man im abgedroschenen Refrain, und du wirst dein Vermögen etwas besser verwalten als alle diese Grafen und Barone, denen du nachfolgst, zum größten Ruhm der neuen Aristokratie, dem neuen Adel des guten Geldes. Bricolin war vor Stolz wie berauscht, und mit einem boshaften Lächeln antwortete er seinen geliebten Verwandten: – Noch nicht, noch nicht! Vielleicht niemals! und gebärdete sich mit Wonne wichtig wie ein Schloßherr. Er achtete nicht mehr auf die Ausgaben, gab seinen Knechten, seiner Mutter, seiner Tochter und seiner Frau mit Donnerstimme Befehle, wobei er den Bauch aufblähte, bis er ihm ans Kinn reichte. Das ganze Haus war durcheinander, die Mutter Bricolin rupfte zu Dutzenden Hühner, die kaum tot waren, und Madame Bricolin, die zuerst rabiat den Tumult in der Küche beaufsichtigt hatte, schickte sich auf ihre Weise an, lustig zu werden, als sie die üppige Mahlzeit sah, die vorbereiteten Kammern und die vor Bewunderung entzückten Gäste. Durch diese ganze Unordnung begünstigt, konnte der Müller ganz leicht mit Marcelle sprechen; und dieser, die sich mit Kopfschmerzen entschuldigte, war es gelungen, sich dem Abendessen zu entziehen und während des Festschmauses, tief im Gehege, Lémor zu treffen.

Während man aufdeckte, hatte Rose ebenfalls mehr als einen ausgezeichneten Vorwand gefunden, durch den Hof zu schlendern und im Vorübergehen, ihrer Gewohnheit gemäß, ein paar freundschaftliche Worte zu Grand-Louis zu sagen. Aber ihre Mutter verlor sie nicht aus den Augen und hatte ihrerseits ein Mittel ausfindig gemacht, um den Müller unverzüglich zu entfernen. Da sie gezwungen war, sich den Befehlen ihres Ehemannes zu fügen, der ihr gebieterisch aufgetragen hatte, dem Letztgenannten kein böses Gesicht zu zeigen, hatte sie sich, um ihren Haß zu befriedigen und Rose wegen ihrer Freundschaft für ihn zu beschämen, ausgedacht, ihn vor ihren anderen Töchtern und weiblichen Verwandten, die, ob jung oder alt, gleichermaßen boshaft wie frech waren, lächerlich zu machen. Sie hatte ihnen geschwind anvertraut, jeder einzelnen, daß dieser dörfliche Schöngeist sich einbilde, ihrer Tochter zu gefallen, daß Rose davon nichts wisse und nicht darauf achte; daß Monsieur Bricolin, der es nicht glauben wolle, ihn sehr gütig behandele; daß sie aber aus guter Quelle eine merkwürdige Tatsache wisse: nämlich, daß der *schöne Müllersmann*, Schwarm aller Landmädchen mit schlechtem Lebenswandel, sich so manches Mal gerühmt habe, der reichsten Bürgerin, der er den Hof zu machen beschlossen habe, zu gefallen, dieser gerade so wie jener . . . Und dabei nannte Madame Bricolin die anwesenden Personen und lachte schrill und verächtlich, wobei sie ihre Schürze raffte und die Faust in die Hüfte stemmte.

Vom weiblichen Teil der Familie eilte die vertrauliche Mitteilung sofort von Mund zu Mund und von Ohr zu Ohr, zu allen Bricolins des anderen Geschlechts, derart, daß Grand-Louis, der an nichts anderes dachte, als sich zu Lémor zu begeben, sich bald von Spöttereien bedrängt sah, so platt, daß sie unverständlich waren; und bei seinem Weggehen begleitete ihn halbersticktes Lachen und unverschämtestes Flüstern. Da er von der Heiterkeit, die er erregte, nichts begriff, verließ er den Hof beunruhigt, sorgenvoll und voller Verachtung für die grobschlächtigen Herrschaften Landbürger, die an diesem Abend in Blanchemont versammelt waren.

Der Empfehlung von Madame Bricolin entsprechend sorgte man dafür, daß Monsieur Bricolin von der Verschwörung nichts merkte, und man gab sich das Wort darauf, daß man den Müller am nächsten Morgen in Anwesenheit von Rose weiter verfolgen wolle. Es war, so sagte ihre Mutter, eine Notwendigkeit, diesen Bauerntölpel vor ihren Augen zu demütigen, damit sie lerne, nicht zu sehr auf ihr gutes Herz zu hören und die Bauern auf Abstand zu halten.

Nach dem Essen ließ man die Spielleute kommen und tanzte im Hof, im Vorgriff auf den nächsten Tag. In der Zwischenzeit, während einer Pause, hatte der Müller, der beunruhigt war und es eilig hatte, sich nach La Châtre zu begeben, den Liebesleuten versichert, daß das Abendvergnügen im neuen Schloß zu Ende sei, und er hatte sie gezwungen, sich viel eher zu trennen, als sie es wünschten.

Als Marcelle zum Hof zurückkehrte, hatte man sich wieder zu belustigen begonnen, und da sie dasselbe Bedürfnis nach Einsamkeit und Träumen verspürte, welches Lémor in die Gefilde der Vallée-Noire getrieben hatte, kehrte sie in das Gehege zurück und ging dort gemächlich bis Mitternacht spazieren. Der Klang des Dudelsacks, gemeinsam mit dem der Bauernleier, tut aus der Nähe den Ohren weh; aber aus der Ferne hat diese ländliche Musik, die zuweilen so anmutige Motive singt und die durch ihre primitiven Harmonien noch ursprünglicher klingt, einen Zauber, der in die schlichtesten Seelen eindringt und das Herz dessen höher schlagen läßt, der sie in den schönen Tagen der Kindheit an seiner Wiege gehört. Die vibrierenden Töne des Dudelsacks, obgleich rauh und näselnd, und das hohe Quietschen und nervöse Stakkato der Leier sind füreinander gemacht und verbessern sich gegenseitig. Marcelle lauschte ihnen lange Zeit mit Vergnügen, und da sie merkte, daß die Entfernung ihnen immer mehr Zauber verlieh, befand sie sich schließlich am äußersten Rand des Geheges, versunken in den Traum vom Hirtenleben, wofür vermutlich ihre Liebe verantwortlich war.

Aber plötzlich blieb sie stehen, als sie unter ihren Füßen fast auf die Verrückte stieß, die ohne sich zu bewegen und wie tot auf der Erde lag. Trotz des Ekels, den die beispiellose Unsauberkeit dieses unglücklichen Wesens ihr einflößte, entschloß sie sich, nachdem sie sie vergeblich zu wecken versucht, sie mit den Armen hochzuheben und etwas weiter zu ziehen. Sie lehnte sie an einen Baum, und da sie sich nicht stark genug fühlte, sie weiterzutragen, wollte sie eben auf dem Gutshof Hilfe für sie holen, als die Bricoline aus ihrer Betäubung aufwachte und mit ihrer abgezehrten Hand die langen, mit Gras und Kieseln gespickten und ihr ins Gesicht hängenden Haare anhob. Marcelle half ihr, diesen dicken, ihrer Atmung hinderlichen Vorhang wegzustreichen, und zum ersten Mal wagte sie es, sie anzusprechen und zu fragen, ob sie leide.

– Gewiß, ich leide! antwortete die Verrückte mit erschreckender Gleichgültigkeit und in einem Ton, in dem man gesagt hätte: Es gibt mich noch! Dann fügte sie knapp und herrisch hinzu: – Hast du ihn gesehen? Er ist zurückgekommen. Er will nicht mit mir sprechen. Hat er dir gesagt, warum nicht?

– Er hat mir gesagt, er werde wiederkommen, antwortete Marcelle und versuchte, auf ihren Wahn einzugehen.

– Ach, er kommt nicht wieder, rief die Verrückte und erhob sich ungestüm; er kommt niemals wieder! Er hat Angst vor mir. Alle haben Angst vor mir, weil ich sehr reich bin, sehr reich, so reich, daß mir verboten ist zu leben. Aber ich will nicht mehr reich sein; morgen bin ich arm. Das muß endlich aufhören. Morgen sind alle arm. Du wirst auch arm sein, Rose, und du wirst niemandem mehr angst machen. Ich werde die Bösen, die mich umbringen, mich einsperren und vergiften wollen, bestrafen . . .

– Aber es gibt Menschen, die Mitleid mit Ihnen haben und Ihnen nur Gutes wollen, sagte Marcelle.

– Nein, die gibt es nicht, antwortete die Verrückte wütend und auf erschreckende Weise erregt. Sie sind alle meine Feinde. Sie haben mich gefoltert, haben mir ein rotes Eisen in den Kopf gedrückt. Mit Nägeln haben sie mich an die Bäume geschlagen, und mehr als zweitausendmal haben sie mich oben von den Türmen auf das Pflaster geworfen. Sie haben mir das Herz mit großen stählernen Nadeln durchbohrt. Sie haben mir bei lebendigem Leib die Haut abgezogen; darum kann ich mich nicht anziehen, ohne unter furchtbaren Schmerzen zu leiden. Sie wollten mir die Haare ausreißen, weil diese mich ein wenig gegen ihre Schläge schützen . . . Aber ich werde mich rächen! Ich habe eine Klage verfaßt! Ich habe vierundfünfzig Jahre gebraucht, um sie in allen Sprachen aufzuschreiben und sie an alle Herrscher der Welt zu schikken. Ich will, daß man mir Paul zurückgibt, den sie in ihrem Keller versteckt haben und den sie quälen wie mich. Ich höre ihn jede Nacht schreien, wenn man ihn foltert . . . Ich kenne seine Stimme . . . Da, hören Sie ihn? fügte sie mit düsterer Stimme hinzu und lauschte angespannt den heiteren Klängen des Dudelsacks. – Sie sehen, man läßt ihn tausend Tode sterben. Sie wollen ihn verschlingen, aber sie werden bestraft, bestraft! Morgen quäle ich sie auch. Sie werden so viel leiden, daß selbst ich Mitleid mit ihnen haben werde . . .

Und dieweil sie so mit fiebriger Zungenfertigkeit redete, stürzte sie sich in die Büsche und wandte sich dem Gutshof zu, ohne daß Marcelle imstande war, ihrem schnellen Lauf und ihren ungestümen Sprüngen zu folgen.

XXVI

Das nächtliche Fest

Auf dem Gutshof tanzte man ausdauernder denn je. Die Knechte und Mägde hatten sich dazugesellt, und ihre Füße wirbelten dichten Staub auf, ein Umstand, der noch nie den Berrichoner Bauern davon abgehalten hat, wie berauscht zu tanzen, nicht mehr jedenfalls als die Steine, die Sonne, der Regen oder die Erschöpfung durch Ernte oder Heumahd. Kein Volk tanzt mit mehr feierlichem Ernst und Leidenschaft zugleich. Wenn man sie bei der Bourrée vorwärts und rückwärts schreiten sieht, so weich und regelmäßig, daß ihre engen Quadrillen dem Pendel einer Uhr gleichen, dann ahnt man nichts von dem Vergnügen, welches ihnen diese eintönige Übung verschafft, und noch weniger vermutet man, wie schwierig es ist, diesen elementaren Rhythmus zu begreifen, den jeder Schritt und jede Haltung des Körpers mit strenger Genauigkeit gestalten müssen. Um nämlich Vollkommenheit zu erreichen, müssen eine große Klarheit der Bewegung und scheinbare Gleichgültigkeit die Arbeit ganz und gar unsichtbar machen. Aber wenn man sie eine Zeitlang studiert hat, wundert man sich über ihre unermüdliche Ausdauer, man würdigt die Art ihrer sanften und unschuldsvollen Anmut, die sie vor Ermüdung bewahrt, und wenn man dann dieselben Personen zehn oder zwölf Stunden nacheinander ohne Kreuzschmerzen beim Tanzen beobachtet, könnte man annehmen, daß sie von der Tarantel gestochen sind, oder feststellen, daß sie das Tanzen rasend lieben. Von Zeit zu Zeit verrät ein sonderbarer Schrei, den sie herauslassen, ohne daß ihr Gesichtsausdruck die unerschütterliche Ernsthaftigkeit verliert, die innere Freude der jungen Leute, und mitunter stampfen sie kräftig mit dem Fuß auf und springen wie Stiere in die Luft, um dann mit lässiger Geschmeidigkeit wieder zu landen und ihr phlegmatisches Wiegen wieder aufzunehmen. Der Charakter des Berrichoners äußert sich in diesem Tanz völlig. Was die Frauen angeht, so müssen sie ganz gleichmäßig über den Boden gleiten, was eine größere Leichtigkeit erfordert, als man denkt, und ihre Grazie ist von strenger Keuschheit.

Rose tanzte, ohne Übertreibung, die Bourrée ebensogut wie eine Bäuerin, und ihr Vater war recht eingebildet, wenn er ihr zusah. Die Fröhlichkeit hatte sich auf alle übertragen; die Musiker hatten weidlich ihren Durst gelöscht und schonten weder Arme noch Lungen. Das Halbdunkel einer schönen Nacht ließ die Tänzerinnen noch leichter erscheinen, und insbesondere Rose, dieses bezaubernde Mädchen, die wie eine weiße Möwe über ruhiges Gewässer zu gleiten und sich vom Abendwind tragen zu lassen schien. Die Melancholie, die sich an diesem Abend über alle Bewegungen legte, machte sie noch schöner als gewöhnlich.

Allerdings war Rose in all ihrer angeborenen Schlichtheit tief in ihrem Herzen eine echte Bäuerin der Vallée-Noire, und sie fand Freude am Tanzen, vielleicht auch nur, um sich darin zu üben, am nächsten Tag den sicherlich zahlreichen Aufforderungen von Grand-Louis entsprechen zu können. Aber plötzlich stolperte der Dudelsackpfeifer über das Faß, das ihm als Postament diente, und die in seinem Instrument enthaltene Luft entwich mit einem seltsam kläglichen Ton, der alle verdutzten Tänzer zwang, innezuhalten und sich zu ihm umzudrehen. Im selben Augenblick rollte die unvermittelt den Händen des anderen

Spielmannes entrissene Leier unter Roses Füße, und die Verrückte stürzte aus dem Dorforchester, in das sie wie eine Wildkatze gesprungen war, mitten in die Bourrée und schrie: – Unglück, Unglück über die Mörder! Unglück über die Henker! Dann warf sie sich auf ihre Mutter, die vorgetreten war, um sie zurückzuhalten, fuhr ihr mit ihren Krallen an den Hals und hätte sie unweigerlich erwürgt, wenn die alte Mutter Bricolin sie nicht daran gehindert hätte, indem sie ihr die Arme um den Leib schlang. Gegenüber ihrer Großmutter hatte die Verrückte sich nie zu einer Gewalttat hinreißen lassen, sei es, weil sie für sie, ohne sie zu erkennen, eine Art instinktiver Liebe bewahrt hatte, sei es, weil sie sie als einzige von allen erkannte und sich an die Bemühungen der guten Frau zugunsten ihrer Liebe erinnerte. Sie leistete keinen Widerstand und ließ sich von ihr ins Haus führen, wobei sie herzzerreißende Schreie ausstieß, die alle Gemüter erschütterten und entsetzten.

Als Marcelle, die der älteren Mademoiselle Bricolin so dicht wie möglich gefolgt war, im Hof anlangte, fand sie das Fest unterbrochen, alle Leute erschreckt und Rose nahezu ohnmächtig. Zweifellos litt Madame Bricolin in der Tiefe ihrer Seele, und sei es auch nur, weil ihre innere Wunde derart den Augen aller ausgesetzt war; aber in ihrem Tatendrang, die Raserei der Geisteskranken zu unterdrücken und ihre Schreie zu ersticken, lag etwas so Heftiges und Energisches, das der Festigkeit eines Gendarmen, der einen Ruhestörer einkerkert, ähnlicher war als der Fürsorglichkeit einer verzweifelten Mutter. Die Mutter Bricolin bewies ebensoviel Eifer und mehr Mitgefühl. Es war ein schmerzliches Schauspiel, zu sehen, wie diese arme Alte mit ihrer rauhen Stimme und ihrem männlichen Gebaren die Verrückte liebkoste und mit ihr sprach wie mit einem kleinen Kind, welches man abwechselnd zurechtweist und dem man schöntut: – Nun, nun, meine Süße, sagte sie zu ihr, du bist sonst so vernünftig und möchtest doch deiner Großmutter keinen Kummer bereiten? Du mußt dich jetzt ruhig ins Bett legen, oder ich werde böse und hab dich nicht mehr lieb. Die Verrückte verstand nichts von diesen Reden und hörte sie nicht einmal. Sie klammerte sich ans Fußende ihres Bettes, stieß fürchterliche Schreie aus, und in ihrer krankhaften Phantasie erlitt sie in diesem Augenblick die Strafen und Folterqualen, deren unwirkliches Gemälde sie Marcelle gezeigt hatte.

Nachdem diese sich vergewissert hatte, daß ihr Kind ruhig unter Fanchons Obhut schlief, mußte sie sich um Rose kümmern, die vor Angst und Kummer ganz verstört war. Es war das erste Mal, daß die Bricoline den in ihrer zerstörten Seele seit zwölf Jahren angesammelten Haß äußerte. Einmal in der Woche, im Höchstfall, schrie und weinte sie, wenn ihre Großmutter sie veranlaßte, ihre Kleider zu wechseln. Aber das waren dann die Schreie eines Kindes, und jetzt waren es die einer Furie. Nie hatte sie an irgend jemanden das Wort gerichtet, und zum ersten Mal seit zwölf Jahren hatte sie soeben Drohungen ausgestoßen. Sie hatte niemals jemanden geschlagen, und soeben hatte sie versucht, ihre Mutter zu töten. Kurz gesagt hatte dieses stumme Opfer der Raffgier seiner Eltern sein unaussprechliches Leiden irgendwo mit sich herumgetragen, und fast jedermann hatte sich mit roher Gleichgültigkeit an dieses erbärmliche Schauspiel gewöhnt. Man hatte keine Angst mehr vor ihr, man war es leid, sie zu bedauern, man ertrug ihre Gegenwart wie ein unabwendbares Übel, und sofern man Gewissensbisse empfand, so gestand man sie vielleicht nicht einmal sich selbst ein. Aber dieser entsetzliche, verzehrende Schmerz mußte phasenweise ausbrechen, und nunmehr war sie in der Phase angelangt, wo ihr Martyrium für die anderen gefährlich wurde. Man mußte sich endlich damit befassen. Monsieur Bricolin saß draußen vor der Tür und lauschte mit stumpfsinniger Miene den groben Beileidskundgebungen seiner Familie.

– Das ist ein großes Unglück für Sie, wurde ihm gesagt, und Sie haben es zu lange vor Ihren Augen ertragen. Eine solche Geduld übersteigt die menschliche Kraft, und

Sie müssen sich endlich entschließen, diese Unglückliche in ein Irrenhaus zu bringen.

– Die werden sie nicht heilen! antwortete er und schüttelte den Kopf. Ich habe alles versucht. Es ist unmöglich; ihr Leiden ist zu groß, sie wird daran sterben müssen!

– Das ist das Beste, was ihr widerfahren könnte. Sie sehen selbst, daß sie auf Erden nur zu bedauern ist. Aber wenn man sie letztendlich auch nicht heilt, so nimmt man Ihnen doch die Mühe ab, sie zu pflegen und zu sehen. Man wird sie daran hindern, Ihnen etwas anzutun. Wenn Sie dem keine Aufmerksamkeit schenken, wird sie zum Schluß jemanden umbringen, oder sich selbst, vor Ihren Augen. Es wird furchtbar sein.

– Aber was soll ich tun? Ich habe es ihrer Mutter hundertmal gesagt, und sie will sich nicht von ihr trennen. Im Grunde liebt sie sie noch, glauben Sie mir, und das ist verständlich. Die Mütter empfinden anscheinend immer etwas für ihre Kinder.

– Aber es geht ihr dort besser als hier, seien Sie dessen versichert. Die Pflege ist jetzt sehr gut. Es gibt schöne Anstalten, wo es den Leuten an nichts fehlt. Man hält sie sauber, läßt sie arbeiten, beschäftigt sie, man behauptet sogar, man unterhalte sie, führe sie zur Messe und lasse sie Musik hören.

– In dem Fall sind sie glücklicher als zu Hause, sagte Monsieur Bricolin. Nachdem er einen Augenblick lang nachgedacht hatte, fügte er hinzu: – Und all das, ist das sehr teuer?

Rose war tief betrübt. Sie war die einzige, neben ihrer Großmutter, die gegenüber dem Schmerz der armen Bricoline nicht unempfindlich geworden war. Wenn sie es vermied, davon zu sprechen, so weil sie es nicht konnte, ohne ihre Eltern des von ihnen begangenen moralischen Verwandtenmordes anzuklagen; aber zwanzigmal am Tag ertappte sie sich dabei, wie sie vor Empörung erbebte, wenn sie aus dem Munde ihrer Mutter die Maximen des Egoismus und des Geizes vernahm, denen man vor ihren

Augen die Schwester geopfert hatte. Sobald ihre Schwäche verschwunden war, wollte sie ihrer Großmutter helfen, die Verrückte zu beruhigen; aber Madame Bricolin, die befürchtete, daß dieses Schauspiel sie zu sehr beeindrucken werde und die ein unbestimmtes Gefühl hatte, daß unmäßiger Schmerz ansteckend sein könnte, sogar in seinen körperlichen Auswirkungen, schickte sie mit einer Härte fort, die sie selbst in ihren fürsorglichsten Momenten nicht ablegen konnte. Rose war über diese Ablehnung entrüstet und kehrte in ihr Zimmer zurück, wo sie während eines Teils der Nacht auf und ab lief, von höchster Erregung gepeinigt, jedoch ohne reden zu wollen, aus Angst, sich vor Marcelle zu heftig über ihre Eltern zu äußern.

Diese Nacht, die so süß begonnen hatte, war also für Madame de Blanchemont äußerst unerquicklich. Die Schreie der Verrückten hörten zwischendurch auf und fingen dann umso fürchterlicher und erschreckender wieder an. Wenn sie aufhörten, so geschah dies nicht nach und nach und indem sie allmählich schwächer wurden, vielmehr geschah es unvermittelt, mitten in ihrer größten Intensität, als ob ein gewaltsamer Tod sie plötzlich unterbrochen hätte.

– Sollte man nicht meinen, sie werde umgebracht? rief Rose bleich und konnte sich, in ihrem Zimmer umherlaufend, kaum aufrecht halten. – Ja, das ähnelt einer Folter!

Marcelle wollte ihr nicht erzählen, welche grausamen Folterqualen die Verrückte in der Tat zu erleiden glaubte und in Gedanken in diesen Augenblicken erlitt. Sie verheimlichte ihr die Unterhaltung, die sie mit ihr im Park gehabt hatte. Von Zeit zu Zeit ging sie die Kranke besuchen; sie fand sie auf dem Fliesenboden ausgestreckt, die Arme fest um den Fuß ihres Bettes geschlungen und wie erstickt durch die Anstrengung des Schreiens; aber die Augen waren geöffnet und starr und ihr Verstand offenbar rastlos tätig. Die neben ihr kniende Großmutter versuchte vergeblich, ihr ein Kissen unter den Kopf zu schieben oder ihr einen Löffel Beruhigungstrank in den verkrampften

Mund einzuflößen. Madame Bricolin, bleich und unbeweglich, saß ihr gegenüber in einem Sessel; in ihren energischen, stark gegerbten Zügen trug sie die Spur eines tiefen Schmerzes, der nicht einmal Gott selbst ihr Verbrechen bekennen wollte. Die dicke Chounette stand in einer Ecke und schluchzte mechanisch, ohne ihre Dienste anzubieten und ohne daß man daran dachte, sie in Anspruch zu nehmen. Diese drei Gestalten zeigten eine tiefe Entmutigung. Nur die Verrückte schien, wenn sie nicht heulte, finstere Haßgedanken in ihrem Gehirn zu wälzen. Aus dem Nebenzimmer hörte man es schnarchen; aber der schwere Schlaf von Monsieur Bricolin war nicht frei von Erregung. Von Zeit zu Zeit schien er von bösen Träumen unterbrochen. Weiter weg, an der gegenüberliegenden Trennwand, hörte man den Vater Bricolin husten und wimmern; am Leiden anderer unbeteiligt, konnte er bei den geringen Kräften, die ihm verblieben waren, nicht allzu viel aufbieten, um nur sein eigenes zu ertragen.

Endlich, gegen drei Uhr morgens, schien die Gewitterschwüle sich auf die erschöpften Glieder der Verrückten zu legen. Auf dem Boden liegend schlief sie ein, und es gelang, sie ins Bett zu legen, ohne daß sie es merkte. Zweifellos war es schon lange her, daß sie einen kurzen Schlaf genossen hatte, denn sie schlief tief und fest ein, und alle konnten sich ausruhen, selbst Rose, der Madame de Blanchemont eilig diese beste aller Nachrichten überbrachte.

Wenn Marcelle nicht Gelegenheit gehabt hätte, sich der armen Rose zu widmen, dann hätte sie die unglückselige Eingebung verflucht, die sie in dieses von Geiz und Unglück bewohnte Haus getrieben hatte. Sie hätte sich beeilt, eine andere Unterkunft zu suchen als diese hier, die jeder Poesie abhold, in ihrem Wohlstand widerwärtig und so trostlos in ihrer Häßlichkeit war. Aber wie groß eine neuerliche Unannehmlichkeit, der sie ausgesetzt sein konnte, auch sein würde, sie beschloß, so lange zu bleiben, wie sie ihrer jungen Gefährtin eine Hilfe wäre. Glücklicherweise verlief der Vormittag ruhig. Alle wurden sehr spät wach, und Rose schlief noch, als Madame de Blanchemont, die selbst gerade aufgewacht war, dank der Geschwindigkeit des heutigen Nachrichtenwesens die folgende Antwort auf jenen Brief erhielt, den sie drei Tage zuvor an ihre Schwiegermutter geschrieben hatte:

Brief der Gräfin von Blanchemont
an ihre Schwiegertochter
Marcelle, Baronin von Blanchemont.

»Meine Tochter,
Möge die Vorsehung, die Ihnen diesen ganzen Mut schickt, ihn Ihnen zu bewahren geruhen! Bei Ihnen erstaunt er mich nicht, auch wenn er groß ist. Loben Sie nicht den meinen. In meinem Alter braucht man nicht lange mehr zu leiden! In dem Ihren . . . macht man sich zum Glück keine deutliche Vorstellung von der Länge und der Schwierigkeit des Lebens. Meine Tochter, Ihre Pläne sind lobenswert, ausgezeichnet und um so weiser, als sie notwendig sind; notwendiger noch, als Sie denken. Auch wir, meine liebe Marcelle, sind ruiniert! Und wir werden unserem geliebten Enkel vielleicht keinerlei Erbe hinterlassen können. Die Schulden meines unglücklichen Sohnes übersteigen alles, was Sie darüber wissen, alles, was man vorhersehen konnte. Gegenüber den Gläubigern versuchen wir, Zeit zu gewinnen; aber wir übernehmen die Verantwortung, und dies, indem wir die Zukunft Edouards des beachtlichen Vermögens berauben, das er nach unserem Dahinscheiden erhalten sollte. Erziehen Sie ihn also in Einfachheit. Lehren Sie ihn, sich mittels seiner Fähigkeiten selbst einen Lebensunterhalt zu schaffen und seine Unabhängigkeit aufrechtzuerhalten durch die Würde, mit der er das Unglück zu ertragen weiß. Wenn er das Mannesalter erreicht hat, werden wir nicht mehr von dieser Welt sein. Möge er das Gedenken an seine Großeltern achten, die die Ehre eines Adligen seinen Vergnügungen

vorgezogen und ihm als Erbe nur einen unbefleckten und tadellosen Namen hinterlassen haben. Der Sohn eines Bankrotteurs würde in seinem Leben nur verdammenswerte Freuden genießen; der Sohn eines schuldigen Vaters wird sich zumindest denen verpflichtet fühlen, die sein Leben vor der öffentlichen Schande zu schützen vermochten.

Morgen schreibe ich Ihnen die Einzelheiten, heute stehe ich unter dem Eindruck der Entdeckung dieses neuen Abgrunds. Ich teile es Ihnen in wenigen Worten mit. Ich weiß, Sie können alles verstehen und alles ertragen. Leben Sie wohl, meine Tochter, ich bewundere und liebe Sie.«

– Edouard, sagte Marcelle, und bedeckte ihren schlafenden Sohn mit Küssen, es stand also am Himmel geschrieben, daß du die Ehre und vielleicht das Glück haben solltest, deinen Vorfahren in Reichtum und Stand nicht nachzufolgen! So gehen die großen Vermögen, das Werk von Jahrhunderten, an einem einzigen Tag dahin! So besorgen es die ehemaligen Herren der Welt selbst, vom Schicksal mehr als von ihren Leidenschaften gebeutelt, den Ratschluß der göttlichen Weisheit zu erfüllen, welche unmerklich daran arbeitet, die Kräfte aller Menschen auszugleichen! Mögest du, o mein Kind, eines Tages verstehen können, daß dieses göttliche Gesetz für dich von Vorteil ist, weil es dich der Schar der Schafe zu Christi Rechten zugesellt und dich trennt von den Böcken zu seiner Linken. Mein Gott, gib mir die nötige Weisheit und Kraft, um aus diesem Kind einen Mann zu machen! Um einen Aristokraten aus ihm zu machen, hätte ich nur die Arme kreuzen und dem Reichtum das Feld überlassen müssen. Nun brauche ich Erleuchtung und Eingebungen. Mein Gott, mein Gott! Du hast mir diese Aufgabe übertragen, du wirst mich nicht verlassen!

– Lémor, schrieb sie einen Augenblick später, mein Sohn ist ruiniert, seine Verwandten sind ruiniert. Mein Sohn ist arm. Vielleicht wäre er ein unwürdiger und verachtenswerter Reicher gewesen. Es geht nun darum, einen mutigen und edlen Armen aus ihm zu machen. Diese Aufgabe wurde Ihnen von der Vorsehung vorherbestimmt. Werden Sie jetzt jemals wieder davon sprechen, mich zu verlassen? Ist dieses Kind, das ein Hindernis zwischen uns war, jetzt nicht ein teures, geheiligtes Band? Könnte sich jetzt noch jemand unserem Glück entgegenstellen, Henri, es sei denn, Sie liebten mich in einem Jahr nicht mehr? Haben Sie Mut, mein Freund, reisen Sie ab. In einem Jahr finden Sie mich in irgendeiner Hütte der Vallée-Noire wieder, unweit der Mühle von Angibault.

Im Überschwang schrieb Marcelle diese wenigen Zeilen. Nur als ihre Feder diesen Satz schrieb: *Es sei denn, Sie liebten mich in einem Jahr nicht mehr,* gab ein kaum wahrnehmbares Lächeln ihren Zügen einen unbeschreiblichen Ausdruck. Diesem Brief legte sie zur Erklärung den ihrer Schwiegermutter bei, versiegelte das Ganze, steckte es in ihre Tasche und dachte, daß sie den Müller oder vielleicht Lémor selbst, in den Bauernkleidern, die ihm so gut standen, bald wiedersehen würde.

Die Verrückte schlief während des ganzen Tages. Sie hatte Fieber; aber seit zwölf Jahren war sie keinen Tag fieberfrei gewesen, und dieser bisher unbekannte Zusammenbruch, den man noch nie bei ihr erlebt hatte, ließ an eine günstige Krise glauben. Der aus der Stadt herbeigerufene Arzt, der sie gewöhnlich untersuchte, fand sie, gemessen an ihrem sonstigen Zustand, nicht krank. Rose, beruhigt und den süßen Träumen ihrer Jugend wiedergegeben, kleidete sich langsam und mit großer Gefallsucht an. Sie wollte einfach sein, um ihren Freund nicht einzuschüchtern, indem sie vor ihm ihren Reichtum ausbreitete; sie wollte hübsch sein und ihm gefallen. Sie suchte also nach den geschicktesten Zusammenstellungen, und es gelang ihr, bescheiden zu wirken wie ein Mädchen von den Feldern und schön wie ein Engel aus dem Paradies. Ohne sich dessen inmitten all ihren Schmerzes bewußt werden zu wollen, hatte sie ein wenig bei der Vorstellung, diesen heiteren Tag zu verlieren, gezittert. Mit achtzehn Jahren verzichtet man nicht ohne Bedauern darauf, einen ganzen Tag lang den Mann zu betören, von dem man geliebt wird, und diese Angst hatte sich ohne ihr Wissen mit dem aufrechten, tiefen Schmerz vermischt, den sie um ihrer Schwester willen verspürte. Als sie beim Hochamt erschien, hatte Louis schon Ausschau gehalten, um ihre Ankunft zu erleben. Er hatte sich so aufgestellt, daß er sie nicht für einen Moment aus den Augen verlieren konnte. Wie zufällig fand sie sich neben der Grand'Marie ein, und gerührt beobachtete er, wie sie ihren schönen Schal unter die Knie der Müllerin legte, trotz der Abwehr der guten Frau.

Nach der Messe nahm Rose geschickt den Arm ihrer Großmutter, die gewöhnlich an der Seite der Müllerin, ihrer alten Freundin, blieb, wenn sie schon einmal die Freude hatte, sie zu sehen. Diese Freude wurde in jedem Jahr seltener, da es den beiden Matronen mit zunehmendem Alter immer schwerer fiel, die Entfernung zwischen Blanchemont und Angibault zu überwinden. Die Mutter Bricolin plauderte gerne. Da sie von ihrer Schwiegertochter fortwährend eine Abfuhr erhielt, wie sie sagte, hatte sie eine Flut zurückgehaltener Worte in den Busen der weniger mitteilsamen Müllerin zu gießen, die jedoch aufrechten Herzens an ihrer Jugendfreundin hing, ihr geduldig zuhörte und sachverständig antwortete.

Auf diese Weise hoffte Rose, den ganzen Tag lang der Wachsamkeit von Madame Bricolin und auch der Gesellschaft der anderen Verwandten zu entkommen, denn die Großmutter liebte sehr viel mehr das Gespräch mit ihresgleichen, den Bauern, als das mit den Emporkömmlingen ihrer Familie.

Unter den alten Bäumen des Hügels, mit Blick auf eine bezaubernde Landschaft, drängte sich die Schar der jungen Mädchen um die Spielleute, die paarweise und in geringer Entfernung voneinander auf ihren Gestellen standen, sich mit Armen und Lungen zu überbieten suchten, sich den eifersüchtigsten Wettstreit lieferten, wobei jeder in seiner Tonlage und seinem Können entsprechend spielte, ohne sich im geringsten um den scheußlichen Mißklang zu kümmern, der das Ergebnis dieser Vereinigung kreischender Instrumente war, die gleichzeitig alle Kräfte aufboten, um des Nachbarn Luft und Takt zu durchkreuzen. Mitten in diesem musikalischen Chaos blieb jede Quadrille unerbittlich auf ihrem Posten, verwechselte nie die von ihr bezahlte Musik mit der, die zwei Schritte weiter plärrte, und stampfte nie falsch mit dem Fuß auf, um den Rhythmus anzugeben – ein Kraftakt für Ohren und Gewohnheit. Die Laubhütten hallten wider vom nicht weniger bunten Lärmgemisch, wobei die einen lauthals sangen, die anderen mit Leidenschaft von ihren Geschäften redeten; die einen in guter Freundschaft miteinander anstießen, die anderen einander drohten, sich die Krüge an den Kopf zu werfen, das Ganze wirksamer noch durch zwei einheimische Gendarmen, die mit gönnerhafter Miene im Gedränge umhergingen und deren Anwesenheit genügte, um dieses friedfertige Volk im Zaum zu halten, das nur selten von Worten zur Schlägerei überging.

Der dichtgedrängte Kreis, der sich um die ersten Bourréen bildete, wurde noch dichter, als die bezaubernde Rose mit dem großen Müllersmann den Tanz eröffnete. Sie waren das schönste Paar des Festes und rissen mit ihrem festen, leichten Schritt die anderen mit. Die Müllerin konnte sich nicht enthalten, die Mutter Bricolin darauf hinzuweisen, und sie fügte sogar hinzu, es sei ein Unglück, daß diese so guten und so schönen jungen Leute nicht füreinander bestimmt seien.

– Wenn es nach mir ginge, sagte ohne Zögern die alte Pächterin, ich würde sie nicht auseinanderbringen, wenn ich das Sagen hätte; denn ich bin sicher, daß dein Junge meine Enkelin glücklicher machen würde, als sie es je mit einem anderen sein wird. Ich weiß, daß Grand-Louis sie liebt; außerdem sieht man es; obwohl er genug Verstand hat, nichts davon zu sagen. Aber was soll man machen, meine gute Marie! Bei uns denkt man nur ans Geld. Ich habe die Dummheit begangen, mein ganzes Hab und Gut meinem Sohn zu übertragen, und seit der Zeit hört man auf mich ungefähr so viel, als wenn ich tot wäre. Hätte ich anders gehandelt, hätte ich heute das Recht, Rose eine Mitgift zu geben und sie nach meinem Gutdünken zu verheiraten. Aber mir bleiben nur noch die Gefühle, und das ist eine Münze, auf die man nicht ihrem Wert entsprechend herausgibt.

Trotz der Geschicklichkeit, mit der Rose von einer Gruppe zur anderen wechselte, um ihrer Mutter zu entgehen und sich stets entweder an der Seite ihres Freundes oder ihm gegenüber zu befinden, gelang es Madame Bricolin und ihrer Gesellschaft, sich zu ihr zu gesellen und sich um sie zu scharen. Ihre Vettern ließen sie bis zur Erschöpfung tanzen, und Grand-Louis zog sich wohlweislich zurück, weil er spürte, daß er sich beim geringsten Streit über die Maßen ereifern würde. Man hatte wohl versucht, sich mit verletzenden Scherzen an ihn heranzumachen; aber der klare, kühne Blick seiner großen blauen Augen, seine verächtliche Ruhe und sein hoher Wuchs hatten die Kühnheit der Bricolins ohne weiteres in die Schranken gewiesen. Als er sich zurückzog, hatte man es von Herzen begrüßt, und Rose war sehr überrascht zu hören, wie ihre Schwestern, ihre Schwägerinnen und zahlreichen Kusinen um sie herum mit Bestimmtheit erklärten, daß dieser große Kerl wie ein Dummkopf aussehe, daß seine Art zu tanzen lächerlich sei, daß er hochnäsig sei und daß sie um nichts in der Welt mit ihm tanzen wollten. Rose war ein wenig eingebildet. Man hatte allzu beharrlich versucht, diesen Fehler in ihr zu entwickeln, als daß sie ihm nicht manchmal anheimgefallen wäre. Man hatte alles getan, um diese gute und freimütige Natur zu verderben und herabzusetzen, und wenn dies so wenig gelungen war, so weil es unbestechliche Seelen gibt, auf die der Geist des Bösen wenig Einfluß hat. Als sie indessen hörte, wie man so hartnäckig und erbittert ihren Verehrer verunglimpfte, litt sie darunter. Sie wurde schlecht gelaunt, wagte es nicht mehr, sich noch einen Tanz mit ihm zu erhoffen, erklärte, sie habe Kopfschmerzen, und kehrte zum Hof zurück, nachdem sie vergebens Marcelle gesucht hatte, deren Einfluß, das fühlte sie genau, ihr den Mut und die Ruhe zurückgegeben hätte.

XXVII

Die Hütte

Marcelle sollte am Fuße der Anhöhe auf den Müller warten, wie er ihr ausdrücklich nahegelegt hatte. Schlag zwei Uhr sah sie, wie er ein sehr schattiges eingefriedetes Grundstück betrat und ihr ein Zeichen gab, ihm zu folgen. Nachdem sie durch einen dieser kleinen Bauerngärten gegangen war, die so ungepflegt sind und folglich so hübsch, üppig und grün, betrat sie, indem sie durch die Hecke schlüpfte, den Hof einer der armseligsten Hütten der Vallée-Noire. Der Hof umfaßte zwanzigmal sechs Fuß, war auf der einen Seite von einem Häuschen begrenzt, auf der anderen vom Garten und an jedem Ende von strohgedeckten Reisigschuppen, die benutzt wurden, um einige Hühner, zwei Schafe und eine Ziege zu halten: den ganzen Reichtum eines Mannes, der sein Brot von Tag zu Tag verdient und nichts besitzt, nicht einmal das kümmerliche Haus, in dem er wohnt, und das von ihm bebaute schmale Grundstück. Das ist der wahre Landproletarier. Das Innere des Hauses war ebenso elend wie der Eingang, und es rührte Marcelle, als sie sah, mit welch außerordentlicher Sauberkeit die mutige Frau gegen die Schrecken der Not ankämpfte. Auf dem unebenen, holprigen Fußboden lag kein Körnchen Staub, die zwei oder drei ärmlichen Möbelstücke waren hell und glänzten wie lackiert; das kleine irdene Geschirr, auf Wandbretter gestellt, war gespült und sorgfältig geordnet. Bei den meisten Bauern der Vallée-Noire verbirgt sich das wirkliche, das vollkommene Elend unauffällig und vornehm unter den gewissenhaften Gepflogenheiten von Ordnung und Sauberkeit. Die bäuerliche Armut hat etwas Rührendes und Liebenswertes. Mit diesen Einheimischen würde man leichten Herzens leben. Sie flößen einem keinen Ekel ein, sondern Interesse und eine Art von Hochachtung. Es bräuchte so wenig vom Überfluß der Reichen, um die Bitternis ihres Lebens zu lindern, die sich unter dem Anschein poetischer Ruhe verbirgt.

Diese Überlegung bewegte Marcelle im Innersten, als ihr die *Piaulette* entgegenkam, mit einem Kind in den Armen und dreien, die an ihrer Schürze hingen, alle im Sonntagsstaat, frisch und sauber. Diese Piaulette (oder Pauline) war noch jung und schön, obwohl angegriffen durch die Strapazen der Mutterschaft und den Mangel am Lebensnotwendigsten. Niemals Fleisch, niemals Wein, nicht einmal Gemüse für eine Frau, die arbeitet und stillt! Indessen hätten diese Kinder von ihrer Gesundheit dem Kind von Marcelle etwas abgeben können, und die Mutter hatte auf ihren blassen, welken Lippen ein gütiges und vertrauensvolles Lächeln.

– Treten Sie bei uns ein und setzen Sie sich, Madame, sagte sie und bot ihr einen Stuhl aus Stroh an, der mit einem Handtuch aus verschossener, grober Hanfleinwand bedeckt war. – Der Herr, den Sie erwarten, ist schon dagewesen, und als er Sie nicht antraf, ist er fortgegangen, um eine Runde durch die Versammlung zu drehen, aber er wird sofort zurückkommen. Wenn ich Ihnen solange etwas anbieten könnte! . . . Da sind frisch gepflückte Pflaumen und Nüsse. Hier, Grand-Louis, nimm du doch auch eine Frucht aus meinem Garten! . . . Ich würde dir so gerne ein Glas Wein anbieten, aber wir ernten keinen, das weißt du ja, und wenn es nicht von dir käme, dann hätten wir auch nicht immer Brot.

– Sind Sie sehr arm? fragte Marcelle und steckte ein Goldstück in die Tasche des kleinen Mädchens, das mit Verwunderung ihr Kleid aus schwarzer Seide berührte.

– Und Grand-Louis, der doch selbst nicht so reich ist, kommt Ihnen zu Hilfe?

– Er? antwortete die Piaulette, er hat das beste Menschenherz, das der liebe Gott gemacht hat! Ohne ihn wären wir inden letzten drei Wintern vor Hunger und Kälte gestorben; aber er gibt uns Getreide, Holz und leiht uns seine Pferde für eine Wallfahrt, wenn jemand von uns krank ist, er ...

– Nun hast du genug erzählt, Piaulette, damit ich als Heiliger gelte, unterbrach sie der Müller. Wirklich, das ist ganz schön von mir, daß ich einen guten Arbeiter wie deinen Mann nicht im Stich gelassen habe!

– Einen guten Arbeiter! sagte Piaulette und schüttelte den Kopf. Lieber armer Mann! Monsieur Bricolin behauptet überall, er sei eine Memme, weil er nicht kräftig ist.

– Aber er tut, was er kann. Ich mag gutwillige Leute; darum stelle ich ihn immer ein.

– Was Monsieur Bricolin zu sagen veranlaßt, daß du nie reich sein wirst und daß es dir an gesundem Menschenverstand fehlt, wenn du Leute von so schlechter Gesundheit einstellst.

– Nun, wenn niemand sie einstellt, müßten sie somit verhungern? Ein hübscher Gedankengang!

– Aber Sie kennen ja die Moral, die Monsieur Bricolin daraus ableitet, sagte Marcelle: *ihr Pech*!

– Mamselle Rose ist gut, fuhr die Piaulette fort. Wenn sie könnte, so würde sie den Unglücklichen helfen; aber sie vermag nichts anderes, das arme Fräulein, als uns insgeheim ein bißchen Weißbrot zu bringen, damit ich meinem Kleinen eine Suppe machen kann. Gegen meinen Willen; denn wenn ihre Mutter sie sähe! Ach, was für eine harte Frau! Aber so sind die Menschen. Es gibt gute und böse. Ah, da kommt Monsieur Tailland. Sie mußten nicht lange warten.

– Piaulette, du weißt, was ich dir aufgetragen habe, sagte der Müller und legte ihr den Finger auf die Lippen.

– Ach! antwortete sie, lieber würde ich mir die Zunge abschneiden lassen, als ein Wort zu erzählen.

– Weil nämlich, siehst du . . .

– Du brauchst mir das Wie und Warum nicht zu erklären, Grand-Louis; mir reicht es, daß du mir zu schweigen befiehlst. Kommt Kinder, sagte sie zu ihren drei Knirpsen, die an der Türschwelle spielten, wir gehen und sehen uns die Versammlung an.

– Die Dame hat deiner Kleinen einen Louis d'or in die Tasche gesteckt, sagte Grand-Louis leise zu ihr. Nicht um deine Verschwiegenheit zu bezahlen; sie weiß sehr gut, daß du sie nicht verkaufst. Aber sie hat gesehen, daß du in Armut lebst. Nimm ihn an dich, das Kind würde ihn verlieren, und bedanke dich nicht; die Dame mag keine Artigkeiten, denn sie hat dir diese Barmherzigkeit im Verborgenen getan.

Monsieur Tailland war ein ehrbarer Mann, sehr tatkräftig für einen Berrichoner, ein geschäftlich fähiger Mann, jedoch allzusehr ein Freund des Wohllebens. Er liebte die guten Sessel, die schönen kleinen Imbisse, die langen Mahlzeiten, den heißen Kaffee und Wege ohne Unebenheiten für sein Kabriolett. Nichts von alldem fand er auf dem Fest von Blanchemont. Und so wetterte er ein wenig gegen die Freuden des Landlebens, blieb jedoch gerne den ganzen Tag lang da, erwies den einen seine Dienste und machte mit den anderen Geschäfte. Nach einer viertelstündigen Unterhaltung hatte er Marcelle demonstriert, daß sie möglicherweise, ja sogar mit großer Wahrscheinlichkeit teuer verkaufen könne. Aber wenn es darum ging, schnell und gegen Bargeld zu verkaufen, war er nicht des Müllers Meinung. Nichts in unserer Gegend geschieht schnell, sagte er. Indessen wäre es verrückt, nicht zu versuchen, fünfzigtausend Francs mehr als den von Bricolin angebotenen Preis zu erzielen. Ich werde mich mit aller Sorgfalt dafür verwenden. Wenn mir dies in einem Monat nicht gelingt, werde ich Ihnen vielleicht, angesichts Ihrer besonderen Situation, zum Nachgeben raten. Aber ich wette hundert zu eins, daß Bricolin, der darauf brennt, Herr auf Blanchemont zu sein, bis dahin einen Kompromiß mit Ihnen schließt, sofern Sie es verstehen, große Härte vorzutäuschen, eine unkultivierte, aber notwendige Eigenschaft, mit der Sie, Madame, wie ich sehe, nicht allzu gut ausgestattet sind. Nun unterzeichnen Sie die Vollmacht, die ich hier habe, und ich verschwinde, weil ich nicht den Anschein erwecken will, mit meinen Machenschaften meinem Kollegen, Monsieur Varin, den Ihr Pachtbauer Ihnen ans Herz gelegt hat, Konkurrenz gemacht zu haben.

Grand-Louis brachte den Notar bis zum Ausgang der Einfriedung, und jeder verschwand in seine Richtung. Es war vereinbart worden, daß Marcelle allein und als letzte einige Augenblicke später weggehen und daß sie die Türläden geschlossen halten sollte, damit, falls jemand ihre Bewegungen beobachtete, das Haus verlassen aussah.

Diese Türen der Hütte bestanden aus einem einzigen Türchen, das quer durchgesägt war, wobei der obere Teil als Fenster diente, um Luft und Licht hereinzulassen. In den alten Bauten unserer Bauern waren Fenster, unabhängig von den Türen und mit Glasscheiben ausgestattet, unbekannt. Das Haus der Piaulette war fünfzig Jahre zuvor für wohlhabende Leute errichtet worden, während heutzutage die Ärmsten, sofern sie in einem neuen Haus wohnen, Fenster mit drehbaren Riegeln und Türen mit Schlössern haben. Bei der Piaulette wurde die Tür mit dem doppelten Zweck von innen und außen mit einem Riegel verschlossen, genauer gesagt mit einem hölzernen Pflock, der in ein Mauerloch geschoben wurde.

Als Marcelle sich derart eingeschlossen hatte, befand sie sich in tiefer Dunkelheit, und sie fragte sich, wie die geistige Existenz von Menschen aussehen könne, die, da sie zu arm waren, sich Kerzen zu kaufen, im Winter gezwungen waren schlafen zu gehen, sobald es dunkel wurde, oder aber sich tagsüber im Finsteren aufhalten mußten, um sich vor Kälte zu schützen. – Ich behauptete, ich glaubte, ich sei ruiniert, dachte sie, nur weil ich meine vergoldeten, wattierten, mit Seide bespannten Räume verlassen mußte;

aber wie viele Stufen muß man auf der sozialen Leiter hinabsteigen, bevor man zu diesem Leben des Armen gelangt, das sich so wenig von dem der Tiere unterscheidet! Sie haben keine Wahl: entweder setzen sie sich zu jeder Stunde den Unbilden des Klimas aus, oder sie graben sich im Nichts des Müßiggangs ein wie Schafe in ihrem Schafstall! Womit beschäftigt sich diese traurige Familie an den langen Winterabenden? Mit Reden? Reden wovon, wenn nicht von ihrem Elend! Ach! Lémor hat recht, ich bin noch zu reich, um es wagen zu können, zu Gott zu sagen, daß ich mir nichts vorzuwerfen habe.

Mittlerweile gewöhnten Marcelles Augen sich an die Dunkelheit. Die schlecht gearbeitete Tür ließ ein schwaches Licht herein, das mit jedem Augenblick heller wurde. Plötzlich erbebte Marcelle, als sie bemerkte, daß sie nicht allein in der Hütte war, aber ihr zweiter Schauer war nicht von der Angst verursacht: Lémor befand sich neben ihr. Ohne daß irgend jemand davon wußte, hatte er sich hinter dem Bett versteckt, das wie ein Leichenwagen geformt und mit Sergevorhängen verziert war. Er hatte sich ein Herz gefaßt und ein Zusammentreffen mit Marcelle gesucht, wobei er sich sagte, daß es das letzte sei und er danach abreisen werde.

– Wo Sie nun einmal da sind, sagte sie und verbarg mit zärtlicher Koketterie ihre freudige Überraschung und Erregung, will ich Ihnen sagen, was ich soeben gedacht habe. Wenn wir darauf verwiesen wären, in dieser Hütte zu leben, würde Ihre Liebe dem Leiden am Tag und der abendlichen Untätigkeit standhalten? Könnten Sie Ihrer Bücher beraubt leben, die Sie nicht benutzen könnten, weil Ihnen der Tropfen Öl in der Lampe fehlt und die Zeit, die Sie doch für die körperliche Arbeit benötigen? Fänden Sie nach etlichen Jahren der Langeweile und der Entbehrungen jeglicher Art diese Hütte in ihrer Baufälligkeit noch malerisch und das Leben des Armen in seiner Einfachheit noch poetisch?

– Ich hatte genau dieselben Gedanken, Marcelle, und ich dachte daran, Sie dasselbe zu fragen. Würden Sie mich lieben, wenn ich Sie durch meine Utopien in einem vergleichbaren Elend leben ließe?

– Ich glaube ja, Lémor.

– Und warum zweifeln Sie dann an mir? Ach, Sie sind mit Ihrem »ja« nicht aufrichtig!

– Ich bin nicht aufrichtig? sagte Marcelle und legte ihre Hände in die Lémors. Mein Freund, ich will Ihrer würdig sein, darum hüte ich mich vor der romantischen Übertreibung, die selbst eine Frau von Welt dazu treiben kann, alles zu behaupten, alles zu versprechen, dann nichts zu halten und sich am nächsten Tag zu sagen: »Gestern habe ich mir einen hübschen Roman ausgedacht.« Für mich vergeht nicht ein Tag, an dem ich mein Gewissen nicht den strengsten Befragungen unterziehe, und ich glaube aufrichtig zu sein, wenn ich Ihnen antworte, daß ich mir keine Situation vorstellen kann, sei es selbst der Schrecken des Gefängnisses, in der ich aufhören könnte, Sie trotz allen Leidens zu lieben.

– O Marcelle! Geliebte, große Marcelle! Aber warum nur zweifeln Sie an mir?

– Weil der Geist des Mannes vom unseren verschieden ist. Er ist an andere Nahrung gewöhnt als an Zärtlichkeit und Einsamkeit. Er braucht das Tätigsein, die Arbeit, die Hoffnung, nützlich zu sein, nicht nur der Familie, sondern der Menschheit.

– Ist es darum nicht eine Pflicht, sich freiwillig in diese Ohnmacht des Elends zu stürzen?

– Leben wir denn in einer Zeit, in der die Pflichten sich widersprechen? Denn über die Macht des Geistes verfügt man nur durch Bildung, und über die Bildung nur mit der Macht des Geldes: und dennoch gibt es alles, was man genießt, alles, was man erwirbt, alles, was man besitzt, nur zum Nachteil dessen, der von den himmlischen und irdischen Gütern nichts erwerben, nichts besitzen kann.

– Sie nehmen mich bei meinen eigenen Utopien, Marcelle. Ach, was soll ich Ihnen antworten, außer, daß wir tatsächlich in einer Zeit umfassender, unvermeidlicher Inkonsequenz leben, da die guten Herzen das Gute wollen und gezwungen sind, das Böse zu akzeptieren? Es fehlt nicht an guten Gründen, um sich selbst zu beweisen, wie alle Glücklichen unseres Jahrhunderts es tun, daß man seine eigene Existenz pflegen, aufbauen und dichterisch ausgestalten muß, um aus sich ein tatkräftiges und machtvolles Werkzeug im Dienste seinesgleichen zu machen; daß es bedeutet, einer Kraft ihre Wirkung zu nehmen, ein Licht zu ersticken, welches Gott den Menschen geschickt zu ihrer Belehrung und Rettung, wenn man sich opfert, sich erniedrigt, sich vernichtet wie die ersten Christen in der Wüste. Aber welch ein Hochmut in dieser Beweisführung, so richtig sie auch im Munde gewisser aufgeklärter, aufrechter Männer erscheinen mag! Es ist die Beweisführung der Aristokratie. Bewahren wir unsere Reichtümer, um Almosen zu spenden, sagen auch die Frommen aus Ihrer Kaste. Wir sind es, sagen die Kirchenfürsten, die Gott eingesetzt hat, um die Menschen zu erleuchten. Wir sind es, sagen die Demokraten aus der Bourgeoisie, wir allein, die das Volk mit der Freiheit vertraut machen müssen! Doch sehen Sie sich an, welche Almosen, welche Erziehung und welche Freiheit diese Mächtigen den Elenden gegeben haben! Nein! Die Barmherzigkeit eines einzelnen vermag nichts, die Kirche will nichts, der moderne Liberalismus weiß nichts. Ich spüre, wie mein Geist schwach wird und mein Herz mir in der Brust erkaltet, wenn ich an den Ausweg aus diesem Labyrinth denke, das wir betreten haben, wir, die wir die Wahrheit suchen und denen die Gesellschaft mit Lügen und Drohungen antwortet. Marcelle, Marcelle, lieben wir einander, damit der Geist Gottes uns nicht verläßt.

– Lieben wir einander, rief Marcelle und warf sich in die Arme ihres Geliebten; und verlasse mich nicht, setze mich nicht meiner Unwissenheit aus, Lémor, denn du hast mich aus dem engen katholischen Horizont heraustreten lassen, wo ich in Ruhe meinem Heil lebte, die Entscheidung meines Beichtigers über die von Jesus Christus stellte, und als ein Priester mir gesagt hatte: *Es ist der Himmel mit denen, die sich abfinden*, da habe ich mich damit getröstet, nicht im wortgetreuen Sinne Christin sein zu können. Du hast mich eine Sphäre größerer Weite sehen lassen, und heute hätte ich keinen Augenblick der Ruhe mehr, wenn du mich ohne Anleitung in diesem bleichen Dämmerlicht der Wahrheit zurückließest.

– Aber ich weiß doch nichts, sagte Lémor schmerzbewegt. Ich bin das Kind meines Jahrhunderts. Ich kann nicht in der Zukunft lesen, ich vermag nur die Vergangenheit zu verstehen und von ihr zu reden. Eine Lichterfülle ist an mir vorbeigezogen, und wie alle, die heute jung und rein sind, eilte ich zu diesem großen Leuchten, das uns über unseren Irrtum aufklärt, ohne uns jedoch die Wahrheit zu geben. Ich hasse das Böse und kenne das Gute nicht. Ich leide, ach, ich leide, Marcelle, und allein in dir finde ich das schöne Ideal, von dem ich mir wünschte, daß es auf Erden regiere. Ach, ich liebe dich mit all dieser Liebe, die die Menschen aus ihrer Mitte verstoßen, mit all der Hingabe, welche die Gesellschaft zur Ohnmacht verdammt und hochzuhalten sich weigert, mit all der Zärtlichkeit, die ich anderen nicht schenken darf, mit all der Nächstenliebe, die Gott mir für dich und für sie gegeben hat, die aber nur du allein verstehst und empfindest wie ich, während alle anderen empfindungslos oder verächtlich sind. Lieben wir uns also, und wir werden uns nicht korrumpieren, indem wir uns unter die Siegreichen mischen, und wir werden uns nicht mit denen erniedrigen, die sich unterwerfen. Lieben wir uns wie zwei Reisende, die die Meere überqueren, um eine neue Welt zu erobern, die aber nicht wissen, ob sie jemals in ihr ankommen werden. Lieben wir uns, nicht um in einem *Egoismus zu zweit*, wie man die Liebe nennt, glücklich zu sein, sondern um gemeinsam zu leiden, gemeinsam zu beten und gemeinsam das zu suchen, was wir, zwei arme, im Sturm verirrte Vögel, zu zweit tagtäglich tun können, um diese Geißel abzuwenden, die unser Geschlecht auseinandertreibt, und um unter unseren Flügeln ein paar Flüchtlinge zu versammeln, die wie wir von Entsetzen und Trauer gebrochen sind!

Lémor weinte wie ein Kind und drückte Marcelle an sein Herz. Diese, mitgerissen von glühender Zuneigung und begeisterter Ehrfurcht, fiel vor ihm auf die Knie, wie ein Mädchen vor ihrem Vater, und sagte zu ihm:

– Rette mich, laß mich nicht zugrunde gehen! Du warst da, gerade eben, du hast gehört, wie ich einen Mann des Geldes wegen Geldgeschäften um Rat gefragt habe. Ich lasse mich darauf ein, gegen die Armut zu kämpfen, um meinen Sohn vor Unwissenheit und moralischem Unvermögen zu bewahren; wenn du mich verurteilst, wenn du mir beweist, daß mein Sohn besser und größer sein wird, wenn er die Armut auf sich nimmt, werde ich vielleicht den furchtbaren Mut aufbringen, seinen Körper leiden zu lassen, um seine Seele zu festigen!

– O Marcelle! sagte Lémor, zwang sie, sich wieder zu setzen und kniete seinerseits vor ihr nieder, du hast die Kraft und die Entschlossenheit der großen Heiligen und stolzen Märtyrerinnen vergangener Zeiten. Aber wo ist das passende Taufwasser, damit wir dein Kind dorthin bringen? Die Kirche der Armen ist noch nicht errichtet, sie leben vereinzelt und ohne jede Lehre, jeder nach seiner Art; die einen durch Gewohnheit resigniert, die anderen aus Dummheit Götzendiener, andere wieder aus Rachsucht unerbittlich und wieder andere erniedrigt durch Verwahrlosung und Stumpfsinn. Wir können nicht den erstbesten Bettler bitten, die Hand auf deinen Sohn zu legen und ihn zu segnen. Dieser Bettler hat zu sehr gelitten, um zu lieben, er ist vielleicht ein Bandit! Schützen wir deinen Sohn so lange wie möglich vor dem Bösen, lehren wir ihn die Liebe zum Guten und das Bedürfnis nach Erleuchtung. Vielleicht findet diese Generation zu sich selbst. Vielleicht ist es ihre Sache, einmal uns zu belehren. Behalte deinen Reichtum; wie könnte ich ihn dir vorwerfen, wenn ich sehe, daß dein Herz sich völlig von ihm gelöst hat und daß du ihn als eine Einlage betrachtest, für die der Himmel von dir Rechenschaft fordert? Behalte das bißchen dir verbliebene Gold. Der gute Müller hat es kürzlich gesagt: Es gibt Hände, die es reinigen, und es gibt welche, die es beschmutzen und verderben. Lieben wir uns, lieben wir uns, und gehen wir davon aus, daß Gott uns erleuchtet, wenn der Tag gekommen ist. Und nun, lebe wohl, Marcelle, ich sehe, daß du dir den Mut zu diesem Schritt von mir wünschst. Ich werde ihn haben. Morgen werde ich dieses sanfte, schöne Tal verlassen haben, wo ich trotz allem zwei so schöne und glückliche Tage verlebt habe. In einem Jahr kehre ich zurück; ob du in einem Palast bist oder in einer Hütte, ich fühle, daß ich mich vor deiner Tür niederwerfen und dort meinen Pilgerstab an die Wand hängen muß, um ihn niemals wieder in die Hand zu nehmen.

Lémor ging fort, und einige Augenblicke später verließ auch Marcelle die Hütte. Aber trotz aller Vorsicht, die sie walten ließ, um ihren Rückzug zu verheimlichen – am Rande der Umfriedung sah sie sich einem unfreundlichen Kind gegenüber, das sich hinter den Busch geduckt hatte und auf ihr Vorbeikommen zu warten schien. Es starrte sie frech an, und dann, als sei es erfreut, sie überrascht und erkannt zu haben, schickte es sich an, auf eine Mühle zuzulaufen, die sich auf der anderen Seite des Weges an der Vauvre befindet. Marcelle, der dieses häßliche Gesicht nicht unbekannt vorkam, erinnerte sich nach einer gewissen Anstrengung, daß dies der Patachon war, der sie vor kurzem erst kreuz und quer durch die Vallée-Noire kutschiert und in einem Moor zurückgelassen hatte. Dieser rothaarige Kopf mit den grünen Augen schien ihr ein schlechtes Vorzeichen und bereitete ihr einige Sorgen, obwohl sie sich nicht vorstellen konnte, welches Interesse dieses Kind daran haben mochte, ihre Schritte zu überwachen.

XXVIII

Das Fest

Der Müller war zum Tanz zurückgekehrt, weil er hoffte, dort Rose wiederzufinden, befreit von dem, was er verächtlich ihre Vetternwirtschaft nannte. Aber Rose schmollte ihren Eltern, schmollte dem Tanz und auch ein wenig sich selbst. Sie hatte Gewissensbisse, weil sie nicht den Mut fand, den Sticheleien ihrer Familie zu trotzen.

Ihr Vater hatte sie am Morgen beiseite genommen.

– Rose, hatte er gesagt, deine Mutter hat dir verboten, mit dem Grand-Louis von Angibault zu tanzen; ich verbiete dir, ihn derart zu kränken. Er ist ein ehrbarer Mann und nicht imstande, dich zu kompromittieren; und im übrigen, wer sollte darauf verfallen, einen Zusammenhang zwischen dir und ihm zu sehen? Das wäre allzu unpassend, und *heutigentags* braucht man nicht zu unterstellen, daß ein Bauer es wagen würde, einem Mädchen von deinem Stand Flausen zu erzählen. Tanze also mit ihm; man darf diejenigen, die unter einem stehen, nicht demütigen; früher oder später könnte man sie einmal brauchen, und man muß sie daher an sich binden, solange es nichts kostet.

– Aber wenn Mama mich auszankt? hatte Rose gesagt, glücklich über diese Erlaubnis und zugleich verletzt durch den Beweggrund, der sie diktierte.

– Deine Mutter wird nichts sagen. Ich habe ihr die Leviten gelesen, hatte Monsieur Bricolin zur Antwort gegeben; und in der Tat, Madame Bricolin hatte nichts gesagt. Sie hätte es nicht gewagt, ihrem Herrn und Meister den Gehorsam zu verweigern, der ihr unter einer einzigen Bedingung gestattete, sich anderen gegenüber bösartig zu verhalten, nämlich der, daß sie sich ihm beugte. Aber da er es nicht für angezeigt gehalten hatte, sie von seiner Sicht der Dinge in Kenntnis zu setzen, und da sie nicht wußte, wie wichtig es ihm war, in der diplomatischen Angelegenheit des Erwerbs von Blanchemont die Verbindung mit dem Müller zu pflegen, hatte sie es verstanden, seine Befehle zu umgehen, und ihre herablassende Ironie war für den Grand-Louis mißlicher als ein offener Krieg.

Grand-Louis, den es verdroß, Rose nicht zu sehen, und der mit der Gönnerschaft ihres Vaters rechnete, welchen er zum Hof hatte zurückgehen sehen, begab sich eben dorthin und suchte nach einem Vorwand, um mit ihm zu plaudern und das Objekt seiner Gedanken zu erspähen. Aber er war ziemlich überrascht, als er im Hof Monsieur Bricolin in gewichtiger Besprechung mit dem Müller von Blanchemont antraf, demjenigen, dessen Mühle unterhalb der Anhöhe lag, genau dem Haus der Piaulette gegenüber. Nun hatte sich Monsieur Bricolin wenige Tage zuvor unwiderruflich mit diesem Müller zerstritten, der eine Zeitlang Aufträge von ihm hatte und der sich, wie er behauptete, in schändlicher Weise an seinem Korn vergriffen hatte. Der besagte Müller, ob schuldig oder unschuldig, weinte den Aufträgen des Pachthofes nach und hatte Grand-Louis Haß und Rache geschworen. Er suchte nur noch nach der Gelegenheit, ihm zu schaden, und hatte sie soeben gefunden. Der Eigentümer seiner Mühle war ausgerechnet Monsieur Ravalard, dem der Müller von Angibault Marcelles Kalesche verkauft hatte. Glücklich und stolz, die Karosse nun auszuprobieren und sie seinen Vasallen zu zeigen, hatte Monsieur Ravalard, der gleichzeitig auf seine Besitztümer in Blanchemont einen herrschaftlichen Blick werfen wollte, jedoch über keinen Dienstboten verfügte, der zwei Pferde zugleich zu lenken verstand, sich der Fähigkeiten des rothaarigen Patachon versichert, der den Beruf eines Mietkutschers ausübte und sich rühmte, die Wege der Vallée-Noire umfassend zu kennen. Am Morgen des Festtages war Monsieur Ravalard, zwar nicht ohne Mühe, jedoch zumindest ohne Unfall angekommen. Er hatte seine Pferde zu seiner Mühle verfügt und hatte seine Kutsche nicht unterstellen lassen, damit ein jeder sie von der Anhöhe aus betrachten und mitbekommen konnte, wem sie gehörte.

Der Anblick dieser glanzvollen Kalesche hatte Monsieur Bricolin bereits reichlich die Laune verdorben, denn er verabscheute Monsieur Ravalard, seinen Rivalen hinsichtlich Landreichtum in der Gegend. Er war den Weg längs der Vauvre hinuntergegangen, um sie in Augenschein zu nehmen und schlechtzumachen. Der Müller Grauchon, Rivale von Grand-Louis, war gekommen, um Monsieur Bricolin in ein Gespräch zu verwickeln, wobei er nicht den Anschein erweckte, als ob er sich ihrer Feindschaft entsinne. Er hatte es nicht versäumt, ihn geschickt herauszufordern, indem er ihm zu verstehen gab, daß sein Herr sich in besserer gesellschaftlicher Stellung befinde, da er in einer Karosse einherfahre. Daraufhin war es an Monsieur Bricolin, die Karosse zu bemängeln, zu behaupten, es handele sich um einen alten, ausgemusterten Wagen des Präfekten, eine Schubkarre ohne jede Haltbarkeit, die die Vallée-Noire vielleicht nicht so schmuck wieder verlassen würde, wie sie gekommen war. Danach war es an Grauchon, die Urteilsfähigkeit seines bürgerlichen Herrn und die Qualität der Ware zu verteidigen, zu behaupten, daß sie von Madame de Blanchemont stamme und daß Grand-Louis der Unterhändler dieser Anschaffung gewesen sei. Monsieur Bricolin, überrascht und entrüstet, hörte sich die Einzelheiten des Geschäfts an und erfuhr, daß der Müller von Angibault Monsieur Ravalard dazu gedrängt hatte, sich dieses Luxusobjekts zu bemächtigen, indem er ihm sagte, daß dies Monsieur Bricolin in Wut versetzen würde. Unglücklicherweise war dies nur allzu wahr. Monsieur Ravalard hatte sich die ganze Strecke über mit dem Patachon darüber unterhalten. Dieser, der sich darauf verstand, ein gutes Trinkgeld einzustreichen, und sah, wie berauscht der Bürgersmann von seinem neuen Wagen war, hatte davon und von nichts anderem mehr geredet. Es gab nichts Schöneres, Leichteres, Entzückenderes zu kutschieren als diesen Wagen da. Der mußte mindestens viertausend Francs gekostet haben, und in der Gegend mußte er das Doppelte wert sein. Monsieur Ravalard, der sich auf süße Weise von dieser unschuldsvollen Bewunderung geschmeichelt fühlte, hatte seinem Führer alle Einzelheiten der Angelegenheit anvertraut, und der wiederum hatte, als er in der Mühle von Blanchemont seine Mahlzeit einnahm, den Müller Grauchon damit vollgeschwatzt. Als er sah, daß Grand-Louis Haß und Neid erregte, hatte er alles noch gehässiger dargestellt, sowohl wegen des Vergnügens, über andere herzuziehen und Zuhörer zu haben, als auch aus Rachsucht, weil Grand-Louis am Tag des Abenteuers im Morast ihn so grausam verspottet hatte.

Kurz nachdem Monsieur Bricolin Grauchon mit gerunzelter Stirn und überheblicher Miene verlassen hatte, sah genannter Grauchon, wie Grand-Louis und Marcelle bei Piaulette eintraten. Dieses nach Geheimnis riechende Stelldichein erstaunte ihn, und er zerbrach sich den Kopf, um darin eine neuerliche Gelegenheit zu finden, seinem Feind zu schaden. Er beauftragte den Patachon, sich auf die Lauer zu legen, und nach einer Stunde wußte er, daß der Grand-Louis, außerdem ein Unbekannter mit dem Aussehen eines neuen Müllerburschen in seinen Diensten, die junge Dame von Blanchemont und Monsieur Tailland, der Notar, sich zu einer großen Besprechung bei der Piaulette eingeschlossen hatten; daß sie alle einzeln unter unsinnigen Vorsichtsmaßnahmen, damit man sie nicht bemerkte, herausgekommen waren; und schließlich, daß dort ein Komplott angezettelt wurde, mit Sicherheit eine Geldgeschichte, da der Notar sich eingemischt hatte. Grauchon wußte genau, daß dieser ehrbare Notar für Monsieur Bricolin ein Greuel und Schrecken war. Als er die Wahrheit zur Hälfte erahnt hatte, beeilte er sich, Bricolin liebenswürdigerweise von allen Einzelheiten zu unterrichten und ihn zu der Art und Weise, wie sein Liebling, der Müller von Angibault, seinen Interessen diente, zu beglückwünschen. Bei dieser Denunziation also überraschte sie Grand-Louis, als er den Hof betrat.

Unter jeder anderen Voraussetzung hätte sich unser ehrbarer Müller geradewegs zu seinem Ankläger begeben und ihn gezwungen, sich ihm zu erklären. Aber als er sah, wie Bricolin ihm schroff den Rücken zukehrte und Grauchon ihn mit hinterhältiger, spöttischer Miene von der Seite anblickte, da fragte er sich beunruhigt, welche schwerwiegende Frage erörtert werden mochte zwischen zwei Männern, die am Vortag *hinter der Kirche nicht die Mütze gezogen hätten*, das heißt, die sich, auch wenn sie einander Aug in Auge auf dem schmalsten Weg des Dorfes gegenübergestanden wären, nicht gegrüßt hätten. Grand-Louis wußte nicht, worum es ging, ebensowenig, ob er Objekt dieser heuchlerischen Vertraulichkeit war; sein Gewissen machte ihm einen Vorwurf. Er hatte schlauer sein wollen als Monsieur Bricolin. Anstatt ihn mit Verachtung zurückzuweisen, als dieser ihm Geld anbot, damit er seinen Interessen diene auf Kosten derer Marcelles, hatte er, wegen ein oder zwei Bourrées mit Rose, so getan, als schließe er mit ihm einen Vergleich; er hatte ihn hoffen lassen, und um sich dann wegen der Unverschämtheit jenes Anerbietens zu rächen, hatte er ihn hintergangen.

– Ich verdiente es, dachte er, daß man mir auf die Schliche kommt. Da wollte ich nun jemanden hereinlegen! Meine Mutter hat mir immer gesagt, daß dies eine hiesige Sitte sei, die Unglück bringe, und ich, ich habe es nicht verstanden, mich vor ihr zu hüten. Wenn ich mich gegenüber diesem verfluchten Pächter als ehrlicher Mann erwiesen hätte, wie ich es im Grunde meines Herzens bin, dann hätte er mich gehaßt, aber geachtet und vielleicht mehr gefürchtet, als er es jetzt tut, wenn er entdeckt, daß ich ihn nach Art des Pays Marchois behandelt habe! Grand-Louis, mein Freund, du hast eine Dummheit begangen. Jede Missetat ist dumm; du solltest es nie wieder tun!

Besorgt, unsicher und unzufrieden mit sich selbst, wollte er sich auf der Anhöhe zu seiner Mutter gesellen und ihr anbieten, sie nach Angibault zurückzufahren. Das

Vespern war beendet, die Müllerin war schon mit einigen Nachbarinnen aufgebrochen und hatte Jeannie ans Herz gelegt, seinem Meister zu sagen, er solle sich noch ein wenig zerstreuen, jedoch nicht zu spät nach Hause kommen.

Grand-Louis war nicht imstande, sich dieser Erlaubnis zu freuen. Er fühlte sich tausend Ängsten preisgegeben, irrte bis Sonnenuntergang umher, ohne an irgend etwas Geschmack zu finden, und wartete darauf, daß Rose wieder auftauchte oder daß ihr Vater käme und ihm seine Absichten mitteilte.

Die Dorfbewohner amüsieren sich auf einem Fest am besten bei Einbruch der Dunkelheit. Die Gendarmen, die erschöpft sind, weil sie nichts zu tun haben, satteln allmählich ihre Pferde; die Leute aus der Stadt und aus der Umgebung klettern auf ihre Karren jeglicher Art und brechen auf, weil sie die schlechten Wege in der Nacht meiden wollen. Die kleinen Händler packen ihre Sachen zusammen, und der Pfarrer geht fröhlich mit einem Amtsbruder essen, welcher gekommen ist, um dem Tanz zuzuschauen, auch wenn er vielleicht seufzt, weil er an diesem sündhaften Vergnügen nicht teilnehmen darf. Die Einheimischen ergreifen also Besitz vom Gelände, einschließlich der Spielleute, die keinen guten Tag hatten und sich entschädigen, indem sie ihn ausdehnen. Da kennen sich alle, und wo sie nun einmal dabei sind, halten sie sich dafür schadlos, daß sie von den Fremden durcheinandergewürfelt, beobachtet und vielleicht verspottet worden sind; denn in der Vallée-Noire heißt man jeden einen Fremden, der mehr als eine Meile im Umkreis entfernt lebt. Nun schickt sich also das Dorfvölkchen zu tanzen an, selbst die alten weiblichen Verwandten und Freundinnen, die man tagsüber nicht vorzuzeigen wagte, sogar die dicke Wirtshausmagd, die sich seit dem Morgen abmühte, ihre Fertigkeiten unter Beweis zu stellen, und die ihre rußige Schürze hochkrempelt und sich mit altmodischer Grazie in den Hüften wiegt; selbst das bucklige Schneiderlein, das die jungen Mädchen zum Erröten brachte, indem er sie zu später Stunde geküßt und gesagt hat, daß nachts alle Katzen grau sind, wobei er seinen Mund bis zu den Ohren aufriß.

Rose, die es leid war zu schmollen, bekam wieder Lust, sich zu vergnügen, als alle ihre Verwandten fort waren. Bevor sie zum Fest ging, wollte sie die Irre sehen, die den ganzen Tag über unter der Obhut der dicken Chounette geschlafen hatte. Sie betrat leise ihre Kammer und fand sie wach auf dem Bett sitzend vor, mit nachdenklichem und beinahe ruhigem Ausdruck. Zum ersten Mal seit sehr langer Zeit wagte sie es, ihre Hand zu berühren und sie zu fragen, wie es ihr gehe, und zum ersten Mal seit zwölf Jahren zog die Irre ihre Hand nicht zurück und drehte sich auch nicht verstimmt zur Wand.

– Meine geliebte Schwester, meine gute Bricoline, wiederholte Rose ermutigt und erfreut, fühlst du dich besser?

– Ich fühle mich gut, antwortete die Irre schroff. Als ich aufwachte, fand ich, was ich seit *vierundfünfzig* Jahren gesucht habe.

– Und was hast du gesucht, mein Liebling?

– Ich suchte die Zärtlichkeit! antwortete die Bricoline in einem sonderbaren Ton, wobei sie mit geheimnisvollem Ausdruck einen Finger auf die Lippen legte. – Ich suchte sie überall: im alten Schloß, im Garten, an der Quelle, im Hohlweg, vor allem im Wildgehege! Aber sie ist nicht da, Rose, und du suchst sie vergebens, auch du. Sie haben sie in einem großen unterirdischen Gewölbe unter diesem Haus versteckt, und man kann sie unter den Ruinen finden. Es kam mir, als ich schlief, denn wenn ich schlafe, denke ich und bin immer auf der Suche. Sei beruhigt, Rose, und laß mich allein! In dieser Nacht, in dieser Nacht schon werde ich die Zärtlichkeit finden und es dir mitteilen. Dann sind wir reich! *Heutigentags*, wie dieser Gendarm sagt, den man hier aufgestellt hat, damit er uns bewacht, sind wir so arm, daß niemand uns will. Aber morgen, Rose, schon morgen werden wir beide verheiratet sein, ich mit Paul, der König von Algier geworden ist, und du mit diesem Mann, der Getreidesäcke trägt und dich immerzu ansieht. Ich mache aus ihm meinen ersten Minister, und es wird sein Auftrag sein, auf kleinem Feuer diesen Gendarm zu rösten, der immer dasselbe sagt und der uns soviel Leid zugefügt hat. Aber sei still, sage niemandem etwas davon. Es ist ein großes Geheimnis, und der Ausgang des Krieges in Afrika hängt davon ab.

Diese seltsame Rede erschreckte Rose sehr, und aus Angst, ihre Erregung zu steigern, traute sie sich nicht, weiter mit ihrer Schwester zu reden. Sie wollte sie bis zur Ankunft des Arztes, den man um diese Zeit erwartete, nicht alleine lassen, und sie vergaß sogar ihr Lust zu tanzen und blieb nachdenklich am Bett der Irren sitzen, den Kopf gesenkt, die beiden Hände über den Knien gekreuzt und das Herz voll tiefer Traurigkeit. Die beiden Schwestern bildeten einen verblüffenden Kontrast, die eine so entsetzlich vom Leiden verwüstet, so abstoßend in ihrer Verwahrlosung, die andere herausgeputzt, strahlend vor Frische und Schönheit, und doch gab es eine Ähnlichkeit in ihren Zügen; beide hegten in ihrer Brust eine *verhinderte Liebe*, wie man in der Gegend sagt; beide waren traurig und ernst. Weniger niedergeschlagen von beiden war die Irre, die in ihrem wirren Kopf Hoffnungen und phantastische Pläne wälzte.

Der Arzt kam sehr pünktlich. Er untersuchte die Irre mit der Teilnahmslosigkeit eines Menschen, der in einem seit langem hoffnungslosen Fall nichts zu wünschen und nichts zu versuchen hat.

– Der Puls ist derselbe, sagte er. Es gibt keine Veränderung.

– Verzeihen Sie, Doktor, sagte Rose und zog ihn beiseite. Seit gestern abend gibt es eine Veränderung. Sie schreit, schläft und spricht anders als gewöhnlich. Ich versichere Ihnen, daß in ihr eine Umwälzung stattfindet. Heute abend versucht sie, ihre Gedanken zu sammeln und auszudrücken, auch wenn es Wahnvorstellungen sind; ist das schlechter, ist das besser als ihre gewöhnliche Niedergeschlagenheit? Was denken Sie darüber?

– Ich denke nichts, antwortete der Arzt. Bei dieser Art von Krankheit muß man auf alles gefaßt sein, und man kann nichts vorhersehen. Es war unrecht von Ihrer Familie, die notwendigen Opfer nicht erbracht zu haben, um sie in eine dieser Anstalten zu schicken, wo kundige Leute sich besonders um außergewöhnliche Fälle kümmern. Ich selbst habe mich nie gerühmt, sie heilen zu können, und ich glaube, daß selbst die Geschicktesten heute noch keine Antwort wissen. Es ist zu spät. Alles, was ich wünsche, ist, daß ihr stiller und einsamer Wahn nicht in Wut ausartet. Vermeiden Sie es, sie zu ärgern, und bringen Sie sie nicht zum Reden, damit ihr Denken sich nicht auf einen Gegenstand fixiert.

– Ach! sagte Rose, ich wage es nicht, Ihnen zu widersprechen, und doch ist es schrecklich, immer alleine zu leben, zum Entsetzen aller! Wenn sie endlich Mitleid und Anteilnahme zu suchen scheint, muß man da ihrem Bedürfnis nach Zuneigung eisiges Schweigen entgegenbringen? Wissen Sie, was sie mir soeben gesagt hat? Sie sagte, daß sie, seit sie verrückt ist (sie behauptet, seit vierundfünfzig Jahren) damit beschäftigt sei, die Zärtlichkeit zu suchen. Armes Mädchen, mit Sicherheit hat sie sie nicht gefunden.

– Sie hat das in vernünftigen Begriffen gesagt?

– Leider nein! Sie hat erschreckende Gedanken und entsetzliche Drohungen daruntergemischt.

– Da sehen Sie, daß diese Ergüsse des Wahnsinns eher gefährlich sind als heilsam. Lassen Sie sie allein, glauben Sie mir, und wenn sie hinausgehen will, verhindern Sie, daß man irgendwie ihre Gewohnheiten stört.

Schweren Herzens gehorchte Rose; aber Marcelle, die sich zum Schreiben in ihr Zimmer zurückziehen wollte und ihre Gefährtin traurig und sorgenvoll sah, beschwor sie, sich zerstreuen zu gehen und versprach ihr, daß sie beim ersten Schrei, beim ersten Anzeichen von Erregung bei ihrer Schwester die kleine Fanchon nach ihr schicken werde. Im übrigen war auch Madame Bricolin im Haus beschäftigt, und die Großmutter drängte Rose zu kommen und unter ihren Augen noch eine Bourrée zu tanzen, bevor die Versammlung geschlossen wurde.

– Denke darüber nach, sagte diese zu ihr, daß ich jetzt die Festtage zähle, wobei ich mir jedes Jahr sage, daß ich vielleicht das nächste nicht mehr erleben werde. Ich muß heute noch sehen, wie du tanzt und dich amüsierst, andernfalls behielte ich eine traurige Vorstellung und bildete mir ein, daß mir das Unglück bringen muß.

Rose hatte auf der Anhöhe keine drei Schritte getan, da bemerkte sie Grand-Louis an ihrer Seite.

– Mademoiselle Rose, sagte er, hat Ihr Papa nichts gegen mich gesagt?

– Nein. Er hat mir im Gegenteil heute morgen fast befohlen, mit dir zu tanzen.

– Aber . . . seit heute morgen?

– Ich habe ihn kaum gesehen; er hat nicht mit mir gesprochen. Er scheint sehr mit seinen Geschäften befaßt.

– Nun, Louis, sagte die Großmutter, führst du denn Rose nicht zum Tanz? Siehst du denn nicht, daß sie Lust darauf hat?

– Stimmt das, Mam'selle Rose? sagte der Müller und nahm das junge Mädchen bei der Hand; hätten Sie Lust, heute abend noch mit mir zu tanzen?

– Ich möchte gerne tanzen, antwortete sie mit recht reizvoller Lässigkeit.

– Wenn Sie mit einem anderen tanzen wollen als mit mir, sagte Grand-Louis und drückte ihren Arm an sein aufgeregtes Herz, so sagen Sie es, und ich gehe ihn suchen!

– Soll das vielleicht heißen, Sie wünschen, daß Sie selbst es nicht sind? antwortete das schalkhafte Mädchen und blieb stehen.

– Meinen Sie? rief der Müller, vor Liebe ganz außer sich. Nun gut, Sie werden schon sehen, ob ich steife Beine habe!

Und er zog sie, riß sie fast in die Mitte des Tanzes, wo sie beide Kummer und Sorgen vergaßen und leichtfüßig über den Rasen flogen, wobei sie sich ein wenig fester an den Händen hielten, als die Bourrée es unbedingt erforderlich machte.

Aber diese berauschende Bourrée war noch nicht zu Ende, als Monsieur Bricolin, der nur auf diesen Moment gewartet hatte, um angesichts des ganzen Dorfes die Kränkung noch schlimmer zu machen, sich mitten unter die Tanzenden warf und mit einer Bewegung den Dudelsack, der seine Stimme überdeckt hätte, zum Schweigen brachte:

– Meine Tochter, schrie er und packte Rose am Arm, Sie sind ein ehrbares und achtenswertes Mädchen; tanzen Sie also nie mehr mit Leuten, die Sie nicht kennen!

– Mademoiselle Rose tanzt mit mir, Monsieur Bricolin! antwortete Grand-Louis sehr lebhaft.

– Eben darum verbiete ich es ihr, wie ich auch Ihnen verbiete, sich zu erlauben, sie jemals aufzufordern, das Wort an sie zu richten oder an meiner Tür vorbeizugehen oder . . .

Die Donnerstimme des Pächters wurde von seiner übermäßigen Beredsamkeit erstickt, und da er vor Wut stotterte, unterbrach ihn Grand-Louis.

– Monsieur Bricolin, sagte er zu ihm, Sie sind berechtigt, als Vater Ihrer Tochter Befehle zu geben, Sie sind berechtigt, mir Ihr Haus zu verbieten, aber Sie haben nicht das Recht, mich in der Öffentlichkeit anzuklagen, ohne mir, unter uns, eine Erklärung gegeben zu haben.

– Ich bin Manns genug, alles zu tun, was ich will, entgegnete Bricolin außer sich, und einem üblen Subjekt zu sagen, was ich von ihm halte!

– Zu wem sagen Sie das, Monsieur Bricolin? fragte Grand-Louis, dessen Augen blitzten; denn obgleich er sich zu Beginn dieser Szene gesagt hatte: »Da haben wir es! Bis zu einem gewissen Punkt kriege ich, was ich verdiene«, so war es ihm doch unmöglich, eine Beleidigung geduldig hinzunehmen.

– Ich sage das, zu wem ich will! antwortete Bricolin hoheitsvoll, doch im Grunde sofort eingeschüchtert.

– Wenn Sie mit Ihrer Mütze reden, bedeutet mir das nichts! erwiderte Grand-Louis und versuchte, sich zu mäßigen.

– Seht euch nur diesen Verrückten an! entgegnete Monsieur Bricolin und zog sich in die Gruppe der sich um ihn drängenden Neugierigen zurück; sollte man nicht meinen, er wolle mich beleidigen, weil ich ihm verbiete, mit meiner Tochter zu reden? Habe ich denn nicht das Recht dazu?

– Ja, ja, Sie haben ganz und gar das Recht, erwiderte der Müller und gab sich alle Mühe wegzugehen; aber nicht, ohne mir den Grund zu nennen, und ich werde Sie danach fragen, sobald wir beide uns wieder beruhigt haben.

– Du willst mir drohen, Unglücklicher? schrie Bricolin erschreckt. – Er bedroht mich! fügte er mit Nachdruck hinzu und nahm die Versammelten als Zeugen, so als wolle er seine Gäste und Bediensteten um Unterstützung gegen einen gefährlichen Menschen anrufen.

– Gott bewahre, Monsieur Bricolin! sagte Grand-Louis und zuckte mit den Achseln; Sie verstehen mich nicht.

– Ich will dich nicht verstehen. Von einem Undankbaren und falschen Freund gibt es nichts zu verstehen. Ja, fügte er hinzu, als er bemerkte, daß dieser Vorwurf bei dem Müller mehr Kummer als Zorn hervorrief, ich sage dir, daß du ein falscher Freund bist, ein Judas!

– Ein Judas? Ich bin aber kein Jude, Monsieur Bricolin.

– Davon weiß ich nichts! erwiderte der Pächter und wurde kühn, als sein Gegner schwach zu werden schien.

– Oh, sachte, sachte, entgegnete Grand-Louis in einem Ton, der diesem den Mund verschloß. Keine großen Worte; ich achte Ihr Alter, ich achte Ihre Mutter und auch Ihre Tochter, mehr als Sie vielleicht; aber ich übernehme keine Verantwortung, wenn Sie sich allzusehr von Ihren Worten hinreißen lassen. Ich könnte darauf antworten und beweisen, daß ich vielleicht ein wenig unrecht hatte, Sie aber wesentlich mehr. Schweigen wir, glauben Sie mir, Monsieur Bricolin, wir könnten weiter gehen, als wir wollen. Ich komme zu Ihnen, spreche mit Ihnen, und Sie werden mich verstehen.

– Du wirst nicht kommen! Wenn du kommst, dann setze ich dich mit Schimpf und Schande vor die Tür, schrie Monsieur Bricolin, als er sah, daß der Müller sich mit großen Schritten entfernte und außer Hörweite war. Du bist nichts als ein Unglücklicher, ein Betrüger, ein Intrigant!

Rose, bleich und erstarrt vor Schrecken, die bisher unbeweglich am Arm ihres Vaters verharrt war, fühlte in sich eine Energie, die sie einen Augenblick zuvor nicht für möglich gehalten hätte.

– Papa, sagte sie und zog ihn mit Kraft aus der Menge fort, Sie sind wütend und sagen Dinge, die Sie nicht denken. Man muß sich in der Familie aussprechen und nicht vor allen Leuten. Was Sie da tun, ist sehr verletzend für mich, und Sie tragen wenig Sorge, daß man mich achtet.

– Du, du? sagte der Pächter erstaunt und wie besiegt vom Mut seiner Tochter. – Mit all dem ist nichts gegen dich gesagt, nichts, was dazu angetan wäre, von dir zu reden. Ich hatte dir erlaubt, mit diesem Unglücklichen zu tanzen, ich fand das ehrbar und natürlich, wie alle es finden müssen. Ich wußte nicht, daß dieser Mann ein Verbrecher, ein Verräter, ein . . .

– Wie Sie wollen, Papa, aber nun reicht es, sagte Rose und riß an seinem Arm mit der Kraft eines aufsässigen Kindes. Es gelang ihr, ihn zum Hof zu ziehen.

XXIX

Zwei Schwestern

Madame Bricolin war nicht darauf gefaßt, ihre Leute so bald zurückkommen zu sehen. Ihr Mann hatte ihr verboten, das Haus zu verlassen, ohne ihr zu sagen, was für einen

Auftritt er ausheckte; er wollte nicht, daß sie mit ihrem Gezeter der Erhabenheit seiner Rolle in der Öffentlichkeit schade. Als sie ihn also zurückkehren sah, hochrot vor Zorn, außer Atem, dumpf schimpfend und an seinem Arm Rose, sehr bewegt, sehr bedrückt, die Augen voller Tränen, die sie nicht zurückzuhalten vermochte, während die Großmutter, fassungslos die Hände ringend, hinter ihnen hertrippelte, da wich sie überrascht zurück; dann hob sie ihre Kerze und leuchtete ihnen ins Gesicht:

– Was gibt es denn? sagte sie; was ist geschehen?

– Es ist geschehen, daß mein Sohn großes Unrecht begangen hat und daß er ohne Sinn und Verstand redet, antwortete die Mutter Bricolin und ließ sich auf einen Stuhl fallen.

– Ja, ja, das ist eine stehende Redensart der Alten, sagte der Pächter, dem der Anblick seiner besseren Hälfte einen Teil seines Zorns zurückgab. Genug geschwatzt! Ist das Essen fertig? Na, Rose, hast du Hunger?

– Nein, Vater, sagte Rose recht kalt.

– Habe ich dir den Appetit verdorben?

– Ja, Vater.

– Soll das ein Vorwurf sein?

– Ja, Vater, das gebe ich zu.

– Ach so! Sage einmal, Rose, erwiderte der Pächter, der seiner Tochter soviel Duldsamkeit wie möglich entgegenbrachte, der allerdings auch zum ersten Mal erlebte, daß sie sich gegen ihn auflehnte; du sprichst in einem Ton, der mir nicht gefällt. Weißt du, daß deine schlechte Laune mir zu denken gibt? Das möchtest du doch nicht, hoffe ich?

– Reden Sie nur, mein Vater. Sagen Sie, was Sie denken; wenn Sie sich irren, dann ist es meine Pflicht, mich zu rechtfertigen.

– Ich sage dir, meine Tochter, daß es nicht günstig wäre, die Partei dieses Rüpels von einem Müller zu ergreifen, dem ich das Rohr auf dem Rücken kaputtschlagen werde, wenn er an einem der nächsten Morgen um mein Haus streift.

– Mein Vater, antwortete Rose leidenschaftlich, ich wage es, Ihnen zu sagen, auch wenn Sie auf meinem Rükken Ihr Rohr zerschlagen, daß das alles grausam und ungerecht ist; daß es mich demütigt, in der Öffentlichkeit für Ihre Rache benutzt zu werden, als ob ich für das Unrecht verantwortlich wäre, das man Ihnen antut oder auch nicht, endlich, daß all das mich schmerzt und meine Großmutter verletzt, das sehen Sie ja.

– Ja, ja, es macht mich traurig und wütend, sagte die Mutter Bricolin in ihrem aufrichtigen, knappen Ton, hinter dem sich indessen eine große Sanftheit und Güte verbarg (und darin ähnelte ihr Rose mit ihrer lebhaften Rede und ihrer zarten Seele). Mir blutet das Herz, fuhr die Alte fort, wenn ich sehe, wie ein ehrlicher Bursche beschimpft wird, den ich fast wie eins meiner Kinder liebe, um so mehr, als ich seit mehr als sechzig Jahren mit seiner Mutter und seiner ganzen Familie befreundet bin . . . Einer Familie von braven Leuten, ja! Und Grand-Louis ist nicht einer, der ihr Schande macht!

– Ach, wegen dieses hübschen Herrn also mault Ihre Mutter, weint Ihre Tochter? sagte Madame Bricolin zu ihrem Gatten. Sehen Sie sie an, sie ist ganz rührselig! Heda! Sie haben uns ja in eine nette Angelegenheit verstrickt, Monsieur Bricolin, mit Ihrer Freundschaft für diesen großen Esel! Da haben Sie Ihre Belohnung! Ist es nicht eine Schande, wenn man sieht, wie Ihre Mutter und Ihre Tochter gegen Sie seine Partei ergreifen und Tränen vergießen, als ob . . . Bei Gott! Mehr will ich nicht sagen, ich müßte rot werden.

– Sagen Sie alles, sagen Sie es, schrie Rose durch und durch verärgert. Wo man heute schon einmal so schön dabei ist, mich zu demütigen, so soll man sich nichts versagen. Ich bin bereit, Antwort zu geben, wenn ich ernsthaft und aufrichtig über meine Gefühle für Grand-Louis ausgefragt werde.

– Und welche Gefühle sind das, Mademoiselle, fragte der Pächter erzürnt und brüllte so laut er konnte: – Sagen

Sie es uns ganz schnell, bitte sehr, wo es Ihnen auf der Zunge brennt.

– Meine Gefühle sind die einer Schwester und Freundin, erwiderte Rose, und niemand bringt mich dazu, sie zu ändern.

– Einer Schwester! Die Schwester eines Müllers! sagte Monsieur Bricolin feixend und machte Roses Stimme nach; eine Freundin! Die Freundin eines Bauern! Eine schöne Sprache und sehr schicklich für ein Mädchen wie Sie! Der Blitz soll mich treffen, wenn heutigentags die Mädchen nicht alle verrückt sind. Rose, Sie reden wie in einem Irrenhaus!

In diesem Augenblick ertönten schrille Schreie im Zimmer der Irren; Madame Bricolin erbebte, und Rose wurde bleich wie der Tod.

– Hören Sie, mein Vater, sagte sie und ergriff kraftvoll den Arm von Monsieur Bricolin; hören Sie gut hin und wagen Sie es noch einmal, über die Verrücktheit der jungen Mädchen zu lachen! Machen Sie sich über Irrenhäuser lustig, Sie, der Sie zu vergessen scheinen, daß ein Mädchen *unseres Standes* einen Mann ohne Vermögen lieben kann, bis sie in einem Zustand untergeht, der schlimmer ist als der Tod!

– Somit gibt sie es zu, sie verkündet es hiermit! schrie Madame Bricolin zwischen Zorn und Verzweiflung, sie liebt diesen Bauern, und sie droht uns durchzudrehen, wie Ihre Schwester!

– Rose, Rose! sagte Monsieur Bricolin entsetzt, schweigen Sie! Und Sie, Thibaude, sehen Sie nach der Bricoline, fügte er gebieterisch hinzu.

Madame Bricolin ging hinaus. Rose blieb stehen, mit verstörtem Gesicht und entsetzt über das, was sie soeben zu ihrem Vater gesagt hatte.

– Meine Tochter, du bist krank, sagte Monsieur Bricolin ganz ergriffen. Du mußt wieder zu Sinnen kommen.

– Ja, Sie haben recht, Vater, ich bin krank, sagte Rose in Tränen aufgelöst und warf sich ihrem Vater in die Arme.

Monsieur Bricolin war erschrocken, aber er empfand kein Mitleid. Er umarmte Rose wie ein Kind, das man besänftigt, aber nicht wie eine Tochter, die man liebt. Er bildete sich etwas ein auf ihre Schönheit, ihren Geist und mehr noch auf den Reichtum, mit dem er sie überhäufen wollte. Es wäre ihm im Zweifel jedoch lieber gewesen, sie wäre häßlich und dumm auf die Welt gekommen und hätte dafür um so mehr Neid auf sein Geld eingeflößt, anstatt vollkommen und arm, zum Mitgefühl aller.

– Kleine, sagte er, du bist heute abend nicht ganz bei Verstand. Geh schlafen und vergiß diesen Müller und eure schöne Freundschaft. Seine Schwester hat dich gestillt, das ist wahr; aber weiß Gott, sie wurde gut bezahlt! Dieser Junge war dein Kindheitsgefährte, auch das ist wahr; aber er ist unser Bediensteter, und wenn er dich unterhält, dann tut er nur seine Pflicht. Mir beliebt, ihn *heutigentags* davonzujagen, weil er mir einen üblen Streich gespielt hat; es ist deine Pflicht herauszufinden, daß ich recht habe.

– Ach, Vater! sagte Rose, immer noch in seinen Armen weinend, Sie werden diese Anordnung widerrufen. Sie werden ihm erlauben, sich zu rechtfertigen, denn er hat keine Schuld, das ist unmöglich, und Sie werden mich nicht zwingen, den Freund meiner Kindheit, den Sohn der guten Müllerin, die mich so sehr liebt, zu demütigen!

– Rose, das alles fängt an, mich ganz besonders zu langweilen, antwortete Bricolin und befreite sich aus der Umarmung seiner Tochter. Es ist zu dumm, daß aus dem Rausschmiß eines solchen Nichtsnutzes eine Familienangelegenheit gemacht werden muß. Laß mich in Ruhe, ich bitte dich. Höre, wie deine arme Schwester plärrt, und kümmere dich nicht um einen Fremden, wo das Elend in unserem eigenen Haus ist.

– Ach, wenn Sie glauben, daß ich die Stimme meiner Schwester nicht höre, sagte Rose mit furchtbarem Ausdruck, wenn Sie glauben, daß ihre Schreie meine Seele nicht berühren, dann täuschen Sie sich, Vater! Ich höre sie genau, und ich denke nur zu sehr daran!

Rose ging taumelnd hinaus, aber als sie auf die Kammer ihrer Schwester zuging, hörte man, wie sie über den Boden des Korridors rollte. Die beiden Damen Bricolin eilten entsetzt herbei. Rose war ohnmächtig und glich einer Toten.

Man beeilte sich, sie in das Zimmer zu tragen, wo Marcelle schrieb und auf sie wartete und nichts von dem Sturm ahnte, durch den ihre arme Freundin irrte. Sie umgab sie mit der zärtlichsten Sorge, und sie allein besaß die Geistesgegenwart, jemanden ins Dorf zu schicken, um nachzusehen, ob der Arzt nicht noch da wäre. Er kam und fand das junge Mädchen in einem heftigen Nervenkrampf. Ihre Glieder waren starr, die Zähne zusammengebissen, die Lippen bläulich. Sie kam wieder zu Bewußtsein, nachdem man einige Verordnungen ausgeführt hatte; aber ihr Puls war bald erschreckend schwach, bald von hitziger Kraft. Ihre großen schwarzen Augen glänzten vom Fieber, und sie sprach erregt, ohne genau zu wissen, mit wem. Marcelle war erstaunt, mehrere Male nacheinander aus ihrem Mund den Namen von Grand-Louis zu hören, und es gelang ihr, ihre aufgeschreckten Eltern zu entfernen und mit ihr allein zu bleiben, während der Arzt sich zu Mademoiselle Bricolin, der älteren, begab, die wie am Vorabend Anzeichen von Raserei zeigte.

– Meine liebe Rose, sagte Marcelle und nahm ihre Gefährtin in die Arme, Sie haben Kummer, das ist die Ursache Ihrer Krankheit. Beruhigen Sie sich, morgen erzählen Sie mir alles, und ich werde das auf der Welt Mögliche tun, damit Ihre Schmerzen aufhören. Wer weiß, ob ich nicht ein Mittel finde?

– Ach, Sie sind ein Engel, antwortete Rose und fiel ihr um den Hals. Aber für mich vermögen Sie nichts. Alles ist verloren, alles ist zerbrochen. Louis wurde aus dem Haus gejagt, und mein Vater, der ihn heute morgen noch in Schutz nahm, haßt und verflucht ihn heute abend. Ich bin wahrhaftig sehr unglücklich!

– Sie haben ihn also sehr lieb? fragte Marcelle verwundert.

– Ob ich ihn liebe! rief Rose. Wie soll ich ihn denn nicht lieben! Wann haben Sie daran gezweifelt?

– Gestern noch, da haben Sie es nicht zugegeben.

– Das mag sein, ich hätte es vielleicht nie zugegeben, wenn er nicht verfolgt worden wäre, wenn ich nicht zum Äußersten getrieben worden wäre wie heute. Stellen Sie sich vor, sprudelte sie heraus und hielt mit beiden Händen ihre brennende Stirn, daß sie versucht haben, ihn vor mir zu demütigen, ihn in meinen Augen zu erniedrigen, weil er arm ist und es wagt, mich zu lieben! Heute morgen, als man ihn mit Spott überhäufte, war ich feige; ich war wütend und traute mich nicht, es zu zeigen. Ich habe ihn verunglimpfen lassen, ohne daß ich daran dachte, ihn zu verteidigen, fast habe ich mich für ihn geschämt. Und dann bin ich nach Hause gegangen, plötzlich von schlimmen Kopfschmerzen gepackt, und habe mich gefragt, ob ich jemals die Kraft besäße, um seinetwillen so vielen Beleidigungen zu trotzen. Ich habe mir vorgestellt, ihn nicht mehr lieben zu wollen, und da schien es mir, als müßte ich sterben, als würde dieses Haus, welches ich immer schön fand, weil ich darin großgeworden bin und glücklich war, plötzlich schwarz, unsauber, traurig und häßlich, wie Sie selbst es zweifellos finden. Ich glaubte mich in einem Gefängnis, und heute abend, als meine arme Schwester in ihrem Irresein mir sagte, unser Vater sei der Gendarm, der uns in Gewahrsam halte, um uns leiden zu machen, da war auch ich einen Augenblick lang wie verrückt, und ich stellte mir vor, alles zu sehen, was meine Schwester sah. Ach, wie hat das geschmerzt! Und als ich wieder zu mir kam, da habe ich gespürt, daß es ohne den armen Louis nichts Angenehmes, nichts Erträgliches in meinem Leben gäbe. Weil ich ihn liebe, habe ich bis heute fröhlich alle meine Schmerzen auf mich genommen, die schlimme Laune meiner Mutter, die Gefühllosigkeit meines Vaters, die Bürde unseres Reichtums, der um uns herum nur Unglückliche und Neider hervorbringt, und das Schauspiel der furchtbaren Krankheiten, die seit so langer Zeit vor meinen Augen meine Schwester und meinen Großvater niederdrücken. Das alles kam mir so grauenhaft vor, als ich mich allein sah und mich nicht zu lieben traute und gezwungen war, das alles auszuhalten ohne den Trost, daß ein schönes, edles, vortreffliches Wesen mich liebt, dessen Zuneigung mich für alles entschädigt. Ach, das kann nicht sein! Ich liebe ihn, ich will nicht mehr versuchen, mich davon zu heilen. Aber sehen Sie, Madame Marcelle, ich werde daran sterben; denn sie haben ihn fortgejagt, und ich mag noch soviel leiden, sie werden unerbittlich sein. Ich werde ihn nicht wiedersehen können; wenn ich heimlich mit ihm rede, werden sie mich ausschimpfen und verspotten, bis ich den Kopf verliere ... Mein armer Kopf, den ich so gesund, so stark glaubte und der mir so weh tut, daß mir scheint, er müsse zerplatzen ... Ach, ich lasse nicht zu, daß ich so werde wie meine Schwester, Sie brauchen keine Angst vor mir zu haben, meine liebe Madame Marcelle! Lieber bringe ich mich um, wenn ich spüre, daß ich ihre Krankheit bekomme. Aber ich bekomme sie nicht, nicht wahr? ... Und doch, wenn ich höre, wie sie schreit, zerreißt es mir das Herz, und mein Blut ist heiß und dann eiskalt. Schwester, arme Schwester! Sie hat dasselbe Blut wie wir, und wir spüren ihre Krankheit in unserem Körper und in unserer Seele! O Himmel! Madame, ach, mein Gott, hören Sie sie? Da! Sie können die Türen schließen, soviel sie wollen, ich höre sie noch, ich höre sie immer! ... Wie sie leidet, wie sie liebt, wie sie ruft! Meine Schwester, ach, meine arme Freundin, ich habe erlebt, wie schön sie war, wie klug, wie sanft, wie fröhlich, und nun heult sie wie eine Wölfin! ...

Die arme Rose schluchzte auf, und nach und nach wurde aus ihrem so lange unter großer Anstrengung unterdrückten Weinen ein unartikuliertes, dann durchdringendes Schreien. Ihr Gesichtsausdruck veränderte sich, ihre verstörten Augen schienen in die Höhlen zu sinken und zu erlöschen, ihre verkrampften Hände drückten Marcelles Arme und zerquetschten sie fast, und schließlich verbarg sie ihr Gesicht im Kopfkissen und schrie herzzerreißend, wobei sie mit verhängnisvollem, unabwendbarem Instinkt die entsetzlichen Schreie ihrer unglücklichen Schwester nachahmte.

Die Familie, bestürzt über dieses unheimliche Echo, verließ um der jüngeren willen die ältere Schwester. Der Arzt eilte herbei, und da er wußte, was geschehen war, schrieb er diese heftige Nervenkrise nicht nur dem Eindruck zu, den der Irrsinn der älteren Schwester auf die Vorstellungskraft von Rose ausübte. Es gelang ihm, sie zu beruhigen, aber als er mit den Bricolins allein war, sprach er schonungslos: – Sie haben lange Zeit sehr unklug gehandelt, sagte er, als Sie dieses junge Mädchen in Gegenwart eines so traurigen Schauspiels erzogen. Es wäre angebracht, sie dem nicht mehr auszusetzen, die ältere in eine Anstalt für Geistesgestörte zu schicken und die jüngere zu verheiraten, um die Melancholie zu vertreiben, die sich ihrer bemächtigen könnte.

– Je nun, Monsieur Lavergne! Gewiß doch! sagte Madame Bricolin, wir verlangen nichts weiter, als sie zu verheiraten. Zehnmal hatte sie Gelegenheit dazu, und auch heute noch hatten wir ihren Vetter Honoré hier, der eine sehr gute Partie ist; er wird eines Tages hunderttausend Taler besitzen. Wenn sie ihn nur wollte, mehr verlangt er nicht, und wir auch nicht, aber sie will nichts davon hören; sie lehnt alle ab, die wir ihr vorschlagen!

– Vielleicht weil Sie ihr nicht den vorschlagen, der ihr gefallen könnte, antwortete der Doktor. Ich weiß nichts darüber, und ich mische mich nicht in Ihre Angelegenheiten ein; aber Sie kennen den Grund für das Unglück der anderen genau, und ich rate Ihnen sehr, sich ihr gegenüber anders zu verhalten.

– Ach! Es wäre zu schade bei ihr, ein so schönes Mädchen, was, Herr Doktor?

– Die andere war auch ein schönes Mädchen; Sie erinnern sich nur nicht daran!

– Aber Monsieur, sagte Madame Bricolin, von des

Doktors Offenheit eher verärgert als überzeugt, glauben Sie denn, daß meine Tochter nicht gesund ist im Kopf? Beim Unglück der anderen handelt es sich um einen Unfall, einen Kummer, den ihr der Tod ihres Geliebten bereitet hat . . .

– Den Sie ihr nicht zu heiraten erlaubten!

– Monsieur, davon wissen Sie nichts; wir hätten es ihr vielleicht erlaubt, wenn wir gewußt hätten, daß es so übel endet. Aber Rose, Monsieur, die ist ein vernünftiges Mädchen, und Gott sei Dank ist die Krankheit bei uns nicht erbbedingt. Soviel ich weiß, gab es weder in der Familie Bricolin noch bei den Thibaults Verrückte! Ich selbst war im Kopf immer besonnen und stark; ich habe andere Töchter, die sind wie ich; ich begreife nicht, warum Rose nicht einen ebenso guten Kopf wie die anderen haben sollte.

– Sie können es sehen, wie Sie wollen, erwiderte der Arzt; aber ich sage Ihnen offen, daß Sie ein gewagtes Spiel spielen, wenn Sie jemals den Neigungen Ihrer jüngsten Tochter zuwiderhandeln. Ihre nervöse Veranlagung erfüllt die Voraussetzungen und ist der der älteren recht ähnlich. Und davon abgesehen ist der Irrsinn wenn nicht erblich, so doch ansteckend . . .

– Oh, wir werden die andere in eine Anstalt schicken; wir entschließen uns dazu, was immer es kostet, sagte Madame Bricolin.

– Und du darfst Rose nicht verärgern, verstehst du, Frau? sagte der Pächter und kippte den Wein in vollen Zügen, um seinen häuslichen Kummer zu ertränken. In La Châtre gibt es gerade Schauspieler, wir müssen sie in die Komödie führen. Wir kaufen ihr ein neues Kleid, zwei, wenn es sein muß. Wir haben, zum Donnerwetter, die Mittel, ihr nichts zu verweigern! . . .

Monsieur Bricolin wurde von Madame de Blanchemont unterbrochen, die ihn um ein Gespräch unter vier Augen bat.

XXX

Der Vertrag

– Monsieur Bricolin, sagte Marcelle und folgte dem Pächter in eine Art Nebenraum, finster und unaufgeräumt, wo ein Durcheinander von Papieren gestapelt war, zusammen mit verschiedenen landwirtschaftlichen Geräten und Samenproben, sind Sie bereit, mir ruhig und freundlich zuzuhören?

Der Pächter hatte viel getrunken, um sich, bevor er Grand-Louis auf der Anhöhe beleidigen ging, im Lot zu halten. Als er zurückkam, hatte er weitergetrunken, um sich zu beruhigen und zu erfrischen. Zum dritten hatte er getrunken, um die Traurigkeit, die sich um ihn herum breitmachte, abzuwenden und die düsteren Gedanken zu vertreiben, die in ihm auftauchten. Sein blaugeblümter Krug aus Steingut, der stets auf dem Küchentisch stand, diente gewöhnlich seiner Beruhigung und als Stimulans gegen die erste Schwere der Trunkenheit. Als er sich mit der Dame von Blanchemont allein und der Unterstützung durch seinen Weißwein beraubt sah, fühlte er sich unbehaglich, machte unbewußt eine Bewegung, um auf seinem Schreibtisch ein Glas zu greifen, das dort nicht war, und als er einen Stuhl anbieten wollte, brachte er zwei zum Umfallen. Da bemerkte Marcelle, daß seine Beine, sein rotes Gesicht, seine Zunge und sein Gehirn einigermaßen weingetränkt waren, und trotz des Abscheus, den ihr diese nun doppelt reizvolle Persönlichkeit einflößte, beschloß sie, eine offene Auseinandersetzung mit ihm zu wagen, wobei sie sich des Sprichworts *in vino veritas* erinnerte.

Als sie feststellte, daß er ihre ersten Worte kaum gehört hatte, ging sie zum Angriff über. – Monsieur Bricolin, sagte sie, ich hatte das Vergnügen, Sie zu fragen, ob Sie geneigt seien, wohlwollend und ruhig eine recht heikle Frage anzuhören, die ich Ihnen zu stellen habe.

– Was ist los, Madame? antwortete der Pächter gnädig, doch kraftlos. Er war Marcelle sehr böse, aber er war zu schwerfällig, um es ihr zu zeigen.

– Es ist los, Monsieur Bricolin, erwiderte sie, daß Sie den Müller von Angibault aus Ihrem Haus gejagt haben und ich die Ursache Ihrer Unzufriedenheit mit ihm wissen möchte.

Bricolin war durch diese offene Art, das Problem anzusprechen, wie kopflos. Im Äußeren Marcelles lag eine kühne Aufrichtigkeit, die ihn immer störte, und besonders in einem Augenblick, wo er nicht frei über seine Fähigkeiten verfügen konnte. Wie von einem ihm überlegenen Willen beherrscht, machte er das Gegenteil von dem, was er nüchtern getan hätte, er sagte die Wahrheit.

– Sie kennen sie, Madame, antwortete er, die Ursache meiner Unzufriedenheit! Ich brauche sie Ihnen nicht zu nennen.

– Bin ich es also? fragte Madame de Blanchemont.

– Sie? Nein. Ich beschuldige Sie nicht. Sie denken an Ihre eigenen Interessen, das ist ganz einfach, so wie ich an meine denke . . . aber ich finde, daß einer ein Schurke sein muß, wenn er sich als mein Freund ausgibt und gleichzeitig Ihnen Ratschläge gibt, die meinen Interessen entgegenstehen. Lauschen Sie ihnen, nutzen Sie sie, bezahlen Sie sie gut, folgen Sie ihnen. Aber ich, ich setze den Feind, der mir bei Ihnen schadet, vor die Tür. So! . . . Es ist nicht mein Problem, wenn jemand das nicht mag . . . In meinem Haus bin ich der Herr; denn schließlich, Madame de Blanchemont, werden Sie einsehen, was ich sage: Jeder ist sich selbst der nächste! . . . Ihre Interessen sind Ihre Interessen, meine Interessen sind meine Interessen. Ein Schurke ist ein Schurke . . . *Heutigentags* denkt jeder an sich selbst zuerst. Ich bin der Herr in meinem Haus und in meiner Familie, Sie haben Ihre Interessen, wie ich meine habe; an Ratschlägen gegen mich wird es Ihnen nicht fehlen, das sage ich Ihnen . . .

Und derart fuhr Monsieur Bricolin zehn Minuten lang

fort, sich stumpfsinnig zu wiederholen, ohne es zu merken, weil ihm bei jedem Wort von neuem entfiel, schon hundertmal dasselbe gesagt zu haben.

Marcelle, die Betrunkene selten aus der Nähe erlebt und noch nie mit einem geredet hatte, hörte ihm verwundert zu, fragte sich, ob er vollends verblödet sei und dachte mit Entsetzen daran, daß das Schicksal von Rose und ihrem Geliebten von einem Mann abhing, der in nüchternem Zustand hart und unbeugsam war, und wenn der Wein seine Härte besänftigt hatte, dumm und taub. Eine Zeitlang ließ sie ihn dieselben niederträchtigen Gemeinplätze bis zum Überdruß wiederholen, und als sie begriff, daß dies fortdauern konnte, bis der Schlaf ihn auf seinem Stuhl befiel, versuchte sie, ihn nüchtern zu machen, indem sie unvermittelt seine empfindlichste Saite anschlug.

– Nun, Monsieur Bricolin, sagte sie und unterbrach ihn, wollen Sie unbedingt Blanchemont kaufen? Und wenn ich den Preis akzeptierte, den Sie mir bieten, wären Sie dann noch böse?

Bricolin bemühte sich, seine geschwollenen Lider zu öffnen und Marcelle fest anzusehen. Marcelle ihrerseits betrachtete ihn aufmerksam und selbstsicher. Allmählich wurde der Blick des Pächters klarer, sein schweres, verquollenes Gesicht schien sich zu straffen, und man hätte meinen können, ein Schleier hebe sich von seinen Zügen. Er stand auf und drehte zwei oder drei Runden durch den Raum, als wolle er seine Beine ausprobieren und seine Gedanken sammeln. Er fürchtete zu träumen. Als er sich erneut Marcelle gegenüber niederließ, war seine Haltung fest und sein Teint beinahe blaß.

– Verzeihen Sie, Frau Baronin, sagte er, was hatten Sie die Ehre mir zu sagen?

– Ich sagte, erwiderte Marcelle, daß ich willens bin, Ihnen mein Land für zweihundertfünfzigtausend Francs zu überlassen, wenn . . .

– Wenn was? fragte Bricolin knapp und mit Luchsaugen.

– Wenn Sie mir versprechen wollen, daß Sie Ihre Tochter nicht unglücklich machen.

– Meine Tochter! Was hat meine Tochter mit all dem zu tun?

– Ihre Tochter liebt den Müller von Angibault; sie ist sehr krank und kann, wie ihre Schwester, den Verstand verlieren. Hören Sie, begreifen Sie, Monsieur Bricolin?

– Ich höre, und ich begreife wenig. Ich sehe wohl, daß meine Tochter eine gewisse Liebelei im Kopf hat. Das kann von einem Tag auf den anderen vergehen, so wie es gekommen ist. Aber wieso bringen Sie meiner Tochter ein so großes Interesse entgegen?

– Was geht das Sie an? Wenn Sie auch nicht verstehen, daß man Freundschaft und Mitleid mit einem Mädchen empfinden kann, das zauberhaft ist und leidet, so werden Sie zumindest den Vorteil begreifen, Besitzer von Blanchemont zu sein.

– Das ist ein Spiel, Frau Baronin. Sie machen sich über mich lustig. Sie haben heute mit meinem schlimmsten Feind gesprochen, mit Monsieur Tailland, dem Notar, der Ihnen sicherlich geraten hat, mich zappeln zu lassen!

– Ohne jegliche Feindseligkeit Ihnen gegenüber hat er mir die nötigen Auskünfte über meine Lage gegeben. Nun, ich weiß, daß ich sehr bald einen Käufer finden und Sie, wie Sie sagen, zappeln lassen könnte.

– Und der Müller von Angibault hat Ihnen diesen guten Ratgeber hinter meinem Rücken besorgt?

– Was wissen Sie darüber? Sie könnten sich irren. Im übrigen ist jede Erklärung zu diesem Thema sinnlos; wenn ich mich mit Ihrem Angebot begnüge, was geht Sie das Übrige an?

– Aber das Übrige ... das Übrige ... bedeutet, daß meine Tochter einen Müller heiraten muß!

– Ihr Vater war auch einer, bevor er bei meinen Eltern Pächter wurde.

– Aber er hat ein Vermögen zusammengetragen, und *heutigentags* bin ich in einer Position, in der ich einen

Schwiegersohn haben kann, der mir helfen wird, Ihr Land zu kaufen.

– Zu dreihunderttausend Francs, vielleicht sogar mehr?

– Das ist also eine Bedingung *siene qua nonn*? Sie wollen, daß dieser Müller meine Tochter heiratet? Was ist Ihr Interesse daran?

– Ich habe es Ihnen gesagt, die Freundschaft, die Freude, Menschen glücklich zu machen, alles Dinge, die Ihnen seltsam erscheinen; aber jeder nach seinem Charakter.

– Ich weiß wohl, daß der verblichene Herr Baron, Ihr Gemahl, für ein schlechtes Pferd zehntausend Francs und für ein schlechtes Mädchen vierzigtausend Francs ausgegeben hätte, wenn es ihm in den Kopf kam. Das sind Adelslaunen; aber letztlich ist das verständlich, es war für ihn und verschaffte ihm Vergnügen: aber ein Opfer zu bringen, ausschließlich um anderen eine Freude zu machen, Leuten, die Ihnen nichts bedeuten, die Sie kaum kennen . . .

– Sie raten mir also, es nicht zu tun?

– Ich rate Ihnen, sagte Bricolin lebhaft und erschreckt über seine Ungeschicklichkeit, zu tun, was Ihnen gefällt! Über Geschmack und Vorstellungen läßt sich nicht streiten; aber schließlich . . .

– Aber schließlich mißtrauen Sie mir, das ist klar. Sie halten mich und meine Vorschläge nicht für aufrichtig?

– Verdammt, Madame, welche Sicherheit hätte ich denn? Das ist die Laune einer Königin, die von einem Augenblick auf den anderen vergehen kann.

– Dann sollten Sie sich beeilen, mich beim Wort zu nehmen.

– Bei Gott, sie hat recht, sagte sich Monsieur Bricolin; in all ihrer Verrücktheit ist sie kaltblütiger als ich.

– Nun, Frau Baronin, welche Sicherheit würden Sie mir geben?

– Eine schriftliche Verpflichtung.

– Unterschrieben?

– Gewiß doch.

– Und ich, ich soll Ihnen versprechen, meine Tochter Ihrem Schützling zur Frau zu geben?

– Zunächst einmal würden Sie mir Ihr Ehrenwort geben.

– Ehrenwort? Und dann?

– Und dann würden Sie es, in Gegenwart Ihrer Mutter, Ihrer Frau und meiner selbst Rose geben.

– Mein Ehrenwort? Rose ist also sehr verknallt?

– Also, sind Sie einverstanden?

– Wenn es nur das braucht, um ihr eine Freude zu machen, dieser Kleinen! . . .

– Es braucht mehr . . .

– Was denn?

– Sie müssen Ihr Wort halten.

– Der Gesichtsausdruck des Pächters veränderte sich.

– Mein Wort halten . . . mein Wort halten! sagte er; zweifeln Sie daran?

– Nicht mehr, als Sie an meinem zweifeln; aber da Sie etwas Schriftliches von mir verlangen, werde ich das auch tun.

– Etwas Schriftliches, welchen Inhalts?

– Ein Heiratsversprechen, das ich selbst abfassen würde und das Rose und auch Sie dann unterschreiben.

– Und wenn Rose mich bei alledem um eine Mitgift bittet?

– Sie würde schriftlich darauf verzichten.

– Das wäre eine gehörige Einsparung, dachte der Pächter. Diese verfluchte Mitgift, die ich von einem Tag auf den anderen hätte aufbringen müssen, hätte mich vielleicht daran gehindert, Blanchemont zu kaufen. Keine Mitgift und Blanchemont für zweihundertfünfzigtausend Francs, das sind hunderttausend Francs Gewinn. Da gibt es nichts zu zögern. Und noch dazu, wenn Rose verrückt würde, dann müßte man darauf verzichten, einen Schwiegersohn zu suchen . . . und außerdem einmal im Jahr einen Arzt bezahlen . . . und außerdem ist es zu traurig; es würde mir allzu weh tun zuzusehen, wie sie, gleich ihrer

Schwester, häßlich und unsauber würde. Es wäre eine Schande, zwei verrückte Töchter zu haben. Die da wird auf merkwürdige Weise verheiratet, aber der Grundherr von Blanchemont kann so manches zurechtschustern. Auf der einen Seite werden wir kritisiert, auf der anderen beneidet. Nun, so laßt uns ein guter Vater sein. Das ist kein schlechtes Geschäft.

– Frau Baronin, sagte er, wollen wir einmal versuchen, wie man dieses Schreiben da aufsetzen könnte? Das ist aber wirklich ein ulkiger Handel, und ich kenne kein Modell dafür.

– Ich auch nicht, antwortete Madame de Blanchemont, und ich weiß nicht, ob es im modernen Recht eines gibt. Aber was soll's? Mit gesundem Menschenverstand und Anstand kann man, wie Sie wissen, ein Schriftstück aufsetzen, das solider ist als das von Leuten vom Fach.

– Das sieht man alle Tage. Ein Testament zum Beispiel! Selbst Stempelpapier ändert nichts . . . Aber ich habe welches hier. Ich habe immer welches. So etwas muß man immer zur Hand haben.

– Lassen Sie mich auf einfachem Papier einen Entwurf machen, Monsieur Bricolin, und Sie machen auch einen; wir vergleichen sie, diskutieren sie, wenn es einen Grund dafür gibt, und wir übertragen ihn auf gestempeltes Papier.

– Machen Sie das, Madame, machen Sie's, sagte Bricolin, der kaum schreiben konnte. Sie sind gebildeter als ich, Sie werden es besser formulieren als ich, und dann sehen wir weiter.

Während Marcelle schrieb, suchte Monsieur Bricolin in einer Ecke nach einem Krug mit Wasser und stellte ihn unbemerkt auf einen Eckschrank, bückte sich und schluckte etwas davon. – Man muß den Kopf behalten, dachte er, mir scheint, ich bin wieder da; aber kaltes Wasser im Blut, das ist gut für die Geschäfte, macht vorsichtig und mißtrauisch.

Marcelle ließ sich von ihrem Herzen leiten und war im übrigen bei ihren großzügigen Entscheidungen von klarstem Verstand. So verfaßte sie ein Schreiben, in dem ein Jurist ein Meisterstück an Klarheit hätte entdecken können, obgleich es in gutem Französisch geschrieben war, nicht den üblichen Juristenjargon enthielt und geprägt war von der bewundernswürdigsten Aufrichtigkeit. Als sie es Bricolin vorgelesen hatte, war dieser von der Präzision des Schriftstücks überrascht, welches er so nicht diktiert hätte, doch dessen Wert und Auswirkungen er sehr gut begriff.

– Zum Teufel mit den Frauen! dachte er. Es stimmt, wenn man behauptet, daß sie, sofern sie etwas von Geschäften verstehen, dem pfiffigsten von uns noch etwas beibringen würden. Wenn ich die meine frage, das weiß ich, so bemerkt sie immer, wo es zu meinem Vorteil oder auch Nachteil noch eine offene Tür gibt. Ich wünschte, sie wäre da! Aber durch ihre Einwände würde sie uns nur aufhalten. Wir werden sehen, wann es wirklich darum geht zu unterschreiben. Wer würde wohl glauben, daß diese junge Dame da, eine Romanleserin, eine Republikanerin, ein Hitzkopf, imstande ist, auf so kluge Weise eine Verrücktheit zu begehen? Ich verliere vor Verwunderung noch den Kopf. Trinken wir noch ein Glas Wasser. Pfui! Ist das übel! Wieviel guten Wein ich wohl nach dem Handel trinken muß, damit mein Magen wieder in Ordnung kommt!

XXXI

Der Hintergedanke

– Mir scheint es keine Einwände zu geben, sagte Monsieur Bricolin, nachdem er ein zweites und ein drittes Mal den Wortlaut des Schriftstücks vernommen hatte, wobei er mit Augen, die bei jeder Zeile größer und klarer wurden, dem Text folgte, den Marcelle in den Händen hielt. – Da ist nur eine kleine Sache, der ich widersprechen muß, das ist der Preis, Madame Marcelle; wirklich, das ist um zwanzigtausend Francs zu teuer. Ich habe zuerst nicht bedacht, welchen Nachteil die Heirat meiner Tochter mit diesem Müller bedeuten könnte. Man wird sagen, ich sei ruiniert, weil ich sie so kümmerlich verheirate. Das kostet mich meinen Kredit. Und außerdem hat der Bursche nichts, womit er die Hochzeitsgeschenke kaufen könnte. Das ist eine weitere Ausgabe von acht- oder zehntausend Francs zu meinen Lasten. Rose kann nicht auf eine hübsche Wäscheausstattung verzichten . . . Ich bin sicher, daß sie darauf Wert legt!

– Ich bin sicher, daß sie keinen Wert darauf legt, sagte Marcelle. Hören Sie, Monsieur Bricolin, sie weint! Hören Sie sie?

– Ich höre sie nicht, Madame, ich glaube, Sie irren sich.

– Ich irre mich nicht, sagte Marcelle und öffnete die Tür, sie leidet, sie schluchzt, und ihre Schwester schreit! Wie, Sie zögern, Monsieur? Sie finden ein Mittel, sich selbst zu bereichern, indem sie ihr die Gesundheit, den Verstand, vielleicht das Leben wiedergeben, und in einem solchen Augenblick denken Sie daran, an Ihrem Handel noch mehr zu verdienen! Wahrhaftig! fügte sie voll Empörung hinzu, Sie sind kein Mensch, Sie haben kein Herz! Nehmen Sie sich in acht, daß ich meine Meinung nicht ändere und Sie dem Unheil, welches auf Ihrer Familie lastet, überlasse, zur Strafe für Ihren Geiz!

Von diesen heftigen Vorwürfen verstand der Pächter so recht nur die Drohung, das Geschäft abzublasen.

– Nun, Madame, geben Sie mir zehntausend Francs, und der Handel ist abgeschlossen.

– Adieu! sagte Marcelle. Ich gehe zu Rose; denken Sie gut nach, ich bin damit fertig; an meinen Bedingungen ändere ich nichts. Ich habe einen Sohn, und wenn ich auch viel an die anderen denke, so darf es nicht zu sehr auf seine Kosten geschehen.

– Setzen Sie sich doch wieder, Madame Marcelle, und lassen wir die arme Rose schlafen. Sie ist so krank!

– Gehen Sie selbst zu ihr! sagte Marcelle hitzig; Sie werden sich davon überzeugen, daß sie nicht schläft. Vielleicht erinnern ihre Leiden Sie daran, daß Sie Ihr Vater sind.

– Ich erinnere mich daran, antwortete Bricolin, erschreckt bei dem Gedanken, daß Marcelle ihre Meinung ändern könnte, wenn er ihr Zeit zum Nachdenken gäbe. – Nun, Madame, erledigen wir das Schriftstück, damit wir Rose die Neuigkeit überbringen und sie heilen können.

– Ich hoffe, Monsieur, daß Sie ihr schlicht und einfach Ihr Einverständnis geben und sie niemals erfährt, daß ich es Ihnen abgekauft habe.

– Sie wollen nicht, daß sie erfährt, daß dies eine Abmachung zwischen uns ist? Das kommt mir gerade recht! Somit ist es sinnlos, daß sie das Schreiben unterzeichnet.

– Verzeihen Sie, aber sie wird es unterschreiben, ohne es zu verstehen. Es wird eine Art von Mitgift sein, die ich ihrem Verlobten gebe.

– Das läuft auf dasselbe hinaus. Ja, gut, es ist mir gleich. Rose ist vernünftig genug, um zu begreifen, daß ich sie nicht auf so dumme Weise verheiraten konnte, ohne daß sie in der Zukunft irgendeinen Vorteil daraus zieht. Aber die Bezahlung, Madame, verlangen Sie Barzahlung?

– Sie haben mir gesagt, daß Sie dazu wohl in der Lage wären.

– Gewiß, das bin ich! Ich habe gerade einen großen Pachthof verkauft, der zu weit entfernt war und für den ich vor acht Tagen die vollständige Bezahlung erhalten habe; etwas, was in unserer Gegend ganz selten geschieht; aber es war ein großer Herr, der ihn mir abgekauft hat, und diese Leute haben Koffer voll Bargeld. Er ist ein Pair von Frankreich, ein Herr Herzog von ***, der auf meinen Ländereien einen Park anlegen und seinen Besitz abrunden wollte. Es paßte ihm gut, ich habe teuer verkauft, wie nicht anders zu erwarten!

– Gleichviel, Sie haben das Kapital?

– Ich habe es in der Brieftasche, in schönen Bankscheinen, sagte Bricolin und senkte die Stimme. Ich werde sie Ihnen zeigen, damit Sie sich keine Sorgen machen.

Und nachdem er die Tür verriegelt hatte, zog er eine riesige, vor Fett glänzende Lederbrieftasche aus dem Leibgurt, in der eine Menge Scheine, ausgestellt auf die Bank von Frankreich, gebündelt waren. Erstaunt über die Gleichgültigkeit, mit der Marcelle das Geld zählte, sagte er:

– Ah! Da zittert man, wenn man soviel Geld auf einmal hat! Zum Glück gibt es die »Heizer« nicht mehr, und man kann es wagen, das da ein paar Tage lang zu behalten, ohne es anzulegen. Ich trage es den ganzen Tag mit mir herum; nachts lege ich es unter mein Kopfkissen und schlafe darauf. Ich sehne mich danach, es loszuwerden. Wenn ich nicht sofort mit Ihnen ins Geschäft gekommen wäre, hätte ich eine eiserne Kiste gekauft, um es bis zur Anlage darin zu verwahren, denn so etwas Notaren oder Bankiers anzuvertrauen, so dumm bin ich nicht! Darum möchte ich, daß wir heute abend noch unser Geschäft abschließen, damit ich diesen Schatz nicht mehr aufheben muß.

– Ich hoffe sehr, daß wir rasch zum Ende kommen, sagte Marcelle.

– Was denn? Ohne um Rat zu fragen? Und meine Frau? Und mein Notar?

– Ihre Frau ist hier; und was Ihren Notar angeht, muß ich, falls Sie den Ihren rufen, auch meinen rufen.

– Diese verfluchten Notare werden alles verderben, glauben Sie mir, Madame! Ich weiß genausogut Bescheid wie sie, und Sie auch, denn unser Schriftstück ist gut, und wenn wir es aufsetzen lassen, dann kostet uns das verdammt viel.

– Verzichten wir also auf diese Formalität. Ich werde per Handschlag, wie man sagt, verkaufen.

– Ein so bedeutendes Geschäft! Da zucke ich allerdings zusammen! Aber es ist, bei all dem, nur ein Versprechen: wenn wir es unterzeichneten?

– Es ist ein Versprechen mit Urkundenwert. Ich bin bereit, es zu unterzeichnen. Holen Sie Ihre Frau.

– Das muß ich, sagte sich Bricolin. Vorausgesetzt, daß es nicht zuviel Zeit in Anspruch nimmt und der Wind sich nicht dreht während der mindestens einstündigen Auseinandersetzung, die die Thibaude womöglich mit mir anfangen wird! – Gehen Sie zu Rose, Madame Marcelle? Sagen Sie ihr noch nichts.

– Ich werde mich hüten! Aber erlauben Sie mir, ihr ein wenig Hoffnung auf Ihre Zustimmung zu machen?

– So weit, wie wir jetzt sind, mag es angehen, antwortete Bricolin, wobei er scharfsichtig feststellte, daß der Anblick Roses und ihrer Tränen das beste Mittel sein würde, um die großzügigen Absichten Marcelles zu nähren.

Monsieur Bricolin fand seine Frau in einer Verfassung vor, die sehr verschieden war von der, mit der er gerechnet hatte. Madame Bricolin war hart und zänkisch; aber obgleich sie in den Kleinigkeiten des Alltags ebenso geizig war wie ihr Ehemann, war sie vielleicht weniger habgierig, was das Ganze betraf; sie war bitterer mit Worten und scheinbar unsensibler, aber bei Gelegenheit war sie doch eher zu einer Regung imstande. Außerdem war sie eine Frau, und ihre mütterlichen Gefühle waren, auch wenn unter einem harschen Äußeren verborgen, doch in ihrem Busen lebendig.

– Monsieur Bricolin, sagte sie, ging auf ihn zu und schloß sich mit ihm in der Küche ein, wo eine magere Kerze traurig vor sich hinbrannte, du siehst mich leiden. Rose ist kränker, als du denkst. Sie schreit und weint nur noch, als ob sie den Verstand verloren hätte. Sie liebt diesen Müller; als ob Gott uns für unsere Sünden bestrafen wollte. Aber das Unglück ist geschehen, er hat ihr Herz, und sie ist genau wie ihre Schwester, als die anfing zu spinnen. Andererseits verschlimmert sich deren Zustand und droht, unerträglich zu werden. Als der Arzt sah, daß sie Anstalten machte, die Türen einzuschlagen, kam er und verlangte, daß man sie hinausgehen und wie gewöhnlich durch das Wildgehege und das alte Schloß streifen lasse. Er sagt, sie sei es gewohnt, allein und ständig in Bewegung zu sein, und wenn man sie eingesperrt halte, mit Leuten um sie herum, würde sie anfangen zu toben. Aber ich habe

Angst, daß sie sich umbringt! Sie wirkt so böse heute abend! Sie, die niemals spricht, hat uns alles Schreckliche gesagt, was man sich nur denken kann. Der Magen tut mir davon weh. Es ist abscheulich, so zu leben! Und wenn man bedenkt, daß eine verhinderte Liebe der Grund dafür ist! Wir haben doch alle unsere Töchter gleichermaßen gut erzogen! Die anderen haben geheiratet, wie wir es wollten, sie machen uns Ehre; sie sind reich, und sie sind vernünftig genug, glücklich zu sein, auch wenn ihre Männer keine Zieraffen sind. Aber die älteste und die jüngste haben Schädel aus Eisen, und da wir zu unserem Pech nicht begriffen haben, wodurch die eine verdorben wurde, müssen wir vorsichtig sein und dürfen der anderen nicht widersprechen. Mir wäre es lieber, sie wäre nie geboren, als daß sie diesen Müller heiratet! Aber sie will es so, und da ich sie lieber tot als verrückt sehen möchte, müssen wir eine Entscheidung treffen. Ich sage dir also, Monsieur Bricolin, daß ich meine Zustimmung gebe, und du mußt deine auch geben. Ich habe Rose gerade gesagt, daß, wenn sie diesen Mann unbedingt heiraten will, ich sie nicht daran hindere. Das schien sie zu beruhigen; obwohl sie nicht so aussah, als ob sie mich verstanden hätte oder mir glaubte. Du mußt zu ihr gehen und dasselbe sagen.

– Wie sich alles findet! rief Bricolin entzückt. Hier, Frau, lies mir das Geschriebene erst einmal vor und sage mir, ob da etwas fehlt.

– Ich falle aus allen Wolken! sagte die Pächterin, nachdem sie das Schriftstück gelesen. Und nach wiederholten Ausrufen sammelte sie die ganze Kälte ihres Willens, um es mit der Aufmerksamkeit eines Staatsanwalts noch einmal zu lesen. – Dieses Schriftstück da ist gut für dich, sagte sie. Das kommt einem Urteil gleich. Du brauchst keinen mehr zu konsultieren, Monsieur Bricolin; du brauchst nur noch zu unterschreiben. Das ist nichts als Gewinn, das reine Glück! Für uns ist es ein gutes Geschäft, und Rose macht es froh. Mit gutem Grund wird behauptet, der liebe Gott belohne den, der gute Absichten habe. Ich hatte beschlossen, sie ihrem Liebhaber umsonst zu geben, und da sind wir so gut entgolten! Unterschreibe, unterschreibe, mein Alter, und bezahle. Damit wird das Schriftstück rechtskräftig, und man braucht nicht mehr lange darüber zu reden.

– Schon bezahlen? Einfach so, mit einem Mal! Aufgrund eines Fetzens Papier, der nicht einmal notariell beglaubigt ist?

– Zahle, sage ich dir! Und laß morgen früh das Aufgebot bestellen.

– Aber falls wir die Kleine noch zur Vernunft bringen könnten! Vielleicht geht es ihr morgen gut, und sie ist einverstanden, einen anderen zu heiraten, wenn wir ihr gut zureden und du sie zu nehmen verstehst. Man könnte behaupten, daß ein solches Schriftstück meinerseits ein Irrsinn ist, eine Dummheit, die meine Tochter nicht binden darf . . .

– Nun gut, dann ist der Verkauf null und nichtig!

– Das kommt darauf an! Man könnte immer noch klagen.

– Du würdest verlieren!

– Auch hier käme es darauf an! Übrigens, was macht das schon? Der Verkauf würde ausgesetzt. Einen Prozeß, den kann man in die Länge ziehen. Du weißt, daß Madame de Blanchemont nicht warten kann. Das würde sie zwingen, einen Vergleich zu schließen.

– Pah! Solche Geschichten bringen einen ins Gerede, Monsieur Bricolin. Man verliert seine Ehre und Glaubwürdigkeit. Es lohnt sich immer, geradeheraus zu handeln.

– Nun gut, wir werden's sehen, Thibaude! Geh und sage deiner Tochter, es sei abgemacht. Wenn wir ihr nicht mehr widersprechen, wird sie sich nicht mehr so sehr um ihren Grand-Louis kümmern; denn es sah ganz einfach danach aus, als hätten sie und ich einen Strauß miteinander auszufechten, und das ist ihr in den Kopf gestiegen. Sag mal, er ist in der ganzen Sache nicht schlecht zu Werke gegangen, der Müller! Er hat sich auf das Mittel verstanden, die Protektion und die Freundschaft dieser Dame zu gewinnen, ich weiß nicht, wie ... Der Kerl ist nicht dumm!

– Ich werde ihn mein ganzes Leben lang hassen! antwortete die Pächterin; aber das ist egal. Unter der Voraussetzung, daß Rose nicht wie ihre Schwester wird, lasse ich ihren Mann links liegen und schweige.

– Ah, ihr Mann, ihr Mann! ... Noch ist er es nicht!

– Doch, Bricolin, die Sache ist beschlossen, geh unterschreiben.

– Und du? Auch du mußt unterschreiben!

– Ich bin bereit.

Entschlossen trat Madame Bricolin bei ihrer Tochter ein, wo Marcelle auf sie wartete, und mit ihrem Mann unterzeichnete sie auf einer Ecke der Kommode.

Als dies getan war, sagte Bricolin mit einem Blick wilden Triumphes ganz leise zu seiner Frau:

– Thibaude! Der Verkauf ist in Ordnung, und die Bedingung ist nichtig! Das wußtest du nicht, du, die immer alles wissen will!

Rose hatte immer noch Fieber und unerträgliche Kopfschmerzen; aber seit die Irre draußen war und man ihre Schreie nicht mehr hörte, hatten Roses Nerven sich beruhigt. Als Marcelle unterschrieben hatte und ihrer jungen Freundin die Feder reichte, hatte diese einige Mühe zu begreifen, worum es ging; aber als sie es verstanden hatte, brach sie in Tränen aus und warf sich überschwenglich in die Arme ihres Vaters, ihrer Mutter und ihrer Freundin, wobei sie dieser ins Ohr flüsterte:

– Göttliche Marcelle, das ist ein Darlehen, welches ich annehme; ich werde eines Tages reich genug sein, um gegenüber Ihrem Sohn meine Schulden abzutragen.

Die Großmutter Bricolin war in der ganzen Familie die einzige, die verstand, wie vornehm Marcelles Verhalten war. Sie warf sich vor ihr nieder und küßte ohne ein Wort ihre Knie.

– Und jetzt, sagte Marcelle ganz leise zu der Alten, ist es noch nicht so spät, erst zehn Uhr! Grand-Louis könnte gut noch irgendwo in der Gegend sein, und im übrigen ist es nicht weit von hier nach Angibault. Wenn man jemanden schickte, um ihn zu holen? Ich wage nicht, es vorzuschlagen; aber man könnte ihn kommen lassen, wie zufällig, und wenn er einmal hier ist, könnte man ihm von seinem Glück erzählen.

– Das übernehme ich! rief die Alte. Und wenn ich selbst zur Mühle gehen müßte! Dafür werden meine Beine zu denen einer Fünfzehnjährigen!

Tatsächlich ging sie selbst ins Dorf, aber sie fand den Müller nicht. Sie wollte ihm einen Knecht schicken. Diese waren alle betrunken, schliefen in ihrem Bett oder in der Wirtschaft, außerstande, sich zu rühren. Die kleine Fanchon war zu hasenfüßig, um des Nachts die Wege zu benutzen; und außerdem war es unmenschlich, dieses junge Mädchen an einem Festabend der Gefahr auszusetzen, den unterschiedlichsten Leuten zu begegnen. Die Mutter Bricolin ging und suchte auf der fast menschenleeren Anhöhe nach jemandem, der reif und vorsichtig genug war, diesen Auftrag zu übernehmen, als sich der Onkel Cadoche, der unter dem Portal der Kirche hervorkam, wo er soeben sein letztes Gebet gebrummelt hatte, ihren Blicken darbot.

XXXII

Der Patachon

– Sie gehen recht spät spazieren, Madame Bricolin! sagte der Bettler zu der alten Pächterin; Sie sehen so aus, als ob Sie jemanden suchten? Ihre Enkelin ist schon lange nach Hause gegangen. Ihr Papa hat sie heute ganz schön geärgert . . .!

– Es ist ja gut, Cadoche, antwortete die Alte, ich habe

kein Geld bei mir. Aber ich glaube, daß sie dir heute bei uns welches gegeben haben.

– Ich bitte Sie um nichts; mein Tagewerk ist getan; ich habe heute abend drei Gläschen getrunken und gehe um so aufrechter. Sehen Sie, Mutter Bricolin, weder Ihr Mann noch Ihr Junge, der dicke Monsieur, vertragen das Trinken so gut wie ich in meinem Alter. Ich wünsche einen guten Abend. Ich gehe und schlafe in Angibault.

– In Angibault? Cadoche, mein Alter, du gehst nach Angibault?

– Das wundert Sie? Mein Haus ist zwei große Meilen von hier, bei Jeu-les-Bois. Ich brauche mich nicht zu überanstrengen. Ich gehe und verbringe die Nacht bei meinem Neffen, dem Müller; ich werde dort stets gut empfangen, und man schickt mich nicht ins Stroh, wie in anderen Häusern, wie bei Ihnen zum Beispiel, die Sie doch trotz der Heizer immer noch ziemlich reich sind! Bei meinem Neffen gibt es für mich ein Bett in der Mühle, und man hat keine Angst, daß ich Feuer lege ... wie bei Ihnen, wo man das Feuer im Kopf hat, wenn schon nicht in den Füßen.

Diese Anspielung auf die Katastrophe, deren Opfer ihr Mann geworden war, erzeugte ein Schaudern im alten Blut der Mutter Bricolin; aber sie bemühte sich, nur an ihre Enkelin und an bessere Tage zu denken.

– Zum Grand-Louis gehst du also? sagte sie zu dem Greis.

– Gewiß, zum besten meiner Neffen, zu meinem echten Neffen, meinem künftigen Erben!

– Sag mal, Cadoche, da du deinen gesunden Menschenverstand beisammen hast und mit Grand-Louis so befreundet bist, kannst du ihm einen vortrefflichen Dienst erweisen. Es gibt da eine Sache, die eilt, und er muß sofort kommen und mit mir reden; sag ihm das, ich warte am Tor zum großen Hof auf ihn. Er soll seine Stute nehmen, das geht schneller.

– Seine Stute? Die hat er nicht mehr; man hat sie ihm gestohlen.

– Das ist egal, er soll kommen, gleich wie! Die Sache interessiert ihn sehr.

– Und was ist das für eine Sache?

– Ach, jetzt will er auch noch, daß man es ihm erklärt! Cadoche, du kriegst ein neues Zwanzigsoustück, das du dir morgen früh abholen kannst.

– Um wieviel Uhr?

– Wann du willst.

– Ich komme um sieben. Seien Sie da, denn ich warte nicht gern.

– Geh schon!

– Ich gehe. Ich brauche keine Dreiviertelstunde. Ah! Weil ich bessere Beine habe als Ihr Mann, Mutter Bricolin, und doch bin ich zehn Jahre älter.

Tatsächlich ging der Bettler festen Schrittes davon. Er war schon nahe bei Angibault, als er sich auf einem schmalen Weg plötzlich genau vor der Kalesche des Monsieur Ravalard befand, die schwungvoll von dem bösartigen rothaarigen Patachon gelenkt wurde. Er hielt es nicht für nötig, ihn zu warnen, und trieb seine Pferde auf ihn zu.

Es widerspricht der Würde des Berrichoner Bauern, sich überhaupt um einen Wagen zu kümmern, ob man ihn nun warnt oder nicht und wie schwierig es auch sein mag, ihm auszuweichen. Der Onkel Cadoche war noch stolzer als jeder andere in dieser Gegend. Er war daran gewohnt, von der Höhe seiner Größe herab diejenigen mit komischem Ernst zu behandeln, denen er eine bittende Hand hinhielt, und er tat so, als verlangsame er den Schritt und bliebe in der Mitte des Weges, obwohl er den heißen Atem der Pferde im Nacken spürte.

– Geh beiseite, du Esel! brüllte endlich der Patachon und verpaßte ihm mit der Peitsche einen Hieb ins Gesicht.

Der Bettler drehte sich um, griff die Pferde am Zügel und ließ sie so heftig rückwärts gehen, daß sie beinahe den Wagen in den Graben gekippt hätten. Da entspann sich zwischen ihm und dem wütenden Patachon ein verzweifelter Kampf, wobei dieser ständig mit der Peitsche zuschlug und tausend Verwünschungen ausstieß, der alte Cadoche sich gegen seine Angriffe schützte, indem er sich unter die Köpfe der Pferde bückte und sie, kräftig am Gebiß des Zaumzeugs rüttelnd, immer weiter zurückdrängte, sie bald rückwärts gehen ließ, bald selbst vor ihnen zurückwich. Monsieur Ravalard hatte zunächst das Gehabe eines großen Herrn zur Schau getragen, wie es sich für einen Menschen gehört, der zum ersten Mal in seinem Leben in einer Karosse fährt. Er selbst hatte den frechen Kerl verflucht, der ihn anzuhalten gewagt; aber sobald er sah, daß der Greis wahnsinnig genug war, einer realen Gefahr die Stirn zu bieten, siegte bald das gute Herz des Berrichoners über den Hochmut des Emporkömmlings:

– Hüten Sie sich davor, sagte er zum Patachon, wobei er sich aus seiner Kalesche lehnte; hüten Sie sich, diesem armen Mann Schaden zuzufügen!

Es war zu spät: Die Pferde, aufs äußerste gereizt, weil sie einerseits mit der Peitsche geschlagen, andererseits zurückgedrängt wurden, hatten wütend einen Satz gemacht und Cadoche zu Boden geworfen. Dank ihres wunderbaren Instinkts setzten die edlen Tiere über seinen Körper hinweg, ohne ihn zu berühren, aber die beiden Räder des Wagens rollten ihm über die Brust.

Der Weg war finster und verlassen. Es war zu dunkel, als daß Monsieur Ravalard diesen Menschen hätte erkennen können, der, in erdfarbene Lumpen gehüllt, hinter seiner rasch fliehenden Kutsche auf der Erde lag; der Patachon selbst war nicht imstande, seine Pferde zu bändigen. Zunächst verspürte der Bürger Angst umzustürzen; als das Gespann wieder ruhiger wurde, hatte man den Bettler schon weit hinter sich gelassen.

– Ich hoffe, Sie haben ihn nicht zu Boden geworfen? sagte er zu seinem Kutscher, der aus Angst und Wut immer noch zitterte.

– Nein, nein, sagte der Patachon, ob er nun von dem, was er sagte, überzeugt war oder nicht. Er ist zur Seite gefallen. Es war seine Schuld, der alte Halunke! Aber die Pferde sind ihm nicht zu nahe gekommen, und es ist ihm nichts zugestoßen, denn er hat nicht einmal geschrien. Er ist mit der Angst davongekommen, und das wird ihm eine Lehre sein.

– Sollten wir nicht umkehren und nachsehen? sagte Monsieur Ravalard.

– Ach nein, Monsieur, nein; diese Leute machen Ihnen um eines Kratzers willen den Prozeß. Auch wenn er gar nichts hätte, würde er so tun, als habe er einen kaputten Kopf, um Sie dahin zu bringen, ihm viel Geld zu geben. Einmal habe ich so einen leicht gestreift, und er brachte die Geduld auf, vierzig Tage lang das Bett zu hüten, damit mein Herr ihm für vierzig Tage Arbeitsausfall Entschädigung zahlte. Er war nicht kränker als ich.

– Diese Leute sind ganz schön schlau! sagte Monsieur Ravalard. Und doch wäre es mir lieber, nie eine Kalesche besessen zu haben, als irgend jemanden zu überfahren. Das nächste Mal, mein Kleiner, wird sofort angehalten und nicht derart gestritten; das ist gefährlich.

Der Patachon kümmerte sich nicht um die Folgen der Angelegenheit und schlug erneut mit der Peitsche auf die Pferde ein, um so schnell wie möglich fortzukommen. Von Schrecken und Gewissensbissen blieb er nicht unberührt, und bis zum Ende der Reise fluchte er leise vor sich hin.

Der Müller, Lémor, die Grand'Marie und Monsieur Tailland, der Notar, traten in diesem Augenblick aus der Mühle. Lémor war entschlossen, am nächsten Tag abzureisen; es war sein letzter Abend, und er achtete wenig auf das, was um ihn herum gesagt wurde; in süße Melancholie versunken, betrachtete er die Schönheit des Himmels und den Widerschein der Sterne im Fluß. Der Müller, traurig und finster, bemühte sich, dem Notar gegenüber höflich zu sein, der einige Schritte entfernt bei einem Pächter der Vallée-Noire soeben ein Testament aufgesetzt hatte und an der Mühle angehalten hatte, um seine Zigarre und die

Laternen seines Kabrioletts anzuzünden. Die Grand'Marie erklärte ihm gerade, daß er, wenn er eine andere Richtung einschlage, eine lange, steinige Strecke umgehe, und Grand-Louis versicherte, daß die Sache noch besser würde, wenn er eben diesen Weg im Schritt zurücklege oder zu Fuß und dabei das Pferd am Zügel führe. Wenn es um seine Bequemlichkeit ging, war der Notar einer, den man in der Gegend *Fafiot* nennt, ein nicht übersetzbares Wort, welches einen Menschen bezeichnet, der gleichermaßen ein Eckensteher und ein Kleinigkeitskrämer ist. Er hatte soeben eine Viertelstunde verloren, die er hätte nutzen können, um sich zu Hause auszuruhen, statt dessen ließ er sich erklären, wie man eine Viertelstunde leichter Anstrengung vermeiden könne.

Er fand, daß es noch anstrengender sei, sein Pferd zu Fuß am Zügel zu führen als in seinem Karren zu bleiben und die Stöße zu ertragen, daß jedoch beides allemal nichts tauge und seine Verdauung störe.

– Nun also, sagte der Müller, dessen natürliche Verbindlichkeit und Güte selbst von traurigen Gedanken nicht zu verdrängen war, folgen Sie mir und fahren Sie ganz sachte, ich führe Ihre Equipage da hoch. Sobald wir die Weinberge hinter uns haben, besteht Ihr ganzer Weg nur noch aus Sand.

Während er gutmütig dem Amte eines Laufburschen nachging, war Grand-Louis bald gezwungen, das Kabriolett fast in den Graben zu lenken, um die Kalesche des Monsieur Ravalard, in voller Fahrt, vorbeizulassen, der seinerseits mit seinem Zusammenstoß mit dem Bettler befaßt war und nicht daran dachte, daß freundliche Guten Abend des Müllers zu beantworten.

– Wo er nun einen Wagen hat, kennt er mich nicht mehr! sagte dieser zu Lémor, der ihm gefolgt war. Geld, Geld! Du bewegst die Welt, wie das Wasser mein Mühlrad. Dieser verdammte Patachon macht alles kaputt, wenn er in dem Tempo über unsere Steine fährt; bestimmt ist sein Kopf voll Wein und die Westentasche voll Geld. Ich weiß nicht, was ihn besoffener macht. Ach! Rose! Rose! Sie geben dir das Gift der Eitelkeit zu trinken, und demnächst hast du vielleicht auch mich vergessen. Indessen sah es heute abend beinahe so aus, als liebte sie mich; ihre Augen waren voller Tränen, als man sie von mir trennte. Ich werde nicht mehr mit ihr reden . . . vielleicht trauert sie mir nach . . . Ach! Wie wäre ich glücklich, wenn ich nicht unglücklich wäre!

Der Müller wurde durch ein Ausbrechen des von ihm geführten Pferdes von seinen Überlegungen abgelenkt. Er beugte sich nach vorn und sah quer auf dem Weg etwas Fahles liegen. Das Pferd weigerte sich hartnäckig weiterzugehen, und der Hohlweg war an dieser Stelle so dunkel, daß Grand-Louis abzusteigen gezwungen war, um nachzusehen, ob er auf einen Haufen Steine oder einen Betrunkenen gestoßen war.

– Ach, zum Teufel! Mein Onkel! sagte er, als er die lange Gestalt und den Bettelsack des Bettlers erkannte. Gestern abend war es der Grabenrand, das mag noch angehen, aber heute liegt er quer auf der Wagenspur! Es sieht so aus, als liebten Sie diesen Platz; aber Sie machen Ihr Bett nicht gut. Los, wachen Sie doch auf, kommen Sie und schlafen Sie in der Mühle, da ist es etwas besser als unter den Hufen der Pferde.

– Dieser Mann ist tot! sagte Henri und hob den Bettler hoch.

– Oh, haben Sie keine Angst! Diesen Tod hat er oft hinter sich gebracht; der kennt ihn schon. Das Gesöff ist ihm ganz schön zu Kopf gestiegen, dem Gevatter! Aber an einem Festtag trinkt man mehr, als zuträglich ist, und es gibt, wie man vom Wein sagt, keinen noch so treuen Freund, der einen nicht zuweilen verrät. Nun, lassen wir ihn unter diesem Baum liegen, und wenn wir zurückkommen, heben wir ihn auf und nehmen ihn mit nach Hause.

Lémor berührte den Arm des Bettlers.

– Wenn ich seinen Puls nicht leicht schlagen fühlte, sagte er, würde ich schwören, daß er tot ist. Was denn! Ist sein Elend nicht schon groß genug, das Alter, die Verwahrlosung, muß auch noch eine schändliche Leidenschaft diesen Unglücklichen den Menschen zu Füßen werfen! Und doch ist auch dieser hier ein Mensch!

– Ach was! Sie, Sie sind so streng wie ein Wassertrinker! Jemand hat behauptet, daß die Armen ihr Elend im Trinken zu vergessen vermögen. Ich habe diesen Satz irgendwo gehört; er ist wahr.

In dem Augenblick, als Lémor und der Müller Cadoche vorübergehend sich selbst überlassen wollten, ließ dieser ein tiefes Stöhnen hören.

– Nun, mein Onkel! sagte lächelnd der Müller, geht es noch nicht besser?

– Ich bin tot! antwortete der Bettler schwach. Habt Mitleid mit mir! Macht ein Ende mit mir . . . ich leide so sehr.

– Das geht vorüber, mein Onkel. Ein wenig Wasser und ein gutes Bett . . .

– Sie haben mich zerquetscht, sie sind mir über den Leib gefahren! entgegnete der Bettler.

– Das kann wohl möglich sein! sagte Lémor.

– Ach, so etwas wird immer erzählt, erwiderte der Müller, der allzuoft die unerfreulichen Hirngespinste Betrunkener vernommen hatte, um sich sonderlich zu beunruhigen. Na, Vater Cadoche, ist Ihnen ernsthaft ein Unglück widerfahren?

– Ja, der Wagen, der Wagen . . . über den Magen, über den Bauch, über die Arme! . . .

– Nehmen Sie eine der Laternen vom Kabriolett und bringen Sie sie hierher, sagte der Müller zu Lémor. Das beleuchtet eine Ecke und verfinstert die andere; wenn wir ihm das da vor die Nase halten, sehen wir, ob es um Wein oder um einen Unfall geht.

– Nein, nein, kein Wein . . . kein Wein, murmelte der Bettler, man hat mich ermordet, zermalmt wie einen armen Hund; ich muß daran sterben. Mögen der liebe Gott und die Heilige Jungfrau und alle guten Christen Mitleid mit mir haben und meinen Tod rächen!

Lémor kam mit der Laterne heran. Das Gesicht des Bettlers war aschfahl, seine Kleidung war zu zerschlissen, als daß ein zusätzlicher Riß oder Schmutzfleck als Hinweis hätte dienen können, aber als sie die Fetzen anhoben, die seine Brust bedeckten, erblickten sie auf den fleischlosen Rippen feuerrote Spuren: die Eisenstreifen an den Rädern hatten ihre Furchen auf ihm hinterlassen. Indessen hatte er nicht geblutet, die Rippen schienen nicht gebrochen, und die Atmung war noch recht frei. Er war sogar imstande, von seinem Unfall zu erzählen, und kräftig genug, um den Reichen in seinem Wagen zu verfluchen und dessen nichtswürdigen Handlanger, der die Frechheit und Grausamkeit seines Herrn noch überbot, und endlich alle Verwünschungen und Racheschwüre auszuspucken, die der Zorn und die Verzweiflung ihm nur eingaben.

– Gott sei Dank, sagte der Müller, Sie sind nicht tot, mein armer Cadoche, und wir müssen hoffen, daß Sie nicht daran sterben. Da, das rechte Rad war in diesem Graben, man sieht seinen Abdruck; das hat Sie gerettet; durch die Neigung hat der Wagen so wenig wie möglich auf Ihnen gelastet. Es ist ein Wunder, daß er nicht zur anderen Seite gekippt ist.

– Ich habe mein möglichstes dazu beigetragen! sagte der Bettler.

– Nun, Ihre Gerissenheit ist Ihnen zugute gekommen, mein Onkel. Sie konnten Sie nicht zermalmen, und wir werden es ihnen heimzahlen, nicht diesem armen Monsieur Ravalard, der sich mehr darob grämen wird als Sie, sondern diesem verfluchten bösen Kind!

– Und meine Tageseinnahmen, die ich verlieren werde! sagte der Bettler kläglich.

– Ach was! Sie haben vielleicht beim Spazierengehen mehr Geld verdient als wir beim Arbeiten. Aber man wird Ihnen helfen, Vater Cadoche; wir sammeln für Sie; und ich selbst gebe Ihnen einen Scheffel Weizen; machen Sie sich keine Sorgen. Wenn man leidet, soll man sich nicht von der Angst zugrunde richten lassen.

Während der gute Müller so redete, legte er mit Lémors Hilfe den armen Bettler in das Kabriolett, und im Schrittempo brachten sie ihn zurück, wobei sie allen Steinen äußerst sorgfältig auswichen. Monsieur Tailland, der, aus Angst, aus der Puste zu kommen, nicht gerade schnell den Hügel hinaufging, wunderte sich, sie zurückkommen zu sehen, und als er erfahren hatte, worum es ging, lieh er ihnen freundlicherweise sein Kabriolett. Zwar sorgte er sich ein wenig wegen der Verzögerung, die dieser Unfall ihm einbrachte, und der Anstrengung, die es ihn kosten würde, den Hügel wieder zu erklimmen, wo er doch schon oben war. Dennoch ging er wieder hinunter, um zu sehen, ob er seinen Freunden aus der Mühle behilflich sein könnte, dem armen Cadoche beizustehen.

Als man den Greis auf das saubere Bett des Müllers legte, fiel er in Ohnmacht. Man ließ ihn Essig einatmen.

– Mir wäre der Geruch von Branntwein lieber, sagte er, als er langsam wieder zu sich kam, das ist gesünder.

Man brachte ihm welchen.

– Ich würde ihn lieber trinken als einatmen, sagte er, das gibt mehr Kraft.

Lémor wollte sich dem widersetzen. Nach einem solchen Unfall konnte und mußte dieses feurige Gesöff einen schrecklichen Fieberanfall hervorrufen. Der Bettler ließ nicht locker. Der Müller versuchte, ihn davon abzubringen; aber der Notar, der seine eigene Gesundheit zu gründlich studiert hatte, um der Medizin nicht etliche Vorurteile entgegenzubringen, erklärte, daß Wasser in einem solchen Moment für einen Mann tödlich wäre, der vielleicht seit fünfzig Jahren keinen Tropfen mehr davon getrunken hatte, und daß der Alkohol, da er sein übliches Getränk sei, ihm nur wohltun könne; daß er kein anderes Gebrechen habe als die Angst und daß die Anregung durch ein Gläschen seine Sinne wieder in Ordnung bringe. Die Müllerin und Jeannie, die wie alle Bauern an die unfehlbare Heilkraft von Wein und Branntwein in allen Fällen glaubten, versicherten wie der Notar, daß man diesen armen Mann zufriedenstellen müsse. Die Meinung der Mehrheit siegte, und dieweil man ein Glas suchte, führte Cadoche, der sich tatsächlich von jenem großen Durst verzehrt fühlte, welchen großes Leiden erzeugt, die Flasche an die Lippen und schluckte in einem Zug mehr als die Hälfte.

– Das ist zuviel, das ist zuviel! sagte der Müller und hielt ihn zurück.

– Was, mein Neffe! antwortete der Bettler mit der Würde eines Familienvaters, der die ihm zustehende Ausübung seiner Autorität einfordert, in deinem Haus mißt du mir meinen Teil zu? Du knauserst an der Hilfe, die mein Zustand verlangt?

Dieser ungerechte Vorwurf besiegte die Vorsicht des einfachen und guten Müllers. Er ließ die Flasche neben dem Bettler stehen und sagte:

– Heben Sie das für später auf, aber jetzt ist es genug.

– Du bist ein guter Verwandter und würdiger Neffe! sagte Cadoche, der durch den Branntwein mit einem Mal aufzuleben schien; und wenn ich daran sterben muß, so ziehe ich vor, daß es hier geschieht, denn du wirst mir eine angemessene Beerdigung ausrichten. Das habe ich immer geliebt, eine schöne Beerdigung! Höre, mein Neffe, hört mir zu, Müllerbursche und Notar! . . . Ich nehme euch alle als Zeugen, ich befehle meinem Neffen und Erben, dem Grand-Louis von Angibault, daß er mich nicht mehr und nicht weniger ehrenvoll unter die Erde bringen läßt, als man es zweifellos bald mit dem alten Bricolin von Blanchemont machen wird . . . der mich nur kurze Zeit überlebt, obgleich er jünger ist . . . aber der sich seinerzeit die Beine hat verbrennen lassen . . . Ach! Ach! Ihr da, sagt einmal, soll man so dumm sein und sich für Geld, das man aufbewahrt, die *Haxen grillen* lassen! Es ist wahr, daß auch seins mit drin war, in dem Eisentopf! . . .

– Was redet er denn da? fragte der Notar, der sich an einen Tisch gesetzt hatte und nicht böse darüber war, daß die Müllerin Tee für den Kranken zubereitete; er ging davon aus, daß auch er eine gute heiße Tasse davon trinken würde, um sich gegen die Abendnebel am Vauvreufer zu schützen. Was erzählt er uns da für einen Unsinn von gegrillten Haxen und einem Eisentopf?

– Ich glaube, daß er wirres Zeug redet, antwortete der Müller. Im übrigen, auch wenn er weder betrunken noch krank wäre, so ist er doch in dem Alter, wo man abschweift, und die Geschichten aus seiner Jugend beschäftigen ihn mehr als die von gestern. Das ist bei Greisen so üblich. Wie fühlen Sie sich, mein Onkel?

– Seit diesem kleinen Schlückchen fühle ich mich besser, wenn auch dein Branntwein verdammt fade ist! Sollte man mir einen Streich gespielt und aus Sparsamkeit Wasser hineingetan haben? Hör mal, mein Neffe, wenn du mir während meiner Krankheit etwas verweigerst, enterbe ich dich!

– Ach ja, sprechen wir zur Abwechslung mal davon! sagte der Müller und zuckte mit den Schultern. Sie sollten besser zu schlafen versuchen, Vater Cadoche.

– Schlafen, ich? Dazu habe ich gar keine Lust, antwortete der Bettler, richtete sich in seinen Kissen auf und ließ seine funkelnden Augen umherwandern. Ich fühle genau, daß es aus ist mit mir, aber ich will nicht wie ein Ochse auf der Seite sterben. Heda! ich fühle etwas recht Schweres in meinem Bauch, da, auf dem Herzen, als ob ich an der Stelle einen Stein hätte ... Es juckt ... es drückt mich. Müllerin! Machen Sie mir Umschläge. Niemand hier beschäftigt sich mit mir, als ob ich kein Erbonkel wäre!

– Sollten seine Rippen eingedrückt sein? fragte Lémor. Ist es vielleicht das, was ihm auf dem Herzen lastet?

– Ich verstehe überhaupt nichts davon, sagte der Müller; aber wir können nach dem Arzt schicken, der ohne Zweifel noch in Blanchemont ist.

– Und wer wird den Besuch des Arztes bezahlen? fragte der Bettler, der ebenso geizig war, wie er sich auf seinen angeblichen Reichtum etwas einbildete.

– Ich, antwortete Grand-Louis, es sei denn, er handelt aus reiner Menschlichkeit. Man wird nicht behaupten, ein armer Teufel krepiere bei mir, weil es ihm an der Hilfe fehlt, die man einem Reichen zukommen ließe. Jeannie, nimm die Sophie und hole rasch Monsieur Lavergne.

– Nimm die Sophie? sagte Cadoche hämisch. Das sagst du aus der Gewohnheit heraus, mein Neffe! Du vergißt, daß man dir Sophie gestohlen hat.

– Man hat Sophie gestohlen? fragte die Müllerin und wandte sich um.

– Er redet dummes Zeug, antwortete der Müller. Mutter, achte nicht auf ihn. Sagen Sie doch, Vater Cadoche, fügte er hinzu, wobei er leiser sprach und sich an den Bettler wandte; das wissen Sie also? Sollten Sie mir etwas neues über mein Tier und meinen Dieb sagen können?

– Wer kann so etwas schon wissen! erwiderte Cadoche mit zuckersüßer Miene. Wer findet denn die Diebe? Jedenfalls nicht die Gendarmen, die sind zu dumm! Wer hat jemals zu sagen vermocht, welche Leute es waren, die Beine verbrannt und den Eisentopf des Vater Bricolin geraubt haben?

– Ach, das! Sagen Sie einmal, mein Onkel, erwiderte der Müller, Sie reden ständig von diesen Beinen; das beschäftigt Sie sehr. Seit einiger Zeit kommen Sie immer, wenn ich Sie treffe, darauf zurück! Und heute abend gibt es in Ihrer Geschichte einen Eisentopf mehr. Sie haben mir nie etwas davon erzählt!

– Bring ihn doch nicht zum Reden! sagte die Müllerin; du bringst sein Fieber zum Steigen.

Tatsächlich hatte der Bettler Fieber. Jedesmal, wenn seine Gastgeber den Kopf wegdrehten, kippte er verstohlen einen Schluck Branntwein, und geschickt stellte er die Flasche unter den Querbalken neben dem Bett. Mit jedem Augenblick schien er kräftiger zu werden, und es war wie ein Wunder, zu sehen, wie dieser Körper aus Eisen in einem so fortgeschrittenen Alter die Folgen eines Unfalls aushielt, der jeden anderen umgebracht hätte.

– Der Eisentopf! sagte er und starrte dabei Grand-Louis mit seltsamen Augen an, was diesen auf unerklärliche Weise erschreckte. Der Eisentopf! Das ist das Schönste an der Geschichte, und ich will es euch gleich erzählen.

– Erzählen Sie, erzählen Sie, Vater Cadoche, das interessiert mich! sagte der Notar und beobachtete ihn aufmerksam.

XXXIII

Das Testament

Da war ein Eisentopf, fuhr der Bettler fort, ein alter, recht häßlicher Eisentopf, der nach gar nichts aussah; aber man soll nicht nach dem Äußeren urteilen ... In diesem fest verschlossenen Topf, und so schwer! ... ach, wie war er schwer! ... waren fünfzigtausend Francs, die dem alten Herrn von Blanchemont gehörten, dessen Enkelin jetzt auf dem Pachthof der Bricolins ist. Und außerdem hatte der alte Bricolin, der zu der Zeit ein junger Mann war, es ist vierzig Jahre her ... genau! in diesen Topf fünfzigtausend Francs gestopft, die ihm gehörten und aus einem guten Geschäft stammten, das er mit Wolle gemacht hatte. Das war die Zeit damals! Wegen der Lieferungen an die Armee. Der Betrag des Herrn und die Gewinne des Pächters, das alles war da in schönen, guten Louis d'Or zu achtzigtausend Francs, mit dem Bild des guten Königs Ludwig XVI. – solche, die wir *Froschaugen* nennen, wegen des runden Wappens. Dieses Geld hab ich immer geliebt! Man behauptet, daß es beim Eintauschen verliere, ich behaupte, daß es mehr wird; dreiundzwanzig Francs elf Sous sind immer noch mehr wert als ein schäbiger Napoléon zu zwanzig Francs. Das war alles ein Durcheinander. Bloß weil der Pächter seine Louis d'Or um ihrer selbst willen liebte (so nämlich, Kinder, muß man das Geld lieben), hatte er seine mit einem Kreuz gekennzeichnet, um sie von denen seines Herrn unterscheiden zu können, sobald er sie ihm zurückgeben mußte. Er nahm sich dabei ein Beispiel an seinem Herrn, der seine mit einem einfachen Strich versehen hatte, einfach, um sich einen Spaß zu machen, wie behauptet wird, und um zu sehen, ob sie umgetauscht würden. Das Zeichen war darauf . . . und ist es noch . . . Es fehlt nicht einer, im Gegenteil, andere sind dazugekommen! . . .

– Was zum Teufel erzählt er da für einen Unsinn? sagte der Müller und sah den Notar an.

– Still! antwortete dieser. Lassen Sie ihn sprechen, mir scheint, ich fange an zu verstehen. – Und dann . . . sagte er zu dem Bettler . . .

– Und dann, fuhr Cadoche fort, steckte er den Eisentopf in ein Loch in der Mauer des Schlosses von Beaufort, und das hat er zumauern lassen. Als dann die Heizer hinter ihm her waren . . . man sollte es nicht glauben, aber diese Leute waren nicht alle Halunken! Es gab unter ihnen Arme, aber auch Reiche; ich kenne sie sehr gut, bei Gott! Einige von ihnen leben noch, und man verneigt sich tief beim Grüßen. Es gab unter uns . . .

– Unter euch? rief der Müller.

– So schweigen Sie doch! sagte der Notar und drückte heftig seinen Arm.

– Ich will sagen, daß unter ihnen ein Anwalt, ein Bürgermeister, ein Pfarrer, ein Müller war . . . vielleicht gab es auch einen Notar . . . Ei, Monsieur Tailland, ich sage das nicht Ihretwillen, Sie waren ja gerade erst geboren; auch nicht deinetwegen, mein Neffe, du wärst zu harmlos, um einen solchen Streich auszuführen . . .

– Also nahmen die Heizer das Geld? sagte der Notar.

– Sie nahmen es nicht, das ist das Komischste daran. Sie ließen die Haxen von diesem armen Einfaltspinsel Bricolin grillen und braun braten, es war entsetzlich, es war gewaltig anzusehen.

– Sie haben es also gesehen?! sagte der Müller, der nicht an sich halten konnte.

– Ach nein! entgegnete Cadoche, ich habe es nicht gesehen; aber einer meiner Freunde, nämlich ein Mann, der dabei war, hat mir das alles erzählt.

– Recht so, sagte der Müller beruhigt.

– Nehmen Sie doch Ihre Tasse Tee, Vater Cadoche, sagte die Müllerin, und schwatzen Sie nicht so viel, das ist nicht gut für Sie.

– Zum Teufel, Müllerin, Sie mit Ihrem warmen Wasser! antwortete der Bettler und stieß die Tasse von sich; dieses Spülwasser ist mir zuwider. Lassen Sie mich doch meine Geschichte erzählen; schon seit langem habe ich sie auf dem Herzen, ich will sie einmal ganz erzählen, bevor ich sterbe, und dauernd unterbricht man mich!

– Das stimmt, sagte der Notar, heute morgen wollten Sie sie unter dem Laubdach erzählen, und alle haben sich umgedreht und gesagt: Ach, jetzt fängt der Vater Cadoche mit seiner Geschichte von den Heizern an, laßt uns gehen! Aber mir hat es Spaß gemacht, und ich hätte gerne den Rest gehört. Fahren Sie also fort.

– Stellen Sie sich vor, sagte Cadoche, dieser Mann, von dem ich rede, der dabei war . . . ein bißchen gegen seinen Willen . . . er war ein armer Bauer, man hatte ihn hingeschleppt; und dann, als die Angst ihn packte und er Anstalten machte zu kneifen, da drohte man, ihm das Hirn wegzupusten, falls er nicht wieder aufs Pferd steige, das man ihm gebracht hatte. Es war, wie die der anderen, verkehrt herum beschlagen, damit man beim Rückzug eine Spur auf der Erde hinterließ, die die Verfolger verwirrt . . . Und als mein Gewährsmann da war und bemerkte, daß er sich wie die anderen verhalten mußte, da schickte er sich an, überall herumzuwühlen und zu schnüffeln, um das Geld zu finden. Das war ihm lieber, als dabei zu helfen, den armen Bricolin zu braten, denn der Kamerad, von dem ich rede, der war kein schlechter Kerl. Wirklich! Diese Arbeit gefiel ihm nicht, und es schauderte ihn beim Hinsehen . . . es war schlimm . . . dieser hartnäckige Kerl, der schrie, daß einem das Trommelfell platzte, die ohnmächtige Frau, die verdammten, im Feuer zappelnden Beine, die ich immer noch zu sehen glaube ... Seither ist keine Nacht vergangen, in der ich nicht davon geträumt hätte! Bricolin war damals ein sehr kräftiger Mann, er machte sich so steif, daß seine Füße eine im Feuer liegende Eisenstange verbogen ... Ach, ich habe mich nicht eingemischt, das schwöre ich vor Gott ... als sie mich gezwungen haben, ihm ein Handtuch gegen den Mund zu drücken, rann mir eiskalter Schweiß von der Stirn ...

– Ihnen? sagte der Müller bestürzt.

– Dem Mann, der mir das alles erzählt hat. Also, unser Mann nutzte den geeigneten Augenblick und machte sich dünn, er begab sich auf die Suche, durchsuchte das Haus von oben bis unten, klopfte mit einer Hacke gegen alle Mauern, um zu sehen, ob sie hohl klangen, schlug wie die anderen rechts und links alles kurz und klein. Aber da schleicht er sich in einen kleinen Schweinestall, mit Verlaub ... und ist da ganz allein! Seit der Zeit habe ich stets die Schweine geliebt, und jedes Jahr habe ich eins großgezogen ... Er klopft, horcht ... es klingt hohl. Ich war ganz allein! Er bearbeitet die Mauer, stöbert und findet ... ratet mal was? Den Eisentopf! Wir wußten genau, daß dies die Sparbüchse vom Vater Bricolin war! Der Schmied, der sie zugesperrt, hatte seinerzeit geschwatzt: Ich erkannte sehr schnell, daß dies der Topf mit den Rosen war! Und schwer war er! Egal! Mein Kamerad entwickelte in seinen Armen und im Herzen Kräfte wie ein Stier. Unzweifelhaft machte er sich mit seinem Topf auf und davon und verließ auf Zehenspitzen die Gegend, ohne sich von den anderen zu verabschieden. Seither hat man ihn nie wieder in der Gegend gesehen. Es war ein gewagtes Spiel, ja! Die Heizer hätten ihn ohne weiteres zusammengeschlagen, wenn sie ihn entdeckt hätten. Er marschierte Tag und Nacht, ohne innezuhalten, ohne etwas zu essen oder zu trinken, bis er in einem großen Wald war, wo er seinen Topf vergrub, und dort schlief er ich weiß nicht wie viele Stunden lang. Er war so erschöpft vom Tragen einer solchen Last! Als mich der Hunger überkam, war ich in einer mißlichen Lage. Ich hatte keinen roten Heller, und ich wußte, daß es unter meinen hunderttausend Francs keinen Louis ohne ein Zeichen gab! Ich hatte hineingesehen, ich konnte mich nicht daran hindern! Ich merkte, daß man an diesem verfluchten Zeichen das Geld erkennen würde, auf welches man die Polizei schon hingewiesen hatte. Es durch Kratzen zu verwischen, wäre noch schlimmer gewesen. Und außerdem, ein armer Teufel, wie der, von dem ich rede, der einen Louis d'Or eingetauscht hätte, um vom Bäcker ein Stück Brot zu bekommen, der hätte Verdacht erregt. Er hatte nur eine Wahl; er wurde Bettler. Die Polizei war damals nicht so tüchtig wie heute, der beste Beweis dafür ist, daß kein Heizer bestraft wurde, wenn er nicht die Gegend verließ. Der Beruf des Bettlers ist gut, wenn man sich darauf versteht . . . Ich habe etwas zusammengetragen, habe nichts entbehrt. Dieser Mann beging nicht die Dummheit, einen Schlosser zu rufen, der seinen Topf versperrte; er vergrub ihn mitten in einer erbärmlichen Hütte aus Stroh und Erde, die ihm als Haus dient und die er sich selbst in den Wäldern gebaut hat. Seit vierzig Jahren hat niemand ihn gequält, weil sein Los bei keinem Neid erregt, und er hatte das Vergnügen, reicher und stolzer zu sein als alle diejenigen, die ihn verachteten.

– Und wozu war sein Gold gut? fragte Henri.

– Er schaut es einmal in der Woche an, wenn er in seine Hütte zurückkommt, wo er das Geld aufbewahrt, das ihm von den Almosen übrigbleibt. Er hat nur bei sich, was er für Tabak und Branntwein ausgeben will. Von Zeit zu Zeit läßt er eine Messe lesen, um gegenüber dem lieben Gott für die Dienste, die er von ihm empfangen, seine Schulden abzutragen, und mit großer Ordnung und Besonnenheit schlägt er sich durch. Er ist nicht so verrückt, ein einziges Geldstück aus seinem Schatz herauszuholen. Das würde heute, wo die Geschichte vergessen ist und die Verfolgungen eingestellt, keinen Verdacht mehr erregen, aber man würde denken, er sei reich, und ihm kein Almosen mehr geben. So, meine Kinder, das ist die Geschichte vom Eisentopf. Wie findet ihr sie?

– Großartig! sagte der Notar, und es ist sehr gut, sie zu kennen!

Tiefe Stille folgte diesem Bericht. Die Anwesenden sahen sich an, hin- und hergerissen zwischen Überraschung, Schrecken, Verachtung und einer gewissen merkwürdigen Lachlust, die sich unter all diese Gefühle mischte. Erschöpft von seinem Geplapper legte Cadoche sich auf sein Kissen zurück; sein bleiches Gesicht nahm eine grünliche Färbung an, sein langer, glatter Bart schließlich, der noch schwarz genug war, um sein erdfarbenes Gesicht finster wirken zu lassen, gab ihm vollends ein erschreckendes Aussehen. Seine tiefliegenden Augen, die eben noch funkelten, als Trunkenheit und Fieberwahn seine Zunge lösten, schienen in die Höhlen einzusinken und den glasigen Glanz des Todes anzunehmen. Die scharfen Züge, die große, schmale Adlernase, die eingesunkenen Lippen, sein ganzes Gesicht, das in der Jugend angenehm gewesen sein mochte, kündeten nicht von einer grausamen Natur, sondern von einer sonderbaren Mischung aus Geiz, List, Mißtrauen, Sinnlichkeit und selbst Gutmütigkeit.

– Das ist ja nicht zu fassen, sagte der Müller endlich, hat er uns soeben einen Traum erzählt oder ein Geständnis abgelegt? Müssen wir den Arzt oder den Pfarrer herbeirufen?

– Gottes Barmherzigkeit braucht er! sagte Lémor, der aufmerksamer als alle anderen die Veränderung im Gesicht des Bettlers und seine Atembeklemmungen beobachtete. Wenn ich mich nicht sehr täusche, hat der Mann nur noch wenige Augenblicke zu leben.

– Ich? Nur noch wenige Augenblicke zu leben? sagte der Bettler und unternahm eine Anstrengung, um sich aufzurichten. Wer hat das gesagt? Der Arzt? Ich glaube den Ärzten nicht. Sie sollen alle zum Teufel gehen!

Er beugte sich aus dem Bett und leerte seine Flasche Branntwein; dann, als er sich umwandte, packte ihn ein furchtbarer Schmerz und ließ ihn aufschreien.

– Mein Herz ist eingedrückt, sagte er und kämpfte mit aller Willenskraft dagegen an. Es könnte sein, daß ich mich nicht wieder erhole. Und wenn ich nicht mehr in mein Haus zurück kann? Was soll dann daraus werden? Und mein armes Schwein, wer kümmert sich darum? Es ist daran gewöhnt, sich von dem Brot zu ernähren, das man mir gibt und das ich ihm jede Woche mitbringe. Es gibt dort eine kleine Nachbarin, sie führt es auf die Felder. Diese Kokette! Sie macht mir schöne Augen und hofft, mich zu beerben. Aber daraus wird nichts: das da ist mein Erbe!

Und Cadoche wies feierlich mit der Hand auf Grand-Louis.

– Er war stets besser zu mir als alle anderen. Er ist der einzige, der mich so behandelt hat, wie ich es verdiene, der mich in einem Bett hat schlafen lassen, mir Wein, Tabak, Branntwein und Fleisch gab, statt der Brotkrumen, die ich nie angerührt habe! Eine Tugend habe ich stets gepflegt: die Dankbarkeit! Den Grand-Louis und den lieben Gott habe ich immer geliebt, denn sie erwiesen mir Gutes. Nun will ich also mein Testament zu seinen Gunsten machen, wie ich es ihm immer versprochen habe. Müllerin, halten Sie mich für krank genug, um mein Testament zu machen?

– Nein, nein! Armer Mann! sagte die Müllerin, die in ihrer engelsgleichen Treuherzigkeit den Bericht des Bettlers für eine Art von Traum gehalten hatte. Machen Sie Ihr Testament nicht, man sagt, das bringe Unglück und den Tod.

– Im Gegenteil, sagte Monsieur Tailland; es ist wohltuend und erleichternd. Es erweckt einen Toten zum Leben.

– In dem Fall, Notar, sagte der Bettler, will ich diese Medizin probieren. Was ich besitze, liebe ich, und ich will, daß es in gute Hände übergeht und nicht in die von kleinen, liederlichen Frauenzimmern, die mir den Hof machen und die von mir nur den Strauß und das Hutband bekommen, damit sie sich sonntags schön machen können. Notar, nehmen Sie Ihre Feder und schreiben Sie mir das in ordentlichen Worten nieder und lassen Sie nichts aus: »Ich schenke und hinterlasse meinem Freund Grand-Louis von Angibault alles, was ich besitze, mein im Jeu-les-Bois gelegenes Haus, mein kleines Kartoffelfeld, mein Schwein, mein Pferd! . . .«

– Sie haben ein Pferd? fragte der Müller. Seit wann denn das?

– Seit gestern abend. Ein Pferd, das ich beim Spazierengehen gefunden habe.

– Sollte es zufällig meines sein?

– Du sagst es. Es ist die alte Sophie, die die Eisen an ihren Füßen nicht wert ist.

– Vergeben Sie mir, mein Onkel! sagte der Müller, halb froh, halb wütend. Die Sophie ist mir wichtig; sie taugt mehr als . . . so manche Leute! Sie schämen sich nicht, mir die Sophie gestohlen zu haben! Und ich, ich hätte Ihnen den Schlüssel zu meiner Mühle anvertraut! Seht euch nur den alten Heuchler an.

– Schweigen Sie, mein Neffe, Sie reden dummes Zeug, erwiderte Cadoche würdevoll; es wäre ja noch schöner, wenn ein Onkel nicht das Recht hätte, die Stute seines Neffen zu nehmen! Was Ihnen gehört, gehört mir, weil, gemäß meinem Vorsatz und meinem Testament, Ihnen gehört, was mir gehört.

– Recht so! antwortete der Müller; vererben Sie mir die Sophie, vererben Sie, vererben Sie, mein Onkel, ich nehme es an. Es ist immerhin ein Glück, daß Sie nicht die Zeit hatten, sie zu verkaufen . . . Alter Spitzbube! murmelte er zwischen den Zähnen.

– Was sagst du da? entgegnete der Bettler.

– Nichts, mein Onkel, sagte der Müller, der bemerkte, daß der Greis einen Krampf bekam und röchelte. Ich sage, Sie haben gut daran getan, wenn es Sie vergnügt, zu Pferd um ein Almosen zu bitten!

– Sind Sie fertig, Notar? fragte Cadoche mit erloschener Stimme. Sie schreiben recht langsam! Ich bin schläfrig. Beeilen Sie sich doch, fauler Rechtsverdreher!

– Fertig, sagte der Notar. Können Sie unterschreiben?

– Besser als Sie! antwortete Cadoche. Aber ich kann nichts sehen. Ich brauche meine Brille und eine Prise Tabak.

– Hier, sagte die Müllerin.

– Das tut gut, erwiderte er, nachdem er genußvoll seine Prise Tabak gekostet hatte. Das gibt mir Kraft. Nun, ich bin nicht tot, auch wenn ich wie wahnsinnig leide.

Er warf einen Blick auf das Testament und sagte: – Ach, haben Sie auch den Eisentopf und seinen Inhalt nicht vergessen?

– Nein, bestimmt nicht! antwortete Monsieur Tailland.

– Das haben Sie gut gemacht, antwortete Cadoche mit zutiefst ironischem Ausdruck, obwohl alles, was ich Ihnen darüber erzählt habe, eine Geschichte war, um mich über Sie lustig zu machen!

– Dessen war ich mir sicher, sagte der Müller mit erfreuter Miene; wenn Sie dieses Geld gehabt hätten, hätten Sie es seinem rechtmäßigen Besitzer zurückgegeben. Sie waren immer ein ehrlicher Mann, mein Onkel . . . obgleich Sie mir meine Stute gestohlen haben; aber das war einer Ihrer Scherze: Sie hätten sie zurückgebracht! Also, unterschreiben Sie diese Dummheit da nicht; ich brauche Ihr Zeug nicht, es könnte einem Armen Freude machen; vielleicht haben Sie anderswo einen Verwandten, den ich nicht um Ihre letzten Sous bringen will.

– Ich habe keine Verwandten, ich habe sie alle beerdigt, Gott sei Dank! antwortete der Bettler; und was die Armen angeht . . . ich verachte sie. Gib mir die Feder, oder ich verfluche dich.

– Na gut, na gut, Sie sollen Ihren Spaß haben, sagte der Müller und reichte ihm die Feder.

Der Bettler unterzeichnete; dann schob er mit einer Geste des Abscheus das Papier aus seinem Blickfeld:

– Nehmt das weg! sagte er, mit scheint, es bringt mir den Tod!

– Soll ich es zerreißen? fragte Grand-Louis, bereit, dies zu tun.

– Nicht doch, nicht doch, erwiderte der Bettler mit letzter Willenskraft. Steck es in deine Tasche, mein Junge, vielleicht wirst du darüber nicht böse sein! Ah, zum Henker! Wo ist der Arzt? Ich brauche ihn, um schneller zum Ende zu kommen, wo ich so leiden muß!

– Er kommt gleich, sagte die Müllerin, und mit ihm der Herr Pfarrer; denn ich habe nach beiden geschickt.

– Der Pfarrer? sagte Cadoche; wozu das denn?

– Damit er Ihnen ein Wort des Trostes sagt, mein Alter. Sie hatten immer einen Glauben, und Ihre Seele ist ebenso kostbar wie die eines anderen. Ich bin mir sicher, daß der Pfarrer es nicht ablehnen wird, sich Ihretwegen auf den Weg zu machen und Ihnen die Sakramente zu bringen.

– So weit ist es also gekommen? erwiderte der Sterbende und seufzte tief. Keine Dummheiten in diesem Fall! Der Pfarrer soll sich zum Teufel scheren, auch wenn er alles in allem ein guter Kerl ist und ziemlich trinkfreudig; aber ich glaube nicht an die Pfarrer: Ich liebe den lieben Gott und nicht den Priester. Der liebe Gott hat mir das Geld gegeben, der Priester hätte mich dazu gebracht, es zurückzugeben. Laßt mich in Frieden sterben! . . . Mein Neffe, versprichst du mir, daß du diesen Unglückspatachon totschlägst?

– Nein, aber ich verspreche, daß er eine ordentliche Tracht Prügel bekommt.

– Genug geplaudert, sagte der Bettler und streckte seine aschfahle Hand aus; ich wäre gern plaudernd gestorben, aber ich kann nicht mehr . . . Ach, ich bin nicht so krank, wie ihr glaubt; ich schlafe jetzt, und vielleicht trittst du nicht so bald mein Erbe an, mein Neffe!

Der Bettler ließ sich zurücksinken, und nach einem kleinen Augenblick war in seiner Brust ein tiefes Gurgeln zu hören. Er wurde rot, dann bleich, stöhnte einige Minuten, öffnete erschreckt die Augen, als ob der Tod ihm in deutlicher Gestalt erschienen wäre, und endlich, lächelnd fast, als ob er Hoffnung hätte zu leben, gab er den Geist auf.

Selbst der Tod des Schlechtesten unter den Menschen hat immer etwas Geheimnisvolles und Feierliches an sich und gebietet frommen Seelen Achtung und Schweigen. Als der Bettler verschieden war, war man in der Mühle betroffen und sogar traurig. Trotz der Laster und lächerlichen Seiten, die er an sich hatte, auch trotz seines sonderbaren Geständnisses, welches man soeben gehört und an das nur der Notar fest glaubte, empfanden die Müllerin und ihr Sohn wegen des Guten, das sie ihm gewöhnlich erwiesen hatten, eine Art Freundschaft für diesen Greis; denn wenn die Behauptung wahr ist, man verabscheue die Menschen wegen des Unrechts, das man ihnen angetan hat, so muß auch die umgekehrte Maxime gelten.

Die Müllerin kniete neben dem Bett nieder und betete. Lémor und der Müller baten gleichfalls in ihrem Herzen den, der Gerechtigkeit und Barmherzigkeit schenkt, die unsterbliche, göttliche Seele, welche auf Erden in der gemeinen Gestalt dieses Elenden geweilt, nicht zu verlassen.

Allein der Notar kehrte gelassen zu seiner Tasse Tee zurück und trank sie, nachdem er gesagt hatte: – *Ite, missa est, Dominus vobiscum.*

– Grand-Louis, rief er sodann nach draußen, du mußt sofort nach Jeu-les-Bois gehen, bevor die Nachricht seines Todes dorthin gelangt. Irgendein Landstreicher seines Schlags könnte seine Hütte über den Haufen werfen und das Ei aus dem Nest nehmen.

– Welches Ei? fragte der Müller. Sein Schwein, seinen Kittel zum Wechseln?

– Nein, aber den Eisentopf.

– Ein Hirngespinst, Monsieur Tailland!

– Geh jedenfalls einmal nachsehen. Und außerdem, deine Stute!

– Ach, meine alte Dienerin! Ich vergaß sie, Sie haben recht. Schon wegen ihres guten Herzens und unserer alten Freundschaft ist sie die Reise wert. Wir sind fast gleichaltrig, sie und ich. Ich gehe hin, vorausgesetzt, daß er sich in diesem Punkt nicht auch über mich lustig gemacht hat! Er war ein alter Spötter!

– Geh nur, sag ich dir; und keine Müdigkeit vortäuschen! Ich glaube an diesen Eisentopf, ich glaube *eisenfest* daran, wie man bei uns sagt.

– Aber sagen Sie einmal, Monsieur Tailland, hat denn dieser Fetzen Papier, den Sie spaßeshalber bepinselt haben, irgendeinen Wert?

– Die Form ist vorschriftsmäßig, du kannst dich auf mich verlassen, und vielleicht macht es dich zum Besitzer von hunderttausend Francs.

– Mich? Sie vergessen, daß, falls die Geschichte stimmt, die eine Hälfte an Madame de Blanchemont geht, die andere an die Bricolins!

– Ein Grund mehr loszulaufen. Du hast es im Herzen akzeptiert, einschließlich der Verpflichtung zur Rückerstattung. Geh es also holen. Sobald du Monsieur Bricolin diesen Dienst erwiesen hast, müßte es mit dem Teufel zugehen, wenn er dir nicht seine Tochter gibt.

– Seine Tochter? Hab ich denn seine Tochter im Sinn! Könnte seine Tochter mich im Sinn haben? sagte der Müller und wurde rot.

– Ist ja gut! Diskretion ist eine Tugend; aber ich habe euch heute nachmittag miteinander tanzen gesehen, und ich verstehe gut, warum der Vater euch so plötzlich getrennt hat.

– Monsieur Tailland, schlagen Sie sich das alles aus dem Kopf. Ich breche auf; wenn dort allen Ernstes Geld versteckt ist, was mache ich dann damit? Müßte man es nicht bei der Justiz melden?

– Wozu das? Die Formalitäten der Justiz wurden für die erfunden, die im Herzen keine Gerechtigkeit haben. Wozu sollte es dienen, das Andenken an diesen komischen alten Kauz zu entehren, dem es achtzig Jahre lang gelungen ist, als ehrbarer Mann zu gelten? Du mußt doch die anderen auch nicht davon in Kenntnis setzen, daß du kein Dieb bist; übrigens weiß man´s. Du gibst das Geld zurück, und damit ist alles gesagt.

– Aber wenn der Alte Verwandte hat?

– Er hat keine, und selbst wenn er welche hätte, willst du, daß sie etwas erben, was ihnen nicht gehört?

– Das ist wahr; ich bin durch das, was geschehen ist, ganz dumm im Kopf. Ich reite jetzt los.

– Es ist nicht die bequemste Art, den berühmten Eisentopf heranzuschaffen, der so schwer, so schwer ist! Sind die Wege dort befahrbar?

– Gewiß. Von hier fährt man nach Transault, dann nach Lys-Saint-Georges und dann nach Jeu. Es ist eine neuerdings instandgesetzte Gemeindestraße.

– Wenn das so ist, nimm meinen Wagen, Grand-Louis, und beeile dich.

– Also gut, und Sie?

– Ich werde so lange hier schlafen.

– Sie sind ein guter Kerl, der Teufel soll mich holen! Und wenn die Betten für einen so empfindlichen Menschen wie Sie zu schlecht sind?

– Das macht nichts! Eine Nacht ist schnell vorüber. Im übrigen können wir deine Mutter nicht mit dem Toten allein lassen, das wäre allzu traurig; denn deinen Müllerburschen mußt du mitnehmen. Wenn man Geld zu transportieren hat, ist es gut, zu zweit zu sein. In den Taschen meines Kabrioletts findest du geladene Pistolen. Ich reise nie ohne sie, denn ich habe oft Werte zu transportieren. Los, mach dich auf den Weg! Sag deiner Mutter, sie soll mir noch einen Tee machen. Wir werden so lange wie möglich plaudern, denn dieser Tote, der langweilt mich.

Fünf Minuten später, in finsterer Nacht, waren Lémor und der Müller unterwegs nach Jeu-les-Bois. Wir lassen ihnen genug Zeit, um dort anzukommen, und sehen nach, was während ihrer Reise auf dem Pachthof geschieht.

XXXIV

Die Katastrophe

Die Mutter Bricolin war sehr verzweifelt, als der Müller nicht kam. Sie hatte nicht die geringste Ahnung, daß ihr Bote niemals zurückkommen und den Lohn abholen sollte, den sie ihm versprochen hatte, und der Leser wird ohne weiteres verstehen, daß der Bettler im Augenblick seines Todes vergaß, die Botschaft zu übermitteln, mit der man ihn betraut. Am Ende gesellte sich die Mutter Bricolin, des Wartens müde und entmutigt, zu ihrem alten Gatten, nachdem sie sich vergewissert hatte, daß die Verrückte noch durch das Gehege irrte, wie gewöhnlich in ihre Meditationen versunken, und dem ruhigen Echo des Tals keine ihrer unheilvollen Klagen mehr zum Widerhall überließ. Es war ungefähr Mitternacht. Ein paar unsichere Stimmen gaben beim Verlassen der Wirtshäuser falschen Gesang zum besten, und die Hofhunde verschmähten es zu bellen, als ob sie die Stimmen von Freunden erkannt hätten.

Gedrängt von seiner Frau, die wollte, daß die mit Marcelle ausgefertigte Privaturkunde augenblicklich erfüllt werde, hatte Monsieur Bricolin, nicht ohne Leid und Schrecken, der *Dame Verkäuferin* die Brieftasche mit zweihundertfünfzigtausend Francs ausgehändigt. Ziemlich ungerührt nahm Marcelle die ehrwürdige Brieftasche entgegen. Sie war so unsauber, daß sie sie mit den Fingerspitzen anfaßte, und da sie es satt hatte, sich mit einer Angelegenheit zu beschäftigen, bei der die Habsucht ihres Gegenübers sie anwiderte, schleuderte sie sie in eine Ecke von Roses Sekretär. Sie hatte die sofortige Zahlung aus demselben Grund akzeptiert, der den Erwerber zur Tat getrieben hatte, um die Sache zu fixieren, das Schicksal des jungen Mädchens zu gewährleisten und zu verhindern, daß das Gesagte zurückgenommen wurde.

Sie legte Fanchon ans Herz, Grand-Louis in die Küche zu führen und sie zu rufen, unabhängig davon, um welche Zeit er sich einstelle. Dann warf sie sich völlig angekleidet auf ihr Bett, um sich, ohne zu schlafen, auszuruhen, denn Rose war immer noch sehr erregt und wurde nicht überdrüssig, sie zu segnen und von ihrem Glück zu sprechen. Der Müller kam indessen nicht, und da die Kräfte aller durch die Aufregungen des Tages erschöpft waren, schlief der ganze Pachthof gegen zwei Uhr tief und fest. Doch ein Mitglied der Familie muß davon ausgenommen werden, die Irre nämlich, in deren Gehirn ein unerträgliches Fieber seinen Höhepunkt erreicht hatte.

Monsieur und Madame Bricolin hatten in der Küche lange miteinander geredet. Da der Pächter nichts mehr zu befürchten hatte und sich von dem ganzen Wasser, das er getrunken, wie vereist fühlte, nahm er erneut seinen Krug, den er stündlich auffüllte, indem er mit wenig fester Hand aus einem danebenstehenden riesigen, mit schäumendem Wein von blaßvioletter Farbe gefüllten Tonkrug einschenkte. Das war sein *Mutter-Tropfen*, der schwerste aus seiner Ernte, ein scheußliches Getränk, das der Berrichoner jedoch allen Weinen der Welt vorzieht.

Seine Frau sah, daß das süße Gefühl, Eigentümer von Blanchemont zu sein, sowie die lieblichen Pläne, reich zu werden, sein erloschenes Auge nicht mehr zu beleben und seine Kinnladen nicht mehr zu lockern vermochten, und mehrmals forderte sie ihn auf, ins Bett zu gehen. Er hatte jedesmal geantwortet: »Ich gehe sofort, ich bin schon drin«, ohne sich jedoch von seinem Stuhl zu erheben. Madame Bricolin, die nicht mehr konnte und sich schließlich vergewissert hatte, daß Rose wie auch Marcelle schliefen, ging selbst zu Bett, wobei sie vergeblich nach ihrem Mann rief, der nicht mehr die Kraft hatte, sich zu rühren, und sie nicht mehr hörte. Völlig betrunken und am Boden zerstört wie einer, der alle Anstrengungen unternommen hat, nüchtern zu werden, und der sich danach schadlos gehalten, wiegte der Pächter, die Hand auf dem Krug und den Kopf auf dem Tisch, mit seinem kräftigen

Schnarchen den belasteten Schlaf seiner Frau, die bei geöffneter Tür im Nebenraum lag.

Eine knappe Stunde war vergangen, da fühlte Monsieur Bricolin, wie er keine Luft mehr bekam und nahe daran war, in Ohnmacht zu fallen. Unter großer Mühe stand er auf. Ihm schien, als ob es seinen Lungen an Luft fehle, als ob seine brennenden Augen nichts mehr unterscheiden könnten und er vom Schlag getroffen sei. Die Todesangst verlieh ihm die Kraft, sich tastend bis zur Tür, die auf den Hof hinaus führte, zu schleppen; die Kerze in ihrem blechernen Ring war niedergebrannt.

Nachdem es dem Pachtbauern gelungen war, die Tür zu öffnen und die Stufen, die so etwas wie eine grob ausgeführte Freitreppe für das neue Schloß bildeten, ohne zu fallen hinunterzugehen, ließ er seinen stumpfsinnigen Blick umherwandern und begriff nicht, was er sah. Eine außergewöhnliche Helligkeit im Hof zwang ihn, die Hand vor das Gesicht zu halten; denn der Wechsel von Finsternis und grellem Licht verursachte ihm erneut Schwindelgefühle. Als endlich die Luft ein wenig den Weindunst vertrieben hatte, wich der Erstickungsanfall einem krampfhaften Schaudern, zuerst unbewußt und rein körperlich, bald jedoch hervorgerufen von einem unaussprechlichen Schrecken. Zwei große Feuergarben, die durch die Rauchwolken hindurch zum Vorschein kamen, loderten aus dem Dach der Scheune.

Bricolin hielt es für einen bösen Traum; er rieb sich die Augen, schüttelte sich am ganzen Körper; immer noch stiegen die Feuergarben zum Himmel empor und entwikkelten sich ungeheuerlich, mit entsetzlicher Geschwindigkeit. Er wollte *Feuer!* schreien, seine Zunge war gelähmt, seine Kehle regte sich nicht. Er versuchte zurückzukehren zum Haus, von dem er sich einige Schritte entfernt hatte, ohne zu wissen, wohin er ging. Zu seiner Rechten sah er, wie ein Feuerschwall aus den Ställen kam, zu seiner Linken, wie eine weitere Feuergarbe die Türme des alten Schlosses umkränzte, und vor sich . . . sein eigenes Haus war im Inneren von einer unwirklichen Helligkeit erleuchtet, und die Tür, die er hinter sich offen gelassen hatte, spuckte schwarze Wirbel aus wie der Schlund einer Schmiede. Alle Gebäude von Blanchemont waren dabei, einem großartig angelegten Brand zum Opfer zu fallen. Das Feuer war an mehr als einem Dutzend verschiedener Stellen gelegt worden, und was den ersten Akt dieser sonderbaren Aufführung am unheimlichsten machte, war die über allem schwebende Totenstille. Bricolin, seiner Kraft und seines Willens beraubt, betrachtete in entsetzlicher Einsamkeit eine Katastrophe, von der noch niemand etwas merkte. Alle Bewohner des neuen Schlosses und Pachthofes waren von ihrem durch Müdigkeit oder Trunkenheit hervorgerufenen Schlummer in einen vom Rauch bewirkten Erstickungszustand geglitten. Nur das Knistern des Feuers war zu hören, und die Ziegel fielen mit einem trockenen Geräusch auf das Pflaster. Nicht ein Schrei, nicht eine Klage gab Antwort auf diese unheimlichen Zeichen. Es schien, als brauchte der Brand nur noch verlassene Gebäude oder Leichen zu verzehren. Monsieur Bricolin rang die Hände und stand stumm und unbeweglich da, als wäre er in einem Alptraum befangen und versuche vergeblich, wach zu werden.

Endlich war ein einziger durchdringender Schrei zu hören, der Schrei einer Frau, und Bricolin, wie befreit von dem Zauber, der auf ihm lag, gab mit einem wilden Brüllen Antwort auf diesen Ruf einer menschlichen Stimme. Marcelle hatte als erste die Gefahr bemerkt; mit ihrem Sohn in den Armen stürzte sie nach draußen. Ohne Bricolin oder das restliche Feuer zu sehen, legte sie ihr Kind auf einem Heuhaufen im Hof nieder und sagte mit lauter Stimme zu ihm: »Bleib da! Habe keine Angst«, kehrte dann, trotz des sich ausbreitenden, erstickenden Qualms, eilends ins Haus zurück und lief zum Bett von Rose, die dort wie gelähmt und unfähig zu folgen zurückgeblieben war.

Dann nahm die kleine, schlanke blonde Frau mit der durch den Mut gesteigerten Kraft eines Mannes ihre junge Freundin in die Arme und trug heldenmütig den Körper, der viel schwerer und größer war als ihr eigener, zu dem ihres Sohnes.

Beim Anblick seiner Tochter erinnerte sich Bricolin, der zunächst nur an seine Ernte und sein Vieh gedacht hatte, daß er eine Familie hatte, und zum zweiten Mal nüchtern geworden, gründlicher als beim ersten Mal, eilte er seiner Mutter und seiner Frau zu Hilfe.

Zum Glück hatte das Feuer überall nur im Dachgeschoß um sich gegriffen, und das von den Bricolins bewohnte Erdgeschoß war noch unversehrt, von Roses Anbau abgesehen, der sehr niedrig war und, neben einem Stapel trockenen Reisigs gelegen, rasch brannte.

Madame Bricolin, aus dem Schlaf aufgefahren, fand plötzlich ihre Körperkraft und ihre Geistesgegenwart wieder. Unterstützt von ihrem Mann und Marcelle schaffte sie den alten Bricolin hinaus, der sich unter den Heizern wähnte und aus Leibeskräften schrie: – Ich habe nichts mehr! Bringt mich nicht um! Verbrennt mich nicht! Ich gebe euch alles!

Die kleine Fanchon half entschlossen der Mutter Bricolin, die selbst bald allen anderen helfen konnte. Es gelang, die Landarbeiter und ihre Knechte zu wecken, von denen keiner ums Leben kam . . . Aber das alles nahm beträchtliche Zeit in Anspruch, und als das Dorf zu Hilfe kam und man eine Kette bilden konnte, war es zu spät: Das Wasser schien die Kraft des Feuers zu beleben, indem es brennende Stücke aufwirbelte und von weitem heranfliegen ließ. Die riesigen Anhäufungen von Getreide und Viehfutter, die fast die Wirtschaftsgebäude sprengten, entflammten sich mit der Geschwindigkeit eines Gedankens. Das jahrhundertealte Gebälk schien nur noch eines zu begehren, nämlich zu brennen. Fast das gesamte große Vieh weigerte sich, die Ställe zu verlassen und erstickte oder verbrannte. Erhalten blieb nur die Substanz des neuen Schlosses, seine Ziegel krachten zu Boden, sein neues Gebälk war abgedeckt und verkohlt, und schwarzes

Gerippe überragte die noch weißen Mauern der Wohnung.

Die Feuerspritzen kamen an, auf dem Land eine unnütze und stets zu spät eintreffende Gerätschaft, die häufig falsch gerichtet wird, schlecht ausgestattet ist und deren Schläuche bei der ersten Belastung platzen, weil es an Wartung und richtiger Bedienung fehlt. Indessen gelang es den Feuerwehrleuten und den Bewohnern des Weilers, das Feuer wüten zu lassen, dafür jedoch die Wohnstatt und das Mobiliar der Bricolins zu schützen. Aber der Schaden war riesig und umfassend. Der ganze Anbau, den Rose und Marcelle bewohnten, alle Wirtschaftsgebäude, das ganze Vieh, alle Landwirtschaftsgeräte gehörten dazu. Man kümmerte sich nicht um das alte Schloß, dessen Dachstuhl brannte, dessen starkes Mauerwerk sich jedoch von sich aus zur Wehr setzte. Ein einziger Turm gab der Hitze nach und bekam von oben bis unten einen Riß. Der gewaltige Efeu, der die anderen umrankte, bewahrte diese vor einem letzten Einsturz.

Im ersten Licht der Morgendämmerung verließen der Müller und Lémor die elende Hütte des Bettlers. Lémor trug in seinen Händen den Eisentopf, und Grand-Louis führte seine geliebte Sophie am Zügel, die ihn, als er sich ihr näherte, mit einem freundschaftlichen Wiehern begrüßt hatte. – Ich habe *Don Quichotte* gelesen, sagte er, und mir geht es jetzt wie Sancho, der seinen Esel wiederfindet. Es fehlt nicht viel, und ich umarme wie er meine alte Sophie und halte ihr schöne Reden.

– Grand-Louis, sagte Lémor, vielleicht können Sie dieser Versuchung widerstehen und nachsehen, ob der Eisentopf Gold oder Steine enthält?

– Ich habe den Deckel angehoben, sagte der Müller. Da drinnen glänzt es; aber es eilt mir, mich vor Tagesanbruch aus dem Staub zu machen, bevor die Bewohner dieser Einöde, sofern es welche gibt, meine Bewegungen beobachten und mich für einen Dieb halten. Ich zittere vor

Aufregung und Freude wie einer, der die Geschäfte eines anderen zufriedenstellend erledigt; aber ich besitze auch die Gelassenheit von jemandem, der nicht auf seine Rechnung erbt. Wir wollen uns rasch verziehen, Monsieur Henri. Haben Sie meine Hacke wieder in den Wagen gelegt? Warten Sie, ich werfe einen letzten Blick hinein. Das Loch ist gut verstopft und nicht mehr zu sehen, machen wir uns auf den Weg! Wenn unsere Tiere uns den Dienst verweigern, ruhen wir uns im Unterholz aus.

Da das Pferd des Notars auf gebirgigen und mühsamen Wegen drei tödliche Landmeilen in großer Eile und häufig im Galopp zurückgelegt hatte, war es auf dem Rückweg tatsächlich so müde, daß unsere Reisenden, auf der Höhe von Lys-Saint-Georges angekommen, sich gezwungen sahen, es verschnaufen zu lassen. Sophie, die sie hinten am Kabriolett festgebunden hatten und die nicht daran gewöhnt war, so verrückt zu marschieren, war schweißgebadet. Des Müllers Herz war voll Mitleid. – Wir müssen mit den Tieren menschlich umgehen, sagte er, und außerdem will ich nicht, daß unser werter Notar bei all seiner Rechtschaffenheit und seinem Scharfsinn ein gutes Pferd verliert. Was die Sophie angeht, so hält sie keinen Eisentopf aus; diese alte Dienerin steht auch nicht für einen irdenen Topf zur Verfügung. Da ist ein schöner schattiger Weideplatz, wo sich weder Mensch noch Tier rühren. Gehen wir dorthin. Ich bin sicher, daß es in der Kiste des Kabrioletts eine Packtasche mit Hafer gibt; denn Monsieur Tailland denkt an alles, und er gehört nicht zu denen, die auch nur ein einziges Mal ohne Proviant eine Reise antreten. Wir ruhen uns dort eine Viertelstunde lang aus und erfrischen uns für die Weiterreise. Als ich das Schwein meines Onkels dummerweise habe Reißaus nehmen lassen (soll es erben, wer will), habe ich vergessen, ihm ein paar Brotkrumen zu stehlen, und mein Magen fühlt sich so leer an, daß ich am liebsten den Hafer mit Sophie teilen würde, hätte ich keine Angst, ihr zu schaden. Mir scheint, daß ich meine Rolle als Erbe eines Geizigen nicht gerade gekonnt spiele. Neben meinem Schatz sterbe ich vor Hunger.

Dieweil der Müller wie gewöhnlich vor sich hin schwatzte, nahm er den Pferden das Zaumzeug ab und setzte ihnen ihre Mahlzeit vor, dem Pferd des Notars den Hafersack und der Sophie ihren langen, baumwollenen Schlauch, den er ihr auf recht drollige Weise vor die Nase band.

– Es ist merkwürdig, wie leicht sich mein Herz jetzt anfühlt, sagte er, hockte sich unter die Büsche und öffnete den Eisentopf. – Wissen Sie, Monsieur Lémor, daß sich mein Glück darinnen befindet, zumindest wenn die Louis d'Or nicht nur an der Oberfläche und darunter grobe Sous liegen. Ich habe Angst; er ist zu schwer, als daß es sich nur um Gold handeln könnte. Ach herrje, helfen Sie mir, das alles zu zählen.

Mit dem Zählen waren sie bald fertig. Die Goldstücke in alten Münzen waren in Summen zu tausend Francs in schmutzige Papierfetzen eingerollt. Als Lémor und der Müller sie öffneten, sahen sie die Markierungen, auf die der Bettler hingewiesen hatte. Bei dem Vermögen des Vaters Bricolin befand sich auf jedem Louis ein Kreuz, das Guthaben des Herrn von Blanchemont war mit einem einfachen Strich versehen. Auf dem Grund lagen noch dreitausend Francs in Silberstücken, in Münzen jeglicher Art, und sogar eine Handvoll großer Sous, die letzten Ersparnisse des Bettlers.

– Dieser Restbetrag, sagte der Müller und warf ihn in den Eisentopf zurück, der stellt das Vermögen meines Onkels dar, es ist das Erbe Ihres Dieners, ist der Silberling der Witwe, den der alte Hanswurst sich nicht hat entgehen lassen und der den Witwen und Waisen wieder zuteilwerden wird, dafür stehe ich ein. Wer weiß, ob das Geld nicht gar aus einem Diebstahl stammt? Wenn ich daran denke, wie mein Onkel, Gott gebe seiner Seele Frieden! mir die Sophie stibitzt hat, vertraue ich nicht allzusehr darauf, daß seine Hinterlassenschaft sauber ist. Ha!

Es wird mir eine Freude sein, Almosen zu verteilen, vor allem, weil ich diese Freude so selten genießen kann. Es wird mir ein fürstliches Vergnügen bereiten. Wissen Sie, daß man in unserer Gegend mit dreitausend Francs die Existenz von drei Familien retten und sichern kann?

– Sie denken jedoch nicht an den Rest des Guthabens, oder, Grand-Louis? Bedenken Sie, daß Sie Madame de Blanchemont mit dieser großen Summe, die sie wahrhaftig nicht für sich selbst brauchen wird, in die Lage versetzen, so manch einen glücklich zu machen.

– Ach, da verlasse ich mich ganz auf sie und daß es rasch über diesen Tisch da rollt! Aber daneben gibt es noch etwas, was mein Selbstbewußtsein hebt! Nämlich, daß Monsieur Bricolin diesen wiedergefundenen Schatz mit großem Vergnügen aus meiner Hand entgegennehmen wird. Er findet bei ihm nicht gerade eine christliche Verwendung, doch er wird meine Angelegenheiten in Ordnung bringen, die gestern abend in einem reichlich schlimmen Zustand waren.

– Das heißt also, mein lieber Grand-Louis, daß Sie nunmehr um Roses Hand anhalten können.

– Ach, glauben Sie das nicht! Wenn die fünfzigtausend Francs mir gehörten, dann könnte man sich zur Not einig werden. Aber der Bricolin versteht sich besser aufs Zählen als Sie! Er wird sagen: »Da haben wir also fünftausend Pistolen*, die mir gehören und die Grand-Louis mir zurückbringt, er tut nur seine Pflicht. Was mir gehört, gehört nicht ihm: Folglich habe ich fünfzigtausend Francs mehr in meiner Tasche, und mit seiner Mühle bleibt er der Nichtsnutz von ehedem.«

– Und er wird nicht von einer Rechtschaffenheit, zu der er selbst nicht imstande wäre, begeistert und gerührt sein?

– Begeistert, ja: gerührt, nein. Aber er wird sich sagen: »Dieser Bursche könnte mir nützlich sein.« Ehrliche

* 1 Pistole = 10 Francs. Zur Zeit der Abfassung des Romans bereits veraltete Währung.

Leute werden von denen, die es nicht sind, dringend gebraucht; und er wird mir meine Sünden vergeben; er wird mir Vertrauen entgegenbringen, was mir sehr wichtig ist, weil es mich in die Lage versetzt, Rose täglich zu sehen und mit ihr zu sprechen. Sie sehen also, daß ich, ohne mich einer Täuschung hinzugeben, Grund habe zufrieden zu sein. Gestern abend, als ich mit Rose tanzte, als es so aussah, als liebte sie mich, da fühlte ich mich so stolz, so glücklich! Nun gut, ich habe mein Glück von gestern abend wiedergefunden und kümmere mich nicht um morgen. Das ist viel; wackerer Onkel Cadoche, siehst du, du warst dir sicher, daß dein Eisentopf eine Tröstung für mich birgt! Du meintest, mich reich zu machen, und du machst mich glücklich!

– Aber mein lieber Louis, da Sie Marcelle eine Summe überbringen, die so groß ist wie die, die sie ihrerseits Ihnen opfern wollte, könnten Sie da jetzt nicht das Geld annehmen, welches sie Monsieur Bricolin anbieten wollte?

– Ich? Niemals. Reden wir nicht mehr davon. Es verletzt mich. Man wird mich nicht mehr vom Hof verbannen; das ist alles, was ich brauche. Sehen Sie, wie schön dieser Schatz ist! Wie er glänzt! Als linderte er bereits Mühen und Sorgen! Geld ist doch schön, Monsieur Lémor! Geben Sie es zu! Hier, in meiner hohlen Hand, liegt das Leben von fünf oder sechs armen Kindern! . . .

– Mein Freund, ich sehe nur, was tatsächlich da ist: die Tränen, Schreie und Qualen des alten Bricolin, den Geiz des Bettlers, sein schändliches, stumpfsinniges Leben, das sich im bangenden Betrachten seines Diebesguts verzehrt hat.

– Hm! Sie haben recht, sagte der Müller und warf entsetzt die Handvoll Geld in den Eisentopf zurück. Wie viele Verbrechen, Feigheit, Sorgen, Lügen, Angst und Leid darin liegen! Sie haben recht, Geld ist häßlich! Wir zwei, die wir gerade dabei sind, es heimlich zu betrachten und zu zählen, wir gleichen zwei mit Pistolen bewaffneten Räubern und fürchten, von anderen Banditen überrascht oder von den Gendarmen am Schlafittchen gepackt zu werden. Los, verzieh dich, verfluchtes Gold! rief er und schloß den Topf mit dem Deckel, und wir, mein Freund, wir brechen auf! Es lebe die Freude, dies hier ist nicht für uns bestimmt!

Fünfter Tag

XXXV

Der Bruch

Als unsere Reisenden sich dem Tal der Vauvre näherten, bemerkten sie über Blanchemont riesige Schwaden dichten Rauchs, der von der aufgehenden Sonne weiß gefärbt wurde.

– Sehen Sie doch, sagte der Müller, was für ein Nebel heute morgen über der Vauvre hängt, vor allem in der Richtung, in die wir beide immer so gerne schauen! Das mißfällt mir, denn ich sehe die spitzen Türme meines guten, alten, kleinen Schlosses nicht, das meinen Gedanken als Zielpunkt dient, woher ich bei meinen Besorgungen in der Umgebung auch komme!

Nach zehn Minuten zog der Rauch, den der feuchte Morgendunst unter seinem Gewicht zusammensacken ließ, tief in das Tal hinein, und Grand-Louis zügelte plötzlich das Pferd des Notars und sagte zu seinem Gefährten:

– Das ist merkwürdig, Monsieur Lémor, ich weiß nicht, ob meine Augen heute morgen trübe sind, aber ich kann Ausschau halten, so viel ich will, ich sehe das rote Dach des neuen Schlosses nicht an der Stelle, wo es hingehört, unterhalb der Türme des alten Schlosses! Indessen bin ich mir sicher, daß man es von hier aus sieht; mehr als hundertmal habe ich hier innegehalten, und ich erkenne die Bäume rundherum. Aber da, sehen Sie nur! Das alte Schloß ist ganz verändert! Die Türme scheinen abgeflacht zu sein. Wo zum Teufel ist das Dach? Der Blitz soll mich treffen! Da sind nur noch die Giebel! Warten Sie doch! Was ist denn da beim Pachthof so rot? Das ist Feuer, ja,

Feuer! Und all diese schwarzen Dinger da? ... Monsieur Lémor, ich habe es Ihnen ja gesagt, als wir in Jeu-les-Bois ankamen, daß der Himmel ganz rot sei und es wohl irgendwo einen Brand gebe. Wir einigten uns, daß es sich um eine Brandrodung in der Heide handele, und ich wußte doch genau, daß es in dieser Ecke keine Heide gibt. Sehen Sie nur! Ich träume nicht! Das Schloß, der Pachthof, alles ist abgebrannt! ... Und Rose! Rose! ... Ach, mein Gott! Und Madame Marcelle! Und mein kleiner Edouard! Und die alte Bricolin! Mein Gott, mein Gott!

Und der Müller gab dem Pferd heftig die Peitsche, trieb das Pferd im Galopp Richtung Blanchemont, ohne sich diesmal darum zu kümmern, ob die alte Sophie mithalten konnte.

Je näher sie kamen, desto deutlicher wurden die Anzeichen des Unheils. Bald erfuhren sie es aus dem Munde der Passanten, und obgleich man ihnen versicherte, daß niemand ums Leben gekommen war, trieben sie, bleich und atemlos, das ihrem Gefühl nach viel zu langsame Pferd an, welches sie zog.

Da das arme Tier, unten am Hügel angekommen, keuchend und schaumbedeckt den Weg nur noch im Schritttempo zurückzulegen vermochte, hielten sie bei der Piaulette an und sprangen aus dem Kabriolett, um schneller voranzukommen. In diesem Moment tauchte vor ihren Blicken Marcelle auf, die eben die Hütte verließ. Sie war blaß, aber ruhig, und ihre Kleider trugen kein Zeichen von Verbrennungen. Da sie die ganze Nacht über damit beschäftigt gewesen, die Menschen zu versorgen, hatte sie sich nicht unnützerweise damit befaßt, das Feuer löschen zu wollen. Und als Lémor sie sah, wäre er beinahe vor Freude in Ohnmacht gefallen; er nahm ihre Hand und war nicht imstande, auch nur ein Wort zu sagen.

– Mein Sohn ist hier, und Rose ist beim Pfarrer, sagte Marcelle. Ihr ist nichts passiert, sie leidet kaum, und trotz der Niedergeschlagenheit ihrer Eltern ist sie glücklich. Bei alledem ist außer Geld nichts verloren. Das ist wenig, bedenkt man den Preis des Glücks, das sie erwartet . . .

– Wie denn? sagte der Müller; ich begreife nicht.

– Gehen Sie sie besuchen, mein Freund, nichts steht dem entgegen, und hören Sie von ihr selbst, was nicht ich Ihnen als erste sagen möchte.

Verblüfft schickte Grand-Louis sich an, zu ihr zu eilen. Lémor betrat mit Marcelle die Hütte, und während die Piaulette und ihr Mann sich um die Pferde kümmerten, ging er zu dem Bett, in dem Edouard schlummerte. Der Letzte der Blanchemonts schlummerte ruhig auf der elenden Bettstatt des ärmsten Bauern seines Grundbesitzes. Er besaß nicht einmal mehr ein Lager, und die Gastfreundschaft der Armen war das einzige, was er in diesem Augenblick beanspruchen durfte.

– Er war also nicht in Gefahr? rief Lémor und küßte seine kleinen Hände, die feucht waren und von süßer Wärme.

– Dieses kleine Wesen ist von gutem Schlag, sagte Marcelle mit einem gewissen Stolz. Er hat nicht gelitten, er ist in erstickendem Qualm aufgewacht und hatte keine Angst. Er war die Nacht über an meiner Seite, hat die anderen bewacht und getröstet, und trotz seiner Schwäche und seiner Unkenntnis dessen, was Unglück ist, war er behutsam und zärtlich und sagte auf unschuldige Weise Engelsworte zu mir und allen mutlosen Wesen, die um uns herum zitterten und schrien. Und ich, ich fürchtete vor Schrecken und Aufregung um seine Gesundheit! In dieser zarten Kreatur wohnt eine heldenhafte Seele. Lémor! Er ist ein gesegnetes Kind, das Gott bei seiner Geburt dazu ausersehen hat, die Armut auf edle Weise zu tragen!

Das Kind erwachte unter Lémors Zärtlichkeiten, es erkannte ihn dieses Mal mehr an seiner Zuneigung als an seinen Gesichtszügen, und sagte:

– Hallo, Henri! Warum wolltest du nicht mit mir sprechen, als du den Antoine gespielt hast?

Mit Stoizismus erzählte Marcelle eben ihrem Geliebten, welch neuerliche Katastrophe dieser Brand für den Rest ihres Vermögens bedeutete, als Monsieur Bricolin mit verstörtem Ausdruck, zerfetzten Kleidern und völlig verbrannten Händen die Hütte betrat.

Nachdem sein erster Schrecken vorbei war, hatte sich der Pachtbauer verzweifelt mit Energie und Wagemut abgemüht, seine Rinder und die Ernte zu retten. Fast hundertmal wäre er seiner Versessenheit zum Opfer gefallen; er hatte seine nichtigen Hoffnungen erst aufgegeben, als er sich inmitten eines Aschehaufens wiederfand. Mutlosigkeit, Verzweiflung und sinnlose Wut hatten sich dann seines armen Kopfes bemächtigt. Er war wie verrückt und lief mit irrem Ausdruck, konfusem Geist und gestörter Sprache zu Marcelle.

– Ach, da sind Sie endlich, Madame! stammelte er, ich suche Sie im ganzen Dorf und weiß nicht, was aus Ihnen geworden ist. Hören Sie, hören Sie, Madame Marcelle! . . . Ich habe Ihnen etwas sehr Wichtiges zu sagen . . . Sie mögen noch so ruhig sein, das ganze Unglück fällt auf Sie zurück, der ganze Schaden ist Ihre Angelegenheit!

– Das weiß ich, Monsieur Bricolin! antwortete Marcelle leicht ungeduldig. Der Anblick dieses habgierigen Mannes war in diesem Augenblick nicht eben tröstlich für sie.

– Sie wissen es? entgegnete Bricolin zornig, und ich, ich weiß es auch! Sie müssen den Herrensitz von Blanchemont wieder aufbauen und den Pachtviehbestand ersetzen.

– Und womit, bitte sehr, Monsieur Bricolin?

– Mit Ihrem Geld! Haben Sie das Geld nicht? Habe ich Ihnen nicht genug gegeben?

– Ich habe es nicht mehr, Monsieur Bricolin! Die Brieftasche ist verbrannt.

– Sie haben zugelassen, daß *meine* Brieftasche verbrennt? Die Brieftasche, die ich Ihnen *anvertraut* habe? schrie Bricolin außer sich und schlug mit den Fäusten gegen seine Stirn. Wie kann es sein, daß Sie verrückt genug, *dumm* genug waren, die Brieftasche nicht zu retten, wo Sie doch genug Zeit hatten, Ihren Sohn zu retten?

– Ich habe auch Rose gerettet, Monsieur Bricolin. Ich habe sie in meinen Armen aus dem Haus getragen. Währenddessen ist die Brieftasche verbrannt; ich bedaure es nicht.

– Das ist nicht wahr, Sie haben sie!

– Ich schwöre Ihnen bei Gott, ich habe sie nicht. Das Möbel, in dem sie sich befand, alle Möbel in diesem Zimmer sind verbrannt, während die Menschen gerettet wurden. Das wissen Sie doch, ich habe es Ihnen gesagt, denn Sie haben mich diesbezüglich gefragt; aber Sie haben mir nicht zugehört oder Sie erinnern sich nicht.

– Und ob ich mich daran erinnere, sagte der Pächter bestürzt, aber ich dachte, daß Sie mich betrügen.

– Und warum sollte ich Sie betrügen? Gehörte dieses Geld nicht mir?

– Ihnen? Sie leugnen also nicht, daß ich Ihnen gestern abend Ihr Land abgekauft, daß ich es Ihnen bezahlt habe und es mir gehört?

– Wie können Sie annehmen, ich sei imstande, dies zu leugnen?

– Ach, verzeihen Sie, Madame, verzeihen Sie mir! Ich bin nicht bei Sinnen, sagte Bricolin niedergeschlagen und beruhigt.

– Das sehe ich, sagte Marcelle in verächtlichem Ton, auf den er nicht achtgab.

– Gleichviel, die Wiederherstellung der Gebäude und des Viehbestands geht zu Ihren Lasten, erwiderte er nach einem Schweigen, bei dem seine Gedanken erneut durcheinandergerieten.

– Entweder das eine oder das andere, Monsieur Bricolin, sagte Marcelle und zuckte mit den Achseln: entweder haben Sie das Gut nicht gekauft, und es ist meine Sache, den Schaden wiedergutzumachen, oder ich habe es Ihnen verkauft und brauche mich nicht damit zu befassen; Sie haben die Wahl!

– Das ist wahr! erwiderte Bricolin und versank neuerlich in Erstarrung. Dann fing er sofort wieder an: – Oh, ich habe es Ihnen sehr wohl abgekauft, das können Sie nicht leugnen! Ich habe Ihr Schriftstück, und Sie haben es unterschrieben, und ich, ich habe es nicht verbrennen lassen! Meine Frau hat es in ihrer Tasche.

– In diesem Fall können Sie beruhigt sein, und ich auch, denn ich habe die Zweitausfertigung in meiner Tasche.

– Aber Sie müssen den Schaden tragen! schrie Bricolin in düsterer Wut. Ich habe kein Gut ohne Gebäude und ohne Viehbestand gekauft. Der Schaden beläuft sich auf mindestens fünfzigtausend Francs!

– Davon verstehe ich nichts, aber die Katastrophe ist nach dem Verkauf eingetreten.

– Sie haben doch das Feuer gelegt!

– Das ist sehr wahrscheinlich! sagte Marcelle mit kalter Verachtung, und ich habe den Gegenwert für mein Land aus reinem Vergnügen weggeworfen.

– Verzeihung, Verzeihung, ich bin krank! sagte der Pächter; so viel Geld in einer Nacht zu verlieren! . . . Aber gleichviel, Madame Marcelle, Sie schulden mir für mein Unglück eine Entschädigung. Mit Ihrer Familie habe ich immer Pech gehabt. Mein Vater wurde wegen des Geldes, das Ihr Großvater ihm zur Aufbewahrung gegeben, von den Heizern gefoltert und hat fünfzigtausend Francs, die ihm gehörten, verloren.

– Die Folgen dieses Unheils sind nicht wiedergutzumachen, da ja Ihr Vater seine seelische und körperliche Gesundheit eingebüßt hat. Aber meine Familie ist am Verbrechen der Räuber völlig unschuldig; und was den Verlust Ihres Geldes angeht, so hat mein Großvater ihn großzügig ausgeglichen.

– Das ist wahr, er war ein würdiger Herr! Darum müssen Sie es ihm gleichtun, Sie müssen mich entschädigen!

– Das Geld ist Ihnen so viel wert, Monsieur Bricolin, und mir so wenig, daß ich Ihren Wünschen nachkommen würde, wäre ich dazu imstande. Aber Sie vergessen, daß ich alles verloren habe bis auf eine geringfügige Summe von zweitausend Francs, die aus dem Verkauf meines Wagens stammt, bis auf meine Kleider und meine Wäsche. Mein Sohn kann nicht einmal mehr behaupten, daß er auf dieser Welt nur noch seine Kleider besitze, denn ich habe ihn nackt aus Ihrem Haus getragen; und wenn diese Frau hier ihn nicht mit größter Barmherzigkeit bei sich aufgenommen und ihn mit den armseligen Kleidern eines ihrer Kinder bedeckt hätte, wäre ich gezwungen, Sie um die milde Gabe eines Kittels oder eines Paares Holzschuhe für ihn zu bitten. Lassen Sie mich also in Ruhe, darum bitte ich Sie inständig; ich habe Kraft genug, mein Unglück zu tragen, aber Ihre Raffgier empört und erschöpft mich.

– Es reicht, Monsieur, sagte Lémor, der nicht mehr an sich halten konnte. Gehen Sie, lassen Sie Madame in Frieden.

Monsieur Bricolin hörte diesen barschen Verweis nicht. Er hatte sich auf einen Stuhl fallen lassen; die völlige Mittellosigkeit Marcelles griff ihm insofern ans Herz, als sie ihm jede Hoffnung nahm, Marcelle zu erpressen. – So, und an dem Abend glaubte ich ein gutes Geschäft zu machen! schrie er verzweifelt und schlug mit der Faust auf den Tisch; ich habe Blanchemont zu zweihundertfünfzigtausend gekauft, und heute morgen habe ich fünfzigtausend Verlust an Gebäuden und Vieh! Das bedeutet, schluchzte er, daß mich der Besitz dreihunderttausend kostet, wie Sie es wollten!

– Es ist dies weder mein Fehler, scheint mir, noch habe ich einen Vorteil davon, sagte Marcelle kalt, deren Entrüstung sank, als sie die Lémors bemerkte; sie hielt ihn zurück, damit er sich mäßige.

– Das ist also Ihr ganzes Unglück, Monsieur Bricolin? fragte die Piaulette unbefangen und ganz verwundert darüber, was sie da hörte. Wahrlich, damit würde ich mich schnell abfinden! Diese arme Dame hat alles verloren, Sie sind immer noch reich, so reich wie gestern abend, und Sie verlangen noch etwas von ihr! Das ist allerdings lustig!

Wenn Blanchemont Sie bei allem Unglück schließlich nicht mehr als dreihunderttausend Francs kostet, so ist das noch hübsch billig. Ich kenne wohl welche, die mehr dafür gegeben hätten.

– Was sagt Ihr da? gab Bricolin zurück. – Schweigt bloß still, Ihr seid nichts als eine dumme Gans und eine Klatschbase.

– Danke, Monsieur, sagte die Piaulette und wandte sich stolz zu Marcelle. – Gleichviel, Madame; da Sie alles verloren haben, können Sie gern bei mir bleiben, so lange Sie wollen, und mit mir das Schwarzbrot teilen. Ich werde Ihnen nicht die Bissen im Munde zählen und Sie auch niemals wegschicken.

– Hören Sie zu, Monsieur! sagte Lémor, und erröten Sie!

– Sie! ich habe keine Ahnung, wer Sie sind, antwortete Bricolin wütend. Niemand kennt Sie hier; Sie haben soviel Ähnlichkeit mit einem Müller wie ich mit einem Bischof. Aber Sie werden nicht weit kommen, Bursche! Ich werde Sie bei den Gendarmen anzeigen, damit man Ihre Papiere verlangt, und wenn Sie keine haben, dann werden wir schon sehen! Bei mir ist mit übler Absicht Feuer gelegt worden, das liegt auf der Hand, alle haben es bestätigt, und der königliche Staatsanwalt wird ein Protokoll aufnehmen. Sie stehen sich gut mit einem Mann, der mir Böses will, das genügt!

– Ah! das ist zuviel, sagte Lémor aufgebracht, Sie sind der letzte Schuft, und wenn Sie hier nicht verschwinden, werde ich Sie wohl zwingen müssen.

– Halten Sie ein! sagte Marcelle und ergriff Lémors Arm. Haben Sie Mitleid mit diesem Mann, er hat den Verstand verloren! Seien Sie nachsichtig mit seinem Unglück, so niederträchtig er sich auch benimmt; folgen Sie meinem Beispiel, Lémor; ich bin so geduldig, wie es meine Lage erfordert.

Bricolin hörte nicht hin. Er hielt den Kopf zwischen den Händen und wimmerte wie eine Mutter, die ihr Kind verloren hat.

– Und das mir, der ich mich nie versichern lassen wollte, weil es zu teuer war, rief er in jämmerlichem Ton; und meine Rinder, meine armen Rinder, die so schön und so fett waren! Eine Schafherde, zweitausend Francs wert, und ich wollte sie auf dem Markt von Saint-Christophe nicht verkaufen!

Marcelle konnte ein Lächeln nicht unterdrücken, und ihre vorbildliche Haltung zähmte den Unwillen Lémors.

– Einerlei! sagte der Pächter plötzlich und erhob sich, Ihr Müller soll meine Tochter nicht haben!

– In diesem Fall werden Sie mein Land nicht bekommen, der Vertrag ist eindeutig, die Bedingungen genau festgelegt.

– Wir werden vor Gericht ziehen!

– Jederzeit!

– Ha! Sie, Sie können ja gar nicht vor Gericht gehen! Dazu braucht man Geld, und Sie haben keins. Und dann müßten Sie mir die Zahlung zurückerstatten, wie sollten Sie das machen? Im übrigen sind Ihre schönen Bedingungen null und nichtig; und was den Müller betrifft, so werde ich ihn erst einmal festnehmen lassen und ins Gefängnis werfen; denn ich bin sicher, er war es, der bei mir Feuer gelegt hat, aus Rache, daß ich ihn gestern weggejagt habe. Das ganze Dorf wird es bezeugen, wie er mich bedroht hat. . . und dieser Herr hier. . . das reicht! He, Gendarmen, her zu mir, zu mir! Und er stürzte hinaus, von veritablem Wahn gepackt.

XXXVI

Die Kapelle

Beunruhigt wegen des Müllers und wegen Lémor, die durch den blinden Rachedurst Bricolins in eine schlimme oder zumindest unangenehme Geschichte hineingezogen werden konnten, bewog Marcelle ihren Geliebten, sich zu verstecken. Die Piaulette war schon hinausgelaufen, um den Grand-Louis zu mahnen, dasselbe zu tun – man sah all die, die gerade noch herumgestanden und das Unglück kommentiert hatten, sich sammeln und den Weg zum Gut einschlagen.

– Ich bin sicher, daß es schon passiert ist! rief die Piaulette weinend. Sie werden dem armen Grand-Louis bereits etwas angetan haben!

Lémor, der nur noch auf seinen Mut und seine freundschaftlichen Gefühle hörte, stürzte aus der Hütte und in Richtung des Gutshofes. Marcelle folgte ihm erschrocken und ließ Edouard unter den Fittichen der ältesten Tochter ihrer Gastgeberin zurück.

Als sie in den Hof traten, sahen Marcelle und Lémor mit Entsetzen die überall verstreuten schwarzen Trümmerhaufen; die Erde war von Wasser überströmt, das einem See aus Tinte glich; all die Helfer schließlich, erschöpft, durchnäßt, versengt wie Gespenster, bereiteten sich schon wieder auf die nächste Strapaze vor. Das Feuer hatte sich von neuem an einer alleinstehenden kleinen Kapelle entzündet, die zwischen dem Gehöft und dem alten Schloß lag.

Der neue Vorfall erschien unverständlich, denn dieses Bauwerk war bis dahin unversehrt geblieben, und wäre ein Funke übergesprungen, solange der Brand andauerte, so hätte das Feuer mit dem Vorrat trockenen Holzes, der darin lagerte, nicht so lange schwelen können. Und doch ging das Feuer vom Innenraum aus, als wollte jemand Unerbittliches die Kühnheit so weit treiben, unter den Augen aller und am hellichten Tage das Anwesen bis zum letzten Gebäude zu zerstören.

– Laßt die Kapelle brennen, schrie Monsieur Bricolin schäumend vor Wut, faßt den Brandstifter! Er muß da sein, er kann nicht weit sein. Es ist der Grand-Louis, ich bin sicher! Ich habe Beweise! Sucht im Kaninchengehege! Umstellt das Gehege!

Als Monsieur Bricolin den Müller so der öffentlichen Verfolgung aussetzte, wußte er nicht, daß dieser sich im

Pfarrhaus aufhielt und bereits nichts mehr von dem mitbekam, was sich draußen abspielte. Er kniete vor dem Sessel, wo man Rose niedergelegt hatte, und hörte aus ihrem Munde das Bekenntnis ihrer Liebe und die Enthüllung jenes Paktes, den ihr Vater eingegangen war. In der allgemeinen Verwirrung, da sich der Pfarrer und selbst die Pfarrköchin den halbamtlichen Helfern angeschlossen hatten, war nur die Mutter Bricolin bei Rose geblieben, und die jungen Liebenden, in reinster Trunkenheit, erinnerten sich nicht an die Ereignisse, die um sie her tobten.

Man hatte gerade um die Kapelle herum einen Kreis gebildet, um die Löscharbeiten zu dirigieren, da fuhr Monsieur Bricolin, der sich bis zu der bogenförmigen Pforte vorgewagt hatte, entsetzt zurück und fiel über einen seiner Bauernburschen, der ihn nur mit Mühe auffangen konnte. Die Kapelle, die einst zum alten Schloß gehört hatte, barg in den Augen der Antiquitätenhändler noch immer recht hübsche Details gotischer Schnitzerei. Aber hohes Alter und Baufälligkeit des Gebäudes mußten der starken Hitze bald Tribut zollen. Die Flammen schlugen aus den Fenstern, und die zarten Rosetten begannen sich krachend zu lösen, als die halboffene Tür plötzlich von innen aufgestoßen wurde. Man sah die Verrückte herauskommen, in der einen Hand eine kleine Laterne, eine brennende Fackel aus Stroh in der anderen. Sie zog sich langsam zurück, nachdem sie letzte Hand an ihr Zerstörungswerk gelegt; mit ernster Miene schritt sie dahin, die Augen zu Boden geheftet, und sah niemanden, ganz erfüllt von der Befriedigung über ihre lang erwogene und kaltblütig exekutierte Rache.

Ein allzu gewissenhafter Gendarm ging geradewegs auf sie zu und hielt sie am Arm fest. Da bemerkte die Verrückte, daß eine Menschenmenge sie umgab; rasch machte sie mit ihrer Strohfackel eine Bewegung zum Gesicht des Gendarmen, und dieser, überrascht von der unerwarteten Gegenwehr, war gezwungen, sie loszulassen. Das Gesicht der Bricoline, die ihre ungestüme Behendigkeit nun wiederfand, war voller Wut und Haß; sie stürzte in die Kapelle, als wollte sie sich verstecken, und stieß wirre Verwünschungen aus. Man versuchte ihr zu folgen, doch niemand wagte es. Sie durchquerte die Flammen mit der Gewandtheit eines Salamanders und erklomm die kleine Wendeltreppe, die zum Dachstuhl führte. An einer Dachluke zeigte sie sich, und man konnte sie das Feuer neu entfachen sehen, das sich nach ihrem Ermessen zu langsam ausbreitete und das sie bald von allen Seiten umgab. Vergeblich betätigte man die Feuerspritzen, um das Dach zu durchtränken. Es war erst kürzlich repariert und mit Zink verkleidet worden. Das Wasser floß darüber hinweg und drang kaum ein. Das Feuer schwelte daher im Innenraum weiter, und die unglückliche Bricoline, die langsam verbrannte, mußte entsetzliche Foltern leiden. Doch sie schien sie nicht zu fühlen, man hörte sie eine Tanzmelodie singen, die sie in ihrer Jugend geliebt, nach der sie wohl häufig mit ihrem Geliebten getanzt hatte und die ihr im Augenblick des Todes wieder in den Sinn kam. Sie ließ nicht eine einzige Klage hören; taub gegenüber dem Schreien und Flehen ihrer Mutter, die die Hände rang und die man gewaltsam zurückhalten mußte, damit sie nicht zu ihr eilte, sang sie lange Zeit, dann erschien sie ein letztes Mal am Fenster, und als sie ihren Vater erkannte, rief sie:

– Ah! Monsieur Bricolin! das ist ein recht schöner Tag für Euch, *heutigentags*!

Dies waren ihre letzten Worte. Als man dem Brand Herr geworden war, fand man ihre ausgeglühten Knochen auf dem Steinboden der Kapelle.

Dieser grauenhafte Tod tat ein übriges, um den Geist des Monsieur Bricolin zu verwirren und den Lebensmut seiner Frau zu brechen. Sie dachten nicht mehr daran, irgend jemanden festzunehmen, und Rose, die Mutter Bricolin und ihr alter Ehemann waren für den Rest des Tages völlig vergessen. Monsieur und Madame Bricolin schlossen sich in der Pfarrei ein, wollten niemanden sehen und kamen erst wieder zum Vorschein, als sie den bitteren Kelch ihres Leids zusammen bis zur Neige geleert hatten.

XXXVII

Schluss

Marcelle hatte genügend Geistesgegenwart gehabt vorauszusehen, daß es für Rose, die krank und wie zerschlagen war von so viel Gefühlsaufruhr, nicht ungefährlich sein würde, vom jammervollen Ende ihrer Schwester zu erfahren. Sie hatte dem Müller vorgeschlagen, sie schnell ins Kabriolett des Notars zu schaffen und sie in seine Mühle mitzunehmen, zusammen mit der Großmutter und dem gebrechlichen Alten, von dem die gute Frau sich nicht trennen wollte. Marcelle, auf den Arm Lémors gestützt, der Edouard trug, folgte auf dem Fuße.

Einige Tage lang hatte Rose allabendlich recht heftige Fieberanfälle. Ihre Freunde ließen sie nicht einen Augenblick allein, und nachdem es ihnen gelungen war, das Schauspiel der Beerdigung des Bettlers Cadoche vor ihr zu verbergen, der mit allen von ihm verlangten Zeremonien zu Grabe getragen wurde, ließen sie sie auch über den Tod der Verrückten im unklaren, bis sie in einem Zustand war, diese Nachricht zu verkraften; und noch sehr lange Zeit erfuhr sie nichts über die entsetzlichen Umstände.

Marcelle konsultierte Monsieur Tailland über die Gültigkeit des mit Bricolin geschlossenen Vertrags.

Der Bescheid des Notars war nicht günstig. Da die Heirat eine Angelegenheit des öffentlichen Rechtes war, konnte man daran keinen Kaufvertrag koppeln. Sind rechtswidrige Klauseln vorhanden, so gilt der Kaufvertrag, die betreffenden Klauseln jedoch werden als *nicht vorhanden* betrachtet. So ist es nach dem Wortlaut des Gesetzes. Monsieur Bricolin kannte ihn, bevor er den Vertrag unterschrieb.

Nach Ablauf von drei Tagen konnte man den blassen Gutsherrn bei der Mühle ankommen sehen, niedergeschlagen, um die Hälfte abgemagert; selbst die Lust, sich Mut anzutrinken, hatte er verloren. Er schien unfähig, wütend zu werden; allein, man wußte nicht, in welcher Absicht er nach Angibault kam, und Marcelle, die Rose immer noch für sehr schwach hielt, zitterte davor, daß er sie in verletzender Art und Weise und mit groben Worten zurückfordern würde. Alle waren unruhig und bauten sich vor ihm auf, um ihm den Eintritt zu verwehren, falls er keine friedlichen Absichten kundtat.

Er begann damit, daß er der Mutter Bricolin kühl den Befehl erteilte, ihm schnellstmöglich seine Tochter heimzubringen. Er hatte im Ort Blanchemont ein Haus gemietet und wollte mit dem Wiederaufbau beginnen.

– Nur weil ich derzeit schlecht wohne, sagte er, muß ich nicht auf die Gesellschaft meiner Tochter verzichten, und sie muß auch nicht ihrer Mutter den Dienst verweigern. Das wäre gegen jede Natur.

Bei diesen Worten warf Bricolin dem Müller wütende Blicke zu. Man sah, daß er ihm seine Tochter entziehen wollte, aber ohne Skandal, um dann später seiner Rachsucht freien Lauf zu lassen und je nach Bedarf den Grand-Louis anzuklagen, sie entführt zu haben.

– Schon recht, schon recht, sagte die Mutter Bricolin, die es auf sich genommen hatte zu antworten. Schon lange verlangt Rose zu ihrem Vater und ihrer Mutter zurückzukehren, aber da sie noch krank ist, haben wir sie daran gehindert. Heute, denke ich, wird sie imstande sein, dir zu folgen, und ich bin bereit, sie zusammen mit meinem lieben Alten zu begleiten, wenn du uns Wohnung geben kannst. Laß nur Madame Marcelle die Zeit, die Kleine auf die Freude und die Erschütterung vorzubereiten, dich wiederzusehen. Und ich muß dich unter vier Augen sprechen, Bricolin; komm mit in mein Zimmer.

Die alte Frau führte ihn in das Zimmer, das sie mit der Müllerin teilte. Marcelle und Rose waren in dem des

Müllers untergebracht. Lémor und Grand-Louis schliefen mit Wonne im Heu.

– Bricolin, sagte die gute Frau, du wirst ordentlich Ausgaben haben für all die Bauten. Wo nimmst du das Geld her?

– Was kümmert Euch das, Mutter? Ihr könnt mir sowieso keins geben, antwortete Bricolin in rüdem Ton. Ich bin im Moment knapp, das ist wahr; aber ich werde etwas leihen. Ich werde keine Schwierigkeiten haben, Kredit zu bekommen.

– Ja, aber mit dicken Zinsen, wie es so üblich ist, und wenn man sie dann zurückgeben muß, ist man schon wieder mitten in neuen, unvermeidlichen Ausgaben. Das stört und behindert einen, und man weiß nicht mehr, wie man da herauskommt.

– Ja und? was sollte ich, wenn's nach Euch ginge, tun? Soll ich meine Ernte nächstes Jahr in meinen Schuh stopfen? Oder einen Besen an die Wand lehnen und mein Vieh darunterstellen?

– Was wird es dich wohl kosten, all das?

– Weiß der Himmel!

– Ungefähr?

– Fünfundvierzig- bis fünfzigtausend Francs mindestens; fünfzehn- bis achtzehntausend für die Gebäude, genausoviel fürs Vieh, und noch einmal so viel für das, was ich an Ernte und Jahreseinnahmen verloren habe!

– Ja, das macht ungefähr fünfzigtausend Francs. Damit hab ich in etwa gerechnet. Gut, und nun sag mir, Bricolin, wenn ich dir das geben würde, was tätest du für mich?

– Ihr? rief Bricolin, in dessen Augen wieder das gewohnte Feuer zurückkehrte; habt Ihr denn Ersparnisse, die Ihr vor mir verborgen habt, oder schwatzt Ihr dummes Zeug?

– Ich schwatze nicht. Ich habe hier fünfzigtausend Francs in Gold, die ich dir geben werde, wenn du mich Rose nach meinem Gutdünken verheiraten läßt.

– Ah, da haben wir's! Schon wieder der Müller! Alle

Frauen sind verrückt nach diesem Bären, selbst die alten Achtzigjährigen!

– Ist ja gut, ist ja gut, mach deine Scherze, aber schlag ein.

– Und wo ist es, dieses Geld?

– Ich habe es Grand-Louis gegeben, damit er es aufbewahrt, sagte die alte Frau, die wußte, daß ihr Sohn imstande war, es ihr gewaltsam und wie im Rausch aus den Händen zu reißen, wenn er es zu sehen bekam.

– Und wieso Grand-Louis und nicht mir oder meiner Frau? Ihr wollt ihm wohl eine Schenkung machen, wenn ich nicht nach Eurem Willen handle?

– Das Geld anderer Leute ist in seinen Händen sicher, sagte die alte Frau; er hatte es ohne mein Wissen, und er hat es mir zurückgebracht, als ich es für immer verloren glaubte. Es gehört natürlich meinem Mann, aber da ihr ihn habt entmündigen lassen und wir, noch unter dem alten Gesetz, einander unsere Habe unwiderruflich vermacht haben, verfüge ich darüber!

– Aber war das eine Rückzahlung? Das ist unmöglich! Ihr macht Euch über mich lustig, und ich bin schön dumm, Euch zuzuhören!

– Hör nur zu, sagte die Mutter Bricolin, es ist eine eigenartige Geschichte.

Und sie erzählte ihrem Sohn die Sache mit Cadoche.

– Der Müller hat dir dieses Geld zurückgegeben, wo er doch gar nichts davon zu sagen brauchte? rief der Landwirt verblüfft. Das ist aber sehr anständig, sehr hübsch von ihm! Man sollte ihm ein Geschenk machen.

– Es gibt nur ein Geschenk, das man ihm machen könnte, und das ist Roses Hand – ihr Herz hat sie ihm nämlich bereits geschenkt.

– Aber ich werde keine Mitgift geben! schrie Bricolin.

– Das versteht sich von selbst, wer spricht denn davon?

– Zeigt mir doch einmal dieses Geld!

Die Mutter Bricolin führte ihren Sohn zum Müller, der ihm den Eisentopf samt Inhalt zeigte.

– Und ist jetzt, sagte der Pächter, der vom Anblick so vieler Goldmünzen ganz geblendet und wie neu zum Leben erweckt war, Madame de Blanchemont nicht völlig mittellos?

– Gott sei Dank!

– Dank auch dir, Grand-Louis!

– Und Dank sei den Einfällen Cadoches.

– Und du, was erbst du?

– Dreitausend Francs; ein Drittel davon ist für die Piaulette bestimmt, und der Rest soll zwei anderen Familien bei mir in der Nähe aufhelfen. Wir werden alle zusammenarbeiten und die Gewinne zusammenlegen.

– Das ist schön blöd!

– Nein, es ist vorteilhaft und gerecht.

– Und warum nicht die paar Taler behalten für die Hochzeitsgeschenke deiner . . . Frau?

– Es könnte nach gestohlenem Geld riechen. Und auch wenn es nur Almosen sind – wollten Sie, der Sie so stolz sind, etwa, daß Rose Kleider am Leibe trägt, die mit dem Armenpfennig der ganzen Gegend bezahlt sind; mit dem, was man aus Mitleid einem Bettler gab?

– Man hätte ja nicht sagen müssen, woher es kam . . . Ah ja, und wann ist die Hochzeit, Grand-Louis?

– Morgen, wenn Sie wollen.

– Bestellen wir morgen das Aufgebot und gib mir das Geld heute, ich brauche es.

– O nein! O nein! rief die alte Pächterin. Du sollst es am Tage der Hochzeit haben. Eine Hand wäscht die andere, mein Junge!

Der Anblick des Goldes hatte Monsieur Bricolin belebt. Er setzte sich an den Tisch, stieß mit dem Müller an, umarmte seine Tochter und stieg zwischen zwei Gläsern Wein auf sein Pferd, um seine Maurer mit Arbeit zu versehen.

– Auf diese Weise, sagte er lächelnd zu sich, bekomme ich Blanchemont immer noch für zweihundertfünfzigtausend Francs; eigentlich sogar für zweihunderttausend, da ich meiner jüngsten Tochter keine Mitgift gebe!

– Und auch wir, Lémor, auch wir werden bauen, sagte Marcelle zu ihrem Geliebten, als Bricolin verschwunden war. Wir sind reich; wir haben genug, um ein hübsches Landhäuschen zu errichten, wo *unser* Kind eine gute Erziehung genießen wird; denn du wirst sein Hauslehrer sein, und der Müller wird ihn seinen Beruf lehren. Warum sollte man nicht gleichzeitig ein fleißiger Arbeiter und ein gebildeter Mensch sein?

– Und ich habe durchaus vor, bei mir selbst zu beginnen, sagte Lémor. Ich bin ein Unwissender; ich werde mich vom Abend bis zum Morgengrauen weiterbilden. Ich bin Müllerbursche; dieser Stand gefällt mir, und ich werde ihn tagsüber beibehalten. Wie schön und gesund dieses Leben für unseren Edouard sein wird!

Und nun, Madame Marcelle, sagte der Grand-Louis und nahm Lémors Hand, sagten Sie mir nicht, als Sie das erste Mal hier waren ... (das ist acht Tage her, nicht mehr und nicht weniger!), daß es das größte Glück für Sie wäre, ein kleines Haus zu haben, mit Stroh darauf und grünen Weinranken drumherum, so wie meines? Ein einfaches und nicht zu bedrängtes Leben wie das meine; einen gut beschäftigten und nicht zu dummen Sohn, so wie mich ...? Und all das hier an unserem Ufer der Vauvre, das die Ehre hat, Ihnen zu gefallen, und an unserer Seite, die wir gute Nachbarn sind!

– Und alles gehört uns gemeinsam, sagte Marcelle, genauso verstehe ich es!

– Oh! das ist unmöglich! Ihr Anteil ist momentan größer als der meine.

– Sie rechnen schlecht, Müller, sagte Lémor; »dein« und »mein« unter Freunden – das klingt genauso dumm wie »zwei und zwei macht fünf«.

– Also bin ich jetzt reich und klug! fing der Müller wieder an, denn ich habe Roses Herz und jeden Tag eure Gesellschaft! Als ich Ihnen sagte, Monsieur Lémor, daß ein

Wunder geschehen würde und alles gut würde ... Allerdings habe ich da nicht mit dem Onkel Cadoche gerechnet!

– Was hast du, daß du da so herumtanzt, *Zahnkranz*? fragte Edouard.

– Ich habe nur, mein Kleiner, antwortete der Müller und nahm ihn auf den Arm, ich habe nur meine Netze ausgeworfen, und als ich im klarsten Wasser fischte, da habe ich einen kleinen Engel gefangen, der mir Glück brachte; und als ich im Trüben fischte, da fing ich einen alten Teufel von Onkel, den ich jetzt vielleicht aus dem Fegefeuer retten kann!

ENDE

Nachwort
von
Gisela Schlientz

Es war an einem Tag im Spätwinter, als ich zum ersten Mal im Berry, dem grünen Herzen Frankreichs, unterwegs war, auf der Suche nach der sagenhaften *Vallée Noire*, dem Schwarzen Tal, dem mythischen Ort der Romane von George Sand. Eine noch etwas blasse Sonne ließ schon den Frühling ahnen, doch das Grün der Weiden und Grundwiesen, das charakteristische Blauschwarz der Wälder war nirgends zu sehen. Ich fuhr auf der Route Nationale von Châteauroux in Richtung La Châtre und traf auf der Höhe von Corlay wie erwartet auf die erste Wegmarke, den Stein mit der Inschrift *Vallée Noire*: An der Grenze dieser unfruchtbaren Hochfläche hatte Madame de Blanchemont die weite und wunderbare Landschaft betrachtet, die ihr zu Füßen lag ... Es gibt in Frankreich kaum ein schöneres Bild. Das pfeilgerade Straßenband führte mich weiter, durchquerte Nohant-Vicq, bis endlich linkerhand die Dächer von Dorf Nohant und die lange Parkmauer von Schloß Nohant, dem Wohnsitz der großen Romanciere des 19. Jahrhunderts, in den Blick kamen. Auf der Gegenseite, vor dem großen leeren Parkplatz, der im Sommer die Touristenströme faßt, zweigte eine schmale Straße nach rechts ab, in Richtung Sarzay.

Es dauerte nicht lange, bis hinter der alten stillgelegten Bahnstation mich nur noch der feste Belag auf dem einst um diese Jahreszeit grundlosen Fahrweg in der Gegenwart hielt. Doch auch dieser Rest Wirklichkeit wurde zur Illusion, als vor mir über den kahlen Hecken, die nach Landesart den Weg säumen, die fünftürmige Wehrburg aufstieg: Blanchemont, das Stammschloß unserer Heldin, vor dem blauen Winterhimmel. Ein inszenierter Traum. Rechts der Straße lag, hügelwärts, der Weiler mit der Kirche. Links nach unten führte der Weg zum Gutshof, zum »neuen Schloß« des Monsieur Bricolin. Das große Tor gab den Blick frei auf die riesige Scheune und den weiten

Hof. Es war alles wie damals, wenn auch nicht ganz so abstoßend schmutzig, denn das Auge der Betrachterin von heute verweilt an der malerischen Oberfläche, wo George Sand den Dingen auf den Grund sieht. Dennoch: Sarzay ist Blanchemont, vom Brand unversehrt.

Ut pictura poesis. Ein Bild wie ein Gedicht. Ein Roman wie ein Gemälde.

Das Vorwort, das George Sand 1852 für die illustrierte Ausgabe ihrer Werke dem *Müller von Angibault* voranstellte, führt diesen Gedanken weiter: »Alle, die jemals, ob gut oder schlecht, Werke der Imagination oder der Wissenschaft verfaßt haben, wissen, daß die Vision der geistigen Dinge sehr häufig von einer Vision materieller Dinge ausgeht. Der Apfel, der vom Baum fiel, ließ Newton eines der großen Gesetze des Universums entdecken. Mit umso mehr Recht kann der Plan eines Romans aus der Begegnung mit irgendeinem Faktum oder Objekt entstehen. In Werken wissenschaftlicher Art ist es die Reflexion, die aus dem Faktum selbst den Sinn einer Sache ableitet. In den Phantasiestücken der Kunst, selbst noch in den bescheidensten, ist es die Träumerei, die der bloßen Tatsache ihre Hülle und Vollendung gibt . . . Das Schloß Blanchemont mit seiner Landschaft, seinem Park und seinem Gutshof existiert noch so, wie ich es wahrheitsgetreu geschildert habe; es heißt nur anders, und die Bricolins sind fiktive Personen . . .«

George Sand, die Gutsherrin von Nohant, kannte Land und Leute seit Kindertagen, als sie, die Demoiselle aus dem Herrenhaus, sich mit den Bauernkindern auf den Feldern herumtrieb und ihre wilden Spiele teilte. Die Dressur zur höheren Tochter, die ihre sehr aristokratische Großmutter an ihr versuchte, gelang nie so vollständig, daß die Enkelin den Kontakt zu ihren einstigen Spielgefährten verloren hätte, von denen manche Freunde fürs Leben wurden.

Geboren »rittlings zwischen zwei Klassen« gehörte Aurore Dupin, die spätere George Sand (1804–1876), weder ganz der einen noch ganz der andern an. Durch eine Verkettung außergewöhnlicher Ereignisse, durch die Französische Revolution und die Napoleonischen Kriege mit ihren sozialen Auflösungserscheinungen, durch eine große Liebe und den fast gleichzeitigen Tod von Vater und Bruder im Jahr 1808 wurde aus dem unehelich gezeugten Kind Aurore, dessen Mutter tief unten rangierte in der gesellschaftlichen Hierarchie, die Alleinerbin ihrer Großmutter Marie Aurore de Saxe, verehelichter Dupin de Francueil. Diese hochgestellte und hochgeachtete Dame des Ancien régime verdrängte nach und nach die unebenbürtige Mutter, vermittelte ihrer Enkelin eine privilegierte Erziehung und vererbte ihr schließlich Schloß und Gut Nohant, auch wenn das Schloß, das heute zum Wallfahrtsort geworden ist, eher einer »Gentilhommière«, einem Herrensitz gleicht. Ihrem Vater, Offizier in der napoleonischen Armee, hat es George Sand zeitlebens hoch angerechnet, daß er durch seine Liebesheirat den Graben zwischen den Ständen, den Abgrund zwischen Mutter und Großmutter überspannte und seiner Tochter auf diese Weise spät, doch noch rechtzeitig zu einer ehelichen Geburt und damit zur Legitimität verhalf.

Es mag an diesem Herkommen zwischen Hoch und Niedrig, diesem Heranwachsen zwischen zwei so ungleichen Müttern gelegen haben, daß das Kind Aurore einen rebellischen Gerechtigkeitssinn und eine schmerzhafte Empfindsamkeit entwickelte für die Mechanismen der Beschränkung und Unterdrückung, bei sich selbst und bei den anderen. Ihr unverbrüchlicher, ein Leben lang währender Einsatz für die Benachteiligten war auch eine Parteinahme für ihre Mutter, die dem vierten Stand entstammte, der ungestalten, machtlosen, in Not und Armut geborenen Masse des Volkes.

In ihrer weitgespannten Lebensgeschichte erzählt George Sand, daß sie mit sechzehn, bei der Lektüre eines utopischen Romans der Prinzenerzieherin Madame de Genlis, die »ersten sozialistischen und demokratischen Regungen«

empfunden habe. Doch sogleich korrigiert sie sich: »Aber ich irre mich! Ich verdanke sie der Besonderheit meiner Verhältnisse, meiner Geburt zwischen zwei Gesellschaftsklassen, der Liebe zu meiner Mutter, die von Vorurteilen bedrängt und zerrissen wurde. Ich verdanke sie auch meiner Erziehung, die abwechselnd eine freisinnige und eine strenggläubige war, und allen Widersprüchen, die mir das eigene Leben seit meiner frühesten Jugend geboten hat . . . und wenn Bücher einen Einfluß auf mich gewonnen haben, so nur, weil ihre Tendenzen die meinigen bestätigten.« Das gilt auch für die Schriften und Theorien der sozialen Reformer, mit denen sie gerade in den vierziger Jahren, in denen sie ihre sozialkritischen, utopischen Romane verfaßte, befreundet war und sich intensiv auseinandersetzte. In dieser Epoche ihres Schreibens ist der *Müller von Angibault* entstanden.

Nach ihrer Heirat im Jahr 1822 mit Casimir Dudevant, seinerseits außerehelicher, doch legitimierter Sohn und Erbe eines Barons des Empire, gehörte die blutjunge Madame Dudevant auch weiterhin zur guten Gesellschaft der Kleinstadt La Châtre, obgleich sie sich bewußt für eine »mittlere Welt« und gegen die aristokratischen Kreise ihrer Großmutter entschieden hatte. Madame Dudevant war privilegiert, sie war eine Dame von Stand, doch als sie 1831 aus einer verunglückten Ehe ausbrach, um in Paris »durch mich selbst zu existieren«, erfuhr sie sehr schnell die »absolute Machtlosigkeit dessen, der über kein Geld verfügt«. Nicht für lange, denn der jungen Schriftstellerin, die unter dem männlichen Pseudonym George Sand mit Zeitschriftenartikeln ihre Karriere begonnen hatte, brachte schon ihr erster Roman einen beispiellosen Erfolg. »Ganz Frankreich bis in die entlegensten Provinzen hatte nur noch ein Gesprächsthema, *Indiana*«, berichtete eine schreibende Zeitgenossin.

Es dauerte nur ein Jahrzehnt, bis George Sand selbst in Deutschland als der »größte lebende Dichter Frankreichs« galt. Während sie in ihren frühen Romanen das Verhältnis der Geschlechter thematisierte und ihre Heldinnen in der Liebe scheitern, ihre hochgemuten Frauengestalten zugrunde gehen ließ an den geschriebenen und ungeschriebenen Gesetzen einer von Männern bestimmten Gesellschaft, suchte die nun berühmte Schriftstellerin einen Weg aus dieser Unausweichlichkeit des weiblichen Schicksals. Ihr soziales Gewissen und ihr eminent politisches Verantwortungsgefühl forderten von ihr nicht nur praktisches Handeln angesichts der bedrängenden »sozialen Frage«, sondern ein Nachdenken über mögliche Lösungen für das Jahrhundertproblem der Verelendung ganzer Bevölkerungsschichten.

Ihre Romane, die in ganz Europa gelesen wurden, haben George Sand Unsummen eingebracht, die sie sehr schnell wieder ausgab. Sie hatte nicht nur ihre Familie und unbemittelte Verwandte zu unterhalten, sondern ein informelles Hilfs- und Spendenprogramm entwickelt, für das sie gerade in den vierziger Jahren zuweilen selbst Geld aufnehmen mußte. Schon 1840 zählte sie ihr alter Freund, der Kritiker Sainte-Beuve, zu den »großen philanthropischen Mächten« ihrer Zeit. Der »Sandisme«, ein Kürzel, das zum ersten Mal im Frühjahr 1844 in der Pariser Presse aufgetaucht war, entwickelte sich nicht nur in Rußland zum Kennzeichnen einer emanzipatorischen Bewegung. Sand, nach den Worten Turgenjews »eine unserer Heiligen«, wurde auch in Deutschland verehrt und viel gelesen, war »besonders in Preußen auch ein soziales Faktum«. Ihr Einfluß beruhte vor allem »auf den großherzigen Ideen politischer Erneuerung, auf dem entschlossenen Streben nach einer freieren Zukunft«, wie es ein Kenner des Landes in den fünfziger Jahren in der französischen Zeitschrift *Illustration* formulierte.

In ihren von einem utopischen, christlichen Sozialismus inspirierten Romanen überwand die Autorin Sand den heillosen Status quo im Verhältnis der Geschlechter und erfand sich als Hoffnungsfigur, als Projektion, einen neuen Helden, der nicht nach dem alten Adam geformt war. Er war den Heldinnen ebenbürtig, mußte sie nicht dominieren, um sein Ego zu stärken, mit ihm ließ sich eine bessere Zukunft träumen.

Die »Träumerei« des Romans, die poetische Vision, von George Sand kunstvoll und sprachmächtig in Szene gesetzt, wurde zu einem äußerst wirkungsvollen Medium für die Vermittlung der Ideen ihrer Zeit. Das wußten ihre Zeitgenossen, die Philosophen und die Vordenker der demokratischen Opposition, und selbst Naturwissenschaftler wie der bedeutende französische Zoologe Etienne Geoffroy Saint-Hilaire versuchten, Glanz und Macht ihrer Feder für die Verbreitung ihrer neuen Erkenntnisse zu gewinnen. Doch als ihr Guiseppe Mazzini, der italienische Freiheitsheld und Gründer des Jungen Europa, vorschlug, einen Roman über die revolutionären Bewegungen in Italien zu verfassen, entgegnete sie ihm im Februar 1843: »Ich inspiriere mich an dem, was mich geistig bewegt, aber ich kann nur das schildern, was mich physisch getroffen hat ... Jene Sorte poetischer Geschichten, die man Romane nennt, kommen uns ohne unser Zutun in den Sinn, und gelegentlich inspirieren uns blasse Figuren und unbedeutende Fakten, weil sie gerade unseren Weg kreuzen... Den Rahmen, die Farbe, die unsere Erzählungen erfüllt, das Licht, das sie belebt, das Leben, das darin pulsiert, können Sie mir nicht mit Dokumenten liefern... ich würde daraus nur eine Chronik oder eine Predigt machen, aber keinen Roman.«

Dazu paßt das Eingeständnis von George Sand gegenüber dem Feuilletonchef der *Epoque*, Anténor Joly, daß sie ihr »Denken«, ihre Ideen dem Publikum nur in »Parabeln, das heißt in Form eines Romans« mitteilen könne. Doch der Roman »hängt sich nicht so sehr an die soziale Tatsache als an die soziale Idee, die sie hervorgebracht hat ... Jede Figur eines Buches muß zum Repräsentanten der Ideen werden, die in der Luft, die sie atmet, zirkulieren, aufsteigen oder fallen, entstehen oder verschwinden.« Wie konsequent George Sand diesen strukturellen Grundeinsichten in ihrem Roman-Werk gefolgt ist, beweisen die Nachrufe ihrer prominenten Zeitgenossen bei ihrem Tod im Jahr 1876. »Man könnte an der Folge ihrer Romane die moralische und philosophische Geschichte dieses Jahrhunderts aufzeigen«, schrieb der Philosoph Hippolyte Taine, und sein Kollege Ernest Renan meinte, ihre Bücher würden für immer »die Zeugen dessen sein, was wir ersehnt, gedacht, gefühlt und gelitten haben«.

Aus der Spannung von Tatsache und Idee heraus, von »fait social« und »idée sociale«, oder, unter anderen Vorzeichen, von Wirklichkeit und Wahrheit, hat George Sand im Sommer 1844 in Nohant auch ihren Roman über den Müller von Angibault geschrieben. Louis Véron, der autokratische Verleger der großen Tageszeitung *Le Constitutionnel*, der die höchsten Honorare zahlte, hatte im Frühjahr den neuen Roman von George Sand, *Jeanne*, als »roman feuilleton« abgedruckt und hatte sich gleich ein weiteres Werk der umworbenen Schriftstellerin per Vertrag gesichert. Zu den allerbesten finanziellen Konditionen: Es ging um eine Summe von fünfzigtausend Francs, zehntausend Francs pro Band allein für den Vorabdruck. (Zum Vergleich: Ein Facharbeiter verdiente pro Tag maximal zwei Francs.) Der »roman feuilleton«, der Fortsetzungsroman, war damals eine noch neue Form der Literaturvermarktung. Dafür gab es mehrere Ursachen: Die modernen Rotationspressen ermöglichten den Tageszeitungen immer höhere Auflagen, die Zahl der möglichen Leser bzw. Käufer und Abonnenten nahm durch die fortschreitende Alphabetisierung auch der Unterschichten zu, und die Gründung einer ersten Agentur für Pressewerbung zu Beginn der vierziger Jahre in Paris verschaffte den Zeitungsverlagen beträchtliche neue Einnahmen. Das Zeitungswesen boomte, zahlreiche Neugründungen waren die Folge, und mit ihren Fortsetzungsromanen konkurrierten die Gazetten untereinander um Käufer und Abonnenten. Alle großen Autoren der Zeit wie Balzac, Sue, Dumas verdienten mit dem Zeitungsvorabdruck ihrer Werke viel

Geld, sehr viel mehr als mit der nachfolgenden Buchausgabe, die selten ein paar tausend Exemplare überstieg.

Im Frühjahr 1844 glaubte sich George Sand für die nächste Zukunft finanziell durch den Vertrag mit Véron gesichert und hoffte auf eine sommerliche Ruhepause. Sie war darauf angewiesen, »Geld aus ihrem Tintenfaß zu ziehen«, wie sie im August 1845 an ihren Vetter Vallet de Villeneuve schreibt. Nicht für ihre eigenen Bedürfnisse. »Ich habe sehr viele Belastungen . . . vor denen ich nicht zurückweichen darf . . . Daran denke ich nicht, daran kann ich nicht denken, solange ich schreibe . . . doch wenn ich fertig bin, kommen die Geschäftsleute und wollen kaufen.« Diesmal hatte sie, im März, schon im voraus unterschrieben für einen »roman de mœurs«, einen Sittenroman, von dem nicht einmal Titel und Inhalt festgelegt waren. Der *Constitutionnel* gehörte nicht zu den Blättern, deren politische Couleur die ihre war. Im Gegenteil, er vertrat das Juste milieu, die konservative Bourgeoisie der Julimonarchie, die sich die Parole des Ministers Guizot, »Bereichern Sie sich, meine Herren«, zu eigen gemacht hatte. Obgleich George Sand beileibe kein Geheimnis machte aus ihren politischen Überzeugungen, bemühten sich auch regierungsnahe Journale um den Vorabdruck eines ihrer Romane.

Der Vertrag vom März verlangte von George Sand eine Lieferung des Manuskriptes binnen eines Jahres. Doch Véron bedrängt sie, nicht nur wegen der Ablieferung, die er auf den 15. September vorzieht, sondern auch mit guten Ratschlägen zu Inhalt und Form des neuen Romans. Schon im Mai, ehe sie wie jeden Sommer von Paris nach Nohant, ins geliebte Berry umsiedelt, muß Sand diese Art Zwangsinspiration abwehren, die sie in ihrer kreativen Arbeit behinderte. Als der diktatorische Verleger Ende Juni das Manuskript schließlich noch vier Wochen früher verlangt, weil ein anderer Autor ausfällt, protestiert sie: »Es ist meiner Gesundheit sehr abträglich und für die Qualität des Buches sehr gefährlich, wenn ich so überstürzt arbeiten muß und nicht die Zeit habe, mein Thema reifen zu lassen.« Trotzdem ist sie, auf ihre unvergleichliche kreative Energie und stupende Arbeitskraft vertrauend, bereit, »zu tun, was mir menschenmöglich ist«.

Und wie immer gelingt es ihr – fast. Am 12. Juli kann sie Véron einen ersten Titelvorschlag machen: *Heutigentags*, die stehende Redensart von Monsieur Bricolin, denn der Roman spiele in »heutigen Tagen«, sei eine »ganz einfache Geschichte« um ein »Quartett sehr anständiger Liebesleute«. Schon hier deutet sich die Verbindung von Liebesroman und aktuellem Ideendrama an. Für Sand ist beides eine spannungsreiche Einheit, und sie kann deshalb auch nicht begreifen, warum sich Véron später beklagt, sie habe ihm keinen Sitten-, sondern einen Ideenroman geliefert.

»Sie können ruhig schlafen«, schreibt sie Véron im Juli, »der Roman geht voran. . . Ich arbeite jede Nacht ununterbrochen.« Am Tag macht sie Ausflüge und Spaziergänge mit Chopin und ihren Gästen. Ende Juli hat sie »keine Zeit mehr zum Essen und Schlafen« und kann den Ablieferungstermin dennoch nicht einhalten. Erst am 27. August schreibt sie an Marie de Rozières: »Gestern habe ich meinen Roman beendet, ich bin tot.« Am nächsten Tag wird ihn Chopin, der seine Schwester nach Paris zurückgeleitet, dem Verlag überbringen.

Mögliche Bedenklichkeiten des konservativen Véron versucht die Autorin bereits in ihrem Begleitbrief zu entschärfen: »Sie finden mich vielleicht ein wenig *kommunistisch*. Das sind meine Ideen, lassen Sie sie mir . . . Man wird von Ihnen keine Rechenschaft fordern für meine Utopien. Sie sind nicht neu, aber sie sind tröstlich für viele Leute . . . Seien Sie also nicht *hasenfüßiger* als ich. Wir leben in einer Zeit, in der alles gesagt werden kann. Das ist das Siegel unseres Jahrhunderts.« Diese schöne Illusion sollte sie sehr schnell verlieren. Véron fand »die Tendenzen des Romans zu kühn« und fürchtete massive Abonnement-Kündigungen von seiten seiner bourgeoisen Klientel. Da er trotz ihrer »Attacken gegen das Eigentum« auf die berühmte Autorin nicht verzichten wollte, forderte er von ihr Änderungen am Text. Mit diesem Ansinnen waren schon frühere Verleger bei George Sand gescheitert. Dem Termindruck hatte sie sich gebeugt, und für formale Ratschläge war sie stets zugänglich. Aber »der Inhalt und das Thema sind mir so sehr in Fleisch und Blut eingegangen, daß man mich eher töten würde, als daß ich die Sache der Armen, die mich kaum lesen, aufgäbe, um den Reichen zu gefallen ... Seit fünfzehn Jahren schreibe ich in diesem Sinne, und meine Leser *verdammen* mich und *lesen* mich dennoch.«

Das entgegnet sie am 6. September Louis Véron, und ihrem künftigen Verleger-Freund Pierre-Jules Hetzel bekennt sie, daß sie keine Zeile ihrer Überzeugungen aufgeben werde, nur weil sie Geld brauche. Lieber riskiert sie einen Prozeß. Véron entläßt sie schließlich Mitte November aus dem Vertrag: »Ihr unabweisbares Bedürfnis nach Unabhängigkeit, daß Sie *alles, was Sie denken*, auch sagen müssen, erklärt den Höhenflug Ihres Talents, doch meinen Interessen kann es schaden.« Er zahlt ihr fünftausend Francs Schadenersatz, nicht ohne einzugestehen, daß sie sich in dieser Affäre würdevoll, stolz und uneigennützig verhalten habe. Die »glänzenden Geschäfte«, die sie mit dem *Constitutionnel* künftig zu machen glaubte, haben sich in nichts aufgelöst, und ihr Roman ist ohne Verlag.

Allerdings war Hetzel schon dabei, vorsichtig das Terrain zu sondieren. Bereits Ende Oktober hatte ihn Sand damit beauftragt: »Wenn mich die reichen Zeitungen nicht wollen, werde ich meinen Roman vielleicht für fast nichts an meine Freunde von der *Revue indépendante* oder der *Réforme* geben.« So geschah es. Louis Blanc, der spätere Arbeitsminister der Zweiten Republik von 1848, wandte sich im Dezember an Sand und bat im Auftrag des Redaktionskomitees, einer Versammlung prominenter Oppositioneller, um den Vorabdruck in der republikanischen *Réforme*. George Sand schätzte den jugendlichen Sozialhistoriker, der mit seinem Programm einer »Association du travail« eine Lösung suchte für das bedrängende Problem der Arbeits- und Erwerbslosen. Mit einem Abschlag von viertausend Francs ging der Roman an das Blatt von Louis Blanc, das ihn unter dem nun endgültigen Titel *Le Meunier d'Angibault* in der Zeit vom 21. Januar bis zum 19. März 1845 veröffentlichte. Zwischen Mai und Juli desselben Jahres erschienen dann auch die drei Bände der Erstausgabe im Buchhandel, verlegt in Paris bei Desessart.

Die Editionsgeschichte des *Müller von Angibault* ist Teil einer Chronik der Zensur und Behinderung, die dennoch die anhaltende Wirkung des Werkes von George Sand auf ihre Zeitgenossen nicht verhindern konnten. Im Roman-Kosmos von Sand, an dem sie fast ein halbes Jahrhundert lang fortgeschrieben hat, gibt es Entwicklungen, aber keine Brüche. Angefangen bei *Indiana*, ihrem ersten Roman, bleibt die weibliche Stimme immer hörbar, auch wenn Sand den männlichen Erzähler vorschiebt. Marcelle bricht auf aus Paris, tritt heraus aus ihrem Haus, ihrer Familie und letztlich ihrem Stand, treibt durch ihren Entschluß die Handlung voran, führt den Dialog mit Rose, die sich an ihrem Vorbild orientiert. Sie ist die eigentliche Gegenspielerin von Bricolin, sie und seine verrückte Tochter, deren heller Wahnsinn den Meister des Heutigentags dort trifft, wo er verwundbar ist, an seinem Besitz. Den Grund zu seinem Aufstieg legte allerdings seine Mutter, die ganz wie ihre Freundin, die alte Müllerin, als alleinerziehende Mutter einst die Familie durchgebracht hat.

Solche sozialen Verschiebungen, wenn sie die Geschlechterrollen einbeziehen, unterlaufen nicht nur die ständische, sondern auch die patriarchale Ordnung. Schon in ihrem zweiten Roman, *Valentine*, erprobt George Sand die Heirat zwischen den Klassen als einen Weg zur Überwindung der ständischen Hierarchie und damit zu einer gerechteren Verteilung der Güter dieser Welt. Solche auf einen Wandel der sozialen Ökonomie zielenden Leitlinien strukturieren das Werk, lange bevor sich George

Sand aktiv mit den Theorien der sozialen Reformer ihrer Zeit auseinandersetzte. Gerade das Quartett der Liebenden im *Müller von Angibault* bietet eine neue und im Falle von Henri und Marcelle höchst originelle Variante der standes- und güterübergreifenden Heirat. Die Liebe ist dabei das eigentliche Movens, sie bricht die starren Fronten auf, macht den Veränderungswillen glaubhaft. Das gilt auch für den Status der Ehe, die nicht länger eine materielle Transaktion bleibt, eine bloße Konvenienzehe, sondern emotionale Kompetenz erfordert, um zu einer Union zweier in jedem Sinne Ebenbürtiger zu werden.

Bildung für alle, Schulunterricht als Voraussetzung jeder Emanzipation und jeder politischen Partizipation, gehört zum Aufklärungsprogramm der Sandschen Romane. Im weiblichen Generationenbild der Familie Bricolin, im Porträt von Großmutter, Mutter und Tochter, zeigt sich nicht nur in der Kleidung mit fast photographischer Präzision der soziale Aufstieg, sondern auch der kulturelle: Die Alte ist eine vollkommene Analphabetin, die Mutter kann gerade ihren Namen schreiben, und die Tochter liest schon Romane. »Wie wenige bei uns auf dem Lande können, ich sage nicht lesen und schreiben, sondern allein ihren Namen buchstabieren! Die Kleinen gehen zur Schule, sogar die armen, doch das kostet Geld. Das ist ein riesiges Opfer für die Familie«, schreibt Sand in einem offenen Brief an die *Réforme* im Dezember 1844. Die Müllerin setzt alles daran, ihrem Sohn den Schulbesuch zu ermöglichen. Doch der Bildungsdiskurs im Roman hat auch symbolische Bedeutung. Marcelle fragt sich im Dunkeln der fensterlosen Hütte der Taglöhnerin, welche »geistige Existenz« diesen Menschen bleibt, die zu arm sind, um sich eine Kerze zu leisten. Wie kann Aufklärung ohne Licht gelingen? Im Wechsel von Hell und Dunkel, Tag und Nacht, Licht und Finsternis sucht der Roman oft mit dem Mittel der Analogie und der Metapher eine Antwort auf diese Fragen, formuliert als Idee, was als Menschenrecht im 19. Jahrhundert politisch erkämpft werden mußte.

Die immer wiederkehrenden, neu gefaßten Motive, Themen und Leitgedanken in den Romanen von Sand sind verwoben in ein Netzwerk von Verweisen, das symbolische Dimensionen hat. Es ist diese zweite Ebene, der an archetypischen Bildern reiche Subtext, der dem vordergründigen Romangeschehen seine Tiefenwirkung verleiht.

Nicht von ungefähr war die »einfache Liebesgeschichte« dem Verleger Véron zu »philosophisch«. Obgleich Sand zu Recht versichert, ihr Roman »enthalte keine dogmatischen Theorien« – dogmatische Systemdenker waren ihr immer suspekt –, sind ihre beiden Pariser Idealisten Marcelle und Henri mit dem lebensklugen Grand-Louis und der Parvenu-Tochter Rose in sehr grundsätzliche Diskussionen über Reich und Arm und Gut und Böse verstrickt, und immer geht es dabei »um die enge Verbindung, die metaphysische Einheit der beiden Fähigkeiten des Denkens und Handelns«. »Die Vergangenheit läßt sich erzählen, die Zukunft muß diskutiert werden«, schreibt Sand im November 1843 an Ferdinand François, den Chefredakteur der *Revue indépendante*. »Die Trefflichkeit einer Idee läßt sich nicht durch Tatsachen beweisen, die es noch gar nicht gibt.« Die politischen und sozialkritischen Schriften von Sand aus den vierziger Jahren lassen sich als Vor- und Begleitstudien zu den Romanen lesen. *Jeanne*, der von Balzac so bewunderte Roman über ein Hirtenmädchen, eine archaische weibliche Gestalt, entstand unmittelbar vor dem *Meunier*. Die Zerstörung der Natur durch eine vom Eigennutz getriebene Gesellschaft ist schon hier das Thema, das im *Meunier* wieder aufgenommen und im *Péché de Monsieur Antoine*, 1845, weitergedacht wird. Dieser Roman stellt einen Industriellen ins Zentrum, der ein Tal ruiniert, weil er für seine Fabriken den Fluß »mit immer noch mehr Stein und Eisen« zu zähmen versucht. Cardonnet und Bricolin, Vertreter des Industrie- und des Agrarkapitalismus, agieren mit demselben Ziel, dem der rücksichtslosen Gewinnmaximierung. Bei Cardonnet sind es nicht die Töchter, sondern der Sohn, den er für seine Zwecke instrumentalisieren möchte, den er erpreßt, weil er ein Mädchen ohne Mitgift liebt.

Die Liebe und das Geld. Diese Kapitelüberschrift aus dem *Müller* hatte George Sand für beide Romane als Titel erwogen und letztlich verworfen. Liebe und Geld können, wenn überhaupt, nur eine fatale Verbindung eingehen, denn ihrem Wesen nach sind sie unvereinbar. Henri Lémor hat einen solchen Horror vor dem durch menschliche Ausbeutung erworbenen Vermögen, daß er deshalb fast sein Glück, die Liebe zu Marcelle, aufs Spiel setzt. Der Müller, dieses »beste Menschenherz, das der liebe Gott je geschaffen hat«, dem die Autorin gerne die eigene Meinung in den Mund legt, ist weniger radikal in der Verachtung des Geldes. Er spürt schmerzlich den Mangel, der ihn hindert, seine Liebste damit freizukaufen. Für ihn ist Geld nicht a priori »besudelt«; ob es schmutzig oder sauber wird, hängt von der »Hand ab, die es berührt«. Lémors Prinzipien sind für ihn »Metaphern«, Redensarten, und die großherzigen Projekte von Marcelle »Romane«. Die Doppeldeutigkeit des Begriffs, sein Oszillieren zwischen poetischem Entwurf und irrealistischer Träumerei, erlaubt es der Autorin, im vielstimmigen Dialog ihrer Figuren auch die eigene Position zu differenzieren. Der Müller treibt gewissermaßen Realpolitik in Utopia, doch vor dem Meister des Heutigentags, für den Liebe nur ein Geschäft ist, muß sie versagen. Für ihren Vater ist Rose ein Joker, den er nicht gegen Grand-Louis, sondern gegen Marcelle ausspielt. Die Idealistin Marcelle de Blanchemont, die Erbin des *vieux Château,* der alten Feudalburg, kann allein dem Herrn des *Château neuf* die Stirn bieten. Er hat sich vom Pächter zum Grundbesitzer hochgerackert und will nun seinen Aufstieg krönen und selbst Herr von Blanchemont werden. Sie verkörpert in idealer Weise das Prinzip des Lebens gegen das Geld, das Symbol des Todes.

Von Anfang an liest sich die Reise von Marcelle ins Land ihrer Väter wie eine Initiation, im Laufe derer sie die mythischen Prüfungen bestehen muß, die Wasserprobe, als sie mit dem Wagen im Sumpf landet, und die Feuerprobe, beim Brand des Gutshofes. Sie muß alles verlieren, was sie glaubte zu besitzen, um am Ende nicht das Erbe ihrer Väter, sondern eine neue, naturversöhnte Zukunft zu gewinnen. Für Bricolin ist ihr Handeln unbegreiflich, und seine Schlauheit versagt, wenn er sich ihr Denken zu erklären versucht. Bricolin liebt das Geld mehr als seine Kinder. Nie wird das deutlicher als in der brutalen Direktheit seiner Kommentare über die Irrsinnige. Es wäre »jammerschade«, wenn das schöne Ding, die Jüngste, von der verrückten Schwester angesteckt worden wäre, doch beim Vertragsabschluß hat der Vater nur seinen finanziellen Vorteil im Auge, während Marcelle ihm das Glück seiner Tochter abzuhandeln versucht. Die Rache ist das Privileg der Wahnsinnigen, die damit ihre ewige Opferrolle abstreift. Sie spricht wahr, wenn sie ihrer Schwester verheißt, sie werde sie aus der Gefangenschaft dieses »Gendarmen« befreien, und sie bezahlt mit dem Tod, daß man ihr das Leben längst genommen hatte. Die Liebe zum Geld hatte ihr die Liebe geraubt und den Verstand, wie ihrem Großvater. So wird sie, wie er, zum Sühneopfer der Familie und macht mit ihrer Tat den Weg frei für die Vereinigung der beiden Paare, entbindet Marcelle von der schwierigen Entscheidung, ihrer Liebe alles, auch die Zukunft ihres Sohnes zu opfern.

Marcelle, dem Leben verwandt, weckt in der Brandnacht mit ihrem Schrei den vom Anblick der Vernichtung seines Hab und Guts gelähmten Bricolin. Sie rettet zuerst ihr Kind, dann Rose, und nur ihrer Geistesgegenwart ist es zu verdanken, daß außer der Brandstifterin kein Menschenleben zu beklagen ist. Doch die Geldkatze von Monsieur Bricolin mit den dreimalhunderttausend Francs in Banknoten, mit denen er sie bezahlt hatte für den Rest des Gutes, verbrennt. Das moderne Geld, das schmutzige Papiergeld, mit dem in Zukunft die großen Geschäfte gemacht werden, das Geld des Herrn Heutigentags, hält dem

Feuer nicht stand. Marcelle wäre so arm wie die Ärmste unter ihren Taglöhnerinnen, gäbe es da nicht das alte, das mythische Geld, das Gold. Vergraben in der Erde überdauert der goldene Topf die Zeiten und taucht auf Umwegen, durch illegale Hände, wieder auf, um am Ende in die der rechtmäßigen Erben zu gelangen.

»Soll sich der Arme weigern, es anzunehmen, nur weil es lange in räuberischen Händen war?« argumentiert der Müller. Er weiß damit umzugehen wie ein Menschenfreund, mit den »schmutzigen« dreitausend Francs des Bettlers Cadoche. Die Erbinnen nach dem Gesetz, Marcelle de Blanchemont und die Großmutter Bricolin, wissen es auch. Beide stiften damit Lebensglück, das eigene und das der andern, denn bei George Sand ist dies untrennbar. Die Großmutter kauft für ihren Teil ihrem Sohn die Enkelin buchstäblich ab, erlöst sie aus der patriarchalen Gefangenschaft, handelt Liebe ein für Geld. Marcelle realisiert mit dem ihren eine kleine Utopie, ein Projekt, das Arbeit, Bildung und Leben vereint.

Der goldene Topf, der mythische Schatz, das verborgene weibliche Erbe dient immer wieder, in der Logik des Märchens, zur Lösung der Konflikte im Romanwerk von George Sand. Oft gerät er in die falschen Hände, wie etwa die des Bettlers Cadoche, aber am Ende kommt er in die richtigen.

Geld in seiner Ambivalenz, in der Dialektik von rein und schmutzig, wird zum Katalysator des Geschehens. Doch George Sand, die sich »eine andere Gesellschaft erträumt« und überzeugt davon ist, daß diese Träume, von vielen geträumt, ihre besondere »Art Realität« haben, kennt die Regeln und Gesetze der alltäglichen Wirklichkeit sehr genau. Mit den fünfzigtausend Francs, die Bricolin einlöst gegen die Freigabe seiner Tochter, wird er den Gutshof wiederaufbauen, der nun endgültig ihm gehört. Schon in *Valentine*, 1832 verfaßt, gab es eine reiche Großpächterstochter, die einen Aristokratensproß heiratet und in das mit ihrem Geld zurückgekaufte Schloß seiner Ahnen einzieht. Sie selbst ist, wie Rose, nur ein Joker im Spiel des sozialen Auf und Ab. Aber am Ende ihres Lebens, 1872, hat George Sand mit *Nanon* eine neue Variante geschaffen: Einem Bauernmädchen gelingt es in den Wirren der Großen Revolution, sich Bildung und Vermögen zu erwerben, aus eigener Kraft, und wenn sie am Ende den enteigneten Aristokratensohn heiratet, so tut sie es aus der Fülle des Selbsterreichten. Gute dreißig Jahre nach Monsieur Bricolin erfindet George Sand die Gestalt einer Frau, die ihren Aufstieg nicht auf Kosten anderer durchsetzt und ihren Reichtum nicht durch die Ausbeutung von Mensch und Natur gewinnt. Emile aus dem *Péché de Monsieur Antoine* sollte noch mit dem Geld eines Wohltäters eine landwirtschaftliche Kommune gründen. Nanon, und ein paar Jahre früher die Fabrikherrin Tonine aus der *Ville noire*, sind fähig, Unternehmen aufzubauen und zu führen, in denen der Kampf zwischen Kapital und Arbeit, der das 19. Jahrhundert spaltete, eine ausgleichende Lösung findet.

Das öko-soziale Projekt, das utopische Experiment mit verschiedenen Formen des Eigentums, in der Spannung von Gemeinsinn und Eigennutz, wird von Sand über Jahre weitergedacht. Wie alle großen französischen Romanciers ihrer Epoche schildert sie in ihren Romanen eine Welt in Bewegung. Doch die beharrenden und die progressiven Kräfte lassen sich bei ihr nicht reinlich in gute oder böse scheiden. Monsieur Bricolin, der Mann des Heutigentags, da jedermann reich werden kann, ist ein weit rücksichtsloserer Agent des Fortschritts als die kleine Arbeits- und Gewinngemeinschaft bei der Mühle. Was jedoch beide wesentlich unterscheidet, ist ihr Verhältnis zur Natur, die vor allem als Landschaft, in ihrer topographischen Eigenart, in den Blick kommt. So gewinnt die Verortung des Menschen in Raum und Zeit über die soziale hinaus eine mythische Dimension, die dem erklärten Ziel und Sinn der Handlung wie eine zweite, chiffrierte Botschaft unterlegt ist.

Die Reise von Marcelle nach Blanchemont ist Sinnbild einer inneren Entwicklung, die von der Heldin nicht nur individuell geleistet wird, sondern stellvertretend für die Menschheit, auf der Suche nach einer »besseren Welt hienieden«. Der Abstieg ins Schwarze Tal, in die Vallée Noire, ist gefährlich, die Begegnung mit dem Bettler am Kreuzweg voll düsterer Vorahnung. Der brandhaarige Kutscher und seine Mähre werden nicht nur ironisch mit mythologischen Beinamen belegt: Automedon, Phaeton, Buzephalus. Der höllische Fuhrmann führt die Reisegruppe in den Sumpf. Doch der Weg in die Unterwelt endet nur scheinbar fatal. Cadoche hat die richtige Richtung gewiesen, denn keine zwei Schritte vom Sumpf entfernt liegt die Furt, ein Ort des Übergangs und der Verwandlung, ein Schwellenort, an dem der Führer wechselt und Grand-Louis das Geleit übernimmt zur Mühle, dem Inbegriff einer neuen Welt.

In der Mühle treffen sich Henri und Marcelle und erkennen sich als Liebende, dort geht Henri, der Idealist, in die Lehre des Müllers, der ein Seelenfischer ist. Die Mühle, vom klaren, lebendigen Wasser umflossen, inmitten einer aquatischen Landschaft, erweist sich als das »irdische Paradies«, das Eiland der Liebenden, der utopische Raum, der die erträumte menschliche Gemeinschaft am Ende beherbergen wird. Bereits an dieser Stelle des Romans kündigt sich das an durch Naturmetaphern und Elementarbilder, in denen das Wasser, wie im gesamten Roman-Kosmos von Sand, eine besondere, symbolisch aufgeladene Rolle spielt. Im Gegensatz von klar und trüb wird seine ambivalente Energie deutlich: Das stagnierende, tote Sumpfwasser signalisiert nicht nur in diesem Roman einen Ort der Gefahr, an dem sich die Heldin oder der Held, meist im Dunkel der Nacht, bewähren müssen. Das klare Wasser hingegen ist Himmelsspiegel, Quelle des Lebens und Hort der Liebe. Dennoch wird die reale Bedrohung, der Ernteschaden, den die über die Ufer tretenden Flußläufe des Berry anrichteten, nicht verdrängt in dieser

Elementarlehre. Gewalt, Zerstörung ist in diesem Roman nicht nur ein menschliches Phänomen.

Der Gegensatz von klar und trübe verschärft sich im Kontrast von Schmutz und Reinheit. Solche symbolischen Oppositionen strukturieren den Roman noch in seinen scheinbar nebensächlichen realistischen Details. Monsieur Bricolin ist schon in seinem Äußern die fleischgewordene Unsauberkeit. Durch seine Hände geht das »schmutzige Geld«, und die Exkremente seiner Großtierhaltung, Symbol seines Reichtums, begrenzen seinen Horizont mit den sich türmenden Dunghaufen. In den »ruisseaux immondes«, den Kloaken-Rinnsalen seines Hofes, wird die Naturkraft des Wassers pervertiert; es ist verschmutzt, verseucht, Ausfluß des moralisch Verdorbenen.

Weder im Gutshof noch im Schloß ist Raum für die Liebenden. Die Begegnungen zwischen dem Müller und Rose im Gutshof sind von Zweifel, Zwang und Mißgunst überschattet. Henri und Marcelle treffen sich in der Mühle, nie im alten oder neuen Schloß, den steingewordenen Bollwerken alter und neuer patriarchaler Dominanz. Sie treffen sich im verwilderten Park, wo auch die Wahnsinnige Zuflucht gefunden hat, in der offenen Landschaft, die Freiheit bedeutet, Bewegung und die Erfahrung der Liebe. Schon in den frühen Romanen bildet die Natur, das offene Land, eine Art machtfreien Raum, in dem die Gesetze und Konventionen der Gesellschaft nicht gelten.

Die Landschaftsbeschreibung hat bei Sand nie nur ästhetische Funktion. Und obgleich die Topographie im *Müller von Angibault* mit geradezu katastermäßiger Exaktheit die Umgebung von Nohant und La Châtre nachzeichnet, läßt sich dahinter oder darunter eine mythische Landkarte entdecken. Die Heimkehr in das Schwarze Tal bedeutet für Marcelle de Blanchemont den Bruch mit der Vergangenheit, mit dem Angestammten, und Ausblick in eine geträumte Zukunft. Der zeitlose Wunschtraum, das Arkadische, gewinnt, wie die ästhetische Kategorie des »Romans«, einen sozialen Sinn. Für George Sand war die

Natur beseelt, Landschaften erlebte sie als mythisch und real zugleich, als Atemräume der Seele. Das Schwarze Tal ist kein geographisch fixierter Ort, es ist eine weibliche Raummetapher, die sich George Sand geschaffen hat. »Die Vallée Noire, so schien mir, das war ich selber, das war der Rahmen, das Gewand meiner eigenen Existenz.« Ihr Seinskleid, real und erträumt zugleich. Das fünftürmige Sarzay ist Blanchemont, aus den Ruinen erstanden.

Im Vorwort zu ihrem ersten Dorfroman, *La Mare au diable*, den George Sand im Herbst 1845 in wenigen Tagen zu Papier brachte, vertritt sie die Ansicht, »daß der Roman von heute die Parabeln und Gleichnisse der Vorzeit ersetzen muß«. Jahre später, in den *Nouvelles Lettres d'un voyageur*, schreibt sie, der Mythos sei »der symbolische Ausdruck einer Idee«. Und im April 1843 an Eugène Sue: »Ich meine, die Kunst besteht darin, eine ideale Welt in einer realen Welt zu inkarnieren.« Sand schöpfte dabei aus dem Thesaurus der uralten antiken und biblischen Mythen, die längst Alltagsgut geworden sind. Umgedeutet, neu gesehen werden sie Teil einer spezifischen Poetik, in der Wirklichkeit und Wahrheit, Anschauung und Traum sich begegnen. »Die Träumer meiner Sorte könnten heute sagen: Ich träume, also sehe ich«, schreibt sie im September 1844, in Anspielung auf das »Ich denke, also bin ich« von Descartes. »Sehen« ist bei Sand ein symbolisches Verb, es meint »erkennen«. Es kommt ihr darauf an, daß uns trifft, was wir sehen. »Man sieht nur mit dem Herzen gut.«

Der größte Teil der Zitate, falls keine andere Quelle genannt wird, entstammt der von Georges Lubin in der Reihe Garnier Classique, Paris, herausgegebenen, 24bändigen Ausgabe der *Correspondance* von George Sand, und zwar den Bänden VI bzw. VII.

Inhalt

Vierter Tag

Fünfter Tag